LITERATURA DE VIAGENS:
DA TRADICIONAL À NOVA E À NOVÍSSIMA
(MARCAS E TEMAS)

Fernando Cristóvão (dir. e coord.)

LITERATURA DE VIAGENS:
DA TRADICIONAL À NOVA E À NOVÍSSIMA
(MARCAS E TEMAS)

*Textos de Celina Martins, Darlene J. Sadlier, Eugénio Lisboa,
Fernando Cristóvão, Isabel Nery, José Nunes Carreira,
Joviana Benedito, Júlio Pinheiro, Luísa Marinho Antunes,
Maria da Conceição Vilhena, Maria José Craveiro,
Maria Lúcia Garcia Marques, Maria Teresa Amaral, Paulo de Assunção,
Simion Doru Cristea, Vítor Ambrósio e Carlos Santos*

ALMEDINA

CENTRO DE LITERATURAS DE EXPRESSÃO PORTUGUESA
DAS UNIVERSIDADES DE LISBOA, L3. FCT

COIMBRA, 2009

LITERATURA DE VIAGENS:
DA TRADICIONAL À NOVA E À NOVÍSSIMA

DIRECÇÃO
FERNANDO CRISTÓVÃO

EDITOR
EDIÇÕES ALMEDINA, SA
Av. Fernão Magalhães, n.º 584, 5.º Andar
3000-174 Coimbra
Tel.: 239 851 904
Fax: 239 851 901
www.almedina.net
editora@almedina.net

PRÉ-IMPRESSÃO | IMPRESSÃO | ACABAMENTO
G.C. – GRÁFICA DE COIMBRA, LDA.
Palheira – Assafarge
3001-453 Coimbra
producao@graficadecoimbra.pt

Março, 2010

DEPÓSITO LEGAL
307251/10

Os dados e as opiniões inseridos na presente publicação
são da exclusiva responsabilidade do(s) seu(s) autor(es).

Toda a reprodução desta obra, por fotocópia ou outro qualquer
processo, sem prévia autorização escrita do Editor, é ilícita
e passível de procedimento judicial contra o infrator.

Biblioteca Nacional de Portugal – Catalogação na Publicação

UNIVERSIDADE DE LISBOA. Centro de
Literaturas de Expressão Portuguesa

Literatura de viagens : da tradicional à nova
e à novíssima. – (Literatura de viagens)
ISBN 978-972-40-4049-3

CDU   821.1/.8-992.09
        821.1/.8-992A/Z.09

Índice

7   *Fernando Cristóvão*   Introdução: Literatura de Viagens: da tradicional à nova e à novíssima

19   *Fernando Cristóvão*   Marcas da Literatura de Viagens nos textos ufanistas brasileiros

37   *Darlene J. Sadlier*   Texto e Imagem: Representações da antropofagia no Brasil do Século XVI

57   *Paulo de Assunção*   A cidade de São Paulo nos relatos de viagem: "e o tempo apressado, tudo mudou"

85   *Maria Lúcia Garcia Marques*   A natureza adversa: tormentas e tormentos nas relações de viagens

127   *Isabel Nery*   O inferno aqui tão perto. Literatura de viagens e reportagem de guerra

155   *Luísa Marinho Antunes*   Contar o mar das travessias na Literatura Contemporânea de Viagens

179   *Maria da Conceição Vilhena*   Os "casais açoreanos" em viagem para o Brasil

193   *Maria José Craveiro*   "O canto de um solitário no longe e na distância" J. W. Goethe e a Viagem a Itália

223   *José Nunes Carreira*   Viajantes e arquitetura

257   *Júlio Pinheiro*   O lugar doméstico como termo de comparação para outros lugares encontrados ou descobertos nas viagens

291   *Vítor Ambrósio e Carlos Santos*   Turismo religioso – turistas ou peregrinos

325   *Simion Doru Cristea*   O Diário de Nicolae Milescu Spătaru à China

337   *Celina Martins*   Da viagem metaficcional em Milton Hatoum e Maria Gabriela Llansol- a busca do sentido

357   *Eugénio Lisboa*   Viagens – Um testemunho pessoal

375   *Joviana Benedito*   A Novíssima Literatura de Viagens / Ciberliteratura de Viagens a modo de Introdução:ver, ouvir, pensar e sentir?

405   *Maria Teresa Amaral*   Língua portuguesa "kota" e língua portuguesa "jovem"

415   *Índice onomástico* e temático

Literatura de Viagens:
Da Tradicional à Nova e à Novíssima

*Fernando Cristóvão**

---

* Professor Catedrático de Literatura da Faculdade de Letras da Universidade de Lisboa. Membro da Academia das Ciências de Lisboa.

A Literatura de Viagens, tal como a procurámos teorizar na obra *Condicionantes Culturais da Literatura de Viagens*[1], de 1999, é um subgénero compósito, em que a Literatura, a História e a Antropologia, em especial, se dão as mãos para narrar acontecimentos diversos relativos a viagens.

Claramente distinta do tema "a viagem na Literatura", que sempre existiu e existirá, tem como balizas, no que apelidámos de "etapa tradicional", os séculos que vão do xv ao final do xix, em que a partir do advento do Turismo se impôs outra mundividência e, em consequência, outro tipo de textos.

Como subgénero distinto de outros, como o pastoril ou o histórico, a Literatura de Viagens, em qualquer das suas etapas, apresenta "marcas" linguísticas, literárias e históricas próprias, temas recorrentes e metaforismos que, embora não sendo exclusivos seus (nenhuma forma literária é prisioneira de um género ou subgénero), se impõem significativamente pela frequência, originalidade ou modo de tratamento.

Desta forma, o subgénero adquire um rosto, quase se diria um estatuto ontológico próprio, sem prejuízo de evoluir no tempo e na cultura.

Razão esta por que se podem identificar várias modalidades distintas, por que diferentes se tornaram os acontecimentos, as mentalidades, as tecnologias de viagem, e consequentemente, os modos de relatar o irreprimível ímpeto de se viajar.

Assim, podem distinguir-se na Literatura de Viagens europeia três etapas. A que apelidamos de "Literatura de Viagens Tradicional", iniciada por volta do século xv, reconhecendo e integrando textos

---

1 Fernando Cristóvão e Outros, *Condicionantes Culturais da Literatura de Viagens*, Lisboa, Cosmos, 1999.

anteriores, tais como as obras de Egéria, Marco Pólo, Piano Carpino e outros. Cronologicamente, segue-se-lhe a "Nova Literatura de Viagens", iniciada no século XIX, com o advento do turismo e do seu *modus operandi* na escrita, que prossegue ainda nos nossos dias. Referem-se, sobretudo, a esta etapa os textos que neste volume se apresentam, ainda, que alguns se revistam da forma de testemunho ou do tema geral da viagem na literatura.

Uma terceira etapa parece estar a afirmar-se nos nossos dias, a da "Novíssima Literatura de Viagens", mediada pelos computadores, pelos telemóveis e outros meios de comunicação rápida de escrita, som e imagem.

Em todas estas etapas se podem encontrar "marcas" textuais que definem o perfil do tempo a que pertencem e o estilo próprio, algo diferente de outros.

São essas "marcas" provenientes tanto da narrativa histórica como da observação antropológica, como da forma do seu tratamento literário, como dos instrumentos que a veiculam, e servem tanto a verdade como a verosimilhança ficcional, segundo modelos narrativo-descritivos de que a Literatura tem, se não o segredo, pelo menos a "receita".

1. *A Narrativa Tradicional de Viagens*

Este é, naturalmente, o tipo de narrativa mais conhecido, divulgado e editado, traduzindo a cultura tradicional europeia, e que, mesmo até aos nossos dias, tem merecido a atenção geral.

Distribuem-se essas "marcas" em função dos diversos tipos de textos, pois são diferentes as dinâmicas das viagens de peregrinação, de comércio, de expansão (política, religiosa e científica), erudita, de formação e serviço, imaginária, conforme tipologia que propusemos na citada obra *Condicionantes*.

Antes de mais, e como faziam os geógrafos antigos, as "marcas" descrevendo o *de situ*, elemento macroestrutural de enquadramento de toda a narração/descrição, definem o que se entende por viagens.

Duarte Pacheco Pereira, no *Esmeraldo de Situ Orbis*, de cerca de 1508, assim se exprime: "escrever o sítio do orbe, com a grandeza de toda a terra e do mar, as ilhas, as cidades, as fortalezas, animais, com tôdalas outras cousas que nele são".

Baixando dessa ampla escala, Mendes de Vasconcelos, nos *Diálogos do Sítio de Lisboa*, de 1608, considera que as descrições de um bom sítio se devem fazer em função de "seis cousas: a primeira, a que parte do céu olha; a segunda, se está em algum monte ou vale; a terceira, se tem alguns paúis vizinhos, ou algum rio e terra de má qualidade; a quarta, que água tem para beber; a quinta, que qualidade de mantimentos; a sexta, se está junto ao mar ou rio capaz de levar as imundícies sem fazer dano aos moradores da cidade, com pestíferos vapores".

Descrito o *de situ*, as outras estruturas narrativas, que tanto podem ser simples e breves, como longas e complexas, dão conta da viagem e do que ocorre por ocasião dela, antes, durante ou depois. Ora revestindo a forma de estereótipos simples (*leitmotiv* ou *emblema*), ora narrando acontecimentos históricos. Acontecimentos históricos esses, de largo desenvolvimento, ora obedecendo aos modelos de "viagem", "diário", "itinerário", "jornada", relativos a deslocações por terra ou mar, ora dando corpo a figuras retóricas, umas de âmbito microestrutural como as metáforas, outras de dimensão macroestrutural como as dos tópicos que louvam a terra e enumeram as suas riquezas.

Alguns exemplos destas "marcas":

Em não poucos textos, especialmente nos que descrevem regiões tropicais de grande exuberância, é frequente designá-las por paisagens "paradisíacas". E quando nelas são encontrados nativos nus, não hesitam os autores em referir que vivem em "nudez edénica", até porque, em não poucas viagens, e não só na *Navigatio Brandonis*, andavam à procura do paraíso de Adão e Eva. O estereótipo ficou, conhecendo mesmo outras aplicações.

Também o metaforismo e a correspondência simbólica contribuíram para assinalar nos textos de viagem aquela tonalidade de maravilhamento em que vivia o homem medieval, e que os viajantes do Renascimento herdaram, até que as preocupações científicas a dispensaram nos textos do final desta fase.

Conduzidos por sonhos utópicos e sinais de significação oculta, procuraram o *El Dorado* ou as terras dos Reis Magos, e decifraram na natureza mensagens escondidas, cujas significações receberam tanto dos *Bestiários* e *Lapidários*, como da *Bíblia*.

Por isso, certos animais como o leão, o unicórnio, o dragão e outros, bem como certas árvores, por causa da sua simbologia, transitaram de autor para autor, de século para século, descritos de maneira simbólica e fantasista, segundo modelos ou cópias provenientes do *Phisiologus* do século II, ou dos Bestiários de Philippe de Thaon ou de Pierre de Beauvais, ou dos Lapidários como o do bispo Marbode, ou o de Afonso X. Trânsito esse facilitado pelo prestígio, mistério e aceitação universal das primeiras narrativas, desde a de Marco Pólo à de Ruibruck, Piano Carpino, Odorico..., ou das *Etimologias* de Santo Isidoro de Sevilha.

Do mesmo modo, durante os séculos em que a evangelização acompanhava a expansão política, o encontro com populações primitivas merecia este comentário de Colombo no *Diario de a Bordo*, em sua primeira viagem, retomado por Caminha, Gândavo e outros: "Ellos deben ser buenos servidores y de bon ingenio (…) y creo que ligeramente se harian cristianos; que me pareció que ninguna secta tenían"[2].

Estruturas narrativas paralelas são também as de naufrágios, do regresso por terra, das graças a Deus e à Virgem, da descrição das novidades, vistas ou imaginadas, das sugestões de itinerários para o leitor, da correção das narrativas antigas em função do "claramente visto".

Mas, sem dúvida, as mais originais e extensas marcas são as de narrações/descrições que obedecem aos tópicos retóricos da "grandeza", da "abundância", da "similitude".

Assim, do mesmo modo que abundam os *leitmotiv*, superabundam estas figuras duplamente formatadas: ao enumerarem as riquezas encontradas, elaborando listas seguidas de espécies, até para lá de uma centena, e ao separarem nelas os três reinos da natureza.

Em complemento destes dois tópicos, o da "similitude" levou os elogios às últimas consequências, no que diz respeito a terras descobertas e, só posteriormente, povoadas, pois estabelece primeiro um contraponto entre o *Novo* e o *Velho* Mundo, entre o *cá* e o *lá* e, num segundo tempo, entre a superioridade do novo sobre o velho continente europeu.

Para exemplificar a marca da grandeza, basta citar a obra de Ambrósio Brandão, semelhante no título e substância a muitas outras: *Diálogos das Grandezas do Brasil.*

---

2 Cristóbal Colón, *Diario de a Bordo*, Madrid, Anaya, 1985, p. 67.

Para ilustrar a da abundância, é claro o exemplo do *Sumário de la Natural y General Historia de las Índias*, de Gonzalo Fernandez de Oviedo, de 1526, onde 80 dos seus 86 capítulos amontoam listas de mantimentos, aves, animais como o tigre, o gato, o leão, a raposa, o porco, o veado, etc., terminando por confessar, segundo um tópico também comum: "he dejado de hablar en otras cosas muchas de que enteramente no me acuerdo, ni tan al próprio como son se pudieran escribir, ni expressarse tan largamente como están en la general y natural historia de Índias".

Com o progresso da ciência, a evolução da sociedade e, sobretudo, o advento do Turismo com outra mundividência, esta fase da Literatura de Viagens tradicional chegou ao fim, por esgotamento temático e formal. Esgotamento desta fase, não da Literatura de viagens, que continuará sempre a significar um certo tipo de errância humana, de acordo com novas mentalidades e com o tempo em que se processa.

Outro mundo nasceu, por outras regras se passou a viajar, e por outros textos se simbolizam as novas errâncias.

2. *A Nova Literatura de Viagens*

Foi esta nova etapa preparada por diversas mudanças substantivas: a de uma nova mentalidade saída das "Luzes" e do Positivismo, a de uma autêntica revolução técnica operada nos meios de transporte, a das transformações sociais causadas pela industrialização, a das viagens de grupo planeadas.

Uma nova mentalidade científica pôs de lado as curiosidades anteriores, substituindo o *voyeurismo* de passagem pela programação dos textos, até ao pormenor da exactidão científica.

Agora, equipas de especialistas, apoiados por sociedades científicas e outras instituições procedem a um novo mapeamento de quanto se observa, elaborando "viagens filosóficas" que tudo registam, medem, quantificam, classificam segundo as boas tábuas e taxinomias de Bacon, Lineu, Buffon, Cuvier, Darwin...

Porque os transportes passaram a ser rápidos e frequentes: em terra começaram a circular os automóveis (o *Fardier* a vapor, em 1769, e o de motor de explosão, que possibilitou a grande revolução Ford).

Para grandes distâncias arrancaram as locomotivas a vapor (desde a *Rocket* de 1822), atingindo em pouco tempo lugares muito afastados; nos mares sulcavam agora resistentes e mais rápidos navios a vapor, de casco de ferro (desde o *Savannah*, 1819).

Em simultâneo, acelerava-se o ritmo social do trabalho e do ócio, ao mesmo tempo que aumentava a massificação, especialmente quando a produção em série se generalizou.

Às novas necessidades de descanso passaram a corresponder o sistema de férias pagas e uma nova modalidade de dinheiro, protagonizada principalmente pelos *travel-cheks*.

Era o turismo a alterar as deslocações humanas.

Turismo que, primeiramente, foi praticado por alguns aristocratas ingleses, fazendo displicentes ou aborrecidos o "grand tour" da Europa que não tardou em deslocar-se também para as estâncias de termalismo e para passeios eruditos a lugares de interesse arqueológico e notáveis pela sua arte. Em complemento, davam-se outras ocupações ao tempo livre, com a prática dos novos desportos da marcha, do ciclismo, do alpinismo, do campismo e de variadas corridas de automóvel, barco ou avião.

Entretanto, sem nunca terem sido interrompidas, continuavam as viagens à Terra Santa, a Roma, a santuários especialmente prestigiados, como o de Santiago de Compostela, mas realizadas agora sem a incerteza e a ascese da fase anterior em suas jornadas perigosas em terras desconhecidas, resgates, incerteza de volta. Agora, as viagens são relativamente seguras com acolhimento em hotéis, garantido pelas agências de viagens do tipo Cook, pelo que, mais do que viagens de peregrinação, passaram a ser viagens de "turismo religioso", em que outros centros de interesse e itinerários se misturam.

Em consequência, as narrativas são de tipo diferente, em geral ligeiras, pouco semelhantes no espírito e na letra às anteriores Relações e Itinerários, tendo como forma narrativa frequente a crónica, de fôlego mais curto, bastante ligada à publicação na imprensa periódica. Até porque, desde que Jacques Daguerre inventou, em 1838, os primeiros daguerriótipos, as artes da fotografia impediram muitas línguas e penas de exagerar o que foi visto.

Assim como os navegadores dos séculos XVI a XVIII deram lugar aos exploradores do século XIX, também estes cederam o seu protagonismo à multidão colorida e barulhenta dos turistas dos séculos seguintes.

Pouco se viaja agora por grandes causas coletivas, e quanto ao paraíso bíblico, foi substituído pelos paraísos artificiais de férias sem anjos vingadores a vigiar-lhes as entradas.

Por outro lado, intensificou-se a informação de caráter menor, o gosto da novidade que se comunica imediatamente, o culto do efémero, a coloquialidade, a menção dos pequenos factos, a multiplicidade de encontros, a factualidade da vida quotidiana, a evocação de encontros, o encadeado dos afetos e das lembranças.

Pela diversidade das narrativas também se pode esboçar uma tipologia desta outra etapa da Literatura de Viagens, orientada ou condicionada por guias de viagem e de itinerários, como os famosos Baedecker, Guide Bleu, Michelin.

E por serem tão variadas as opções turísticas, no sentido amplo da palavra, difícil se torna propor uma tipologia de enquadramento. Contudo, por se salientarem por maiores escolhas (já não se viaja em missão religiosa ou em serviço d'el Rei), algumas variedades podem sugerir uma tipologia possível.

— "Viagens de conhecimento do país", como as *Viagens na Minha Terra* de Almeida Garrett, relatando em estilo fácil e coloquial uma jornada de Lisboa a Santarém, maravilhando-se com a beleza bucólica das paisagens do Vale de Santarém e descrevendo os amores da menina da janela dos rouxinóis e do soldado Carlos, combatente do exército liberal.

— "Viagens de exploração colonial", normalmente relatadas em forma de diário, pontuado pelas datas do calendário que se sucedem nesses itinerários pioneiros. Por exemplo, *Como Eu Atravessei a África*, de Serpa Pinto, onde os capítulos de iniciam pelas datas de um diário de jornadas: "A 25 de Agosto levantei-me...", "Amanheceu finalmente o dia 19 de Outubro...", "A dois de Dezembro começaram logo de manhã os preparativos...". Ao longo dessa cronologia, desfilam os acontecimentos, as descrições dos povos, os usos, costumes, artesanato, fauna, flora...

— "Viagens exóticas", como a *Voyage en Amerique* de Chateaubriand, em que um jovem parte para a América, sedento de novidades e aventuras e se deslumbra perante uma natureza exuberante e, ainda mais, pela leitura das narrativas dos missionários do passado, construindo um imaginário que supera a realidade.

— "Viagens de aventura", como *The Shadow Line*, de J. Conrad: um marinheiro sonhador erra como o seu veleiro pelos mares do Oceano Índico, tocando violão e não desejando chegar a nenhum porto. Os azares que lhe acontecem e os maus ventos quase lhe fazem a vontade. Indeterminismos de um rumo, ou perplexidade perante o destino?

— "Viagens de grande reportagem jornalística", como as do polaco Kapuscinski que parecia estar em toda a parte, presenciando mais de uma vintena de revoluções e visitando e analisando a vida dos países, especialmente de África, como na obra modelar *Another Day of Life*.

— "Viagens de Repórter de Guerra", que também Kapuscinski foi, e que o jornalista Cáceres Monteiro relatou em *Hotel Babilónia*: conflito, situações, contradições na observação das guerras no Iraque, na Síria, no Qatar, no Egipto, no Vietname. Meditação sobre o significado de tanta loucura.

— "Viagens culturais" que observam, sobretudo, os monumentos, as artes, os espetáculos, a história, a cultura, a mentalidade, os costumes dos países, como as clássicas viagens a Itália. Por exemplo, a *Voyage en Italie* de Taine, onde relata novidades, curiosidades sobre o modo de vida, intrigas, observações sobre obras de arte...

— "Viagens de reconstituição histórica", ficcionais ou não, como no *Equador* de Miguel de Sousa Tavares, evocando as roças coloniais de São Tomé e Príncipe e os dramas da injustiça social, a densidade e contradição das relações humanas.

— "Viagens de Turismo Religioso", como *Peregrinação Portuguesa ao Vaticano: Notícia Histórica e Descritiva de Lisboa a Roma* de Francisco Prado de Lacerda. Já não é só a romagem piedosa aos lugares santos, mas uma associação da visita religiosa com turismo, pelas cidades de passagem, com visita a seus monumentos e arte, em especial.

Para além das marcas típicas da viagem (figuras de retórica, tópicos, estruturas, linguagens técnicas, etc.), os diversos tipos de viagens acrescentam as marcas próprias da sua especificidade, com uma liberdade e variedade maior que as viagens de etapa tradicional, por esta estar mais sujeita a certas figuras de estilo.

Agora não só a crónica é o molde narrativo privilegiado, mas também é novo o seu andamento rápido e de maior liberdade no uso da linguagem oral e coloquial. Assim, são bem diferentes as figuras narrativas do "suspense" na viagem de aventuras, em relação à calma adjetivação bucólica da viagem de conhecimento do país, ou ainda mais distante da reportagem de guerra, minada por uma terminologia bélica em clima narrativo, ora pesado, ora de expectativa, ora explosivo.

3. A Novíssima Literatura de Viagens

Convivendo com a nova literatura de viagens, a novíssima, se forem admitidos como minimamente literários os seus textos, dela se distingue claramente.

Se a linguagem da anterior é rápida, a desta ainda é mais veloz, por ser frequentemente sincopada, e até por os seus textos, mais do que quaisquer outros, serem governados pelas técnicas das ciências da comunicação. Textos ligados a viagens, mas que dependem mais da tecnologia dos aparelhos do que de qualquer meio de transporte. A mensagem é, assim, muito condicionada pelo computador, pelo telemóvel e pela aparelhagem fotográfica e de som. Como afirma Joviana Benedito " o homo sapiens está a converter-se em homo digitalis"[3].

Ao texto rápido da crónica da etapa moderna, contrapõem-se agora a mensagem simplificada na sua formulação vocabular, o uso do inglês, os ícones ideográficos, as abreviaturas, os ideogramas, os símbolos. Linguagem esta salva da confusão, em última instância, pela estrutura gramatical. Acresce a esta prática o uso do anonimato do autor, ou mesmo do pseudónimo, que agora é *nick*.

Em consequência, sacrifica-se a retórica, e com ela os circunlóquios, as repetições, as formas de embelezamento, as redundâncias, deixando-se para trás os aspetos estéticos, maximamente o tão tradicional "estilo". Ou melhor, constrói-se num outro tipo de estilo[4].

---

3 Joviana Benedito, "A era digital", *Dicionário para Chat, Sms, E-mail*, Lisboa, Centro Atlântico, 2003, p. 7.
4 Fernando Cristóvão in Joviana Benedito, *Que Língua Portuguesa no Chat da Internet?*, Lisboa, Colibri, 2002, p. 6.

Marcas típicas são também, sem dúvida, a da primazia concedida à oralidade, o triunfo da espontaneidade, o uso e abuso do lúdico e do improviso, o gosto pela linguagem cifrada grupal.

Por outro lado, cada vez mais esta linguagem veloz e sincopada é acompanhada de imagens, além de que o desempenho do destinatário passa a ser igual ou superior ao do emissor da mensagem. Textos assim, tipo manta de retalhos, podem ser considerados literários? Estarão eles ao nível da literatura de massas, das formas desprezadas, até aqui, da escrita dos loucos e das crianças?

Marcas da Literatura de Viagens nos Textos Ufanistas Brasileiros

Fernando Cristóvão

Os textos do chamado "ufanismo" brasileiro dos séculos XVI a XVIII, refletem, exemplarmente, as caraterísticas típicas da literatura de viagens portuguesa e europeia e, simultaneamente, o esforço de emancipação literária que se operava na literatura derivada da portuguesa e europeia.

Alguns tópicos dessa retórica são particularmente visíveis, por serem igualmente usados tanto nos textos da descrição do velho como do novo mundo, e das longínquas terras do Oriente. Todos eles refletem o optimismo renascentista da descoberta e posse da terra e suas riquezas, inventariando-as da mesma maneira.

Especialmente significativos dessas marcas retóricas são os tópicos da grandeza, da abundância e da similitude, envolvendo já os indicadores das diferenças.

Mal sabia o poeta Conde Afonso Celso que o verbo que empregou no título do seu *Por que me Ufano do meu País*[1], de 1900, "ufanar", exprimindo o que sentia pelo Brasil, estava mais ajustado à expressão desses sentimentos nos séculos passados de XVI a XVIII, do que nos do seu tempo.

É que, no início do século XX, como bem o exemplificou o seu imitador português Albino Forjaz Sampaio, em texto homólogo – *Por que me Orgulho de ser Português,* de 1926, o verbo mais adequado era "orgulhar", porque esse era o tempo dos nacionalismos políticos ensinados nas escolas, até porque o verbo orgulhar encerra raízes germânicas e pedagogia de marchas e hinos patrióticos.

Ufanismo é a designação adequada para a exaltação ingénua e barroca, em que o excessivo dos sentimentos ainda é mais amplo que a grandeza daquilo que se quer louvar, e que, embora no Brasil tal louvação seja o prolongamento e imitação do estilo usado pela literatura

---

1 Afonso Celso, *Por Que me Ufano do meu País,* Rio de Janeiro, Laemert, 1908.

FERNANDO CRISTOVÃO

de viagens europeia, especialmente da portuguesa, ela tem uma autenticidade muito própria do lugar.

Literatura ufanista é, pois, designação adequada para o louvor que caracterizou alguns textos dos primeiros séculos da Literatura do Brasil. Neles, o excessivo dos sentimentos e a expressão superlativa, embora copiando o estilo usado pela literatura europeia de viagens, assumiram, progressivamente, feição própria.

O ufanismo é, pois, na terra brasileira, a continuidade da atitude renascentista europeia, na sua forma de encarar a natureza segundo os ideais utópicos da procura de um Novo Mundo. Mundo esse que, como bem o explicaram o antropólogo Joseph-François Lafitau[2] e outros, primeiro foi a Índia, a Ásia e a África, em seguida o Brasil, e só depois a América do Norte, pela adoção da nomenclatura de Waldseemuller.

Atitude renascentista cujas linhas mestras eram as da contemplação otimista da Natureza e a da valorização programática do Homem segundo o lema *Homo humaniorem redere,* projetos que a estética barroca engrandeceu e empolou.

Simultaneamente causa e efeito desta mentalidade, foram as inúmeras viagens que então se multiplicaram, com os mais diversos objetivos: de peregrinação, de erudição, de expansão política e religiosa, de comércio, etc. O homem renascentista viajou por toda a parte, dando conta do que viu ou julgou ver, relatando essa experiência em inúmeros textos, como o documentam, por exemplo, a coleção do Abbé Prévost *Histoire Général des Voyages*[3] ou colóquios temáticos como o de Tours, de 1983, *Voyager à la Renaissance*[4], em compilação organizada por Jean Céard, verdadeiro modelo deste subgénero. E esses textos de viagens, apelidados de "Relação", "Itinerário", "Viagem", "Suma", "Diário", etc., impuseram um modelo narrativo que tanto se

---

2 Joseph-François Lafiteau, *Moeurs des Sauvages Américains*, Paris, Maspero, 1983 (1724).

3 Abbé Antoine-François Prévost d' Exilles, *Histoire Générale des Voyages* Paris, Didot, 1746.

4 Jean Céard, Jean Margolin, *Voyager à la Renaissance*, Paris, Maisonneuve et Larose, 1987.

aplicava ao observado no Ocidente como no Oriente, a Portugal como à China, ao México ou ao Brasil.

É, pois, neste contexto da literatura de viagens europeia e seu estilo narrativo, que se redigem os textos ufanistas sobre a terra e as gentes do Brasil.

Apresenta esse modelo matricial uma estrutura simples: em primeiro lugar a descrição do *de situ,* dando conta do espaço geográfico e social, tópico este que veio substituir o clássico *locus amoenus*, por exigência do "claramente visto", adotando o modelo das narrativas geográficas, como no *De Situ Orbis*, de Solino, no *De Situ Albaniae*, do século XIII, no *Esmeraldo de Situ Orbis*, de Duarte Pacheco Pereira, do *Urbis Olisiponis Situs et Figura*, de Damião de Góis, nos *Diálogos do Sítio de Lisboa*, de Mendes de Vasconcelos, etc.

A partir daí, entra-se na louvação da terra e das suas riquezas, em função, especialmente, de três tópicos macroestruturais: o da GRANDEZA hiperbólica, o da ABUNDÂNCIA e o da SIMILITUDE. Estruturas narrativas estas que, no Oriente, às riquezas da terra juntam as da perfeição e multiplicidade das instituições.

1. A "grandeza" do Brasil segundo o modelo da grandeza europeia

Foi, sobretudo, a partir de exemplos portugueses, que se organizaram os textos brasileiros, quer dos relativos à cidade de Lisboa, quer dos que relataram "grandezas" nos vários continentes.

Assim se intitula a obra de João Brandão, de 1552: *Tratado da Magestade, Grandeza e Abastança da Cidade de Lisboa*, onde se informa o leitor do número exaustivo de casas, igrejas, escolas, oficinas, etc., da capital, com o objetivo de tão-somente enaltecer "a grandura da cidade (...) pois o meu fim não é outro, senão engrandecê-la"[5].

Frei Nicolau de Oliveira, insiste no mesmo propósito, no seu *Livro das Grandezas de Lisboa*, de 1620, "cujas famosas grandezas excedem quaisquer do mundo, no valor e na opulência, cujos nobres edifícios abatem aos de Babilónia (...) É tão grande que nela cabem ao menos

---

5 João Brandão, *Tratado da Magestade, Grandeza e Abastança da Cidade de Lisboa*, Lisboa, Ferin, 1923 (1552).

três Sevilhas (...) por ser a maior cidade da Cristandade"[6]. E o mesmo relataram outros de outras cidades como Évora, enaltecida por Severim de Faria, ou de Nápoles, Roma, também louvada em *Grandezas y Maravillas de la Ínclita y Sancta Ciudad de Roma*, do espanhol Gabriel Calderon[7].

E não se diga que tais elogios eram tipicamente latinos, pois o discreto e erudito holandês Martinus Zeilerus, escrevendo em severo latim, não deixou de proclamar: "Lisboa, Lisbona, Olisipo, inter Europae civitates potentissimas, ditissima numerata"[8]. Superlativos que ainda foram maiores com o editor Theodor de Bry que no título da sua obra sobre o Novo Continente exaltava a *Historia Americae, sive Orbis Continens in* XIII *Distinctis Partibus Verissimam, Exactissimam et Admirandam Descriptionem, Vastissimarum et multis adhunc Seculis (...) Narratio Incredibilis Jucunditatis et Utilitatis...*[9]

Foi por este caminho que seguiu o ufanismo de reinóis e brasileiros, empenhando-se na louvação das terras brasílicas.

Alguns exemplos desta abundante literatura laudativa: o discreto e muito crítico Frei Vicente do Salvador, natural da Baía, em 1627, "murmura", como ele diz muitas vezes, porque os portugueses não valorizam a terra brasileira como ela merece. Nem as minas, nem a agricultura, em atitude bem lamentável, porque "há no Brasil grandíssimas matas de árvores (...) de madeiras fortíssimas para se poderem fazer delas fortíssimos galeões (...) Há grandes matas de mangues (...) árvores de suavíssimo bálsamo, saborosos frutos... Digna é de todos os louvores a terra do Brasil, pois primeiramente pode sustentar-se com seus portos fechados, sem socorro das outras terras. Senão, pergunto eu: de Portugal lhe vem farinha de trigo? A da terra basta"[10]. E inter-

---

6 Frei Nicolau de Oliveira, *Livro das Grandezas de Lisboa*, Lisboa, Imprensa Régia, 1804 (1520).

7 Gabriel Diaz Vara Calderón, *Grandezas e Maravillas de la Ínclita e Sancta Ciudad de Roma*, Madrid, Joseph F. de Buendia, 1676.

8 Martinus Zeilerus, *Hispaniae et Lusitaniae Itinerarium*, Amstelodami, Aegidium Valckenier, 1656.

9 Theodor De Bry, *Historiae Americae sive Orbis Continens in XIII Distinctis Partibus Verissimam...*Francofurti, Math.Meriani, 1634.

10 Frei Vicente do Salvador, *Historia do Brasil*, São Paulo, Editora Nacional, 5.ª ed., 1965 (1627).

MARCAS DA LITERATURA DE VIAGENS NOS TEXTOS UFANISTAS BRASILEIROS 25

rogações e respostas semelhantes continuam, a propósito do vinho, do azeite, dos panos de algodão, do ferro, das especiarias, etc.

No mesmo sentido vai a informação do Provincial dos jesuítas Simão de Vasconcelos, em *Notícias Curiosas e Necessárias das Cousas do Brasil*, de 1663, que, entusiasmado com o "descobrimento admirável do Novo Mundo", afirma que nele "os arvoredos destas ribeiras vão até às nuvens" e que o Brasil "é a terra por excelência sempre verde (...) entre todas as mais terras do Mundo", e que "excede, em formosura as mais terras do orbe", garantindo que "o Brasil está a menos distância, em seu clima, do clima do Paraíso"[11].

Ambrósio Fernandes Brandão assim intitula o seu livro, de 1618, *Diálogos das Grandezas do Brasil,* em que a personagem Alviano pergunta e duvida das potencialidades do Brasil, e a personagem que representa o autor, Brandónio, responde, rebatendo dúvidas e elogiando "a grandeza do "sitio" de bom céu, bondade de ares e outras cousas (...) de inumeráveis ilhas e terra fertilíssima (...) sendo este clima o melhor do mundo", e as madeiras também elas "muitas e excelentes, as melhores que há no mundo". Continua no mesmo tom o elogio, ao longo de seis longos diálogos-capítulos, rematando este verdadeiro tratado de apologética com a rendição de Alviano confessando: "Tendes-me já tão convertido à vossa seita que, por toda a parte, por onde quer que me achar, apregoarei do Brasil e das suas grandezas os louvores que elas merecem"[12].

Já bem mergulhado na estética barroca, Botelho de Oliveira, na *Ilha de Maré*, de 1705, celebra o esplendor dos sentidos, especialmente dos mais ricos e sensuais, os da vista, do paladar e do tacto, ao enumerar e descrever as frutas do Brasil: "copiosas", "deleitosas", "inchadas", "rubicundas", "gostosas", "suculentas", "apetecidas", "formosas", etc., um verdadeiro festival cromático de cores vivas e quentes donde sobressaem o vermelho e o ouro. Por isso, no apresentar dessa cornucópia pagã, não falta a invocação das deusas Vénus, Flora, Pomona[13].

---

11 Padre Simão de Vasconcelos, *Notícias Curiosas e Necessárias das Cousas do Brasil*, Lisboa, João da Costa, 1668.

12 Ambrósio Fernandes Brandão, Recife, Imprensa Universitária, 1966 (1618).

13 Manuel Botelho de Oliveira, *Ilha de Maré*, in *Música do Parnaso*, Rio de Janeiro, Instituto Nacional do Livro, 1953 (1705).

André João Antonil vai pelo engrandecimento da terra através da exibição das suas riquezas minerais, em *Cultura e Opulência do Brasil por suas Drogas e Minas*, de 1711[14].

E tão ajustado lhe pareceu o título da obra, que as quatro partes em que ela se divide, relativas às lavras do açúcar, do tabaco, do ouro, e das terras de gado são todas anunciadas pela anáfora "cultura e opulência de...".

Sebastião da Rocha Pita, tardiamente barroco, embora querendo ser historiador, não desiste dum ufanismo entusiasta, fazendo uma espécie de recapitulação geral, de grande efeito, esplendorosa, da história do Brasil.

A começar pelo título da sua obra, de 1730, proclamando, grandiloquentemente: "Jaz o opulento império do Brasil no Hemisfério...".

Tudo nela é digno de renome: o rio S. Francisco é "grandíssimo", o rio Amazonas é "pai de todos os rios", o Rio da Prata é "estupendo", os montes são "famosos", etc.[15]

2. *O tópico da farta abundância*

Caracteriza-se este tópico, que é também figura macroestrutural, por no discurso comportar as provas da argumentação, reforçando o tópico da grandeza hiperbólica, sendo, normalmente, extenso e intenso. Desenvolve expetativas pela narração ou descrição, podendo, segundo Georges Moliné, chegar a ter mais eficácia que a retórica argumentativa[16].

É esta abundância realizada pela quantificação de bens, e reforçada pelas enumerações a que recorre.

É também dentro da Literatura de Viagens que este tópico se impõe, mesmo que isso custe à poesia narrativa prosaísmo e monotonia.

---

14 André João Antonil, *Cultura e Opulência do Brasil por suas Drogas e Minas*, São Paulo, Melhoramentos, 1923 (1711).
15 Sebastião da Rocha Pita, *História da América Portuguesa*, 3.ª ed., Salvador, Progresso, 1950 (1730).
16 Georges Moliné, *Dictionnaire de Rhétorique*, Paris, Librairie Générale Française, 1992.

MARCAS DA LITERATURA DE VIAGENS NOS TEXTOS UFANISTAS BRASILEIROS 27

Veja-se, em primeiro lugar, como o tópico se realizou na Literatura Europeia, para se avaliar da sua produtividade nos textos ufanistas brasileiros.

Porque a sua realização é ampla, servimo-nos agora de textos diferentes, observando as "abundâncias" em vários continentes, para mais evidenciar a sua universalidade.

Jean de Léry, na *Histoire d'un Voyage en Terre du Brésil*, de 1580, dedica aos produtos da abundância cinco capítulos inteiros (IX-XIII), respeitando também o hábito da sua pormenorização se fazer através de listas enumerativas.

Assim, identifica e descreve 20 espécies de animais terrestres, 24 de aves, 13 de peixes e 16 de árvores, raízes comestíveis e frutos, encerrando a contagem de tanta liberalidade com um salmo de louvor à generosidade divina[17].

O holandês Linschoten, no *Itinerário* até à Índia, de 1592, ainda leva mais longe estas enumerações a que dedica oito capítulos, identificando, entre animais terrestres e aves, 38 espécies, 17 de peixes, deleitando-se, especialmente, na descrição de 35 espécies de árvores e frutos, explicando suas formas e usos, chegando mesmo a ensinar, com não disfarçada delícia, a melhor maneira de saborear um ananás[18].

Apesar de Fernão Mendes Pinto, na *Peregrinação*, de 1614, se ocupar mais dos lances aventurosos dele e seus companheiros, não deixa de, repetidamente, referir as grandezas que vai observando.

Por exemplo, das cidades, em especial, de Pequim, ou dos pagodes, sem omitir as listas das "cidades movediças", isto é, dos aglomerados de inúmeras embarcações que estacionam "por esse rio acima": umas carregadas de leitões, cágados, caracóis, cobras, etc., outras de cascas de laranjas para perfumar a carne de cão cozida, outras de montes de ídolos de pau, etc. Ou então, como no capítulo 107, enumerando 34 espécies de metais, especiarias e "mantimentos". Listas estas acrescentadas de muitas outras, bastando concluir com ele: "Destas grandezas que se acham em cidades particulares deste impé-

---

17 Jean de Léry, *Histoire d'un Voyage en Terre du Brésil*, 2.ª ed., Paris, Librairie Générale Française, 1994 (1580).
18 Ian Huygen Linschoten, *Itinerarium, Voyage of the Schipvaert van I.H.L*, Tot, Amsterdam, 1614 (1596).

28 FERNANDO CRISTOVÃO

rio da China, se pode bem coligir qual será a grandeza dele todo junto (…) Nesta minha peregrinação se pode bem ver, em algumas partes vi grandíssima abundância de diversíssimos mantimentos que não há nesta nossa Europa"[19].

No seu relato sobre terras nipónicas, o padre João Rodrigues Tçussu, na *História do Japão*, de 1634, para além de descrever os eventos de carácter eclesiástico, também não omitiu as caraterísticas do *de situ*, e dedica às abundâncias do país 19 páginas, enfileirando os nomes de 16 espécies de animais, 18 de aves e 10 de frutos, acrescentando informação sobre 9 espécies de ervas medicinais[20].

No respeitante, ainda, à China, o padre Gabriel de Magalhães, na *Nova Relação da China* e, especialmente mo capítulo "Da Grande abundância de todas as coisas que se encontram na China", de 1688, previne logo o leitor de que "quanto a carne, peixe, frutas e outras provisões, basta dizer que tem tudo o que temos na Europa e muitos outros que não temos", explicando depois, pormenorizadamente, como se distinguem as 5 espécies de grãos, em que o arroz é rei, e enumera 6 espécies de carnes de animais domésticos, a que se devem crescentar as dos animais de caça, tais como de aves terrestres, voláteis e aquáticas, 3 espécies de ursos, cervos, gamos javalis, alces, lebres, coelhos, esquilos, gatos selvagens, ganços, patos, belíssimos faisões… atingindo, quanto aos frutos, o número de 100 variedades[21].

Acrescente-se que em todas as Relações de viagens pelo Oriente, ainda é mais considerável a lista das numerosas instituições sociais, políticas, religiosas, militares, que a dos produtos da terra, por manifestarem, mais convincentemente, a grandeza e abundância do país. Por exemplo, Tçussu consagra vários capítulos ao modo de organização do governo, da nobreza, da construção de casas e palácios e, sobretudo, das intermináveis festas e das complicadas cerimónias do chá. Do mesmo modo que Magalhães se demora na descrição da grande indústria, da nobreza, dos tribunais superiores, dos mandarins de letras e de armas, como índice de grandeza e fartura.

---

19 Fernão Mendes Pinto, *Peregrinaçam e Cartas*, Lisboa, Afrodite, 1989 (1614).
20 Padre João Rodrigues Tçussu, *História do Japão*, Macau, Notícias de Macau, 1954 (1634).
21 Padre Gabriel de Magalhães, *Nova Relação da China*, Macau, Fundação Macau, 1997 (1688), p. 166 e seguintes.

Quanto às abundâncias do Brasil:

Pêro de Magalhães Gândavo, na *História da Província de Santa Cruz*, de 1576, consagra 6 capítulos inteiros a mencionar 22 espécies de frutos, 24 de animais, 20 de aves, 8 de peixes, rematando "são tantas e tão diversas as plantas, fruitos e hervas que há (...) que seria coisa infinita escrevê-las aqui todas"[22].

Fernão Cardim no *Tratado da Terra e Gente do Brasil*, de 1625(?), dos 30 capítulos da obra, consagra 17 a animais e frutos especiais, dedicando a cada uma das espécies um capítulo inteiro, e alargando a lista dos animais terrestres para 20, acrescentada de 14 espécies de cobras. As aves são mencionadas em 18 espécies, as árvores de fruto em 10, sendo as plantas medicinais também 10, acrescentadas de18 qualidades de ervas e raízes para mezinhas e cheiros. 20 qualidades de peixes e 13 de crustáceos ainda entram neste cardápio de abundâncias.

Para tranquilidade geral, termina este tratado sobre o clima e a terra, deste modo: "tem este Brasil uma grande comodidade para os homens viverem: não se dão nele percevejos, nem piolhos, e pulgas há poucas". Porém, talvez por lhe doer a consciência de tantas bondades, acrescenta: "não faltam baratas, traças, vespas, moscas e mosquitos, de tantas castas e tão cruéis e peçonhentos, que mordendo em uma pessoa, fica a mão inchada por três ou quatro dias"[23].

É imperativo voltar a Rocha Pita e à sua *História da América Portuguesa*. Depois de anunciar 23 espécies de grãos e legumes, 30 espécies de frutas, 38 espécies de árvores preciosas e flores, arrola, em interminável lista, os nomes de 67 ervas comestíveis e curativas, declarando ter omitido nessa lista os nomes das que "provocam lascívia, das quais é mais conveniente ocultar a notícia e calar os nomes"[24].

Mas onde o tópico da abundância, expresso em listas enumerativas, se torna mais relevante é, paradoxalmente, na poesia que, por ser excessivamente narrativa, se torna prosaica e monótona.

---

22 Pêro de Magalhães Gândavo, *Tratado da Terra do Brasil*, Lisboa, Academia das Ciências, 1826 (1573?).

23 Padre Fernão Cardim, *Tratados da Terra e Gente do Brasil*, Lisboa, Comissão Nacional dos Descobrimentos, 1997 (1584?).

24 Sebastião da Rocha Pita, *Ibidem*, Livro I, n.° 42.

Para não tornar este texto excessivamente longo, bastam-nos exemplificações de José Joaquim Lisboa, e de Frei Manuel de Santa Maria Itaparica, pois já recordámos Botelho de Oliveira que aqui poderia também ter lugar de relevo.

O poema de Joaquim José Lisboa, de 1804, *Descrição Curiosa das Principais Produções, Rios e Animais do Brasil, Principalmente da Capitania de Minas Gerais*, de 1804, é, de algum modo, uma réplica ampliada da *Ilha de Maré*, de Botelho de Oliveira, com alguma inspiração da *Marília de Dirceu*, de Tomás António Gonzaga, sobretudo no tipo de diálogo travado com Marília, na aproximação da poesia à pintura, no chamar de atenção para a safra, ou melhor, da mineração do ouro, etc.

O poema, como se propõe, é um verdadeiro inventário; são mencionados 42 rios, 37 espécies de animais, 53 de aves, dando pouca importância aos peixes (quase um tópico da literatura dos primeiros séculos, pois a Literatura Brasileira, praticamente, desconhece o mar[25]...). Talvez, neste caso, o quase nulo relevo se deva ao caso de se tratar de um poema referente a Minas Gerais.

Não se esquece de mencionar 19 palmitos e raízes, nem a riqueza de 7 tipos de minérios. Mas o seu maior prazer é, sem dúvida, o de se referir aos frutos, adjetivando convenientemente 35 espécies deles, acrescentadas de 20 qualidades de doces e quitutes.

De relevar, também, a menção de 30 ocorrências de raízes e óleos medicinais[26].

Quanto a Frei Manuel de Santa Maria Itaparica, enaltece, no também poema narrativo *Descrição da Ilha de Itaparica*, de 1841, a "opulenta e ilustrada Bahia", em termos que embora indiciem já a estética romântica, então reinante, ainda são barrocos e ufanistas.

Certamente por isso, o poema combina os géneros lírico, épico e dramático para celebrar o Brasil, misturando clacissismo de tons barrocos com romantismo, narração com celebração épica e dramática.

Assim, a *Descrição* toma a forma de uma epopeia, em 65 oitavas de decassílabos, onde nem sequer falta a proposição inicial, a invocação das musas e o maravilhoso pagão.

---

25 Fernando Cristóvão, "O Mar na Literatura Brasileira", in *La Lusophonie, Voies/Voix Oceaniques*, Bruxelas, Université Libre de Bruxelles, 2000.

26 Joaquim José Lisboa, *Descrição Curiosa das Principais Produções, Rios e Animais do Brasil, Principalmente da Capitania de Minas Gerais*, Belo Horizonte, Fundação João Pinheiro, 2002 (1804).

MARCAS DA LITERATURA DE VIAGENS NOS TEXTOS UFANISTAS BRASILEIROS 31

Ao mesmo tempo, adota a narrativa tradicional de enumerações, para se referir aos peixes, sem os identificar, exceção feita para os crustáceos, mencionando depois as flores, e acrescentando uma lista de 19 espécies de frutos, e 7 de legumes.

Têm estas listas a particularidade de, a cada espécie dedicar uma estrofe laudativa.

Particularidade ainda mais relevante é a de cometer a singularidade de se deter na descrição da baleia "esse horrível peixe ou besta ingente". A ela e à sua pesca dedica nada menos que 26 oitavas (o poema tem na totalidade 33), descrevendo demorada e dramaticamente a sua pesca, numa evocação que também tem o seu quê do simbolismo dos bestiários medievais.

Seja-nos permitido, pelo que significa de remodelação do estilo ufanista, e introdução à característica tão latino-americana da mistura de géneros, transcrever algumas estrofes significativas:

Corre o monstro com tal ferocidade
Que vai partindo o húmido elemento,
E lá do pego, na concavidade
Parece mostra Thétis sentimento:
Leva a lancha com tal velocidade,
E com tão apressado movimento,
Que cá de longe apenas aparece,
Sem que em alguma parte se escondesse

Qual ligeiro pássaro amarrado,
Com um fio subtil em cuja ponta
Vai um papel pequeno pendurado,
Voa veloz, sentindo aquela afronta,
E apenas o papel, que vai atado,
Se vê pela presteza, com que monta,
Tal o peixe afrontado vai correndo,
Em seus membros atados a lancha tendo.

Eis agora também no mar saltando
O que de Glauco tem a habilidade,
Com um agudo ferro vai furando
Dos queixos a voraz monstruosidade:
Com um cordel depois grosso e não brando
Da boca cerra-lhe a concavidade,
Que se o mar sorve no gasnate fundo
Busca logo as entranhas do profundo.

O povo, que se ajunta, é infinito
E ali tem muitos sua dignidade,
Os outros vêm do comarcão districto
E despovoam parte da cidade:
Retumba o ar com o contínuo grito,
Soa das penhas a concavidade,
E entre eles todos tal furor se acende,
Que às vezes um ao outro não se entende

Desta maneira o peixe se reparte
Por toda aquela cobiçosa gente,
Cabendo a cada qual aquela parte,
Que lhe foi consignada no regente:
As banhas todas se depõem aparte,
Que juntas formam um acervo ingente,
Das quais se faz azeite em grande cópia,
De que esta terra padece inópia.[27]

O procedimento poético de Frei Manuel é, sem dúvida, um dos vários indicadores de como, da reprodução e imitação dos tópicos retóricos europeus, a pouco e pouco se foi caminhando para a autonomia literária brasileira, tanto na área temática, como na da liberdade de utilização genológica.

3. O tópico autonomista da similitude

Com grande frequência, nos relatos da literatura de viagens, abundam as observações sobre semelhanças e diferenças entre o país de origem e o novo país, refletindo atitudes contrárias: de rejeição, reforçando a identidade própria do viajante, ou de empatia, sobretudo quando dá origem a um processo comparativo que pode conduzir à criação de uma nova identidade, no novo lugar.

Assim, nos textos ufanistas, não faltam, até em dinâmica crescente, primeiro as notações de lugar diverso, depois as dos seus con-

---

27 Frei Manuel de Santa Maria Itaparica, *Descrição da Ilha de Itaparica*, in Francisco Adolfo Vamhagen, *Florilégio da Poesia Brasileira*, Rio de Janeiro, Academia Brasileira de Letras, 1946 (1841).

trastes, em seguida as marcas de superioridade do novo lugar, em relação ao lugar de origem.

São, pois, frequentes as oposições Portugal-Brasil *vs* Brasil-Portugal, e, posteriormente Brasil-outros países europeus.

É, pois, natural que o autor de uma Relação ou Poema, escrevendo para os que não viajaram e aguardam ser informados da novidade, acentue as semelhanças e diferenças, quer para melhor dar a entender o que viu, quer para exprimir a sua preferência.

Na *Carta,* Caminha, descrevendo os primeiros encontros com os índios, demarca, pela positiva e pela negativa a oposição dos lugares: "E mandou com eles, para *lá* ficar, um mancebo degredado...", "*Ali* acudiram logo, obra de duzentos homens...", "e passaram um rio de água doce que por *ali* corre...", "*Ali* andavam entre eles três ou quatro moças", "*Ali*, por então não houve mais fala...", "*Ali* falavam e traziam muitos arcos e continhas...", "*Não há aqui* nem boi nem vaca, nem cabra, nem ovelha, nem galinhas...", "Outras aves então não vimos, somente algumas pombas seixas, e pareceram-me *bastante maiores que as de Portugal...*"[28].

Nisto de semelhanças ou diferenças, já no *Diario de a Bordo*, de Colombo se anotava: "*Tuvieron la mar como el rio de Sevilla; gracias a Dios, dice el Almirante. Los Aires muy dulces como en Abril en Sevilla*"[29].

Mais longe vai Botelho de Oliveira aprofundando distâncias e superioridades: "*As laranjas da terra / poucas azedas são (...) Mas de Portugal entre alamedas / são primas dos limões, todas azedas (...); Os melões celebrados / aqui tão docemente são gerados (...) Não falo em Vilariça, nem Chamusca: / porque todos ofusca (...); de várias cores são os cajus belos, (...) e criam a castanha, / que é melhor que a de França, Itália, Espanha; Os limões não se prezam (...) ah se Holanda os gozara!; A pimenta elegante (...) é muito avantajada, por fresca e sadia / à que na Ásia se gera, Europa cria; O arroz semeado (...) cale-se de Valença por estranha / o que tributa a Espanha, / cale-se o Oriente (...); frutas e legumes que dão a Portugal muitos ciúmes*" etc. etc.[30]

---

28 Pêro Vaz de Caminha, in Jaime Cortesão, *A Carta de Pêro Vaz de Caminha*, Rio, 1943, (1500) Ed. fac.simile.

29 Cristóbal Colón, *Diario de a Bordo*, Madrid, ed. Anaya, 1985 (1492).

30 Manuel Botelho de Oliveira, *Ibidem.*

FERNANDO CRISTOVÃO

Aliás, não são só os lugares ou "abundâncias" que levam vantagem a lugares ou abundâncias de Portugal ou da Europa, é o próprio Brasil em construção que já se equipara à mãe pátria. Por isso Magalhães Gândavo se atrevia a dizer, ufanisticamente, por volta de 1576: "Este Brasil é já outro Portugal"[31].

A originalidade dos ufanistas, imitando o modelo europeu das descrições dos textos de viagens, está em terem sabido introduzir a pouco e pouco atitudes e motivos literários marcando diferenças, conduzidos, como diria Machado de Assis, por "um certo instinto de nacionalidade."

Essa deriva era servida por quanto envolvesse comparações de semelhança ou diferença, especialmente através do emprego dos advérbios de lugar aqui/ali,cá/lá e dos pronomes possessivos ou demonstrativos como nosso/vosso/deles, ou este/esse etc.

Por outro lado, a exuberância Barroca foi perdendo ornatos e grandeza e cedendo lugar às convenções arcádicas e, depois, às do Romantismo, ou misturando os géneros. Até porque, em simultâneo, estava em curso a poderosa dinâmica das independências políticas que dariam os seus frutos no século XIX.

O indianismo, já introduzido pelos árcades mineiros, e reforçado pelo Romantismo, daria outro rumo à celebração do Brasil, dignificando-o como "americano", e apoiando-se noutros modelos, situação esta que o Regionalismo do final do século XIX reforçou por outra via, a da dignificação dos valores locais e regionais, preparando o nacionalismo que entraria em força com o Modernismo de 22 e, sobretudo, dos anos 30 do século XX.

Neste quadro, o poema de Frei Manuel Itaparica, de 1841, anuncia, em si nesmo, pela mistura e cruzamento de estéticas, o final do ufanismo, substituído tematicamente pelo regionalismo e indianismo e, formalmente, pela estética romântica triunfante.

Contudo, o "instinto de nacionalidade" que lhe deu origem, continuaria a animar a Literatura Brasileira através das mais variadas metamorfoses: arcadismo aculturado, indianismo, regionalismo, nacionalismo...

---

31 Pêro de Magalhães Gândavo, *Tratado da Província do Brasil*, Rio de Janeiro, 1965.

Assim, a *Ilha de Maré* de Botelho de Oliveira, seria continuada pelo *Caramurú* de Santa Rita Durão[32], pelo *Os Caboclos* de Valdomiro da Silveira[33], por *Martim Cererê* de Cassiano Ricardo[34], pelo *Por que me Ufano do meu País* de Afonso Celso, e tantos outros.

32 Frei José de Santa Rita Durão, *Caramurú*, Lisboa, Régia Oficina Tipográfica, 1781.
33 Valdomiro Silveira, *Os Caboclos*, São Paulo, Civilização Brasileira, 1962.
34 Cassiano Ricardo, *Martim Cererê*, São Paulo, Revista dos Tribunais, 1928.

Texto e Imagem:
Representações da Antropofagia no Brasil do Século XVI

*Darlene J. Sadlier**

* Professora Titular de Português e Espanhol, Universidade de Indiana (USA).

Um estudo das histórias, cartas, mapas e ilustrações do século xvi indica uma diminuição nas descrições edénicas da população indígena brasileira e um aumento no número de relatos sensacionalistas que retratavam os habitantes nativos como selvagens e canibais. O ímpeto pela criação e disseminação destes dois discursos distintos foi a colonização. Na sua *Carta* (1500), Pero Vaz de Caminha elogiou as virtudes dos dóceis e inocentes indígenas, e exortou o rei Dom Manuel a que apressasse sua conversão – um ato conforme o Tratado de Tordesilhas que outorgou domínio de territórios não-cristãos a Portugal e a Espanha contanto que qualquer população recentemente descoberta se tornasse discípula e defensora da Cristandade. Jesuítas como Nóbrega e Anchieta, que foram enviados mais tarde ao Brasil, também escreveram ao rei sobre a docilidade dos habitantes e seu êxito na conversão parcial da população nativa. Dom João iii apoiou tais propósitos que consolidavam a colonização do Brasil, sobretudo por causa da ameaça territorial dos franceses que se aproveitaram do número reduzido de povoações portuguesas e assim prosperavam no comércio com os indígenas com que trocavam bens franceses pelo pau brasil.

Embora se possa encontrar referências à antropofagia bem no início do século xvi[1], é só na segunda metade do século que o discurso canibalesco começa a desafiar as imagens edénicas que seduziram os colonos ao Brasil. A imagética canibalesca atinge o *status* de topo durante o conflito entre os portugueses, franceses e seus respetivos aliados indígenas para conquistar o Brasil. Com a expulsão dos franceses em 1560, as descrições de antropofagia continaram a servir à causa colonial, justificando os ataques dos portugueses contra as tri-

---

1 Numa carta de 1501 enviada a seu patrão Lorenzo di Pier Francesco de Medici, Américo Vespúcio descreve a crueldade dos índios na guerra, e sua antropofagia. Carta reproduzida em Frederick J. Pohl, *Amerigo Vespucci: Pilot Major*, New York, Octagon Books, 1966, p.134.

bos do litoral. No fim do século XVI, as referências à antropofagia tornaram-se comuns nas histórias e literatura de viagens ilustradas, e cenas de desmembramento e exibição de partes anatómicas se tornaram iconografias familiares nos mapas e frontispícios. Tal como a ideia da antropofagia serviu à empresa colonial, também esta serviu à nascente indústria artesanal e editorial, que aproveitou a popularidade do assunto na produção de textos e imagens para um recetivo público europeu.

O propósito deste ensaio é identificar e examinar alguns dos mais importantes textos e documentos que contribuíram para a criação do topo de antropofagia durante a segunda metade do século XVI no Brasil. O estudo vai mostrar que muitas vezes as opiniões não estavam de acordo sobre o que a antropofagia representava. Para uns, o canibalismo foi uma ameaça e ataque contra a civilização e a Cristiandade enquanto, para outros, foi um rendoso tópico sensacionalista. Qualquer que seja o caso, no fim do século, a comunidade condenada por sua cultura antropofágica se tornou uma sociedade subjugada, cujos membros estavam a desaparecer rapidamente da paisagem colonial.

Não foram os portugueses nem os franceses que produziram uma das imagens mais divulgadas da antropofagia brasileira no meio do século XVI, mas um alemão chamado Hans Staden, que escreveu um relato-depoimento sobre sua vida depois de ser preso pelos Tupinambás, durante o conflito luso-francês em 1553. O que tornou sua crónica, *Wahrhaftige Historia und Beschreiburg eyner Landtschafft der Wilden, Nacken, Grimmigen Menschfresser, Leuthen in der Newenwelt America gelegen* (1557) tão fascinante foi o comentário detalhado dos costumes e hábitos dum povo canibalesco, tornados mais sensacionais por causa duma série de xilogravuras que acompanhavam o texto.

Deve-se notar que as xilogravuras que associamos ao texto de Staden, publicado em Marburgo em 1557, e com as gravuras das "Grandes Viagens" de Theodor de Bry, a comentar mais tarde, não são as mesmas que apareceram numa edição que saiu em Frankfurt no mesmo ano[2]. Estas imagens muito mais elaboradas são fascinantes, e merecem um breve comentário. Por exemplo, embora Staden tivesse escrito sobre seu cativeiro numa aldeia ou taba dos Tupinambás, as

---

2 Encontrei a edição rara publicada em Frankfurt na Newberry Library, Chicago, Illinois.

imagens da edição de Frankfurt não têm nada a ver com o Brasil. Na maior parte são orientalistas em suas representações, mostrando sultões e comerciantes, camelos e elefantes e, de vez em quando, uma figura que podia ser um indígena. Não há nenhum rei no relato de Staden, embora a imagem dum rei apareça em várias ilustrações nesta edição: em uma imagem, ele está sentado numa sala de jantar num castelo, e noutra, está cercado de vários animais. Não é claro se foi Staden, seu editor, ou outra pessoa que incluiu essas imagens no texto. A única coisa que sabemos é que, em algum momento, alguém as considerou apropriadas e desejáveis no livro, e não houve distinção feita entre o mundo ocidental e oriental. Uma xilogravura que aparece no capítulo "Como os tupinambás tratam seus prisioneiros" é especialmente interessante e irónica. É a única imagem na edição de Frankfurt que tem uma certa relação com a narrativa; ao mesmo tempo que, em vez de um Tupinambá, mostra um europeu que se parece com um marinheiro, vestido de calção, colete (aberto) e bandana, tendo uma machadinha na mão e um corpo decapitado a seus pés. É até mais irónica esta imagem porque mostra outros europeus, que se parecem com naúfragos, aparentemente não perturbados pelo acto de desmembramento. Numa nota de rodapé, que aparece no seu prefácio da tradução portuguesa, Alberto Löfgren comenta que Dr. Drylander de Marburgo propôs que novas xilogravuras fossem criadas para o texto, porque aquelas não tinham nada a ver com a narrativa. Ele tem razão, embora a gravura sobre a mutilação se relacione tangencialmente com o texto. Mas pode-se imaginar que aquela imagem do desmembramento preocupou o Dr. Drylander: o desmembramento às mãos dum índio era aceitável; outra coisa era sugerir que um europeu tivesse a capacidade de fazer isso – mesmo quando era historicamente a verdade.

Entre a série de xilogravuras que aparece na edição de Marburgo estão retratos da vida na aldeia, tribos lutando uma com a outra, um europeu nu (supostamente Staden) com seus captores também nus, e a preparação (a depilação, a execução, o desmembramento, o assar do corpo) e o consumo dos inimigos presos. Staden descreve com detalhes o ritual antropofágico e as xilogravuras – embora cruas e faltando detalhe – mostram cenas grotescas: um corpo sendo cortado e aberto pelas costas e uma cabeça humana num pote. Outras xilogravuras focalizam a preparação e a ingestão da carne humana. Exceptuando a execução, que foi sempre feita por um homem, todos os outros aspetos do acto canibalesco são associados geralmente às mulheres e crianças (as quais recebem pouca atenção na narrativa de Staden). Por exemplo, uma xilogravura mostra mulheres e crianças consumindo o conteúdo de dois pratos enormes que estão no chão. Há uma certa ironia nessa imagem: por faltar detalhe, pode-se facilmente interpretar a cena como uma representação edénica de mães e filhos comendo ao ar livre.

Embora o relato de Staden não fosse o primeiro a descrever a antropofagia do Novo Mundo, sua narrativa teve um impacto maior do que qualquer outra desse período. No fim, as lutas entre as várias tribos, a participação dos índios no conflito luso-francês, e sua resistência à escravidão resultaram na imagem duma população "selvagem" – apesar da violência e brutalidade dos próprios portugueses e franceses nos seus esforços de beneficiarem da terra. Ademais, as xilogravuras frequentemente circulavam independentes do texto escrito, e a disseminação das imagens de seres nus cresceu. Nos meados do século, um discurso interessante surgiu baseado nas reportagens e nas xilogravuras de selvagens e do canibalismo, que aparecem ao lado de imagens de habitantes dóceis num Éden tropical.

Esse discurso é especialmente evidente numa gravura entitulada "Figures des Brazilians" que aparece num manuscrito francês de 1551 e que descreve, detalhadamente, um simulacro da vida indígena brasileira, construído em 1550, nas margens do rio Sena, na cidade de Ruão. A construção luxuosa foi criada para celebrar a entrada oficial dos reis Henrique II e Catarina na cidade. Aparentemente, era muito comum recriar eventos de importância histórica para honrar a chegada da corte real às cidades. Nesse caso, Ruão apresentou um espetáculo singular baseado em sua relação especial com uma nação "exótica" que serviu seus interesses comerciais (pau brasil) e aqueles do rei.

O espetáculo exigiu um investimento considerável: cinquenta indígenas foram importados para o evento; árvores e arbustos especiais foram plantados para simular uma floresta tropical; duas tabas indígenas foram construídas; 250 homens e prostitutas francesas foram contratados para fazer o papel de índios nus, e para aumentar o número de pessoas na aldeia; e papagaios e macacos foram importados e soltos na falsa selva. No seu ensaio "Strange Things, Gross Terms, Curious Customs: The Rehearsal of Cultures in the Late

TEXTO E IMAGEM: REPRESENTAÇÕES DA ANTROPOFAGIA NO BRASIL   43

Renaissance", Steven Mullaney descreve as várias cenas retratadas na gravura de 1551, que é a única representação pictórica do espetáculo. Até mais interessantes são suas descrições de um homem e uma mulher, os quais "strike a pose that recalls period illustrations of Genesis"[3]. Outras figuras parecem andar de mãos dadas ou no ato sexual, enquanto a maioria está a lutar com cacetes, lanças, arcos e flechas. Mullaney comenta:

"Along with its version of Edenic pastoral [a gravura] reveals a land of unbiblical license and enterprise. Some of the couples are partially obscured in the underbrush, taking advantage of the cover to indulge in relatively unabashed foreplay; men are hewing trees, then carrying them to the river to build primitive barks. The soft primitivism of biblical tradition coexists with a harder interpretation of pagan culture, akin to the portraits of barbaric life composed by Piero de Cosimo"[4].

A respeito da luta entre os índios, Mullaney nos informa que uma batalha entre dois grupos indígenas foi encenada para celebrar a chegada de Henrique, e que, durante uma luta simulada, uma das tabas foi completamente destruída pelo fogo. Ele comenta também que uma repetição da batalha foi encenada no dia seguinte, para honrar a chegada de Catarina. Foi durante esta batalha que a segunda aldeia foi queimada e destruída. Em seu livro, *Le Cannibale: Grandeur et Décadence*, Frank Lestringant descreve uma coleção de miniaturas que foram desenhadas para celebrar o espetáculo. Uma delas mostra uma batalha encenada entre os franceses e portugueses no rio Sena. E acrescenta: "Opposite the miniature is a verse commentary celebrating the sovereignty of the King of France over the four continents. Not only do the Portuguese flee... but also 'Thy power [de Henrique] to the cannibals extends: / Faithless to others, they remain our friends, / And in those islands we may safely dwell'."[5]

---

3 Steven Mullaney, "Strange Things, Gross Terms, Curious Customs: The Rehearsal of Cultures in the Late Renaissance," in *Representing the English Renaissance*, ed. Stephen Greenblatt, Berkeley, University of California Press, 1988, p. 71.

4 *Ibidem*.

5 Frank Lestringant, *Cannibals*, trans. Rosemary Morris, Berkeley, University of California Press, 1977, p. 42.

Em 1556, o almirante francês Nicolas Durand de Villegaignon conseguiu autorização de Henrique II para estabelecer uma colônia chamada Fort Coligny numa ilha na Baía da Guanabara, que seria um refúgio para ambos, católicos e protestantes. Aparentemente Henrique II estava disposto a conceder esse pedido porque abria a possibilidade de estimular o comércio do pau brasil. Calvino enviou um grupo de missionários à ilha para fornecer instrução religiosa. Mas logo depois da criação da comunidade, começaram debates teológicos entre os dois grupos – debates exacerbados pela liderança tirânica de Villegaignon. Faltando apoio material da população indígena, e com a chegada dos portugueses, que queriam expulsar os franceses, Villegaignon finalmente abandonou Fort Coligny, que caiu sob o controle dos portugueses, em 1560.

É fascinante a carta de Villegaignon a Calvino: mostra a falta dos huguenotes na preparação da colonização da "França Antárctica" e a insatisfação pessoal de Villegaignon com a terra e sobretudo com os indígenas. Queixa-se da falta de alojamento e de trigo, e da presença de selvagens sem religião, sem honestidade e sem virtude, os quais, segundo ele, tinham aspeto de bestas humanas – declarações que evocam as lendas medievais de mundos primordiais com populações de seres sub-humanos.

Entre os indivíduos que vieram com Villegaignon ao Brasil estava o franciscano André Thevet, que serviu como capelão da comunidade. Mas depois de só dez semanas no Brasil, Thevet voltou à França onde publicou um relato de suas experiências, intitulado *Singularités de la France Antarctique*, em 1557 – o mesmo ano em que apareceu o livro de Staden. O texto de Thevet teve um impacto enorme nos leitores, não só por causa de suas descrições detalhadas dos habitantes do Novo Mundo e seus costumes – que incluiram os rituais canibalescos –, mas também por causa de várias xilogravuras e das primeiras gravuras ou imagens de *talha-doce* a aparecer numa publicação em Paris[6]. Thevet mostra-se altamente orgulhoso de ter contratado os melhores gravadores flamengos para ilustrar o texto. O livro vendeu muito bem, apesar das dúvidas dos críticos que declararam exageradas, e até

---

6 Veja Estevão Pinto, trad., prefácio in André Thevet, *Singularidades da França Antárctica*, São Paulo, Companhia Editora Nacional, 1944, p. 19.

fantasiosas, as narrativas. Na introdução da tradução portuguesa do livro, Estevão Pinto comenta que os críticos criticaram seu pedantismo, as excessivas citações dos filósofos gregos e latinos, e a falta de senso comum. Ao mesmo tempo, as descrições etnográficas da vida indígena, tal como os comentários sobre animais e plantas, foram considerados instrutivos e receberam elogios.

No livro, Thevet agradece a Deus por ter lhe dado a habilidade de raciocinar, e por ser duma raça distinta daquela dos "brutos." Embora seus relatos e julgamentos mostrem seu desconforto com o povo indígena e seus costumes "bárbaros," ele desafia certas crenças populares baseadas nas representações iconográficas dos "selvagens" como seres hirsutos:

"Muitas pessoas pensam, por inadvertência, que esses povos, a quem chamamos de selvagens, pelo facto de viverem quase como animais, nos bosques e campos, têm, semelhantemente, o corpo todo peludo, à maneira dos ursos, dos cervos e dos leões. E assim o pintam essas pessoas em suas ricas telas. (...) Tal opinião é completamente falsa, embora alguns indivíduos, como já tive ocasião de ouvir, se obstinem em afirmar e jurar que os selvagens são cabeludos. Se têm tal facto como certo é porque nunca viram selvagens"[7].

A parte mais cativante do livro é a descrição das batalhas entre tribos inimigas e o ritual antropofágico que se seguia à captura dos presos. Numa das poucas referências a Villegaignon, Thevet informa o leitor que, ao contrário da monarquia portuguesa, o almirante francês proibiu, sob a pena de morte, relações íntimas entre seus discípulos e as mulheres indígenas, dizendo que isto era um "acto indigno de cristãos"[8]. É difícil dizer se esta lei foi criada para proteger os habitantes locais ou simplesmente como outra instância do puritanismo e da intolerância racial do líder francês. As gravuras que acompanham esta parte do texto são fascinantes por serem tão grotescas. Na parte de frente da ilustração "Cena do canibalismo," um índio desmembra um corpo degolado enquanto uma índia tira suas entranhas. No fundo, há várias actividades: dois índios estão a assar partes dum corpo numa grade, enquanto outros dois carregam a perna decepada de outro

---

7 *Ibidem*, p. 191.
8 *Ibidem*, p. 254

cativo cuja cabeça degolada é objecto de interesse para as crianças. Há uma certa ironia na ilustração que se relaciona com uma das primeiras xilogravuras mencionada acima. Como resultado de suas cabeças parcialmente raspadas e seus traços europeus, os índios, que estão a cortar, cozinhar e carregar as partes dum corpo, se parecem mais com padres ou monges, que estivessem por acaso nus, do que representantes da população ameríndia.

Singularités foi muito popular entre os leitores, e certos poetas da época elogiaram Thevet como o novo Jasão dos Argonautas e um Ulisses moderno. Em 1578, Thevet publicou *La Cosmographie Universelle*, uma revisão do primeiro livro que contém um comentário suplementar que ataca os calvinistas pela conspiração contra Villegaignon e pelo colapso da experiência religiosa.

Entres os missionários calvinistas que foram participar nessa experiência, em 1556, estava Jean de Léry, conhecido como o "Montaigne viajante" depois da publicação de seu livro, *Histoire d'un Voyage au Brésil* (1578), considerado um dos mais importantes relatos em francês sobre a colonização do Novo Mundo. Depois da execução de quatro calvinistas por Villegaignon, processados como conspiradores, Léry e os outros calvinistas fugiram da colônia e estabeleceram-se no litoral, onde viveram com os Tupinambás. Léry ficou por lá um ano, até 1558, quando voltou a França e soube do lançamento do *Cosmographie* de Thevet. Publicada vinte anos depois de sua aventura, *Histoire* refuta parcialmente a obra de Thevet num longo prefácio que rejeita as acusações feitas contra os calvinistas. Léry acrescenta que as revisões de Thevet em *Cosmographie* são até mais fantasiosas e falsas que as descrições originais em *Singularités*.

O livro de Léry é impressionante por suas descrições detalhadas da experiência na ilha, e do seu relato, na primeira pessoa, sobre sua vida entre os indígenas. Partes do livro parecem influenciadas por escritores anteriores, incluindo seu rival franciscano, Thevet. Por exemplo, Léry rejeita a noção de que os "selvagens" são cobertos de pelos – afirmação que aparece em Thevet nas *Singularités*, e que Hans Staden também fez anteriormente. Como Américo Vespúcio, Léry comenta que os indígenas têm longa vida e toca em muitos dos assuntos que foram examinados por Staden – um facto não muito surpreendente dado que ambos habitaram com os índios por algum tempo. Léry é especialmente perspicaz quando descreve os rituais de honra e de vingança do sangue que envolvem a antropofagia. Observações pessoais fazem parte do relato sobre a captura, execução e ingestão do inimigo. Ele dá ênfase no aspecto ritualístico do evento: ambos, o cativo e o captor, cumprem certos actos e pronunciam certas palavras antecipadas pelos dois. Léry lembra-se das suas tentativas e das de outros para salvar uns cativos indígenas e portugueses. Seus comentários aqui são interessantes e mostram que, apesar do conflito entre os franceses e portugueses, os europeus muitas vezes se aliaram contra o índio. De facto, uma vez que os franceses foram expulsos do Brasil, em 1560, os portugueses atacaram e mataram não só os aliados dos franceses, os Tupinambás, mas também seus próprios aliados, os Tupiniquins. A respeito dos cativos, Léry relata que tentou salvar uma mulher, oferecendo uma quantidade de dinheiro ao captor. Mas quando Léry disse à mulher que teria que mandá-la para a Europa para garantir sua segurança, a índia respondeu que preferia a honra de ser presa e uma execução rápida, do que uma vida prolongada e vazia numa terra estrangeira.

O que distingue Léry de outros historiadores da época que escreveram sobre canibalismo é a observação de que leitores europeus não devem julgar com muita severidade as descrições de antropofagia e de outros costumes indígenas. Para Léry, os europeus frequentemente cometeram atrocidades mais horrorosas que a antropofagia, e as praticaram por causa da avareza ou intolerância:

"Poderia aduzir outros exemplos da crueldade dos selvagens, mas (...) [é] útil, entretanto ao ler semelhantes barbaridades, não se esqueçam os leitores do que se pratica entre nós. Em boa e sã consciência tenho que excedem em crueldade aos selvagens os nossos usurários, que, sugando o sangue e o tutano, comem vivos viúvas, órfãos e mais criaturas miseráveis, que preferiram sem dúvida morrer de uma vez a definhar assim e lentamente. (...) [M]esmo não falando por metáforas, não encontramos aqui [França], nem na Itália, e alhures, pessoas condecoradas com o título de cristãos, que não satisfeitas com trucidar seu inimigo ainda lhes devoram fígado e coração? (...) Sou francês e pesa-me dizê-lo"[9].

9 Jean de Léry, *Viagem à Terra do Brasil*, Belo Horizonte, Itatiaia, 1980, p. 203.

48 DARLENE J. SADLIER

Chegando ao Brasil em 1553, o jesuíta José de Anchieta parece concordar com a avaliação de Léry na sua reportagem, *Informação do Brasil e de Suas Capitanias*. Autor da primeira gramática da língua Tupi e vários outros livros, Anchieta ficou impressionado com o valor e a honra dos guerreiros indígenas, ao mesmo tempo que mostrou sua insatisfação com os costumes cruéis e inumanos do europeu.

Talvez seja interessante comentar a defesa que Anchieta e Léry fazem do índio. Sabemos que os jesuítas portugueses estavam a escrever constantemente aos seus superiores em Lisboa sobre o seu êxito na conversão dos índios – que foi a única razão por que eles foram para o Brasil. As cartas de Anchieta e de Manoel da Nóbrega mostram que nenhum costume pagão praticado pelo índio foi obstáculo à sua conversão, nem era pior que os actos muito mais cruéis e depravados dos colonizadores. Sabemos que os jesuítas estavam sempre em tensão com os colonos, que consideravam os indígenas como escravos. A conversão também significava que novos conversos seriam "livres" para trabalhar nas missões. Ao mesmo tempo, a atitude favorável de Léry para o índio serve para aumentar o debate com seus compatriotas como Villegaignon e Thevet. Ademais, as ilustrações na obra de Léry focalizam o carácter nobre, e até dócil, da população nativa. A única imagem violenta é de uma cabeça que está no chão e ao pé de dois índios, um dos quais tem uma maça na mão.

Uma das melhores defesas do índio e do acto antropofágico foi escrita por Montaigne num ensaio de 1580 intitulado *Des cannibales*. Montaigne assume uma atitude proto-iluminista nesta obra, criticando aqueles que se mantêm sujeitos a opiniões vulgares e avaliam assuntos segundo os rumores em vez da razão. Seu argumento principal é que os homens sofisticados que viajaram e moraram no Brasil sempre elaboraram ou "glosaram" o que viram, e nunca descreveram as coisas como são[10]. Baseia sua crítica nos textos que leu sobre o Brasil e nas conversas que teve com um hóspede de casa, e que viveu no Brasil por muitos anos: "Now we need either a very truthful man, or one so simple that he has not the art of building up and giving an air of probability to fictions, and is wedded to no theory. Such was my man; and he

---

10 Michel de Montaigne, *The Essays of Montaigne*, trad. E. J. Trechmann, London, Oxford University Press, 1929, p. 202.

TEXTO E IMAGEM: REPRESENTAÇÕES DA ANTROPOFAGIA NO BRASIL   49

has besides at different times brought several sailors and traders to see me, whom he had known on that voyage. So I shall content myself with his information, without troubling myself about what the cosmographers may say about it"[11].

Há poucas dúvidas de que o ataque feito por Montaigne aqui, e em outra parte do ensaio é dirigido a Thevet e sua *Cosmographie*, onde se contém descrições dum povo bárbaro e ilustrações sensacionais da guerra indígena e da antropofagia. Ao criticar os "cosmógrafos", Montaigne refuta todas as referências à barbaridade, dizendo que essa palavra é empregada para descrever "o que não cabe dentro de nossos costumes". Ele comenta que, baseado naquilo que ouviu sobre a nova terra, não vê "nada bárbaro ou incivilizado" e lamenta que Platão, que considerou da mais alta beleza todas as coisas produzidas pela natureza ou pelo acaso, não tivesse nenhuma informação de nações como o Brasil:

"This is a nation, I should say to Plato, which has no manner of traffic; no knowledge of letters; no sciences of numbers; no names of magistrate or statesman; no use for slaves; neither wealth nor poverty; no contracts; no successions; no partitions; no occupation but that of idleness; only a general respect of parents; no clothing; no agriculture; no metals; no use of wine or corn. The very words denoting falsehood, treachery, dissimulation, avarice, envy, detraction, pardon, unheard of. How far removed from this perfection would he fine the ideal republic he imagined!"[12].

Montaigne está impressionado pela obstinação com que os índios conduzem as guerras e com o valor demonstrado por ambos, o captor e o cativo, este sendo morto com uma maça e, logo depois, assado e comido: "not as one might suppose for nourishment, as the ancient Scythians used to do, but to signify an extreme revenge"[13]. Como Léry e Anchieta, Montaigne censura o europeu (no caso de Montaigne, ele focaliza exclusivamente os portugueses que tinham derrotado os franceses), por atrocidades muito maiores, atrocidades que os habitantes nativos imitaram. Menciona especificamente o enterra-

11 *Ibidem*, p. 202-203.
12 *Ibidem*, p. 206.
13 *Ibid.*, p. 209.

mento de cativos até à metade do corpo, e ferir com setas a parte superior do corpo e, logo depois, o enforcamento do corpo. Ele acrescenta: "I think there is more barbarity in eating a live than a dead man, in tearing on the rack and torturing the body of a man still full of feeling, in roasting him piecemeal and giving him to be bitten and mangled by dogs and swine (as we have not only read, but seen within fresh memory, not between old enemies, but between neighbors and fellow citizens, and, what is worse, under the cloak of piety and religion), than in roasting and eating him after he is dead. (...) We may therefore well call those people barbarians in respect to the rules of reason, but not in respect to ourselves, who surpass them in every kind of barbarity"[14].

Como observou o escritor brasileiro Afrânio Peixoto no seu *Panorama da Literatura Brasileira* (1940), Montaigne construiu uma imagem do índio como selvagem nobre, muito antes de Rousseau. Essa imagem não é única: Léry também mostrou sua simpatia pelos hospedeiros indígenas e tanto ele como os escritores Caminha, Nóbrega e Anchieta muitas vezes consideravam o índio e certos hábitos e costumes seus como superiores aos do europeu. Mas apesar dos vários retratos dos índios como um povo simples, cuja violência está directamente relacionada com as ideias da honra e valor, e apesar da importância dum autor como Montaigne, aqueles que podiam ler, e sobretudo aqueles que viram as ilustrações, foram levados a imaginar o Brasil como uma terra de selvagens nus que falavam uma língua estrangeira e que cometiam actos horrorosos, que incluíam a ingestão de inimigos locais e estrangeiros. Nos mapas, o lugar antigamente representado por árvores e papagaios, e muitas vezes chamado "a terra dos papagaios," agora passa a ser melhor conhecido como "a terra de antropófagos". Por exemplo, o mapa de 1568 de Diogo Homem tem as palavras "canibais" e "terra antropofágica" em grandes letras. A figura principal no mapa é a de um homem que está a grelhar uma perna sobre um fogo, enquanto outras partes dum corpo estão penduradas da grelha. As únicas outras figuras são umas árvores e um macaco. Da mesma maneira, as narrativas tornaram-se mais preocupadas com a idéia do antropófago. Em sua *História da Província de Santa*

14 *Ibidem*, p. 210.

TEXTO E IMAGEM: REPRESENTAÇÕES DA ANTROPOFAGIA NO BRASIL 51

Cruz, 1576, Pero Magalhães de Gândavo usa a palavra "diabólica" para descrever o ritual da antropofagia e comenta a ferocidade extrema dos Aimorés, que residem nas florestas na área de Ilhéus e que, como guerrilheiros, emboscavam os colonizadores e índios de outras tribos. Também descreve os Tapuias que, segundo ele, praticam rituais muito mais vis do que a antropofagia como, por exemplo, quando os índios matam e consomem um parente doente, para dar-lhe abrigo eterno nas entranhas[15].

Uma obra que ultrapassou todas as outras na representação do Brasil como país bestial foi a *Historia Americae*, em série de catorze volumes iniciada em 1590 por Theodor de Bry. A terceira parte, *Americae Tertia Pars*, foi publicada em latim e alemão em 1592, e é dedicada ao Brasil.

É importante notar que de Bry, um belga protestante, nunca viajou ao Brasil, e que suas maravilhosas gravuras em cobre foram baseadas principalmente nas ilustrações que aparecem em livros de viagens anteriores. Para o volume sobre o Brasil, ele criou gravuras atraentes baseadas nas xilogravuras que apareceram nos textos de Staden e de Léry, e apresentou as ilustrações ao lado da narrativa. Ao contrário das obras originais, onde as imagens ficaram subordinadas ao texto, os volumes de de Bry utilizam a narrativa como um tipo de telão de fundo para a imagem. As gravuras são excepcionais, não só por causa dos detalhes, mas também porque são de tamanho maior que as originais. As ilustrações do Brasil, sobretudo aquelas baseadas nas cenas de antropofagia no livro de Staden, foram os mais sensacionalistas de todas que apareceram nos vários volumes da série. Por isso, não é surpreendeente que se tenham tornado uma das mais poderosas imagens associadas com a descoberta das Américas.

Seja por coincidência ou por desenho, de Bry produziu suas gravuras de canibalismo em 1592, no mesmo ano em que decidiu tornar-se vendedor e compilador de livros. A antropóloga Bernadette Bucher diz que o projecto de de Bry foi altamente rendoso, atraindo um público substancial que incluía a aristocracia europeia, pessoas instruídas e especialistas, a classe emergente de comerciantes e artesãos, e

---

15 Pero de Magalhães Gândavo, *História da Província de Santa Cruz*, 1576, 12.ª ed., Recife, Fundação Joaquim Nabuco, Editora Massangana, 1955.

mesmo indivíduos de recursos modestos que compravam ações nas companhias marítimas como a Companhia da Índia Oriental. O facto de os livros serem copiosamente ilustrados tornou-os atraentes para aqueles cujo nível de alfabetização era limitado, ou até inexistente. Como estratégia promocional, os frontispícios de vários volumes circularam independentemente, e foram exibidos nas ruas, mercados e feiras ou por vendedores ambulantes. Como os cartazes de filmes hoje em dia, esses frontispícios estimulavam a imaginação porque eram artísticos e provocadores–sobretudo aqueles que representavam o Brasil.

Na criação do frontispício que introduz as gravuras e o texto baseados na obra de Staden, de Bry segue uma metodologia "híbrida", usada em ilustrações anteriores, a qual combina o desenho clássico com motivos do Novo Mundo e do canibalismo. O frontispício é também alegórico e muito mais audacioso, com os habitantes-antropófagos do Novo Mundo inspirados nos clássicos e colocados numa fachada arquitetónica cujo desenho imita um altar com nichos normalmente ocupados por figuras religosas. Como muitas das primeiras xilogravuras, as gravuras de de Bry mostram diferentes atividades que acontecem numa imagem só, embora sejam representadas verticalmente em vez de horizontalmente – como se estivessem a sugerir uma hieraquia de significados. Por exemplo, na parte de cima da fachada, há dois índios vestidos de roupa cerimonial que estão a ajoelhar e a estender os braços como num acto de suplício. O foco de sua atenção é duplo: o índio à direita, cuja nudez de frente está completamente exposta, olha o maracá cerimonial que aparece no alto da estrutura, enquanto o outro índio, cuja nudez está escondida, olha na direção do espectador. As posições e aspectos desses dois lembram os querubins que frequentemente adornam os cantos extremos das pinturas e arquitecturas religiosas. O maracá aparece ao alto numa posição normalmente ocupada pela figura da cruz. Imediatamente em baixo das duas figuras estão os ícones do Novo Mundo, na forma de uma concha grande e cachos de frutas. Há sugestão de um estilo híbrido pela combinação desses ícones ao lado de um objecto que se parece com uma urna grega ou romana.

As imagens mais dramáticas do frontispício são as figuras na parte do meio que estão a mastigar partes de corpos humanos. A importância da figura do homem como chefe é sugerida pela maça que tem na mão. Ao mesmo tempo, a figura da mulher baseia-se nos vários relatos e ilustrações que retrataram as mães e crianças durante o acto antropofágico. Aqui de Bry afasta-se um pouco da imagem tradicional de mãe e filho: coloca o bebé (que tem cara de adulto) nas costas da mulher em vez de ao seu lado. Também mostra que a criança é somente um espetador do ato antropofágico da mãe – como se sua participação excedesse os limites de decoro dos espetadores. Os nichos na parte mais baixa voltam aos clássicos motivos do Novo Mundo com as figuras de conchas, frutas, e urnas que aparecem na parte em cima. Como um proscénio, a passagem em arco no centro da imagem revela uma visão dantesca repleta com fumo, fogo e antropofagia. Toda esta "história" de imagens por de Bry é construída em volta dum cartaz que dá o título do livro e uma breve descrição provocante do conteúdo.

A gravura que introduz o texto de Léry na segunda parte do volume é outra imagem híbrida, mas totalmente diferente em forma e desenho. Aqui de Bry retrata um Adão angustiado e uma Eva gentilmente sorridente, enquanto um camponês trabalha a terra e uma mãe está sentada ao lado de uma criança, no fundo. Uma colecção de animais aparece no primeiro plano que inclui um leão, um ratinho e uma criatura que se parece com aqueles animais fantásticos das primeiras ilustrações das Américas. Não há nada obviamente "brasileiro" na ilustração, embora haja uma relação simbólica entre o homem e a mulher no frontispício de Staden, os quais estão prontos a comer carne humana, e as figuras de Adão e Eva, que estão quase a comer a fruta proibida. E embora não seja clara a relação entre as figuras bíblicas e a narrativa de Léry, pode-se imaginar que esse retrato provocante, que inclui a serpente tentadora, é emblemático da "caída" de outra população uma vez descrita como inocente e edénica. A respeito do elemento sensacionalista, enquanto a imagética bíblica (ao contrário daquela que mostra o acto antropofágico) já não choca a sensibilidade moderna, a interpretação sensual da tentação e da perda iminente do paraíso devem ter fascinado muitas pessoas.

De Bry empregou os títulos que apareceram no livro de Staden como legendas de suas próprias gravuras. Na maior parte, as legendas eram desnecessárias porque as imagens de de Bry retratam claramente não só quem está a comer, mas também o que está a ser comido. No caso da imagem no livro de Staden que mostra a ingestão dum preso, de Bry introduz vários detalhes que transformam a cena "pastoril" antiga numa cena especificamente indígena com tabas. Podemos dizer que o *locus amoenus* do original é transformado num *locus terribilis* por de Bry, que inclui um prato com uma cabeça degolada e a figura duma mãe que está a retirar entranhas de outro prato. De Bry aumenta o número de crianças na ilustração, uma das quais está a comer uma entranha que se parece com um falo.

De vez em quando de Bry combina xilogravuras individuais do livro de Staden para criar imagens até mais complexas e chocantes. Por exemplo, em Staden, no capítulo XXVII, duas xilogravuras mostram os índios na preparação do corpo dum prisioneiro cativo para o consumo. Numa das ilustrações, um grupo observa um homem cuja mão fica nas costas dum corpo sem pernas e braços; indivíduos desse grupo levantam nas mãos os vários membros. A imagem seguinte mostra homens e mulheres na preparação duma cabeça num pote, ao mesmo tempo que um homem com barba (supostamente Staden) contempla a cena e une as mãos como se estivesse a rezar. O fundo é uma natureza pouco detalhada com arbustos, uma nuvem e um sol com cara sorridente e cujos raios têm o aspecto de cabelo. De Bry toma mais liberdades quando combina essas duas imagens. Por exemplo, muda a cena da xilogravura original de um sítio não especificado a uma taba. Em vez de um homem só, há dois que estão a desmembrar o corpo cuja cabeça foi degolada, e agora está nas mãos duma criança que tem cara de adulto. De Bry também inclui a figura duma mulher que tem um prato na mão para as entranhas. Ela está a contemplar a carne humana como se estivesse a avaliar a sua qualidade. A cena também mostra mulheres erguendo nas mãos membros humanos. Uma representação até mais "bárbara" é a de uma mulher que levanta na mão um braço humano, ao mesmo tempo que simbolicamente mordisca sua própria mão. O acto de mordiscar a própria carne não foi invenção de de Bry; foi descrito por Staden e outros como um prelúdio ao acto antropofágico. Ao mesmo tempo, parece que de Bry não ficou completamente convencido pelos comentários de Thevet e Léry, porque alguns índios parecem hirsutos, — especialmente um homem que está a cortar e remover uma perna dum corpo. Ele parece mais bestial do que humano.

A imagem mais chocante do volume nada tem a ver com Staden. Mostra um tipo de churrasco com homens, mulheres e crianças

TEXTO E IMAGEM: REPRESENTAÇÕES DA ANTROPOFAGIA NO BRASIL   55

comendo carne humana. Aqui de Bry parece ter investido muito para conseguir certo efeito: por exemplo, podem-se ver os glóbulos de gordura a pingarem dos membros a serem grelhados e os dedos das mãos decepadas parecem curvar-se como resultado do calor do fogo debaixo da grelha. Alguns dos homens parecem hirsutos ou têm penas nos corpos. Especialmente provocantes são figuras de três velhas com seios pendentes que estão a lamber os dedos.

Bernadette Bucher escreveu sobre a "velha feia" na obra de de Bry:

"(...) We can see that the use of the motif of the woman with sagging breasts. (...) cannot be interpreted as an opposition between benevolent woman and malevolent woman, for our young cannibals of the statuesque bodies and Roman profiles appear equally demonic and sinful as the old women who have lost their charms. In a certain degree even, their voracity is even greater, as they devour the human flesh without restraint, while the old women, more discreet in their pleasure, are satisfied to collect the drippings from it"[16].

É importante notar que essa gravura específica baseia-se em Léry, que parecia muito atraído pelas "velhas comilonas" no ritual canibalesco: "as velhas gulosas se reúnem para recolher a gordura que escorre pelas varas dessas grandes e altas grelhas de madeira; e exortando os homens a procederem de modo a que elas tenham sempre tais petiscos, lambem os dedos"[17]. O antropólogo Ronald Raminelli diz que cronistas como Léry e Staden cuidadosamente descreveram a divisão do trabalho, e que os homens matavam e desmembravam o cativo e ingeriam as parte maiores enquanto as mulheres cozinhavam e comiam principalmente as entranhas, o sangue e a gordura. Nesse caso, de Bry não só divergiu do texto escrito, mas também mostra as mulheres como figuras centrais no acto canibalesco. Talvez a decisão de incorporar as velhas feias, que também agitam os membros que têm nas mãos, fosse sua maneira de sugerir a derrocada da comunidade – como a cena onde Eva está a comer a maçã. A respeito do significado das velhas, Bucher diz que ao conceber o estado "selvagem" como o envelhecer e o declinar dum estado mais perfeito, de Bry

---

16 Bernadette Bucher, *Icon and A Structural Analysis of the Illustrations of de Bry's "Great Voyages*," trans. Basia Miller Gulati, Chicago, University of Chicago Press, 1977, p. 49.

17 Léry, *op. cit.*, p. 199.

criou o contrário de todas as ideias do bem original da natureza e do "selvagem"[18].

Poucos anos depois da famosa viagem de Pedro Álvares Cabral ao Brasil, o artista português Vasco Fernandes (Grão Vasco) pintou um quadro intitulado *Adoração dos Reis Magos* no qual a figura do negro, Baltasar, é substituída por um Tupinambá. No fim do século, este tipo de imagem seria completamente eclipsada por imagens igualmente fantásticas duma população que existia só para ingerir carne humana. Ao mesmo tempo, a terra continuaria a ser celebrada como rica e cheia de infinitas oportunidades. Pouco a pouco, as viagens marítimas deram lugar à colonização da costa brasileira e à exploração do interior. E outras maneiras de imaginar o país irão aparecer baseadas nas novas descobertas e no impulso comercial.

18 Bucher, *op. cit.*, p. 53.

A Cidade de São Paulo nos Relatos de Viagem:
"E o Tempo Apressado, Tudo Mudou"

*Paulo de Assunção**

> "Que devo dizer da cidade?"...
> "da elegância das ruas, da limpeza das casas, do esplendor das igrejas e certa aparência aristocrática da população em geral..."
> Robert Avé-Lallemant — *Viagens pelas províncias de Santa Catarina, Paraná e São Paulo (1858)*. p. 331.

---

* Professor doutorado em História Social, Universidade de São Paulo.

O período compreendido entre o século XVI e o século XIX marca a base do nascimento do turismo moderno. As grandes descobertas marítimas e a consequente circulação de pessoas estimularam de forma significativa os deslocamentos. No decorrer do século XVIII, surge o denominado *"grand tour"*, do qual posteriormente deriva o termo "turismo". O *"grand tour"* favoreceu o crescimento da literatura de viagens. Os jovens aristocratas ingleses, que visitaram a Europa continental, passaram a relatar com detalhes as suas viagens, e um número crescente de guias de viagem começou a ser publicado, para atender a necessidade daqueles que procuravam referências sobre os locais a serem visitados.

No *"grand tour"* a viagem era marcada pelo horizonte cultural. A cultura dos povos antigos e da arte, impulsionada pelas descobertas arqueológicas, que se intensificavam, valorizava a questão do património, tornando-se um convite àqueles que desejassem conhecer o novo.

Os relatos de viagem acompanharam este movimento e ganharam amplitude. Uma série de livros e artigos de jornais foi publicada. A literatura de viagem popularizou-se no seio da sociedade letrada, que passou a consumir avidamente as memórias dos viajantes. O género literário ganhou contornos definidos, sendo marcado pelo registro e caracterização da beleza natural, do património histórico e cultural, pelas tradições e costumes, pelos hábitos alimentares dos povos[1].

---

1 Sobre literatura de viagem ver: Luís Filipe Barreto, *Descobrimento e Renascimento*, Lisboa, Imprensa Nacional, 1983 e Os *Descobrimentos e a Ordem do Saber — uma análise sociocultural*, Lisboa, Gradiva, 1987; João Rocha Pinto, *A Viagem, Memória e Espaço*, Lisboa, Sá da Costa, 1989; Jean Richard, *Les Récits de Voyages et de Pèlerinages*, Turnhout, Brepols, 1981; Friederich Wolfzettel, *Le Discours du Voyageur*, Paris, PUF, 1996; Jean-Pierre Laurant, *Le Voyage — les Symboles*, Paris, Philippe Lebaud, 1995; Fernando Cristóvão, "Do tema da Viagem na Literatura ao subgénero Literatura de Viagens" e "A Literatura de Viagens e a História Natural" In: Fernando Cristóvão (org.) *Condicionantes da Literatura de Viagens*, Lisboa, Almedina, 2002, p. 15-52 e 185-218.

PAULO DE ASSUNÇÃO

Cartas escritas por diversos viajantes ganharam notoriedade, ao registrarem de forma particular a França, a Itália, a América, o Oriente dentre outras localidades, ricas em património histórico e cultural. Além disso, os lugares de hospedagem, a alimentação, a hospitalidade e as particularidades do transporte e outros episódios notáveis tornaram-se comuns nos registros.

Este novo momento gerou mudanças irreversíveis. Havia uma nova atmosfera económica, política, cultural e tecnológica. Os viajantes científicos do século XVIII valiam-se da descrição das rotas e itinerários, das paisagens exóticas, dos tipos humanos, dos usos e costumes desconhecidos. Suas narrativas eram ilustradas com representações gráficas dos itinerários, reconstituindo a geografia dos países, detalhando flora e fauna, permitindo aos leitores a exata compreensão de animais e plantas desconhecidas.

A literatura de viagem, ao ser complementada pelas pranchas de ilustração (mapas e gravuras), enriquecia descrições de regiões, além de fornecer aos leitores a possibilidade de inferir sobre locais, tipos humanos, paisagens e animais. No decorrer do século XIX, as imagens foram aperfeiçoadas, constituindo, então, elementos decorativos importantes das obras ilustradas. As gravuras passaram a constar dos registros como informações geográficas e históricas permitindo aos leitores compreenderem os itinerários descritos com maior precisão.

Desta forma, a narrativa de viagem tornou-se uma literatura agradável e acessível ao público letrado. Além disso, constituia a base de conhecimento para as ciências ou para o enriquecimento da formação cultural dos indivíduos, embora numa visão sentimental, tornando-se amplamente difundida no período seguinte[2].

Na primeira metade do século XIX, observa-se uma grande movimentação de comerciantes, artistas, imigrantes que circulam pelos

---

2 Sobre a literatura de viagem no Brasil ver: Miriam L. Moreira Leite, *Viajantes Naturalistas – Caracterização*, São Paulo, CAPH, mimeo., 1990, da mesma autora: "Naturalistas Viajantes", in *Manguinhos*, Rio de Janeiro I (2): 7-19, Nov. 1994 – Fev. 1995 e Livros de Viagem (1803-1900), Rio de Janeiro, Editora UFRJ, 1997; Elisabeth Mendes, *Os Viajantes no Brasil (1808-1822)*, São Paulo, USP, mimeo., 1981; Flora Sussekind, *O Brasil não é Longe Daqui*, São Paulo, Companhia das Letras, 1991; Karl H. Oberacker, "Viajantes, Naturalistas e Artista Estrangeiros", in Sérgio Buarque Holanda, (org.) *História Geral da Civilização Brasileira. O Brasil Monárquico – o Processo da Civilização*, São Paulo, Difel, 1976, Tomo II, vol. 1, cap. V.

A CIDADE DE SÃO PAULO NOS RELATOS DE VIAGEM

continentes. Estes viajantes deixam o Velho Mundo em direção à América, a fim de descobrir os segredos das terras do outro lado do Atlântico. Entretanto, a difícil viagem exigia preparação e motivações pessoais diversas, como, por exemplo, o cumprimento de funções públicas. A novidade fazia que cada particularidade fosse devidamente anotada; em relatos detalhados ou simples constatações, o discurso sobre as terras e os homens emergia vibrante; seu interlocutor era o público leitor do Velho Mundo. A viagem constituía por si mesma uma verdadeira aventura àquele que desejasse enfrentar os perigos do mar, dos rios, das matas e florestas, além do ar exótico das desconhecidas terras tropicais[3].

Contudo, se o perigo era iminente, o desejo de aventura, de novas descobertas, da pesquisa e dos desafios determinaram os motivos que levaram muitos a se lançarem neste movimento.

No Brasil, muitos viajantes visitaram as terras tropicais, recolhendo os mais diversos tipos de informações sobre a natureza, os homens e a cultura. As cidades do Rio de Janeiro, Ouro Preto, Salvador, Recife e São Paulo foram delineadas pelas penas destes estudiosos, cada qual registrando o que aos seus olhos lhes chamava a atenção, identificando semelhanças e diferenças.

A cidade de São Paulo acolheu de forma hospitaleira estes viajantes, permitindo-lhes registrar a sua estada na cidade que, paulatinamente, se transformava. No decorrer do século XIX, a cidade de São Paulo passou por intensas transformações econômicas e sociais, advindas do crescimento agrícola da região, gerado pela expansão da lavoura cafeeira e pelo início da industrialização.

Contornos de uma cidade

Após a proclamação da Independência, em sete de setembro de 1822, a cidade ganhou novos ares com o estabelecimento da Faculdade de Direito do Largo de São Francisco. O antigo arraial de serta-

---

3 Sobre o assunto ver R. G. Collingwood, *Ciência e Filosofia – a Ideia de Natureza*, Lisboa, Presença, 1986 e C. de Mello-Leitão, *História das Expedições Científicas no Brasil*, São Paulo, Companhia Editora Nacional, 1941.

nistas e tropeiros recebeu o fluxo de jovens de diversas partes da nação que procuravam São Paulo para realizar os seus estudos académicos. A dinâmica da vida urbana sofreu o impacto da presença dos estudantes, cuja atividade política que eles desenvolveram foi registrada pela imprensa escrita da época[4].

A partir de 1840 a lavoura cafeeira expandiu-se com intensidade no Vale do Paraíba e logo em seguida no Oeste Paulista. A mão-de-obra imigrante que, paulatinamente, chegava para atender às necessidades das fazendas de café, promoveu transformações no meio rural e no meio urbano. Muitos imigrantes, depois de experiências mal sucedidas nas fazendas, deixaram o interior e dirigiram-se para a cidade em busca de novas oportunidades.

O crescimento da produção cafeeira dinamizou a vida da cidade, principalmente após a construção da estrada de ferro. A ligação entre o planalto e o litoral permitiu o escoamento do café com maior agilidade. O café produzido no interior chegava facilmente ao porto de Santos, seguindo para os mercados consumidores da Europa e América do Norte. A população crescia de forma significativa e a cidade acompanhava este movimento. Novas áreas foram incorporadas ao núcleo central em expansão. As propriedades localizadas nos arredores do centro foram sendo divididas e loteadas. Novas ruas começaram a serem abertas. A cidade crescia de forma espontânea, ocupando novos espaços e adaptando-os à sua necessidade.

É esta cidade em transformação e cada vez mais próspera que recebe os mais variados tipos de visitantes. Moradores de outras partes do Brasil e viajantes vindos de outras nações passam pela cidade no percurso de suas andanças. Alguns, movidos por interesses e negócios próprios, outros, pelos estudos, outros, ainda, simplesmente para conhecer a cidade.

Muitos incógnitos, outros com fama reconhecida na Europa e nos Estados Unidos da América, outros aventureiros em busca de uma melhor sorte. Cada um deles, com olhar atento para as terras brasileiras, tentaram compreender e descrever as singularidades da cidade de São Paulo, sua exuberância, suas deficiências e suas particularidades.

---

4 Sobre a questão do tropeirismo ver J. Wash Rodrigues, *Tropas Paulistas de Outrora*, Coleção Paulística, vol. X, São Paulo, Governo do Estado de S. Paulo, 1978.

A CIDADE DE SÃO PAULO NOS RELATOS DE VIAGEM   63

Os relatos deixados por eles, referentes a esta época, são ricos no que diz respeito à descrição e análise da cidade e da sociedade paulistana do período imperial. Na maioria das vezes, ao retornarem às suas terras, publicavam suas anotações sobre a viagem e as terras brasileiras. Cada um deles captou momentos da vida e do processo de desenvolvimento dos locais que visitaram, tecendo breves ou detalhados registros sobre o que viam e ouviam.

Estes visitantes depararam-se com uma natureza exuberante e rica, uma cidade diferente daquelas que pontuavam o litoral, em especial o Rio de Janeiro e Salvador, uma sociedade peculiar que tentaram compreender, descrevendo em seus registros o cotidiano e a vida da cidade. Analisando a sequência de alguns registros, é possível observar como a cidade se transformava, de forma lenta e gradativa, na primeira metade do século XIX, ganhando impulso na segunda metade, fato observado pelos próprios moradores que acompanhavam as transformações. Esta cidade que crescia e que se transformava no decorrer do século XIX é que apresentamos nos relatos de viajantes.

Os relatos de viagem: o tempo, o espaço e as personagens da cidade

O inglês John Mawe veio para o Brasil a fim de conhecer as curiosidades da terra, sem ocultar que buscava um fácil enriquecimento, na medida em que tentava reunir pedras preciosas para serem vendidas posteriormente em Londres. Chegou ao Brasil em 1807 e regressou a Londres em 1811. John Mawe, ao visitar São Paulo, informa que a localização da cidade no planalto o agradara sensivelmente, pois encontrava nela um clima com temperatura mais baixa do que as do litoral:

"As ruas de São Paulo, devido à sua altitude (cerca de cinquenta pés acima da planície), e a água, que quase a circunda, são, em geral extraordinariamente limpas; pavimentadas com grés, cimentado com óxido de ferro, contendo grandes seixos de quartzo redondo, aproximando-se do conglomerado"[5].

---

5 John Mawe, *Viagens ao Interior do Brasil*, p. 63.

O clima ameno de São Paulo, segundo ele, não era sobrepujado por nenhum outro das terras tropicais, em especial o do Rio de Janeiro e da Bahia. A temperatura era baixa, quando chegou em 1807. Na primeira noite que passou na cidade, acendeu o fogareiro de carvão no quarto e fechou as portas e janelas do cômodo. O frio não o impedira de apreciar a cidade[6].

A localização das terras paulistas, próxima do Trópico de Capricórnio, garantia uma temperatura mais agradável, em especial para aqueles vindos das terras europeias. O clima de São Paulo era tido como muito salubre. Os ventos que cruzavam as colinas varriam os ares corrompidos, impedindo a proliferação de doenças[7]. Saint-Hilaire, ao visitar a cidade em 1819, traça de forma precisa o cenário que os habitantes e viajantes podiam desfrutar da região central:

"… ao norte o seu horizonte é limitado de leste a oeste por uma cadeia de pequenas montanhas, distinguindo-se no meio destas o pico do Jaraguá, que dá nome a toda a cadeia. Esse pico é mais alto do que os morros vizinhos, e em um de seus flancos é separado deles por uma razoável distância. Visto de longe parece ter um cume amplo e arredondado, na extremidade do qual há uma pequena proeminência. Do lado leste, o terreno, mais baixo do que a cidade, é inteiramente regular e se estende até o arraial de Nossa Senhora da Penha, que se avista na linha do horizonte. Em outras partes mostra-se mais ou menos irregular, e para os lados do sul e do oeste se projeta acima da cidade. A região apresenta ora encantadores grupos de árvores, ora pastos de capim rasteiro"[8].

No verão, os dias quentes e o calor excessivo convidavam para o descanso e a indolência na rede. A vida tropical permitia uma interação com a natureza, diferente da europeia, extremamente prazerosa para os viajantes.

O botânico Von Martius, durante a sua estada na cidade, registrou que o clima era ameno; segundo ele, a posição abaixo do trópico de Capricórnio e a altitude favoreciam que o calor fosse menos elevado

---

6 *Idem, ibidem,* p. 78. Ver também: Tancredo Amaral, *História de São Paulo*, São Paulo/ /Rio de Janeiro, Alves & Cia., 1895.

7 Auguste de Saint-Hilaire, *Viagem à Província de S. Paulo e Resumos das Viagens ao Brasil, Província Cisplatina e Missões do Paragua,* p. 134.

8 *Idem, ibidem,* p. 127.

do que em partes das terras tropicais. Contudo, o frio não era comparável àquele que existia na Europa, nem no que dizia respeito ao rigor ou à sua persistência, o que sem dúvida agradava imensamente a estes viajantes habituados a temperaturas baixas[9]. Desta forma, era conveniente viver na cidade de São Paulo, pelo conforto do clima.

No seu entorno, preponderava a vida rural dos agricultores que, aos domingos e nas festas religiosas, visitavam o centro dela. Os grandes proprietários residiam em suas terras e visitavam os centros urbanos a fim de assistirem aos festejos e solenidades. Nos caminhos que levavam à cidade localizavam-se chácaras e propriedades de pessoas importantes que habitavam a cidade.

Os arredores de São Paulo atraíram a atenção dos viajantes, pela sua beleza. As propriedades gozavam de um aspecto aprazível, densamente arborizado e apreciado por aqueles que vagavam pela área campestre. Sem dúvida, estes locais contrastavam profundamente com a cidade de ruas estreitas e sujas, onde animais e transeuntes compartilhavam o mesmo espaço.

O zoólogo Spix e o botânico Martius, que visitaram o Brasil entre 1817 e 1820, coletaram diversas espécies da fauna e da flora brasileira para as suas pesquisas. Por ocasião da estada em São Paulo, Spix ressaltou que, ao andar pelos campos, era possível ter "uma extensa vista sobre a região, cujos alternados outeiros e vales, matos ralos e suaves prados verdejantes, oferecem todos os encantos da amável natureza"[10]. Um relevo ondulando e verdejante preenchia os olhos dos que passavam pelos campos e subiam as elevações que davam acesso à área central.

As chácaras que ficavam nos arredores da cidade tinham amplos pastos, cercados de fossos, a fim de conter os animais. Algumas casas eram amplas, normalmente de um piso, com varandas, espaço para

---

9 Spix e Martius, *Viagem pelo Brasil — 1817-1820*, p. 241-5. Sobre a viagem de Spix e Martius há uma vasta obra, dentre elas destacamos Frederico Sommer, *A vida do botânico Martius*, São PauloMelhoramento, s.d.; Balduíno Rambo, *Martius*, São Paulo, Instituto Hans Staden, 1952; Herbert Baldus, "A viagem pelo Brasil de Spix e Martius", *Revista do Arquivo Municipal*, São Paulo, VI(69):131-46, Agosto de 1940 e Karen Macknow Lisboa, *A nova atlântida de Spix e Martius — Natureza e Civilização na Viagem pelo Brasil (1817-1820)*, São Paulo, Hucitec, 1997.

10 Spix e Martius, *op. cit.*, p. 144.

receber os visitantes ou apreciar a natureza. A construção, além das salas e demais cômodos, possuíam capelas, normalmente compostas por oratórios e imagens de devoção. Na propriedade sempre havia um pomar com uma vasta gama de árvores frutíferas, que deliciavam aqueles que desejavam conhecer os sabores das frutas da região.

John Mawe teve um olhar mais aguçado para a natureza, pela sua intenção de realizar pesquisas geológicas. Na sua visita ao Pico do Jaraguá, antigo local de exploração de ouro, seguiu em direção ao Sul, cruzando o rio Tietê. Segundo ele, " o rio, neste ponto, é de considerável largura e mais profundo que nos arredores de São Paulo; possui excelente ponte de madeira, isenta de portagem"[11].

Daniel Parish Kidder, pastor americano da Igreja Metodista que visitou o Brasil entre 1837 e 1840, com o intuito de distribuir as Escrituras Sagradas, também visitou o Pico do Jaraguá, alguns anos mais tarde. Na sua passagem observou, dentre outros aspectos, que o pico de Jaraguá era considerado pela população o barómetro de São Paulo, "porque, quando o seu cume está límpido, é sinal de bom tempo, mas quando está envolto em nuvens, é mau o prognóstico"[12].

Dona Gertrudes era a viúva proprietária da fazenda e possuía outras seis nas proximidades da cidade. Segundo Kidder, muitos dos moradores de São Paulo, como Dona Gertrudes, tinham a grata satisfação de hospedar os viajantes. Fato que não era comum em outras partes do Brasil e da Europa.

A anfitriã possuía grandes extensões de terras, dentre elas a fazenda onde ficavam as antigas minas do Jaraguá e recebeu Daniel Parish Kidder com toda a cordialidade. Kidder ficou impressionado

---

11 John Mawe, *op. cit.,* p. 69.

12 Daniel P. Kidder nasceu em Nova Iorque em 18 de Outubro de 1815. Estudou em Wesleyan University e formou-se em 1836. Converteu-se metodista e resolveu ser pastor, tendo como intenção ir para a China a fim de atuar como missionário. Neste momento, recebe e aceita o convite da American Bible Society para o cargo de missionário no Brasil, embarcando para o Rio de Janeiro em 1837. Kidder permaneceu no Brasil entre 1837 e 1840, distribuindo as Escrituras Sagradas. A sua formação fez com que fosse criterioso nos seus registros, consultando obras escritas por outros visitantes e estudiosos que registraram, em detalhes, aspectos da cidade. Retornou aos EUA após a morte da mulher. Faleceu em 29 de Julho de 1891. Dentre suas obras, destacam-se: *Reminiscências,* publicada pela primeira vez em 1845 em Londrese Filadéfia. Daniel P. Kidder, *Reminiscências de Viagens e Permanências nas Províncias do Sul do Brasil,* p. 214.

com a quantidade e variedade das iguarias servidas nas refeições. Ao registrar o café oferecido a ele e a mais vinte pessoas, o viajante mencionou que a senhora se orgulhava em oferecer uma mesa farta para os convivas, "exclusivamente produtos de suas terras: o chá, o café, o açúcar, o leite, o arroz, as frutas, os legumes, as carnes, tudo, exceto a farinha de trigo, os vinhos e o sal – sendo que o último vinha do outro lado do Atlântico"[13]. A fartura das mesas nada mais era do que o produto de uma terra fértil e bem cultivada.

Apesar da hospitalidade de Dona Gertrudes e de uma mesa cheia de iguarias, o pastor observou a falta de etiqueta e os contrastes da sociedade paulista. Apesar de o serviço de mesa ser farto, reinava uma confusão entre as dez ou doze copeiras. Segundo Kidder, esta quantidade era exagerada, pois somente duas eram suficientes para atender aos convivas, desde que conhecessem as regras do bem servir, conforme o modelo europeu. A comida servida em baixela fina contrastava com as mesas e cadeiras miseráveis, idiossincrasia das terras tropicais.

A região de Santo Amaro era uma das freguesias pobres do entorno de São Paulo que contava com a presença de uma quantidade significativa de alemães[14]. Robert Avé-Lallemant, visitando a região sul da cidade e provavelmente informado sobre o local, passou pela ponte do Rio Pinheiros, na altura de Santo Amaro, indo em direção à fazenda Morumbi, propriedade do senhor Rudge, parente do proprietário da conhecida Casa Mackwell (Maxwell), do Rio de Janeiro. A localização da fazenda permitia uma vista encantadora da paisagem circundante. Possuía um amplo bananal, uma extensa plantação de chá e vastas terras para pasto e cultivo que se encontravam incultas. A propriedade estava isolada, segundo Robert Avé-Lallemant, em parte "alguma pude descobrir sinal de vida, de alegre atividade humana; nenhum grito, nenhuma voz ressoava"[15].

Esta descrição idílica compunha a maioria dos registros daqueles que visitavam os arredores da cidade para espairecer ou conhecer a

---

13 Daniel P. Kidder, *op. cit.*, p. 213.
14 Robert Avé-Lallemant, *Viagens pelas Províncias de Santa Catarina, Paraná e São Paulo (1858)*, p. 335.
15 Robert Avé-Lallemant, *op. cit.*, p. 336.

region. A natureza pródiga, a alimentação farta e a sensação de liberdade estimulavam a reflexão que o silêncio dos campos entoava.

John Mawe constatou que os estrangeiros raramente visitavam a cidade. Segundo ele, o motivo era que os caminhos que davam acesso a ela, partindo da costa, estavam situados em pontos tão estratégicos que se tornava "quase impossível evitar os guardas nela estacionados, encarregados de vigiar todos os viajantes e as mercadorias, que se dirigem para o interior. Soldados de categoria a mais baixa têm direito de inspecionar todos os estrangeiros que se apresentam e detê-los, assim como aos seus bens, se não possuírem passaportes"[16].

A vigilância pelos caminhos e a abordagem inadequada dos estrangeiros pelos soldados e a má fé destes eram fatores determinantes para que muitos deles não visitassem a cidade de São Paulo.

Contudo, este não era o único inconveniente, naqueles idos, para os que se aventuravam a fazer viagens que atravessavam ou tinham como destino a cidade. As estradas eram cheias de lama e dificultavam o tráfico. Nos percursos para o interior ou para o litoral, o viajante tinha que fazer diversas paradas para seu descanso e dos animais. Em alguns trechos havia choupanas que acolhiam os viajantes, às vezes, de forma adequada. Porém, na maioria das vezes, o trajeto era solitário, e o viajante deveria contar com os recursos que portasse consigo. Não raro, as refeições eram compostas de pão, farinha de mandioca, bananas e água, bebida com as mãos nos regatos encontrados pelos caminhos; um alívio na difícil jornada[17].

A estrada que ligava o planalto a Santos, segundo Robert Avé-Lallemant, possuía um declive suave, mas era cheia de pedras, buracos e erosões que tornavam o caminho perigoso para aqueles que desejassem cruzá-la em sege[18]. A circulação de animais na subida da serra de Cubatão, atual Serra do Mar, era intensa. Em 1858, o próprio Robert Avé-Lallemant estimava em três mil o número de burros carregados que subiam e desciam a serra, por dia. Na ponte de Cubatão cobrava-se uma taxa por cada burro que a cruzasse. No entorno da

16 John Mawe, *op. cit.*, p. 71. Ver:
17 Daniel P. Kidder, *op. cit.*, p. 233.
18 Sege era um coche com duas rodas e um só assento, fechado com cortinas na parte dianteira.

A CIDADE DE SÃO PAULO NOS RELATOS DE VIAGEM

ponte formara-se um povoado incipiente, sobrevivendo em função da cobrança de pedágio[19].

Se a beleza da subida da serra extasiava os visitantes, o mesmo não se poderia dizer dos caminhos que seguiam pelo planalto. Robert Avé-Lallemant dizia sentir-se desorientado, quando pisava no planalto cinzento, "ermo, que quase só produz relva, em cujas colinas ou serras raro se encontram uma floresta, uma plantação"[20]. Este viajante, ao subir a Serra de Cubatão e chegar à região do Rio Grande, registrou a hospitalidade de um jovem proprietário de burros que fazia o transporte de viajantes e mercadorias entre São Paulo e Santos. Aqueles que utilizavam os seus muares tinham excelente hospedagem na sua casa, muito bem arranjada, com capacidade de alojar aproximadamente quarenta viajantes. Esta situação, que não era comum no caminho dos viajantes, causou satisfação ao médico que estava habituado a pernoitar, conforme ele mesmo destaca, em *espelunca*, compartilhando o cômodo com gente estranha[21].

Emílio Zaluar, ao visitar São Paulo entre 1860 e 1861 e antevendo as transformações que a linha férrea causaria à cidade, já dizia que os futuros visitantes não gastariam o tempo que ele levara do Rio de Janeiro a São Paulo, por via terrestre. Fariam o trajeto em poucas horas e de forma confortável, por meio de trens. Segundo ele, o trem, ao encurtar o tempo de viagem, também impediria o viajante de vislumbrar as belezas do trajeto e o relevo desconhecido[22].

A descrição dos paulistas foi feita de forma distinta, por aqueles que visitaram a cidade. Para alguns, era gente simples, desconfiada, violenta; para outros, gente hospitaleira, resoluta, orgulhosa, vingativa, traços que foram sendo forjados no decorrer dos séculos em parte por influência das dificuldades dos primeiros anos de ocupação e pela ação dos bandeirantes. Mas, afinal, quem eram os paulistanos do século XIX?

John Mawe, durante sua estada nas terras brasileiras, passou por São Paulo que pouco oferecia quanto a pedras preciosas, o principal

---

19 Robert Avé-Lallemant, *op. cit.*, p. 328.
20 *Idem, ibidem*, p. 329.
21 *Idem, ibidem*, p. 330.
22 Augusto Emílio Zaluar, *Peregrinações pela Província de São Paulo (1860-1861)*, p. 122.

objetivo de sua viagem. Porém, os costumes e o caráter dos habitantes reluziram, merecendo que fossem registrados por ele. Ao deixar a cidade, "com a mais grata das emoções", registrava de forma especial que a sua estada tinha sido a das mais agradáveis, ao contrário do que imaginara. Conforme as narrativas de outros viajantes e os registros deixados por alguns jesuítas, a cidade era descrita como um local onde reinava o "barbarismo e a falta de hospitalidade"; onde se reunia um "bando de refugiados, composto de espanhóis, portugueses, mestiços, mulatos e outros". Sua experiência demonstra que os registros eram inconsistentes e não correspondiam à realidade. Segundo ele, os paulistas não tinham herdado "a infâmia, vínculo natural de descendentes de velhacos e vagabundos, se tornaram conhecidos, em todo o Brasil, pela sua probidade indústria e afabilidade de maneiras"[23]. Sem dúvida, Mawe tivera contato com registros que apontavam os dois primeiros séculos de ocupação, delineados por muitos escritores de forma intensa, para revelar as dificuldades da ocupação.

Segundo Spix, que visitou a cidade pouco tempo depois de John Mawe, os paulistas ainda mostravam o mesmo arrojo e a resistência de outrora para vencer os perigos e as fadigas contínuas. Para ele, o caráter do paulista era melancólico, possuindo um gênio forte. Tais características eram explicáveis, segundo ele, pela região que habitavam, "pois, quanto mais próximo do equador, tanto mais pronunciado se encontra o gênio suscetível de cólera e irritável"[24].

Para Saint-Hilaire era muito fácil distinguir os habitantes da cidade daqueles que moravam na zona rural. Quando estes iam à cidade vestiam sempre uma calça de algodão e usavam um enorme chapéu cinzento, portando o seu inseparável poncho, por mais forte que fosse o calor. Era possível observar nas feições deles os traços de influência indígena e um caminhar desajeitado, com um passo pesado e rústico.

Segundo Saint-Hilaire, os habitantes da cidade tinham pouca consideração por eles, "designando-os pelo injurioso apelido de caipiras". O termo teria origem da palavra *curupira*, designação utilizada pelos indígenas para se referirem "aos demônios malfazejos que habitavam

---

23 John Mawe, *op. cit.*, p. 74.
24 Spix e Martius, *op. cit.*, p. 139.

A CIDADE DE SÃO PAULO NOS RELATOS DE VIAGEM   71

as matas". Pelas suas investigações, o termo *curupira* era utilizado de forma comum, sempre com significado injurioso, na região do Alto Paraguai. Prova disto era que um dos pequenos guaranis, originários dessa região que, *lamentavelmente,* havia levado para a França, quando queria ofender alguém empregavam aquela palavra.

O Barão Von Tschudi, num breve histórico da fundação da cidade e dos paulistas nos séculos XVII e XVIII, explicava que os paulistas haviam passado por fases de "cruéis caçadores de índios, no século XVIII, cavadores de ouro, no seguinte, pacatos agricultores e criadores". O paulista no início da segunda metade do século XIX não se assemelhava aos seus ancestrais. Segundo o viajante:

"Não possui mais a convicção do valor próprio, o amor ardente da liberdade; tudo cedeu lugar a mesquinhas intrigas políticas, bajulações, caça a sinecuras rendosas e duelos retóricos, cheios de palavras, mas ocos de sentido, e insultos trocados na Câmara do Congresso provincial. Os mineiros, descendentes em parte dos velhos paulistanos, os excedem em força, capacidade de trabalho, espírito justiceiro e amor à liberdade"[25].

Sem dúvida, Tschudi referia-se ao efervescente momento político que a cidade atravessava. A disputa, no âmbito político entre os liberais e os conservadores, era alimentada pelo fervor estudantil e dava à cidade um ânimo especial.

Para Emílio Zaluar, que visitou São Paulo entre 1860 e 1861, a cidade era "triste, monótona e quase desanimada"[26]. Para um jovem que vivera em Lisboa e na corte do Rio de Janeiro, o cotidiano de São Paulo deveria apresentar-se extremamente comum e sem atrativos. Se Zaluar visitasse a cidade no começo do século, com certeza, acentuaria a monotonia que marcava o ritmo da vida dos moradores da cidade. A vida no planalto caminhava numa sonolência despertada em parte pela efervescência política do período que antecede e sucede a Proclamação da Independência do Brasil, em sete de setembro de 1822. O Brasil tornava-se independente e, sob a égide do Império, tinha que criar os mecanismos necessários para que um Estado autônomo se consolidasse.

25 J. J. Von Tschudi, *Viagem às Províncias do Rio de Janeiro e São Paulo*. p. 216.
26 Augusto Emílio Zaluar, *op. cit.*, p. 123.

A criação da Faculdade de Direito do Largo de São Francisco é um dos passos no processo de transformação da cidade, na primeira metade do século XIX. O curso jurídico, além de contribuir para a formação de homens públicos, permitiu que a cidade ganhasse novos tons com os jovens adolescentes que deixavam suas famílias para viverem na cidade. Muitos dos estudantes, oriundos do meio rural, estabeleceram novas relações sociais e transformaram o pacato meio urbano. Espaço que pouco a pouco era modificado também pela presença de imigrantes.

Avé-Lallemant, ao analisar o sistema de parcerias de colonos imigrantes em São Paulo, afirmava que, apesar de muitos tentarem ver nesta prática algo consolador, paternal e patriarcal, na realidade, o que se observava era o contrário. O sistema era "uma página negra da história do desenvolvimento do Brasil, [...] um carbúnculo na sadia florescência da agricultura livre por meio de uma imigração da Alemanha; são muito piores do que jamais foi o tráfico escravo"[27]. O governo brasileiro era criticado "por causa da norma de levar homens livres a uma forma modificada de servidão"[28]. Mas, na verdade, esses atos eram praticados por alguns fazendeiros desumanos.

A situação imposta aos imigrantes, na lavoura, gerou revolta e fugas, muitas delas tendo como destino a cidade de São Paulo. Esperança de muitos que procuraram a capital para refúgio ou em busca de uma melhor sorte. Para outros, local de mais sofrimento.

Em 1857, o Barão Von Tschudi foi convidado a visitar a Penitenciária de São Paulo, onde se encontravam dois colonos de parceria de origem suíça, presos há mais de dois anos. Eles haviam cometido excessos na colônia Laranjal, perto de Campinas, de onde fugiram. Foram recapturados e o Tribunal de Campinas os condenou "a trabalhar na penitenciária durante o tempo necessário para pagar, com o produto do trabalho, as dívidas deixadas na fazenda"[29].

O Barão Von Tschudi, ao examinar o processo, verificou que a sentença estava em acordo com o código penal, mas não com os dis-

---

27 Robert Avé-Lallemant, *op. cit.*, p. 345.
28 *Idem, ibidem,* p. 346. No que tange ao cotidiano da cidade ver a obra de Carlos Eugênio Marcondes de Moura, *Vida cotidiana em São Paulo no século* XIX, São Paulo, Ateliê Editorial, 1998.
29 J. J. Von Tschudi, *op. cit.,* p. 125.

A CIDADE DE SÃO PAULO NOS RELATOS DE VIAGEM

positivos legais que regiam os assuntos atinentes aos colonos. Segundo estes, o colono que fugisse, deixando dívidas, em caso nenhum poderia ser condenado a mais de dois anos de prisão, sendo que o resultado do trabalhado realizado na prisão deveria ser aplicado ao pagamento da dívida que o colono havia contraído. Por conseguinte, o barão afirmava de maneira enfática: "Ora, de acordo com a sentença proferida pelo tribunal em Campinas, os colonos em questão teriam de ficar toda a vida na prisão, pois suas dívidas eram consideráveis, e o dinheiro que se ganhava na penitenciária, muito pouco"[30].

Von Tschudi entregou o caso a um hábil advogado que apelou da sentença e resolveu o caso, sendo os colonos libertados após cumprirem os dois anos de reclusão. Em conversas com os dois colonos, Tschudi obteve deles depoimentos favoráveis ao tratamento dispensado na penitenciária, salientado a bondade do diretor. Os colonos, na prisão, realizavam trabalhos leves, no jardim e na horta, e ainda recebiam a visita de suas mulheres[31]. Tschudi destacava que a penitenciária o surpreendera pela sua organização prática e eficiente, afirmando que:

"não exagero se a comparo com os melhores institutos congéneres existentes na Europa, sendo que ainda os sobrepuja, mesmo alguns dos mais afamados de entre eles. Em toda a parte reinava grande ordem e asseio. Os dormitórios e as oficinas eram amplos e bem ventilados. Nas oficinas os presos trabalhavam em vários ofícios tais como os de alfaiate, sapateiro, ferreiro, encanador, etc. Quem não soubesse nenhum ofício ao entrar na penitenciária, devia escolher um. Cada oficina era dirigida por um mestre livre. Os presos podiam unicamente conversar com ele, limitando-se a observações e perguntas relativas ao trabalho. Mais tarde, visitei ainda, por duas vezes, a mesma penitenciária, e tive ocasião de assistir à refeição principal. A comida era farta e boa, e de tal modo abundante, que alguns detentos não chegavam a consumir toda a ração. O aspecto físico dos presos, cuja maioria era composta de gente de cor, era excelente"[32].

30 *Idem, ibidem,* p. 125.
31 *Idem, ibidem,* p. 126. Mary Del Priore, *Ao Sul do Corpo; Condição Feminina, Maternidades e Mentalidades no Brasil Colónia*, Rio de Janeiro/Brasília, José Olympio, 1992, da mesma autora ver *História das Mulheres*, São Paulo, Contexto, 1995.
32 J. J. Von Tschudi, p. 125-6.

O Barão Von Tschudi durante a sua permanência na cidade foi visitado por um grande número de colonos suíços. Muitos deles tinham abandonado os contratos de parceria, depois de terem pago as dívidas contraídas, outros simplesmente fugiram antes de saldar os seus compromissos. Todos eles solicitavam a intervenção do barão a fim de normalizarem a situação, pois temiam as possíveis ações judiciais[33].

O crescimento da circulação de pessoas e animais pela cidade causou o aumento da poluição sonora. Era o despertar da pacata cidade isolada no planalto. O som dos guizos das mulas, que circulavam pelo centro, intensificou-se, bem como a confusão de vozes pelas ruas, muitas delas oferecendo seus produtos aos moradores. O ruído do trem anunciava o progresso. As práticas de comércio ambulante, com a transformação da cidade, pouco a pouco eram reprimidas, ganhando espaço o comércio das lojas com vitrinas decoradas. Contudo, o ambiente religioso mantinha-se extremamente católico e o sino da igreja ainda ecoava no ritmo da cidade.

Muitos dos viajantes que passaram por São Paulo eram protestantes (anglicanos, luteranos, calvinistas, presbiterianos e metodistas). As igrejas reformadas da Europa e América do Norte possuíam um caráter mais individualista e introspectivo, expresso na relação direta do indivíduo com Deus. Para eles, as manifestações religiosas católicas tendiam a um exagero.

Daniel Parish Kidder, ao registrar o número de igrejas da cidade, afirmava que havia 12 igrejas, aí incluídas as capelas dos conventos. Permanecendo na cidade, o visitante teve oportunidade de assistir a uma celebração na Igreja da Sé. Segundo ele, era "bastante ampla, e, por ocasião de nossa visita cerca de vinte clérigos cantavam a missa. Era grande a assistência, com acentuada predominância de mulheres". Segundo o pastor americano, "o púlpito fica de lado, e o fundo da igreja é invariavelmente ocupado pelo altar-mor. A assistência não tem onde sentar a não ser o piso de terra, de madeira ou de mármore conforme a suntuosidade do templo"[34]. Na igreja, o sermão era o

---

33 *Idem, ibidem,* p. 127.

34 Daniel P. Kidder, *op. cit.,* pp. 209-210. Sobre as igrejas em São Paulo ver Leonardo Arroyo, *Igrejas de São Paulo*, São Paulo, Companhia Editora Nacional, 1966; e Augustin Wernet, *A Igreja Paulista no Século* XIX, São Paulo, Ática, 1987.

A CIDADE DE SÃO PAULO NOS RELATOS DE VIAGEM

recurso mais fácil e eficaz para comunicar às pessoas as novidades e divulgar posições políticas. O sermão funcionava como um instrumento de ataque e defesa no âmbito político.

Aos domingos a população ia à igreja, com suas melhores roupas; aqueles que podiam trajavam pano de algodão tingido, com capa ou manto. Muitos que assistiam ao culto levavam cadeiras para melhor se acomodarem. Salienta Daniel P. Kidder, "parte das músicas tocadas, durante as cerimónias, eram conhecidas em França como peças licenciosas e profanas"[35].

Nos cultos religiosos as mulheres compareciam ornadas com jóias, como forma de demonstrar a sua posição social. O cuidado estendia-se também aos escravos e em especial às escravas, fato que despertava o interesse dos viajantes. Kidder observou que o ouro e a pedraria, adquiridos para refulgir nos salões, eram vistos cintilando pelas ruas, "em curioso contraste com a pele negra das domésticas, efémeras e humildes representantes da abastança da família"[36].

John Mawe salientou que as diversas ordens religiosas ofereciam "bons membros" para a sociedade, pois eles estavam livres da "carolice" e da falta de liberdade, uma característica das colónias espanholas da América que visitara. A cidade era aclamada pela tolerância, assegurando o viajante que "nenhum estrangeiro será molestado, enquanto se portar como cavalheiro, e não insultar a religião estabelecida"[37].

Nas ocasiões festivas, como as procissões, a população manifestava a sua religiosidade dando mostras de felicidade pela celebração. Estes momentos de sociabilidade eram uma das poucas ocasiões em que a população se reunia.

Para que as celebrações ocorressem de maneira adequada, os camaristas determinavam que os caminhos e a frente das moradias fossem limpos para passar as procissões no decorrer do ano. A câmara também zelava para que a população comparecesse à celebração, obrigando os moradores locais a participarem ou exigindo que eles justifi-

---

35 Daniel P. Kidder, *op. cit.,* p. 211.

36 *Idem, ibidem,* p. 211. Ver sobre a questão escrava J. Gorender, *O Escravismo Colonial.* 4.ª ed., rev. e ampliada, São Paulo, Ática, 1985; e Célia Azevedo, *Onda Negra, Medo Branco,* Rio de Janeiro, Paz e Terra, 1987.

37 John Mawe, *op. cit.,* p. 64.

cassem a ausência. Caso contrário, ficavam sujeitos ao pagamento de multa. Desde os primeiros anos da vila, o comparecimento às procissões era obrigatório, ficando o faltoso, naqueles idos, passível de ser penalizado.

As celebrações religiosas eram necessárias não só pelo aspeto espiritual de renovação e demonstração da fé, mas também pelo temporal. Era por ocasião das missas e festas religiosas que a população se reunia, momento utilizado pelo poder público para fazer a pregação, quando eram divulgadas as decisões da Câmara que afetavam a vida dos moradores. A religiosidade expressada na intimidade das cerimônias ganhava colorido próprio com a pompa exterior, por vezes, mais valorizada que a própria cerimônia.

Auguste de Saint-Hilaire, que visitou a cidade de São Paulo durante a Semana Santa de 1822, surpreendeu-se com pouca atenção dos fiéis durante os serviços religiosos, pois "ninguém se compenetra do espírito das solenidades". Segundo o autor, os homens mais distintos delas participavam apenas por hábito. O povo comparecia como se se tratasse de um folguedo. Causava estranheza ao viajante o fato de os fiéis não respeitarem o espaço da igreja e do culto. No ofício de Endoenças, a maioria dos presentes recebia a comunhão da mão do bispo, sem maior atenção. Olhavam à direita e à esquerda, conversavam antes desse momento solene e recomeçavam a conversar logo depois. O número de pessoas que circulavam pelas ruas nem sempre era sinal de devoção: "viviam apinhadas de gente, que corria de igreja a igreja, mas somente para vê-las, sem o menor sinal de fervor".

O Pastor Kidder relatou: "quem deseje encontrar, já não digo estímulo, mas ao menos lugar para um culto mais espiritual, precisará ser singularmente fervoroso". Estas cerimónias, pela sua complexidade e detalhamento e pelo número de pessoas que nelas participavam, exigiam uma regulamentação igualmente complexa.

As festas da igreja eram efetivamente um espaço religioso que mesclava o mundo em sagrado e profano. Nestas comemorações procurava-se dar sentido à vida, reorganizando e consolidando as relações humanas. Neste momento a sociedade reafirmava os laços de solidariedade, ao mesmo tempo em que utilizava sua força questionadora, para avaliar a ordem estabelecida.

As procissões eram manifestações de fé obrigatórias e, quando representadas nas ruas e áreas públicas, era motivo para que todos comparecessem. O evento era um espetáculo que impressionava os fiéis; ao ser repetido, anualmente, confirmava a força da crença e o esforço dos religiosos para que a devoção não terminasse. As procissões acendiam as chamas da fé com um vigor significativo, numa cidade em que práticas religiosas indígenas e africanas estavam presentes.

O catolicismo português era muito forte. As manifestações de fé eram externadas de forma intensa e pomposa, tanto nas missas como nos funerais, e as procissões eram compostas de alegorias propositalmente elaboradas para ensejar reflexões sobre a vida e a morte.

Indivíduos das mais diversas condições participavam das festas: cantavam e dançavam. Por vezes, tais celebrações aludiam a uma forma barroca de expressão católica. Por outro lado, nas confrarias, organizadas por leigos, destacavam-se as irmandades e as ordens terceiras. Elas reuniam membros de diversas origens sociais, estabelecendo vínculos de solidariedade, tendo como objetivo praticar devoção a um santo protetor e empreender ações beneficentes destinadas aos membros da confraria, como auxílio na doença, na invalidez e na morte. Muitos moradores decidiam filiar-se a uma ou mais irmandades com vistas ao prestígio social[38].

Desde o período colonial havia muitas confrarias, revelando a diversidade da fé que animava os paulistas: Nossa Senhora da Assunção, Santíssimo Sacramento, Santo Antônio, Nossa Senhora da Conceição de Itanhaém, Nossa Senhora do Rosário dos Homens Pretos, Pardos e Brancos, Nossa Senhora do Carmo, Nossa Senhora do Monte Serrate, Santo Amaro de Ibirapuera, São João Batista e São Francisco.

Muitas festas da cidade eram organizadas por irmandades que homenageavam aos santos padroeiros. A festa comportava normalmente dois momentos distintos: o religioso, cujas práticas de expressão de fé eram exteriorizadas nas missas, nos sermões ou nas procissões; o segundo momento era marcado pelo caráter profano com danças, fogos de artifício, barracas de comidas e bebida. O consumo exagerado de bebida gerava brigas e algazarras. O uso excessivo da aguardente era bastante difundido naquele período.

Da cana-de-açúcar obtinha-se a aguardente, fabricada por pequenos e grandes proprietários; a bebida alcançava bons preços no mer-

---

38 Sobre as festas ver José Ramos Tinhorão, *As Festas no Brasil Colonial*, São Paulo, Ed. 34, 2000.

cado. A bebida possuía diversas graduações, dependo de quem fosse o fabricante. A aguardente era consumida por pessoas de todas as classes sociais e o que variava era a quantidade ingerida. Apreciada pelos populares, a aguardente não era desprezada pela elite, que se cercava de alguns requintes para consumi-la até durante as comemorações.

O dia de São Paulo Apóstolo, padroeiro da cidade, era festejado com intensidade. Em edital, o bispo dava as ordens para a comemoração. A solenidade era marcada por missa, sermão, procissão e exposição de relíquias. O pastor metodista, Daniel Parish Kidder, ao presenciar a solenidade de comemoração do santo padroeiro da cidade, assistiu à missa na Igreja da Sé. Nesta ocasião, ouviu o sermão que exaltava o caráter de São Paulo. Extremamente crítico ao ritual católico, afirmou que o orador não primara nem pela elegância na dicção, nem pelo entusiasmo, necessários nestes casos. Segundo ele, "o padre recitou um sermão decorado"; pelo que pudera observar, o sacerdote não tivera "tempo de se preparar bem ou então, era dotado de muito má memória, porquanto atrás dele havia outro, com o manuscrito na mão. Entre o orador e o 'ponto' havia uma cortina que escondia do público. Quando, porém, seus serviços se tornaram necessários, precisou de mais luz e, pondo de lado a cortina, apareceu em toda a importância de suas funções"[39].

No dia de comemoração de São Paulo, saiu a procissão da catedral às cinco horas da tarde e desfilou pelas principais ruas, acompanhada pelo repicar dos sinos. A população, em massa, acorreu à cerimônia e acompanhou o cortejo, especialmente as irmandades. Pelas ruas muitos assistiam à procissão das sacadas, devidamente paramentadas com tecidos finos, em homenagem ao santo padroeiro.

As imagens da Virgem Maria com o Menino Jesus, São Pedro e São Paulo eram conduzidas pelos fiéis; em seguida, vinha o turíbulo com incenso que precedia o bispo, o qual era acompanhado por sacerdotes. A distinção do bispo poderia ser observada nos seus paramentos. A mitra era ornada com fios de ouro e diamantes. O pálio era de seda, e o religioso conduzia um pequeno crucifixo contendo a hóstia. Por último, vinha a banda militar com cerca de cem homens da Guarda Nacional[40].

---

39 Daniel P. Kidder, *op. cit.*, p. 210.
40 *idem, ibidem*, p. 212.

A Igreja Evangélica Brasileira começou a fixar-se a partir da segunda metade do século xix. A partir do Tratado de Comércio e Navegação de 1810 entre Portugal e Inglaterra, os imigrantes protestantes ficavam protegidos de perseguição. Nas décadas seguintes, um número significativo de imigrantes alemães luteranos e reformados chegou ao Brasil, formando as primeiras colônias; na maioria das vezes, os pastores eram leigos, escolhidos entre os membros da comunidade. Nos anos seguintes, missionários e ministros foram enviados da Prússia e da Suíça para atender às necessidades espirituais dos seus fiéis.

As primeiras ações missionárias no Brasil foram fruto do trabalho das sociedades bíblicas. Daniel Parish Kidder chegou ao Brasil em 1842, fundando com o Reverendo Fountain Pitts a primeira escola dominical do Brasil, atuando em seguida na distribuição de bíblias, em viagem por todo o país.

Em 1858, Segundo Robert Avé-Lallemant, havia um movimento evangélico na cidade: "Uma vida alemã desenvolvida na cidade e nos arredores se congregou numa união eclesiástica evangélica e foi chamado para São Paulo um pregador, o pastor Hölzel, de Dona Francisca"[41].

O número de evangélicos tendia a aumentar na cidade, devido ao maior fluxo de alemães e suíços e outros imigrantes que professavam o protestantismo. Em parte, este aumento era causado pela migração de alemães das grandes fazendas de café para a capital. O sistema de *meias*, extremamente desfavorável ao imigrante, fazia que ele, na medida em que conseguisse livrar-se das amarras que o prendiam ao proprietário da fazenda, saísse em busca de melhores condições no meio urbano, atraído pela contínua instalação de indústrias.

Estas transformações do espaço público e privado e os hábitos dos moradores iam enriquecendo os relatos de viagens. A singularidade do cotidiano dos habitantes era alvo de atenção: ora distinguiam-se dos costumes de outras partes, ora se igualavam a eles; esta alteridade também avolumava os relatos dos viajantes.

Os hábitos alimentares ocuparam uma parte importante dos registros; eles explicavam a culinária exótica das terras tropicais, especialmente de São Paulo. A ausência de recursos fez que a base da

---

41 Robert Avé-Lallemant, *op. cit.*, p. 332.

alimentação no planalto, nos primeiros anos, fosse baseada na culinária indígena, formada pela canjica, angu de farinha de milho e de mandioca. O principal alimento da terra, naqueles idos, era a farinha de pau, que se fazia de certas raízes da mandioca, que provocavam morte se ingeridas cruas, assadas ou cozidas. Para obter a farinha de pau era necessário deitar a mandioca na água até apodrecer. Estando diluída, era torrada e guardada em grandes vasos de barro, para ser consumida.

A alimentação era composta ainda de legumes, favas, abóboras e outras espécies que podiam ser colhidas na terra, bem como a mostarda e outras ervas que podiam ser consumidas cozidas. Para beber, além da água, ingeriam água de cozedura de milho, à qual acrescentavam mel.

Com a ocupação do planalto, a população da vila passou a cultivar em pequenas porções de terra algumas espécies de vegetais que auxiliavam no sustento. Nos séculos XVII e XVIII, nas chácaras e fazendas próximas à cidade de São Paulo, uma região fértil, era praticado o cultivo de vegetais e cereais e a criação de animais. No entorno da sede das fazendas havia numerosas construções necessárias para garantir a produção e o comércio dos produtos. Armazéns, engenhos alambiques, outros maquinários e a senzala compunham o complexo produtivo.

O cultivo da mandioca, milho, feijão, ervilhas, banana, goiaba, pinha e marmelo era feito em quase todas as propriedades. Ao lado das plantações eram criadas aves e porcos, sendo o excedente comercializado em áreas públicas na região central da cidade.

John Mawe notou que as quitandas e o mercado, no início do século XIX, eram bem abastecidos e a oferta de legumes e de animais era ampla. O que mais o impressionou foi o baixo preço do frango e da carne de porco[42]. Se a oferta de legumes e de carne de frango e de porco era significativa, o mesmo não se poderia dizer da criação do gado e da carne bovina. Segundo ele: "As vacas não são ordenhadas com regularidade; consideram-nas mais como ônus do que como fonte de renda (...) A indústria do leite, se assim podemos qualificar, é conduzida com tão pouco asseio, que a pequena quan-

---

42 John Mawe, *op. cit.,* p. 65.

A CIDADE DE SÃO PAULO NOS RELATOS DE VIAGEM

tidade de manteiga fabricada fica rançosa em poucos dias, e o queijo nada vale"[43].

A cidade, aos olhos dos visitantes, destacava-se pela produção de farinha de mandioca ou pelo processo de preparação ou pelas características particulares do fabrico. O preparo da farinha de mandioca que, para os moradores, fazia parte do cotidiano apreendido pelos seus ancestrais, na interação com os índios que a produziam primeiramente, era considerado perigoso. Segundo Daniel P. Kidder, "os escravos dela encarregados usavam na comida flores de 'nhambi' e raiz de 'urucu' a fim de tonificar o coração e o estômago". O método de preparação da farinha de mandioca consistia em raspá-la por meio "de conchas de ostras ou de um aparelho feito de pedra pontiagudas fincadas numa casca de árvore de maneira a constituir uma espécie de ralo primitivo. A polpa era então ralada ou moída com uma pedra, sendo o caldo cuidadosamente espremido e a umidade restante evaporado pelo fogo". Nos lagares onde se produzia a farinha, era possível encontrar "um inseto alvacento, venenoso, gerado pelo mortífero suco, com os quais as índias pondo-os na comida envenenavam seus maridos e os escravos aos seus senhores"[44].

Spix, alguns anos depois, observou que o plantio de mandioca era pequeno, enquanto a plantação de milho era maior. Segundo o zoólogo, os "habitantes locais dizem que a farinha de mandioca é pouco saudável, tal como os habitantes do Norte dizem da farinha de milho"[45].

A população consumia bananas, goiabas, pinhas e marmelos. Normalmente, o almoço era servido cedo e consistia em verduras fervidas, "com carne de porco gorda, ou bife, uma raiz da espécie da batata e uma galinha recheada, com excelente salada, seguida por grande variedade de deliciosas conservas e doces"[46]. John Mawe, durante a sua permanência na cidade, degustou com prazer "uma variedade de ervilhas, muito gostosa, denominada feijão, cozida ou misturada com farinha de mandioca"[47]. O prato típico das terras brasileiras era destacado por aqueles que viajavam pelas terras tropicais.

43 *Idem, ibidem,* p. 67
44 Daniel P. Kidder, *op. cit.,* p. 216.
45 Spix e Martius, *op. cit.,* p. 142.
46 John Mawe, *op. cit.,* p. 73.
47 *Idem, ibidem,* p. 72.

A paisagem, a fauna, a flora, os habitantes, a cultura, os sabores encantavam os viajante no "*grand tour*" tropical, registrando suas experiências em anotações, rapidamente davam forma ao texto e o publicavam. A viagem pelo Brasil e por São Paulo passava a constar da literatura de viagem do final do século xix.

Considerações finais

A transformação de São Paulo foi fruto do processo que a cidade trilhara em direção ao capitalismo. O crescimento da lavoura cafeeira, o final da escravidão e a chegada de imigrantes forçaram as mudanças. O transporte ferroviário e as crescentes inovações do sistema de navegação criaram as condições para que a cidade desenvolvesse estruturas produtivas. A mão-de-obra e as matérias-primas deram condições para o desenvolvimento da indústria. Movimento iniciado lentamente, ampliando-se no final do século xix e observado pelos viajantes.

Em alguns relatos que registram a passagem do viajante pela cidade, é possível notar que ele, por vezes, limita-se à descrição de exterioridades, não indo além na análise da sociedade paulistana. A admiração exaltada, na qual é necessário reconhecer o exagero, era todavia justificada pelas belezas naturais e pelas vantagens que a cidade oferecia aos que a visitavam e nela viviam.

A cidade de taipa cedeu espaço para o progresso e a *civilização*. Novos hábitos, novas formas de morar, de vestir, de trabalhar, de se divertir, de curar etc. O movimento de destruição ou *regeneração* da velha cidade cresceu. A cidade que outrora, na área central, reunia todos os tipos de pessoas, pouco a pouco, expulsava os grupos populares para áreas periféricas.

Spix e Martius recolheram uma cantiga popular que expressava a transformação da cidade:

"Aqui hum regato
Corria sereno
Por margens cobertas
De flores e feno
A' esquerda se erguia
Hum bosque fechado,
E o tempo apressado,
Tudo mudou.

Mas como discorro?
Acaso podia
Já tudo mudar-se
No espaço de hum dia?
Existem as fontes,
E os feixos copados;
Dão flores os prados,
E corre a cascada,
Que nunca seccou.

Minha alma, que tinha
Liberta a vontade,
Agora já sente
Amor, e saudade.
Os sítios formosos,
Que já me agradarão,
Oh! Não se mudarão,
Mudarão-se os olhos,
De triste que estou."[48]

O processo de evolução urbana da cidade levou à destruição dos vestígios antigos da cidade, identificados pelos viajantes. Uma transformação que significou modernidade e revelou novos usos do espaço, bem como novos homens e novas mentalidades. Uma cidade descrita e capturada pelas penas dos viajantes. Fragmentos que exigem uma interpretação sobre a cidade e sobre a forma como a literatura de viagem construiu a identidade dos homens e do mundo. As diferenças geográficas, culturais e sociais constituíam informações, minuciosamente descritas, segundo as impressões sensoriais dos viajantes, cumprindo o dever de preservar para a **memória** momentos dignos de nota. Pois, o tempo apressado tudo mudava.

---

48 Spix e Martius, *op. cit.*, p. 257.

A Natureza Adversa: Tormentas e Tormentos nas *Relações* de Viagens

*Maria Lúcia Garcia Marques**

---

* Investigadora em Linguística do Centro de Linguística da Universidade de Lisboa; Professora doutorada de Análise Textual da Universidade Católica Portuguesa.

A viagem faz parte íntima do teor das grandes interrogações que o Homem faz – e sempre fez – à Vida.

O *homo viator* é parente próximo – se não ele mesmo – do *homo sapiens*.

Dos incontados seres que povoam o Mundo, só o Homem se interroga sobre o sentido dos seus dias e dos seus passos. Só ele busca conhecer o fito e o *fatum* da sua jornada terrena explorando o espaço que o rodeia, demarcando territórios de posse e conhecimento cada vez mais alargados, em milhões de anos de itinerância, entre partidas e chegadas, entre o *aqui* e o *além* e, por inspiração, aventura ou pura necessidade, o *mais além*. Passa do *mesmo* para o *diverso* e o *diferente*, acumula saberes, modos de fazer, artes de sobre-viver, adquiridos rigorosamente "a par e *passo*", num percurso interessado, interesseiro e, acaso, interessante. Desses itinerários estruturantes de descoberta do espaço no seu sentido mais fecundo, foi deixando sinais, num mimetismo linguagem-mundo capaz de gerar um efeito de realidade que lhe fixe o acontecer e lhe dê memória. Quando não, também prazer, ilusão, magia... A *viagem* é, na sua própria etimologia (do latim *viaticu* –, através do provençal *viatge*) "provisão para o caminho", logo "alimento", do corpo e do espírito, a dar satisfação à radical disponibilidade, não só física mas também psíquica e cultural, que se supõe da parte do viajante, do verdadeiro via-andante.

E aqui, faço minhas as palavras de Alexandra Lucas Coelho[1]: "Porque uma viagem não se faz [só] em frente, mas por dentro; não é uma só mas também todas as outras – as que deixámos para trás, lidas, vividas, ressuscitadas – uma viagem tem profetas que vêem o que ainda não vimos e antepassados que nos recordam o que não chegámos a ver".

---

1 Jornalista do jornal *Público*, na edição de 6.11.1999 a propósito do livro de viagens de Pedro Rosa Mendes, *Baía dos Tigres*.

Logo, aquela a que chamamos de "literatura de viagens" tem um vastíssimo campo de recolha, um entrecruzado tecido de motivações, uma coloração que varia com a própria natureza da viagem. Só é preciso que esta exista, e que mobilize um acervo próprio de meios de descrever/narrar uma realidade que tem intrinsecamente a ver com uma *partida*, um *percurso*, uma *chegada*. Um relatar de acontecimentos que, podendo representar cada um deles uma sequência autónoma, uma aventura em si, pelo próprio facto de a viagem se constituir uma soma de espaços e tempos diferentes[2], possui uma dinâmica orgânica e um agenciamento temático epistemologicamente tipificáveis.

Uma proposta de tipologia é a de Fernando Cristóvão[3], que resumo: Viagens de peregrinação; Viagens de comércio; Viagens de expansão: política, científica, da fé; Viagens erudita, de formação e de serviço; Viagens imaginárias.

Baseia-se esta tipologia na temática escolhida, considerada obviamente na perspectiva do autor/narrador. Mas não deixa de ser interessante, e não resisto a fazê-lo aqui, considerar a perspectiva do leitor no acolhimento deste tipo de literatura. E isto porque, se há escrita virada para quem lê, profundamente marcada pela intenção de tornar público e notório, de mover e comover, de contar e encantar, é a da literatura de viagens. Nesta óptica, é particularmente esclarecedor o artigo de José Manuel Herrero Massari[4], de que me permito destacar a seguinte passagem:

"No alvorecer do mundo moderno, o avanço dos descobrimentos geográficos confirma e renova o interesse pelos velhos livros de geografia e viagens e, ao mesmo tempo, impulsiona a aparição de outros novos. O discurso geográfico e viageiro de novo cunho impulsionado pela abertura do mundo do século xv tem, nos primeiros tempos, uma função iminentemente informativa – pense-se nos textos do Manuscrito de Valentim Fernandes para o caso português, nas cartas

---

2 Sigo aqui o texto de Nuno Júdice "A Viagem entre o Real e o Maravilhoso", in Colecção «Viagem», Vol. 2, *Literatura de Viagem. Narrativa, História, Mito*, Lisboa, ed. Cosmos, p. 621.

3 F. A. Cristóvão, "Para uma Teoria da Literatura de Viagens", in *Condicionantes Culturais da Literatura de Viagens*, Lisboa, ed. Cosmos, 1999, p. 15-52.

4 Artigo: "Leitura e Leitores da Literatura de Viagens Portuguesa dos Séculos xvi e xvii. Uma Aproximação", in *op. cit.* na nota 2, p. 641-651.

A NATUREZA ADVERSA: TORMENTAS E TORMENTOS

de Colombo ou no relato da volta ao mundo para as viagens espanholas – ou cronística, e uma intencionalidade política; vai dirigido aos
mesmos estamentos implicados na aventura da expansão e carece de
pretensões literárias explícitas.

Agora, na medida em que os novos mundos descobertos começam a formar parte integrante, territorial e espiritualmente do mundo
de partida, e na medida em que deixam de ser o objetivo procurado
da viagem para se converterem num itinerário de ida e de volta em
cujo arco se enquadram experiências humanas de dor e prazer, de
desejo e frustração, este discurso vai derivando para a representação
de uma aventura pessoal num marco de viagem e num espaço geográfico histórico, real e até certo ponto, próximo, cujo melhor representante para o caso português é o famoso relato de Fernão Mendes
Pinto.

Paralelo a este processo de lenta apropriação das novas realidades
geográficas e da sua recuperação para o acervo discursivo e para o
imaginário cultural do Ocidente, desenvolve-se outro de igual trans-
cendência, que é o da aparição de um público leitor mais amplo e
numeroso: aquele que deriva da cultura impressa. O facto não é
banal, pois este público assegura o sucesso da imprensa e impõe os
seus gostos à literatura. Deste modo, o novo discurso de viagens participa também, em alguns dos seus géneros, da condição de literatura
de massas, enquanto em outros se mantém, como para os casos
medievais, de interesse quase exclusivo das classes cultas.

Esta democratização da experiência literária, tanto ao nível da
produção como da receção, permite individualizar níveis de leitura
claramente diferenciados no interior do variado elenco de textos do
novo discurso narrativo de geografia e viagens".

O que faz o sucesso deste tipo de literatura, agora mais acessível e
abrangendo um público mais vasto, é, provavelmente, o carácter tes-
temunhal dos relatos de viagens, na sua grande parte autobiográficas,
divulgando uma aventura pessoal de um indivíduo, em que o real
surge, através da pena de quem escreve, identificado com experiências
diversas, num rol de sucessos e azares que lhe dão o picante da aventura com a segurança do diferido, em leitura amena.

É vasta por isso a literatura de viagens, com especial fortuna para
a literatura portuguesa dos séculos XVI e XVII, em que abundam os
autores e sobre a qual se tem produzido copiosa matéria explicativa e

crítica. Decorre este facto, como bem se sabe, de ela se constituir num discurso em prosa da expansão portuguesa havida nesses séculos, discurso esse que "explodiu numa tipologia numerosa e de difícil classificação", mas em que ocupam posição de topo as *crónicas*, as *descrições* de naufrágios e os *relatos* de viagens – marítimas na sua maioria. E vale a pena, a propósito, acompanhar ainda Massari, quanto ao dever-se tomar em conta "duas condicionantes específicas para o caso destes relatos: a coincidência entre o horizonte de expectativa do leitor médio português e os episódios de drama e infortúnio pessoal que este produto literário apresenta; a participação moral, direta ou indireta, da sociedade portuguesa na aventura do ultramar e nos dramas que a marcaram". Muito concretamente o relato do naufrágio, organizando-se, em texto, entre o cronístico e o literário, constituiu-se como "primeiro espécime do discurso viageiro que realmente se enquadra numa fenomenologia de tipo literário, no modo como esta se perfila desde o século xv"[5].

Mas sendo o próprio da literatura de viagens o relato do acontecer num percurso que se vai definindo, tanto nas suas caraterísticas como no seu dinamismo (que faz dela matriz entrecruzada de descrições e narrações), tal relato arquiteta-se a partir de uma intenção clara de, para além de dar notícia – fiel e verdadeira, sempre que confessada – impressionar o leitor. A viagem narrada tem de ser tal que prenda a atenção, que instrua mas também surpreenda, que retrate mas também comova, que divulgue mas também julgue e moralize, pelo que bastas vezes o autor se não coíbe de expender o seu ponto de vista, dar voz à sua opinião, às suas críticas, aos seus próprios sentimentos acordados pelas circunstâncias.

Desses propósitos, casados com o de se mostrar credível, nascem afirmações, como a que a seguir reproduzo, que vêm na linha do "Vi, claramente visto [...]" do nosso Camões[6]. Escreve o Pe. Manuel Go-

---

5 É de consulta incontornável, a este propósito, a obra de Giulia Lanciani, *Os Relatos de Naufrágios na Literatura Portuguesa dos Séculos* xvi *e* xvii, Biblioteca Breve, Lisboa, ICALP, 1979.

6 In *Lusíadas*, Canto v, estrofe 18, a iniciar a descrição do fogo de Santelmo e posterior tempestade.

A NATUREZA ADVERSA: TORMENTAS E TORMENTOS   91

dinho na Introdução da sua *Relação do Novo Caminho que fez por Terra e Mar vindo da Índia para Portugal no Ano de 1663*[7]:

"Não escreverei cousa nenhũa que não fosse testemunha de vista; por isso será esta *Relação* mais breve do que fora se, assi como me fiei dos olhos, desse também crédito aos ouvidos. Muitas cousas deixo por contar, porque, se bem as ouvi não as vi.

E isto cuido que basta para crédito desta *Relação,* que vim fazendo pelo caminho, levado de minha curiosidade, e agora tirada a limpo a ofereço a todos, obrigado de alguns, a cujo gosto devia sacrificar maior trabalho; o que tive em toda minha viagem ficará gostoso, sendo esta *Relação* tão aceita como é desejada".

Mas desconfiado de alguma morbidez, por parte do leitor, na busca do trágico e do desmesurado das situações de catástrofe, sempre vai dizendo, a fechar a descrição de uma tempestade no mar – bem emotiva aliás, em redacção primorosa que adiante comentarei:

"Os que não têm experiência de tormentas lêem suas descrições sem fazerem conceito do perigo; antes, o nosso perigo escrito vem a ser sua recriação na leitura; e eu, por lha não dar tanto à minha custa, deixo o mais que afeava desta tormenta" (Capítulo XI da obra citada).

Há, porém, uma cumplicidade latente e permanente entre narrador/leitor que os amarra ao tácito compromisso com a novidade, com o extra-ordinário: seja o diverso, seja o adverso. E isto, mesmo que, nas produções mais próximas de nós, resultantes de viagens de carácter científico (patrocinadas até por conceituadas instituições promotoras das explorações geográficas e antropológicas, como as Sociedades de Geografia ou Academias de Ciências de diversos países europeus, entre eles o nosso) o rigor da observação e o público erudito e qualificado a que se destinam suponham uma maior sobriedade e comedimento na versão subjectiva dos factos.

E é aqui que radica a escolha do campo de análise deste meu trabalho: a *adversidade* como "motor" essencial e comum às narrativas integradoras da "literatura de viagens". Porque me parece um ponto fulcral na organização de um qualquer processo narrativo que se pretende apelativo e fidelizador no recetor – leitor ou ouvinte – justa-

---

7 Em edição da Imprensa Nacional-Casa da Moeda, Lisboa, 1974, com Introdução e Notas de A. Machado Guerreiro.

mente a introdução de elementos que quebrem a "linearidade" do percurso: o inesperado, o inovador, o contrário (no sentido daquilo que se opõe, que contraria), a vicissitude, portadora e desencadeadora de larga taxa de emotividade, enfim, uma outra perspetiva para uma nova expetativa.

Aquilo que os contadores de histórias tão bem introduzem com a expressão que aqui também tão bem me serve:

Eis senão quando...

Confinando-o à Natureza – unicamente por necessidade de restringir o meu campo de pesquisa – eis um SENÃO que parece percorrer transversalmente toda a literatura de viagem. Filho da Fortuna, "[il] s'inscrit dans la déchirure de l'ordre, dans la rupture subite, dans l'extemporaire, dans le *'cela qui ne peut être peint'* mais qui se représente et se représentera: la tempête"[8].

Tempestades e *tormentas*, como também *calmarias* e *secas,* na terra e no mar, são, com outros fenómenos, eventualidades funestas, acidentes ou incidentes próprios da mãe-natureza, traços realistas de adversidade que pelas próprias características e focalização geográfico-espacial dos empreendimentos narrados não só são plausíveis como, na sua alta incidência, se constituem verdadeiras "marcas" no tipo de literatura em que se desenvolvem.

Foi nesta qualidade de *marca* que procurei levantar, em obras de diversas épocas, segmentos narrativos que se reportem ao que designei de "tormentas" e "tormentos", e que se caraterizem similarmente, no papel que desempenham nas produções literárias a que, generalizadamente chamo de *relações*. E porquê esta opção designativa?

Porque a designação de *relação* engloba a significação de 'notícia', 'relato' mas com a minúcia do 'rol', da 'lista', eventualmente da cronologia dos acontecimentos para uma informação exaustiva e por outro lado também – e perdoe-se-me o eventual abuso de uma extrapolação algo impressionista – a ideia de 'ligação', 'conexão natural que existe entre pessoas, coisas ou factos' que parece acolher e justificar a atribulada vivência e força emotiva que ela invariavelmente traduz.

---

8 Pascale Dubus, "Le Hasard et la Tempête. Contribuition à L'Étude de la Fortune Marine dans les Arts Visuels de la Renaissance" in *L'Écrit Voir*, n.° 4, 1984, p. 33-46.

A NATUREZA ADVERSA: TORMENTAS E TORMENTOS

Foi neste enquadramento preciso que constituí um pequeno *corpus* de textos, excertos de narrativas de vários autores que, em diferentes épocas (do século XVI ao século XX) e itinerários de viagem diversos (no traçado como nas motivações) têm em comum a notação, personalizada e vivida, dos revezes que a Natureza lhes foi opondo, em registos que mobilizam meios e movem sensibilidades em muito semelhantes e definidores de género.

Uma advertência porém: ao considerar as descrições das tempestades, como fenómenos naturais que são, há que ter em conta, na maioria dos relatos de viagens, as suas mais comuns com-sequências — o *naufrágio,* a *arribada* e a *peregrinação*[9] de contornos sempre trágicos e altamente comoventes. Se bem que condicionados pelas forças da Natureza, muitos destes naufrágios resultavam do mau estado das embarcações, do excesso de carga, da incompetência dos pilotos, em suma, da irresponsável e gananciosa organização das viagens. Leia-se, por prova, o exemplar excerto da *Peregrinação* de Fernão Mendes Pinto que se segue:

"E *com esta sede e desejo de interesse,* em só quinze dias se fizeram prestes nove juncos que então no porto estavam, e todos *tão mal negociados e tão mal apercebidos* que alguns deles não levavam pilotos mais que só os donos deles, *que nenhuma coisa sabiam daquela arte,* e assim se partiram todos juntos um domingo pela manhã, *contra o vento, contra monção, contra maré e contra razão,* e sem nenhuma lembrança dos perigos do mar, mas tão contumazes e tão cegos nisto que nenhum inconveniente se lhes punha diante: e num destes ia eu também"[10].

As mesmas culpas humanas são apontadas nas palavras de Jorge de Albuquerque Coelho, um dos tristes heróis da História Trágico-Marítima, em resposta à arrogante apóstrofe do corsário francês depradador da nau *Santo António* em que seguia.

"Nisso podes ver quão mofino fui em me embarcar em nau tão desapercebida que, se viera consertada e aparelhada como cumpria ou que trouxera o que a tua traz de sobejo, bem creio que tivéramos, tu e eu, diferentíssimos estados dos em que estamos. Mas a meus peca-

---

9 Veja-se sobre estes pontos, para além da já citada obra de Giulia Lanciani, o artigo de Maria Benedita Araújo, "Os Relatos do Naufrágio", in *Condicionantes Culturais da Literatura de Viagens — Estudos e Bibliografias,* Lisboa, ed. Cosmos, 1999.

10 In *Peregrinação,* capítulo 137, Lisboa, Edições Afrodite, 1989.

dos ponho a culpa, pois por eles permitiu nosso Senhor que me embarcasse em nau tão desapercebida e desarmada como esta que vês, para me poder ver como me vejo; e também podes agradecer a boa ventura que contra mim tiveste, a treidoice de meus companheiros, piloto, mestre e marinheiros, que contra mim foram [...]"[11].

Foram, assim, as rotas da Índia e outras desvairadas partes de longínquos destinos a que as nossas naus se davam, um sorvedoiro de vidas e bens, por porcelas e cativeiros, que nem os mais fiéis e atempados relatos puderam acautelar: "Meu intento foi contar verdades (que em tudo o que escrevo como testemunha de vista poderei jurar) [...] além de que, trabalhos não perde nada sabê-los quem não os experimentou [...] não isentando ninguém, por mais próspero que seja, de cuidar que não lhe pode acontecer o que tem acontecido a tantos: e o que tem notícia de cousas semelhantes já sabe como se há--de haver nelas [...]"[12].

Cabe agora aqui a apresentação dos autores e textos da mini-antologia que constituí, em que os episódios ilustrativos da "Natureza adversa" se apresentam como estruturantes de um tipo de escrita que, através dos tempos, fixou a memória "literária" desses factos naturais e suas sequelas. São apenas uns poucos entre os muitos possíveis, que recolhi um tanto ao acaso das minhas leituras mas que se me afiguraram exemplos com muito interesse para uma apreciação quer dos traços comuns quer das especificidades de estilo e ponto de vista de cada autor.

São eles:

A) FERNÃO MENDES PINTO (c. 1510-1583) nascido em Montemor-o-Novo foi autor da celebérrima *Peregrinaçam* "em que da conta de muytas e muyto estranhas cousas que vio & ouviu no reyno da China, no da Tartaria, no do Sornau, que vulgarmente se chama Sião, no do Calaminham, no de Pegù, no de Martauão & em outros muitos reynos & senhorios das partes Orientais, de que nestas nottas do

---

11 Citação colhida na obra de Giulia Lanciani, *op. cit.*, p. 37.
12 João Carvalho Mascarenhas, *Memorável Relaçam da Perda da Nao Conceiçam que os Turcos Queimarão à Vista da Barra de Lisboa [...] em 1627.*

A NATUREZA ADVERSA: TORMENTAS E TORMENTOS

Occidente ha muyto pouca ou nenhũa noticia" – "e tambem da conta de muytos casos particulares que acontecerão afsi a elle como a outras muytas peffoas. E no fim della trata brevemente de algũas cousas, & da morte do fanto Padre meftre Francifco Xavier, unica luz & resplendor daquellas partes do Oriente & Reytor nellas universal da Companhia de Iefus" – como reza a apresentação no frontispício da 1.ª edição da obra, datada de 1614, apesar da sua redacção estar terminada desde 1580. É, por excelência, exemplo acabado do que aqui se considera uma *relação*. Nasceu do desejo confesso de "fazer esta rude e tosca escritura que por herança deixo a meus filhos (porque só para eles é minha intenção escrevê-la) para que eles vejam nela estes meus trabalhos e perigos da vida que passei no decurso de vinte e um anos, em que fui treze vezes cativo e dezassete vendido, nas partes da Índia. Etiópia, Arábia Feliz, China, Tartária, Macáçar, Samatra e outras muitas províncias daquele oriental arquipélago dos confins da Ásia, a que os escritores chins, siameses, guéus, léquios, chamam em suas geografias a pestana do mundo, como ao diante espero tratar muito particular e muito amplamente" (cap. 1).

E tratou. Com cópia de pormenores e lições de vida.

Seguem-se dois trechos de descrição de TEMPESTADE(s) (e subsequente naufrágio) em que o "pobre de mim" se viu envolvido e que adiante comentarei, nos termos em que atrás me propus. Para já (e por isso os escolhi) atente-se na grande coerência vocabular e na similitude de descrição das situações em que se repetem expressões como:

não se julgar por coisa natural/ não parecia coisa natural;
com um escarcéu tão alto/ tão altos na vaga do escarcéu;
águas cruzadas/ mares tão cruzados;
cortar os mastros
pasmar/ acabámos todos de pasmar;
quando o dia foi bem claro/ logo que o dia foi bem claro;
vir dar à costa; fazerem-se em pedaços.

e as demais assinaladas com dígitos a negrilho. Tal faz supor que Mendes Pinto utilizaria uma espécie de modelo descritivo para tais sucessos que aplicaria, com as variantes que eventualmente o enriquecessem, sempre que o fluir da narrativa o proporcionasse.

A.1. *Tempestade I*

"[...] quis a fortuna que com a conjunção da lua nova de Outubro, de que sempre nos tememos, veio um tempo tão tempestuoso de chuvas e ventos[1] que não se julgou por coisa natural[2], e como nós vínhamos faltos de amarras porque as que tínhamos eram todas gastas e meio podres, logo que o mar começou a se empolar, e que o vento sueste nos tomou em desabrigado, e travessão à costa, fez um escarcéu tão alto[3] de vagas tão grossas que conquanto se buscassem todos os meios possíveis para nos salvarmos, a cortar mastros[4], desfazer chapitéus e obras mortas da popa e da proa, alijar o convés[5], guarnecer bombas de novo, baldear fazendas ao mar[5], e ajustar calabretes e viradores para ligar a outras âncoras com a artilharia grossa que se desencarretara dos reparos em que estava, nada disto nos bastou para nos podermos salvar, porque como o escuro era grande, o tempo muito frio, o mar muito grosso, o vento muito rijo, as águas cruzadas, o escarcéu, muito alto[7], e a força da tempestade muito terrível, não havia coisa que bastasse a nos dar remédio[8], senão a misericórdia de Nosso Senhor[9], por quem todos com grandes gritos e muitas lágrimas continuamente chamávamos, mas como por nossos pecados não éramos merecedores de nos Ele fazer esta mercê, ordenou a sua divina justiça que, sendo já passadas as duas horas depois da meia-noite[10], nos deu um pegão de vento tão rijo que todas as quatro embarcações assim como estavam vieram à costa[11] e se fizeram em pedaços[12], onde morreram quinhentas e oitenta e seis pessoas, em que entraram vinte e oito portugueses, e os mais que nos salvámos pela misericórdia de Nosso Senhor[9] (que ao todo somos cinquenta e três, de que vinte e dois foram portugueses, e os mais escravos e marinheiros) nos fomos assim nus e feridos, meter num charco de água, no qual estivemos até pela manhã; e quando o dia foi bem claro[13], nos tornámos à praia, achámos toda juncada de corpos mortos, coisa tão lastimosa e espantosa de ver, que não havia homem que só com esta vista não caísse pasmado no chão[14], fazendo sobre eles um tristíssimo pranto acompanhado de muitas bofetadas que uns e outros davam em si mesmos".

in Capítulo 53, pág. 175-176[13]

---

13 Na Edição Comemorativa dos Descobrimentos Portugueses, Edições Afrodite, Fernando Ribeiro de Mello, Lisboa, 1989, em versão para português actual e glossário

A.2. *Tempestade II*

"[...] E sendo à vista das minas de Conxinacau, que estão em quarenta graus e dois terços, nos deu um tempo do sul a que os chins chamam tufão, tão forte de vento e cerração e chuveiros[1], que não parecia coisa natural[2]. E como as nossas embarcações eram de remo e não muito grandes, e fracas e sem marinheiros, nos vimos em tanto aperto que quase desconfiados de nos podermos salvar nos deixámos ir assim rolando à costa, havendo por menos mal morrermos entre os penedos, que afogados no mar. E seguindo nós com este propósito nosso caminho, sem podermos efectuar este miserável intento que então escolhíamos como menos mau e menos trabalhoso, nos faltou o vento a nordeste já sobre a tarde, com o que os mares ficaram tão cruzados[7] e tão altos na vaga do escarcéu[3] que era coisa medonha de ver. Com este medo começámos a alijar quanto trazíamos[5], e foi tamanho a desatino neste excessivo trabalho, que até o mantimento e os caixões de prata se lançaram ao mar[6], e após isto cortámos também os mastros[4], porque já a este tempo as embarcações iam abertas, e corremos assim em árvore seca o que mais restava do dia; e sendo quase meia-noite[10], ouvimos na panoura de António de Faria uma grande grita, de «Senhor Deus, misericórdia[9]», por onde imaginámos que se perdia, e acudindo-lhe nós da nossa com outra pelo mesmo modo, nos não responderam mais, como se fossem já alagados, de que todos ficámos tão pasmados[14] e fora de nós que uma grande hora nenhum falou a propósito. Passada nesta aflição e agonia aquela triste noite, uma hora antes que amanhecesse nos abriu a nossa embarcação por cima da sobrequilha, com que logo de improviso nos cresceram oito palmos de água, de modo que sem nenhum remédio[8] nos íamos ao fundo, por onde já então presumimos que era Nosso Senhor servido que tivessem ali fim nossas vidas e nossos trabalhos.

Logo que o dia foi de todo claro[13], e descobrindo já todo o mar não vimos António de Faria, acabámos todos de pasmar[14], de maneira que nenhum de nós teve mais acordo para nada. E continuando neste trabalho e agonia até quase às dez horas, com tanto medo e desventura quanto me não atrevo a declarar com palavras, viemos a dar à costa[11], e meios alagados nos foram os mares rolando até uma ponta de pedras que estava adiante, na qual, em chegando, com o rolo do mar nos fizemos logo em pedaços[12], e pegados todos uns nos outros, com grande grita de «Senhor Deus, misericórdia[9]», nos salvámos dos vinte e cinco portugueses que éramos, catorze somente, e os onze ficaram ali afogados com mais dezoito moços cristãos e sete chins marinheiros. E esta desventura sucedeu uma segunda-feira, cinco do mês de Agosto, do ano de 1542, pelo qual Nosso Senhor seja louvado para sempre."

in Capítulo 79; pág. 271-272[14].

B) PADRE MANUEL GODINHO *(1680-1712)*

Alentejano de berço, entrou muito novo para a Companhia de Jesus, e, no seu múnus de missionário, encontrava-se na Índia em 1662, data em que foi incumbido pelo Governador António de Melo e Castro de uma missão altamente sigilosa: fazer chegar ao Rei D. João IV uma missiva em que se expunham os graves inconvenientes da entrega da praça de Bombaim aos ingleses, que o Governo incluíra no dote da princesa D. Catarina de Bragança, futura esposa de Carlos II de Inglaterra. A viagem da Índia para Portugal, vai o Pe. Manuel Godinho realizá-la por terra, saindo de Goa em Dezembro de 1662. Subiu a península indostânica até Damão, atravessou a pé uma parte da Pérsia e da Arábia, navegou o Mediterrâneo de Alepo a Marselha e foi embarcar a La Rochelle, com destino a Lisboa, onde chegou no Outono de 1663. Dessa viagem, feita em condições muito difíceis, deixou-nos a mais famosa das suas obras: *Relação do Novo Caminho Que Fez por Terra e Mar da Índia para Portugal*, que saiu impressa em 1665[15].

Pela singular franqueza, eivada por vezes de traços de fina ironia, com que narra factos pouco conhecidos e dos quais teve conhecimento direto, pelo estilo pessoal, escorreito e vivo com que narra, permiti-me consagrar um espaço mais alargado aos testemunhos que na sua obra recolhi.

---

de M.ª Alberta Menéres, incluindo também Cartas, o Testamento de Ant.º Faria e Comentários críticos em posfácio.

14 *Ibidem*, Capítulo 79, p. 271-272.

15 Esta obra teve edições posteriores em 1844 e 1942, além da que utilizo neste trabalho, cf. nota: O Pe. Godinho foi também autor de *Vida, Virtudes e Morte de Fr. António das Chagas* (1687) e *Notícias Singulares de Algumas Coisas Sucedidas em Constantinopla (1684)*.

B. 1. *Calmaria e Tempestades*

"Cinco eram de Fevereiro quando levámos âncora e demos à vela com um ventinho norte, que nos era em popa. Eis que em se largando a vela grande começa a nau a inclinar-se toda para ũa banda, bebendo sofregamente a água, que nos sossobrava pelo bordo que metia no mar. Houve neste passo grande clamor na nau, levantado por muitos mouros e gentios que nela iam; mas entre tanta confusão de vozes, estas sós palavras percebi: Alá Kerinb, Codá Kerinb, Deus grande, Deus grande, valei-nos. Foi ele servido que tomada depressa a vela grande, e ferradas as mais, ficasse a nau mais direita e sem fazer tanta água. Foram os passageiros tomando cor nos rostos, mas pondo-se em requerimentos com o necodá, que os lançasse em terra. Aquietou o necodá a alguns com lhes prometer aliviaria a nau de algũa carga. Capeávamos[16] a quantas passavam por junto de nós, mas nenhũa queria chegar, até que, compadecido da nossa fadiga, o mestre de ũa das naus d'el-rei, que ao mar estavam tomando carga para Meca, mandou saber pelo seu batel o de que necessitávamos; sabido nos proveu de barcas, nas quais se descarregaram vinte fardos de roupas de algodão, fora o fato e metalotagens dos mercadores que se iam para terra. Isto feito, desferimos segunda vez as velas e se pôs a nau a caminho para Damão; como a nau se mediu com aquela fortaleza, pondo-lhe a popa, engolfámos para Diu, da outra parte da enseada de Cambaia. Avistada a ponta de Diu, nos emarámos oito ou dez léguas de terra, por aquela costa ser pouco limpa, e navegando com bom vento norte para a boca do estreito, por espaço de dezasseis dias, estes passados, ficámos em calmaria.

Não se persuadiram os mouros que aquela cessão de ventos era acaso em tal tempo, mas que era castigo de Deus e de seu falso profeta, por estar na nau algũa pessoa poluta. Levado o necodá desta sua imaginação, mandou que todos lavassem o corpo no mar, que estava leite, quer fossem mouros, quer gentios, quer cristãos, grandes e pequenos, homens e mulheres, sendo ele o primeiro que, saltando ao mar, convidava aos mais com seu exemplo, o qual seguiram logo todos

---

16 Fazer sinais com uma capa; chamar a atenção.

por força, ou por vontade. Recolhido já o necodá à nau, apertou comigo e com o francês, meu companheiro, que nos purificássemos também, e não déssemos escândalo à mais gente, para que Deus nos desse vento; e por mais disculpas e escusas que dávamos, não havia remédio para nos deixar o supersticioso necodá. Quando, de repente, aparece no mar ũa tintureira, que arremessando-se com os dentes a um criado do necodá, que ainda andava nadando, faltou pouco que lhe não levasse um braço; posto o moço em salvo, e discorrendo a tintureira de ũa parte para a outra, a modo de touro que passea o corso, não apertou mais o necodá connosco, e nos pusemos com os mais a ver o touro de palanque.

Frustrado o primeiro remédio para haver vento, excogitaram outro, que nos houvera de perder a todos; e o remédio foi pendurarem por popa um cavalinho feito de pau, com ũa cauda muito comprida, a som de frautas e atabalinhos. Cousa notável! O mesmo foi pendurarem o cavalinho, que desfechar um vento norte, para onde tinha a cabeça, tão forte e tão rijo, que nos levou pelos ares em dia e meo à costa de Arábia Feliz, entre Curia e Muria e o cabo de Rozalgate. Em avistando terra, surgimos com três âncoras, por não podermos correr com o norte para oeste, em razão da terra que estava diante; e se quiséssemos voltar para o mar, daríamos à costa primeiro que déssemos à vela, tão perto estávamos de terra. Parecera ao piloto, até àquele tempo, que havia de embocar de frecha o estreito; mas, ou porque o enganou a estimativa, ou porque as águas corriam muito para o sul, ele se achou muito aquém do que imaginava. Durou a tempestade seis dias contínuos, sem nunca afrouxar hora nem ponto; não se via o céu, com a poeira que daquela estéril costa se levantava; a mesma terra se não via, com estarmos dous tiros de canhão distantes dela. Não parece senão que céu e terra, mar e ar, se tinham coberto de ũa espessa névoa, por não verem os feitiços daqueles tristes mouros. O mar se embravecia cada vez mais; as enxárcias assoviavam; quebravam-se as amarras, escasseavam as âncoras, e a nau ia a olhos vistos rodando para a terra a se fazer em pedaços. Bem se deixava ver que o Diabo dera aquele vento para se ver mais depressa no Inferno com aqueles que lho pediram. E posto que eles lho não tivessem pedido tão forte, nunca o Diabo soube tomar as medidas no que se lhe pede. Mandou o necodá recolher o cavalinho, mas ele tinha já feito sua, e mostrou que, se tinha pacto para levantar tormenta, não o tinha para

A NATUREZA ADVERSA: TORMENTAS E TORMENTOS

trazer bonança. Fêz-se conselho se seria bom arrasar em popa para o mar Roxo, que nos ficava ao sul daquela costa; mas protestou nele o piloto que a nau se perdia infalivelmente, se tal cousa se intentava, assi porque não podia dobrar ũa ponta que fazia a terra para aquela parte, como porque, em se levando âncora, ondas e vento bateriam com a nau na praia.

Estavam todos bem desconsolados, e eu sobre todos, por não ter esperança nenhũa de salvar a vida em terra, ainda que escapasse do naufrágio que se temia, por ser toda ela do rei imamo, cruel inimigo dos Portugueses, quando os gentios que iam na nau, casta Bracmenes Bangaçalis, vêm ter comigo, dizendo que tivesse esperança de sair daquele perigo, que não desmaiasse, porque eles, com ũa cerimónia que fariam ao seu Rama, alcançariam logo a bonança desejada. E, dito isto, tirou um deles da sua canastra por um ídolo de metal, figura de Rama, ũa campaínha e duas soalhas do mesmo metal, e foi-se com tudo isto à proa do navio, donde se lhe ajuntaram todos os outros gentios, vestidos de roupa lavada, e depois de cantarem, tangerem e bailarem ante o ídolo, se empolvarizaram de certo pó vermelho e cheiroso, chamado sendur; logo saíram em procissão à roda da nau, entoando cantigas ao compasso das soalhas, e repartindo por todos os circunstantes unguentos aromáticos, biscouto, doces, cocos e açúcar; acabada a procissão, lançaram um coco ao mar, contra o vento, e continuaram até à noite com seus cantos e bailos. Porém, destas suas rogações e procissão, eu não vi que tirassem outro fruto mais que de passarem alegremente o dia, porque a tormenta não amainou, e os mouros se começaram a rir dos gentios. Que jamais ídolo encontrou[17] as obras do demónio, nem este levantou tormenta que desfizesse [...].

E com isto deixemos os gentios, por acudir à tormenta, que foi mais sentida do que a morte da vaca[18]. Seis dias inteiros tinha durado, quando de repente parou, dando lugar ao mar que se compusesse e a nós para sairmos do perigo. Com um vento de terra largo fomos correndo a costa da Arábia, e, embocando o mar da Pérsia, em breves dias chegámos à barra de Mascate"[19].

17 Ir contra, contrariar.
18 Episódio que aqui se não inclui por não caber no tema deste trabalho.
19 Pe. Manuel Godinho, *op. cit.*, Capítulo ix, p. 80-81.

B.2. *A Tormenta*

"Deixado já por ré Mascate, fomos com bom vento costeando a Arábia e suas altíssimas serras por espaço de dous dias, que pusemos de Mascate ao cabo de Maçandão, o qual em tormentas é outro cabo de Boa Esperança, e fica em 26° para o norte. Ptolomeu lhe chama Asaboro. A este cabo de Maçandão, posto na Arábia, corresponde o de Jasque na Pérsia, situado em 24° largos, e chamado, por Ptolomeu Carpela, promontório. Estes dous cabos fazem a garganta do estreito ou sino pérsico, chegando-se tanto nele as terras da Pérsia ás da Arábia, que parece se dão ali as mãos das serras às outras. Não errou quem, usando de comparação grosseira, apodou aquele mar a ũa borracha, a qual tem o bocal um pouco largo, logo se estreita no gorgomilo, e depois se dilata no bojo. Assim o mar da Pérsia tem a entrada larga. Logo se vai estreitando e apanhando até os dous cabos já nomeados; entre eles é o passo tão apertado que se está vendo o gado de ũa e outra banda. Vencidos eles, tornam as serras da Arábia e Pérsia a se ir compassadamente afastando ũas das outras, até que se perdem de vista, dando lugar ao mar se alargar.

Eram seis da tarde, horas de sol posto, quando à vista de Maçandão nos acalmou o vento para tornar daí a pouco tormentoso. Cerrou-se a noite, e o céu se abria afuzilando sobre a terra de ũa parte e doutra. Cuidávamos que os fuzis denotavam chuva, mas eles faziam sinal à tempestade que nos tomou de repente e levou de improviso as velas, deixando a nau árvore seca. Não houve quem se não desse por perdido. Os mais espertos naquele mar confiavam menos de suas vidas, porque tinham experiência de que as não salvaram nenhuns dos que ali se perderam, assi porque não há praias, senão rochas altíssimas, que imediatamente per si quebram as ondas, como porque em dando nelas as naus se desfazem com a primeira pancada, sem darem tempo a ninguém para se salvar. Com esta certeza procuravam os marinheiros e oficiais da nau pô-la a caminho, e ver se com um bolso no traquete obedecia ao leme, mas foi a diligência debalde, por não dar o vento lugar ao bolso de se pôr; e atravessando a nau, foi batida de tão grandes ondas, que a lhes fazer qualquer resistência ia a pique sem dúvida nenhũa; mas a nau andava como bóia por cima e por debaxo da água, deixando-se levar do vento e ondas que a levavam às rochas da Pérsia. Qual fosse nesta ocasião o alarido das mulheres, o

A NATUREZA ADVERSA: TORMENTAS E TORMENTOS

choro dos mininos, a grita dos marinheiros, a confusão dos oficiais, a fúria dos ventos, a bravura das ondas, o afuzilar dos raios, a cerração da noite, o estrondo dos trovões, a repetição dos relâmpagos, o quebrar dos mares, o assoviar das enxárcias, qual finalmente o medo da morte em todos, sabe qualquer que se achou em tragos semelhantes.

Os que não têm experiência de tormentas lêem suas descrições sem fazerem conceito do perigo; antes, o nosso perigo escrito vem a ser sua recriação na leitura; e eu, por lha não dar tanto à minha custa, deixo o mais que afeava esta tormenta.

Desde que ela começara estive eu com o *Sub tuum praesidium* na boca, vendo que continuava, veo ter comigo o clérigo francês, mais morto que vivo; ambos postos de joelhos, fizémos votos a toda a corte do Céu, que a um só santo parecia menos segurança naquele aperto; e, logo, falando com Deus lhe lembrávamos a honra de seu santo nome, do qual blasfemavam aqueles infiéis, dizendo os mouros que era castigo de Deus e de seu falso profeta, por o necodá me ter feito o gosto em não ir a Mascate, cortando pelo dos seus. Os gentios davam por causa desta tormenta a morte da sua vaca, mas também ajudavam os mouros no que blasfemavam contra os Cristãos. Caso raro! Apenas acabáramos de fazer a Deus as lembranças que disse, quando de repente se muda o vento de sul a norte, e de tempestuoso fica brando. Tornam então as ondas a trazer para estoutra banda da Arábia o cansado navio, que com grande pressa fazia resgate de água, por muita roupa que ao mar se alijava. Tão amigo é Deus do crédito de seu santo nome; nem esta foi a primeira vez que pelo não desacreditar com infiéis deixou de castigar pecadores.

Passada a tormenta por favor particular do Altíssimo, se pôs o navio a caminho, com pouco pano, até amanhecer. Como esclareceu o dia se largaram as velas ao vento, que as enchia todas com igualdade [...]"[20].

B.3. *A Sede*

"Nós repousámos um pouco, e em saindo a lua nos pusemos a caminho, metendo-nos pelo sertão, onde se não viam mais do que

20 *Ibidem*, Capítulo XI, p. 97 a 99.

areas soltas e campinas desertas. Esclarecendo o dia do 10 de Abril, saiu o sol mais quente do que jamais se viu naquelas areas; começámos logo a sentir a calma, e não menos a sede, que nos matava; os chiquéis de água que levávamos tinham-se esgotado: nenhum da companhia tinha gota, e o pior era que não havia esperanças de se achar mais que bem de noite, e as horas eram de meio-dia; metia eu balas na boca para humedecer a língua, mas foi debalde o remédio, porque o mesmo chumbo parece tinha perdido a humidade; foi o meu português para escarrar e botou sangue, tal era sua sede. Aqui foi o arrependimento de ter escolhido tal caminho: aqui o pesar de não ter ido pelo rio, cuja água se me representava ser a melhor do mundo. Oh! que de fontes me vinham ao pensamento! que de tanques e rios à fantasia! Ocupavam minha memória as fontes de Bangani, de Murmugão, e o poço do pilar em Goa; a fonte da aguada em Baçaim; a de Corlem, em Salcete; o tanque de Siracer, em Taná; a água do Mangate, em Cochim; a de Manapar, na Pescaria; e outras que tinha visto e bebido. Os olhos se adiantavam a ver se davam fé de algũa água; a cada passo me parecia que via adiante um rio, foscas miragens que faz aos olhos todo este deserto, porque, como tudo nele sejam planícies a perder de vista, discriminadas ũas das outras com uns montes de area mudável, representa-se a quem caminha ser alagoa, ou rio que corre, a planície que vê ao longe; e ainda que eu tinha experiência de uns destes enganos, contudo não deixava de me enganar com outros, enfadando-me muito de que os companheiros me desenganassem, dizendo que não era rio o que parecia, mas sua aparência.

Gemendo e dando ais fui caminhando, ou, para dizer melhor, deixando-me levar do cavalo, por algũas horas, mais perto da outra vida que da água desejada; quando, pelas três da tarde, damos em ũa alagoa, junto de ũa mesquita; primeiro tiveram os cavalos faro que nós vista da água: em lhe cheirando, botam a correr, sem haver quem os tivesse mão, porque a sede fazia também neles seu efeito; e, metendo-se pela água, se deixou o meu cair nela, não podendo suportar já sede, moscas e calma; tirei-me de cima do cavalo, e atolando no lodo, saí para fora todo molhado; quisemos matar a sede, mas a agua não era doce, senão salgada, e tal que, segundo se conta, bebendo dela o padre Frei Cipriano, arrebentou logo. Ali vimos seus ossos mal enterrados. Algum refrigério senti dentro de mim com a água que pelos poros me entrou no corpo; porém, tornando logo a sede a reforçar-se, me vi

A NATUREZA ADVERSA: TORMENTAS E TORMENTOS

em ânsias de morte. Dos companheiros nenhum falava palavra, atento cada um a buscar remédio para a sede que padecia. Lançou um arábio a língua fora, como cão, para lha refrescar o vento; mas, como não houvesse bafo dele, ficou muito mais triste; outro levava muitas vezes o chiquel à boca, como se bastasse o cheiro da água para matar a sede; enfim, mais mortos que vivos, tivemos vista de um pastor arábio, que apascentava cabras naquele deserto; fomo-nos a ele, de carreira, persuadidos que ou teria água consigo ou ali perto; achámo-la entre um tabual, mas de tal casta qual eu nunca vi água, porque era quente como de caldas, e não matava a sede; contudo, bebemos dela e descansámos um pouco, lavámos o rosto e demos de beber aos cavalos. Ao por do sol chegámos a ũas tendas de arábios, os quais nos deram leite fresco e água fria; com eles quisera eu ficar aquela noite; porém, houve de tornar ao caminho, por se temerem meus companheiros daqueles tão caritativos arábios"[21].

B.4. *Tempestade de areia e alteração do espectro solar*

"Neste dia vi levantar o vento as areas, que pareciam fumo de fornos e, apressando os cavalos, evitámos o perigo; lá pelas cinco da tarde demos com ũa alagoa doce, viveiro de muitas passarolas; quis fazer nelas um tiro, mas, por não sermos sentidos dos arábios que frequentavam estes lugares em que há água, deixei de lhes tirar. [...]

Neste mesmo dia de 27 de Abril, pelas quatro da tarde, vimos o Sol ficar de repente tão branco como neve, sem raios, e sem cintilar nem ofender de modo algum os olhos que nele se punham, como se aquele brilhante planeta sentisse algum desmaio. Por muito espaço não tirei os olhos dele, indo caminhando, sem mos ofender sua claridade. Não se deixa ver tão bem a Lua, como o Sol então se via. De sorte que se o Sol tivera a mínima mancha, se lhe enxergaria então; nem estava tão elevado da terra como nos outros dias às mesmas horas. Depois de meia hora que assi esteve, ũa densa nuvem, como tomando-o nos braços, no-lo tirou dos olhos, deixando-nos admirados tal novidade"[22].

---

21 *Ibidem*, Capítulo xx, p. 164 a 166.
22 *Ibidem*, Capítulo xx, p. 170-171 e 205.

B.5. *Tempestade em terra*

"[...] (A 28 de Abril) e mortos à sede, de dous dias, dormimos a noite no campo. Em 29 de Abril nos choveu por muitas horas, e o vento foi tão rijo que, como se fôssemos pequenos barcos à vela com tormenta, nos botava à banda. Nem foi possível caminharmos muita parte do dia, que passámos em um descampado sobre os cavalos, até passar a tormenta. Pelas nove da noite chegámos a um poço fundo, donde tirámos água com toda a pressa, por acharmos ao redor dele sinais frescos de haver ali estado gente: e passando avante, obra de três léguas, nos fomos apear entre dous outeiros, não digo dormir, porque a terra vertia água da chuva que disse, e os nossos fatos eram fontes de que corria. Este descómodo, sobre medo, nos serviu de cea e de sono. Tais noites dê Deus aos inimigos de sua Fé. Seriam horas de meia-noite quando sentimos falar arábigo a certos vultos que iam passando. A noite era escura e medonha, nós desmontados, os cavalos feitos em pedaços, as armas de fogo com as escorvas húmidas, a pólvora quási toda molhada, o que tudo junto nos moveu a só procurarmos de não ser sentidos, e foi Deus servido que os vultos não dessem fé de nós e passassem avante. Em Taibe soubemos, no dia seguinte, que eram sessenta alarves em trinta dromedários, os quais tinham destruído aquela terra e a de Rahab com os roubos que tinham feito nos gados e na gente que passava de ũa para outra cidade. Reconhecemos então a mercê que Deus nos tinha feito com a chuva do dia de antes, a qual, se bem foi de moléstia, nos foi também de toda a segurança contra aqueles ladrões, que, por se recolherem dela, deixaram o poço e estrada. É bem verdade que, se a chuva não fora, partido tínhamos com eles, porque a ventagem das armas prevaleceria contra a ligeireza dos seus dromedários"[23].

c) ANÓNIMO:

Relação do destino que aconteceu ao Navio N.ª Senhora do Bom Conselho e S. Ana e Almas que saindo deste porto de Lisboa, em companhia da Frota do

---

23 *Ibidem*, Capítulo XXIV, p. 206 a 207.

Rio de Janeiro e perdendo-se da sua conserva andou errante seis meses e dos perigos, sustos e trabalhos em que se viram os seus mareantes até entrar neste mesmo porto de Lisboa, de que tinham saído. Cujo salvamento atribuem ao feliz Patrocínio de N.ª Senhora Mãe dos Homens, a quem recorreram nas suas aflições. Lisboa, na Oficina de Domingos Rodrigues, Ano MDCCLIII. *Com as licenças necessárias*[24].

"Entre os navios de que se compunha a frota que a três de Junho do corrente ano de 1753 levantou âncora desse Porto de Lisboa para a Cidade do Rio de Janeiro dos Estados do Brasil, também cortou a amarra um chamado Valente da invocação de N.ª Senhora do Bom Conselho, S. Ana e Almas. Saíram todos da barra com felicidade e subindo os mares, sulcaram três dias com prosperidade de ventos os fluidos e ladrilhados campos de Cristal.

Já Febo abrindo os olhos ao mundo se levantava do tálamo de Tétis, em que dos trabalhos passados três vezes repousara, depois que a frota entrou nos domínios de Neptuno, que também não dormia pois não roncava, e benigno a recebera alcatifando as planícies de seus espaços campos com uma maré de rosas e hospedando-a com um mar de leite; quando o dito Navio valente não igualando suas obras com o nome, enfraquecendo, ou por achaque que do nascimento padecesse, ou porque o grande peso da carga lhe levava as bóias ao fundo, ou por amainarem os ventos daquele Zefírico espírito com que o amainavam, começou a dar vagarosos passos; até que mui brevemente se condenou a perder a amável companhia de todos e fez só viagem com vento que lhe respirava e só prova em popa até à linha onde andou em calmarias 15 dias.

Levantando-se compassivos os Zéfiros, passou a linha e feito com felicidade e bonança viagem cinco dias, começou a seguir a inconstância do elemento que o sustentava e perdendo totalmente seu rumo obedecia aos ventos que pugnando uns com os outros se conspirava(m) todos a perdê-lo. Depois de gasto muito tempo neste contratempo, foram os dois elementos dar com ele na Ilha do Fernando e daí o empurraram para os baixos de S. Roque.

---

24 Não é citada nos manuais bibliográficos correntes. Esta versão foi recolhida na obra *Naufrágios, Viagens, Fantasias & Batalhas*, João Palma Ferreira (editor), Lisboa, Imprensa Nacional-Casa da Moeda, 1980.

Já neste tempo Agosto se despedia e deixava os tristes destituídos de toda a esperança de jamais endireitar carreira para algum porto de salvamento pelo grande perigo em que se consideravam e na verdade maior do que a sua imaginação por lho ocultar a noite com o escuro véu de suas densas sombras. Quando a percursora do Sol anunciando o dia lhes ensinava a sepultura, pois o único meio que se achava sem extremos era morrer sem remédio. Conhecido este maior perigo pelo Capitão da Nau, José Baptista, e pelo Piloto, António Alves, a quem a vila de Cascais gerara para directores daquelas argonautas, exclamam a fazer actos de contricção, que pois as vidas estão perdidas se aproveitem para Deus as Almas por meio da penitência, que já que com suas culpas excitaram a ira de Deus contra si, com arrependimento delas conciliem sua Misericórdia.

Todos se sobressaltaram com o inopinado sucesso quando viram desanimados aqueles que esperavam lhe dessem nova alma de esperança de surgir donde se imaginavam sepultados. Tudo era ais, prantos, tudo suspiros e soluços, horror e sombra da morte, cuja viva pintura tirava a cor a todos os que a viam, por se mostrar mais ao vivo e só lhes deixava a de cadáveres, de sorte que se podia sem faltar à verdade, dizer com Ovídio:

Silicat exemplis in parvo grandibus uti, Haec
facies Troya cum caperetur erat.

Os moradores daquela côncava cidade fundada em inconstantes e tempestuosos mares, vendo-se destituídos de todo o remédio humano, recorreram contritos e compassivos ao Divino, por meio da Mãe da Misericórdia, Estrela do mar e guia de errantes, a sempre Virgem Maria, com a invocação da Senhora da Glória, para conseguir a de chegar a porto de salvamento. Aqui a invocaram também àquele Taumaturgo de Santidade, brilhante astro de Religião Seráfica, glória de Lisboa e da Nação portuguesa, honra e preciosíssimo tesouro de Pádua, o sempre admirável Santo António, a quem cedem os Mares reconhecendo domínio. Celebraram-lhe três Missas para que por virtude daquele Divino holocausto e incruente sacrifício, aplacada a ira Divina, não fossem pasto daqueles peixes de que ele fora Missionário, mas clemente, lhes alcançasse eficaz luz do rumo que deviam tomar. E forcejando para a Ilha do Faial, toda a diligência foi frustrada pelo que retrocederam sem avistar mais Ilhas que a das Flores e do Corvo, bordejando mais de oito dias sem poder arribar a terra.

Posto que o Navio levava abundância de mantimentos, já então se experimentava deles necessidade e a providência para o futuro os ensinava a distribuir com parcimónia à proporção da água. que era meio quartilho cada dia, para cada pessoa. Mas como ordinariamente nunca um mal vem só, sobre tantos que os miseráveis tinham padecido e padeciam. se levantou um temporal tão forte que lutando o mar com os ventos, era o Navio e os navegantes ludíbrio de ambos os elementos, já levantando-o ao Céu, já sepultando-o no Inferno e bem podiam com triste lamento acompanhar o poeta quando dizia:

> *Me miserum, quanti montes voluntur aquarum,*
> *Jamjam tacturos sydera summa putes.*
> *Me miserum quantae subsidunt aequere vales,*
> *Jamjam tacturos trataria imna putes.*

Esta foi a ocasião em que mais que nunca todos obedeciam prontamente o Capitão, e os que mandavam exercitavam as funções de Marinheiros: deitadas todas abaixo as Antenas, Vergas e Joanetes, ficou o Navio só com os mastros em Árvore seca para evitar maior tormenta. Naquela noite em que a tempestade deu com o Navio nas alturas da Terra Nova, apareceu na Verga da Gávea o Santelmo, a que a devoção dos Marinheiros chama Corpo Santo e estes e os passageiros animados de viva fé, imploraram com instantes preces patrocínio de N.ª S.ª da Penha de França prometendo levar-lhe, todos descalços em procissão a primeira vela que se largasse, dignando-se consolar sua aflição com vento favorável para a barra de Lisboa. Venceram as preces, talvez por importunas, o que desmereciam as Consciências, e logo correu Vento Nordeste com cuja crepitante viração recobraram com os alentos da vida as perdidas esperanças de brevemente chegar ao Porto que desejavam.

Mas como os trabalhos ainda não eram todos passados, julgou a Divina piedade por seus incompreensíveis e inescrutáveis juízos ser conveniente purificar com outros aquelas almas, pois estando já na altura de Lisboa a fúria predicaz de vento contrário os pôs na costa da Berberia, onde a necessidade moveu a novas súplicas para com aquela Virgem poderosa, a Senhora Mãe dos Homens e Advogada dos pescadores, acompanhada de liberais esmolas que fizeram a soma de 2307 e se entregaram nesta Corte à sua confraria. Sendo ouvidos seus clamores e bem aceites suas ofertas, conseguiram ser restituídos à vista da barra de Lisboa e passados 5 dias de borrasca, entraram com próspero sucesso neste suspirado porto, aos três do presente mês de Dezembro.

A muitas causas se pode atribuir tanto rigor da Divina Justiça que então se mostra mais severa quando é mais misericordiosa, ou já para nos trazer ao próprio conhecimento de nós mesmos, do estado do pecado ao da graça, ou para mais nos justificar não sendo réus de culpa; porém, como é próprio dos homens desculparem-se assim para culparem os outros, os nossos Navegantes empatavam a causa de tantos trabalhos a culpas de um Marinheiro que era pública voz ir excomungado e o comprovavam com o menor sucesso que depois da sua morte lhes sobreveio, pois passados já tantos contratempos e adversidade, achando-se perto da barra, nunca mais a puderam tomar ora em razão dos ventos contrários, ora por mor das calmarias, até que pagando ele o comum tributo, entraram felizmente sem resistência, nem do Céu, nem do mar.

Desembarcados que foram, logo com religiosa modéstia e piedosa devoção foram pagar o voto que fizeram à milagrosa Senhora da Penha de França e com suas almas lhes ofereceram a vela votiva por troféu de suas maravilhas e perpétuo testemunho de seus milagres"[25].

D) ALEXANDRE SERPA PINTO *(1846-1900)*

Filho da região duriense, cursou o Colégio Militar, alistando-se mais tarde no exército onde atingiu o posto de capitão em 1876. Participa como voluntário na expedição do Bonga, tendo então subido o curso do rio Zambeze. Em conjunto com Capelo e Ivens integra uma expedição portuguesa ao centro de África que, após algumas vicissitudes se inicia em Benguela em 12 de Novembro de 1877. Ambicionando realizar a travessia da África em vez do simples reconhecimento das regiões interiores, separa-se dos seus companheiros para se dirigir no sentido do paralelo 15.° austral até ao meridiano do Zumbo, descendo em seguida o Zambeze até ao Mazuro. Atravessa os Luchazes e

25 *Ibidem*, cf. nota 24.

as Ambuelas e depois de uma paragem em Lexuma (onde se trata de grave doença) visita as cataratas de Victoria Falls, ladeia o deserto de Calaari até Soshong. Segue depois até Pretória completando a travessia em Durban a 19 de Março de 1879. Esta viagem, patrocinada pela Sociedade de Geografia de Lisboa, integra-se, com muita felicidade, no vasto número de iniciativas deste cariz, promovidas pelas mais distintas sociedades científicas, no intuito de melhor conhecer, do ponto de vista da ciência, os mundos que o movimento expansionista europeu abrira à curiosidade dos genuínos exploradores. Desta expedição, deixou-nos Serpa Pinto minuciosa *relação*: uma narrativa recheada com a descrição de inúmeras peripécias e contrariedades, num esplêndido documento que em muito contribuiu para um melhor conhecimento geográfico e etnográfico da África Central. Intitula-se *Como eu atravessei a África* e teve a sua 1.ª edição em 2 volumes, em Lisboa, em 1880 (e em 1881 em Londres) com os sub-títulos: para o 1.º volume *A Carabina de El-Rei* e para o 2.º volume *A Família Coillard*. É deste 2.º volume[26] que retirei as passagens que se seguem:

D. I . *Nos Rápidos do Zambeze*

"Parti às 6 horas e 30 minutos e às 7 horas e 15 minutos passei uns pequenos rápidos e logo abaixo outros, mais desnivelados, extensos e perigosos. Entestámos ao único canal praticável e, logo que o barco se achou envolvido na corrente, um hipopótamo veio resfolegar a jusante. Estávamos entre Cila e Caríbdis[27], ou a fera ou o abismo. Tornámos a entestar com a corrente e, subindo o rio, por uma hábil

---

26 Na edição de Publicações Europa-América, Lisboa, 1990.

27 Escolhos perigosos localizados no estreito de Messina – dois grandes perigos para a navegação muito próximos um do outro. Cila é um rochedo e Caribdis é um redemoinho ou sorvedoiro. Cila era um monstro marinho que devorou seis companheiros de Ulisses; Caribdis, filha da Terra e de Poseídon, foi fulminada por Zeus e lançada ao mar, transformada em monstro que tudo devorava. "Ultrapassar Cila e Caribdis" simboliza a coragem para ultrapassar qualquer dificuldade. No *Sermão de Santo António aos Peixes*, o Pe. António Vieira alerta aqueles que "na nau Sensualidade que sempre navega com cerração, sem sol de dia nem estrelas de noite, enganados do canto das sereias e deixando-se levar da corrente, *se iriam perder cegamente ou em Cila ou em Caribdis*".

manobra, pusemo-nos a coberto do perigo junto a um rochedo quase em seco.

O barco da carga, receando o cavalo marinho, desviou-se do canal e foi impelido com velocidade enorme de encontro às rochas de um canalete obstruído. Nunca pensámos que se salvasse, mas ele derivou por entre as fragas e passou o perigo, tendo recebido apenas um golpe de água que quase o encheu.

Às 7 horas e 50 minutos, outros rápidos, e às 8 horas, uns muito desnivelados e extensos. Quisemos sair em terra, porque sentíamos a jusante um ruído enorme, semelhante ao ribombar dos trovões pelos alcantis das serras, que nos fez recear grandes rápidos, ou uma catarata impossível de transpor. Foi baldado esforço. A margem mais próxima, a esquerda, ficava-nos a 600 m e a corrente rápida, quebrando-se entre os cabeços basálticos e ressaltando em ondas de espuma, tornava impossível o abeirar à margem. São momentos indescritíveis estes.

Levado por uma corrente vertiginosa, tendo diante de si o desconhecido, pressentindo o perigo iminente a cada desnivelamento do que se lhe mostra, arrastado de voragem em voragem pelos turbilhões da água revolta, o homem experimenta a cada momento sensações novas, e cem vezes sofre a agonia da morte, para sentir outras tantas o prazer da vida. Das 8 horas e 5 minutos às 8 horas e 40 minutos passámos seis rápidos de pequeno desnivelamento, mas, a essa hora, uma queda desnivelada de 1 m se nos apresentou pela frente. Semelhante ao homem que, em corrida, estaca por um movimento instintivo ao ver o abismo aberto sob o seu caminho, o meu barco, como se fosse animado, parou por um impulso dos remos, maquinal e inconsciente nos tripulantes. Esse momento de hesitação produziu o desgoverno e a comprida piroga atravessou na corrente e saltou ao abismo, na coroa de espuma de uma onda enorme. Foi um segundo, mas foi o pior momento da minha vida. Era a Providência que nos salvava. Se o barco tivesse atestado de proa com a voragem, seria submergido e estaríamos perdidos. O desgoverno dele foi-nos a salvação" [28].

28 Alexandre Serpa Pinto, *op. cit.*, cap. x, p. 79-80.

A NATUREZA ADVERSA: TORMENTAS E TORMENTOS 113

D. 2. *Tormentas em Mozioatunia*

"Muitas trovoadas, que desde manhã fuzilavam perto do horizonte em todas as direcções subiram aos ares e vieram estacionar sobre mim. Uma chuva torrencial caía, ou, antes, batia, sobre nós, tocada por um vento rijo de N. N. E. Os nimbos espessos e negros pairavam perto da terra e despediam das suas entranhas, carregadas de electricidade, torrentes de água e torrentes de fogo.

Como eu disse, o sítio em que caminhava era um vale profundo despovoado de árvores. Montículos de rocha terminados por vértices pontiagudos atraíam o raio, que os abrasava com o seu fogo potente. Uma faísca veio esmigalhar um penedo a pouca distância de mim.

Era um espectáculo tremendo e horroroso. Vi ali pela primeira vez o raio dividir-se. Uma faísca separou-se próximo da terra em cinco, que partiram quase horizontalmente a ferir cinco pontos diferentes; algumas vi separarem-se em quatro; em duas e três, quase todas.

Ziguezagues de fogo cruzavam os ares em todas as direcções e abrasavam a atmosfera. É preciso ter-se assistido a uma trovoada nos sertões da África austral para bem se fazer ideia do que seja uma tempestade medonha.

A minha gente, prostrada por terra, horrorizada e escorrendo em água, estava tranzida de frio e medo. Eu gracejava com eles e procurava animá-los, mostrando uma tranquilidade que estava muito longe de ser verdadeira.

Uma hora depois, a tormenta, como que fatigada do seu pelejar insano, foi diminuindo de intensidade e eu pude pôr-me a caminho às 2 horas e 30 minutos.

Às 3 horas tive de parar, obrigado por uma forte chuva, que não demorou muito em passar.

Pelas 5 horas passava em frente da grande catarata e acampava a montante dela, aproveitando umas barracas que ali encontrei e reconstruí.

Durante a noite, uma nova tormenta caiu sobre o meu campo e muitas árvores foram derrubadas pelo raio. A chuva torrencial inundou as barracas, apagou os fogos e molhou tudo e a todos. Durou esta tempestade até às 4 horas da manhã, hora a que cessou quase de repente.

Foi aquela uma noite cruel. Ali, já ao estampido dos trovões se juntava o bramir da catarata, e era qual produziria sons mais roucos e medonhos.

O dia amanheceu chuvoso e até às 9 horas foi impossível sair das barracas.

A essa hora rasgou-se o céu nublado e o sol veio iluminar a esplêndida paisagem. Contudo, era difícil caminhar num terreno encharcadíssimo e lodoso"[29].

E) MIGUEL DE SOUSA TAVARES *(1952)*

Nasceu no Porto e começou a sua vida profissional na advocacia que abandonou para se dedicar ao jornalismo onde vem assinando distinta colaboração em diversos jornais (como o *Expresso* e *A Bola*), revistas (*Grande Reportagem* que dirigiu) e TVI onde é comentador. Dedica-se também com assinalável êxito à escrita literária, sendo autor entre outras obras de *Equador* e *Rio das Flores* (romance), *Sul* (viagens), *Não te deixarei Morrer David Crocket* (contos infantis).

O Deserto Dentro de Nós[30]

"Há dois dias que estávamos debaixo daquela tempestade de areia, algures na pista de Djavet para Tamanrasset, no Sul da Argélia [...].

Nada há que possa descrever com exactidão o que é uma tempestade de areia no deserto. O que é, primeiro que tudo, a sensação de profunda angústia, ou mesmo terror, que dá olhar para o horizonte e ver a tempestade avançar sobre nós, com uma imensa mancha negra a tapar o céu azul e um turbilhão de areia em movimento ocupando o solo e dirigindo-se para nós, como uma furiosa caverna negra prestes a engolir-nos. Temos tempo para nos prepararmos, mas nunca estamos verdadeiramente preparados. Fugimos à frente da tempestade a

---

29 *Idem, Ibidem*, Capítulo II, p.133 e134.

30 Prefácio de *Desertos de África* de Michel Martin, Lisboa, Círculo Leitores, 2000. Segunda versão do texto anteriormente publicado no seu livro de viagens *Sul*, editado pela Relógio de Água, em Lisboa, 1998.

A NATUREZA ADVERSA: TORMENTAS E TORMENTOS

toda a velocidade e sempre a olhar pelo retrovisor e a certa altura percebemos que não há nada a fazer e vamos mesmo ser engolidos por aquele turbilhão negro.

E nunca sabemos quanto tempo pode demorar uma tempestade de areia no deserto: seis horas, dois dias, doze dias. Há relatos e memórias de toda a ordem e há catástrofes conhecidas de que não ficaram sobreviventes para contar a história.

Assim, quando percebemos que não conseguiremos continuar a fugir à frente do monstro, só nos resta prepararmo-nos para o seu impacto, sem saber por quanto tempo estaremos debaixo dele. A toda a pressa, juntamos provisões de comida e de água, colocamos à mão os instrumentos essenciais como facas e canivetes, abre-latas, lanternas, estojos de primeiros socorros, gotas para os olhos e para o nariz, vedamos todo o material sensível à areia e, quando as primeiras rajadas de areia se começam a abater sobre nós, fechamos todos os vidros do carro e atamos um lenço à nuca a tapar-nos o nariz e a boca e óculos com protecção lateral para defender os olhos.

Tudo é inútil, porém. Em menos de meia hora temos a sensação de estar, não dentro de um jipe, mas dentro da própria nuvem de areia. Os olhos ficam injectados, no nariz, na garganta e nas orelhas formam-se crostas de areia, a voz enrouquece, as sobrancelhas e os cabelos ficam brancos e há um mar de poeira que cobre tudo dentro do jipe — sacos, provisões, instrumentos indicadores, chão, assentos, tudo, rigorosamente.

O dia faz-se noite de repente, o barulho é apocalíptico e a força do vento parece ir arrancar o jipe do chão e arrastá-lo como uma folha de árvore em perdição. Numa das paragens, saio do jipe para ir lá fora fazer qualquer coisa ou simplesmente desentorpecer as pernas, dou dez passos para o lado e, quando quero regressar ao jipe, não o consigo distinguir no meio da nuvem de areia. Não vejo nada, só uma parede escura por todos os lados. O mais extraordinário de tudo é que, em apenas dez passos, perdi por completo o sentido de orientação, não faço ideia de que direcção deixei o jipe. A custo, consigo dominar o terror que ameaça apoderar-se dos meus sentidos, e é como cego, com os braços estendidos em frente, que eu acabo por chocar com o jipe e regressar ao meu lugar no volante com a sensação de ter sido resgatado do mar durante um naufrágio.

Eis o ponto-limite de uma travessia do deserto. Eis o instante em que não somos nada, nem sabemos coisa alguma — nós, os nossos conhecimentos todos, a nossa presunção, a nossa tecnologia. De repente, ali estamos a sós contra o vento, contra a areia, contra o deserto, a milhares de quilómetros de distância do mundo de onde viemos, perdidos numa pista perdida do Sul argelino onde há quinze dias não avistávamos ninguém, homem, animal ou construção, perdidos no centro de uma imensa nuvem negra em turbilhão, onde ninguém jamais nos procuraria e de onde só sairíamos se os deuses quisessem e se conseguíssemos manter uma réstia de calma e lucidez.

Dois dias e duas noites assim. Dois dias e duas noites a sós com o mais fundo de nós mesmos, tão fundo e tão íntimo que nem nós próprios nos reconhecemos. É aqui, é então, que descobrimos quem verdadeiramente somos, as forças que desconhecíamos ou as fraquezas que escondíamos, a sós na intimidade tão devastadora que chega a assustar-nos. Eis o fundo do deserto, a travessia do deserto, uma viagem que é simultaneamente exterior e interior. Este é o território onde morrem todas as presunções, este é o verdadeiro momento da verdade. Quando a tempestade se afasta e regressamos aos gestos habituais dos que estão vivos, sabemos então que acabámos de atravessar o terrível vento de areia, que acabámos de atravessar o deserto e emergir à luz do Sol, sob as planícies sem fim do Sara, com a certeza de que nunca mais voltaremos a ser os mesmos, por muito que a vida se encarregue de normalizar todas as ocasiões e diluir todas as coisas".

Eis o minicorpus que seleccionei.

Vários autores, várias épocas, vários cenários, várias situações de tormenta e plurais tormentos.

Nesta minha "viagem" intertextual é iminente o perigo de buscar comparação por entre tantas variantes. Onde o fio condutor que as familiariza, por onde passa o nexo que as congrega?

Desde logo, numa macroperspetiva e como já se descreveu, a TEMÁTICA.

No outro extremo, e aplicando a rede mais fina de análise, temos o LÉXICO. Dentro da variedade de condicionantes já apontada, é no entanto possível o levantamento de um *léxico específico*, agenciado pela temática ao serviço do ponto de vista do autor e da especificidade das situações.

Sem pretender ser exaustiva, segue-se a lista das principais ocorrências[31]:

NOMES (ou expressões nominais)						
A- de marinharia	**B- geográfico-climatéricos**					
antenas	terra		chuva		nimbo	
vergas; verga da gávea	céu			torrencial		espesso
joanetes	sol		bafugem		deserto	
mastro(s)	ar		monção			travessia do
traquete	mar(es)		escarcéu			deserto
árvore seca		mar de leite		tão alto	poeira	
bóia(s)		mar de rosas	vagas		costa	
amarra		cruzado(s)		grossas	barra	
chapitéu	maré			do escarcéu	praia	
popa	tempestade de areia		águas cruzadas		estreito	
proa	tormenta		onda(s)		enseada	
leme	temporal		pegão de vento		alcantis	
obras mortas	borrasca		tufão			
convés	(o)santelmo		rajada (de vento)			
bomba	calmaria(s)		cerração			
calabrete	viração		chuveiro			
virador ('cabo do	frio		bonança			
cabrestante')	vento(s)		trovão/ões			
âncora		contrário	trovoada(s)			
remo(s)		tempestuoso	relâmpago(s)			
embarcação		forte	raio(s)			
árvore seca		rijo	névoa			
sobrequilha		brando	fuzis			
falua		bom	faísca			
navio		tormentoso	abismo			
nau		muito alto	voragem			
batel		travessão à costa	rápidos			
barca		de terra	catarata			
panoura		do largo	turbilhões de água			
vela		norte		de areia		
enxárcia		noroeste	torrente			
		sul	corrente			
		sueste	espuma			
			nuvem			
				de areia		

---

31 Não se fornecem dados de frequência por o seu cálculo rigoroso implicar meios de que não dispunha à data da elaboração deste trabalho. Também se não utiliza a publicação por ordem alfabética para não quebrar o nexo semântico que agrupa bom número das formas elencadas.

VERBOS (ou expressões verbais)	
bordejar	arrasar (em popa)
arribar (a terra)	emarar
amainar	desferir (as velas)
empolar (o mar)	afuzilar
alijar (a carga)	fuzilar
guarnecer (as bordas)	quebrar as ondas
baldear	obedecer ao leme
alagar/ ficar alagado	tomar em desabrigado
afogar	entestar (com a corrente)
abrir (a embarcação)	atestar (de proa)
fazer-se em pedaços	dar-se por perdido
embocar	ir a pique
engolfar	pôr o navio a pouco pano
amainar	largar as velas ao vento
compor-se o mar	
navegar	
nadar	
desfechar (o vento)	
dar ⎱ à costa	
vir ⎰	

Relação de factos participados, testemunhados ou meramente reportados, este tipo de textos apresenta-se como meio óptimo de dar vazão a veias literárias mais ou menos inspiradas, na expansão de meios mais ou menos elaborados de expressão utilizando técnicas e artifícios na construção do discurso que relevam, não poucas vezes, da verdadeira arte de bem escrever. Diria até que, na maioria dos casos, de forma mais ou menos deliberada, afiguram-se-nos mais empenhados na exaltação estético/emocional do momento, para brilho dos seus autores, do que propriamente no frio relato do acontecimento nas suas reais proporções e consequências.

Desde logo, as adversidades naturais surgem, no registo "literário", na sua feição mais calamitosa e imbuídas de uma fatalidade que só o poder divino – de Deus ou dos deuses – a (des)Ventura ou (má)Fortuna – tudo poderes sobre-humanos – podem justificar, suster ou aplacar. De incidentes ou acidentes *naturais* (no sentido de "presumíveis", "espontâneos", "habituais") passam a episódios fulcrais de desatino, sofrimento e morte que os homens experimentam em per-

A NATUREZA ADVERSA: TORMENTAS E TORMENTOS

feito e total desamparo e confusão – o que aponta, "na lógica do texto trágico, para a vitória do Sobrenatural, da Moira ou do Fatum"[32].

Oiçamos os nossos autores:

FERNÃO MENDES PINTO:

"[...] *quis a fortuna* que com a conjunção da lua nova de Outubro, de que nos sempre tememos, veio um tempo tão tempestuoso de chuvas e ventos, *que não se julgou por coisa natural*" – cap. 53.

E repete:

"[...] e sendo à vista das minas de Coxinacau [...] nos deu um tempo de Sul que os chins chamam tufão, tão forte de vento, cerração e chuveiros, *que não parecia coisa natural*" – cap. 79.

"[...] não havia coisa que bastasse a nos dar remédio, senão *só a misericórdia de Nosso Senhor* [...]" – cap. 53.

"[...] e os mais *que nos salvámos pela misericórdia de Nosso Senhor* [...]" – cap. 79.

"E continuando neste trabalho e agonia até quase às dez horas, com tanto medo e desventura quanto me não atrevo a declarar com palavras, viemos dar à costa [...] na qual, em chegando, com o rolo do mar nos fizemos logo em pedaços e pegados uns nos outros, com grande grita de 'Senhor Deus Misericóridia. Jesus' nos salvámos, dos vinte e cinco portugueses que éramos, catorze sòmente [...]" – cap. 79.

Pe. MANUEL GODINHO

"Houve neste passo grande clamor na nau, levantado por muitos mouros e gentios que nela iam; mas entre tanta confusão de vozes, estas sós palavras percebi: '*Alá Kerinb, Codá Kerinb, Deus grande, Deus grande, valei-nos*'. Foi ele servido que tomada depressa a vela grande, e ferradas as mais, ficasse a nau mais direita e sem fazer tanta água" – cap. IX.

"Passada a tormenta *por favor particular do Altíssimo*, se pôs o navio a caminho" – cap. XI.

"Percebemos então *a mercê que Deus nos tinha feito* com a chuva do dia antes [...]" – cap. XXIV.

---

32 António Manuel de Andrade Moniz, *História Trágico-Marítima. Identidade e Condição Humana*, Lisboa, ed. Colibri, 2001.

ANÓNIMO de 1753

"[...] *recorreram contritos e compassivos ao Divino, por meio da Mãe da Misericórdia*, Estrela do mar guia de errantes, *a sempre Virgem Maria*, com a invocação da Senhora da Glória, para conseguir a de chegar a porto de salvamento. Aqui a invocaram também àquele Taumaturgo de Santidade, brilhante astro de Religião Seráfica, glória de Lisboa e da Nação portuguesa, honra e preciosíssimo tesouro de Pádua, *o sempre admirável Santo António*, a quem cedem os Mares reconhecendo domínio. Celebraram-lhe três Missas para que por virtude daquele Divino holocausto e incruente sacrifício, aplacada a ira Divina, não fossem pasto daqueles peixes de que ele fora Missionário, mas clemente, lhes alcançasse eficaz luz do rumo que deviam tomar [...]" p. 76.

"Mas como os trabalhos ainda não eram todos passados, *julgou a Divina piedade* por seus incompreensíveis e inescrutáveis juízos ser conveniente purificar com outros aquelas almas, pois estando já na altura de Lisboa a fúria predicaz de vento contrário os pôs na costa da Berbéria [...]" p. 77.

SERPA PINTO

"Foi um segundo, mas foi o pior momento da minha vida. *Era a Providência que nos salvava*." Cap. x, p. 80.

SOUSA TAVARES

"De repente, ali estamos a sós contra o vento, contra a areia, contra o deserto, a milhares de quilómetros de distância do mundo de onde viemos, perdidos numa pista perdida do Sul argelino onde há quinze dias não avistávamos ninguém, homem, animal ou construção, perdidos no centro de uma imensa nuvem negra em turbilhão, onde ninguém jamais nos procuraria *e de onde só sairíamos se os deuses quisessem* e se conseguíssemos manter uma réstia de calma e lucidez".

Outra atitude comum assumida nestes autores é a do encarecimento emocional dos fatos relatados, quer na discussão da sua própria natureza, quer nos efeitos desencadeados, tanto nos que os viveram como naqueles que os narram:

A NATUREZA ADVERSA: TORMENTAS E TORMENTOS 121

"Nada há que possa descrever com exactidão o que é uma tempestade de areia no deserto. O que é, primeiro que tudo, a sensação de profunda angústia, ou mesmo terror, que dá olhar para o horizonte e ver a tempestade avançar sobre nós [...]".

Miguel Sousa Tavares

"São momentos indescritíveis estes. Levado por uma corrente vertiginosa, tendo diante de si o desconhecido, pressentindo o perigo iminente a cada desnivelamento do que se lhe mostra, arrastado de voragem em voragem pelos turbilhões da água revolta, o homem experimenta a cada momento sensações novas, e cem vezes a agonia da morte para sentir outras tantas o prazer da vida".

Serpa Pinto

"Era um espectáculo tremendo e horroroso".

Idem

"Tudo era ais, prantos, tudo suspiros e soluços, horror e sombra da morte, cuja viva pintura tirava a cor a todos os que a viam, por se mostrar mais ao vivo e só lhes deixava a de cadáveres". [...]

Anónimo (1753)

"Gemendo e dando ais fui caminhando, ou, para dizer melhor, deixando-me levar do cavalo, por algũas horas, mais perto da outra vida que da água desejada [...]".

Pe. Manuel Godinho

"[...] e quando o dia foi bem claro, nos tornámos à praia, achámos toda juncada de corpos mortos, coisa tão lastimosa e espantosa de ver, que não havia homem que só com esta vista não caísse pasmado no chão, fazendo sobre eles um tristíssimo pranto acompanhado de muitas bofetadas que uns e outros davam em si mesmos".

Fernão Mendes Pinto

Não quero deixar de realçar aqui o facto de este processo de enfoque literário desenvolver um cúmulo de aduções que, numa re-escrita baseada no posicionamento sintático dos diversos segmentos linguísticos dos enunciados, visualiza claramente certos "patamares" descritivos presentes nas diferentes *relações*.

Trata-se daquilo a que chamo "efeito lista" de que colhi os exemplos que se seguem e que ajudam a perceber como, em termos formais, se constroem "picos" de intensificação, de sentido e intenção, em processos narrativos do tipo daqueles que vimos observando.

Leiam-se estes quadros na sua disposição gráfica como se de uma poesia se tratasse, tomando em conta que as linhas a tracejado demarcam mudanças de estrutura frásica.

1. Quadro 1 – Peregrinação (Capítulo 53)

fez um escarcéu tão   alto de vagas tão grossas que conquanto se buscassem todos   os meios possíveis   para nos   salvarmos

```
a  cortar      mastros
   desfazer    chapitéus
               e obras mortas      da popa e da proa
   alijar      o convés
   guarnecer   bombas de novo
   baldear     fazendas ao mar
e  ajustar     calabretes
               e viradores para ligar outras âncoras
               com artilharia grossa que [...]
```

nada   disto   bastou   para nos podermos salvar

porque como o escuro era   grande
          o tempo   muito   frio
          o mar   muito   grosso
          o vento   muito   rijo
          as águas   cruzadas
          o escarcéu   muito   alto
e a força da tempestade muito   terrível   não havia coisa   que bastasse   a nos   dar remédio senão a misericórdia de Nosso Senhor

Peregrinação, cap. 53

2. Quadro 2 – Padre Manuel Godinho (Capítulo XI)

qual	fosse nesta ocasião	o alarido	das	mulheres
		o choro	dos	mininos
		a grita	dos	marinheiros
		a confusão	dos	oficiais
		a fúria	dos	ventos
		a bravura	das	ondas
		o afuzilar	dos	raios
		a cerração	da	noite
		o estrondo	dos	trovões
		o assoviar	das	enxárcias
qual finalmente		o medo da morte em todos		sabe qualquer que se achou em tragos semelhantes

3. Quadro 3 – Padre Manuel Godinho (Capítulo XX)

aqui foi o arrependimento de   ter escolhido tal caminho
aqui   o pesar   de não ter ido   pelo rio   cuja água se me representava ser a melhor do mundo

---

oh! que de fontes   me vinham   ao pensamento
    que de tanques
        e rios   à fantasia

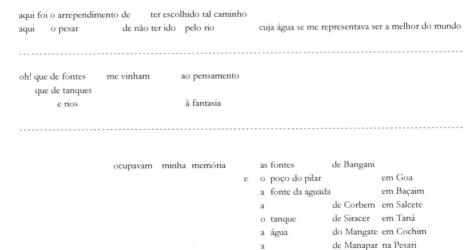

ocupavam	minha memória	as fontes	de Bangani
	e	o poço do pilar	em Goa
		a fonte da aguada	em Baçaim
		a	de Corbem em Salcete
		o tanque	de Siracer em Taná
		a água	do Mangate em Cochim
		a	de Manapar na Pesari
	e	outras que tinha visto e bebido	

A NATUREZA ADVERSA: TORMENTAS E TORMENTOS

4 . Quadro 4 – Miguel Sousa Tavares

			os olhos	ficam injectados	
no nariz					
na garganta					
e nas orelhas	formam-se	crostas de areia			
a voz	enrouquece				
as sobrancelhas					
e os cabelos	ficam brancos				
e há	um mar de poeira que cobre	tudo		dentro do jipe
		sacos		
		provisões		
		instrumentos		
		indicadores		
		chão		
		assentos		
		tudo	rigorosamente	

Aqui chegados, pelos exemplos juntos e por tudo o que de genuíno se conhece da "literatura de viagens", creio poder concluir pela natureza estruturante do tema *adversidades naturais* na construção da narrativa viageira. Alimenta matéria digna de relação e ilumina a palavra do narrador, que encontra pretexto para um exercício, que vai desde o pictural, meramente representativo, ao aprofundamento da interpretação da realidade física e humana envolvente, levando-o, não poucas vezes, até ao desvelar da sua própria individualidade, numa espécie de reidentificação "ao vivo". Atente-se na reflexão do autor anónimo do século XVIII que citei, no que, na página 110 deste trabalho, expressamente escreve: «A muitas causas se pode atribuir tanto rigor da Divina Justiça que então se mostra mais severa quando é mais misericordiosa, ou já para nos trazer ao próprio conhecimento de nós mesmos, do estado do pecado ao da graça, ou para mais nos justificar não sendo réus de culpa [...]». Com sentido idêntico, releia-se o último parágrafo do texto citado de Miguel Sousa Tavares na página 116 deste trabalho, dando especial atenção à constatação: "É aqui, é então, que descobrimos quem verdadeiramente somos, as forças que desconhecíamos ou as fraquezas que escondíamos, a sós na intimidade tão devastadora que chega a assustar-nos."

Realizações no puro campo da arte com mais ou menos artifícios de estilo? (atentemos na urdidura ultrabarroca do texto *Anónimo de 1753* que aqui trouxe, ou relembremos a excelência das estrofes que, na nossa obra maior – cantos V e VI de "Os Lusíadas" – relatam o Fogo de Santelmo, a Tromba Marítima, a Tempestade).

Ou prévisões escatológicas do devir humano do qual a VIA-GEM – tempo e lugar de trânsito, de descoberta ou peregrinação, no seu fluir como nos seus acidentes – poderá bem ser o retrato simbólico?

O inferno aqui tão perto
Literatura de Viagens e Reportagem de Guerra

*Isabel Nery**

* Jornalista da Revista *Visão*.

*A literatura de viagens é mais importante do que nunca
como forma de revelar a realidade viva dos lugares que se perdeu
nas reportagens de música de elevador durante 24 horas por dia.*
Robert D. Kaplan

Há distâncias que não são geográficas e que só os viajantes da escrita e das emoções conseguem percorrer. Levar novos mundos ao mundo sempre foi a vocação da literatura de viagens. Até quando parece que já todos os lugares foram descobertos. Sobretudo quando parece que já todos os lugares foram descobertos.

Renovada, sempre com alguma coisa para contar, a literatura de viagens não precisa de pretextos para continuar a existir. Quando muito precisará de novos aliados. Porque onde há gente há histórias, e onde há histórias há tema de reportagem, vale a pena olhar para este género jornalístico pelo óculo da literatura de viagens.

Num país de achadores e de poetas não é de estranhar que a prosa de viagens, tal como a poesia, seja "uma das mais significativas dominantes da literatura".[1] Começou por sê-lo a pretexto das Descobertas. Não morreria com elas. O legado ficou. E a literatura de viagens tem demonstrado capacidade para se reinventar.

A partilha de informação sobre gentes, culturas e lugares é a sua razão de ser. Até ao século xx essa missão assumia particular importância por ser quase a única forma de sair de casa, do mundo que se conhece.

A massificação do turismo, a televisão e o cinema vieram alterar essa realidade. O que é descrito passou a poder ser, muitas vezes, verificado, desejado por quem lê.

Sair do País, ou mesmo "ir para fora cá dentro", está agora ao alcance de milhares de portugueses. Há quem viaje por moda ou até para manter o *status* social, mas a maioria viaja por gosto.

---

1 António Valdemar, "As Partidas do Mundo Mais Próximo de Nós, in Diário de Notícias, 15/02/2001

Quer isto dizer que muito mais gente passou a querer conviver com o mundo, não só pelas letras, no passado acessíveis a muito poucos, mas também pelo seu próprio pé. Seria, porém, precipitado anunciar a morte da literatura de viagens.

No século XXI, e apesar dos pacotes turísticos, continua a haver locais na Terra inacessíveis à esmagadora maioria das pessoas. É este o caso dos cenários de guerra, não só pouco atrativos para turistas, como fechados a visitas. Os próprios jornalistas têm sérias dificuldades em chegar a tais territórios. Mesmo quando todas as autorizações legais são conseguidas.

As reportagens de guerra nada dizem ao turista, como o entendemos hoje, mas em tudo falam para o viajante – o verdadeiro estudioso da humanidade que não se cansa de descobrir o outro.

O viajante não mata a curiosidade na torre mais alta nem na igreja mais visitada, mas sim na descoberta de diferentes culturas e experiências. Acumular sensações é o seu vício.

Para Urbano Tavares Rodrigues, "a viagem é a procura do outro mas, simultaneamente, sendo a procura do outro, acaba por ser muitas vezes a nossa própria descoberta, porque é na viagem que, comparando o outro mundo com o nosso, descobrimos as diferenças, as similitudes profundas e os traços mais marcantes".[2]

Os livros aqui analisados levam-nos ao lugar das emoções, mais do que ao lugar das coisas ou das atrações. Levam-nos a sítios onde nunca poderíamos ir. Pelo menos, não enquanto a guerra for dona e senhora, ditadora de regras contrárias à convivência entre povos que à viagem sempre esteve associada.

Para esta análise escolhemos três obras: *Hotel Babilónia*, de Carlos Cáceres Monteiro, *Repórter de Guerra*, de Luís Castro, e *Baía dos Tigres*, de Pedro Rosa Mendes.

Cáceres Monteiro foi fundador e diretor da revista *Visão* até à sua morte precoce, em 2005. Luís Castro é jornalista da RTP e Pedro Rosa Mendes foi fundador do jornal *Público* e trabalha atualmente como correspondente da agência Lusa em Timor-Leste.

Não há em Portugal muitos livros publicados sobre reportagem de guerra. Ainda assim, como qualquer escolha, também esta implicou exclusões, sendo, por isso mesmo, discutível.

---

2 "A Literatura e as Viagens", in *Jornal de Letras*, 09/05/2007.

Com a seleção referida pretendemos, acima de tudo, a qualidade e a variedade. Um dos livros, *Repórter de Guerra*, baseia-se na experiência de um jornalista de televisão em cenários bélicos. Os outros dois foram escritos por repórteres de imprensa.

Trabalhar para um órgão de comunicação audiovisual tem também implicações na forma de escrita e transmissão dos acontecimentos."Não escolhi palavras bonitas para embelezar o texto. É meramente factual. O que aqui está aconteceu. Mesmo", avisa Luís Castro.

O livro de Cáceres Monteiro é o resultado de 35 anos de viagens, nem todas, mas muitas, para cobrir situações de guerra ou pósguerra. É, nalguns capítulos, uma verdadeira aproximação à literatura de viagens. "*Hotel Babilónia* é reportagem em estado puro, datada e comparativa, desafiando o leitor a 'ver' o antes e o depois, ou a saber como há conflitos e lugares que mudam rapidamente ou se eternizam, quase estáticos, como se o tempo não existisse", escreve Dinis de Abreu na nota de abertura.

A obra de Pedro Rosa Mendes é o resultado de um projeto – percorrer África, de Angola à contracosta – não só inédito em termos jornalísticos, como único no seu estilo. José Eduardo Agualusa afirma no prefácio: "Portugal precisava de um livro como este. Um livro capaz de justificar todo um passado comum de errância pelo mundo e de renovar a chamada literatura de viagens. Neste caso, grande literatura." Era, portanto, inevitável incluí-lo nesta escolha.

Pode argumentar-se que não é um livro sobre reportagens de guerra, já que o autor não assistiu nem relatou conflitos. Mas será a guerra apenas digna de notícia quando caem os obuses? Quando, como acontece desde o conflito do Iraque, se pode mostrar em direto? Ou será o trabalho de Rosa Mendes uma oportunidade única de vermos o que a guerra faz a um país e ao seu povo?

Os territórios que o jornalista percorreu viveram mais de trinta anos em guerra, pelo que, não sendo reportagem de guerra como geralmente se entende, considerámos que era uma obra fundamental no conjunto das selecionadas.

Mais pertinente do que discutir se fala de guerra, é ter consciência de que se trata de ficção. Baseada no olhar de um repórter, é certo, mas, ainda assim, ficção.

Vimos já que são todos livros que falam de viagens. Livros que, sendo baseados em trabalhos jornalísticos, relatam os encontros e desencontros por caminhos efetivamente percorridos e não apenas imaginadas.

E literatura? Podemos seguir vários caminhos para responder à pergunta. O da estética, geralmente o mais invocado, é o que menos colhe. A qualidade da escrita é nos casos escolhidos não só uma garantia como um elemento definidor. A palavra como instrumento de comunicação e de emoção é nos três livros usada de forma soberba, não ficando a dever nada a textos apelidados de literários.

Para o crítico António Olinto, a utilização da matéria-prima – a palavra – com fins estéticos, é "a possibilidade que o género jornalístico tem, de ser literatura".[3]

Embora possa haver cruzamento de objetivos e até de técnicas, nem o escritor tem de ambicionar fazer jornalismo nem o jornalista literatura. O repórter José Pedro Castanheira lembra que "a reportagem pode ser, mas não é obrigatoriamente uma forma de iniciação à literatura".[4]

Se olharmos para os conteúdos encontraremos sempre diferenças entre as duas técnicas. Literatura não é jornalismo nem jornalismo é literatura. Por uma única razão – a primeira, embora se baseie e inspire na realidade não tem de se lhe manter fiel. O jornalista pode descrever de forma emotiva, pode até relatar melhor do que um escritor, pode usar estratégias semelhantes – como a do discurso direto para convencer o leitor da veracidade do que está a ler. Mas não pode inventar informação.

O escritor está desobrigado de deontologias e de condicionalismos profissionais. Tem a liberdade de compor, misturar, ficcionar. Do jornalista é exigido que se mantenha fiel à realidade, ainda que sujeita à subjetividade da sua visão. "O escritor cria e expressa os seus próprios pensamentos, enquanto o jornalista exprime os sentimentos, as reivindicações da comunidade"[5], resume Olinto.

---

3 Tania Maria Bezerra Rodrigues, *Jornalismo e Literatura. Os protagonistas do discurso pelos verbos dicendi,* in www.filologia.org.br

4 *Serviço de Reportagem*, Editorial Notícias, Lisboa, 1998, p. 9.

5 Tania Maria Bezerra Rodrigues, *op. cit*.

O INFERNO AQUI TÃO PERTO

Quando falamos em literatura de viagens também não estamos a falar de uma literatura qualquer, mas sim de um "subgénero literário que se mantém vivo do século xv ao final do século xix, cujos textos, de carácter compósito, entrecruzam literatura com história e antropologia, indo buscar à viagem real ou imaginária (por mar, terra e ar) temas, motivos e formas"[6], define Fernando Cristóvão.

A especificidade que lhe está associada, quanto mais não seja pelos objetivos que encerra, transformam-na num tipo de literatura único, onde a reportagem se encaixa de forma quase perfeita.

Importa lembrar que muitos dos fundadores da literatura de viagens nacional, como Fernão Mendes Pinto ou Pêro Vaz de Caminha, foram considerados repórteres. Talvez por isso Cáceres Monteiro defenda que "na literatura de viagens, mais próxima da reportagem ou até dos relatos de guerra, não é possível dar passos seguros se muito do que antes se escreveu não for apreendido."

Já utilizámos várias vezes o termo reportagem e o tema deste ensaio é a reportagem de guerra na literatura de viagens. Chegou o momento de nos determos um pouco no significado da palavra.

Há vários géneros jornalísticos: entrevista, notícia, crónica, reportagem. No entanto, nem a entrevista nem a notícia teriam cabimento num texto sobre literatura de viagens. E porque não, se são todos géneros jornalísticos? Porque, nota Riszard Kapuscinski, "nas notícias conta-se a história, mas não o que rodeia a história".[7]

Só a reportagem, que tem como objetivo principal contar histórias com interesse jornalístico, implica transportar o leitor – ainda que esteja deitado no sofá ou sentado na esplanada – para o lugar descrito.

À imagem e semelhança da literatura de viagens, "tem especial relevância a saída do local doméstico e da contextualização pluriforme, para se demandar o desconhecido, observando e inquirindo o saber dos outros"[8], resume Fernando Cristóvão.

---

6 "Para uma teoria da Literatura de Viagens", in *Condicionantes Culturais da Literatura de Viagens*, Almedina, Coimbra, 2002, p. 35.

7 Joana Amado, "Riszard Kapuscinski – Morreu o Repórter Completo", in *Público*, 25/01/2007.

8 Fernando Cristóvão, "A literatura de viagens, dos navegadores aos exploradores e destes aos turistas", in *População: Encontros e Desencontros no Espaço Português*, Ericeira, Edições Mar de Letras, 2000, pp 147-156.

A literatura de viagens permite sonhar, viajar mentalmente. Ora, só a reportagem – considerada por muitos o género mais nobre da atividade jornalística – partilha este objetivo com a literatura de viagens. Tanto no sentido de transportar o leitor até ao local dos acontecimentos como no de levá-lo até às emoções passadas pelo repórter.

O segredo de uma reportagem está em "ouvir simplesmente as pessoas, as suas histórias – em vez de as interromper para fazer perguntas provocatórias e indiscretas"[9], defende Robert D. Kaplan. Para o jornalista norte-americano, é também isto que "forma a essência de todos os bons livros de viagens". Até porque, "a observação profunda de pessoas e paisagens oferece a melhor análise política e social".

Embora esteja já ultrapassada a discussão da objetividade – impossível – do jornalista, é importante referir que no género reportagem a subjetividade sempre foi entendida como fazendo parte da sua essência: "É uma leitura necessariamente subjectiva da realidade. A sua matéria-prima são as pessoas, são os factos, é a vida"[10], afirma José Pedro Castanheira.

Em reportagem, o jornalista trabalha com todos os seus sentidos. Não se trata apenas de ouvir o que as pessoas têm a dizer, trata-se de ir aos bastidores dos acontecimentos, cheirar, sentir a temperatura. E mostrar. Dizer o que se passa é curto, é preciso dar "provas", detalhes – garantias de veracidade.

Tudo isto com o objetivo de pôr o leitor a viajar parado, num mundo – geográfico ou afetivo – que não conhece. Só quando assim é se pode chamar reportagem.

Para Jean-Dominique Boucher o objetivo deste género jornalístico é "fazer ver, ouvir, sentir, experimentar".[11] Isto é: "Fazer viver. Como se o leitor lá estivesse. Como qualquer espectáculo, inclui cenário, sons, personagens, roupas, acção (o acontecimento)."

Este trabalho de proximidade em que, como diz Boucher, "o leitor não só é informado, mas também sensibilizado, ou até implicado na situação descrita, porque a reportagem faz apelo à sua afectivi-

---

9 Robert D. Kaplan, "Cultivating Loneliness", in *Columbia Journalism Review*, 2006.
10 José Pedro Castanheira, *Serviço de Reportagem*, Editorial Notícias, Lisboa, 1998, p. 9.
11 Jean-Dominique Boucher, *A Rreportagem Escrita*, , Editorial Inquérito, Mem Martins, 1994, p. 12.

O INFERNO AQUI TÃO PERTO

dade"[12], não significa, não pode significar, que o jornalista possa fazer literatura no sentido ficcional do termo.

O facto de se pedir ao repórter que conte uma história – e o mesmo é dizer, que prenda a atenção do público – pode criar equívocos, que devem desfazer-se. "Os repórteres, embora se revelem contadores de histórias, continuam a ser, acima de tudo, agentes de informação".[13]

Ainda que seja importante – esperada – uma qualidade de escrita acima da média, o jornalista em reportagem deve usar, como refere José Pedro Castanheira, de outras qualidades e talentos: "Rigor, imaginação, capacidade de tratamento de uma informação variada e contraditória e um enorme poder de compreensão e transmissão do que se observa no terreno".[14] Porque "reportagem não é ficção, é relatar, é retratar".

Em termos linguísticos, a reportagem obedece às mesmas regras dos outros géneros jornalísticos: estilo conciso, preciso, simples. O conteúdo, rico em impressões, é que deve fazer com que o relato nos entre pelos sentidos.

Por isso a tarefa no terreno se torna tão importante como o trabalho de escrita na redação. "Faz-se a reportagem com os sentidos bem abertos. Escreve-se com as entranhas"[15], afirma Jean-Dominique Boucher.

O que foi dito até aqui justifica a atualidade da discussão sobre a importância da reportagem para o futuro dos media. Não que alguma vez o género tivesse saído de moda. Mas hoje é discutido, a par com o jornalismo de investigação, enquanto garantia de sobrevivência do próprio jornalismo, posto em causa pela banalização da informação em meios como a internet.

Como alerta Kaplan, a rede torna os factos tão fáceis de obter que "há a ilusão de conhecimento quando na verdade não existe nenhum".[16] A internet generalizou a ideia – falsa – de que "todos somos jornalistas".

---

12 *Ibidem*, p. 10.
13 *Ibidem*, p. 8.
14 José Pedro Castanheira, *op. cit.*, p. 9
15 Jean-Dominique Boucher, *op. cit.*, p. 90
16 Robert D. Kaplan, *op. cit.*

Se alguma verdade há nesta afirmação, ela cinge-se ao jornalismo entendido como informação instantânea. Para escapar à extinção, Kaplan considera que "o jornalismo precisa desesperadamente de um regresso ao terreno, ao tipo de primeira-mão, descoberta solitária mais associada à fora de moda escrita de viagens".

A reportagem, com as caraterísticas que descrevemos, não se inclui no jornalismo instantâneo. E é por isso que, no entender de Kaplan, pode mesmo transformar-se na terceira via dos media. "A reportagem – uma das actividades mais antigas, mesmo quando teve nomes diferentes – vai sobreviver e prosperar, enquanto o jornalismo como uma disciplina corre o risco de se dissolver em mais um ramo da indústria do entretenimento. Como é que a boa reportagem vai sobreviver? Cada indivíduo terá de exigir a si próprio não escrever uma única palavra sobre um sítio enquanto não o conhecer pessoalmente."

Kaplan reconhece que "em si mesma, a literatura de viagens é uma ocupação pouco rentável, mais adequada aos suplementos de domingo". Mas, ao mesmo tempo, também é "um veículo hábil para preencher o vazio do jornalismo sério: por exemplo, resgatando temas como a arte, a história, a geografia..."

Seguindo o caminho trilhado pelos três jornalistas portugueses – Cáceres Monteiro, Luís Castro e Pedro Rosa Mendes – encontramos reportagem, viagem e guerra. Por vezes, cruzam-se. Por vezes, afastam-se. Sempre se tocam, numa inquietante visão do mundo.

"Tenho 83 anos. Fumei, fodi, bebi. Aos 40 anos acabou-se o tabaco e fumei gangonha sul-africana – nunca mais. Venha cá amanhã!"

Quem procura histórias encontra-as em toda e cada uma das 400 páginas escritas por Pedro Rosa Mendes. O velho que faz da experiência do feminino o seu mundo; a africana que chega a Lisboa para trabalhar num restaurante e acaba num cabaré; o ex-combatente que perdeu as pernas e tem como único prazer o sentir da brisa nos cotos; a mulher perseguida por amar sem cores porque "homem branco e mulher preta, está bem; mulher branca e homem preto, não pode ser".

Histórias de vida, num território especializado na morte. A morte em partes ou no todo. A morte dos direitos, dos sonhos, do futuro, da justiça. Ou apenas a morte da sobrevivência.

Para chegar a estas histórias, Pedro Rosa Mendes percorreu o eixo Angola-Moçambique (o trajecto de Capelo e Ivens, um século depois). Embora não tivesse estado exatamente debaixo de fogo, como aconteceu a Luís Castro e a Cáceres Monteiro, passou fome, frio e medo para poder trazer personagens como aquelas até ao leitor.

Foi preciso: "Sonhar com uma cama. Acordar com ratos. Adormecer com susto. Desprezar as lágrimas. Evitar os cães. Defecar à frente dos outros. Tomar banho nos rios, nadar na sesta dos crocodilos."

É verdade que, por vezes, o jornalista descreve prazeres do seu percurso – "Bela travessia: uma hora desde Kanyemba, esquiando canoa na humidade da tarde, com o sol a desaparecer vermelhão na cordilheira do Zambeze" – mas o fio condutor do livro são as histórias de pessoas, que apresenta saltitando de território em território e até de umas épocas para outras.

É essa, aliás, a promessa do autor nas primeiras páginas: "A cartografia afectiva de uma rota cujos locais têm rosto de gente e onde espaço e tempo são as coordenadas que mais mentem."

A viagem em si é, muitas vezes, protagonista, mas nunca em excesso. E sempre com o objetivo de chegar aos despojos de guerra. "Benguela é uma cidade costeira. Para fora há mar, para dentro há ilhas a perder de vista. O país não existe como está no mapa. Deixa-se o Atlântico e entra-se no nada. O Mar da Tranquilidade, uma sinistra forma dela. São ilhas que atravessamos, o alcatrão desapareceu e por baixo ficou uma sinuosidade de canais. A guerra foi uma erosão, comeu a terra e os habitantes. Benguela é terra firme. Lubango também. Huambo e Cuíto já foram. O que está no meio não se descreve".

Quando as guerras têm idade de geração nada se pode dar como certo. Exceção feita ao recorrente encontro com histórias. Umas por contar. Outras a pedir para ser contadas de maneira diferente, num diálogo permanente entre o que se vê e o que se sente.

Para chegar ao destino – quer ao final quer a cada pequeno trajeto que permite avançar para a etapa seguinte – houve que enfrentar caminhos e águas minadas: "Minas à frente, atrás, à esquerda, à direita. Minas dentro de nós. Minas nos nossos olhos, adormecidos, exaustos, trémulos e preocupados, procurando manter-se acordados."

Avarias quase constantes: "Tivemos que desmontar o motor do jipe (...) O Unimog só pegava de empurrão e por isso Matos, quando precisava de parar, puxava um pau que trazia agarrado à porta esquerda e espetava-o no coração do motor, a maior da cabina, de forma a entalar o tirante do acelerador – em alta rotação."

Calor. Frio. Falta de mantimentos. Ou apenas as contingências de quem desbrava territórios africanos. "A carrinha de nove lugares tinha 14 pessoas dentro... Sacolas nos joelhos, mochilas entre as pernas, sacos de farinha por baixo dos bancos, alguidares e tachos (...) A estrada do Lobito é calamitosa. Das piores de Angola (...) Todos os passageiros iam com as mãos no teto para bater mais devagar com a cabeça, nos saltos."

Com mais ou menos personagens, atravessar dois dos maiores países africanos daria sempre material para rondar o território da literatura de viagens. Ou não fosse esta também caraterizada pela aventura. "Tivemos de aguardar a noite para voltar a Angola encobertos por ela. Devido ao embargo das Nações Unidas, a fronteira angolana está fechada nas áreas controladas pela UNITA, como é o caso do Cuando Cubango."

A dificuldade não está tanto em andar pelo mundo. Ou em vivê-lo. Mas sobretudo em partilhá-lo, fazendo do leitor um companheiro de viagem.

Para o conseguir, Pedro Rosa Mendes não usa apenas as experiências vividas. Faz da própria linguagem, do estilo de escrita, uma descoberta. Torna-se por isso mesmo difícil de catalogar, como escreve João de Melo: "Eis uma obra que pertence não apenas a uma, mas a todas as literaturas do mundo de hoje. Por ser tão profundamente humana na sua coragem e tão original como tema, como linguagem, como texto de literatura".[17]

Andar pelos países mais minados do mundo pode ser pior do que tentar escapar ileso ao próximo bombardeamento para contá-lo em horário nobre. "As crianças aqui brincam com projécteis ar-terra, que têm um palmo e pouco de comprimento e lhes podem explodir nas mãos a qualquer momento porque não detonaram na queda. Um ficou em bocados com uma coisa dessas há pouco tempo. É um absurdo."

As minas são um inimigo sem rosto, sem intenções, sequer. Vitimam os incautos. Vitimam os sem-sorte. "E este rectângulo azul na margem do rio? É a praia fluvial do lado direito da barragem. Os sol-

---

17 João de Melo, "Pedro Rosa Mendes – o Romance como Género", in *Jornal de Letras*, 23/01/2002.

O INFERNO AQUI TÃO PERTO

dados da UNAVEM vão lá tomar banho. Na outra margem continua minado: Eles só nadam até meio."

Pedro Rosa Mendes viajou por esta realidade. Pode tê-la montado, encaixado como melhor lhe convinha à escrita ficcional, mas viajou por ela. E juntou-lhe factos. "Em cada vinte minutos alguém é morto ou mutilado por uma mina antipessoal. Há mais de cem milhões de minas enterradas em setenta países. Cerca de um décimo está em Angola. No Cuando Cubango, onde se supõe que estão 45% das minas de Angola, são elas a principal população."

Pela leitura conseguimos imaginar o rosto dos que assistiram à separação de partes do seu próprio corpo. Porque estiveram de um dos lados da guerra — nem importa muito qual — ou simplesmente porque nasceram no país errado. "Um ex-combatente com dupla amputação de pernas está erguido no alto das raízes que lhe enchem as calças. Um dos pés é um bocado de pneu, com a marca Michelin ainda visível no relevo do 'peito'."

O encontro com estas armas aleatórias é permanente. "Passamos, esquiando na nossa loucura, as tabuletas vermelhas triangulares com caveiras brancas, conhecidas de todos. 'Perigo Minas!' Se não tombarmos nenhuma, o fundo da encosta receber-nos-á vivos."

Neste livro, a descrição dos trajetos tem uma dupla função. Por um lado, ficamos a saber as dificuldades por que passam os buscadores de histórias, tornando o material recolhido ainda mais valioso. Por outro, entramos nesse mundo desconhecido que nos é prometido pela literatura de viagens. "De Benguela ao Lubango corre uma das estradas mais perigosas de Angola, das mais ricas em histórias de sangue. A viagem é longa e penosa. Tem que ser feita em dois dias porque o piso está péssimo — só os oitenta quilómetros finais, a partir de Cacula, demoram quatro horas. Normalmente não se viaja depois do sol-pôr. Em guerra, é um paraíso da guerrilha. Na bizarra paz angolana, é território para os 'bandos armados' (...) Em zonas onde há mais buracos, acontecem assaltos de bandos que saltam para a carga, aproveitando a lentidão do carro, e vão atirando fora o que lhes interessa."

Talvez não exista legalmente, talvez não conste em documentos, diz-se que já foi, mas continua presente. A guerra não passou, permanece. "Em Angola as guerras nascem como os dias. A mobília desapareceu no fogo e o resto são instalações de zinco, esteiras, buracos de bala e de obus, alguidares e cães, roupas que secam e bebés que choram a céu aberto, no interior de paredes chamuscadas por noites de frio eterno."

Num pós-guerra interminável, há feridas que não têm sequer oportunidade de sarar. Como diz Pedro Rosa Mendes, em entrevista, "ao fim de algumas semanas de bombardeamentos o amor passa a ser outra coisa".[18] No Cuíto "também se mataram os mortos, a guerra chegou até eles, não os desperdiçou, mereceu-os, morreram duas vezes. Os vivos muitas mais."

Fica o desafio de sobreviver. "Como me explicaram vários angolanos com grande naturalidade, existe uma cultura de mentira. Nunca digas o que pensas. Os meus pais ensinaram-me assim. É o que digo aos meus filhos. Mentir é sobreviver. Os civis por defesa. Os militares por táctica. Os políticos por má-fé. Todos por método, numa esquizofrenia colectiva."

Resta a resignação. "Não é fácil fazer tudo. Que a República Popular de Moçambique piorou, sim, mas o país não se conserta de uma vez. Mas mais ou menos, já sabemos usar sapato, porque antes era pneu – quem tivesse a sorte de o apanhar."

Na "terra onde todos têm frio e todos se aquecem de medo", quem não conhece a vida para além da guerra e da sobrevivência, dificilmente compreende que alguém se dê ao trabalho de cortar África ao meio "só" para chegar à narrativa.

E logo sobre gentes que nos seus próprios países não contam. Nem para o direito a continuarem vivas, quanto mais para virarem livro. "Esta viagem é para recolher informações?", quis saber o militar. "Não. É para conhecer gente", respondeu o jornalista.

Quando os países elaboram "de forma perversa o conceito de que informação é poder", o jornalista é obrigado a escolher a que senhores quer pertencer. Não escolher é acordar toda a espécie de perigos. "O brigadeiro-general Kalutotai, senhor da guerra na região do Ciaundo, pode mandar-me voltar para trás. Pode deixar-me ir em frente. Pode providenciar o meu desaparecimento. Não seria um crime. Nas Terras do Fim do Mundo, as vidas evaporam-se sozinhas."

---

18 "Poder Acrescentar sítios à nossa cartografia, poder pôr pessoas no nosso atlas, é um privilégio", *Diário de Notícias*, 12/04/2003

O cheiro a morte faz parte desta aventura literária. Uma vezes de forma subtil, outras nem tanto. Sempre com a preocupação de revelar o que faz às vidas que ficam. "Esta pode ser uma narrativa sobre o limite da humanidade e do sofrimento humano, ou uma crónica sobre os labirintos da 'civilização' da guerra civil, ou ainda a história de uma deriva, da perdição superiormente fragmentária das cidades destruídas e dos países que ainda não se cumpriram. Não se consegue lê-lo sem o 'viver[19]'", observa João de Melo.

A Baía dos Tigres é ficção, mas foi escrito por um jornalista que queria falar da realidade que encontrou em territórios africanos. Os números, embora escassos, estão lá. Talvez não sejam muito relevantes perante tudo o que se leu, mas ajudam a materializar a trajetória de sofrimento, a fazer da escrita um serviço de alerta, como é também dever do trabalho jornalístico.

Para as últimas páginas fica o resumo estatístico de uma etapa importante da viagem. "Entre 1995 e 1997, 97% das crianças do Bié estiveram expostas a situações de guerra. Durante o conflito de 1992-94, 27% das crianças perderam os pais, 89% estiveram expostas a bombardeamentos e 66% assistiram à explosão de minas, 66% viram pessoas a morrer ou a ser mortas (...) Dez por cento dos rapazes participaram em combates, 33% sofreram ferimentos e 38% foram vítimas de maus-tratos."

Deixando-os para o final, Pedro Rosa Mendes consegue dar-lhes um dramatismo que se teria diluído caso tivesse misturado a frieza dos números com os mundos interiores que foi relatanto. Como diz uma das personagens: "Não me interessa quem matou. Interessa-me que morreram, fazem falta, gostava deles."

Se, como diz António Olinto, literatura e jornalismo têm um mesmo objetivo – comunicar e despertar prazer –, então Pedro Rosa Mendes cumpriu a missão. O prazer na leitura é indiscutível. O comunicar de emoções uma constante. Com ele se consegue viajar para uma África que não costuma estar nos livros, e só fugazmente se encontra nas notícias.

19 *Ibidem*

"Senhor jornalista, fizemos um prisioneiro só para si. Para que o interrogue e filme o momento em que lhe vamos cortar a cabeça com a catana."[20] Luís Castro faz parte do grupo de jornalistas que passaram a mostrar-nos a guerra em direto. Um novo desafio para as televisões – e para os telespectadores.

Permite ver mais e mais de perto o que se passa nos campos de batalha. Mas, convém não esquecer, significa também a possibilidade de pais e irmãos verem os seus a morrer no pequeno ecrã.

É sabido que, como resumiu Bismarck, "nunca se mente tanto como depois da caça, antes das eleições e durante a guerra". Passá-la a horário nobre torna a mentira ainda mais apetecível.

Em teoria, o facto de se poder mostrar os ataques em vez de se escrever apenas sobre o que alguém disse deles, dificultaria a vida aos arquitetos da falsidade. No entanto, como veremos mais à frente com o fenómeno dos *embedded*[21], o "espetáculo" só começa depois de garantida a possibilidade de manipulação da informação.

Embora colaborante deste novo circo mediático, Donald Rumsfeld, ex-secretário da Defesa norte-americano, criticou: "Aquilo a que estamos a assistir [no Iraque] não é à guerra, mas a bocados parcelares da guerra, do ponto de vista de um repórter ou de um comentarista, ou do que uma televisão é capaz de captar num dado momento."

Ambas as partes do conflito farão tudo para passar a informação que mais lhes convém. Luís Castro procurou muitas vezes mostrar a guerra nas trincheiras do elo mais fraco.

O seu livro é um verdadeiro tratado de reportagem de guerra. "Os tiros que tu ouves não te matam", aprendeu, à custa de muitos sobressaltos, o jornalista.

Se uma normal obra de viagens ensina o caminhante a vestir-se e preparar-se para melhor se adaptar ao choque cultural e geográfico no destino escolhido, o texto de Luís Castro explica-nos manobras de sobrevivência em contexto de guerra. Algumas tão simples como: nunca dormir sem as botas; levar sempre tabaco, uma moeda de troca imprescindível em tempo de guerra; beber água do charco onde há bichos, prova viva de que não houve envenenamento.

---

20 Luís Castro recusaria esta "proposta".
21 Jornalistas que acompanham as unidades da linha da frente na guerra, assinando compromissos com limitações várias em relação à informação que podem transmitir.

O INFERNO AQUI TÃO PERTO

Enfim, um manual de sobrevivência, mas também, e mais importante, um manual de jornalismo. O repórter da televisão pública prova, com experiências várias, que nunca desistir da melhor história é a forma mais eficaz de a conseguir. "Ficámos dois dias e meio dentro do jipe, sem chaves na ignição e, por isso mesmo, sem ar condicionado para o calor que faz durante o dia e para o frio que nos corta os ossos durante a noite. As necessidades são feitas dentro do mesmo buraco onde nos puseram e dar migalhas de pão seco às formigas e acompanhá-las até ao formigueiro, torna-se o nosso principal passatempo (...) Obrigaram-nos a ficar acordados toda a noite, sentados, enquanto esperamos que cheguem os interrogadores da CIA (...) O oficial revela-nos que lhes fomos entregues como se de pessoas perigosas se tratasse."

Depois de dois dias fechado num jipe em território iraquiano por imposição inexplicável do "inimigo" mais inesperado, os soldados norte-americanos, Luís Castro voltou ao terreno em busca das suas peças. "Decidimos não desistir. Alugamos outro jipe e formamos uma caravana com mais jornalistas."

É graças a essa teimosia que Luís Castro pode dizer, orgulhosamente, no início do seu livro: "Tive dois acidentes graves, problemas de saúde, estive preso por quatro vezes, expulsaram-me outras tantas, fugi com uma sentença de morte sobre os ombros, proibiram-me a entrada em vários países, fui humilhado e agredido por quem menos esperava. Deram-me a possibilidade de estar onde aconteceu História."

Angola, Guiné, Afeganistão, Iraque, Timor são alguns dos países onde Luís Castro fez reportagem. O esforço físico do viajante para atingir o seu objetivo é aqui uma constante. "Preparo-me para emitir em direto da mata e ter os reféns da Mota e Companhia a meu lado. Será uma semana de caminhada, carregando o material por cerca de 300 quilómetros floresta adentro."

Numa das reportagens, Luís Castro chegou a perder doze quilos em três semanas. "Entre as seis da manhã e a meia-noite, na maioria dos dias, não nos alimentamos. Ou falta tempo ou falta comida."

Mas todas estas experiências, por penosas que possam parecer, nunca são apresentadas em tom de queixa. Ou não fosse a adrenalina e o prazer sentido perante o perigo um dos elementos definidores do *homo viator*. "É disto que eu gosto. De conhecer pessoas e de criar laços de relacionamento e proximidade. Compreendê-las nestes momentos em que as emoções e os estados de alma são mais sensíveis (...) O trabalho da redacção fecha-me demasiado e não me deixa ver o mundo para lá do computador", confessa o jornalista.

O turista ouve sobre o país que visita; o viajante experimenta-o, tirando partido das vicissitudes. Foi assim em Timor, em busca das milícias: "Ao atravessar zonas de vegetação mais fechada, o soldado que vai à frente passa para a minha mão o ramo que desviou, evitando que ele me golpeie no rosto ou que faça barulho. Como me ensinaram, respiro apenas pelo nariz e faço-o compassadamente. Estou a viver uma experiência fantástica."

Foi assim em Angola, para cobrir a guerra entre o MPLA e a UNITA: "Consegui chegar à linha da frente. A palhota que nos destinaram é um luxo. Dois metros quadrados com quatro paus espetados na terra e um estrado para cada um. Palha como colchão, palha como parede, palha como telhado. Pelo menos não vamos comer palha, não estamos a dormir no chão e não nos pinga na cabeça."

Como seria de esperar, o tipo de escrita de Luís de Castro difere dos outros dois autores analisados, ambos da imprensa. Pedro Rosa Mendes e Cáceres Monteiro são mais narrativos, mais expressivos, gerindo com parcimónia o espaço dedicado à descrição dos locais e às histórias com que se cruzam.

Luís Castro usa um género mais próximo da escrita televisiva: curto, incisivo, sem grandes descrições para além das diretamente relacionadas com o acontecimento. Passagens como esta são raras no seu livro: "O voo segue rasante para não dar tempo aos rebeldes de nos fazerem pontaria. Por momentos, esqueço o perigo e delicio-me com a beleza da paisagem."

Embora a escrita seja mais direta do que nos outros casos analisados, o ritmo da ação, muitas vezes a do próprio jornalista, é de tal forma intenso que é difícil pousar o livro sem o acabar.

Em *Repórter de Guerra,* o trabalho do jornalista é o fio condutor. Além dos conflitos que protagonizam cada reportagem, o leitor fica a saber como Luís Castro chegou áquele local, àquela história, as dificuldades que encontrou, as estratégias que descobriu. As aprendizagens do repórter e do viajante são indissociáveis, o que torna o livro único.

"Já apareceu o jornalista sul-coreano que fora raptado. Encontraram-no decapitado, numa berma da estrada, à saída da cidade." Uma coisa é enriquecer a narrativa com a aventura, outra muito diferente é correr risco de vida para poder ter o que narrar. O perigo real vivido pelos jornalistas é talvez um dos aspetos mais diferenciadores entre o escritor de literatura de viagens e o repórter de guerra.

É certo que deste tipo de texto se espera a partilha de ousadias. Mas raramente o terror é tão evidente como para os repórteres de guerra. Depois de um atentado a que escapou por sorte, Luís Castro admite: "Tanto poderíamos ter conseguido aquelas imagens como estar a fazer parte delas."

Tais contingências profissionais têm vindo a converter-se em números dramáticos. No ano de 2003, a soma indicava a morte de 13 jornalistas, entre os três mil acreditados para cobrir a guerra do Iraque. Em termos relativos, terão morrido mais jornalistas do que militares. De acordo com a organização Repórteres Sem Fronteiras, desde 2003 até hoje já perderam a vida 72 jornalistas devido à guerra no Iraque.

Quando Luís Castro chegou ao Koweit para cobrir o conflito, já lá estavam três mil jornalistas e não havia mais jipes para alugar. A quantidade de profissionais da informação destacados aumenta a competição. E o perigo. "Resta-nos esperar que a fronteira se abra à imprensa estrangeira. Mas há quem não queira esperar e assuma o risco por conta própria, é o caso de um *freelancer* canadiano que tentou sozinho e acabou raptado. Desde que começou a guerra morreram oito jornalistas, quatro ficaram feridos e há vários desaparecidos."

A sensatez de Luís Castro é, nestes casos, um sinal de profissionalismo. Mesmo com alguma cautela, ainda sobra material para escrever um livro. "Atravesso a rua e um dos guerrilheiros encosta-me, de imediato, o cano da Kalshnikov à barriga, ameaçando disparar. Nesse preciso momento aproxima-se um jipe com americanos. Ele olha para trás e baixa a arma."

Luís Castro é apenas jornalista, mas cada cobertura de guerra a que sobrevive é uma batalha vencida: "Como se a morte tivesse passado por mim e decidisse que ainda não era chegada a minha vez."

A Guerra do Golfo marcou a corrida à cobertura dos conflitos em direto. Antes dos ataques, observar o aparato da máquina de destruição era, só por si, avassalador. E nenhum repórter estava disposto a perder esta experiência – única, até ali. "Desembarque americano em

Kandahar. Estou arrepiado, não só pela imponência da máquina americana que acaba de invadir a capital talibã mas, principalmente, porque, neste momento, está a acontecer História e serão as imagens destas duas câmaras da RTP que irão mostrar ao mundo o acontecimento."

A CNN terá deslocado para a região 250 pessoas e gasto um milhão de dólares por dia. A BBC tinha 200 colaboradores.

Cerca de 600 jornalistas eram *embedded* (incorporados). "Polícia e exército impedem a passagem a todos os jornalistas que não estejam autorizados pelos americanos. Só passam os *embedded* que vão seguir na linha da frente, uma vez que assinaram um documento com dezenas de limitações à normal cobertura de qualquer guerra ou situação de conflito. Bush dá-lhes aquilo que eles querem – as imagens de guerra – e em troca eles acabam por esquecer ou relativizar as outras histórias da guerra, tal como os danos colaterais."

O aparato bélico torna o interesse das transmissões inegável. "Não é só a coluna que ocupa as quatro faixas que impressiona, são também os inúmeros acampamentos militares e as incontáveis máquinas de guerra, umas estacionadas, outras em movimento, outras no ar (...) É a tal coluna a que Saddam chama a 'Grande Serpente' e que promete 'cortá-la às postas'. Alonga-se até ao Kuweit numa extensão de quinhentos quilómetros e que vem em andamento há 22 horas. Fabuloso. Se não estivesse aqui, não acreditaria."

Apesar de toda a propaganda norte-americana – vendendo a ideia de guerra justa porque a favor da democracia –, o repórter pôde observar as reações adversas dos principais visados por esta revolução imposta.

Quem quer democracia se ela servir para ter mais – e não menos – insegurança? Num dos regressos ao Iraque, Luís Castro admite que aprendeu uma lição: "A segurança é muito importante. Tão importante que os iraquianos chegam a preferir os tempos da ditadura a esta liberdade."

"Na hora da fuga, a principal preocupação dos timorenses foi levar as estátuas dos santos." De Timor, o jornalista trouxe aos espectadores e leitores o sofrimento de um povo que nunca perdeu a fé, quando nada justificava que ainda guardasse alguma. Como em exemplos anteriores, trata-se menos de viagens no sentido geográfico e mais no sentido emocional e cultural.

"O primeiro refúgio onde entro não é mais do que um silvado tornado oco por dentro para poder albergar 21 pessoas, das quais quatro mulheres e dois recém-nascidos. Sem comida há vários dias, dois outros bebés já morreram à fome."

Há muito que Portugal se tinha distanciado de Timor-Leste. Para os portugueses era um território longínquo, do qual tinham apenas referências vagas, ao contrário do que acontecia com as antigas colónias africanas. Porém, a proximidade sentida por um povo que sofria quase mudo criou uma inesperada onda de solidariedade e interesse.

Pelo exemplo timorense se prova que não é preciso deslocarmo-nos aos lugares para nos interessarmos, sendo essencial, isso sim, que nos falem deles. É o que fazem os jornalistas em geral, e os repórteres de guerra em particular.

Luís Castro esteve nas montanhas onde viviam milhares de refugiados "no maior dos sofrimentos", e pôde testemunhar a solidariedade dos que nada têm: "Dividimos por seis uma única lata de feijão por dia. É praticamente a única refeição que fazemos em 24 horas."

Um dos entrevistados resume a desolação: "Arroz não tem, comida não tem, tudo não tem". As histórias com que se cruza o repórter somam desgraças. "Em Suai, bem longe de Díli, aconteceu um dos massacres mais arrepiantes. Assassinaram o padre, juntaram os fiéis no adro e mataram-nos a tiro e à catanada. Cento e doze cadáveres, nove dos quais crianças."

E, no entanto, "oito anos depois do massacre de Santa Cruz, os timorenses continuam a lutar pela paz".

Trabalhos como os de reportagem de guerra – e de resto, todos aqueles em que a miséria humana atinge o obsceno – são emocionalmente esgotantes. O bálsamo dos jornalistas é, muitas vezes, a consciência de que estão a dar a conhecer a realidade de territórios onde os visitantes são indesejados e as verdades escondidas. Realidades que, de outra forma, nunca chegariam à opinião pública.

A propósito da guerra angolana e do seu papel enquanto repórter, Luís Castro escreveu: "O conflito já provocou milhões de mortos e deslocados. Angola vive em guerra há quase quarenta anos e o mundo divorciou-se desta tragédia. Se conseguir alertar algumas consciências, já terei cumprido a minha missão."

Escrita a partir da coleção de experiências dignas de partilha, a literatura de viagens dirige-se a quem gosta de saber mais sobre o mundo em que vive. De preferência, numa linguagem que sirva o prazer da leitura. Até aí a reportagem segue em paralelo. Mas enquanto género jornalístico que é, tem obrigação de ir mais longe.

"Claro que uma reportagem soberba e imaginativa não resulta necessariamente numa ação concreta e numa mudança social. Por vezes, leva apenas à consciencialização e funciona como alerta"[22], escreveu Steve Rothman, a propósito da publicação de *Hiroshima*, considerado um exemplo clássico de jornalismo literário, num tipo de reportagem que ajuda a compreender o impacto dos acontecimentos.

Despertar consciências faz parte dos objetivos de comunicar. E é por isso que continua a fazer sentido a velha máxima segundo a qual o jornalismo existe para confortar os aflitos e afligir os poderosos.

Os extremos da guerra, em que o ódio só se consegue trocar por mais ódio, devem ser, nesse sentido, alvos privilegiados da missão dos repórteres.

"No lugar onde Jesus foi crucificado reza-se em intenção da gente que estava refugiada no lugar onde o mesmo Jesus nasceu, cercada pelos militares."[23] Um dos conflitos cobertos por Cáceres Monteiro, Israel-Palestina, é a exceção ao que temos dito até aqui. Que a reportagem de guerra é muitas vezes a única forma de contacto com terras e povos fechados ao exterior devido à situação de guerra.

Israel é o único local do mundo que consegue conjugar de forma tão imperfeitamente perfeita campos de batalha e atrações turísticas. Os combates existem quase desde que o Estado israelita se impôs ao território palestiniano. Mas o turismo também. Em 2004, um milhão e 47 mil excursionistas visitaram a Terra Santa.

Uma contradição digna de reportagem, embora não seja a única. Quando Cáceres Monteiro esteve em Israel, os locais sagrados eram palco de conflitos sangrentos.

Santos. Padres. Crianças. Nada escapava à loucura belicista. "No dia anterior, o sacristão da Igreja da Natividade teve uma perturbação e resolveu ir tocar os sinos. Foi abatido pelos israelitas."

---

22 Steve Rothman, "The Publication of Hiroshima in the New Yorker", Janeiro de 1997.
23 Cáceres Monteiro, *Hotel Babilónia*, Verbo, Lisboa, 2004.

Que a guerra é cega talvez não seja novidade, mas a constatação torna-se muito mais brutal – muito mais próxima – quando um repórter vive e relata a crueldade dos campos de batalha, especialmente se forem igrejas. "Desde há dez dias quase duzentas pessoas estão cercadas dentro da Basílica em cujo solo uma estrela de prata assinala a gruta onde Jesus Cristo terá nascido, o exacto lugar da manjedoura com o Menino acompanhado pela Virgem Maria, S. José, o burro, a vaquinha; o lugar visitado pelos Reis Magos. A porta traseira da Basílica já foi baleada para forçar a entrada."

Quando as vidas nem sequer são poupadas à morte, porquê oferecer-lhes socorro? "Os militares israelitas têm de dar autorização, caso a caso, para uma ambulância deixar o hospital, mesmo para recolher os mortos. Os feridos acabarão por morrer ou ficarão sem pernas e braços. Só estão autorizadas a transportar doentes não relacionados com o conflito, e após um complexo processo de cadastro."

O diretor de um hospital sente-se impotente. "Temos muitas crianças doentes e não podemos assisti-las. Vejam o que fizeram a isto. É esta a Terra Santa?"

Quem viaja para Israel corre o risco de morrer num atentado à bomba nos cafés ou nas paragens de autocarro. No aeroporto, sujeita-se a horas intermináveis de interrogatórios por razões de segurança.

É difícil sentir-se bem-vindo num território assim. E, no entanto, é um dos destinos turísticos mais procurados do globo. Por aqui se vê a necessidade que o Homem tem de conviver com o mundo. Neste caso, uma necessidade associada ao espírito de peregrinação.

"Enquanto o tiroteio não cessa, encostamo-nos a uma reentrância do portão fechado do muro da igreja. Se a própria Nossa Senhora – em terra sua, uma vez que foi em Belém que foi mãe, que deu à luz Jesus Cristo – já foi atingida, e por isso apresenta um aspecto chamuscado e mutilado."

Tal como Pedro Rosa Mendes e Luís Castro, também Cáceres Monteiro encontrava histórias de gente sofrida a todas as esquinas. Gente que vê no repórter – e o mesmo é dizer, na comunicação – uma forma, quantas vezes uma última oportunidade, de dar a conhecer o seu estado de alma.

Usar o jornalista como mensageiro é, muitas vezes, uma estratégia desesperada para levar a aflição ao conhecimento do mundo e, talvez assim, assegurar que não foi em vão.

Quem agarra o repórter pelos colarinhos para lhe dizer o que sente não quer apenas desabafar, ter um minuto de atenção, espera que a informação funcione como motor de mudança. "As pessoas atropelam-se para nos contar as histórias. Para nos transmitirem as necessidades pelas quais passam: a comida, a água, os remédios que escasseiam, o leite que não há para os meninos. E, nos olhos dos meninos, lê-se o medo e o espanto."

Cáceres Monteiro defende no seu livro que "nestas missões, os jornalistas têm duas funções principais: ouvir e compreender o que vai no coração das gentes, e observar as batalhas travadas e as mudanças decorrentes."

Na Terra Santa, o sagrado fica-se pela simbologia; o exemplo de Jesus só apreciado na doutrina. "Em Telavive e Jerusalém senti esse estado de quase pânico. Ódio que gera ódio, intolerância que gera intolerância, sangue que faz correr mais sangue."

Homenageiam-se os justos no engodo de camuflar a prática da injustiça. Não se aprendeu nada. "Na Praça da Manjedoura, junto da Igreja da Natividade, em Belém, no lugar onde Jesus Cristo nasceu, os tanques israelitas disputam o terreno aos franco-atiradores palestinianos. Repetem-se as histórias de David e Golias, de Sansão e dos filisteus."

Por estes territórios, as fronteiras são as do medo. "No outro lado do rio Jordão, o medo é representado pelas buscas dos militares israelitas, casa a casa. No lado que confina com o Meditarrâneo, a planície que legalmente pertence ao Estado judaico, o medo faz parte do quotidiano: sair, ir ao mercado, à escola, ao restaurante."

O que está à vista é "o absurdo de uma guerra sem quartel que se arrasta há mais de meio século." Uma guerra sem fim anunciado. "Sempre em nome de um Deus único. Só que, para cada um, esse Deus tem um nome diferente."

Mais do que relatar um conflito armado, Cáceres Monteiro viaja ao sofrimento de povos oprimidos, confusos pela contradição entre a mensagem religiosa e os atos dos senhores da guerra. Povos desesperados.

É essa a sua intenção, tanto ao escrever artigos como ao escrever livros: "Proponho que procuremos entender as pessoas e a vida através da sua leitura. Em *Hotel Babilónia*, o mais importante são os habitantes deste mundo e as suas histórias."

Apesar da dureza dos relatos, o repórter nunca esquece a paisagem que o rodeia, o cenário das emoções, num exercício eficaz de aproximação à literatura de viagens. Estão lá os sítios, as pessoas, a aventura. E o sentido crítico, por vezes analítico, do jornalista.

Sobre Israel – "um país geograficamente encurralado, numa situação politicamente bloqueada" – como sobre o Iraque, o Afeganistão ou Timor. Na certeza de que "no mundo unipolar que se seguiu à queda da URSS, a opinião pública é a única força que funciona como superpotência alternativa".

A nova literatura de viagens afoita-se em territórios desconhecidos, como os da análise do mundo encontrado pelo viajante. Além de contar a sua passagem por muitos continentes, Cáceres Monteiro interpreta politicamente os conflitos que cobriu, alguns mais do que uma vez. "A questão religiosa é um dos factores que tornam uma quase fantasia o alegado plano de Washington de criar 'Estados Democráticos' no Médio Oriente."

E questiona-se. Questiona o leitor: "Numa terra onde só se fala de guerra e de ódio, quem se lembra ainda de que o amor existe? Terra Santa? Como se pode falar de paz quando nas ruas, de ambos os lados, correm rios de sangue?"

Dos três autores tratados, Cáceres Monteiro é o que faz maior esforço de integração do relato factual no espírito da literatura de viagens, procurando, em todos os momentos, contextualizar a história e a cultura dos locais em conflito.

Mesmo debaixo de fogo, aproveita para dar mais detalhes sobre os espaços onde se encontra. "O templo da Natividade é provavelmente a mais antiga basílica do mundo. Foi erguida por volta do ano 330 por Santa Helena, mãe do imperador Constantino e renovada no século VI por Justiniano que baixou a altura das portas para evitar a entrada a cavalo dos profanadores (...) Percorri o itinerário que Jesus Cristo fez com a cruz, caindo e levantando-se, desde o lugar onde ficava o Palácio de Herodes até ao Santo Sepulcro."

Neste livro, Cáceres Monteiro procura aprofundar o tema da literatura de viagens, não só na prática como em tese, dedicando-lhe até um capítulo. "Que o fascínio das viagens não se esgotou, mesmo num tempo em que viajar se tornou fácil, prova-o o interesse que a literatura a elas associada não cessa de despertar", defende.

Na busca de diálogo permanente entre a paisagem e as sensações, importa tanto o que se ouve contar quanto o que se vê. "À beira do

Tigre. Recordo um intenso pôr do Sol outonal e as tonalidades toranja que, ao cair da noite, se iam dissolvendo nas águas do Tigre, o célebre rio da História da Mesopotâmia."

Mas importam ainda mais os costumes, sobretudo se alterados em consequência da guerra. "Quando voltei ao Iraque, em 1991 e 2003, nas ruas centrais de Bagdad eram muitas mais as mulheres que vestiam segundo o figurino ocidental. Em 2003, a altura das bainhas das saias foi descendo e cada vez mais véus voltaram às ruas das cidades iraquianas."

Para Cáceres Monteiro, "as guerras tiveram um efeito devastador sobre a abertura de mentalidades e de costumes que estava a decorrer no Iraque".

Aquilo que a guerra queria aniquilar, sentiu o repórter, resultou exatamente ao contrário. "Em 1991, as preces circunscreviam-se ao interior das mesquitas, mas em 2003 o próprio centro da gigantesca urbe foi ocupado pelos fiéis, escutando as palavras dos mulás condenando a invasão americana, entre cordões de militares."

Cáceres Monteiro descreve trajetórias de prazer, detalha cada percurso trilhado e transmite o que sente na voz dos entrevistados. Isto sem nunca deixar de contextualizar a situação política nem de alertar para o drama vivido pelos povos com que se cruzou. Com *Hotel Babilónia* aprende-se a conhecer o mundo em que vivemos. Acima de tudo, aprende-se a saboreá-lo – no que tem de melhor e de pior.

O jornalista é, antes de qualquer outra coisa, um agente de informação. Mas isso não o deve impedir de transformar o seu trabalho num ato de criação, se por criação entendermos algo que aproxima os homens, senão no sentido físico, pelo menos no sentido do conhecimento do outro.

A busca do desconhecido encontra o Homem no seu desejo de movimento.

Quando nasceu a literatura de viagens, sonhar era a única medida do possível. Hoje, o imaginário pode realizar-se. Se não puder, como acontece nos campos de batalha, os repórteres de guerra estão lá com a missão de trazer o desconhecido para mais perto do conhecimento.

Escrevem rascunhos de história, despertam consciências, dizem mostrando. Para o conseguir correm risco de vida. Sofrem. Mas têm o privilégio de estar ali.

O INFERNO AQUI TÃO PERTO

Ao contrário de muitos escritores de literatura de viagens, os repórteres não podem inventar espaços deslumbrantes, nem percorrer apenas a rota da imaginação. Como os escritores de literatura de viagens, contam histórias para expandir territórios.

Aproximaram-se da literatura usando uma linguagem expressiva, assim como a literatura se identificou com a reportagem jornalística relatando de forma mais simples e direta.

Cáceres Monteiro quis contribuir para entender as pessoas através da leitura. Consegue-o relatando as vivências dos locais no momento do acontecimento.

Luís Castro orgulha-se de ter estado onde se fazia História. Contribui para ela ao contar o que via e ao dar a conhecer como trabalha um jornalista em cenário de guerra.

Pedro Rosa Mendes declara nas histórias todas as suas intenções. Faz muito mais do que isso. Localiza-as, torna-as reais, entra-nos pelos sentidos.

Estas três obras demonstram que a literatura de viagens, no passado como hoje, vale mais pelo que tem para nos dizer sobre as pessoas – costumes, tradições, mentalidades, emoções – do que pelos sítios.

Fernando Cristóvão considera que "o turismo altera a mobilidade humana, pondo as culturas mais em contacto que em confronto".[24] É verdade. E por isso mesmo a literatura de viagens foi sempre tão bem acolhida.

Mas quem quer ser turista em países onde beber água com bichos é bom sinal – quer dizer que ainda não foi envenenada pelos inimigos – ou onde se diz abertamente que as mulheres são inferiores aos homens?

Turista, ninguém. Mas viajante, muita gente, como prova o sucesso destas reportagens, não só no exato momento da sua publicação ou emissão, como posteriormente no interesse de editoras em tornarem-nas livro. No caso de Pedro Rosa Mendes, por exemplo, a obra foi traduzida em várias línguas e já vai na sexta edição.

---

24 Fernando Cristóvão, "A literatura de viagens, dos navegadores aos exploradores e destes aos turistas", in *População: Encontros e Desencontros no Espaço Português*, Ericeira, Edições Mar de Letras, 2000, pp 147-156.

"O movimento perpétuo exige um contrapeso. E a escrita, obviamente, preserva essa vivência entusiasmante mas efémera que é andar pelo mundo"[25], escreve Pedro Mexia. A literatura que nos fala de viagens para países em guerra não serve certamente o turista do século XXI, mas conquista qualquer bom viajante. Curioso por conhecer a cultura que permite fazer refugiados no espaço do nascimento de Jesus, ansioso por perceber porque é que, onde jorram alguns dos maiores poços de petróleo do mundo, os habitantes têm de passar o dia a procurar comida ou – mais frequente ainda – a fugir da ponta das espingardas.

Talvez o leitor nem consiga deslocar-se pessoalmente aos países falados nos livros que publicam reportagens de guerra, mas passará a conceptualizar melhor o que se passa à sua volta.

Neste sentido, a reportagem de guerra será certamente uma das alíneas da nova literatura de viagens. Como no passado, vai a locais inacessíveis à maioria e – o que é esperado do bom jornalismo – ajuda a compreender os acontecimentos. Como no presente, baseia-se numa linguagem mais rápida, mas nem por isso desprovida de prazer de leitura.

A beleza dos textos analisados não está na construção complexa de frases, mas na profundidade das metáforas, na sensação de que os escritores (neste caso repórteres) estiveram no local e viveram as personagens.

Mais importante: os escritores-jornalistas souberam como poucos partilhar a intensidade dos lugares que encontraram. Não necessariamente espólios arqueológicos ou vegetação e fauna desconhecidas. Falaram-nos de paisagens afetivas.

Com os textos destes três repórteres, o inferno da guerra parece aqui tão perto, ainda que na realidade esteja longínquo. Prova da qualidade do trabalho jornalístico. Mas prova também de uma afinidade indiscutível entre reportagem de guerra e literatura de viagens.

Na era da globalização, em que dar a volta ao mundo já não é obrigatoriamente um capricho de milionário, a literatura de viagens passará certamente por aqui.

---

25 Pedro Mexia, "A Vocação Nómada", in *Diário de Notícias*, 06/08/2005.

Contar o Mar das Travessias na Literatura Contemporânea de Viagens

*Luísa Marinho Antunes**

---

* Professora doutorada em Literatura Comparada / Literatura Portuguesa e Brasileira, Universidade da Madeira.

A travessia de um mar ou de um oceano é sempre uma viagem entre dois pontos terrestres, um porto de onde se parte e um porto onde se lança de novo âncora. A partir do momento em que deixam terra, os viajantes procuram-na do outro lado, o ponto de chegada. Nesse movimento de partida, instauram a *distância*, não só do lugar de origem, que pode ser geográfico, afetivo, identitário, mas também do leitor a quem narrarão as suas peripécias e impressões, muitas vezes acompanhadas de incursões digressivas de relativa importância no espaço da narrativa.

A distância espacial, que também é temporal, implica a *duração*, o espaço de tempo que decorre entre os dois momentos de qualquer deslocação e que na viagem de travessia começa e acaba num porto diferente. A duração nas travessias marítimas, excluindo as que incluem paragens em terra firme, não é pontuada de lugares, de povos diferentes, para além do povo do mar, de quem se pode dar conta aos leitores e que mantenha o seu interesse no especial jogo de sedução que se estabelece entre o narrador e o seu destinatário.

O afastamento do conhecido provoca necessariamente o confronto com o «outro», o diverso, as coisas maravilhosas que o mundo possui. Como afirmava Gulliver, no livro de Jonathan Swift, o viajante procura e vê as coisas maravilhosas do mundo e, depois, num outro momento, mais ou menos próximo ao acontecimento, coloca-as por escrito, dá a conhecer o que encontrou de diferente. Escreve Pino Fasano que, ainda que o público possa atestar a congruência e o caráter coerente num «reticolo spazio-tempo» conhecido, só o viajante pode contar a experiência da viagem: o pessoal «scontro con l'ignoto, col diverso», numa 'mobilidade' que «trascina, 'trasporta'» o leitor[1].

---

1 *Letteratura e Viaggio*, Roma-Bari, Editori Laterza, 1999, pp. 14-15.

Ora, os dias de uma travessia marítima são feitos de mar, céu e vento. Obedecem à rotina de tarefas semelhantes dia após dia, se esta não for perturbada por um qualquer acontecimento inesperado, causado, por exemplo, pelo mau tempo, sucedendo-se as horas sem que, muitas vezes, nada haja nada a contar.

Os cronistas das viagens marítimas demoravam-se sempre mais nas descrições dos avistamentos de terra, no desenho dos lugares, na minúcia das diferenças encontradas nas raças e costumes com que contactavam e que constituíam o extraordinário, digno de ser tema literário e ocupar, por isso, o seu devido espaço na narrativa. Da travessia por mar até ao Brasil, dos dias passados no meio das águas, conta pouco Pêro Vaz de Caminha ao rei. Interessa-lhe escrever sobre a terra. De facto, nos relatos das viagens marítimas, os dias passados no mar só eram geralmente objeto de descrição mais atenta quando se passava algo fora do normal, como uma forte tempestade ou se deparavam os marinheiros com indícios de que a terra estava próxima.

Já na *Odisseia*, que, como aponta Pino Fasano, apenas dedica quatro dos seus capítulos à viagem, propriamente dita, de Ulisses (do capítulo IX ao XII)[2], a atenção do narrador concentra-se mais no que existe em terra e em quem a povoa. O protagonista parte *ad-ventura*[3], à procura do evento, das peripécias, do "outro", que existem e acontecem quando aporta: "Muitos foram os povos cujas cidades observou,/ cujos espíritos conheceu"[4]. Dir-se-ia que as viagens marítimas têm para os *ad-ventureiros* e narradores o apelo da terra.

---

2 *Op.cit.*, p.17.

3 Vittorio Mathieu escreve que a palavra *aventura* nasce contemporaneamente à Europa, do latim dos Francos como neutro plural, *ad ventura*, significando "as coisas que vêm na nossa direcção, que nos sucedem". Segundo o autor, as *ad ventura*, não são apenas o imprevisível, mas acontecem-nos de forma mais particular, "cioè a patto che andiamo verso di loro. Non le cerchiamo, perché non sappiamo che cosa siano; però se non ci muovessimo noi, non ci verrebbe incontro l'inaspettato". Este sentido de "aventura" radica, segundo o teórico, na experiência histórica do povo europeu, de eternos viandantes, desde as raízes clássicas, de que Ulisses é exemplo, aos povos germânicos das origens: navegadores, guerreiros, cavaleiros errantes, cientistas que procuram o desconhecido para o tornar conhecido. *Le Radici Classiche dell'Europa*, Milano, Spirali, 2002, p. 15, cf. p. 23-50.

4 *Odisseia*, trad. Frederico Lourenço, Lisboa, Livros Cotovia, 2005, p. 25, vv. 3-4.

CONTAR O MAR DAS TRAVESSIAS NA LITERATURA CONTEMPORÂNEA 159

Na literatura contemporânea portuguesa, são raros os livros de viagem sobre travessias marítimas escritos por viajantes. Se o facto se deve à pura constatação de que haverá poucos viajantes portugueses a atravessar oceanos de forma suficientemente diferente ou ousada que mereça ser escrita ou a uma fraca aposta editorial nesse tipo de relatos não é matéria deste texto. Torna-se, todavia, difícil encontrar um relato como o de Amyr Klink, brasileiro, que descreve, em *Cem Dias entre Céu e Mar*[5] (1985), a primeira travessia do Atlântico Sul a remo em solitário ou o de Ugo Conti, italiano, autor de *Una Storia D'Amore con il Mare — Viaggio in solitario su un gommone a vela attraverso i Quarant'anni Ruggenti*[6] (1995), que, no seu barco de borracha à vela, sozinho, atravessa o Pacífico.

Para fazer uma análise comparativa dos textos em que a matéria é o cruzar dos oceanos, foi necessário recorrer à narrativa de uma outra viagem solitária, mas sempre cheia de gentes, do "outro" nas paisagens e nos homens, escrita por Gonçalo Cadilhe *Planisfério Pessoal*[7] (2005), livro em que o autor recolhe as impressões da sua viagem à volta do mundo, apresenta alguns capítulos em que se contam pequenas e grandes travessias: do Atlântico Norte; do mar das Caraíbas; dos mares do Sul; do Pacífico; do Índico.

As duas primeiras obras aproximam-se pelas próprias características e circunstâncias da viagem: o homem, sozinho, numa embarcação construída pelo engenho do viajante, enfrenta o oceano, numa viagem única, considerada impossível pelos perigos que o mar apresenta e pelos sacrifícios que exige, desafio aventuroso, e, por isso, heróico. As viagens de Gonçalo Cadilhe são feitas em cargueiros e outro tipo de barcos usados para transporte de pessoas e coisas, sem qualquer conotação de tipo heróico ou épico, mais desafio intelectual e processo cognitivo do próprio, dos homens e do Homem.

Em todos os relatos, no entanto, a viagem só fica completa no momento da escrita e no da sua transmissão. Esta escrita pode nem sequer ter características ou objetivos literários ou estéticos, mas é a que permite dar a ver, a conhecer a experiência, a colmatar a duração

---

5 *Cem Dias entre Céu e Mar*, 2.ª ed., Rio de Janeiro, José Olympio Editora, 1985.

6 *Una Storia D'Amore con il Mare — Viaggio in solitario su un gommone a vela attraverso i Quarant'anni Ruggenti*, presentazione Bernard Moitissier, Milano, Mursia, (1995) 2007.

do afastamento, tornando a deslocação que a viagem significa um "aqui" e "agora", uma re-aproximação, para o autor e leitor. A narração, que também é viagem, faz viajar de novo, levando desta vez consigo o olhar de quem lê.

Pode ser até a própria escrita a causa da viagem, verdadeiro motivo que guia o viajante e que condiciona o percurso, os olhares e procuras, como acontece no caso do autor português, cuja aventura tem como fim as crónicas semanais do jornal *Expresso*, "À Volta do Mundo", mais tarde reunidas em livro.

Para Gonçalo Cadilhe, a viagem é um pretexto para a escrita. O que guia o seu caminho por terra e mar é "escrever bem", reconhecendo que é mais escritor que viajante, ou que viaja apenas para escrever. O seu "objectivo final", como confessa, "não era terminar a viagem – era editá-la em livro"[8]. Tzevan Todorov, a propósito de Cristóvão Colombo[9], afirmou que o explorador parecia ter como mais profunda motivação para a sua viagem justamente o desejo de narrá-la, de poder transmitir histórias extraordinárias, inauditas, como as de Ulisses. A título de exemplo, também Herman Melville, nos seus diários de viagem (publicados recentemente num único volume, *Journals,Writings of Herman Melville*), aponta justamente a escolha da travessia como elemento de inspiração para a escrita.

Quando publica o livro, o autor faz a viagem na própria escrita, já que, como afirma na "Nota Introdutória", continua em percurso, mas agora os movimentos e deslocações que faz são estéticos: correção, clarificação e reescrita[10]. Ernst Robert Curtius, a propósito do entendimento da composição poética, aponta justamente o uso da "metáfora náutica", realçando o fato de que "os poetas romanos costumam comparar a composição de uma obra com uma viagem marítima", sendo "escrever" o "abrir as velas", como testemunhara Virgílio nas *Geórgicas* (II, 41)[11]. Também Dante, em *Purgatório*, realça a ideia da viagem literária como uma viagem náutica, concebendo a escrita e a

---

7 *Planisfério Pessoal*, 5.ª ed., Dafundo, Oficina do Livro, (2005) 2007.
8 *Ibidem*, p. 9.
9 V. *A Conquista da América*, São Paulo, Martins Fontes, 2003.
10 *Op. cit.*, p. 10.
11 *Literatura Europeia e Idade Média Latina*, São Paulo, Editora Hucitec, 1996, p. 177.

CONTAR O MAR DAS TRAVESSIAS NA LITERATURA CONTEMPORÂNEA 161

navegação como uma única aventura de descoberta, das palavras e dos ventos: "Per correr migliori acque alza le vele/ omai la navicella del mio ingegno [...]¹²".

Para Curtius, o poeta épico sai ao largo, a bordo de um grande veleiro, e o lírico navega num barco ao longo do rio. Metáfora de géneros, mas que pode ser aplicada aos três autores e à dimensão das suas viagens: Klink e Conti enfrentam o largo, Cadilhe como que navega ao largo, "ao longo" deste.

A estrutura externa das três obras também difere, indiciando a escolha do título desde o início essa diferença. Como explicou Gérard Genette¹³, os elementos paratextuais são constituintes pelos quais os textos se propõem aos leitores, zona de transação em que se privilegia uma determinada pragmática e estratégia, agindo sobre o público de forma que exista uma melhor receção do texto e uma leitura mais pertinente. Parte do peritexto, o título permite situar o texto em relação a si próprio, atua como mensagem assumida por parte do autor a um dado destinatário.

Quando o leitor inicia o processo de leitura estaria desencadeando previamente o que Leo Hoek designa por influência do título na leitura do co-texto, já que antecipa uma determinada visão dos elementos e da estrutura, assumindo a nível pragmático a função de guiar o leitor¹⁴.

O título do livro de Klink aponta de forma precisa para a dimensão espacio-temporal da viagem: a sua duração (*Cem Dias*) e o lugar

---

12 *La Divina Commedia − Purgatorio*, vol. II, a cura di Natalino Sapegno, Firenze, "La Nuova Italia" Editrice, 1980, p. 2, Canto I, vv. 1-2.

13 Cf. Gérard Genette, *Seuils*, Paris, Éditions du Seuil, 1987. Também Leo H. Hoek salienta a importância da sigmática, o estudo das relações que existem entre os signos do título e os objetos aos quais reenviam, aplicando a contribuição da semiótica descritiva textual a uma prática significante particular, a da "titulação" dos textos. Para Hoek, o texto é o conjunto do título com a obra, por isso considera que o estudo seguir um caminho de compreensão do relacionamento dialético do título com o co-texto (o texto sem o título). (Cf. *La Marque du Titre*, Le Haye-Paris-New York, 1981)

14 Cf. *ibidem*. Como aponta Umberto Eco, o título funciona como um verdadeiro guia, integrando-o nos marcadores de tópicos ou indicadores temáticos, isto é, nos sinais explícitos do que o leitor pode esperar de um texto se o título funcionar de acordo com as regras do uso. *Lector in Fabula*, Milano, Bompiani, 1979, pp. 90-92.

(*Entre Céu e Mar*). A verticalidade expressa pela linha traçada entre o céu e o mar termina na horizontalidade do barco, que está entre dois lugares feitos de imensidão e, por isso, de medos. O elemento da água profunda, o mar, atribui à viagem, a partir do título, um caráter heróico. Escreveu Gaston Bachelard, a propósito da diferença entre Nietzsche, o caminhante, e Swinburn, o nadador, que se diz, como poeta, filho do mar e do ar, que na "água, a vitória é mais rara, mais perigosa, mais meritória que no vento. O jovem nadador é um herói precoce. [...] A marcha não tem esse umbral de heroísmo[15]".

É para o leitor natural, por isso, encontrar como epígrafe os versos da *Mensagem* de Fernando Pessoa ("Valeu a pena? Tudo vale a pena"), visão moderna da epopeia portuguesa, como inspiração, justificação e glorificação da própria viagem: a passagem do Bojador, o enfrentar da dor, dos perigos do mar, "ao mar o perigo e o abismo deu/ mas nele é que espelhou o céu", constitui a rota de *Entre Céu e Mar*. A viagem de Klink é a travessia solitária do Atlântico Sul, num pequeno barco a remos, de África ao Brasil, a lembrar a gesta das pequenas caravelas.

Em um dos capítulos centrais, significativamente intitulado "O Caminho Certo", o narrador dedica aos conhecimentos de navegação dos descobridores portugueses várias páginas: as rotas marítimas, a compreensão de ventos e correntes, os instrumentos náuticos. Para além disso, conta a história da exploração marítima desde Gil Eanes a Vasco da Gama, citando de novo *A Mensagem*, da qual transcreve na totalidade "O esforço é grande e o homem é pequeno".

O capítulo termina com Bartolomeu Dias, «o 'capitão do fim', navegando sem víveres», que, obrigado a regressar após a descoberta do «grande cabo», encontrara abrigo numa pequena enseada. Na península que a protege, ergueu um padrão, uma cruz de pedra, «Dias Cross», como hoje é conhecida: marca «a entrada da baía que se chamaria, logo depois, 'Angra Pequena' e, muito tempo mais tarde, 'Luderitz'. Era a cruz de Dias Point, o último marco de África que avistei ao partir. Impossível negar, este era o caminho»[16].

---

15 *A Água e os Sonhos. Ensaio sobre a Interpretação da Matéria*, São Paulo, Martins Fontes, (1942) 1998, p. 169.

16 *Op. cit.*, p. 58.

CONTAR O MAR DAS TRAVESSIAS NA LITERATURA CONTEMPORÂNEA 163

A ligação com as viagens marítimas portuguesas é evidente, dimensionando o autor a sua própria viagem como confluência de caminhos que se traçam e cruzam no tempo e no espaço: o seu encontrou o de Bartolomeu Dias séculos depois (ainda que, quando planeara a viagem, desconhecesse a ligação da cidade que escolhera como início da travessia com o navegador), partindo simbolicamente do ponto onde aquele chegara, prolongando a sua rota num novo sentido, o da costa brasileira.

Pode parecer estranho que Klink não tenha escolhido Pedro Álvares Cabral como inspirador da sua viagem. Talvez a resposta esteja no fato de este navegador, no fundo, ter apenas seguido instruções, não sendo um "verdadeiro" descobridor, como pretende deixar claro:

> E na rota de ambos [Bartolomeu Dias e Vasco da Gama], sem dúvida, o Brasil esteve mais perto, muito mais perto, do que a África. Por esta razão, pode-se dizer que Cabral, quando seguia para as Índias, não aportou aqui por acaso. [...] [Fez] o reconhecimento das terras que, já se sabia, existiam a oeste [...][17].

> As instruções de Vasco da Gama, quanto ao roteiro das Índias que Cabral deveria fazer, deixam clara a noção que já se tinha do regime 'circular' [...][18].

Klink quer fazer algo de novo, aliando ousadia ao estudo da técnica, como os primeiros exploradores, dobrar o Cabo, como Bartolomeu Dias, não como Cabral, que, afinal, apareceu só num momento em que o caminho já tinha sido desbravado.

Estruturado em capítulos cujos títulos apontam para acontecimentos que rompem a rotina dos cem dias passados no mar — episódios não raras vezes colocados apenas no final do capítulo (o aparecimento de uma foca solitária que "acenando" e "olhando" segue o seu rumo — Capítulo IV "A Foca Solitária" — ou um tubarão que vê desenhado numa nuvem — Capítulo XIII "O Tubarão Amarelo") —, o livro de Klink não segue a estrutura de um diário de bordo, sem demonstrar preocupações de registo diário, datas exatas, posição do barco, ainda que procure seguir uma linha cronológica.

17 *Op. cit.*, p. 54.
18 *Op. cit.*, p. 56.

Escrito num momento posterior à viagem, o texto segue o ritmo da memória, das anotações, do próprio diário de bordo (que, por vezes, transcreve ou inclui em forma facsimilada), inclui mapas, fotografias, apêndices técnicos, glossário de termos náuticos e bibliografia.

Do primeiro capítulo, "Partir", ao último, "A Praia da Espera", os dias no mar são objeto de re-visitação, olhados agora sob a perspetiva da sua significação para o autor e do interesse que podem ter para o leitor. O que se pode contar de horas e horas passadas no mar, sozinho, são os eventos marcantes, a precisa hora extraordinária no meio das horas comuns: as tempestades, o encontro com animais, as reparações do barco, uma especial ementa, um livro que se lê ou a música que se ouve, uma notícia na rádio, um barco que se cruza, os perigos. Os cem dias são feitos de pequenos momentos. E, principalmente, de viagens na memória do próprio passado do autor que o levou até ali, da história pessoal da construção da viagem.

Como o livro de Ugo Conti, também o de Klink começa em *medias res*, se considerarmos, como os autores, que a viagem tem início na sua conceção e preparação. Ambos os textos abrem no momento em que o barco se afasta da terra para empreender a travessia: no espaço indefinido do porto, entre terra e mar alto, em Klink, já no mar, em Conti. A partir desse momento, os narradores fazem a analepse até às primeiras horas do desenho da viagem.

Klink procede a vários recuos no tempo, realizados no interior da descrição dos dias, também eles já parte do passado no momento em que escreve, pontuando-os com recordações. Recupera, assim, para conhecimento do leitor, momentos sempre mais distantes, desde o dia em que viajou para a Namíbia com o seu barco no contentor de um cargueiro aos primeiros esboços na mente do desejo da travessia.

Ugo Conti não só conta as peripécias relativas à preparação da viagem e construção da embarcação, como interrompe o relato da travessia com a história da sua vida, partindo do momento em que deixou a Itália com a mulher Isabella para ir viver nos Estados Unidos, acabando mesmo por narrar o que se passou entre a data em que terminou a viagem e o momento da escrita.

No livro, há dois textos que comunicam entre si e que se entrançam: um, o "libro di bordo. O per meglio dire il nastro di bordo", já que o viajante dita para um gravador as impressões que agora transcreve, anulando a distância temporal, e a história da sua vida. O leitor

CONTAR O MAR DAS TRAVESSIAS NA LITERATURA CONTEMPORÂNEA 165

deixa-se levar numa viagem pelo Pacífico que corresponde a uma série de diferentes viagens, constituídas pelas várias travessias do autor: as primeiras incursões terrestres e marítimas que faz com a mulher; a experiência que adquire com o primeiro barco, "Phobos"; o encontro com Bernard Moitissier, grande navegador francês. Até chegar ao "Emteess", pensado e realizado pelo autor, engenheiro de profissão.

O título do livro anuncia esta escolha narrativa, não só porque centrado na história e percurso, pessoal e afetivo, do autor (*Una Storia D'Amore con il Mare*), como pela polissemia que o subtítulo apresenta e instaura, atribuindo um significado duplo às coordenadas. A viagem em solitário *attraverso i Quarant'anni ruggenti* alude simultaneamente a indicações cronológicas e náuticas.

Entre as latitudes 40 graus (em italiano, esta latitude é conhecida por "40 gradi ruggenti", "que rugem") e 50 graus sul ("50 gradi urlanti", "que gritam"), fica a última zona navegável do sul. É o lugar no qual a força dos ventos e do mar corre livre, quase sem o obstáculo da terra: área onde as embarcações velejam levadas pelos ventos dominantes, é também o lugar de tempestades terríveis, vindas da Antártida. Um velho ditado marinheiro anglo-saxónico dá testemunho das características prometedoras para a navegação, mas também imprevisíveis e perigosas, desse mar de ninguém, desse mar de passagem que permite a volta ao mundo sem escalas e a travessia até aos gelos: "Beyond 40 degrees south there is no law. Beyond 50 degrees south there is no God."

É nessa faixa que Conti navega, mas é também a etapa entre os quarenta e os cinquenta anos que atravessa: entre a força do leão "que ruge", sem ainda saber como serão os cinquenta "que gritam". Compreende-se, assim, o impulso e desejo do viajante:

> *Bisogna andare. Bisogna andare da una costa all'altra, verso un'isola o verso un fazzoletto di sole sull'acqua all'orizzonte. Andare a salutare tutte le onde e togliermi il cappello quando passa un grosso frangente.*[19]

Espaço e tempo combinam-se na simbologia da viagem como percurso de deslocação geográfica e emocional.

---

19 *Op. cit.*, p. 44.

Encontrar um nexo entre o "diário de bordo" gravado e a história do protagonista fica a cargo do narrador e do leitor[20], porque o que se escreve/dita em viagem e o que se adiciona posteriormente têm uma caraterística funcional própria, já que estão destinados a viajar. De fato, dá-se a ativação do destinatário logo a partir do momento em que se escreve/dita: cria-se um leitor, medindo distâncias, diferenças do "outro" a quem se conta, mas, ao mesmo tempo, salvaguardando com a sua presença o próprio "eu", em "deslocação".

A capacidade metafórica da viagem como percurso de aprendizagem e de crescimento, travessia existencial, está também patente no livro de Gonçalo Cadilhe, *Planisfério Pessoal*. Como forma de apropriação em primeira pessoa do mapa-mundo, o autor escolhe fazer a viagem sem nunca apanhar o avião. Na época em que já se conquistou o ar, o autor reconquista terra e mar, recuperando um velho sabor de viajar, mas enfrentando também os seus perigos.

Significativamente, se Klink tinha escolhido os primeiros navegadores do Atlântico, Cadilhe, entre vários livros de viagem encontrados numa livraria em Valência, escolhe Fernão de Magalhães como uma espécie de guia da sua volta ao mundo: "acabo por comprar uma biografia de Fernão de Magalhães – por sinal bastante mal escrita, mas o simbolismo da compra justifica o resto"[21].

A recolha das crónicas é estruturada em partes que seguem a lógica da sucessão dos continentes, a partir da Europa e de volta à Europa. No índice, o leitor acompanha as semanas e os quilómetros acumulados, enquanto no mapa incluído pode encontrar o percurso traçado. Também neste texto, a importância da figura do leitor é considerável, sendo este, diversamente dos leitores de Klink e Conti, formado por um tipo de destinatário individuável. Isto é, Cadilhe escreve para o leitor do jornal *Expresso*, de quem, com toda a probabilidade, conhece o perfil aproximado.

Se os textos – os dois livros, do autor brasileiro e de Conti, e as crónicas de travessias do autor português – são ocupados em grande

---

20 Neste caso, utilizando a terminologia proposta por Hoek, pode-se afirmar que a relação entre título e o co-texto (o texto sem o título) é uma *transformação de conjunção*, quando os diferentes sentidos possíveis do título continuam presentes após a leitura do co-texto. (cf. *op. cit.*)

21 *Op. cit.*, p. 19.

CONTAR O MAR DAS TRAVESSIAS NA LITERATURA CONTEMPORÂNEA 167

parte da narrativa pelas histórias de percursos pessoais, reflexões e incursões digressivas, coloca-se a questão do papel, valor e espaço da perceção estética do mar.

De fato, tal como nos relatos de travessias de outros séculos, os dias passados no mar quase não têm mar. São ocupados maioritariamente com as recordações da terra ou com a introspeção, a viagem espiritual. Cadilhe dá expressão a este estado de estar tão próximo do mar que acaba por estar tão afastado dele:

> *Aqui, o tempo que se dedica a olhar o espaço não serve para aprender, mas sim para alienar. É como fixar o movimento de um pêndulo até se deixar cair num estado de hipnose. Fixo o mar até alcançar um estado muito perto da anulação total da ansiedade.*[22]

A "grande travessia oceânica", "existência de homens duros e tristes", proporciona-lhe *"le baptême de la solitude"*, como escreveu Paul Bowles, que cita: "É uma sensação única, que nada tem a ver com a melancolia." A terra, para o autor português, é agora "sugestão na distância de algo que já não pertence a este absoluto, de algo que já não é mar"[23].

No mar, o navegador que vem do largo sente, como escreve Klink, também a "mágica atracção" da terra, ainda que perigosa ("O medo de quem navega não é o mar, mas a terra"[24]).

Dos três autores, é o viajante brasileiro quem mais se ocupa com a descrição do mar, das suas tempestades, ondas, do mundo abaixo da superfície e dos seus habitantes. O fato deve-se à própria estrutura interna da obra, feita de episódios passados nos cem dias no mar, com um relato muito menos intercalado da própria história pessoal como o de Ugo Conti, preocupado com os seus "quarant'anni ruggenti".

No quadro que se apresenta, encontram-se algumas das mais significativas referências ao mar, considerado na sua totalidade, ao elemento das ondas, à tempestade e à paisagem submarina.

---

22 *Op. cit.*, p. 24.
23 *Ibidem*.
24 *Op. cit.*, p. 89.

Mar	traiçoeiras calmarias, quando as águas quietas e o vento morto (p. 62); infinito (p. 76); agitado (p. 76); ruidoso e desesperado (p. 89); dócil (p. 92); parecia me convidar (p. 92); [em] calma apostólica (p. 124); azul e transparente (p. 137).
Ondas	despecavam em estrondos (p. 34); desencontradas [...] estourando (p. 60); pancadas das ondas (p. 60); escuras (p. 76); poderiam presentear com um banho (p. 76); mal-intencionadas (p. 78); a onda, ofendida, retrucou (p. 78); sonsas de tão bem comportadas (p. 123); pareciam explosões de luz (p. 135); "Madrasta" levantou-se enfurecida (p. 135); a onda se foi, deixando nas suas costas estrias fosforescentes (p. 135).
Tempestade	vales e montanha de água em desesperada batalha (p. 34); uma pedreira em febril atividade, completamente cinza, com explosões sucessivas e britadeiras ensurdecedoras (p. 60); escandalosas tempestades (p. 62); espectáculo de som e luz (p. 136); [vista de debaixo de água:] rendilhado branco de espuma (p. 169).
Debaixo de água	impressionante cenário (p. 69); lindo e diferente universo isolado por uma superfície (p. 69); um outro mundo que coexistia com o meu (p. 69); água fantasticamente cristalina (p. 71).

Como se pode constatar, Klink descreve o mar e os seus elementos fazendo recurso a comparações e metáforas, num esforço de captação e transmissão do real. O uso das imagens é mais notório quando os objetos são as ondas ou as tempestades, como se pode verificar no seguinte quadro que recolhe alguns exemplos:

Metáforas antropomórficas e Personificações	**Mar:** *traiçoeiras* calmarias (p. 62); ruidoso e *desesperado* (p. 89); *dócil* (p. 92); parecia me convidar (p. 92); [em] calma apostólica (p.124). **Ondas:** mal-intencionadas (p.78); a onda, ofendida, retrucou (p. 78); sonsas de tão bem comportadas (p. 123); "Madrasta" levantou-se enfurecida (p. 135). **Tempestade:** escandalosas tempestades (p. 62); rendilhado branco de espuma (p. 169).
Metáforas sinestésicas	**Tempestade:** vales e montanhas de água em *desesperada batalha* (p.34); uma pedreira em febril atividade, completamente cinza, com explosões sucessivas e britadeiras ensurdecedoras (p. 60).

CONTAR O MAR DAS TRAVESSIAS NA LITERATURA CONTEMPORÂNEA 169

Opta-se aqui por considerar juntas a comparação e a metáfora, já que ambas exprimem uma analogia[25], e as figuras de analogia unem--se no "travail de ressemblance", como escreve Paul Ricoeur[26], no sentido em que a imagem participa de uma estética do real, e na penetração do "coeur de l'imagination créatrice de l'auteur", na expressão de Mariane Bury[27].

Klink compreende a importância da sugestão da imagem, atribuindo-lhe uma função de descrição, de comentário, de contar a história, portanto, organizadora, demarcativa e focalizadora, para usar a nomenclatura sugerida por Philippe Hamon[28], e, igualmente, de poetização e simbolização do real. Encarregada destas funções, a imagem serve também propósitos de sedução do leitor, pois, como escreve a autora citada, as imagens garantem a "efficacité hypnotique du récit", sendo destinadas a "provoquer chez le lecteur des impressions qui le touchent ou des émotions poétiques ou encore une réflexion". As figuras de imagem são concebidas simultaneamente como símbolo artístico e "l'expression exacte d'une réalité"[29].

O autor concentra-se no poder da imagem em exprimir a expressão "exacte" do real, neste caso, quando aplicada à tempestade, em a fazer "ver" e "ouvir": as ondas, feitas montanhas em altura e vales na profundidade, apelam à memória visual do leitor para que este sinta a magnitude e o medo, à mistura com a confusão, também visual, da batalha, com os seus múltiplos rumores; tudo à volta é como uma pedreira, cinza, com barulhos que ensurdecem. O apelo ao conhecido do leitor evocará neste a aproximação não só à imagem, mas também à sensação de desconforto e de perigo, fazendo do destinatário companheiro de viagem no preciso momento em que o próprio autor revisita o tempo e o lugar.

Um perigo que também é fascínio por essas águas imensas que formam cordilheiras. Giacomo Leopardi conta ter ouvido um campo-

---

25 Cf. François Moreau, *L'Image Littéraire – Position du Problème*, Paris, Sedes, 1982, p. 16 e seguintes no mesmo capítulo.

26 V. *La Métaphore Vive*, Paris, Seuil, 1975.

27 *La Poétique de Maupassant*, Paris, Sedes, 1994, p. 176.

28 "Qu'est-ce qu'une description?" in *Poétique – Revue de Théorie et d'Analyse Littéraires*, n.º 12, Ano III, Paris, Editions du Seuil, 1972, p. 484.

29 *Op. cit*, p. 225.

nês falar sobre uma inundação que lhe tinha provocado graves danos às culturas. Apesar disso, acrescentara que "era stata una cosa bella e piacevole a vedere e udire, per l'impeto e il rombo, la grandezza e la potenza della piena". O autor conclui que o homem, por natureza, pende naturalmente para a vida, e que todas as sensações fortes e vivas "sono per la loro stessa forza e vivezza, piacevoli, ancorchè per tutte le altre loro qualità ed effetti siano dispiacevoli o terribili ancora"[30].

"Haverá tema mais banal que o da *cólera* do oceano?", pergunta Bachelard. "A quantidade de estados psicológicos a projectar é muito maior na cólera que no amor. As metáforas do mar feliz e bondoso serão pois muito menos numerosas que as do mar cruel"[31].

Nesse fascínio reside, em parte, o interesse estético que os autores demonstram na descrição dos fenómenos mais extraordinários da natureza. Estes colocam, igualmente, o viajante em situações extremas. Contá-las através do recurso às imagens, que detêm a capacidade de transmitir não só a situação, mas os sentimentos que provocou, revela as qualidades dos autores, as suas capacidades de heroísmo face ao perigo.

Ugo Conti, no relato de uma das suas viagens, conta que atravessa uma furiosa tempestade no Cabo, com o "Phobos", enfrentando os próprios medos com os "Medos" representados pelo nome da embarcação. O significado simbólico do nome do barco, que espelha o espírito do autor, representa uma espécie de escolha de se encontrar no caminho da própria tempestade. Escreveu Bachelard que uma tempestade *extraordinária* é uma tempestade vista por um espetador num estado psicológico *extraordinário*: "há realmente do universo ao homem correspondência *extraordinária*, comunicação interna, íntima, substancial. As correspondências se enlaçam em instantes raros e solenes"[32].

Numa narração rápida, em que os vários acontecimentos parecem suceder-se imparáveis, obtém um efeito comparável com o uso das imagens em Klink. O leitor deixa-se levar no turbilhão do que se conta, como na dinâmica da tempestade.

---

30 *Zibaldone*, ed. commentata e revisione del testo critico a cura di Rolando Damiani, Tomo II, Milano, Arnoldo Mondadori, 1997, p. 1744.

31 *Op. cit.*, p. 178.

32 *Op. cit.*, p. 180.

CONTAR O MAR DAS TRAVESSIAS NA LITERATURA CONTEMPORÂNEA 171

As estrelas "sono scomparse", as ondas são sempre mais "cattive", ao escuro mais negro segue-se uma "colonna frenetica di energia" e o mar "ribolla per l'istante mentre risucchia la luce", vêem-se nuvens ameaçadoras, amareladas de uma luz irreal quando tudo se ilumina com a luz intensa dos relâmpagos, e a água constrói paredes à frente do barco. Ainda assim, também este autor não pode fugir ao apelo sedutor da tempestade:

> La forza del vento, delle onde e delle rocce nere della costa illuminata dai lampi mi prendono in un vortice irresistibile di eccitazione e di entusiasmo.[33]

O vento do Cabo, "com mani di gigante", recorda ao leitor português um outro Gigante que habitava por aquelas paragens.

Vista de debaixo de água, a tempestade, no texto do autor brasileiro, é um "rendilhado branco de espuma". O que é bulício à superfície, é beleza calma numa outra perspectiva, de baixo para o alto.

O mundo submarino é descrito pelos dois viajantes como um cenário impressionante. Também aqui, Klink apresenta uma descrição mais detalhada do espaço. O navegador italiano sublinha, essencialmente, a diferença do Pacífico com outros mares, já que aí a vida é um "brulicare felice di colore"[34] e existem ouriços-do-mar grandes como melões.

O autor brasileiro demora-se a olhar o "lindo e diferente universo isolado por uma superfície" que coexiste com o seu, "lá em cima", ouve-lhe o "eterno e transparente silêncio." À sua volta, dourados, pilotos: "senti-me tão importante quanto um velho tubarão, sempre cercado pelo seu séquito desses pequenos e listrados peixinhos"[35]. Dentro de água, é como se o autor fizesse uma outra viagem, a um mundo "outro", onde até pode ter ele próprio uma identidade diferente, o "tubarão". No entanto, o afastamento do barco, a sua ilha, o que tem de mais aproximado com a terra, provoca-lhe "arrepio".

Nos recursos usados por Klink, ressaltam as metáforas antropomórficas e as personificações. À medida que o tempo passa, o viajante

33 Op. cit., p. 70.
34 Op. cit., p. 59.
35 Op. cit., p. 69.

adquire progressivamente o conhecimento dos elementos. A familiarização, o "conviver com os seus humores", traduz-se num relacionamento próximo que conduz à subjetivização da natureza, atribuindo comportamentos e sentimentos humanos ao mar e, na maior parte das vezes, às ondas, como se pode verificar no quadro apresentado. O autor chega mesmo a entrar em discussão com uma onda que o presenteia com um banho, tem "vontade de sair correndo atrás da maldita e dar-lhe pauladas com o remo!"[36]. Toma, desta forma, posse da natureza que o envolve numa nova criação animada. No processo, a natureza torna-se pessoal e o sujeito torna-se parte da natureza, incorporando-a no centro das suas experiências, através, não raras vezes, da própria memória dos seus "humores".

O viajante brasileiro é acompanhado na travessia pelos animais marítimos, atribuindo-lhes importância relevante. Essa atenção é demonstrada pelo fato de o autor dedicar os títulos de três dos quinze capítulos do livro à memória dos encontros que teve com aqueles ("A Foca Solitária"; "O Tubarão Amarelo"; "A Creche das Baleias"). O que ressalta é a comunicação que parece manter, ou querer encetar, com os animais, que o olham ou como que lhe acenam. Essa comunicação culmina no "tubarão" que vê no céu, feito de nuvens, um "perfeito tubarão", um "tubarão imaginário no céu", paradoxalmente "o maior de todos, o mais real e impressionante", que o faz sentir que não pode parar de remar:

> Tudo em movimento. O vento carregando nuvens. [...] O tubarão permanecia inteiro. Levemente passando do vermelho para o amarelo, os seus traços pouco a pouco se tornaram indefinidos, vagos, mantendo uma figura perfeita que parecia envelhecer. Não podia parar. A pequena nuvem que fazia o olho derreteu-se e escorreu como uma lágrima arrancada pelo vento. E, por dentro do tubarão, o dia nasceu. No diário deixei escrito: 'E o tubarão envelheceu e morreu chorando'.[37]

Um tubarão pleno de força e vida que nada/rema, confundindo-se com o autor, enquanto as forças o deixarem ser tubarão. No diário

36 Op. cit., p. 78.
37 Op. cit., p. 130.

de bordo, entra, no meio dos fatos, a testemunhar os acontecimentos/fatos do dia, o que a imaginação vê.

No texto do diário de bordo de Conti, também pontuam, num elenco de informações sobre os aspetos meteorológicos, as condições do mar e do barco, as milhas feitas, os detalhes sobre a alimentação, o estado das velas, a força dos ventos e as reparações, o que o navegador sente, os seus estados de ânimo e as suas recordações.

Se Gonçalo Cadilhe apresenta poucas descrições do mar, à excepção de alguns detalhes pouco desenvolvidos (o mar de Cortez é "bonito, translúcido, variado"; o mar das Caraíbas é um "mar sem ondulação", com água "transparente"; nos mares do Sul, a água parece um "universo líquido e opaco" e as nuvens "bombas atómicas"; no Índico, o mar é "suave como seda"), demora-se, também ele, sobre os sentimentos que o espaço marítimo provoca.

Os três viajantes escrevem sobre a "suspensão" do tempo e do espaço que experimentam. Conti testemunha os ritmos diversos, com as horas e os dias marcados pela luz e a escuridão, sons, imagens, acontecimentos da sua própria vida "sono sempre meno umani perché appartengano al cielo e al mare [...]. Sono saltato da una realtà ad un'altra"[38]. Igualmente, Klink atesta a ausência de barulhos terrestres que provoca um sentimento de distância total de si próprio. O deus Hermes, o silêncio, ligado de forma simbólica ao oceano, faz com que o homem se separe do seu mundo, dos rumores que constituem a sua história no meio dos outros e das coisas.

Tudo se torna natureza. O homem despe-se da história para regressar ao mar, lugar utópico no qual perde a duplicidade "natureza/história" a favor da comunhão absoluta com os elementos.

O que o rodeia é "tanta força e espaço", "terrível e irreal", eterno. É esta assunção da eternidade do espaço do mar, "cenário eterno e dinâmico", que lhe permite escrever que o que vê é

> exactamente o mesmo que viram os navegadores do passado. Talvez com igual intensidade de emoção, medo ou alegria. E a noção de tempo tão exata a ponto de conhecer os décimos de segundo de cada hora, ou tão vaga no espaço que séculos nada significariam em transformações.

---

38 *Op. cit.*, p. 75.

No espaço do mar não há tempo, tudo é eternidade. A duração da viagem passa a ser uma não-duração, porque fica no campo do que está suspenso.

Gonçalo Cadilhe, a propósito do mar de Cortez, explica que "tudo o que se encontra entre a terra e a amurada [...] parece oscilar entre o real e o fantástico"[39], e nos mares do Sul descreve a plataforma, na ponta da amurada, "suspensa entre o azul do céu e o azul do mar". Como as coisas, também o autor se sente suspenso "entre o mar e o céu", no "infinito azul-escuro".

Escrevia Leopardi, a eternidade, o tempo, o espaço não são "altro che un'espressione di una nostra idea, relativo al modo di essere delle cose." Tempo e espaço seriam um modo próprio de considerar as coisas[40]. Esta subjetivização de espaço e tempo explicaria o sentimento dos navegadores, percecionando o espaço e o tempo no mar como algo infinito e eterno.

Não são, todavia, as explicações leopardianas, influenciadas pelas teorias de Isaac Newton, em que o espaço é concebido como perceção humana da realidade, dependente da forma como nós vemos o mundo, que os autores têm em mente, já que os três pertencem à era da relatividade. Albert Einstein afirmou que espaço e tempo, ligados entre si por uma relação muito profunda, um *continuum* espaço-tempo, são valores absolutos, mas relativizados pelo movimento do observador. Einstein defendeu a plasticidade do espaço, já que, anteriormente, este era entendido como algo rígido: o espaço e o tempo passaram a ser coisas performáveis pela ação do observador.

A travessia neste autor corresponde, assim, a uma suspensão entre as vidas que se deixaram (a história do indivíduo) e entre terras, a da partida e a da chegada, espaço "não-espaço" e tempo "não-tempo" em textos nos quais deveriam ser essenciais, principalmente nos de Klink e Conti, pelo contrário, o registo, a contagem e demonstração da passagem do tempo e o atravessar do espaço: as milhas feitas e por fazer, as horas passadas e futuras. O fato indicia que paralelamente à travessia física, os autores fazem uma incursão no seu próprio "eu", dando lugar a uma diferente travessia.

---

39 *Op. cit.*, p. 43.
40 *Op. cit.*, p. 2741; cf. p. 2798.

CONTAR O MAR DAS TRAVESSIAS NA LITERATURA CONTEMPORÂNEA 175

O sacrifício, a solidão, os perigos, a tranquilidade de um espaço e tempo suspensos levam os autores numa viagem de conhecimento e aprendizagem de si próprios. Na tradição literária ligada à viagem, desde a Antiguidade e nos textos mais marcantes da literatura ocidental, umas das perceções que se delineia é a desta como via para o conhecimento do mundo e de si próprio: na *Odisseia*, à viagem é já atribuída uma dimensão de desafio intelectual, que se pode encontrar desenvolvida, mais tarde, no paradigma do Ulisses de Dante (que não resiste ao "ardore/ ch'i' ebbi a divenir del mondo esperto/ e delli vizi umani e del valore[41]"). Como afirma Pino Fasano, a mobilidade espaço-tempo que caracteriza a viagem ganha no poeta italiano um significado de travessia de "passagens" existenciais, concebendo-se a vida como uma "peregrinação"[42].

A tradição literária da "viagem sentimental", inaugurada por Laurence Sterne, com *Sentimental Journey* (1768), e as viagens "à volta do quarto" de François-Xavier De Maistre libertam a literatura de viagem da ideia de uma espécie de "grand tour" por lugares e a da obrigatoriedade do referencial que tem por base a experiência. A viagem à procura do homem, que dá lugar a digressões e divagações, instaura uma outra errância no interior do relato da mobilidade que é a viagem. Esta existência de um outro movimento, que não é físico, e que, por isso, é um parêntesis de pausa-estaticidade na viagem em si, expressa-se justamente pela própria estrutura desviante em relação ao relato rígido das peripécias que caracterizam a maior parte dos textos do género.

Se o oceano, simbolicamente, representa o tempo como fluxo e dinâmica cósmica (como o entendiam e dimensionavam os pré-socráticos e os órficos), ligado justamente, na Antiguidade, a Cronos, também se relaciona com a necessidade inalterável, *Ananke*[43]. A mãe das moiras, que viria a ser designada de *Necessitas* pelos romanos, é a personificação do destino, do *fatum*. A travessia seria, considerada sob esta perspectiva, uma necessidade do indivíduo de percecionar-se,

---

41 *La Divina Commedia – Inferno*, vol. I, Firenze, "La Nuova Italia" Editrice, 1978, p. 293, vv. 97-99.

42 Cf. *op. cit.*, pp. 25-26.

43 Para a simbologia de "oceano" ver *Dizionari dell'Arte:Simboli e Allegorie*, Matilde Battistini, Milano, Mondadori, 2002.

conhecer-se e atingir um patamar de sabedoria diverso. O impulso da viagem corresponderia à necessidade de enfrentar os próprios medos, de procurar o "eu" natural e de atingir a vitória, personificada em *Nike*, também esta ligada de forma simbólica ao oceano. Ir até aos confins do mundo é o destino da existência, do conhecimento.

"Bisogna andare. Bisogna andare da una costa all'altra", palavras já citadas, de Ugo Conti, lembram a célebre frase proferida pelo general romano Pompeu (106-48 a.C.), "Navigare necesse; vivere non est necesse", dirigindo-se aos marinheiros, amedrontados, que recusavam viajar durante a guerra, na *Vida de Pompeu*, de Plutarco (45-125?). Estas palavras serão recuperadas no célebre verso das *Laudi* de Gabriele D'Annunzio, "che necessario è navigare,/ vivere non è necessário", e por Fernando Pessoa, "Navegar é preciso; viver não é preciso".

A viagem por mar representa, assim, a procura da verdade, da paz que se atinge através do contacto com o interior do ser, centro espiritual e inacessível[44]. Charles Baudelaire, em "Le Voyage" (*Les Fleurs du Mal*) aponta justamente para a importância simbólica da travessia: "Plonger au fond du gouffre, Enfer ou Ciel, qu'importe?/ Au fond de l'Inconnu pour trouver du nouveau!"

A viagem adquire para os três autores a ideia não só de viagem física, mas também de mudança do eixo do seu mundo, caminho para o centro, para a verdade. Significativamente, Gonçalo Cadilhe compara-se a Gulliver, personagem de Swift que é confrontada com outras realidades e existências jamais pensadas. As "coisas que aprendi [...], os estudos que fiz"[45] de nada lhe servem. Todavia, brinca de forma irónica com a dimensão espiritual do seu caminho, quando a bordo de um cargueiro para a Índia:

> Os meus estímulos mentais viajam num útero de deliquescência. Reparo que, pela primeira vez na vida, consigo adormecer em qualquer posição. John Cody [...], um médico, um americano, tem uma explicação para isto: ao dormir sobre o flanco esquerdo, durmo "apoiado" no meu coração, [...] o tremelicar da cama substitui essa orgânica canção de embalar. Eu teria prefe-

---

44 Para a simbologia da viagem por mar, seguiu-se as sugestões de *Dizionario dei Simboli*, dir. Jean Chevalier e Alain Gheerbrandt, Roma, Rizzoli, (1969) 1999.

45 *Op. cit.*, p. 199.

> rido uma tese mais psicanalista, do género: 'Esta viagem à volta
> do mundo representa a conquista da tua maturidade, a afirma-
> ção da racionalidade adulta sobre as tuas crenças infantis.'[46]

O mar corresponde, segundo Gustav Jung, à insatisfação que conduz à procura de outros horizontes, de um lugar onde a dinâmica da
vida desperte uma nova vida. A água em movimento representaria,
assim, um estado transitório entre as possibilidades já realizadas e as
possibilidades a realizar, lugar da ambivalência e da indecisão. O fato
de que a viagem possa concluir-se bem ou mal faz desta transitorie-
dade o fulcro da travessia.

Klink, no final do livro, quando toca terra, o elemento estável,
coloca a chave da viagem:

> Eu estava bem. Nunca estivera tão bem em minha vida.
> Não precisava de nada, absolutamente nada, para me sentir
> bem. [...] Não faltava nada.
> Pensando bem, que mais poderia alguém no mundo desejar
> que olhar nos olhos das baleias, conversar com as gaivotas sobre
> os azimutes da vida, procurando durante cem dias e cem noites
> um único objectivo e, subitamente, tê-lo diante dos olhos, ao
> alcance dos pés, numa tranquila tarde de terça-feira?[47]

A estrutura anafórica realça a auto satisfação do autor, a conclusão
a que chegou sobre a vida, derivada da mudança operada pela travessia. No *explicit* transmite-a ao leitor: "[...] descobri que a maior felicidade que existe é a silenciosa certeza de que vale a pena viver. E
dormi. A 'lâmpada' ficou acesa."

O mesmo acontece com Ugo Conti, que apresenta, no seu livro,
uma estrutura semelhante, também anafórica, para agradecer ao mar
a possibilidade que lhe ofereceu de viajar dentro de si:

> Grazie mare per avermi insegnato a danzare con la vita
> come con le onde luccicanti di Pacifico fino a che la danza
> diventa la cosa più importante e si beve il tempo goccia a goc-
> cia. Grazie per avermi permesso di vivere dieci anni pieni [...]
> senza lasciarmi troppo tempo per soffrir.[48]

46 *Op. cit.*, p. 208.
47 *Op. cit.*, p. 159.
48 *Op. cit.*, p. 221.

Talvez o mais insólito se prenda à existência desta dimensão de vitória espiritual na viagem do navegador brasileiro, diretamente ligada às rotas dos primeiros marinheiros portugueses. Chegar à "Praia da Espera", na costa brasileira, já não tem a significação de descoberta da terra, mas de reencontro. Um reencontro que possui, no entanto, o caráter heróico da chegada, não só pelo extraordinário da tarefa, como pelo caminho de aprendizagem, cognitivo e ontológico, do navegador como ser individual, atingido na travessia oceânica.

Os "Casais Açorianos" em Viagem para o Brasil

Maria da Conceição Vilhena*

* Professora Catedrática aposentada.

Embora considerados grandes no seu tempo, os navios de longo curso, entre 600 e 1100 toneladas, tinham geralmente apenas 60 metros de comprimento e 16 de altura. Jean Merrien diz que as naus que faziam a viagem à Índia chegaram a ultrapassar as 2000 toneladas. Estas seriam, pois, de maiores dimensões; mas também maior seria o número de viajantes e, consequentemente, maior o número de animais a bordo, entre eles, gatos e doninhas, animais imprescindíveis pelos bons serviços que prestavam na caça aos ratos. Os barcos do século XVIII eram, pois, um quase jardim zoológico em miniatura, e foi neles e nessas condições que se desenrolou a longa viagem dos "casais açorianos" para o Brasil.

1 – Tal emigração já aparece mencionada em documentos dos séculos XVI e XVII, mas é em meados do século XVIII que ela teve o maior incremento.

Segundo as próprias palavras de D. João V, na Provisão Régia de 9 de Setembro de 1747[1], foi atendendo às representações dos moradores das ilhas dos Açores, pedindo para delas tirar parte da população que aí vivia em grande miséria, que resolveu "se mandasse transportar até quatro mil Casaes para as partes do Brasil, que fosse mais preciso e conveniente povoarem-se logo, e que também podessem hir Casaes de estrangeiros que não fosse súbditos a Soberanos que tenhão domínios n'America a que possão passar, com tanto que sejão Catholicos Romanos, e que sendo artífices se lhes podesse dar à chegada ao Brasil huma ajuda de custo, conforme a sua perícia, que não excedesse esta a mil e duzentos réis a cada hum, conforme outras providências insertas no Edital", tendo acrescentado ainda que se começasse pela ilha de Santa Catarina.

---

1 In *Arquivo dos Açores,* (reprodução facsimilada), Vol. I, Ponta Delgada, n.º 1, Oficinas Gráficas da Imprensa Nacional-Casa da Moeda, 1980, p. 377.

É, porém, de 31 de Agosto já do ano anterior o edital assinado por D. João V, e enviado para os Açores em 400 exemplares (de que existe um na Biblioteca da Universidade dos Açores, em Ponta Delgada), com aliciantes promessas a todos aqueles que voluntariamente se quisessem ir estabelecer "na América", "(...) mandando-os transportar à custa da sua Real Fazenda, não só por mar, mas tambem por terra até aos sitios, que se lhes destinarem para as suas habitações, não sendo os homens de mais de 40 annos de idade, e não sendo as mulheres de mais de 30. E logo que chegarem a desembarcar no Brasil, a cada mulher, que para elle for das Ilhas de mais de 12 annos, e de menos de 25, cazada, ou solteira, se darão dois mil e quatro centos reis de ajuda de custo, e aos cazaes, que levarem filhos se lhes darão para ajuda de os vestirem mil reis por cada filho; E logo que chegarem aos sitios, que hão de habitar, se dará a cada cazal huma espingarda, duas enxadas, hum machado, huma enxó, hum martello, hum facão, duas facas, duas thesouras, duas verrumas, huma cerra com sua lima, e travadoira, dois alqueires de sementes, duas vacas, e huma egoa; e no primeiro anno se lhes dará a farinha, que se entende basta para o sustento, que são trez quartas de alqueire da terra por mez para cada pessoa, affim dos homens, como das mulheres; mas não às creanças, que não tiverem sete annos; e aos que os tiverem até os 14 se lhes dará quarta e meya para cada mez. Os homens, que passarem por conta de Sua Magestade, ficarão izentos de o servir nas tropas pagas, no caso de se estabelecerem no termo de dois annos nos sitios, que se lhes destinarem; aonde se dará a cada cazal hum quarto de legoa em quadra para principiar a sua cultura, sem que se lhe levem direitos, nem salario algum por esta sesmaria, e quando pelo tempo a diante tenhão familia, com que possão cultivar mais terra, a poderão pedir ao Governador do destricto, que lha concederá na forma das ordens, que tem nesta materia".

Rematava este Edital com a recomendação de que "*Todos os que se quizerem aproveitar da dita mercê nesta Corte vão alistar-se nas Segundas, e quintas feiras de tarde, a casa do Dezembargador Jozé da Costa Ribeiro, Executor do Conselho Ultramarino que mora na rua direita de S. Jozé de traz da Igreja da Annunciada*"[2].

---

2 *Ibidem*.

Numa carta aos corregedores das ilhas dos Açores, datada de 5 de Setembro desse ano, D. João V confirma estar o transporte dos emigrantes a cargo da Fazenda Real, pelo que precisa de saber "o número que deve embarcar em cada porto, para se fazerem prontos os mantimentos, embarcaçoens e o mais que he precizo para este transporte, tendo entendido que este se não deve fazer de todas as pessoas juntamente mas em diversas viagens para se poder executar com mais comodidade dessas pessoas as quais mandarei recomendar para se lhes dar bom tratamento assim no mar como no estado do Brazil, aonde se fará o primeiro estabelecimento na Ilha de Santa Catarina, e nas suas vizinhanças [...]"[3].

Devemos fazer notar que esses 4000 casais não correspondiam a 8000 pessoas, mas a muitas mais, pois os filhos eram muitos e o conceito de casal, bastante alargado, quase coincidia com o de tribo. Embora a idade limite fosse de 40 anos para o homem e 30 para a mulher, esta cláusula era suprimida sempre que se faziam acompanhar de uma numerosa família, que podia compreender pais, sogros e mesmo outras mulheres capazes de trabalhar. Deve mesmo ter-se chegado a um grande abuso, segundo o que se lê num documento da época: "Aconteceo, que os casaes vindos dos Açôres trouxerão em sua companhia grande numero de individuos aggregados, e de creanças de ambos os sexos, que foram inuteis para a cultura das terras; sem duvida por que não se fixou o número de pessoas de cada huma familia: e também porque se mandarão dar as ajudas de custo por cabeça, e não por familia: do que resultou que quanto maior numero de individuos trouxerão os casaes, tanto mais ajudas de custo estes receberão na sua chegada a Santa Catarina"[4].

Segundo um documento do Arquivo Histórico Colonial, datado de 5 de Novembro de 1756, e publicado por Paiva Boleo, nesta data, e só na ilha de Santa Catarina, já existem 1084 casais açorianos, com 3421 filhos, cujo transporte foi feito entre 1748 e 1752.

2 – São já em número avultado os trabalhos feitos sobre a emigração açoriana para o Brasil. E nesses trabalhos, sobretudo nos que

---

3 In *Boletim do Instituto Histórico da Terceira*, n.° 10, pp. 40-104.

4 In *Archivo dos Açores*, Vol. 1, Ponta Delgada, Typographia do Archivo dos Açores), 1876, p. 382.

dizem respeito aos primeiros tempos da emigração, já algumas vezes se tem feito alusão aos sofrimentos padecidos durante uma viagem que durava então entre dois a três meses: a água racionada e que, para o fim do trajeto, já cheirava mal; alimentos escassos e em decomposição; falta de espaço indispensável para acomodar convenientemente os passageiros; ausência de um mínimo de conforto; doenças, morte, enfim, aquilo que poderemos considerar como um prolongamento da nossa história trágico-marítima.

F. Riopardense de Macedo, num artigo intitulado «Viagens dos Açorianos ao Rio Grande do Sul»[5], cita vários documentos da época, nos quais se faz alusão a esses sofrimentos.

Num requerimento de Feliciano Velho Oldenberg, de 1747, consta que, dos quinze casais embarcados, correspondentes à lotação (um casal por cada cem toneladas de carga tomada nas ilhas), apenas um lá chegou "salvo e vivo".

Escreve Jean Merrien, em *A Vida Quotidiana dos Marinheiros no Tempo do Rei-Sol*[6], que os colonos transportados nos barcos portugueses tinham direito apenas ao biscoito (ou bolacha) e à água. Aqueles que para isso tinham meios, compravam os alimentos a bordo, o que não seria o caso de muitos dos emigrantes; e depois mandavam fazer a comida, na sua panela privativa. Por isso se viam às vezes mais de duzentas panelas à espera da sua vez.

Os emigrantes eram instalados na ponte, com as suas trouxas, mal se podendo mexer, muitas vezes encharcados até aos ossos. Comiam acocorados, por grupos de sete ou oito, numa grande gamela, usando como garfo as próprias mãos. Dormiam vestidos, estendidos no chão, uns contra os outros, quase sem espaço para se voltarem, no meio dos enjoados, aos vómitos.

Como sabemos, no século XVIII não havia grande refinamento higiénico, desconhecendo-se nos meios mais pobres o hábito de tomar banho. Mas as pessoas vestiam roupa lavada, andavam pela rua, e os maus odores diluíam-se. No barco, ao contrário, estavam muito juntos, não mudavam de roupa, o cheiro a suor e sujidade acumulava-se e

---

5 In *Revista do Instituto Histórico e Geográfico do Rio Grande do Sul*, n.° 122, Porto Alegre, 1982, pp. 27-41.

6 Lisboa, Livros do Brasil, s.d., p. 141.

tornava-se insuportável. O lugar onde dormiam era lavado todos os dias, ou mesmo duas vezes ao dia; mas, como não chegava a secar, o cheiro da humidade vinha ainda agravar a pestilência do ar, de modo que este se tornava irrespirável.

Após os primeiros dias de enjoo, as enfermidades começavam a fazer a sua aparição. Os emigrantes eram gente rústica e enérgica, habituada ao esforço e ao desconforto. Mas ali, as condições eram ainda mais duras: faltava o ar puro, a vida ao ar livre, a água fresca, as hortaliças, o leite. Se em casa se lavavam pouco, ali não se lavavam nunca. Se em casa a alimentação era sóbria, ali é deficiente e corrompida. Há a saudade e o medo das tempestades. Surgem as febres, as pneumonias, as crises de fígado, as infeções intestinais, o escorbuto. A medicina é precária e a mortalidade assustadora.

Segundo cartas e relatórios, datados de 1750, do governador da ilha de Santa Catarina, Manuel Escudeiro de Souza, causava horror ver chegar esse pequeno resto dos embarcados, doentes, estropiados e moribundos. A causa de tanta mortandade era devida sobretudo ao excessivo número por viagem, a fim de satisfazer as condições impostas pelo rei. Como ao armador interessava apenas o lucro, convinha-lhe então, durante a viagem, libertar-se ao máximo daquele peso humano, inútil às suas transações comerciais e só em função destas transportado. Por isso protesta Oldenberg, quando é castigado um capitão, pela crueldade com que havia tratado os emigrantes; ou quando lhe exigem a entrega de outros casais, em substituição dos que haviam morrido.

Em breve, porém, o transporte de emigrantes deixa de ser feito apenas em troca de vantagens concedidas para comerciar no Brasil; e quando o rei se decide a pagar o transporte dos casais açorianos, o Conselho Ultramarino, com o fim de reduzir o número dos mortos em viagem, propõe que metade do preço seja pago no acto do embarque e a outra metade só à chegada, no Rio de Janeiro. O armador não teria, deste modo, um grande interesse em que a maior parte morresse durante a viagem, como acontecia anteriormente.

3 – Não conhecemos nenhum diário de bordo relativo a estas viagens, mas estamos convencidos de que existem. Talvez se encontrem nos arquivos da Companhia de Jesus, que estão a ser publicados cronologicamente, não se tendo chegado ainda à data das maiores levas de açorianos para o Sul do Brasil, isto é, a meados do século XVIII.

Conhecemos, porém, a carta-relatório do vice-rei marquês de Távora (1750-1751), enviada ao secretário de Estado Marco António de Azevedo Coutinho, e o relatório enviado a este vice-rei pelo físico--mor do Estado da Índia, Dr. Baltasar Manoel de Chaves, datado de 1 de Dezembro de 1750. Foram ambos publicados no Boletim da Sociedade de Geografia de Lisboa, de 1958[7], pelo capitão-de-mar-e-guerra António Marques Esparteiro, e nele se trata da higiene a bordo das naus de viagem, em meados do século XVIII. Dizem, pois, respeito, não a viagens ao Brasil, mas à Índia. Estamos, todavia, convencidos de que as condições de higiene a bordo, nessa época, não deviam divergir muito, quer a viagem se fizesse para Oriente, quer para Ocidente; a não ser que seriam agravadas no caso do transporte de emigrantes, pelo interesse do armador em fazê-los perecer durante a longa travessia, como já referimos. Com a leitura destes relatórios tivemos não só a confirmação da dureza do sofrimento a que os documentos citados por F. Riopardense Macedo fazem alusão, mas também a explicação pormenorizada das suas causas.

Tudo era feito em função do proveito a colher; e assim é que o físico-mor, ao sugerir que sejam melhoradas as condições de vida a bordo, faz notar ao rei que aquilo que se gastará a mais não prejudicará a Fazenda Real, pois o preço de cada soldado cuja morte se evitar compensará largamente a despesa feita.

Acrescia ainda "a tirania dos Ministros de S. Mag.ᵉ", a que se refere o físico, e que nos faz pressentir uma certa avareza em prover as naus reais de suficientes alimentos.

Na carta-relatório, o vice-rei marquês de Távora dá conta, ao secretário de Estado, de todos os cuidados que teve com os passageiros da nau em que viajou, do seu desejo de que se alimentassem bem e como se preocupava com o tratamento dos doentes. Segundo afirma, sempre que não vem algum oficial de respeito que faça cuidar dos enfermos, a maior parte deles é deixada morrer ao abandono, pois "a impiedade e falta de Caridade da gente do Mar he indezivel"; e acrescenta que "esta Casta de Gente sente mais a morte de hua das suas galinhas do que a de 5 ou 6 homens dos que vem na Nao".

---

7 *Boletim da Sociedade de Geografia de Lisboa*, Lisboa, 1958, pp. 280 a 295.

O relatório do físico-mor foi feito a pedido deste vice-rei, a fim de conhecer as causas de tão grande mortandade, para melhor poder evitá-las: "Manda-me V. Excia [...] lhe pondere as cauzas de tam frequentes infermidades, o possível meyo de as precaver e ultimamente o mais prompto modo de as remediar".

As doenças assinaladas são, em primeiro lugar, aquelas "doenças gerais, como constipações, pleurizes, catarrais, sarampos, esquinências", que há em toda a parte e que, dado o estado de debilidade dos passageiros, mais facilmente são contraídas. Além disso, há pessoas que embarcaram já doentes, pelo que propõe o físico-mor, como medida preventiva, que, antes do embarque, sejam as pessoas submetidas a um exame médico. Assim se impedirá de seguirem viagem aqueles que já são portadores de certos males em incubação, como a tísica e a lepra (leprosos, héticos e galícados...).

Em razão do mau estado dos alimentos, são muito frequentes os males provenientes de infeções do aparelho digestivo, tais como febre, diarreias, disenterias, entumescências, dores, vómitos, delírios e frenesins.

Como doenças particulares do mar, o físico aponta a "chiringoza", a que os "americanos" chamam "bicho", e que é uma inflamação intestinal; e o escorbuto, ou mal de Luanda, aquela que mais estragos causa na guarnição das naus.

Sobre as caraterísticas desta doença e seu processo de cura, dá--nos o autor do relatório as seguintes informações: "Os cirurgioens podem saber que este Escorbuto Marino he fuzivo e corrozivo, e não coagulativo, e que só com diluentes juntos com acidos vegetais como hé limão, tamarindos e outros, a experiência que se remedeão em falta do leite que para estes cazos hé o melhor antidoto dulcificante".

Na viagem a que se refere, os quatro casos de enfermos com escorbuto foram logo remediados; e para a sua melhoria muito concorreu não só o leite da vaca destinado ao vice-rei, por este posto à disposição dos doentes, mas sobretudo a água em abundância que igualmente mandou distribuir. A este respeito escreve: "Entre as vacas e vitelas da matolotagem podem vir algumas cabras e vacas de leite para esta casta de doentes, porem se a água de beber for em abundância como foi a da nossa nau [...] menos antídotos necessitarão". Além da sua habitual restrição, um outro problema não menos grave, relativamente à água, é que, conservada muito tempo em pipas de madeira, como era então, tomava um gosto horrível, enchia-se de bichos (das pequenas larvas que continha) e começava a cheirar mal.

Os tratamentos seguidos nas viagens marítimas são a transpiração, os vomitórios e a sangria, a que se junta a aplicação de medicamentos preparados com ervas e raízes, levadas do Reino. Segundo este físico, não devem ser tomados remédios químicos, quentes e espirituosos, porque "aly de nada servem para bem dos enfermos, e só serve de tentação aos cirurgioens".

4 – Vejamos agora quais as causas dessas tão frequentes enfermidades. Em primeiro lugar podemos apontar o número demasiado de embarcados, sobre o que escreve o físico-mor: "metão-lhe no Reino menos cem homens do que hé a lotação, e mais cem pipas de agoa do costume, para que todos bebão sem reção, a toda a hora; logo a viagem será mais favorável".

O número demasiado não só contribuía para a insuficiência de alimentos e água, como acentuava o desconforto: a falta de espaço para se movimentarem, agravamento da falta de higiene, transmissão fácil de piolhos e moléstias, mau cheiro, ar abafadiço e irrespirável.

O cheiro insuportável que se fazia sentir na coberta das naus era, de certo modo, a primeira causa das doenças, pois as pessoas, não podendo suportá-lo, iam dormir para o convés; aí, com o frio e a humidade da noite, facilmente se constipavam, o que as debilitava e tornava particularmente aptas a contrair infeções de maior gravidade. É muito sugestiva a metáfora que emprega o autor do relatório sobre este facto: "se fogirem da Caribdis do convés que os constipa, hirão cahir na Scila da coberta que os abraza". É que a coberta da nau já de si era abafadiça; e depois, com a excessiva multidão de passageiros, nem "por degredo" se podia lá parar para dormir.

Como o tempo da viagem é "dilatado" e a gente numerosa, havia que ter muito cuidado com a higiene. Ora sucedia que os cirurgiões e os sangradores, a quem competia fazer barbas, cortar cabelos e arrancar dentes, começavam a sentir desprezo por tais trabalhos. Então, o físico-mor insiste, para que sejam obrigados a fazê-lo: o cabelo cortado "a miúde" e a barba feitas todas as semanas, assim se evita "muita immundícia que lhes nasce na cabeça, e della se comonica ao corpo, e do corpo a toda a nau".

A frequente limpeza, recomendada no Regimento dos Comandantes, e por estes muito descurada, é indispensável para evitar os contágios. Por isso recomenda "que todos os dias se levantem as camas e se lavem os lugares dos que dormem no chão, e elles também se fação lavar, porque muitos são de sua natureza immundos".

A propósito de camas, devemos fazer notar que só os doentes tinham direito a colchões, dormindo os outros no chão. A seguinte frase dá-nos bem a medida do desconforto suportado nas viagens marítimas do século XVIII: "traz também a nau sincoenta, ou sessenta colchoens, que logo apodrecem com a immundicia das doenças, e com a agoa que entra na Nau, principalmente sendo Nau de Poço como a nossa hera, em que os doentes em occazião de tromenta andavão a nado, e em semelhantes nos morrerão dous a que se não poude acudir promptamente. Bom será que venhão mais colchoens para se enxugarem huns, enquanto servem os outros, e assim todos ficarão aproveitados, e os doentes bem servidos; porque faz compaixão ver (já que não faz o ouvir) que os doentes com malignas estejão deitados no chão sem cama".

Isto passava-se nos navios reais, nos quais o comandante não tinha qualquer interesse em fazer perecer os passageiros. Por aqui poderemos imaginar o que não seria nos navios de particulares, que tinham de sustentar os passageiros à sua conta e que, portanto, quanto mais depressa morressem mais proveitoso era para o proprietário do barco.

Podemos mesmo supor que a forma como eram tratados os emigrantes, a bordo, não diferiria muito daquela que conhecemos relativamente aos navios negreiros.

Diz ainda respeito à higiene, a recomendação sobre o uso das gamelas onde se comia. Para os sãos havia uma de madeira, por cada grupo de sete ou oito. Para os doentes, usavam gamelas individuais, mas de barro, que se partiam facilmente. Por isso se acha que estas devem passar a ser também de madeira.

5 – Como segunda causa da proliferação de moléstias, poderá ser apontada a má qualidade da alimentação.

Esta era constituída por biscoito e comida da caldeira: geralmente toucinho salgado, bacalhau inferior, vaca inferior e legumes (feijão, grão). O físico-mor recomenda que o bacalhau deverá ser sempre de boa qualidade, para aguentar a viagem; e que se junte ao toucinho, ao menos três vezes por semana, vaca, carneiro e porco fresco; e lembra ao vice-rei que, daqueles que tiveram a honra de comer à sua mesa, só um adoeceu, por terem sempre carne fresca, pão mole e biscoito limpo e água quanta queriam.

Não só a alimentação dos sãos está errada, como também o que se traz para dar aos doentes não convém ao estado dos seus intestinos e estômago. O provimento de dietas constava de uns barris de tripas e mãos de carneiro mal lavadas, salgadas, mal-cheirosas, que se serviam mal cozidas, com arroz, e que o físico-mor teve de proibir, por ser indigesto. Como mesmo em sal a carne se deteriora, lembra que "bom será que venhão os carneiros vivos e no mar se lhe tirarão as mãos, e tripas frescas, que se poderão comer sem tanto damno".

Igualmente proibiu os doces, de que haviam levado oito arrobas; é que "referviam", à aproximação do equador, e tornavam-se autênticos venenos. Se, como diz Jean Merrien, os colonos tinham apenas direito a biscoitos e água, os emigrantes açorianos terão certamente sofrido mais de fome e sede do que propriamente da indigestão desses alimentos doces deteriorados.

Em vez de doces, propõe o físico que se traga antes a bordo suficientes galinhas para a dieta dos enfermos. E conta a este respeito:

"Lembra-me que em tempo que tinhamos noventa enfermos se matarão nove galinha para todos, porque já havia poucas na despença sendo a cauza desta falta a que houve em meter só quatrocentas para tam grande enfermaria, como se deve suppor que pode ser a de huma nau da India, onde de comum tudo adoece".

Os parques de gado e capoeiras de criação situavam-se geralmente na ponte ou tombadilho, logo por cima do porão (geralmente de dois andares), onde se guardavam as provisões e as mercadorias. Conhecemos uma lista dos animais a bordo de um navio de 600 t, equipado para uma viagem de longo curso, que era assim constituída: 500 galinhas, 8 bois, 2 vacas leiteiras, 4 porcos, 1 varrasco (para que os grandes senhores pudessem ter leitões), 12 porcas, 24 peruas, 48 patos, 24 carneiros, 12 patas, 6 vitelos e 36 pombos. Podemos imaginar o mau cheiro que se espalhava pelo barco e o ruído que não fariam todos estes animais empilhados em tão reduzido espaço.

Erico Veríssimo, que tão bem conhecia o fenómeno da emigração açoriana para o Rio Grande do Sul, assim evoca os tormentos da viagem transatlântica na sua obra *O Continente*: "Há setenta casais a bordo, mas a Morte embarcou também. Não se passa um único dia em que não lancem um defunto ao mar. São as febres malignas e o medonho mal de Luanda. Cinzentos como cadáveres, homens e mulheres vomitam os dentes com sangue. E de suas bocas purulentas sai um hálito podre de peste. Outros rolam no beliche treme-tremendo de febre. E o capitão, indiferente, aponta para o céu, mostra a alguém o cruzeiro do Sul".

"O canto de um solitário no longe e na distância"
J. W. Goethe e a *Viagem a Itália*

Maria José Craveiro*

---

* Professora doutorada em Língua e Cultura Alemãs, Universidade Católica Portuguesa.

"O país onde floresce o limoeiro"

> Conheces o país onde floresce o limoeiro?
> Por entre a rama escura ardem laranjas de ouro (...)
> Conheces?
> > Oh! Partir! Partir (...)
> > Oh! quem me dera ir!.
>
> > Goethe, *Wilhelm Meister*,
> > "Canção de Mignon"[1]

A viagem a Itália foi peregrinação cultural quase obrigatória para a aristocracia (desde o século XVII) e a elite artístico-intelectual alemã (século XVIII) que, estimuladas por outros viajantes (quer alemães, quer de outros países do norte da Europa) que por lá passaram, se deixaram fascinar pelo forte manancial de novas experiências, das quais a arte não se pôde alhear.

Quem 'orientou' o sentimento alemão para as belezas da terra italiana foi Hans Joachim Winckelmann (1717-1768), distinto helenista e arqueólogo, que venerou Roma exatamente pelas mesmas razões que levaram Lutero a detestá-la.[2] O livro de Winckelmann sobre a arte

---

1 J. W. von Goethe, in *Wilhelm Meister*: "Kennst du das Land, wo die Zitronen blühn, / Im dunkeln Laub die Goldorangen glühn, / Ein sanfter Wind vom blauen Himmel weht, / Die Myrte still und hoch der Lorbeer steht! / Kennst du es wohl? / Dahin, dahin / Möcht ich mit dir, o mein Geliebter, ziehn." Veja-se *Die Welt-Goethe-Ausgabe der Gutenbergstadt Mainz und des Goethe- und Schiller-Archivs zu Weimar*. Dargebracht zu Goethes hundertstem Todestage am 22. März 1932. I Band: Gedichte. Herausgeber Max Hecker, p. 107. A tradução é de Paulo Quintela in J. W. Goethe, *Poemas* (Antologia, versão portuguesa, notas e comentários de Paulo Quintela), Coimbra, Centelha, 3ª ed. 1979, pp. 102-103.

2 Para Martinho Lutero a primeira impressão da Itália foi péssima. Partindo de Wittenberg, em 1510, para ir a Roma resolver uma questão referente a mosteiros da sua

clássica, *Geschichte der Kunst des Altertums* (*História da Arte Antiga*), de 1764, exerceu enorme influência na literatura e estética do século XVIII.[3]

Além de servir como primeiro guia cultural da arte romana, a obra de Winckelmann povoou a imaginação de Goethe e dos seus conterrâneos, persuadindo-os de que a Itália era o lugar onde se podia encontrar a beleza em estado puro, dado que a escultura, pintura e grandes monumentos do passado, ainda que pouco cuidados (em ruínas ou abandonados), se encontravam por todo o lado.[4] Goethe classificou Roma de "alta escola de todo o mundo" (Roma, 13 de Dezembro).[5]

Note-se, pois, que antes mesmo de Goethe iniciar a sua experiência de vida em solo italiano já anteriormente se deixara seduzir por tudo o que seu pai lhe houvera contado.[6] Não será estranho afirmar

região, ficou albergado num mosteiro beneditino em Milão. Agastado com os poucos vestígios de pobreza que aí encontrou, mostrou o seu mau humor, não tardando os monges a pô-lo a caminho da sua missão. Chegado a Roma viu a opolência da Corte Papal e as liberdades com que os sacerdotes se expressavam acerca dos dogmas. Roma, para Lutero, passou a ser a *Babilónia* do seu tempo. Seis anos depois, em 1517, explodia a Reforma. Lutero talvez tenha sido uma das poucas grandes personalidades a não ver a Itália de forma positiva.

3 Goethe refere-se variadíssimas vezes a Winckelmann. Em *Viagem a Itália*, por exemplo, na entrada do *Diário* em 3 de Dezembro, escreve o autor: "A História da Arte de Winckelmann, traduzida por Fea [tradução italiana de Carlo Fea]a nova edição, é uma obra muito aproveitável, que logo comprei e que aqui, em boa e instrutiva companhia, me é muito útil." Ou ainda: "Esta manhã caíram-me nas mãos as cartas que Winckelmann escreveu de Itália. Que emoção ao começar a lê-las! Há trinta e um anos, pela mesma altura, chegou ele aqui, pobre diabo mais ainda que eu, também ele munido daquela profunda seriedade alemã, decidido a descobrir os fundamentos e as verdades das coisas antigas e da arte. E como conseguiu desbravar terreno de forma séria e certa! E como eu venero agora a lembrança desse homem neste lugar!" (Roma, 13 de Dezembro)

4 Em Leipzig, Goethe toma contacto com a obra de Winckelmann através do magistério do professor Oeser e, mais tarde, em Estrasburgo, o sonho italiano começa a tomar forma no pensamento do autor.

5 Ao longo deste trabalho, as citações da obra de Goethe, *Italienische Reise*, são extraídas da tradução de João Barrento, *Goethe. Viagem a Itália*, Vol. VI, Lisboa, Relógio D'Água, 2001. Igualmente se utilizou a Weimarer Ausgabe, Weimar, Hermann Böhlaus Nachfolger, 1887-1919. As citações de *Viagem a Itália* virão indicadas pelo local e data de entrada no diário goetheano.

6 Ao chegar a Veneza, no dia da festa de S. Miguel, Goethe partiu à descoberta da cidade, perdendo-se pelas vielas estreitas atá chegar à Praça de S. Marcos. Diz o autor: "Quando comecei a ficar cansado, tomei uma gôndola (...) até perto da Praça

O CANTO DE UM SOLITÁRIO NO LONGE E NA DISTÂNCIA 197

que Goethe empreende a viagem a Itália, na qual passará dois anos, em grande parte porque sempre alimentou o desejo de viver situações, cenários e pessoas descritas por seu pai na sua infância.

Este trouxera-lhe, entre outras coisas, uma miniatura de uma gôndola, que se transformaria em símbolo do que ele haveria de observar pessoalmente.[7] A viagem do filho é como que uma "ressurreição" da viagem do pai. Goethe reconhece que a terra de *il Papa* é a "universidade" que lhe falta. A natureza dos segredos alojados nos arquivos dessa universidade ir-lhe-á permitir dizer que viu *tudo* o que desejava.

A chegada à "capital do mundo" é marcada inicialmente por um encontro feliz com o passado imediato: "Aqui estou eu!". Pode então dizer aos amigos onde está, pondo de parte o sigilo em que tinha viajado:

> Posso finalmente abrir a boca para saudar os meus amigos com boa disposição. Que me seja perdoado o segredo e, por assim dizer, a viagem subterrânea que empreendi até aqui. Nem eu ousava dizer a mim próprio para onde ia, mesmo durante a viagem temi ainda não chegar, e só ao passar a Porta del Popolo tive a certeza de que Roma era minha. (Roma, 1 de Novembro de 1786)

de S. Marcos, e senti-me de um momento para o outro um senhor do Adriático, como todo o veneziano quando se senta na sua gôndola. *Lembrei-me então do meu saudoso pai, que não fazia outra coisa senão contar-nos histórias destas paragens.* (itálico nosso) Não me irá acontecer o mesmo a mim?" (29 de Setembro, dia de S. Miguel, à noite). Johann Caspar Goethe, pai de Goethe, andou por Itália em 1740. Deixou um diário, cujo original se encontra no Arquivo de Goethe e Schiller em Weimar. (Veja-se Johann Caspar Goethe, *Reise durch Italien im Jahre 1740* (*Viaggio per l'Italia*), München, DTV, 1986.) De 1752 a 1771, o pai compôs e rescreveu um relato da sua jornada italiana. Já estudante em Estrasburgo, Goethe faz a conhecida proposta ao seu amigo Ernst Theodor Langer: "Para Itália, Langer, para Itália!" (carta de 11 de Maio de 1770) Estas e outras palavras fazem prova de que Goethe tinha na ideia seguir as pisadas do seu antecessor; contudo, tinha consciência de que ainda não chegara o tempo: "Ainda é muito cedo, ainda não tenho os conhecimentos de que necessito, falta-me muito. Paris será a minha escola, e Roma *a minha universidade.* (itálico nosso) Pois de uma verdadeira universidade se trata: quem a viu, viu tudo. É por isso que eu não me apresso." *Apud* João Barrento, *Goethe. Viagem a Itália*, pp. III-IV.

7 "Quando a primeira gôndola se aproximou do nosso barco (fazem isso para transportar rapidamente para Veneza os passageiros que têm pressa), lembrei-me de um brinquedo antigo em que já não pensava há cerca de vinte anos. O meu pai tinha um belo modelo de gôndola, que trouxera da sua viagem, estimava-o muito, e para mim era uma grande honra o poder brincar com ele." (Veneza, 28 de Setembro de 1786)

A par da aventura de uma viagem erudita, filosófica, no sentido de conhecimento e reconhecimento, Goethe procura ao mesmo tempo algo bem difícil de conciliar, como seja, o anonimato necessário à errância pelo país, tão ao gosto de épocas posteriores, e o merecido respeito como intelectual, pelo qual tanto anseia.

A Itália estimular-lhe-á o sentido da observação, da perceção do mundo à sua volta, e também a criatividade, dando-lhe um novo impulso, graças sobretudo à intensidade de várias experiências, levando-o a agudizar o seu sentido de observador atento e fascinado pela vida e pelas gentes, cujos motivos e impressões descreverá em muitos dos seus textos.[8]

Usadas como marca de distinção simbólico-social, as deslocações de viagem seriam maneiras encontradas pelo sujeito para revisitar as suas próprias *paisagens* mentais, redescobrindo-lhes outros significados. Algo semelhante afirma Lévi-Strauss ao relacionar a viagem com "os desertos da minha memória", como se os sujeitos, quando viajam, estivessem encerrados em si mesmo, a revisitar-se.[9]

A viagem de Goethe, por prazer e erudição, "de um alto grau de espírito humanístico, da procura de saber, de integração nos gostos dos leitores", em que "a aquisição de conhecimentos é a preocupação maior, quer se trate de conhecimentos científicos, ou de cultura geral, capazes de provocarem novas ideias e hipóteses", integra-se explicitamente neste subgénero do que se entende amplamente por *Literatura de Viagens*, tal como ela foi delimitada por Fernando Cristóvão.[10]

O denominador comum da literatura de viagens é o de transmitir ao leitor algo de mágico, os marcos e valores, devaneios, esperanças e nostalgias que definem um outro modo de ser, embora, por vezes, como afirma Goethe, se caia "em certos erros quando chegamos a um novo lugar desconhecido" (Messina, Domingo, 13 de Maio de 1787). O escritor de literatura de viagens leva na bagagem muita curiosidade

---

8 Deste país disse o autor em *Viagem a Itália*: "Pessoalmente, acho a Itália uma grande nação (…)" (22 de Setembro).

9 Claude Lévi-Strauss, *Tristes Trópicos*, Lisboa, Edições 70, 1981, p. 374.

10 Para o estudo de uma tipologia para a Literatura de Viagens, utilizamos a proposta de teorização de Fernando Cristóvão em "Para uma Teoria da Literatura de Viagens", in *Condicionantes Culturais da Literatura de Viagens. Estudos e Bibliografias*, Coimbra, Almedina/CLEPUL, 2002, p. 49.

O CANTO DE UM SOLITÁRIO NO LONGE E NA DISTÂNCIA 199

e (im)paciência. Transforma-se numa espécie de cartógrafo que nos vai desenhando o globo, tornando-o legível e apreensível, porque, "em terras estranhas devemos informar-nos dos hábitos locais e orientar-nos por eles" (Messina, Domingo, 13 de Maio de 1787).

As suas impressões tinham sido inicialmente registadas num diário dirigido a Charlotte von Stein, que mais tarde se transformaria nesta *Italienische Reise*, o grande diário de viagem de Goethe. Não se trata apenas de narrativa pessoal de sua vida, é também obra maior de observação e descrição do observado. A grande capacidade para olhar, ver, captar, memorizar, descrever impressões e emoções do seu autor transforma esta obra numa mais valia da sua arte. Não por simplesmente descrever as experiências vividas, mas pela forma como científica e literariamente o faz.

Goethe, o *homo viator*, regista as suas experiências e vivências ao mesmo tempo que coloca em movimento um modo de construção e formação pessoal, pois sabe que a sua "mania de [se] convencer das coisas pela experiência é a melhor" (30 de Setembro). Esta jornada italiana, que veio resolver alguns dos problemas e contradições que o haviam minado em anos anteriores (a sobrecarga dos afazeres políticos e administrativos, a convivência tumultuosa com Frau von Stein e um certo sentimento de atrofia literária), mostrou-se fundamental para a consolidação de experiências, interesses e tendências que os primeiros anos de Weimar já tinham claramente articulado.

Goethe sempre desejou completar a sua educação com uma viagem a Itália (na senda de seu pai) e que ele, já por duas vezes, tentara. A jornada ao "país onde floresce o limoeiro" teve para si uma mais valia, não só de depuração existencial mas também de autodescoberta.[11] Não se trata apenas de contemplar as coisas, de observar o matizado do mundo, mas também de olhar para si próprio, para dentro, onde tudo surge na imediatez da transparência. O seu olhar

---

11 É interessante verificar que, em *Italienische Reise*, o próprio Goethe cita o *Lied* de Mignon (nossa epígrafe inicial), que alude à Itália distante: "Quando saimos de Fondi, estava o dia a clarear, e fomos logo saudados pelas laranjas que pendiam dos muros de ambos os lados do caminho. As árvores estão tão carregadas que não aguentam mais. Em cima a folhagem é amarelada, mas no meio e em baixo de um verde muito vivo. Mignon bem tinha razão, com as suas saudades desta terra." (Santa Ágata, 24 de Fevereiro de 1787)

deixa-se fascinar pela novidade das terras e gentes do Sul, condensando, contudo, na centralidade da sua experiência individual, um conhecimento totalizante do mundo.

Orientado por princípios de objetividade, a sua maior preocupação (como exercício de intencionalidade) era olhar os objetos por si próprios – a magnificência da natureza, as pedras e as plantas, os hábitos sociais e culturais do povo, as representações teatrais, os festivais populares (nunca analisando sentimentos ou conceções políticas), a arquitetura, a escultura, e, em menor grau, a pintura.

As narrativas vivenciadas na viagem a Itália, que a definem e fortalecem, constituem uma busca de construção de si num universo de diferenças singulares, quando determinados valores culturais se impõem, como ele mesmo afirma: "Não faço esta bela viagem para me iludir a mim próprio, mas para me conhecer melhor a partir dos objectos que contemplo" (Verona, 17 de Setembro).

No decurso do seu longo itinerário, o viajante deixa-se surpreender pelo espetáculo que as coisas e seres lhe desvelam e oferecem perante o olhar, sem arrebatamentos do espírito, esperando antes que eles contribuam para "guia e estímulo" da sua vida (Roma, 1 de Novembro de 1786). Não deixa também de abordar aspetos da imaginação, não no sentido de fantasiar o "claramente visto" (No Brenner, 8 de Setembro, à noite), sentido, degustado ou ouvido, mas na sua capacidade de pensar a imaginação como faculdade capaz de harmonizar o plano da razão com o da emoção.

Através dos seus relatos, o autor, de forma lapidar, representa a viagem como uma experiência significativamente diferenciada da vida quotidiana, fortemente baseada na expectativa de acontecimentos singulares:

> O que agora me interessa são as impressões vivas, que nenhum livro ou gravura pode comunicar. O facto é que eu ganho de novo interesse pelo mundo e ponho à prova o meu espírito de observação, para ver em que medida corresponde aos meus conhecimentos, se o meu olhar é claro e desempoeirado, o que sou capaz de aprender no ritmo rápido da viagem, e se consigo eliminar as rugas que me marcavam a alma. (Trento, 11 de Setembro, de manhã)

O CANTO DE UM SOLITÁRIO NO LONGE E NA DISTÂNCIA   201

Os registos feitos pelo viajante, através de conceitos, imagens, metáforas, alusões, esboços e desenhos, estes últimos como "excelentes auxiliares de memória" (Nápoles, Sexta-feira, 23 de Março de 1787), põem em evidência uma *memória semântica* das experiências vividas pelo autor na sua viagem, assim como patenteiam, muito depois de terem acontecido, as operações mentais que foram objeto dessas mesmas experiências.

O cientista Robert Jourdain, na obra intitulada *Music, the Brain, and Esctasy*, sustenta a hipótese de que a maior parte da vida mental é constituída por lembranças a curto prazo, que ele trata como *memória funcional* das experiências que são recentes e que, portanto, se mantêm em movimento por poucos segundos antes de se perderem completamente.[12] Uma outra dimensão da memória, muito mais importante do que a memória funcional, consiste na memória de longo prazo, a *memória semântica*, capaz de resgatar lembranças já esquecidas, uma vez que o cérebro lembra as experiências classificando-as por categorias, e não pela sua fixação de tipo fotográfico.

O cérebro depara-se com a realidade e disseca-a nas sua relações mais profundas, relações essas que formam uma rede por ele retida. Posteriormente, quando o cérebro 'descobre' experiências com algum parentesco com as relações retidas, 'dispara' uma memória que nada se assemelha à memória funcional.[13]

Aplicando então este pensamento às experiências registadas no seu diário de viagem, o que Goethe descreve, quarenta anos depois da viagem original, nada mais é do que a captura de uma hierarquia de conhecimentos sobre o mundo vivenciado, produzida com base em experiências, mas transformada (pela distanciação) pela categorização das mesmas no pensamento:

> Seguindo aquele meu louvável ou condenável hábito, escrevi pouco ou nada sobre isto, mas fui elabo-

---

12 Robert Jourdain, *Music, the Brain, and Ecstasy: how Music captures our Imagination*, New York, William Morrow, 1997.

13 A memória não é o resgate das coisas guardadas em algum compartimento do cérebro, mas sim um processo criativo que dispensa grande número de detalhes das experiências (detalhes esses que se perdem no desenrolar do processo), tornando-se imprecisa e difusa. No entanto, através da criação de hierarquias mais abstratas, o cérebro hierarquiza categorias.

> rando mentalmente quase tudo até aos últimos porme-
> nores, e aí ficou tudo, recalcado pela dispersão que se
> seguiu, até ao momento presente, em que recupero uma
> ténue réstia dessa memória. (*De memória*)

Ao experimentar o afastamento físico e moral em relação à rotina do quotidiano, não é a natureza do espetáculo que interessa ao sujeito viajante, mas sim o efeito de espelho que essa experiência devolve, como totalidade significativa, para o seu autorreconhecimento como pessoa: "(...) tudo ganha novos sentidos quando é visto como parte de um todo. Na verdade, eu deveria passar o resto da minha vida em observações e acho que descobriria muita coisa que aumentaria os conhecimentos dos homens." (Nápoles, 13 de Março de 1787).

O dispositivo da sensibilidade aparece aqui amadurecido como técnica, como uma espécie de operador da vontade, evocado pela ênfase de valor universalista de observar e conhecer as coisas como elas realmente são: "Que diferença não existe entre um homem que se quer formar a partir de dentro e outro que quer agir sobre o mundo e ensinar-lhe alguma coisa para uso doméstico!" (Caserta, Quinta-feira, 15 de Março).

"Formar" e "agir" são manifestamente termos fundamentais do pensamento goetheano, designativos de um processo ligado à ação prática, ao trabalho – o conceito de *Bildung* –, o melhoramento da pessoa pela educação, o pleno desenvolvimento das forças de cada ser humano, a formação de si pela formação das coisas.[14] À medida que

---

14 A respeito deste conceito e da sua capacidade de irradiação, Antoine Berman cita as palavras de Hans-Georg Gadamer (*Methode und Wahrheit*): "O conceito de *Bildung* (...) é, sem dúvida alguma, a ideia mais importante do século XVIII e é precisamente esse conceito que designa o elemento aglutinador das ciências do espírito do século XIX. (...) O conceito de *Bildung* torna evidente a profunda transformação espiritual que fez do século de Goethe ainda um nosso contemporâneo (...) Nessa época, os conceitos e termos decisivos com os quais ainda hoje operamos adquirem seu significado." Como lembra Berman, os termos que Gadamer cita: *arte, história, Weltanschauung, vivência, génio, expressão, estilo, símbolo,* etc., são noções que hoje nos parecem evidentes, atemporais, mas que nasceram na segunda metade do século XVIII ao lado de *Bildung*, revelando-se, em sua força, termos fundamentais, cuja totalidade determina a maneira como uma época histórica articula a sua compreensão do mundo. Veja-se Antoine Berman, *Bildung et Bildungsroman. Le temps de la réflexion,* Paris, Gallimard, 1983, p. 141.

O CANTO DE UM SOLITÁRIO NO LONGE E NA DISTÂNCIA

a consciência trabalha formando as coisas ao seu redor, ela forma-se a si mesma.

O caráter prático e dinâmico da *Bildung*, além de se ligar ao trabalho, remete, num segundo momento, para outra instância: a da viagem, cuja essência é lançar o "mesmo" num movimento que o torna "outro". A grande viagem da *Bildung* é a experiência da *alteridade*. Para se tornar o que é, o *homo viator* experimenta aquilo que ele não é, pelo menos, aparentemente. Porque se subentende que, no final desse processo, ele se reencontra a si mesmo.[15]

Friedrich Schlegel é quem melhor formula essa lei da viagem como lei da alteridade:

> É por isso que, certo de reencontrar-se, o homem sai de si mesmo para se buscar e encontrar o complemento de seu ser no mais íntimo da profundidade do outro. O jogo da comunicação e da aproximação é sentido e força de vida. (...) O nosso verdadeiro lugar é aquele ao qual sempre *retornamos*, depois de percorrer os caminhos excêntricos do entusiasmo e da alegria, não aquele do qual nunca saímos.[16]

A grande viagem que caracteriza a *Bildung* não consiste em ir a um qualquer lugar, não importa onde, mas sim lá onde nos possamos formar e educar. Diz Schlegel: "Todo o homem que é culto (*gebildet*), e se cultiva, também contém *um romance*[17]em seu interior."[18] Daí as

---

15 Já em *Wilhelm Meisters Wanderjahre* (*Os Anos de Viagem de Wilhelm Meister*), sequência de *Wilhelm Meisters Lehrjahre* (*Os Anos de Aprendizagem de Wilhelm Meister*) (1821), o protagonista é levado a descobrir-se no meio dos diversos encargos e provas da vida material e social, esforçando-se nos limites de uma determinada atividade, inscrevendo-se, assim, num círculo concreto de deveres e tarefas. Se este círculo é, por um lado, limitador, por outro, essa autorresponsabilização tem um efeito universalizante: uma vez 'apreendida', a ocupação deixa de ser limite para o indivíduo. Parafraseando Goethe, na *única coisa* que ele faz bem, o homem vive *o símbolo de tudo* o que é bem feito.

16 Friedrich Schlegel, *Gespräch über die Poesie* (mit einem Nachwort von Hans Eichner), Stuttgart, J.B. Metzlersche Verlagsbuchhandlung, 1968, s. 145. (nossa tradução)

17 Itálico nosso.

18 Friedrich Schlegel, *Fragmente zur Poesie und Literatur*, (Kritische-Schlegel Edition), München, Fink Verlag, 1981, Fragment 78. (nossa tradução)

polaridades definidoras em Goethe – quotidiano e maravilhoso, próximo e longínquo, presente e passado, conhecido e desconhecido, finito e infinito.

A maneira como Goethe vai desdobrando um a um os signos que encontra em solo italiano pode entender-se pela sua capacidade de exteriorizar os seus próprios sentimentos, como se estivesse à espera que estes fossem tocados pela possibilidade de expressão que os signos lhe despertam. E não só. Goethe anota as preocupações mais prosaicas de um viajante:

> Agora já, que posso servir-me do que quero, que tenho de estar sempre atento e ter presença de espírito, sinto que estes poucos dias me dão uma outra flexibilidade de espírito; tenho de me preocupar com os câmbios, trocar moeda, pagar, fazer anotações, escrever, em vez de, como antes, apenas pensar, querer, reflectir, ordenar e ditar. (Trento, 11 de Setembro, de manhã)

Assim classificadas, as experiências podem ser lembradas não apenas como resultado da memória do que realmente aconteceu, mas principalmente como novas combinações de categorias construídas pelo pensamento. Até porque essa construção organiza ativamente o próprio sujeito pensante, evitando possíveis desvios: "Começo também a ficar um pouco confuso, porque desde que saí de Veneza a roca desta viagem não fia tão bem, sem empecilhos" (25 de Outubro, à noite. Perugia).

Neste sentido, que é este diário de *Viagem a Itália* senão um grande e volumoso *romance* (Friedrich Schlegel) da memória semântica, artística, científica, histórica e antropológica do viajante Johann Wolfgang von Goethe?

Uma longa viagem começa por um passo...

> Não se viaja para chegar,
> viaja-se para viajar.
>
> J.W. Goethe

Critérios tradicionalmente generalizados para a narrativa de viagem sublinham que esta se inicie com o apresentar do objetivo que conduziu à partida do viajante, a referência às motivações que o levaram a deixar o seu círculo habitual para ir à descoberta do (des)conhecido, nessa sua inclinação para a aventura, e também com a descrição dos necessários pertences e instrumentos para um percurso que o viajante sabe poder ser, no pior dos casos, perigoso, e no melhor, estimulante, mas sempre imprevisível e inesperado.

Em qualquer viagem, o assumir dos potenciais riscos que ela envolve é facto inevitável e inultrapassável. Assim o admite e justifica o Goethe viajante: "(...) um perigo iminente tem sempre qualquer coisa de fascinante e estimula o espírito de contradição do homem (...)" (Nápoles, 6 de Março de 1787). Nem a viagem teria os mesmos atrativos se dela se pudessem eliminar as dúvidas e incertezas quanto à natureza do projecto e às capacidades do viajante para a levar a cabo com sucesso.

Mais ainda. Como resultado de livre escolha, Goethe sabe que "[o] lado agradável das viagens é que a novidade e a surpresa dão o aspecto de uma aventura até às coisas mais corriqueiras" (Nápoles, Sexta-feira, 9 de Março de 1787). O entrelaçamento da ação com o completo abandonar-se às forças e às chances do mundo, que tanto podem favorecer como destruir, constitui uma das grandes seduções da aventura.

Em 1786, Goethe era o aclamado autor de *Werther*, conselheiro de Estado e ministro do duque de Saxónia-Weimar. Cinco dias depois de festejar, com os amigos (Herder, Charlotte von Stein, o duque Karl August...), os seus trinta e sete anos, agarrou nos manuscritos das suas obras "para finalmente organizar a edição que Göschen ia começar a publicar" (No Brenner, 8 de Setembro, à noite),[19] alguns livros, duas armas de bolso, embalou os seus pertences, "apenas (...) um alforge e uma mochila de pele de texugo por bagagem" (3 de Setembro de 1786), apanhou a diligência das três da madrugada e, em segredo e incógnito, parte de Karlsbad (Boémia) para Itália, onde permanece durante aproximadamente dois anos (1786-1788).[20]

---

19 J.G.Göschen, de Leipzig, foi quem editou a primeira edição das *Obras Completas de Goethe*, publicada entre 1781 e 1790.

20 O anonimato (que envolve esta viagem de Goethe e, mais especificamente, as estadas em Roma) dá-lhe o tempo e a liberdade de que necessita, para que, longe do mundo

Um fator importante, que se manifesta na maneira peculiar como Goethe decide realizar a viagem, isto é, de um momento para o outro, sem informar ninguém – excepto por carta endereçada ao Duque de Weimar, em cuja corte servia, e na qual apresenta uma justificação da sua partida para conhecimento *a posteriori* do duque –, é o factor "pressa", sob o efeito de uma "pulsão" (Goethe emprega o termo *Trieb*) para responder a uma necessidade interior: "(...) o meu desejo é mais forte que os meus pensamentos" (20 de Outubro, de noite):

> O postilhão adormeceu e os cavalos desciam o monte a trote rápido, seguindo sempre pelo caminho já sabido; quando chegavam a um troço plano abrandavam o andamento. O cocheiro acordava e incitava-os de novo, e assim cheguei depressa (...) Os postilhões andavam que era de ficar sem fôlego, e por mais que eu lamentasse ter de atravessar estas belas regiões a uma abominável velocidade, de noite e quase voando, lá no fundo estava contente (...) (Trento, 11 de Setembro, de manhã).

Depois de muitos anos de expectativa, apaixonado pelas coisas de Itália e admirador da cultura que ela herdara do mundo greco-romano, com "um vento a soprar atrás de [si] e a empurr[á-lo] de encontro ao destino desejado" (Trento, 11 de Setembro, de manhã), empreende o caminho de norte a sul para a península, e dali de volta a casa, embevecido com o que viu. Então abriu-se diante dele "um novo mundo" (Mittenwald, 7 de Setembro, à noite). A jornada que empreendeu a Itália é um marco incontornável na vida de Goethe, cujo resultado foi a publicação dos textos do diário da viagem.

Convém acentuar que a versão de *Viagem a Itália*, tal como a lemos hoje, é uma elaboração literária do autor, preparada já no final da sua vida, mais de quarenta anos depois de a efetuar, tendo real consciência de que "as impressões anotadas são lacunares, (...) quando a viagem parece passar como um rio diante daquele que a fez e lhe surge na imaginação como uma sequência contínua" (Em via-

---

e das responsabilidades que o assolaram nos últimos dez anos, pudesse observar, aprender e perspetivar tudo aquilo que tinha em mente.

O CANTO DE UM SOLITÁRIO NO LONGE E NA DISTÂNCIA

gem, em 4, 5 e 6 de Junho). Como diz João Barrento, no Prefácio da sua tradução desta obra, "a viagem a Itália e a *Viagem a Itália* são coisas distintas".[21]

Neste contexto, parece legítimo considerar este diário como uma reconstrução narrativa de um momento da vida de Goethe, verdadeiro documento da sua transformação no plano estético, intelectual, emocional e existencial. Pode dizer-se que esta obra se compõe de três partes: a primeira evoca a viagem de Karlsbad a Roma e a primeira estada nesta cidade (de Novembro de 1786 a Fevereiro de 1787); a segunda, a viagem a Nápoles e à Sicília e o retorno a Nápoles (de 25 de Fevereiro a 6 de Junho de 1787); e a terceira trata da segunda estada em Roma, de Junho de 1787 a 22 de Abril de 1788.

O material original foi profundamente alterado. Aliás, aquando do seu regresso de Itália, Goethe, numa carta a Herder, manifestou vontade de fazer desaparecer os textos, porque, segundo ele, só continham 'disparates'. Não o chegou a fazer. Para a viagem a Roma, Goethe serviu-se exclusivamente de algumas cartas e do diário de sua amiga Charlotte von Stein; da primeira estada em Roma foi buscar o testemunho das cartas dirigidas a Charlotte, a Herder, ao duque de Weimar, etc.; para a terceira parte, Goethe juntou cartas que ele próprio escrevera aos seus amigos (e as que lhe foram dirigidas), mais algumas páginas já publicadas e outras novas, que serviram de introdução ou de ligação entre as cartas acima mencionadas.[22]

A obra estendeu-se no tempo por várias fases, escrita e rescrita diversas vezes: algumas das passagens (como por exemplo, o *Carnaval Romano*, escrito em 1788), foram publicadas durante os primeiros anos que se seguiram ao regresso a Weimar (1789), mas a maior parte da obra foi composta nos anos de 1813-1817. As duas primeiras par-

---

21 João Barrento, *op. cit.*, p. XVII.

22 Numa carta a Eckermann, em 10 de Abril de 1829, Goethe esclarece: "Retomei a minha *Segunda Estada em Roma*, para ver se me liberto dela de uma vez por todas e me dedico a outras coisas. A minha *Viagem a Itália* já publicada, foi como sabe, toda redigida a partir de cartas. Mas as cartas que escrevi durante a minha segunda estada em Roma não são de molde a poder fazer grande uso delas: contêm muitas referências pessoais, à minha situação em Weimar. Mas há nelas passagens que exprimem o meu estado de espírito de então. O meu plano é aproveitar essas passagens, juntá-las umas com as outras e inseri-las na minha narrativa, para tentar conferir-lhe qualquer coisa de um tom e de uma atmosfera próprios." *Apud* João Barrento, *op. cit.*, p. XXII.

tes surgiram, uma em 1816, e a outra em 1817, sob o título *Aus meinem Leben. Zweiter Abteilung erster und zweiter Teil* (*Da Minha Vida. Primeira e Segunda Partes da Segunda Secção*), colocadas assim no quadro mais geral dos escritos autobiográficos e memórias do autor. A terceira, que se junta às duas partes anteriormente editadas, pelo contrário, só surge em 1829, aparecendo, pela primeira vez, o título de *Italienische Reise*.

Assim, em vez da unidade que é apanágio das duas primeiras partes, nota-se, na terceira, um caráter nitidamente fragmentário, feito de justaposições sem vínculo real. As passagens mais expressivas encontram-se nas duas primeiras partes: as recordações de Veneza, de Verona e, sobretudo, de Nápoles e da Sicília. Aí, Goethe esteve verdadeiramente em contacto com a vida italiana, saindo à rua, misturando-se com o povo.

Goethe confessa, bastantes anos depois, o modo como a viagem a Itália se lhe impôs e o modificou: "Uma coisa é certa: seria melhor não regressar, se não fosse para regressar renascido" (Nápoles, 22 de Março de 1787).[23] Ainda que o seu *giro* italiano se tenha regido pelos parâmetros tradicionais de uma viagem de formação e erudição, seguindo um percurso previamente experimentado – a própria viagem à Sicília, embora não inscrita no roteiro tradicional, já fora advogada por Winckelmann –, e para fugir à vida de estagnação espiritual na corte de Weimar, esta jornada contém em si uma certa componente de inovação trazida pela experiência sensual e estética do viajante.

O escritor molda o seu roteiro a uma visão mais individualizada, na busca do diferente e do peculiar. O aperfeiçoamento que a viagem lhe proporciona não advém do desvendar de trilhos inexplorados, mas sim de um novo olhar na abordagem do que lhe é familiar e que Goethe submete a uma esmerada seleção prévia.[24]

---

23 Nesta ordem de ideias, Mark Twain, no seu famoso livro de viagens, *The Innocents Abroad* (1869), escreve: "Viajar é fatal para os preconceitos, para o fanatismo e para as mentes estreitas" (*Travel is fatal to prejudice, bigotry and narrow mindedness*). É que a viagem desfaz muitas das más impressões, confirma as positivas e promete numerosas surpresas.

24 A título de exemplo, Goethe coloca toda a sua atenção na arte clássica, pondo de lado a arte gótica e a barroca.

O CANTO DE UM SOLITÁRIO NO LONGE E NA DISTÂNCIA 209

Assim, esta *Viagem a Itália* concede ao leitor o propósito de avaliar, em Goethe, a relação que se vai estabelecendo entre o percurso exterior e a procura do interior, — o mais desconhecido, estranho e menos explorado de todos os territórios –, a derradeira *terra incognita*. Vista como percurso iniciático, a Itália põe-lhe em ordem um trabalho de erudição e, em simultâneo, a convivência com o dinamismo da vida e a contemplação do espírito, na procura de uma *virtù* (em sentido nietzschiano) e no abandono à emoção.[25] Ele próprio afirma: "Há dois espíritos em luta dentro de mim" (Caserta, 16 de Março de 1787), formulação esta que irá repercutir-se no *Fausto I*, v. 1112: "Ah! Duas almas vivem no meu peito" (*Zwei Seelen wohnen, ach, in meiner Brust*).

Neste contexto, parecem significativos os desabafos de Goethe aquando da sua visita a Nápoles, tomando consciência dessas emoções paradoxais: "Nápoles é um paraíso, toda a gente vive numa espécie de abandono extático. E comigo passa-se o mesmo, mal me conheço, sinto-me completamente mudado. Ontem pensava: «Ou já eras louco antes, ou o és agora.»" Ou ainda: "Nos próximos quinze dias tenho de decidir se vou à Sicília ou não. Nunca me senti tão hesitante em tomar uma decisão. Num dia surge qualquer coisa que me aconselha a fazer a viagem, no dia seguinte uma circunstância que a desaconselha" (Caserta, 16 de Março de 1787).

Dividido entre "um lado social" e as suas "tendências eremitas" (Nápoles, 1 de Março), desejando "um pouco mais de conforto" (Nápoles, Segunda-feira, 26 de Fevereiro), entre o necessário descansar e a atividade da escrita, ele terá de abrir novos horizontes, na convicção de que a errância (*Wanderung*) é consubstancial à condição humana (o próprio Deus o afirma no "Prólogo do Céu": "Es irrt der Mensch, so lang' er strebt") (v. 317), e contentar-se com a nostalgia – que Heidegger

---

25 *Virtù*, na visão renascentista de Nicolau Maquiavel, em *O Príncipe*, é um dos elementos mais dinâmicos de toda a ação social, a faculdade de ação que irradia sobre o conjunto humano — a faculdade daquele que tem *grandezza del'animo e fortezza del corpo*, um vitalismo correspondente ao que Nietzsche irá classificar de *Wille zur Macht* (*vontade de poder*), o apelo a um homem de ação que concebe a vida como movimento (como acontece já com Goethe). A obra *The Dictionary of the History of Ideas*, no capítulo "Virtù in and since the Renaissance", apresenta as variações do sentido de *virtù* ao longo dos tempos, de acordo com diversos autores e ideologias da época. In Jerrold E. Seiger, *op. cit.*, Charlottesville, University of Virginia Library, 2003.

denominava de " o habitar" (*das Wohnen*) –, a fim de melhor se concentrar na tarefa essencial que consiste tão só em aprender e evoluir:

> Vi muita coisa e pensei ainda mais: o mundo abre-se-me cada vez mais, e também tudo o que eu já sei agora se torna verdadeiramente meu. O homem é realmente uma criatura que aprende cedo, mas só tarde põe em prática o que aprendeu! (...) E no entanto o mundo é uma simples roda, igual a si mesma em todo o seu perímetro, mas que a nós nos parece tão estranha porque nós próprios giramos com ela. (Nápoles, sobre o dia 17 de Março)

Goethe sabe que integra a 'roda do mundo' e que esta o convida a juntar-se ao seu bailado cósmico e a fazer parte do espetáculo sendo o seu próprio coreógrafo, não receando a mudança: "Embora continue a ser o mesmo, acho que se está a dar em mim uma transformação que me atinge até à medula" (Roma, 2 de Dezembro de 1786). E o autor continua na entrada do seu Diário, a 3 de Dezembro: "Não há outra maneira, a não ser deixar pacientemente as coisas actuar e crescer em nós, aplicando-nos a descobrir aquilo que outros fizeram para nosso proveito".

Longe de ser uma forma de compensação ou escape da realidade, como se se tratasse de uma renúncia à qual não se quer ter consciência, trata-se sim de uma dimensão de atividade de conhecimento, uma capacidade de juízo estético próprio, de modo a que o viajante passe a confiar cada vez mais nos seus sentimentos quanto a julgamentos de valor, seja estético ou outro. Goethe escreve no seu relato (14 de Setembro):

> (...) [C]ompletamente só na imensidão sem fim deste cantinho da terra, sentia no entanto da forma mais viva, ao lembrar as aventuras deste dia, como o homem é um ser estranho, como ele muitas vezes prefere os incómodos e os perigos à segurança e ao conforto de que pode desfrutar em boa sociedade, só para satisfazer o seu desejo de conhecer à sua maneira o mundo e o que nele se passa.

Assim, a experiência vivida não é a única razão estimulante das emoções, mas ela interage com os padrões antecipados pela imaginação, para provocar as emoções. Tudo ganha um sentido mais claro:

O CANTO DE UM SOLITÁRIO NO LONGE E NA DISTÂNCIA　211

> O desejo de chegar a Roma era tão grande, crescia tanto a cada momento que nem pensava em parar (…) Agora aqui estou, tranquilo e, ao que parece, tranquilizado para toda a vida. Pois bem se pode dizer que começa uma nova vida (…) Vejo agora como os sonhos da minha juventude ganham vida: as primeiras gravuras em cobre de que me lembro (o meu pai tinha as vistas de Roma nas paredes de uma antessala), vejo-as agora em realidade, e tudo aquilo que eu já conhecia em quadros e desenhos, gravuras em cobre e madeira, em gesso e cortiça, está agora, tudo junto, à minha frente; *para onde quer que vá encontro coisas conhecidas num mundo novo; é tudo como eu tinha imaginado*, e tudo novo. E o mesmo posso dizer das minhas observações, das minhas ideias. Não tive ideias novas, não achei nada propriamente estranho, mas as antigas tornaram-se tão precisas, tão vivas, tão coesas que poderiam passar por novas. (Roma, 1 de Novembro de 1786)

A distinção que Goethe estabelece nesta entrada do seu diário entre um registo quantitativo (a satisfação do desejo e do prazer que tinha de ver Roma) e um registo qualitativo (a busca de emoção, equivalente às sensações imaginadas – as gravuras em casa de seu pai –, capazes de singularizar e aperfeiçoar o prazer que obtém a partir da qualidade da experiência havida) serve para se entender o papel da imaginação no contexto simbólico-social em que se move.

Poeticamente, a maneira mais completa da sua redescoberta da vida é feita pelos sentidos, pelo "signo do olhar", como escreve Fernanda Gil Costa, "sobretudo, pela força sem preconceitos da visão".[26] Não é por acaso que, na Literatura de Viagens, o olhar impera, quer de forma implícita ou explícita. Goethe di-lo manifestamente: "Quando quero escrever palavras só me vêm imagens aos olhos" (Nápoles, sobre o dia 17 de Março).

Talvez se possa entender este olhar com que Goethe fundamenta, condiciona e dirige a sua atenção para as diversas matérias. Na sua operação de ver – através das muitas cambiantes desse olhar (crítico, interrogativo, intencional, interessado, exigente, surpreendido, etc.) –,

---

26 Fernanda Gil Costa, *Literatura Alemã I*, Lisboa, Universidade Aberta, 1998, p. 280.

Goethe vai-se interrogando e interrogando os outros, apercebendo-se que, na verdade das coisas que estão fora de si, ele encontra o modo de se transformar a si próprio, pelo efeito do retorno.

Falando de um viajante francês que encontrou em Veneza, Goethe observa com ironia: "o homem viaja pela Itália comodamente, mas apressado, só para dizer que esteve cá (…). E continua: "Eles ["os espécimes da fauna de Versalhes"] também viajam! E vejo com espanto como alguém pode viajar sem se aperceber de nada que está fora de si" (11 de Outubro).

Não nos podemos alhear da compreensiva ironia mesclada em sinceridade um tanto grave com que o autor analisa o outro viageiro. De facto, o viajante goetheano é um homem a caminho, um *viator*, segundo o termo de Horácio na sua ode a Píndaro (III, 4, v.32), apaziguado, atento às coisas, um paciente observador do mundo.

A decifração/avaliação do testemunho do olhar goetheano leva-nos a considerá-lo, já não um mero seguidor de percursos passados, mas um actor, desempenhando o papel de observador ativo, ciente da mudança contínua, atento ao diverso, ao singular, procurando a Vida no ritmo do mundo, integrando as suas partes. Daí o seu desabafo: "Afinal tudo isto dá mais trabalho e cuidados que prazer." (20 de Dezembro)

Esta conceção, bem presente no poema de 1831, *Vermächtnis* (*Testamento*), escrito pouco antes da morte do escritor, em Março de 1832, mostra essa necessidade de se estar consciente no mundo:

> (…) Nos sentidos tens depois de confiar;
> Nada de falso eles te fazem ver
> Se a tua razão te conservar desperto.
> Com vivo olhar observa alegremente,
> E percorre, a passo firme e dúctil,
> Os espaços de um mundo repleto de riquezas.
>
> Mod'rado goza abundância e bênçãos;
> Seja a Razão presente em toda a parte
> Onde a Vida se alegra de ser Vida.[27]

---

27 J.W. Goethe, *Poemas* (Antologia, versão portuguesa, notas e comentários de Paulo Quintela), Coimbra, Centelha, 1979, p. 235.

Quem faz a sua viagem sabe por onde vai...

O que nós não entendemos, nós não possuímos.

J.W.Goethe

Delimitados previamente os objetivos, o *homo viator* empreende a viagem sabendo o que quer ver. A prová-lo está o seu disfarce, encobrindo a sua identidade para melhor observar e "apreciar as coisas deste mundo", "agarrar as coisas como elas vierem, que a ordem há-de surgir", para se dedicar "às grandes coisas, aprender e formar o espírito" (10 de Novembro de 1786).

Diversos são os aspetos que orientam a sua experiência italiana: a morfologia e a geologia, as diferenças entre as gentes do Sul e as do Norte, a arte... Interessa-se pela contemplação das formas e exploração dos detalhes da natureza. Dedica-se ao desenho. Inicia uma coleção de espécimes vegetais, minerais e animais. Ocupa-se com a catalogação, e dando continuidade ao seu interesse morfológico, em Roma, no hospital de San Spirito, passa a assistir a aulas de anatomia (20 de Janeiro).

A sua viagem a Itália é uma viagem intelectual, erudita, animada por problemáticas filosóficas, com diversas facetas; orientada por questões estéticas, com a descoberta do clacissismo, mas também científicas, com as premissas da reflexão sobre a teoria das cores, elaborada a partir do seu contacto com os pintores, e com a teoria da *Urpflanze* (*planta primordial*), que se lhe impôs, de acordo com suas palavras, nos jardins de Palermo:

> Hoje de manhã fui até ao jardim público (...) Muitas das plantas (...) estão aqui todas ao ar livre, bonitas e viçosas, e ao desempenharem assim o seu papel natural tudo nelas se nos torna mais óbvio. À vista de tantas formas novas e renovadas veio-me ao espírito a minha velha fantasia da planta primordial (*Urpflanze*), e pensei se não poderia encontrá-la entre toda esta variedade. Porque tem de existir uma tal planta! Se assim não fosse, como iria eu reconhecer que esta ou aquela formação é uma planta, se elas não se configurassem todas a partir de um modelo único? (Palermo, Terça-feira, 17 de Abril de 1787)[28]

28 A primeira vez que Goethe refere, no texto, a ideia de *Urpflanze*, encontra-se no registo do seu *Diário*, Pádua, 27 de Setembro. Diz o autor: "Aqui, diante desta diversi-

A partir da nomenclatura estabelecida por Linné (Lineu) na sua *Fundamenta botanica*, e em contraposição a ela, Goethe procura encontrar na variedade das formas vegetais uma forma primordial típica.[29] Além disso, interessa-lhe explicar quais são as leis que determinam as variações, as evoluções dessa forma primordial. Se, por um lado, busca a *Urpflanze*, por outro procura as leis da *Metamorphose* (metamorfose) das plantas: "As minhas manias botânicas ganham forças com tudo isto, e estou a ponto de descobrir os novos e belos caminhos pelos quais a natureza, este monstro que parece uma insignificância, faz nascer do simples a grande diversidade." (19 de Fevereiro)

No lugar de uma natureza em estado de ordem absoluta e de repouso, surge uma ideia de natureza em devir: da *natura naturata* passa-se para a *natura naturans*.[30] A natureza não está acabada, ela é um ser em constante processo dialético de construção e destruição. Possui uma dinâmica de eterna restruturação de si mesma, e será este princípio que Goethe vai transmutar para a arte, constituindo-se no seu próprio princípio.

Considerando a arte grega, Goethe pretende investigar como faziam os artistas para criar, a partir da figura humana, "o círculo da perfeição divina, totalmente acabada, e a que não falta nenhum traço essencial nem as necessárias mediações". E chega à seguinte conclusão: "A minha ideia é que eles procediam de acordo com as mesmas leis de que se serve a natureza, e na peugada das quais eu ando. Mas há neles qualquer coisa mais, a que eu não saberia dar expressão." (28 de Janeiro de 1787).

Perante a novidade, a multiplicidade de formas e cores, o espetáculo grandioso das paisagens, a diversidade de costumes e tradições, Goethe deixa-se surpreender, libertando-se de 'velhos' (pre)conceitos, formando, nesse lugar privilegiado (Itália), uma simbiose única de homem, natureza, arte e cultura. Assim ele afirma: "Para assimilar a

---

dade que se me apresenta pela primeira vez, ganha cada vez mais corpo aquela ideia segundo a qual seria possível desenvolver todas as formas vegetais a partir de uma só". A esta teoria voltará mais vezes. Veja-se, por exemplo, o registo do dia 25 de Março de 1787, e a carta a Herder, Nápoles, 17 de Maio de 1787.

29 Goethe esclarece o leitor que traz consigo a obra de Lineu: "Trago comigo o meu Linné, e estudei bem a sua terminologia (…)" (No Brenner, 8 de Setembro, à noite).

30 Exemplo desta atitude é o texto *Die Natur* que o teólogo Tobler escreveu a partir de conversas com o próprio Goethe.

ideia suprema das grandes obras humanas, a alma tem de alcançar primeiro o plano de uma total liberdade." (25 de Dezembro)

A arte que o viajante contemplava e/ou produzia era parte essencial da viagem erudita. À época, muitos dos viajantes eram também artistas (mesmo amadores), sendo essa a única forma de registar o que mais tarde se tornará prática corrente da máquina fotográfica. Ampliou-se o hábito do próprio viajante esboçar e pintar, já que essa era a única forma de levar para casa retratos dos locais visitados. Observações documentadas visualmente eram mais valorizadas, dado que eram possíveis de verificar empiricamente e o seu registo era pressuposto de validade e credibilidade do saber.

A Itália, se hoje se constitui em tema privilegiado de evasão – o sol, as praias, o *dolce far niente*, as serenatas e *tarantellas* – é também a terra onde floresce o pitoresco (mesmo as ruínas e a miséria), que se sabe exaltar plasticamente e reduzir a puro espetáculo. Outrora, as palavras de Goethe foram igualmente significativas: "(...) muitos viajantes vinham a Itália só pelas suas ruínas, (...) Roma, a capital do mundo devastada pelos bárbaros, estava cheia de ruínas que tinham sido desenhadas centenas e milhares de vezes (...)" (14 de Setembro).

O interesse que Goethe manifesta pelo caráter *pitoresco* das ruínas como objeto de contemplação leva-o a esboçar ou a mandar pincelar desenhos, para que, desta forma, a memória lhe permita reter o acontecimento e prolongar a contemplação. Assim foi com Christoph Heinrich Kniep, seu companheiro de viagem em Nápoles, e que o acompanhou até à Sicília, tal como relata o autor: "Ficámos com magníficos esboços (...) Fizemos o seguinte acordo: a partir de hoje vivemos e viajamos juntos, sem que ele tenha de se preocupar com coisa alguma a não ser desenhar o que vai acontecendo. Todos os esboços ficam a ser propriedade minha (...) Esta combinação satisfaz-me bastante, e agora posso dar-vos conta da nossa viagem." (Nápoles, Sexta-feira, 23 de Março de 1787)

Os desenhos são o suporte da sua memória, esboçados com o traço preciso. Os desenhos são técnica, mas também são arte, ainda que essencialmente a arte de representar o que se vê, não excluindo a beleza nem reprimindo o sentimento.[31] Nesta construção entram os

---

31 Veja-se, por exemplo, nesta ordem de ideias, a *Paisagem com Templo Dórico* (Paestum), de Goethe, um desenho a lápis, de Maio de 1787, que se encontra no Museu Nacional da Goethe, em Weimar (C II, n. 181). O desenho de Goethe é um esboço feito na hora.

seus trajetos pessoais, fragmentos de memórias e objetos do quotidiano, as gentes com quem conviveu, os lugares que visitou, em percursos que aproximam o que foi sendo separado;[32] e não é por acaso que um dos quadros mais conhecidos é o seu retrato, efetuado pelo seu amigo e acompanhante em Roma e na primeira estada em Nápoles, o pintor Tischbein, na Campagna romana.[33]

O próprio Goethe recorda esse registo, com a ironia de um examinador que se sente testado psicologicamente:

> Neste mundo de artistas vive-se como numa sala de espelhos, onde, mesmo contra vontade, nos vemos a nós próprios e aos outros muitas vezes. Reparei que Tischbein me observava frequentemente com atenção, e agora sei que ele quer pintar o meu retrato. O esboço está pronto, e já esticou a tela. A sua ideia é representar-me em tamanho natural com traje de viajante, envolto num capote branco, sentado ao ar livre num obelisco caído, olhando para as ruínas da Campagna di Roma ao fundo. Dará um belo quadro, mas demasiado grande para as nossas casas do Norte. Eu terei de voltar a caber lá, mas para o retrato não haverá lugar. (29 de Dezembro)

A sua Itália é a do Renascimento, que incluía a antiga Roma. Excluindo as suas breves estadas em Veneza e Nápoles, e uma volta pela Sicília, Goethe passou a maior parte de tempo em Roma — "Roma é um mundo, e precisamos de anos para nos apercebermos minimamente do que ela tem para oferecer" (Roma, 13 de Dezembro) —, visitando monumentos e galerias para estudar pintura e escul-

---

32 É emblemático, neste sentido, o estudo sobre o *Carnaval Romano*, escrito por Goethe em 1788, publicado em 1798 por J. F. Unger, em Berlim. São vinte gravuras que se encontram reproduzidas no final da obra *Viagem a Itália*, na tradução portuguesa de João Barrento.

33 Este célebre retrato de Goethe foi concluído por Tischbein em 1787. De acordo com a nota 102 de *Viagem a Itália*, na tradução de João Barrento, esse quadro foi vendido ao banqueiro Heigelin, de Nápoles, e está hoje em Frankfurt. O quadro apresenta Goethe com um grande chapéu, um manto de seda branca, tendo ao fundo a paisagem italiana. Os dois já trocavam correspondência há muitos anos, mas só então se encontraram pela primeira vez. A entrada no seu diário (Roma, 7 de Novembro) é significativa deste aspecto : "a nossa relação epistolar é antiga, a pessoal nova".

tura. Praticamente só conviveu com artistas alemães, em particular, Tischbein e Angelika Kauffmann,[34] sem deixar de registar o encontro, em Nápoles, com o pintor paisagista Philip Hackert, que tanto o impressionou.

Atento à beleza, tanto a natural como a relativa a monumentos, pintura, etc., e com a ajuda de reproduções em desenho, Goethe amplifica e dá forma acabada ao culto da sensibilidade: "Está-me na massa do sangue saber venerar com gosto e alegria o que tem grandeza e beleza; e o poder dar largas a este dom dia após dia e hora após hora a partir de objectos tão magníficos provoca-me uma sensação da maior felicidade." (Verona, 17 de Setembro)

As passagens mais vivas de *Viagem a Itália* dizem respeito às recordações de Veneza, Verona e, sobretudo, de Nápoles e da Sicília. Foi aí que este viajante esteve verdadeiramente em contacto com a vida italiana, saindo à rua, misturando-se com o povo:

> Andar por entre uma multidão tão incontável e sempre em movimento é uma coisa muito curiosa e que faz bem. Como todos formam uma corrente confusa, e depois cada um encontra os seus caminhos e destinos! No meio de tal companhia e agitação sinto-me mais calmo e solitário do que nunca; quanto maior é a agitção nas ruas, mais calmo eu fico. (Nápoles, sobre o dia 17 de Março)

Em Veneza, que ele denomina de "república de castores", não foi só o espaço que Goethe registou. Foi, de facto, o povo quem mais o impressionou, "uma grande massa, uma existência imposta e involuntária", que o levou a tecer algumas comparações entre as gentes do Sul e as do Norte:

> Não foi para se divertir que este povo se refugiou nestas ilhas, e não foi por acaso que os que se seguiram se lhes juntaram; a necessidade ensinou-os a procurar a sua segurança no lugar mais desvantajoso, mas que depois lhes trouxe as maiores vantagens e os fez inteligentes

---

34 Angelika Kauffmann, pintora suíça que vivia em Roma desde 1782, casada com o pintor Antonio Zucchi.

numa época em que todo o mundo nórdico ainda estava mergulhado em trevas; o resultado necessário foi o seu crescimento e a sua riqueza. (29 de Setembro, dia de S. Miguel, à noite)

Difícil é descrever Veneza sem recorrer ao lugar-comum. O autor não foge à regra. Os grandes edifícios, as pontes, os canais, mostram-lhe a "sereníssima" como "uma grande e respeitável obra de poder colectivo, um magnífico monumento, não de um soberano, mas de todo um povo". Contudo, Goethe conclui quase com tristeza: "Como tudo o que tem uma existência no mundo dos fenómenos, também ela está sujeita à acção do tempo." (29 de Setembro, dia de S. Miguel, à noite)

Já em Verona, as gentes que se espalmavam, e se dedicavam às suas ocupações, dormindo junto dos altos pórticos das *villas* abastadas, deram a Goethe a sensação de um povo que vivia nas ruas, em contacto com o ar, com as estações do ano, com os fenómenos da natureza, e de acordo com a *sua* natureza.

Já muito antes, de modo muito crítico, este viajante se dera conta desta forma 'natural' de viver: "Deste país eu não saberia dizer nada, a não ser que são gente que está muito próxima da natureza, que, no meio da pompa e da dignidade da religião e das artes, eles em nada são diferentes do que seriam em cavernas e florestas." E falando das erupções do Vesúvio, apercebendo-se talvez de um outro aspeto da alma meridional, acrescenta: "Este fenómeno da natureza tem, na verdade, qualquer coisa de cobra-cascavel, tal a força de atracção que exerce sobre as pessoas." (24 de Novembro)

Mas a verdadeira revelação veio de Nápoles: "(…) agora estávamos de facto numa outra terra." Tudo o que seduz o seu olhar passa a primeiro plano e é objeto de atenta observação. Elogia a localização da cidade, o ameno do clima, a alegria e a simplicidade do povo, acabando mesmo por marcar a diferença entre a sua forma de ser e a realidade que agora se lhe revela: "Se me não orientasse este modo de ser alemão e a vontade de aprender e agir mais do que gozar a vida, ficaria ainda algum tempo nesta escola da vida fácil e alegre, procurando tirar disso o maior proveito possível. Poderia ter-se aqui uma bela vida, se nos conseguíssemos adaptar minimamente." (Nápoles, 22 de Março de 1787)

Se em Veneza a multidão fervilhava, em Nápoles ela resplandecia, porque tudo era visto sob o signo da alegria e da espontaneidade: "O

O CANTO DE UM SOLITÁRIO NO LONGE E NA DISTÂNCIA 219

napolitano julga estar de posse do paraíso e tem das terras do Norte uma ideia muito triste: «*Sempre neve, case di legno, gran ignoranza, ma danari assai.*»" (Nápoles, 25 de Fevereiro de 1787).

Esta propensão para a alegria e a convivência também a vai conservar na Sicília, porque "[a] Itália sem a Sicília não deixa marcas na alma: a chave de tudo está aqui." (Palermo, 13 de Abril de 1787) Depois de ter atravessado o mar até Palermo, Goethe será um dos primeiros viajantes, na época, a percorrer toda a ilha, conduzido por guias locais. A par das manifestações da natureza e dos hábitos das gentes, o escritor testemunha a realidade presenciada, referindo as suas investigações científicas (*Urpflanze*), anotando as suas observações, chamando a atenção do leitor para a minúcia de detalhes com que descreve essas lembranças apanhadas em recoleção.

Vem a propósito evocar a imagem do artista, traçada alguns anos mais tarde, por Baudelaire: o escritor deverá fixar em palavras a beleza da experiência (urbana, no caso baudelairiano) sujeita à fugacidade e simultaneidade, ou seja, nas suas palavras, "retirar do transitório o eterno" (*tirer l'eternel du transitoire*). *Avant la lettre*, também em Goethe, tal como em Baudelaire, vamos encontrar a pretensão de extrair novas consequências dos lugares visitados. Por isso ele afirma: (…) também eu fui purificado e testado." (Roma, 13 de Dezembro)

A sua viagem a Itália trouxe-lhe clareza e precisão para o 'desenho' de várias das suas obras. Não foi por acaso que Goethe reviu e completou *Egmont*, *Iphigenie auf Tauris* (*Ifigénia em Táurida*) e parte de *Torquato Tasso* (1787-1790). Também juntou duas cenas à versão do *Fausto* que tinha já iniciado antes de deixar Frankfurt para Weimar, e fez a seleção das cenas do *Fausto* que publicou preliminarmente com o título de *Faust: ein Fragment* (1790).

Foi em Roma que ele entreviu essa harmonia interior a que aspirava já há muito: a mais valia da sua viagem, o equilíbrio entre o seu eu e o mundo, entre o irreal e o real. Deu-se conta de que a Itália foi, de facto, a sua verdadeira Universidade. O renascimento que o transformou a partir de dentro fez os seus efeitos: "agora posso morrer ou viver ainda uns anos, em qualquer dos casos terá valido a pena" (Roma, 13 de Dezembro). E Goethe dirá mais adiante: "(…) e também aqui eu aprenderei a encontrar-me." (2 de Janeiro de 1787)

A viagem de uma vida "no longe e na distância"...

> Em certos momentos como que paro para recapitular
> os pontos altos das experiências por que já passei.
> J. W. Goethe

Viagem a Itália pode ler-se como um folheto ou guia turístico destinado à maior parte dos viajantes que "tem qualquer coisa do aprendiz que saiu para o mundo e gosta de procurar". (Ferrara, dia 16, à noite) A narrativa goetheana foi constantemente vigiada pelo seu próprio olhar, um olhar atento e perspicaz de quem surpreende a literatura no seu fazer-se, inquirindo-a, questionando-a e, muitas vezes, dissolvendo-a. O mundo ficcional transforma-se em tema (*Literatura de Viagem*) e estrutura-se enquanto se escreve.

Se a terceira parte da obra se apresenta fragmentária, na verdade, todas as partes constituem um todo, num verdadeiro sub-género literário – a viagem de conhecimento –, de "um homem honesto e ilustre artista, de boa criação, e que anda em viagem para se instruir" (14 de Setembro), como afirma o autor. As entradas no Diário sugerem um percurso a ser seguido por este "fugitivo do Norte" (6 de Outubro) – a rota das cidades visitadas transforma-se no itinerário da viagem, que o próprio autor desmonta e reconstrói.

Goethe refere-se aos viajantes que fazem certos itinerários desconhecendo (ou não querendo conhecer) aspetos históricos e culturais que justamente fazem desta ou daquela localidade, monumento, obra de arte, etc., um momento de conhecimento. Mas a sua viagem foi uma "viagem de descoberta", que o "levou a fazer este caminho longo e solitário e a procurar o centro" (Roma, 1 de Novembro de 1786), desejando tudo abarcar, a ponto de concluir que era "velho demais para tudo, menos para a verdade" (6 de Janeiro).

Qualquer que seja o critério para compreender um autor como Goethe, observa-se de imediato que a sua universalidade se deve ao facto de compreender a arte acima dos acontecimentos seculares, de resguardá-la, ciosamente, na sua esfera de autonomia. O panteísmo (ao modo de Espinosa) remete Goethe para a observação de cada particularidade no intuito de encontrar o universal.

Para si, a arte em geral reveste-se e incorpora as prerrogativas do mito, desempenhando uma função redentora e transindividual (o des-

O CANTO DE UM SOLITÁRIO NO LONGE E NA DISTÂNCIA   221

tino do seu herói Fausto simboliza essa ideia). Goethe, ao preservar a arte de toda e qualquer relação exterior de dependência estranha à sua natureza mítica, pretende com isso dar ao homem a possibilidade de ir além do eu, de se lançar no devir como parte da totalidade:[35] "(...) com a arte passa-se o mesmo que com a vida: quanto mais avançamos nela, mais ampla se torna. (...) Mas para os [os artistas] apreciar verdadeiramente é preciso ter conhecimentos e capacidades que me escapam e que só se podem adquirir com o tempo." (Bolonha, 19 de Outubro, à noite).

Goethe tece considerações estéticas que permitem entender a sua ideia de *génio*, em íntima ligação com a natureza, vivenciada como potência criadora.[36] A obra do artista é o próprio artista, capaz de substituir a sua individualidade pela obra de arte grandiosa. O encontro do *génio* apresenta uma possibilidade de imersão no próprio ato de criação divina, já que na obra de arte assim concebida e edificada reside o próprio Deus criador. Se Deus foi capaz de criar o mundo, o artista é capaz de criar um outro.

Na verdade, a emoção pré-romântica trará em seu seio um novo modo de entender o poder da criação artística e do seu criador. Não se trata mais da habilidade e do produto do homem de *in-geniu*, isto é, do que *tem engenho*, capaz de compor sabiamente uma obra de arte,

---

35 Não é outro o sentido do *Bildungsroman*, cuja linhagem germânica Goethe inaugura, tornando-se o campo emblemático de exposição dos conflitos entre a interioridade e a exterioridade. Há, portanto, em Goethe, o cultivo da arte como um bem para o aperfeiçoamento do homem e das suas instituições.

36 A nostalgia do primitivo e do elementar liga-se ao culto do génio original. Segundo Ernst Robert Curtius (Ernst Robert Curtius, *European Literature and the Latin Middle Ages*, translated from the German, *Europäische Literatur und Lateinisches Mittelalter* (1948), by Willard Trask, New York, Pantheon Books, 662 pp., 1963.), a questão começa a colocar-se com Edward Young, nas suas *Conjectures on Original Composition* (1759) e com Edward Wood, em *An Essay on the Original Genius and the Writings of Homer* (1775), cujas ideias sobre Shakespeare e Homero causaram forte impressão no jovem Goethe, e se fizeram sentir na corrente do *Sturm und Drang*. A ligação filosófica e emocional de Edward Young ao Romantismo é demasiado evidente neste citado ensaio, escrito em forma de cartas ao seu amigo Samuel Richardson. Muitos críticos consideram este texto como um manifesto, cuja influência provém da obra de Longino, *On the Sublime*. Young, no seu ensaio, argumenta a favor de um afastamento do formalismo clássico, substituindo-o pela liberdade de criação, assente na criatividade original e no génio individual.

valorizados pela visão classicista. Agora trata-se de um verdadeiro demiurgo, de uma força cósmica, inata, independente da cultura, que decifra de maneira intuitiva e direta o livro da natureza, criando titanicamente sob o poder da inspiração.

Contudo, a criação goetheana não passa pela plena espontaneidade. Pode e deve ser retocada, torneada e acabada pela aceitação de um compromisso assumido pelo escritor e o mundo que o rodeia, que Goethe entende como objetividade e não como expressão romântica do eu. Assim, o valor da obra, neste caso de *Viagem a Itália*, passa a residir em algo que, objetiva e formalmente, não está só nela, mas também 'subjetivamente' no seu autor – a sinceridade e a emoção.

A viagem exterior de Goethe é uma porta de saída para o mundo, que só se fecha sobre o lugar de chegada, esse espaço de identificação e identidade do *homo viator*. Poeta também do mundo de dentro, sob o prisma do real e até do mítico, Goethe transforma-se num viajante, mas num viajante nostálgico que, como Ulisses, busca sempre o caminho de Ítaca. Entre as promessas ilusórias e a exaltação do passado, entre a fuga e o retorno, na recoleção melancólica da memória, "entre Weimar e Palermo"o escritor passou "por grandes mudanças". (Palermo, 8 de Abril de 1787. Domingo de Páscoa)

Em *Viagem a Itália*, Goethe convida o leitor a seguir o seu incessante movimento pelo mundo de paisagens, objetos, monumentos e pessoas apreendidos num determinado tempo e numa moldura espacial que, em simultâneo, os contextualiza e os faz divergirem. Por isso se entende, neste "canto de um solitário no longe e na distância" (6 de Outubro), o tipo de viagem que o narrador efetua, sendo que, no seu trânsito permanente, o eu procura o universal nas particularidades do mundo.

Para terminar, e citando as palavras de Goethe, "quanto a mim, é um prazer e um dever celebrar a memória de um antecessor." (Palermo, Sexta-feira, 13 de Abril de 1787) Afinal, que somos nós senão, e apenas, antecessores de outros, na vida como em viagem!

Viajantes e Arquitetura

*José Nunes Carreira**

* Professor Catedrático jubilado da Faculdade de Letras da Universidade de Lisboa.

Os viajantes portugueses que cruzaram o Próximo Oriente nos séculos XVI-XVII são tudo menos uniformes em interesses e perspetivas. António Tenreiro, pioneiro da aventura terrestre da Índia a Lisboa, diplomata improvisado, «peregrino» formal e «turista à força», é porventura o mais eclético. O cirurgião Mestre Afonso, apercebido de mezinhas e por isso crismado de *haquim* («médico») nas jornadas das cáfilas, prestou atenção enorme à geografia. Nicolau de Orta Rebelo escreve uma espécie de diário de bordo, minucioso em datas. Frei Gaspar de S. Bernardino navega entre experiência e vastíssima erudição. O P. Manuel Godinho, plagiário nato e filósofo da história, pede meças sobre a vida beduína e as diferenças (teológicas e práticas) entre sunismo e xiismo[1]. A arquitetura não foi preocupação maior. Mas nenhum escritor de viagens deixou de referir materiais de construção, estruturas arquitetónicas, arranjo de espaços. Afloro as notas de arquitetura militar, civil e monumental, omitindo por razões de espaço a religiosa, suficiente para estudo próprio.

1. *Arquitetura Militar*

O que saltava imediatamente à vista ao entrar numa cidade eram as muralhas protetoras, se as havia. Lar (Lara) impunha-se pelo «muro muito forte de pedra e jesso, e em parte tem lanços de azulejo, que parecem muito bem»[2]. Xiraz «he cercada de muro de pedra, e em

---

1 Sobre estes viajantes escritores cf. José Nunes Carreira, *Do Preste João às Ruínas da Babilónia.Viajantes Portugueses na Rota das Civilizações Orientais,* Lisboa, Editorial Comunicação, 1990 [1980], pp. 57-84 e 113-185.

2 António Tenreiro, *Itinerario de António Tenrreyro, cavaleiro da Ordem de Christo,* (in António Baião, *Itinerários da Índia a Portugal por Terra*) Coimbra, Imprensa da Universdade de Coimbra, 1923, III, p. 9.

muitas partes derribado»[3]; Kashan (Caixão) de «muro de taipas francesas»[4]; Qom/Qum (Cum) «de muro de pedras e de taipas»[5]; Ispaão/Isfahan (Espayão) de «muro de taipas francesas»[6]. Já Tabriz, talvez por se situar «entre duas serras», não tinha muralhas[7]. Monsarquim, «em fim de Armenia baixa», era «cercada de muro de cantaria lavrada, por muytas partes derribado»[8]. «Os muros (de Caraemite) sam muyto altos e muy largos, de cantaria e torrejados de muyto altas e fermosas torres: disseram-me que fora de gregos»[9]. «Muro muyto antigo, e em muytas partes derribado»[10] marcava a entrada em Urfa. Muralha protetora não podia faltar numa cidade da importância de Alepo (Calepe em Assyria)[11]. Também Hamá (Amá), mais ao sul, era

3 *Ibid.*, VI, p. 16.
4 *Ibid.*, X, p. 23. Taipa é uma técnica de construção caraterizada pela utilização de solo, argila ou terra como matéria-prima básica. A mistura de terra e pedra calcária era colocada entre taipais (enxaiméis, mantidos a prumo por meio de cavilhas e tirantes) e apisoada com maço ou pilão de madeira. As camadas de compactação, tais como as juntas entre taipais e os orifícios deixados pelos côvados, são visíveis nos blocos de taipa das muralhas. Na Anatólia, na Assíria e noutros lugares do Próximo Oriente encontraram-se construções com terra apisoada entre 9000 e 5000 a. C. A região de Portugal que mais utilizou a taipa foi o Algarve.
A taipa francesa, conhecida como «maçonnerie de pisé», «pisé» e «terre pisé», distingue-se por associar à taipa de pilão uma outra técnica que emprega solo e palha seca («torchis»), que a torna mais resistente a movimentações e rachaduras. Por sua vez, a taipa militar difere bastante das aplicadas na construção civil corrente: a adição de cal e materiais cerâmicos moídos em percentagens elevadas servia para melhorar a sua resistência e dureza.
Cf. Luís Manuel Teixeira, *Dicionário Ilustrado de Belas-Artes*, Lisboa, Editorial Presença, 1985, p. 211; Helena Catarino, «Os castelos de taipa do período muçulmano no sul de Portugal: o exemplo de Salir (Loulé)», in *Trabalhos de Antropologia e Etnologia,* 34, 2-3, Porto, 1994, pp. 325-349; Maria Fernandes e Mariana Correia (ed.), *Earth Architecture in Portugal – Arquitetura de Terra em Portugal*, Lisboa, Argumento, 2005; Maria Augusta Justi Pisani, «Taipas: a Arquitetura de Terra», http:\\ www.cefetsp.br/edu/sinergia/8p2c.html.
5 António Tenreiro, *op.cit.*, XI, 24. Mestre Afonso só especifica que as taipas eram «francezas» (Mestre Afonso, «Ytinerario de Mestre Affonso» in António Baião, *op.cit.*, p. 174).
6 António Tenreiro, *op.cit.*, VIII, p. 20.
7 *Ibid.*, XV, p. 28.
8 *Ibid.,* XXVIII, p. 55.
9 *Ibid.*, XXIX, p. 56.
10 *Ibid.*, XXXII, p. 62.
11 *Ibid.* XXXIII, p. 64. Na terceira passagem pela cidade, o viajante reparou que Alepo tinha «diversas portas», *ibid.*, LIX, p. 117.

VIAJANTES E ARQUITETURA

«cercada de muito bom muro»[12]. Na passagem rápida pela Palestina costeira, sob prisão, Tenreiro só viu muralhas em Ramala, «cidade de paredes, e muros modernos, fundados sobre outros muyto antigos, de cantaria»[13]. A «grande cidade do Cayro» era outra coisa: «entramos por hua porta da dita cidade, que está da banda do levante, em hum muro, de que dita cidade he cercada, muyto antigo, e de cantaria lavrada». Alexandria era também «cercada de muro de pedra»[14]. Taybe, no deserto da Síria, tinha «muro forte de pedra, e de gesso»[15], ao contrário de Recalaem, «afastada do rio Eufrates, defronte, e direito de Bagodá», «cercada de paredes, e muros fracos»[16]. Faltando a pedra, recorria-se ao «tejelo cozido» para construir muralhas de cidade[17]. Baçorá «he cercada de muro de taipas de terra, porêm muito grosso, e forte»[18]. Ocana, no deserto do atual Iraque, «he cercada de muro de pedra, e de jesso»[19]. De Alepo Tenreiro só menciona as «diversas portas» por que entrou a cáfila desfeita «em pedaços»[20]. Finalmente em Tripoli, porto de embarque para a Cristandade, não só viu o estado da muralha, mas também a época e os obreiros da construção: «muro de pedraria, e de cantaria lavrada, e de muytas torres em elle, que me pareceo ser edifício feito dos Christãos»[21], ou seja, dos Cruzados. Quase a terminar o vasto périplo, pouco antes de chegar a Trípoli, vê «hua villa grande acastellada, e cercada de muro de pedra lavrada, e de bons edificios, que parecião ser feitos de Christãos, e me disserão que ficarão dos Christãos do tempo de Ultramar»[22].

Mestre Afonso começa por copiar o aventureiro anterior, mas acrescenta informações de interesse. Copia quando diz que Tabriz «(amtre duas serras, que despois se vão alargando hua para o norte e

12 *Ibid.*, XXXII, p. 66.
13 *Ibid.*, XXXV, p. 72.
14 *Ibid.*, XLVII, p. 93.
15 *Ibid.*, LII, p. 100.
16 *Ibid.*, LIII, p. 103.
17 Em Mexeta de Ali, a duas léguas do Eufrates e «defronte de Bagodá», *ibid*, LV, p. 105.
18 *Ibid.*, LIX, p. 110.
19 *Ibid.*, LXI, p. 115.
20 *Ibid.*, p. 117.
21 *Ibid.*, LXIV, p. 123.
22 *Ibid.*, LXIII, p. 122.

outra para o sul) nom tem muros»; mas quase explica que o substitui a construção compacta das casas: «mas he em parte muito apinhoada com suas portas, que a fazem mais forte»[23]. O método continua em Caraemite. Depois de copiar os «muros…muyto altos e muy largos, de cantaria e torrejados de muyto altas e fermosas torres», juntando apenas à série «barbacans, edeficios», acrescenta: «Tem quatro portas por homde se serue sobre que estão fermosas torres em que postão turcos que de comtinuo as guardão com suas armas e espimgardas, e as fecham todas as noites… e assim tem em muitas partes em cima do muro casinhas em que viuem e se recolhem de noite os que a vigião com grandes cautelas»[24].

Por conta própria, o cirurgião menciona as muralhas de Savá[25] e Soltaniá[26], na Pérsia, e de Birecik (Biria júc)[27], na atual fronteira entre Turquia e Síria. As de Hamá mereceram especial destaque: «cercada de muito forte e fermosa muralha de cãtaria, bem atorrejada, cõ muitas pedras negras imxiridas por ella a modo de muito bons lauores, e outra torre feitas de pedras brutas, que parecião muito bem, mas tudo já muy destroido e desbaratado»[28].

Frei Gaspar de S. Bernardino tem olhar atento às muralhas citadinas ou à falta delas. Passado quase um século sobre a visita de Tenreiro, não havia rasto dos muros que tanto o haviam impressionado em Lara[29]. Ao contrário de Xiraz, com seus muros de taipa[30]. Entre Xiraz e Lasa, «vimos a cidade de Cutu, cujos muros se andavam acabando de taipa, altos, grossos e quebrados, e em cada pano dezanove torres»[31]. Viu também «muros novos» em Hauiza (Lasa ou Aveza), «nos quais contei sessenta torres»[32]. Até uma cidade do deserto, Taybe, era «cercada com seus muros»[33].

---

23 Mestre Afonso, *op. cit.*, p. 188.

24 *Ibid.*, pp. 233-234.

25 *Ibid.*, p. 178: «cercada de muro de taipas, com alguas torres feitas de nouo».

26 *Ibid.*, p. 181: «cercada de muro amtigo».

27 *Ibid.*, p. 243: «cercada de muy forte muro de camtaria».

28 *Ibid.*, p. 265:

29 Frei Gaspar de S. Bernardino, *Itinerário da Índia por Terra até à ilha de Chipre*, Lisboa, Agência Geral do Ulramar, 1953, XIII, p. 145.

30 *Ibid.*, XIV, pp. 157-158.

31 *Ibid.*, XVI, p. 180.

32 *Ibid.*, XVII, p. 183.

33 *Ibid.*, XXII, p. 247.

VIAJANTES E ARQUITETURA

Que se havia de esperar de Bagdade?! Impossível não evocar em Babilónia-A-Nova as famosas muralhas da antiga. Os clássicos davam-lhes proporções descomunais: «Diodoro Sículo afirma terem os muros da cidade em circuito trezentos e sessenta estádios. Heródoto, Amiano Marcelino Plínio, Josefo, Santo Agostinho, Estrabo, Solino, e Xenofonte, quase todos diferem na conta, e vem a dizer, que cada quadra tinha cento e vinte estádios, e em roda quatrocentos e oitenta, que são dez léguas pouco mais ou menos...»[34]. Só pecaram por defeito: «... mas S. Jerónimo sobre o terceiro (capítulo) de Jonas e Nicolau de Lira, no mesmo lugar, afirmam terem os muros trinta e duas léguas em circuito; concorda com eles Aristóteles, dizendo que quando foi entrada dos inimigos por uma parte, o vieram a saber os moradores da outra parte dali a três dias. E em outro lugar chama a Babilónia província cercada de muros; das quais palavras venho a inferir ser a opinião de S. Jerónimo verdadeira». Não era só a autoridade de um doutor da Igreja, apoiada num grande filósofo grego. O viajante acrescentava, se lhe era permitido, o seu testemunho ocular: «E se eu entre semelhantes autores tenho lugar, digo como testemunha de vista, que o santo doutor mostra ir muito fundado na razão, porque Babilónia (Bagdade), como já disse, foi edificada entre os dois rios Tigris e Eufrates, e como de um ao outro nesta paragem são oito léguas, sendo a cidade quadrada, e quatro vezes oito são trinta e dois, bem claro fica que o dito do santo é mui verdadeiro»[35].

Bem mais modestas eram as dimensões das atuais muralhas de Bagdade: «em circuito, uma légua não muito grande»; porém, de muros «grossos nove palmos, altos cinquenta, e mais da banda de fora, que de dentro; neles há nove baluartes, cinquenta torres e um castelo, em que mora o sultão-baxá ou vice-rei»[36]. Quanto às portas, a informação é completa: «Das portas, a principal fica ao Meio-Dia, por ela costumam entrar os que vêm do Oriente, como eu também entrei; a segunda está ao Poente, e se chama a da ponte, porque em saindo dela, damos na ribeira do peixe, e logo na ponte do rio; a terceira fica ao Norte, e se chama a porta de Magdam, e sobre ela está o castelo, e casa do baxá; a quarta ao Oriente; esta se diz a porta do

34 Ibid., XVIII, pp. 198-199.
35 Ibid., p. 199.
36 Ibid., XIX, p. 205.

meio, na qual há menos concurso, por cujo respeito se fecha uma hora antes de se pôr o Sol...; tem mais dois postigos ao longo do rio, e estes só se costumem fechar com uma ou duas horas de noite»[37].

Pelo menos no número de portas, Alepo levava a palma à quase mítica capital do Tigre. Não admira. Pois se havia «quarenta e cinco mil fogos» em Bagdade, quinta cidade do império turco, Alepo ocupava o terceiro lugar[38], com «quatro centos mil almas»; cidade «tão comprida como a nossa Lisboa, mas muito menos larga», «toda murada com suas torres e ameias, em que há doze portas. Que também se fecham todos os dias, das quais seis são mais principais, e de maior concurso e tráfego. A primeira se chama Bebentache, a segunda Babinera, a terceira Babafarage, a quarta Bebenaser, a quinta Babemacham, a sexta Babuxam»[39].

Orta Rebelo mostra-se menos interessado na matéria que o franciscano, seu companheiro de viagem. Não deixa de mencionar os muros de Cotuu, «todos de taipa»[40], e os de Teibe, que «ainda estão em pé, e feitos de pedra marmore»[41]. Mesmo Bagdade e Alepo não ocupam muito espaço. A capital do Tigre «tem quatro portas não mais, postas em cruz, as quaes Se fechão antes que se ponha o Sol»[42]. Já Alepo, «cercada de muros, tem oito portas, a Saber, a porta de S. Jorge, a que os mouros chamam de (Carnachi); a porta de Damasco, por outro nome Papesuão, e outras outros nomes Semelhantes, q̃ por proluxidade aqui não conto»[43]. A porta em que entrou toda a cáfila devia ser bem estreita, «por onde não podia mais caber que hum a hum cavallo»[44].

Não admira a diferença de nomenclatura. Ainda hoje em Jerusalém os nomes árabes de cada porta são diferentes dos cristãos. O funcionário da Índia dá as designações correntes entre os cristãos, numa o equivalente árabe. O franciscano, mais erudito, vai aos originais.

---

37 *Ibid.*, p. 206.
38 Nicolau de Orta Rebelo, «Relação Da Jornada que fez Nicolao Dorta Rebelo...», in Joaquim Veríssimo Serrão, *Un Voyageur Portugais en Perse au Début du XVIIe siècle*, Lisbonne, Fundação Calouste Gulbenkian, 1972, fl. 73 (p. 158).
39 Frei Gaspar de S. Bernardino, *op. cit.*, XXII, p. 250.
40 Nicolau de Orta Rebelo, *op. cit.*, fl. 57v (p. 138).
41 *Ibid.*, fl. 95v (p. 184).
42 *Ibid.*, fl. 73 (p. 158).
43 *Ibid.*, fl. 106v (p. 196).
44 *Ibid.*, fl. 97v (p. 188).

VIAJANTES E ARQUITETURA

O padre Manuel Godinho gasta ainda menos tinta com muralhas. Baçorá devia-as ter, pois saiu pelas «portas que havia ao poente»[45]; mas não fala em muros. Para Bagdade limita-se a copiar frei Gaspar, descaradamente e sem um pio, tanto sobre as muralhas da antiga Babilónia citando os clássicos, Aristóteles, S. Jerónimo e Nicolau de Lira[46], como para as da cidade que pisava[47]. Não lhe interessaram as portas.

Toda a curiosidade e originalidade foram para Alepo: «É murada à roda de altos muros, com muitas torres entressachadas, mas a obra é antiga. Nestes muros há nove portas abertas, e muita superstição em alguas, porque o baxá, quando vem de novo, não há-de entrar senão pela porta de Pancussa, que fica para o Oriente; o grão-turco, pela de Damasco; os presentes que vêm ao baxá, pela de Antioquia, chamada pelos naturais Bab Antache; pela de Bab Ferage, os cádis, que são suas justiças, e os cônsules franceses e ingleses»[48].

Ficamos a saber não só a função, mas também a nomenclatura cristã de Bab Antache, porta «de Antioquia». Bab Ferage fora igualmente mencionada por frei Gaspar. Não devemos estranhar as diferenças no número das portas: eram doze, mas «seis mais principais» (frei Gaspar); nove, mas só quatro mencionadas por nome (Manuel Godinho); oito, mas só duas (entre elas a de S. Jorge) dignas de identificação (Orta Rebelo). O funcionário da Índia conheceu «nomes Semelhantes (de outras), q̃ por proluxidade aqui não conto». Também se pode dar o caso de frei Gaspar corrigir «oito» para «doze»[49].

As muralhas de Jerusalém impressionaram Frei Pantaleão de Aveiro. «Os muros que agora tem são muy inteyros, & bem acabados, dizem que os mandou fazer o grão turco Solimão, depois que tomou a

---

45 Manuel Godinho, *Relação do Novo Caminho Que Fez por Terra e Mar Vindo da Índia para Portugal no Ano de 1663*, Lisboa, Imprensa Nacional Casa da Moeda, 1974, XIX, p. 161.

46 *Ibid.*, XX, pp. 177-178; cf, n. 305 *supra*.

47 *Ibid.*, p. 182: «É toda murada, em redondo, de muros que têm nove palmos de grossura, e de altura cinquenta, mas todos de ladrilho; neles há nove baluartes, cinquenta torres e um castelo, em que o baxá tem o seu serralho ou palácio»; cf. n. 306, *supra*. A única novidade é a referência ao «ladrilho».

48 *Ibid.*, XXV, pp. 221-222.

49 Digo «corrigir», pois tudo leva a crer que frei Gaspar compulsou o manuscrito de Orta Rebelo ou uma fonte comum; cf. José Nunes Carreira, «Relação da Jornada e Itinerário da Índia: contactos e dependências», a aguardar publicação nos *Anais* da Academia Portuguesa da História.

terra ao Soldão do Egypto... (...) Tem ao presente em circuito grandes tres milhas, que são confórme ao medir antigo, vinte & quatro estadios, os quaes dão a cada milha dous mil passos, & não como algus cuydão, dando a huma milha somente mil passos»[50].

«Muros muy fortes, &... tão novos, que parece haver muy pouco tempo, que os fizerão»[51] (escassos vinte e cinco anos!) despertariam a atenção com as suas portas monumentais — a «porta que antigamente era chamada dos Pexes, e ao presente se chama Porta de Belem»[52], que transpôs na primeira entrada; a porta de Damasco[53]; a porta «do Templo, chamada especiosa»[54] e Áurea, que «o Grão Turco mandou serrar com portas de ferro de hua, & outra parte»[55]; a porta de Sião[56]; a porta do Gado, «porque por ella metião o que havião de sacrificar no Templo, a qual porta ao presente he chamada dos Christãos: a porta de Santo Estevão»[57]; a porta Esterquilina[58]. As portas merecem secção própria no capítulo dedicado à «santa cidade de Hierusalem»: «Ao presente tem a cidade cinco portas por onde se servem, ao ponente tem uma junto ao castello, de que fica dito atraz, chamava-se antigamente a porta do pescado, porque por ella entrava o mais do pescado, que na cidade se comia: ao sul está outra porta, a que os christãos chamão porta de Monte Sion, entre sul, & levante, ladeyra abayxo, quando himos de Sion para o valle de Josaphat, está outra, não muy grande, querem dizer, que se chamava em outro tempo a esterquillina; o que mostra ser assi, porque quando chove, sahem por ella as mais das imundicies da cidade... Ao oriente está a porta Aurea, não se servem por ella, porque está tapada com pedra, & cal, como adiante direy. Ao norte está outra porta, a que chamavão, a porta do gado, porque por ella metião todos os animaes, que no templo se havião de sacrificar: e está junto da probática piscina: chama-se agora

---

50 Frei Pantaleão de Aveiro, *Itinerario da Terra Sancta e Suas Particularidades*, Coimbra, Imprensa da Universidade, 1927 (edição de António Baião), XXI, pp. 104-105.
51 *Ibid.*, p. 104.
52 *Ibid.*, XX, p. 100.
53 *Ibid.*, XLI, p. 236.
54 *Ibidem.*
55 *Ibid.*, XLII, p. 244; cf. *ibid.*, p. 247.
56 *Ibid.*, XXXVIII, p. 218.
57 *Ibid.*, XLII, p. 252.
58 *Ibid.*, XLV, p. 271.

VIAJANTES E ARQUITETURA

dos christãos a porta de santo Estevão, porque por ella o tirarão ao martyrio: outra porta está entre norte, & ponente, a que chamão a porta de Damasco, cuydo que sómente tres vezes me achey nella»[59]. Não deixa de notar que as portas continuam a cumprir a sua função: «todas as noytes infallivelmente se fechão»[60].

Enumeração e descrição das portas estão substancialmente corretas. Devem-se, com as muralhas, a Solimão, o Magnífico, que mandou executar a obra entre 1537 e 1540. É verdade que os nomes das portas variam com as línguas e as comunidades religiosas, ignorando largamente os oficiais, que remontam ao fundador. Só estranha que Frei Pantaleão, a quem de resto não faltava espírito crítico, tenha dado às portas nomes de entradas da Jerusalém bíblica (dos Peixes, do Gado) e sobretudo que, em «hum anno & quasi oyto mezes»[61] de estadia na cidade e arredores, nunca se tenha apercebido da porta de Herodes, no lanço norte da muralha, como a de Damasco. Talvez ainda se não chamasse assim (peregrinos dos séculos XVI-XVII é que se lembraram de lhe dar tal nome, tomando uma residência dos Mamelucos por palácio de Herodes Antipas). Mas a porta lá estava, com o nome oficial de Bab ez-Zahra, «porta florescente», no sítio em que os Cruzados penetraram na cidade, ao meio-dia de 15 de Julho de 1099[62].

---

59 *Ibid.,* XXI, p. 110.
60 *Ibid.,* p. 109.
61 *Ibid.,* LXXVI, p. 432.
62 Os outros nomes oficiais são: Bab el-Amud, «Porta da Coluna» (Porta de Damasco), em memória de uma coluna aí erigida por Adriano e que ainda se pode ver no mapa de Madabá (século VI); Bab el- Khalil, «Porta do Amigo» (Porta de Jafa; de Belém ou do Pescado para Frei Pantaleão), por dar para Hebron, onde morou Abraão, o amigo de Deus; Bab el-Magharbeh, «Porta dos Mouros» (Porta Esterquilina), porque no século XVI por aí viviam emigrantes do Norte de África; Bab el-Ghor, «Porta do Jordão» (Porta de S. Estêvão para os cristãos, dos Leões para os Judeus), que dá para Leste e mar Morto; a «Porta Áurea» congrega à sua volta numerosas lendas e poucas certezas – o nome latino é corrupção do grego horaia, «bela»; a porta já estava encerrada antes de se construir a muralha atual (provavelmente desde os primeiros séculos de dominação árabe, para evitar o acesso do Haram aos infiéis e certamente após a partida dos Cruzados). Às seis portas originais juntou o sultão Abdul Hamid a Porta Nova (1887), para facilitar o acesso aos novos bairros que se formavam para além da muralha setentrional. Cf. Jerome Murphy O'Connor, *Das Heilige Land. Ein Archäologischer Fuhrer*, trad., Munchen/Zurich, Piper Verlag, 1981, pp. 35-38, 94.

Castelos e fortalezas completavam a arquitetura militar do Próximo Oriente de Quinhentos e Seiscentos. O franciscano de Aveiro refere sucintamente «hum castello muy fermoso» em Jerusalém, junto à porta para onde se saía para Belém (porta de Jafa): «o qual castello não he muy forte, mas pólo sitio onde está, se pòde com pouco fortalecer, & fazer fortissimo. Serve somente á cidade de fortaleza somente para ceremonia, por não haver nella algum castello, ou torre, que mostre ter defensão. Chamão-lhe o Castello dos Pisanos, por os de Pisa o haverem edificado, quando a terra era de christãos»[63].

As origens remontavam de facto a muito antes dos Cruzados. Do palácio e três torres de Herodes Magno, dedicadas a cada um dos filhos e à esposa (Hípico, Fasael e Mariamne), Tito deixou apenas as torres. Adriano foi mais radical, demolindo-as em grande parte após a vitória de 135. A mole restante da Fasael interpelava a imaginação dos peregrinos, ávidos de memórias bíblicas. Se o monte Sião estava perto (assim pensavam os Bizantinos), nada mais natural que chamar ao monumento «torre de David», nome corrente até hoje. No século X havia certamente uma fortaleza, transformada em residência dos reis latinos de Jerusalém em 1128. No século XIII, com as tentativas cristãs de recuperação da Cidade Santa, a fortaleza foi mais de uma vez demolida e de novo restaurada. Só quando os Cruzados perderam definitivamente as esperanças recebeu a atual feição, obra do sultão mameluco Malik en-Nasir (1310). Solimão, o Magnífico, dotou-a do caminho exterior para a porta, da ponte de pedra e do patamar ocidental (1531-1538). Em 1655 recebeu o minarete[64].

Só admira que a designação tradicional não ocorra a quem vivia em Jerusalém como «morador» e não «peregrino». A fama dos Pisanos suplantara a do mameluco.

Tenreiro só anotou um exemplar de fortaleza, na cidade de Alepo. E sem grandes pormenores: os sultões de Constantinopla têm na cidade «hum Baxá com bom exercito de Turcos de cavallo em hum castello e em hua fortaleza»[65]. Quarenta anos mais tarde, Mestre Afonso

---

63 Frei Pantaleão de Aveiro, *op. cit*, XXI, p. 108.
64 Jerome Murphy O'Connor, *op.cit.*, pp. 40-41.
65 António Tenreiro, *op.cit.*, XXXIII, p. 65.

VIAJANTES E ARQUITETURA

viu-os em Tabriz, Ahlat (Aclata) e Bitlis (Bytaliz), onde passara o precursor de aventura na Pérsia e Arménia, e não diz que eram recentes.

Pelo contrário. Em Tabriz, o Xá Tamás havia mandado «derubar e pôr por terra a fortaleza», e assim o viajante encontrou «a fortaleza derubada»[66]. Nas cercanias de Ahlat (Aglát) encontrava-se um «castello roqueiro com certos edefícios redomdos dabobadas muy altos e amtigos»[67]. O castelo de Bitlis (Betliz) dava nas vistas: «huu fermoso castello situado a norte sobre hua aspera pissarra, todo cercado de muy alto e forte muro de pedra e cal bem atorrejada e com seus castelletes de vigias com muitos berços por amtre as ameas que parece impossivel poderse tomar»[68]. Ademais, o cirurgião feito geógrafo viu castelos ou casteletes em povoações menos importantes[69].

Nenhum, porém, se avantajava ao de Alepo, descrito com grande pormenor: castelo «muy forte», «com hua muy alta cava que o çircumda, que o faz ficar tão redomdo e imgrime, que por nenhum modo se pode subir a elle por nenhua parte, com gramdes lageas que o çercão todo desde o chão ate o meo do momte, que fica todo imgrime e muy escorregadio, e jumto da porta por homde se serue, tem hua muy forte e gramde torre de cada bamda bem prouidas de muitos berços e artelharia de toda sorte... e daly ao castello se vay por hua mui istreita rua feita sobre arcos da mesma camtaria fortissimos...É todo cercado de muy forte muro de camtaria, atorrejado de muy espessas torres do mesmo, ao meo deste momte ha quatro torres muy fortes e bem armadas apartadas hua da outra seu espaço e medida de hua ha outra que o çircumdão todo...»[70].

Em vão procuraremos descrição mais completa. Frei Gaspar de S. Bernardino fica pelo essencial[71]. Orta Rebelo acrescenta informação histórica e lendária: «hum Emperador Constantino filho de St.ª

---

66 Mestre Afonso, *op.cit.*, p. 190.
67 *Ibid.*, p. 217.
68 *Ibid.*, p. 223.
69 Jangan (*ibid.*, p. 163), Birecik (Biria júc, *ibid.*, p. 243), Alcúbe (*ibid.*, p. 271: «huu fermoso castello que se chama *losén* fabricado de franceses no tempo que sñorearão toda esta comarca».
70 *Ibid.*, pp. 250-251.
71 Frei Gaspar de S. Bernardino, *op. cit.*, XXII, p. 250: «castelo mui forte... com sua cava, e porque se não suba a ele, a ladeira é toda lageada (*sic*) e mui íngreme, de sorte que não é possível subir acima por parte alguma, salvo entrando pela porta, em que há de contínuo muita guarda e vigilância».

Elena, edificou em seu tempo nelLa hua fortaleza. A qual está no meio da Cidade feita em hum monte alto feito por obra da natureza, Senão com industria humana. Está este monte Sobre que está edificada esta Fortaleza cercado de hua cava com agoa, que a faz muyto forte: tem esta fortaleza em si algua artilharia, huns Baluartes redondos de traça bem antiga, com ser já renovada hua vez pelos Francezes, quando Gofredo de Bulhon tomou a terra santa...»[72].

Localização indiscutível («em hum monte alto feito por obra da natureza»), é mais vaga a reminiscência histórica: «hum (!) Emperador Constantino filho de St.ª Elena» não existiu. Constantino era o marido e não filho de Santa Helena. Filho de ambos e sucessor do pai foi o imperador Constâncio. Como muitas igrejas antigas da Palestina eram frequentemente atribuídas a Santa Helena, assim a fortaleza de Alepo foi dada ao marido. Que os Cruzados tenham restaurado a fortaleza é bem provável.

O padre Manuel Godinho abre com uma curiosa comparação ilustrativa – «Comparo eu esta eminência e fortaleza a uma porçolana, emborcada com o fundo para cima, no meio de ua bacia, à qual corresponde a altíssima e larga cava que a cerca em roda. A porçolana é a eminência de terra, toda lajeada por cima; no fundo desta porçolana fica a fortaleza; o círculo sobre que assenta são os muros da fortaleza» ... – passando sem folegar da imagem à realidade: «o círculo sobre que assenta são os muros da fortaleza, que têm quatro palmos de largura e cinco braças de altura, com seus andaimes e parapeitos; o circuito dela, por dentro, é de dous mil passos. Vê-se de duas léguas, tão alta fica. (...) Passa-se a cava por ua ponte de pedra que acaba em um forte; deste, por estradas encobertas, se vai pela eminência acima, dar na fortaleza. Sultão Selim a tomou no ano de 1515 e achou nela inumeráveis riquezas. Escreve Sciaferdino que só de ouro e prata lavrada havia um milhão e cento e cinquenta mil escudos»[73].

Novidades são as dimensões dos muros, a visibilidade a duas léguas de distância, a queda às mãos de Selim[74] e as «inumeráveis riquezas», de que menciona uma fonte.

---

72 Nicolau de Orta Rebelo, *op. cit.*, fl. 100 (p. 190).
73 Manuel Godinho, *op. cit.*, XXV, p. 222.
74 Sultão otomano de Constantinopla (1512-1520), que conquistou a Síria, a Arábia e o Egito.

Muito antes de chegar a Alepo, frei Gaspar já notara que o castelo de Lar (Lara) era uma das «duas cousas notáveis» da cidade: «tem quase meia légua em roda, o qual lhe fica a Poente, assentado sobre uma serra pequena, que está quase sobre toda a cidade. Nele há quarenta e oito baluartes, todos mui fortes, com suas torres, ameias, rebelins, couraças, estribos e pontões»[75].

II. *Arquitetura Civil*

Xiraz foi a primeira cidade em que Tenreiro abriu os olhos para a arquitetura civil: num jardim «que foi de reys passados, o qual tinha cerca de duas legoas... vi cousas de admiração; principalmente huns paços edificados de mármore, e de huas pedras com vidraças excelentes, e lavores perfeitissimos, e feitos de jesso, e azulejo muito fino, que se faz na terra»[76]. Quem diria que o viajante de Quinhentos antecipara a minha admiração pelos autênticos mosaicos de azulejo de Xiraz e Ispão, em que cada flor, cada pétala, cada ramo, cada traço de imagem se recorta em pedra própria.

Em Tabriz, a atenção foi para o casario comum: «muito nobres casas de pedra e cal, todas sobradadas, e de abóbedas: tem poucas janelas, sómente tem frestas, porque a terra he muito fria: tem nellas vidraças muito ricas, e de muitos laços de cores, e pinturas. As casas, que tem grandes jardins, e pomares, dentro tem edificios muy grandes, e antigos»[77]. Contra o frio (e o calor) minguavam as janelas em número e tamanho. Outra nota de surpresa é a ausência de telhado: as casas de Ercis (Argis) são «todas terradas por cima»[78]; em Saveh (Sabá), «os outros edificios dos mouros não tem telha, porque são tudo terrados por cima». A antiguidade dos edifícios denunciava origem grega: «he mui grande, e mui antiga, segundo mostra em seus edificios; parece ter sido edificada por gentios gregos»[79]. Em Monsar-

---

75 Frei Gaspar de S. Bernardino, *op. cit.*, XIII, p. 144.
76 António Tenreiro, *op. cit.*, VI, p. 17.
77 *Ibid.*, XV, pp. 28-29.
78 *Ibid.*, XXII, p. 48.
79 *Ibid.*, XII, p. 25.

quim ainda era mais evidente a origem grega: «Disseramme que fora dos gregos: e assi o parecia, por ter nobres edificios e mosteiros e igrejas, que estavam sem telhado, e tinham dentro ricos moymentos com letreiros de letras gregas, e em as paredes ymagens dos apóstolos e outros sanctos, pintados de mui finas tintas e de ouro que se ainda muyto bem enxergavão»[80]. Os gregos eram afinal bizantinos, com igrejas decoradas de mosaicos. De Caraemite «disseramme que fora dos gregos»[81].

Alexandria tem «edificios muito antigos, e de pedras de jaspe em muitas partes.» Distingue-se ainda pelo excelente urbanismo: «He muito bem arruada de fermosas, direitas, e largas ruas, fermosas casarias, tudo de pedra, e cal; e tem outros edificios debaixo do chão, tamanhos como os de sima, pareceo-me cousa muito antiga, e bem edificada»[82]. Que contraste com as cidades apinhoadas da Ásia, em que predominava a taipa!

De resto, quase só, a modo de estribilho, referências vagas a «casas grandes de bons edificios»[83], «edificios muito antigos e em muitas partes derribados»[84], «bons edificios»[85], «boas casarias, e edificios de pedra, e cal»[86], «edificios modernos de taypas francesas»[87], «edificios modernos de taypas francesas, que agora usam os mouros»[88], «boas casarias de edificios bons»[89].

Mestre Afonso continua a encontrar «mesmas casas de taipas»[90], terraços em vez de telhados[91] e a tradição de edifícios que remontam

---

80 *Ibid.,* XXVII, p. 55.
81 *Ibid.,* XXIX, p. 56.
82 *Ibid.,* XLVII, pp. 93-94.
83 *Ibid.,* XII, p. 25 (Sabá).
84 *Ibid.,* XIV, p. 26.
85 *Ibidem* (Ercis), XXIIII, p. 49 (Aclata), XXVII, p. 53 (Azu).
86 *Ibid.,* XXXVI, p. 73 (Gazara).
87 *Ibid.,* XXXIII, p. 64 (Alepo).
88 *Ibid.,* XXIX, p. 56 (Angão).
89 *Ibid.,* XXXVIII, p. 76 («outra cidade», entre Remaya e o Cairo).
90 Mestre Afonso, *op. cit.,* p. 183 (Meaná).
91 *Ibid.,* p. 180 (Hiará): «boas casas feytas da mesmas taipas com suas janelas e terrados como o são todas as dos mouros, porque nom usão telhados»; p. 222 (Betliz): «boas casas e edeficios de taipas francesas, terradas por cima».

aos gregos[92]. Mas dá mais atenção ao traçado das cidades e a alguns dos seus monumentos. Kashan (Caixão) «tem sete ou oito ruas muito compridas em demasia e alguas dellas muy altas feytas todas em arcos dabobadas»[93]. Nos seus bazares, «com gramdes temdas de fruitas que nom hão emueja há ribeira de Lisboa», concorridos por «muito mais gemte estrangeira que natural» vende-se de tudo. A particularidade é que «tem no meio destes baazares hua quadra gramde feita de arcos, tamanha como a alfandega de Lisboa, com cimco ou seis portas»[94]. Por detrás do castelo de Bitlis (Betliz) havia «tres ou quatro ruas todas de botiquinhas feytas de madeira em que se vemde tudo o necessario para a çidade e caminhamtes»[95].

Orta Rebelo considera a cidade de Hauiza (Oeza) «a mais abominável que athe agora tenho visto: as cazas todas são de cannissos sequos Sem haver nella hua só, não digo ja de pedra e cal mas de taipa»[96]. Foi preciso chegar ao Eufrates Médio, perto de Ana, para encontrar construções de jeito: «Uma aldeia que chamam Cabeça «foi a primr.ª terra, onde vimos cazas de pedra desde q̃ partimos de Ormús, tirando alguas cazas principaes de pessoas Soas notaveis»[97].

Ormuz deu a conhecer a Orta Rebelo as vantagens de substituir o telhado pelo terraço: «todo o vivente que nos mezes de verão não dorme nos Terrados, põem-se em risco de morrer... os doentes que se purgão, hade ser nos Terrados ao vento, e o mesmo fazem as mulheres prenhez quando querem parir: e emfim por dizer tudo em hua só palavra se pode colligir, que estava alli algum refolego do Inferno»[98].

---

92 *Ibid.*, pp. 177-178: «hua mui amtiga çidade que se chama *savá*, situada ao sul, não tamanha como por estar destruída e desbaratada, mas foi nobre e gramde segundo parecia nos seus edeficios, disseram-me que fora edeficada por gregos»; p. 180: Soltaniá «disseram-me que fora de gregos»; p. 230: Murfagúm «foy edificada por gregos e assy o parecia na nobreza dos seus edeficios»; p. 233: Cará Hemite «foi edeficada por gregos». O primeiro (Savá), o penúltimo e o último (Monsarquim/Monfargúm) exemplos coincidem com Tenreiro, se não o decalcam (cf. n. 348, 349 e 350, *supra*).

93 *Ibid.*, p. 165.

94 *Ibid.*, p. 166.

95 *Ibid.*, p. 224.

96 Nicolau de Orta Rebelo, *op. cit.*, fl. 60 (p. 142).

97 *Ibid.*, fl. 86 (pp. 172-174).

98 *Ibid.*, fl. 22 (p. 92).

Frei Gaspar teve também em Ormuz o primeiro embate com a arquitetura doméstica do Próximo Oriente: «Não tem a cidade telhados, cousa generalíssima em toda a mourama, nem é murada; as casas são altas, formosas e bem acabadas, ainda que à primeira vista se julgam todas por quebradas, donde vem um autor nosso chamar-lhe ossada de cidade, por causa de uns cataventos que têm, feitos à maneira de chaminés, e neles umas concavidades que parecem nichos, pelos quais no Verão desce o vento abaixo para resfriar as casas, por ser nele tão demasiado e sobejo o calor, que se tem por cousa certíssima levar neste particular vantagem a todas as demais do Mundo, e, se os moradores da Guarda, no nosso Portugal, por causa dos grandes frios do Inverno que nela há, dizem que os três meses de Verão são os de frio e os nove de Inferno, com muita mais razão os de Ormuz podem afirmar, que os três do Inverno são do Verão e os nove de Inferno»[99]. Com toda a originalidade, a alusão ao inferno de Ormuz parece inspirada em Orta Rebelo ou noutro trecho semelhante.

Na terra firme da Pérsia, a taipa dá nas vistas como material de construção. No Bandel do Comorão, as «casas são de taipa e do mesmo modo é a fortaleza que El-Rei Nosso Senhor tem nela situada»[100]. Em Lar (Lara), encontrará as mesmas casas sem telhados, «mas somente terrados», «todas de taipa ou ladrilhos»[101].

A maior atenção do frade centra-se nos bazares. O de Lar era «cousa notável» não só pela quantidade de mercadorias à venda mas também pelos «subtilíssimos oficiais» de várias espécies de armas, «freios e selas de aço e outras curiosidades semelhantes mui perfeitas e acabadas». E também pela arquitetura: «O alto da praça é uma meia laranja de abóbada mui grande, lavrada de várias pinturas com mil enredos, cordões e brutescos, que lhe dão muita graça, a qual se acrescenta com a claridade e resplendor das janelas, que são muitas e mui perfeitas. Debaixo da abóbada, e bem no meio delas, está um formosíssimo tanque de água doce, que por cá nos vem ali ter de muito longe»[102]. As duas praças de Xiraz «são menos curiosas que as

---

99 Frei Gaspar de S. Bernardino, *op. cit.*, XI, p. 124.
100 *Ibid.,* XII, p. 132.
101 *Ibid.,* XIII, p. 145.
102 *Ibidem.*

VIAJANTES E ARQUITETURA

de Lara, mas muito mais ricas e abundantes de todas as cousas necessárias»[103].

Inferior nos bazares, Xiraz não tinha comparação em arquitetura paisagística. Era a chamada «horta del-rei, que seria de grande meia légua, com três ribeiras mui caudalosas, que a atravessavam e regavam toda. Bem no meio, estavam muitos alegretes, por gentil ordem dispostos e traçados, com toda a variedade de rosas e boninas, assim da Índia, como de Espanha, e, entre elas, as casas em que el-rei se recreia, eram todas pintadas, com várias histórias e algumas figuras monstruosas.

Na primeira sala que entrámos, vimos na parede pintada a Rainha dos Anjos, com o menino Jesus nos braços. Com cuja vista nos alegrámos estranhamente, e não faltou na companhia quem de alegria chorasse. (...)

Saídos das casas, demos com uns tanques grandes, largos e fundos, em que só para passatempo e desenfado andavam naus, galés e barcos pequenos; à roda deles havia muitos esguichos, carrancas, sereias, e outros monstros marinhos, tão perfeitos, que mais pareciam próprios e naturais, que contrafeitos e fantásticos; daqui nos levou o ermitão para umas ruas de arvoredo, cujas ramas pareciam subir às nuvens»[104].

Mais uma vez o franciscano teve o manuscrito de Orta Rebelo ou uma sua fonte sob os olhos. O jardim «DelRey», «que por mo gabarem muyto, me obrigou a curiozidade ahilo ver, e certo, que hua das couzas boas que vi pelo Caminho» não passou despercebido ao funcionário da Índia. O que mais o impressionou foi «hum Tanque de pedra marmore redondo e muy grande, que parece hua fermoza Lagoa: tinha dentro hum barco com seus remos». «Terá este jardim hua grande Legoa de cerca: em quadro tem muitas ruas, e grandes de fermozas arvores, convem a saber, hua Rua de Álamos, outra de fermozos Cyprestes, outra de Choupos; outra fresquissima de Platanos: por cada hua delas podem nadar oito, e dez homens a par»[105].

---

103 *Ibid.*, XIV, p. 158.
104 *Ibid.*, XV, pp. 170-171.
105 Nicolau de Orta Rebelo, «Relação da Jornada», fl. pp. 43-43v (p. 120).

Longe da Pérsia, outra grande e «muy fermosa» praça chamara a atenção de frei Pantaleão de Aveiro. Nem admira. O Pátio das Mesquitas (Haram es-Sherif) é, com o Santo Sepulcro e o muro das Lamentações, um sítio imperdível na Cidade Santa. O frade viu, mediu e escreveu. O que ele considerava «templo de Salamão» «está edificado em hu campo grande, quadrado, & cercado de hum muro muy alto, que cinge, & guarda a Cidade da parte Oriental. Tem cada quadra seis centos passos, antes mais que menos, & sómente a quadra Oriental pudemos medir por estar desocupada de edificios, & outros impedimentos... & da mesma maneira está desocupada a mayor parte da quadra que está á banda o Norte. (...) Todo seu circuito são dous mil & quatrocentos passos, que fazem hua praça muy fermosa, ficando o Templo (mesquita da Rocha) quasi mo meyo dela»[106].

Manuel Godinho presta pouca atenção à arquitetura, sobretudo à civil. Sobressaem o palácio do paxá de Baçorá, as casas de Alepo e a cidade de Ispaão.

«Os paços do baxá são fermosíssimos, e de pedra todos, com muitas janelas rasgadas a nosso modo. Toda é murada em redondo de altos muros de barro, com suas torres do mesmo»[107]. «A cidade (de Alepo), na grandeza, é a terceira de todo o império otomano, cedendo nela ao Cairo e a Constantinopla, mas nos edifícios é a primeira, porque são todos de cantaria muito bem lavrada, altos e majestosos; só lhes faltam as janelas para a rua, o que muito os afea»[108].

Foi preciso chegar ao fim da jornada terrestre para o jesuíta deixar cair este pingo de tinta sobre arquitetura doméstica e o caravançará. Nem precisava de gastar mais tempo e papel sobre a última estrutura, que os antecessores viajantes lusos haviam descrito em pormenor.

Outro tanto não se dirá de Ispaão, uma cidade onde o viajante nunca pôs os pés, contemplada mentalmente a partir de Ormuz. Numa mistura de informação e fantasia, tal seria a capital safávida:

---

106 Frei Pantaleão de Aveiro, *Itinerario da Terra Sancta*, XLII, pp. 240-241. A Grandeza apurada pelo franciscano está sensivelmente correta. Trata-se de uma esplanada trapezoidal irregular, com 491ᵐ de comprimento no lado ocidental e 462ᵐ no oriental, sendo a largura de 310ᵐ a norte e 281ᵐ a sul, ao todo, 1544ᵐ de perímetro.

107 Manuel Godinho, *op. cit.*, XVI, p. 138.

108 *Ibid.*, XXV, p. 222.

VIAJANTES E ARQUITETURA

«É Haspaão a corte de mais sumptuosos edifícios que tem o mundo; são as casas todas de pedraria por fora, e por dentro douradas e pintadas às mil maravilhas; as paredes costumam embutir de vidros de Veneza, embutidos, com pouca distância de uns a outros... (...) O paço real fica em ua espaçosa e grande praça, onde ordinariamente há feira geral, em que se vende quanto se pode pedir por boca; é fabricado com suma majestade e grandeza: tem as paredes por dentro e por fora douradas, com pinturas e galantarias; a praça ou terreiro tem setecentos passos de comprido, e de largo duzentos e cinquenta. (...) A ua ilharga se levanta uma sumptuosíssima mesquita de pedra de cantaria, para a qual se sobe em treze degraus abertos em ua só pedra. Da outra parte fica a casa da moeda. Tem el-rei perto da cidade ua casa de prazer, com um jardim formosíssimo, cercado de altos e frescos arvoredos, por nome Chaerbag, entre o qual e a cidade passa o rio Zinderoend, que tem ua ponte de pedra»[109].

Caravançarás[110] sempre tinham dado nas vistas. Tenreiro assinala a sua existência sem mais explicações[111]. Mestre Afonso é o primeiro a notar a importância e a arquitetura destas instituições. Tenreiro mencionara «as» caravançarás. O cirurgião muda o género e enceta a explicação: Kashan (Caixão) «tem muitos caruãsaras que são casas de grandes fabricas feitas de cantaria em que se alojão passageiros e mercadores estramgeiros»[112]. Também qualifica: entre Bitlis (Betliz) e Hizú fica num caravançará «muy gramde e fermoso»[113]; o de Sajúr é «o mais sumptuoso que vy em todo aquelle caminho»[114]; Alepo «tem muito gramdes carauamsarás»[115].

Orta Rebelo regressa ao feminino e explica melhor: «Há em todos os caminhos da Persia a cada duas, e tres legoas cazas de Alma-

---

109 *Ibid.,* XIII, pp. 110-111.

110 Adoto intencionalmente esta forma clássica (Tenreiro, Mestre Afonso, Manuel Godinho) em detrimento dos afrancesados «caravanserai» e «caravansarai» (*caravansérail*) de algum dicionário. Orta Rebelo e Frei Gaspar de S. Bernardino grafam respetivamente «crabanserá» e «carbançará».

111 António Tenreiro, *op.cit.,* XIX, p. 42 (Ardivil); *ibid.,* XXVII, p. 54 (Azu); *ibid.,* XXIX, p. 57 (Caraemite).

112 Mestre Afonso, *op. cit.,* p. 167.

113 *Ibid.,* p. 225.

114 *Ibid.,* p. 247.

115 *Ibid.,* p. 250.

zens, a que chamão Crabanseras, e não servẽ mais, que para os Caminhantes se agazalharem: tem ao redor muitas estrebarias para as cavalgaduras, e no meio huma sala grande feita em Cruz; não mora ninguem nellas, nem pagam de se recolherem os caminhantes cousa algua: ...Estas Crabanseras mandão fazer Mouros, que tem posses, gastando parte de seus bens, assim nestas, como noutras semelhantes obras de mizericordia, hus por si, outros por seus defuntos: outros em suas mortes deixão suas fazendas para fabricação dessas obras, e sisternas e Crabanseras»[116].

Feita a apresentação genérica, o viajante salienta os mais vistosos. O que o recebeu em Xiraz era um deles: «grande, e fermozo Crabansera (agora masculino) de tres, que na Cidade há, aonde se recolhem os caminhantes. Este donde nos agazalhamos he Can, Regedor da Cidade, tem dentro grandes e fermozos apozentos, que mais pareciam morada de Senhor, que estalagem de peregrinos, he feito a modo de um Dormitorio de Convento quadrado; tem no meyo hum pateo muy grande, e fermozo; em ho meyo delle hua fonte murada, ao redor hia rede tijolos muyto bem feita por amor das cavalgaduras não entrarẽ dentro: ao redor do pateo há humas varandas em arcos, e por dentro estão apozentos a modo de cellas, e por todas, assim por baixo como por cima São cento e trinta»[117].

E ainda faltava Bagdade, onde havia «alguns quatro ou cinco»: «hum delles he o mais grande, e fermozo que neste Caminho vi, [.] he tão forte que pode Servir de huma boa Fortaleza, tem suas casas por baixo, e por cima toda fabricado de arcos em redor, e hum pateo no meyo, onde se agazalhão fazendas»[118]. Alepo ultrapassava a capital do Tigre em número (dez) e especialização de caravançarás («cada nação vive apartada em Seu CrabanSerá»)[119]. Cansado da longa caminhada «por terra de infieis em demanda daquella cidade», o recém-chegado aproveita, ainda a cavalo, o encontro feliz com um francês que conheceu pelo trajo («naquelles mesmos trajos tinha visto na Cidade de Lisboa muitos»). Logo se hospeda no «Cam dos Francezes». A arquite-

---

116 Nicolau de Orta Rebelo, *op. cit.*, fls. 27v-28v (p. 100).
117 *Ibid.*, fls. 39v-40 (p. 116).
118 *Ibid.*, fls. 74v (pp. 158-160).
119 *Ibid.*, fl. 103v (p. 194).

VIAJANTES E ARQUITETURA

tura não diferia da dum caravaçará oriental: «Cazas a modo de Mosteiro, com hum pateo no meio muito fermozo, cercado todo de varandas em quadra, pelas quaes em Sua ordem vão Suas cellas, como de Frades». No interior, a diferença era abissal: deram-lhe «hua (cela) com cama, meza, e cadeira, castiçal com hua vela, [.] quando he horas de comer, nos assentamos todos, os que há no Cam, em hua taboa comprida, onde nos dão comer a pasto a quatro reales cada dia, e entre dia todo o vinho, e pão, que quereis comer. Aqui fui recebido desta Nasção Franceza muito bem, fazendo me todos muytos mimos, e carícias, porque huns me trazião as Romãs, outros os marmellos; outros as maçãas, mandando me aquentar agoa para lavar o corpo, e sito todos com tanto amor, como Se forão Irmãos, cõ me offerecerem camizas, e calções francos, Se os não trazia»[120].

O Cam dos Franceses mantinha a estrutura arquitetónica oriental. Por dentro, funcionava como estalagem europeia, mais que isso, tal convento recebendo os hóspedes como irmãos. Aqui se realizava plenamente a comparação com um mosteiro cristão.

Na maior parte dos trajetos, os religiosos não tiveram outro remédio senão hospedar-se nestes simulacros de conventos. Aliás, com boas recordações. No que serviu de pouso a frei Gaspar em Lar (Lara), um dos quatro da cidade, «tão grandes como mosteiros», a organização era impecável: «Tanto que nele entrámos, veio logo a justiça pesar quanto fato e fazenda trazíamos e guardado em umas lojas, pelo mesmo peso o tornaram a entregar, quando partimos, sem levarem dele direito algum, nem pedirem um só real. Meu companheiro admirado tanto da liberalidade, como fidelidade destes mouros, me disse: — Pode ser que haja terra de cristãos, onde se não faça outro tanto»[121]. De resto, a função do equipamento era alojar «todo o forasteiro de qualquer nação que seja», sem qualquer discriminação. Manuel Godinho, que não teve outra estalagem no trajeto terrestre a não ser em Baçorá e Alepo, só aqui parece ter visto a estrutura, por fora, resumindo o que vinha sendo dito: «Mas, sobretudo, os caravançarás de Alepo são tão fermosos como os melhores conventos deste reino, do mesmo feitio, com as mesmas repartições, e todos em qua-

---

120 *Ibid.,* ff. 88v-89 (p. 188).
121 Frei Gaspar de S. Bernardino, *op. cit.*, XIV, p. 158.

dra, com suas fontes no meio. Estes se alugam a mercadores e estrangeiros, vivendo logo em um duzentos homens, para os quais há casas e cozinhas particulares no mesmo número»[122].

Cruzando os mais famosos rios do mundo (Tigre, Eufrates e Jordão) e outros menos nomeados, estranha a rara menção de pontes. A verdade é que poucas havia de estrutura sólida. Os rios passavam-se geralmente de barco. Tanto maior razão para focar a novidade.

Ao entrar na Palestina vindo da Síria, Tenreiro atravessa a ponte de pedra do Jordão; «e ali perguntey como se chamava aquelle rio e me disse hum mouro que se chamava a agoa de Jacob»[123]. Provavelmente o forasteiro compreendeu mal o mouro. A ponte que atravessava o Jordão na vizinhança do lago de Tiberíades chama-se até hoje «ponte de Jacob».

Mestre Afonso viu «hua gramde pomte de muitos arcos»[124] em Qom. Orta Rebelo passou «duas Ribeiras, e dous Rios», de que não conhece ou não dá o nome, antes de chegar a Romus. Ficou impressionado com a ponte de uma delas, e não era para menos: «vimos hua ponte quebrada que segundo mostrava, devia de ser hua das q tratão os estudiozos fabuladores [.] mostrava ser toda de hum arco, que mais me maravilhou que tudo, e continha em si grandissima altura, e hia ao longo da parede della hum andaimo, que hia ter ao alto da ponte, sutentando com huns arcos pequenos ao modo de aboboda, que serião quarenta e cinco»[125]. Ponte de um só arco de grandíssima altura com arcos pequenos laterais... dir-se-ia antecipação da ponte da Arrábida, no Porto.

Frei Gaspar de S. Bernardino viu mais pontes, entre as quais a do Tigre em Bagdade, que dá o nome a uma das quatro portas da cidade, chamada «a da ponte», por dar para a «ponte do rio»[126]. Lá se foi «algumas vezes» «assentar»[127] com o companheiro. Afinal não era obra de arte, constando simplesmente de «trinta e uma barcas gran-

---

122 Manuel Godinho, *op. cit.*, XXV, p. 222.
123 *Ibid.,* XXXIII, p. 69.
124 Mestre Afonso, *op. cit.*, p. 175.
125 Nicolau de Orta Rebelo, *op. cit.*, fl. 53 (p. 132).
126 Frei Gaspar de S. Bernardino, *op. cit.*, XIX, p. 206; cf. n. 310, *supra.*
127 *Ibid.,* XIX, p. 207.

des». A título de curiosidade, saiba-se que era de «duzentos e oitenta passos, que eu media» por muitas vezes a atravessar[128]. Ponte a sério e vistosa era a do rio Drut, a pouco mais de cinco léguas do Comorão: «ponte de duzentos arcos, dos quais só vinte e cinco estavam inteiros, e os mais todos quebrados, mas em estado que se contavam. No princípio e remate dela, havia duas torres pequenas postas mais para galhardia e lustre da obra, que para defendê-la em caso que fosse necessário»[129]. No outro dia a cáfila deu em «outra ponte do rio Iesdro», a qual não merece descrição[130].

III. *Arquitetura Monumental*

Quem pisava o antigo Crescente Fértil não precisava de dar de chofre com monumentos antigos. Procurava-os ansiosamente, tal era a fama de alguns. «No Egipto estão ainda hoje as pirâmides, uma das maravilhas que no mundo se têm por tais», escrevia quem nunca as vira[131]. Nem precisava de ter visto, que a notícia era antiga e abundante, nas penas de Heródoto, Estrabão, Diodoro Sículo, João Ravísio «e ultimamente Pedro Mártir, milanês»[132]. Daí a naturalidade com que Tenreiro se refira às pirâmides, ao descortiná-las do Cairo:

«Mais adiante pera ponente (de Bulak) hua legoa de caminho estão huns edificios de pedraria lavrados de pedras muito grandes, que se vêm da borda do dito rio, e dizem que erão os celleiros, que mandára fazer ElRey Pharaó; outros me disserão que erão as sepulturas dos Reys daquelle tempo. Estão em huns areáes, e terra deshabitada, e dalli me disserão que trazião os corpos dos mórtos mirrados, que em alguas praças desta cidade vi vender...»[133].

Eis a mais notável informação de Tenreiro não só sobre o Egito faraónico mas sobre as civilizações orientais. As pirâmides da margem ocidental do Nilo estão em «areáes e terra deshabitada» e eram

---

128 *Ibid.*, XXI, p. 240.
129 *Ibid.*, XII, p. 139.
130 *Ibid.*, p. 140.
131 *Ibid.*, VIII, p. 90.
132 *Ibidem.*
133 António Tenreiro, *op. cit.*, XLIII, p. 90.

248   JOSÉ NUNES CARREIRA

realmente «sepulturas dos Reys daquelle tempo» como queria uma das interpretações.

Em terras da formosa Raquel (Orta Rebelo)[134], a memorável e nunca esquecida torre de Babel continuava a excitar fantasias de exegetas, escritores e pintores. Regressado a Lisboa sem nunca lhe ter posto os olhos em cima, o franciscano itinerante descrevia-a com impressionante cópia de pormenores: «diz Filo, que os homens que nela trabalharam, passavam de trezentos mil, a qual não era outra cousa que um monte de terra maciça, vestido com uma parede de tijolos cozidos no fogo, amassados com um betume que nasce naquelas partes, melhor e mais forte para este ministério do que a cal que os pedreiros cá usam. Tinha uma como escada, lançada ao caracol ao modo de ladeira, tão espaçosa e larga, que seis carros juntos se não podiam encontrar. Sendo pois a gente tanta, e estando a torre na cidade à qual era fácil acudirem todos, diz Santo Isidoro, que a puseram em altura de cinco mil cento e setenta e quatro passos; que pelo menos devia ser uma légua e meia, e ainda agora o pé mostra bem que teve mais em circuito e uma grande légua»[135].

O funcionário da Índia tinha de a lembrar em Bagdade: «Está mais á vista desta Cidade hua Torre muy antiga, a que os Judeus chamão de Membroth, filho, ou Neto, que foi de Noe, a qual elle fundou naquelle tempo pouco mais, ou menos, que foi fundada a Babilónia, [.] estará della para a banda do Sul nove leguas, he feita como parece de tijolos cozidos ao Sol, e por cima destes tijolos vai outra camada de vimes, ou vara do que quer p̃ he a assim hua cama de hua couza, outra cama de outra liada de madeira, q̃ ainda no pedaço q̃ está em pé, pode haver vistigios para muitos mil anos, conforme aos que já tem durado; terá em redondo um terço de meya Legoa Grande»[136].

---

134 Para o que segue, cf. José Nunes Carreira, *Por terras de Jerusalém e do Próximo Oriente*, Mem Martins, Edições Europa-América, 2003, pp. 299-312.

135 Frei Gaspar de S. Bernardino, *op. cit.*, XVIII, pp. 200-201. Trecho integralmente plagiado, entre muitos outros, por Manuel Godinho, *op. cit.*, XX, pp. 178-179. Para a questão do plágio em Manuel Godinho, cf. José Nunes Carreira, «Frei Gaspar de S. Bernardino, o 'companheiro' e os plagiários», in *Revista da Faculdade de Letras*, 5.ª série, 4 (1985), pp. 79-91, reproduzido em *Idem*, *Do Preste João às Ruínas da Babilónia*, Lisboa, Editorial Comunicação, 1990 [1980], pp. 143-158, sob o título «Companheiros e plagiários de Frei Gaspar»; R. Loureiro, «Para uma nova leitura da 'Relação do Novo Caminho' do Padre Manuel Godinho, in *Ler História*, 15 (1989) pp. 3-27.

136 Nicolau de Orta Rebelo, *op. cit.*, fls. 74-74v (p. 158).

VIAJANTES E ARQUITETURA

O viajante fala evidentemente do que lera ou ouvira. A nove léguas de distância não enxergaria nada (nem se entende o «mais á vista desta Cidade»): nem a silhueta da torre, nem o circuito do monumento («um terço de meya Legoa»), menos ainda os materiais e a técnica de construção. A tradição judaica (não do Antigo Testamento) faria remontar o monumento a um o filho ou neto de Noé, na realidade bisneto, se por detrás do misterioso Membroth se esconde Nemrod (cf. Gn 10,1.6-9). Sem o ver, já tinha identificado o monumento como torre de Babel, pois o episódio bíblico (Gn 11,1-9) segue de perto a apresentação de Nemrod.

Descontando a localização incorrecta em relação a Bagdade, descrevem-se os restos ainda imponentes da zigurate de Aqarquf, 17 quilómetros (não nove léguas) a noroeste (não a sul) da capital do Iraque, obra do rei cassita Kurigalzu I (c. 1415-1390 a. C.), não de um patriarca dos tempos primordiais[137].

Orta Rebelo, bom filho do seu tempo, ignorava a história e seguia a Bíblia. E quanto não daria para ver «Torre de Babilónia»! Bem o tentou já perto do Eufrates, a caminho de Alepo. Em vão. O língua impossibilitou-lhe o caminho, apontando o perigo dos muitos ladrões, «dizendo me... que nos podia suceder hum desastre donde nunca se soubesse de nos... mas enfim homem por aquelle caminho deixa de ver muytas couzas, por não se apartar da Companhia»[138].

Frei Gaspar de S. Bernardino teve mais sorte. Viu e examinou a zigurate, localizada com exatidão. Mas não aceitou a identificação com a torre de Babel, argumentando com a descrição que lia na Bíblia. «Outras três léguas da cidade, da parte do Poente, além do rio Tigris, na Mesopotâmia, está uma torre chamada Corcova (Aqarquf), tamanha como a nossa de Belém, que alguns cuidam ser a de Nembrod, no que se enganam, porque Corcova é de adobes secos ao Sol; e a outra de ladrilhos cozidos ao fogo[139]; eu trago debuxado ao natural

---

137 Curiosamente, subsiste na tradição judaica uma referência aos Cassitas, povo das montanhas do Zagros infiltrado pacificamente em Babilónia desde Hammurabi (1792-1750 a. C. na cronologia média) e que ascendeu ao poder por 1570 a. C. O pai de Nemrod em Gn 10,8 é Kush, acádico Kushu, epónimo dos Cassitas. Cf. E. A. Speiser, *Genesis* (AB 1), Garden City, N.Y, Doubleday, 1964, pp. 71-72.

138 Nicolau de Orta Rebelo, *op. cit.*, fl. 80v (p. 166). Toda a peripécia *ibid.*, fls. 79-80v (p. 166).

139 Lateres coctos igni, citando Gn 11,3 e adaptando a Vulgata, que lê: faciamus lateres et coquamus eos igni.

arco (de Ctesifonte) e torres»[140]. A Torre continua a existir, mas «está fora do caminho ordinário oito léguas, e quando os que estiveram em Babilónia dizem que a viram, há-de se entender que falam de Corcova, que fica à vista da cidade, e não da própria Babel»[141]. Levará tempo até outros viajantes europeus pensarem o mesmo[142].

O arco estava junto ao Tigre, 40 km a sul de Bagdade, e tinha de impressionar o visitante. Há três ou quatro séculos, provavelmente mais bem conservado, devia deixar embasbacados os forasteiros das cáfilas, que passavam perto. Para quem tinha no Antigo Testamento o único «guia turístico» autorizado em terras da Mesopotâmia, só um grande monarca de Babilónia (e não havia maior que o conquistador de Jerusalém) o podia ter mandado erguer. O histórico e lendário Nabuco era o autor[143].

Despachado da alfândega, Orta Rebelo passou «á vista do Arco de Nabucodonozor onde antigamente dizem q̃ esteve aquella monstruoza Estatua, aqual he tão grande, que podera por baixo dele passar hũa Nao das nossas com gavea, e tudo; e o portal tem de largura cento, e tantos pez de onze pontos»[144].

Frei Gaspar é ainda mais concreto nas medidas sensivelmente correctas: «Fora da cidade para a parte do Meio-Dia, distância de três léguas, está um arco a modo de capela-mor, porque não passa o vão dele a outra banda, a que os Turcos chamam Salmon Pac; este tem de largo cento e um pés, e, de altura, trezentos palmos; se fora vão, coubera muito bem por ele uma nau à vela; dizem que Fátima, filha de Mafoma e mulher de Alé, o mandou fazer, porque Deus lhe desse filhos; seja o que for, ele é grandíssimo e notável»[145]. É notória a

---

140 Frei Gaspar de S. Bernardino, *op. cit.*, XIX, p. 214.

141 *Ibid.*, p. 215.

142 O mercador inglês Eldred, que esteve em Aqarquf em 1583, escreveu: «Ainda estão aqui as ruínas da antiga torre de Babel...», Hartmut Schmökel, *Funde im Zweistromland*, Göttingen/Berlin/Frankfurt/Zurich, Musterschmidt, 1963, p. 186. Para as ruínas cf. *ibid.*, pp. 188-191.

143 D. Álvaro da Costa fala despreocupadamente no «templo de Nabucodosor» (*Tratado da Viagem que fez D. Álvaro da Costa*, Manuscrito CV/1-5, da Biblioteca Pública e Arquivo Distrital de Évora, fl. 73). Orta Rebelo modera o juízo com um «dizem» (*op. cit.*, fl. 69 [p. 152]).

144 Nicolau de Orta Rebelo, *op. cit.*, fl. 69 (p. 152).

145 Frei Gaspar de S. Bernardino, *op. cit.*, XIX, p. 214.

dependência da fonte anterior (referência à «nau», dimensão da largura do arco) e a secularização – o arco de Nabucodonosor passou a «Salmon Pac», situado na história (infância do Islão) e não na lenda. O arco nada tinha a ver com o imperador de Babilónia. A datação interrogada («seja o que for») da ruína no século VII da nossa era está pós-datada apenas num século.

Escassos quatro anos mais tarde (1611), D. Álvaro da Costa volta à lenda: viu «com sua companhia por curiosidade» o monumento «a que os mouros chamão Vulgarmente o arco de Na(buchodno)zor». E embeleza a etiqueta com lendas bíblicas do *Livro de Daniel* (cc. 2-3; 14,35-39) : «Este edificio visto de perto he tão sumptuoso que admira sua grandeza maiormente considerando a antiguidade delle, porque sem duvida se afirma ter sido feito pollo grande Monarcha do mundo Nabuchdonosor que nesta cidade de Babilonia tinha seu assento para templo do Idolo de Ouro que a sua imagem mandou fazer e adorar por Deus a todos seus Vassalos, quando em Babilonia estando cativos os filhos de Israel, e o santo propheta Daniel com os tres meninos Anania, Assaria, Misael somente não quiseram adorar o Idolo, pollo que o Rey mandou meter a Daniel no lago dos leões, onde elles lhe obedecerão, e Deus o socorreo, mandando por hum anjo arrebatar o propheta Abacuch que junto a Jerusalem estava por hum cabello com comer pera este santo propheta, e os tres meninos metidos em hum ardente forno louvavam o Senhor sem padecer detrimento algum».

Da «história» passa à descrição do monumento: «Mostrasse a grandeza deste templo mal fundado (?) por aquelle soberbo e idolatra Rey nesta parte que inda oje apezar das injurias do tempo permanece, a qual he feita de ladrilhos grossos e fortissimos permanecendo a modo de Arco, como lhe chamão hũa aboboda de hũa so nave cuberta tão alta e grande que não se achara no mundo outra que em grandeza lhe faça ventagem e de grossas e fortes paredes com o principio de outras que dellas se continuavão pera ambas as bandas e que estão caidas. A entrada daquella alta aboboda esta pera o campo e caminho das cafilas, e as costas pera o rio Tigris que ali passa perto, a mais machina daquelle soberbo edificio esta caida e nas roinas. E nesta parte que permanece mostra ser cousa grandissima e maravilhosa»[146].

146 Álvaro da Costa, *op. cit.,* fl. 71.

JOSÉ NUNES CARREIRA

Dificilmente se encontra antecessor ou contemporâneo de D. Álvaro que tenha descrito a ruína com tão grande precisão, ou arqueólogo «avant la lettre» que tenha trazido o arco debuxado ao natural antes de frei Gaspar. Nem se reprove a adjetivação do fidalgo – «grossas e fortes paredes», «soberbo edificio», «cousa grandissima e maravilhosa». O arco de Nabucodonosor era, afinal mais que isto, e D. Álvaro bem o viu. O monumento é o que resta do palácio dos Sassânidas[147], que fizeram de Ctesifonte a sua capital de Inverno. E podia apropriadamente chamar-se «cousa grandíssima e maravilhosa», em terminologia moderna «uma das obras maiores da arquitectura mundial»[148]. O arco constituía a abóbada da sala do trono. Com as impressionantes dimensões de 7,3m de espessura na base, 36,6m de altura e 25,3m de vão, a obra «equalled, if it did not surpass the mightiest strutural achievments of Ancient Rome»[149].

Persépolis[150], ainda hoje o mais importante conjunto monumental pré-clássico do Irão, nem podia gozar de tal fama, pois até o nome perdera. António Tenreiro passou perto, em Xiraz; mas não viu nem ouviu falar da ruína. De Mestre Afonso, em rota longínqua, não se

---

147 Reino ou império (227-636) que se julgava sucessor dos Aqueménidas, fomentou a religião mazdeísta e fez frente aos Romanos na Mesopotâmia e Pérsia. Terminou sob o ataque dos Avaros e dos Eslavos, pouco antes da conquista árabe de 637.

148 Henri Stierlin, *Die Welt der Perser*, trad., Bayreuth, Gondrom Verlag, 1980, p. 51.

149 Banister Fletcher, *A History of Architecture*, London, Athln Press, 1975, p. 84. Na atribuição erraram todos, eu incluído, em obras anteriores (por ex. *Outra face do Oriente*, Mem Martins, Edições Europa-América, 1977, p. 170) que o atribuí a Shappur I (242-272 d. C.). Arco e meia fachada, que ainda subsistem, são o que resta do palácio de Inverno do sassânida Cosroes I, do século VI da nossa era, o qual cobria uma superfície não inferior a 12 ha, com fachada de 100 metros. Por singular coincidência histórica, na capital do império bizantino erguia-se quase ao mesmo tempo outra obra que iria concentrar a admiração dos arquitetos: Santa Sofia (*Hagia Sofia*) de Constantinopla. De um lado, um império decididamente empenhado no triunfo do cristianismo; do outro, o inimigo figadal sonhando restaurar a grandeza do império aqueménida com o culto do deus persa Ahura-Mazda, misturado de elementos babilónicos, budistas e cristãos e elevado a religião de Estado. Nos dois casos, a mesma «folie de grandeur» alicerçada em fé. Cf. Henri Stierlin, *op. cit.*, pp. 48-49.

150 Fundada por Dario I, foi enobrecida por Xerxes I (485-465) e destruída por Alexandre Magno (332 a. C.). Não passou despercebida aos últimos historiadores do Antigo Testamento (Elymaida em 1 Mac 6,1-4), mencionando a tentativa de Antíoco Epífanes de saquear o templo e destruir a cidade (2 Mac 9,2). Para o que segue cf. José Nunes Carreira, *Outra Face do Oriente*, *op. cit*, pp. 155-157; Idem, *Por terras de Jerusalém e do Próximo Oriente*, *op. cit.*, pp. 340-345.

esperava que aludisse a ela. Só nos princípios do século XVII (1602) um viajante português na Pérsia dá por Persépolis. Frei António de Gouveia (1575-1628) pisou e descreveu as ruínas da capital aqueménida, travestida em Chel minirá, «quarenta alcorões». Xiraz-a-Velha não pode ser outra: «Chamam a este sítio a cidade velha, por se dizer que antiguamente estiuera nella edificada Xiraz, & realmente os antigos escriptores favorecem esta opiniam, ajuntando o rio Bondamiro aos muros de Xiraz...»[151].

Persépolis guardaria monumento funerário de Artaxerxes, também personagem bíblica, e Vasti: «Fomos ver a sepultura que tenho dito, & bem entendo que nam foy mais notauel, nem custosa a que Artemisa fez a seu marido Mausoleo, ainda que seja tida por hua das maravilhas do mudo, senam que a de Mausoleo gastaua o tempo, que contra esta parece que nam tinha forças, & esta desbaratou a malicia humana». Por «indícios» que não especifica mas que só podem ser literários (lendas do *Livro de Ester*), o diplomata entendeu que «Assuero ou Artaxerxes a (sepultura) edificou pera si com outra que estaua junto a ella pera a Raynha Vasti»[152]. Dizia efetivamente o livro bíblico que Xerxes (Assuero na Vulgata e Artaxerxes nos LXX e em Josefo) desposara Vasti, aliás desconhecida das fontes históricas (Est 1,9-22; 2,1).

Temos de admirar a acurada e notabilíssima descrição das ruínas, situadas «entre duas serras altas»[153]:

«Quis averigoar quem fosse o autor desta obra pera que com elle prouasse a grandeza della.

Começauam ao pê da serra duas escadas, fronteiras hua da outra com muytos degraos, & muyto juntos feitos de pedras tam grandes, que excederá o credito affirmar, que auia alguas dellas que depois de lauradas eram de mais de vinte & cinco palmos de comprido, & de dez ou doze de largo, & sete ou oito de alto, & destas havia muito grande multidam por toda aquella machina, porque toda a obra constaua della, e nam era pequena marauilha, ver como se poderão por huas sobre outras, particularmente nas columnas onde as pedras eram

---

151 Frei António de Gouveia, *Relaçam em que se tratam as Guerras e Grandes Vitórias que Alcançou o Grande Rey da Persia Xá Abbas,* Lisboa, ed. Pedro Crasbeeck, 1611, fl. 31.

152 *Ibidem.*

153 *Ibidem.*

mayores que em nenhua parte. O que mais nos admirou foy ver, que de hua só pedra estauam feitas alguas capelinhas, entrada, pauimento, paredes: & tecto, & nam se ha de cuidar que esta obra estaua cauada na mesma serra, como outras obras que ha na India, qual he o Pagode Canarî, que está na Ilha de Salcete junto a Tanâ, que ainda que he de excessiua grandeza, todauia he causado em hua serra de pedra branda, mas nesta de que trato eram as pedras negras, & durissimas trazidas de longe. As escadas q̃ digo cada hua por sua parte se hiam ajuntar em um tabuleiro muyto grande, de que se descobria toda a campina. As paredes dellas estauam cobertas de muytas figuras de releuo, tambem esculpidas que duuido eu se podessem laurar melhor em materia mais branda, por estas escadas se entraua em hum Pateo grande, onde estauam as quarenta coluñas, que dam nome ao sitio, que cõ serem muyto grandes, todas ellas constauam de tres pedras sómente. Tal era a grandeza de cada hua dellas. A baze em que se sustentauam poderia ter trinta palmos de roda, sobre as columnas estauam fermosas figuras de vulto: os portaes por onde se entraua a este pateo eram muy altos e as paredes muy largas de hua parte, e outra dellas sahiam Leões, & outros animais ferozes, relluados na mesma pedra, tambem laurados q̃ pareciam q̃ ainda queriam meter medo. O Rey estaua tirado pello natural, assi nos portaes, como em outras muytas partes: Deste lugar se subia a outro mais alto, onde estaua hua casa laurada na mesma serra, dentro hua arca muy grande de pedra q̃ deuia de ser pera deposito de seu corpo, ainda q̃ os naturaes imaginando ter outro thesouro a quebraram, tendo pouco respeito à antigua memoria de quem a edificou»[154].

«Escadas que... se hiam ajuntar em hum tabuleiro», degraus feitos de «pedras tam grandes» que chegavam a «vinte & cinco palmos de comprido» são as «escadarias de dois lanços» e os «degraus desiguais e megalíticos» de descrição moderna[155]. Quem não teve a dita de visitar Persépolis veja em reprodução «o Rey... tirado ao natural, assi nos portaes, como em outras muytas partes»[156], e os leões e outros ani-

---

154 *Ibid.*, fl. 31v-32.

155 William Culican, *Medos e Persas*, trad. (Historia Mundi, 10), Lisboa, Editorial Vebo, 1971, p. 93; cf. *ibid.*, p. 91 (planta de Persigneis); J. Pijoan, «A Arte do Irão antigo», em Id. (ed.), *História da Arte*, I, trad., Lisboa, 1972, pp. 217-221.

156 Por ex., J. Pijoan, *História da Arte,* I, pp. 219, 227.

VIAJANTES E ARQUITETURA

mais ferozes a saírem das paredes, tão bem «laurados» «q pareciam q ainda queriam meter medo»[157].

Gouveia antecedeu em meio século o aristocrata italiano Pietro della Valle (1585-1652), a quem errada e vulgarmente se credita o mérito de descobrir e revelar Persépolis aos europeus[158].

Compreende-se que pouco se tenha visto de arquitetura clássica na Pérsia, Mesopotâmia, leste e sul da Turquia e norte da Síria. Tenreiro descobriu-a em Baalbek[159], no actual Líbano: «... passámos por hua villa, que se chama Balbeche... (...) Aqui vi muitos moimentos, e edifícios muito antigos do tempo dos gentios»[160].

Foi a primeira vez que na Europa se escreveu sobre a imponente ruína[161] de que ainda subsiste uma das duas torres que abriam alas para a escada monumental (50 m de comprimento), parte do grandioso e vasto pátio interior (135 x 113 m), despojado dos requintes arquitetónicos e da basílica cristã, construída após a destruição do santuário pagão por Teodósio. Por milagre escapara o original altar dos sacrifícios (10,50 x 9,50 m) e as grandes bacias laterais, 6 das 54 colunas da parte final do grande templo (20 m de altura com capitel e 2,23 m de diâmetro) e o magnífico templo do Baco ou Diónisos, o mais bem conservado dos edifícios de que se orgulhava *Augusta Felix Heliopolitana*, uma das obras mais belas que nos deixou a antiguidade[162].

---

157 *Ibid.*, p. 217: leão a atacar um touro de surpresa, em parede de escadaria. Henri Stierlin, *op. cit.*, p. 31, tem a mesma expressão de Gouveia: os propileus de Xerxes I têm «pares de touros alados, que metem medo (die Furcht einflössen)».

158 Pietro della Valle, *Viaggi Descritti in Lettere Familiari*...I-II, Roma, 1652-1653.

159 O topónimo, literalmente «Baal, ou senhor da planura (beka'a)», evoca ao mesmo tempo o grande deus cananeu e o sítio onde era invocado. Da história antiga pouco se sabe. Foi centro religioso ao tempo da tetrarquia da Itureia (séc. I a. C.), depois sujeita a Berytus (47 da nossa era). Identificando o deus local com o Sol, os gregos chamaram-lhe Heliópolis. Regulada a questão síria por Pompeu (63-64), foi dada a um certo Ptolemeu, que manteve no cargo a troco de dinheiro. Augusto instalou aí duas legiões acrescentado: Augusta Felix Heliopolitana. Septímio Severo elevou-a à dignidade de «colonia»: Colonia Augusta Felix Heliopolitana, engrandecida de Augusto a Caracala com templos a Júpiter e às divindades associadas Vénus, Mercúrio e Baco.

160 António Tenreiro, *op. cit.*, XXXII, p. 67.

161 A divulgação do conjunto monumental dois séculos mais tarde (J. Dawkins-R. Wood, *The Ruins of Baalbek*, London, 1757) não trouxe aos europeus a novidade que se julgou.

162 Cf. José Nunes Carreira, *Por Terras de Jerusalém, op. cit.*, pp. 364-365.

Nicolau de Orta Rebelo, outro arqueólogo «avant la lettre», refere a torre romana de Teibe, antes de Alepo: «Dentro nesta Aldea de Teibe, está hua torre quebrada a maneira das nossas dos Sinos, mas mui alta, e mui Antiga, toda de mármore, a qual serve de Alcorão de Mouros, enella está um letreiro aberto em huma pedra, cujas palavras traduzidas em nosso Portuguez querem dizer: grande couza he contar as estrellas, e mayor he Saber a Significação dellas. Adriano Imperador caminhando, por aqui com humildde mandou edificar esta Torre, depois de ter feiro Sete Cidades: quando ella cahir, irá grande mal ao mundo».

Pena é o funcionário da Índia ser confessadamente ignorante em epigrafia latina. De contrário, poderia ler o teor da inscrição: «Das letras que na Torre estavão he esta a declaração dellas não Sei Se está conforme o que ellas declarão, pois quem nolas interpretou, podia acrescentar, ou diminuir, por onde me não meto em querer apurar mais isto»[163].

***

Sem ser tema dominante, a arquitetura do Próximo Oriente quinhentista e seiscentista deixou marcas visíveis nos viajantes escritores. Arquitetura militar nas muralhas protetoras (de taipa, cantaria ou tijolo) das cidades – com relevo para as de cantaria de Jerusalém e Alepo, maciças e ornadas de portas galantes em formas e nomes (árabes e cristãos) – no castelo de Bagdade e na mui decantada fortaleza de Alepo; arquitetura civil e doméstica nas casas sem telhado (norma na Pérsia), urbana nas praças de Jerusalém, Xiraz e Ispaão, paisagística no jardim «DelRey» ou «horta del-rei» de Xiraz com seus «paços edificados de mármore», «conventual» nos cómodos e elegantes caravançarás; arquitetura monumental nas inigualáveis urbes antigas de Baalbek e Persépolis, nas pirâmides do Egito e na zigurate de Aqarquf, no palácio sassânida («arco de Nabucodonosor») de Ctesifonte.

---

163 Nicolau de Orta Rebelo, *op. cit.*, fls. 95v-96 (p. 184).

O Lugar Doméstico como Termo de Comparação para Outros Lugares Encontrados ou Descobertos nas Viagens

Júlio Pinheiro*

* Professor doutorado em Literatura Portuguesa, Universidade Católica Portuguesa.

O conceito de viagem é muito ambíguo, com uma máxima extensão, pois tudo é uma viagem, até a própria vida. Sendo assim é bom tentar especificar o conceito de viagem no seu sentido mais restrito e habitual. Viagem é um percurso numa sucessão de tempos e de lugares, estabelecendo relações entre pessoas e naturezas. Esta ideia de deslocação não esteve sempre associada a viagem. Houve tempos em que por viagem se entendiam as provisões que se levavam para utilizar durante o percurso. Em alguns países da América latina ainda hoje por *viaje* se entende o dinheiro gasto em comer e alojamento. Nesse tempo em vez de viagem utilizava-se frequentemente o nome de peregrinação que encontramos no título da conhecida obra de Fernão Mendes Pinto e que hoje aparece associada a vivências de caráter religioso. O conceito foi evoluindo e hoje tem uma grande extensão, aplicando-se a vários tipos de viagens reais ou imaginárias[1].

O conceito de lugar não é menos difícil de analisar, pois está envolto em grande ambiguidade. Na realidade o espaço que possuímos também nos possui, quer no aspeto físico, quer psicológico. Lugares são os espaços geográficos, com tudo aquilo que neles existe, o que nos rodeia, a nossa circunstância.

O substantivo vem modificado pelo adjetivo doméstico que nos faz recordar imediatamente casa, proximidade. O lugar doméstico é fundamento das primeiras imagens recebidas no início da vida em locais onde o narrador deu o primeiro passo, balbuciou a primeira prece e verteu a primeira lágrima. Pela vida fora outros lugares marcaram o escritor e por isso se tornaram domésticos.

Um outro aspeto diz respeito à comparação e à metáfora. Se é certo que a comparação é um processo de explicação também é verdade que a comparação pode ser um sinal de fraqueza intelectual,

---

1 Ver *Voyages aux pays de nulle part*, (Edição apresentada por Francis Lacassin), Paris, Robert Laffont, 1990.

pelo menos não chega a ter a força que normalmente lhe queremos dar. Uma comparação nunca é uma razão, como dizem os franceses numa relação de ideias e de sons: «comparaison n'est pas raison».

Para além da dificuldade inerente aos conceitos encontramos outra dificuldade quanto à possibilidade de o autor poder narrar uma viagem, pois «Le voyage pose alors l'adéquation de l'énoncé et du référent»[2].

De qualquer modo os lugares são espaços marcados pela vida que neles se desenrola. Por essa razão não podemos falar de lugares sem analisar os agentes dessa mesma vida. Comecemos por refletir sobre os espaços e os tempos. De seguida tentaremos estudar os animais e as plantas, a relação entre os descobridores e as gentes encontradas, os modos de vida nas localidades e nas regiões. Merecerão particular atenção as vivências religiosas. O próprio texto de viagens nos aparece tecido de outros textos. É isso o que vamos ver, na certeza de que o europeu ao conhecer os outros acabou por se conhecer a si mesmo.

O arquiduque Maximiliano de Áustria ao relatar a sua viagem a Espanha diz que «Quien pueda viajar, que viaje. Solo en el viaje se encuentra la verdadera filosofia de la vida»[3]. Um outro visitante e estudioso de Espanha, Wilhem von Humboldt lembra que na Idade Média e sobretudo no Renascimento a viagem aparece como «una de las formas de vida y de actividad cultural mas importante»[4]. E acrescenta que o caminhar devia constituir para o viajante uma experiência cultural imprescindível como já fora para grandes escritores como Montaigne, Vives, Moro, Erasmo.

Realizar este trabalho e ler esta reflexão é também uma forma de viajar. Iniciemos pois esta viagem.

---

2 Christine Montalbetti, *Le voyage, le monde et la bibliothèque*, Paris, PUF, 1997, p. 258.

3 Archiduque Maximiliano de Áustria Emperador de México, *Por Tierras de España, Bocetos Literários de Viajes (1851-1852)*, Madrid, Ediciones Cátedra, 1999, p. 9.

4 Wilhem von Humboldt, *Diário de Viaje a España (1799-1800)*, Madrid, Ediciones Cátedra, 1998, p. 12.

O LUGAR DOMÉSTICO COMO TERMO DE COMPARAÇÃO

Os espaços e os tempos

Ao saborear as narrativas das viagens notamos que o tempo é marcado pela tradição vivida nas terras onde nasceram os descobridores. Os tempos a que os marinheiros portugueses fazem referência estão fortemente influenciados pelo calendário cristão, com as celebrações de alguns santos de maior devoção e as pincipais festas litúrgicas. Com nomes de santos diferenciam os barcos e reconhecem algumas ilhas que vão descobrindo. Basta ler o *Roteiro da Primeira Viagem de Vasco da Gama* para confirmarmos o que é habitual em todas as narrativas. Notando o dia 24 de Março o autor do Roteiro precisa que era véspera de Nossa Senhora. Referindo-se à chegada a Melinde nota que é domingo de Páscoa, festa que efetivamente teve lugar em 15 de Abril. Pouco depois não esquece que viajavam: «A um domingo que foi dia de São João Baptista, que foram a 24 do mês de Junho»[5]. Se lermos a *Relação da Segunda Viagem de Vasco da Gama* havemos de verificar o mesmo modo de proceder. Ao chegar a um novo lugar o autor precisa que era «Quinta-feira do dito mês de Sant'Iago, apóstolo»[6]. Na *Relação da viagem de D. Francisco de Almeida à Índia* o tempo é também marcado pela vivência cristã. Aí se fala de «Vésperas de Nossa Senhora» e também de «Sexta-feira, quinze da Agosto, dia de Nossa Senhora»[7].

Por vezes o tempo é determinado por processos usuais. Na narrativa da viagem de Cristóvão Colombo notamos que o tempo é medido por ampulhetas com referência aos dias do mês e da semana[8].

Em outras ocasiões os narradores focam tradições locais. Os habitantes das terras que os europeus vão descobrindo ou contactando vivem uma outra relação com a natureza e o tempo. Chateaubriand tem mesmo um breve estudo intitulado: «Année, division et règlement du temps, calendrier naturel». Nele podemos ler que «les

---

5 *Roteiro da Primeira Viagem de Vasco da Gama*, (apresentação e notas de Neves Águas), Lisboa, Publicações Europa-América, 1987, p.71.

6 Luís de Albuquerque, (dir.), *Grandes Viagens*, Ver «Relação da Segunda Viagem de Vasco da Gama», Lisboa, Publicações Alfa, 1989, p.82.

7 *Idem, ibidem*, p.85.

8 Cristóbal Colón, *Los Quatro Viajes. Testamento*, (Edición de Consuelo Varela), Madrid, Alianza Editorial, 2000, p.175.

années se comptent par neiges ou par fleurs»[9]. As flores têm algo de diáfano como aquela de que se fala em *Le Petit Prince*. Elas são efémeras, ameaçadas de desaparecimento. Mas é o tempo perdido pela rosa que torna a rosa importante. Ora estes povos primitivos perdem o seu tempo com aquilo que os rodeia, e por isso as montanhas, as plantas têm imenso valor. Há uma profunda unidade entre os componentes da natureza, as plantas, os animais e os fenómenos naturais, como teremos ocasião de verificar. Chegam mesmo a relacionar as tempestades com os voos das aves, como nota o autor francês atrás citado, na sua visita à América. Mas o tempo não é vivido separado, isolado, mas em íntima ligação ao espaço.

A distância de Portugal ao Brasil não é medida em léguas, mas em tempo gasto para ir e voltar. É bom recordar a observação de Einstein, para quem o tempo é uma invenção servindo para o homem se agarrar ao espaço. Sendo assim talvez a visão do tempo fique melhorada com a análise do espaço.

Toda a viagem é feita em determinado espaço seja real ou meramente fictício. Mas onde está a diferença entre o real e o imaginário? Como lembra Chateaubriand na sua obra *Itinéraire de Paris à Jerusalém* o espaço só se representa e acrescenta que «dire c'est redire».

De qualquer modo e segundo nos diz Miguel Priego o espaço é essencial nos livros de viagens pois é o espaço que gera a ordem narrativa. A falta desse espaço concreto constitui uma utopia, como a própria palavra diz etimologicamente[10]. Nesta visão do real e do irreal, a comparação é o meio mais fácil para dar a conhecer o que se descobre. O arquiduque Maximiliano de Áustria ao ver a célebre catedral de Sevilha diz que os seus dois magníficos portões são «de bella factura, semejantes a los de San Esteban»[11], que ele admirou muitas vezes na capital do seu país.

A primeira impressão que se tem ao chegar a terras desconhecidas é que a natureza é diferente, as pessoas são diferentes. Os descobridores tinham abandonado o berço da vida original para se verem diante

---

9 François-René de Chateaubriand, *Oeuvres Romanesques et Voyages*, Tome I, Paris, Éditions Gallimard, 1969, p.778.

10 Ver Miguel Ángel Pérez Priego, *Estúdio Literário de los Libros de Viajes Medievales*, Madrid, Epos I, 1984, pp. 226-229.

11 Archiduque Maximiliano de Áustria, *op. cit.*, p. 75.

O LUGAR DOMÉSTICO COMO TERMO DE COMPARAÇÃO

de um mundo em que tudo era novo. Sentem-se deslumbrados, divididos entre a surpresa e a dúvida. Perante tanta beleza sentida através duma representação inesperada, o visitante fica extasiado, chegando a pensar que tinha descoberto o paraíso terreal, que no dizer de John Mandeville, ficava no Oriente. Não é de estranhar tal visão, pois a Bíblia estava sempre presente nas mentalidades e no olhar do que até então era desconhecido.

Verificam que o território tem os seus ritmos marcados pelo sol e pela chuva. As formas e as disposições naturais não são moldadas pela força do homem, mas pela mãe natureza. Com o olhar investem o território, tentando apreender os espaços. Ao deslocar-se reorganizam a perceção desses novos lugares e criam uma visão entre o subjetivo e o objetivo dentro e fora de si. Aos poucos o descobridor deixa de ser ele, para se tornar em novo homem. A certo momento há em nós um viajante invisível que se oculta na sombra de nós mesmos. «Consciemment ou non, voyager c'est changer d'histoire de vie avant même de changer de lieu»[12]. Na realidade, o descobridor sente novos sentimentos, alimenta novas sensações. Vê-se possuído de representações e de imagens indizíveis. Daqui resultam atitudes tocantes, amáveis e por vezes trágicas, sobretudo no momento dos naufrágios de que a *História Trágico Marítima* é relato e testemunho. Michaux confessa mesmo que encontramos uma terra que é «rincée de son exotisme»[13]. Mas o que é o exotismo? Exotismo talvez seja tudo o que é diferente. De qualquer modo o exotismo não é um fim, mas um meio. Ora este exotismo só pode ser comunicado ao leitor através de comparações com outros espaços anteriormente percorridos pelo autor no seu tempo de infância ou mais recentemente.

Cristóvão Colombo ao ver as planícies a que chegava reconhecia que as terras eram melhores que as de Castela, melhores do que as da campina de Córdoba, terra povoada e lavrada que «y está tan verde agora como si fuera en Castilla por Mayo o por Junio»[14]. Ao levantar os olhos para umas serranias afirma que a «tierra es alta de manera de

---

12 Jean-Didier Urbain, *Secrets de Voyage, Menteurs, Imposteurs et Autres Voyageurs Impossibles*, Paris, Éditions Payot & Rivages, 2003, p. 274.

13 H. Michaux, *Ecuador, Journal de Voyage*, Paris, Gallimard, 1968, p. 35.

14 Cristóbal Colón, *op. cit.*, p.139.

JÚLIO PINHEIRO

Cecília».[15] Noutra ocasião compara os montes avistados com as montanhas de Tenerife. À medida que ia conhecendo novos sítios Cristóvão Colombo serve-se de outros lugares já percorridos, de objetos encontrados. Algumas pedras achadas são postas em paralelo com as pedras de São Salvador.

Na sua *Voyage en Italie*, Chateaubriand escreve que ao ver os Alpes se recorda, por oposição, das montanhas dos Estados Unidos e confessa que os Alpes «ne m'ont pas paru avoir ce caractère original, cette virginité de site que l'on remarque dans les Apalaches»[16]. Ainda por contraste compara a cabana dum camponês da Sabóia com a cabana de um indígena americano, dizendo que aquela não tem o mesmo caráter.

Como espaço frequentemente assinalado merece uma referência especial o mar sulcado por alguns marinheiros que sonharam e muito sofreram para que o mar fosse elo de ligação. Muitos destes descobridores foram portugueses, sulcando mares até então ainda não desvendados, plenos de mistério e sedução. «Mesmo em Camões o Mar é um elemento exterior, uma estrada para chegar ao porto já sabido, um espaço de assombro e de louvor, uma vastidão que só se volve humana com uma ilha mágica ao meio, movente e fantasmagórica como as figurações sublimadas do desejo»[17]. O mar foi sempre um espaço recusado, porque era fator de morte. No fim da *Relação da segunda viagem de Vasco da Gama* podemos apreciar a alegria que os sobreviventes sentem ao aproximarem-se de Portugal. «Houvemos vista do cabo Espichel, que foi o maior prazer que nunca vimos»[18].

Na obra citada de Cristóvão Colombo, o mar calmo é por vezes comparado com o rio que passa em Sevilha. «Llevaba en todos estos dias mar muy bonanço, como en el rio de Sevilla»[19]. Outros rios servem de comparação, como rio Guadalquivir. Na *Carta Relacion del segundo viaje,* depois de se falar da Vila Isabela, fundada em louvor da

---

15 *Idem, ibidem*, pp. 79-80.
16 François-René de Chateaubriand, *op. cit.*, Tome II, p. 1433.
17 Ver Eduardo Lourenço, «Os Mares de Pessoa» in *Literatura e Pluralidade Cultural, Actas do 3.º Congresso Nacional da Associação Portuguesa de Literatura Comparada,* Lisboa, Edições Colibri, 2000.
18 Luís de Albuquerque, (dir), *op. cit.*, p. 76.
19 Cristóbal Colón, *op. cit.*, p. 49.

O LUGAR DOMÉSTICO COMO TERMO DE COMPARAÇÃO

rainha Isabel se diz que «ay un poderoso río de agua [el Bajibonico], mejor de Guadalquivir»[20].

Afinal o viajante fala dos novos lugares e das pessoas servindo-se das imagens dos lugares e pessoas familiares já conhecidas. Na obra *Oceans,* o protagonista Leo Paul que era descendente de polacos, diz que ao atravessar a Alemanha para chegar à Polónia via já a sepultura do pai no cemitério de Varsóvia. Depois confessa que «Dans ce train j'allais à la rencontre de l'Histoire, de mon histoire et c'était là-bas que la jonction se ferait»[21].

Acabamos de ver que o narrador de viagens fala normalmente dos lugares descobertos relacionando-os com lugares onde antes viveu. Mas onde as comparações são igualmente nítidas é na focalização de animais e plantas.

Os animais e as plantas

As pessoas que se aventuraram por novas terras demonstraram normalmente um grande interesse pela fauna e pela flora. Isso afirma o Arquiduque Maximiliano de Áustria que, ao visitar Espanha, confessa que há neste país espaços para investigações científicas sobre a fauna, sobretudo a exótica. As suas viagens chegaram a ser autênticas expedições científicas. Isso mesmo acontece com os descobridores. Basta ler a conhecida obra de Gonçalo de Oviedo[22].

Por sua vez, na sua *Voyage en Amérique,* Chateaubriand reconhece e analisa uma grande variedade de animais, sob o título genérico de «histoire naturelle». O romântico francês fala de «castors, ours, cerf, orignal, bison, fouine, renards, loups, rat musqué, carcajou, poissons, serpents, arbes et plantes, abeilhes»[23]. Logo a seguir enaltece a grande variedade e riqueza do reino vegetal, afirmando que as plantas e as flores são sem conta.

---

20 Cit. in M.ª Montserrat León Guerrero, *Cristóbal Colón y su Viaje de Confirmación*, Valladolid, Ayuntamiento, 2006, p. 111.

21 Ives Simon, *Océans*, Paris, Grasset, 1983, p. 344.

22 Gonçalo Fernández de Oviedo, *Sumário de la Natural y General Historia de las Indias,* Madrid, CEGAL, 1992. Trata dos animais da página 54 à página 92 e das plantas e ervas nas páginas seguintes até ao fim da obra.

23 François-René de Chateaubriand, *op. cit,* Tome I, pp. 736-748.

Os marinheiros referem-se frequentemente aos animais que encontram nas novas terras e para os dar a conhecer comparam-nos com os animais da Europa. As aves despertam particular curiosidade nos marinheiros. «As aves desta terra são assim mesmo como as de Portugal». As galinhas são referidas com frequência notando que são «como as de Portugal»[24]. Se no texto citado as aves são iguais às de Portugal, em outras narrativas as aves são diferentes. Essa diferença é também assinalada por Gonçalves Dias o poeta que «mais brasileiramente pensou, sentiu e escreveu», no dizer de Bilac. No célebre poema *Canção do exílio* escrito em Julho de 1843 canta deste modo:

«Minha terra tem palmeiras
Onde canta o sabiá.
As aves que aqui gorjeiam
Não gorjeiam como lá»[25].

Depois de falar do céu, das várzeas, dos bosques e da vida o poeta salienta que «Minha terra tem primores / Que tais não encontro eu cá».

Nessa América que acabava de ser descoberta, o capitão da armada Cristóvão Colombo viu aves e passaritos de variadas maneiras, diferentes dos de Espanha, exceto perdizes e rouxinóis que cantavam. Nota também que os cães não ladravam. Noutro momento diz «cantava el ruiseñor y otros paxaritos como en el dicho mês en Espanha». O mês a que se refere é o mês de Abril. Gonçalo Oviedo diz que há aves semelhantes às de Espanha e outras aves diferentes. Em Cuba há perdizes pequenas que compara com as de Espanha.

Na *Carta a El-rei Dom Manuel* Pêro Vaz de Caminha compara também algumas aves com as aves de Portugal referindo, por exemplo, as pombas. «Outras aves então não vimos, somente algumas pombas seixas e pareceram-me bastante maiores que as de Portugal»[26]. Na página seguinte lemos que há «aves pretas quase como pegas». Curio-

---

24 *Roteiro da Primeira Viagem de Vasco da Gama, op. cit.*, pp. 22, 26, 31.
25 A. Gonçalves Dias, *Poesias Americanas e os «Timbiras»*, Rio de Janeiro, Zélio Valverde, 1939, p. 13.
26 Pêro Vaz de Caminha, *Carta a El-Rei D. Manuel sobre o Achamento do Brasil*, Lisboa, Europa-América, 1987, p. 87.

O LUGAR DOMÉSTICO COMO TERMO DE COMPARAÇÃO

samente, quando o autor quer dizer que os índios fugiam diz que «se esquivavam, como pardais do cevadoiro».

Algum tempo mais tarde Jean de Léry escreve na sua conhecida obra um capítulo, o décimo, sobre animais monstruosos que vivem na América. O capítulo seguinte, é dedicado a este tema: «De la variété des oyseaux de l'Amérique tous differens des nostres: ensemble des grosses chauve-souris, abeilles, mousches, mouschillons et autres vermines estranges de ce pays-là»[27]. Refere que há uma avezinha que canta tão bem como o rouxinol. O autor nota particularidades curiosas como o efeito que as aves podem ter nos humanos. Se alguém comer uma ave que corra devagar pode acontecer que a pessoa deixe de correr depressa. Também Miguel Torga, na sua obra *A criação do mundo*, nota que os ninhos não são iguais e as aves não cantam como na sua terra natal.

No relato da primeira volta ao mundo encontramos umas aves negras semelhantes aos corvos que entram pela boca da baleia. Semelhante ao corvo é também um pássaro negro que vem pousar sobre as casas. E há aves e passarinhos de tantas maneiras «tan diversos de las nuestras que es maravilla». Se nos deslocarmos para o continente africano somos tocados por aquilo que escreve André Gide na sua *Voyage au Congo*, sobretudo quando fala de andorinhas, de «papillons aux ailes très découpées et portant queue, à la manière des flambés de France».

Alguns animais domésticos são também postos em paralelo com animais europeus. No *Roteiro da Viagem de Vasco da Gama* se fala de «cães como os de Portugal» e de um boi negro «o qual jantámos ao domingo; e era muito gordo e a carne dele era saborosa como a de Portugal». Logo a seguir acrescenta que «os bois desta terra são muito grandes, como os do Alentejo»[28].

Menos atenção despertam os animais selvagens, o que não é de estranhar porque os primeiros navegantes ficavam pela beira do mar, evitando as florestas cerradas e cheias de perigos. Na sua conhecida obra, *Os Descobridores*, Boorstin cita Américo Vespúcio que diz: «Que posso eu dizer da multitude de animais selvagens, da abundância de

27 Jean de Levy, *Histoire d'un Voyage Faict en la Terre du Brésil*, Paris, Librairie Générale Française, 1934, pp. 276-297.
28 *Roteiro da Viagem de Vasco da Gama*, op. cit., pp. 26 e 27.

pumas, panteras, gatos bravos, não como os de Espanha, mas como os dos antípodas»[29]. Novamente a Espanha como termo de comparação.

Os peixes também são descritos por semelhança. Jean de Levy tem um capítulo na sua conhecida obra sobre o Brasil dedicado aos peixes comuns e modos de pescar. Cristóvão Colombo diz que os peixes são tão disformes dos nossos que é maravilha vê-los. Fernão Mendes Pinto também nota diferenças: «vimos uns peixes de feição de raias e os nossos chamavam peixes-mantas»[30].

Para António Pigafetta as próprias embarcações e modos de pescar são parecidos com os utilizados na Europa. «Sus embarcaciones se parecen también a las que utilizamos nosotros»[31]. Os lobos marinhos são escritos comparando-os a um animal europeu, «son del tamaño de un ternero». Este pormenor é recordado por Jean-Michel Barraut ao escrever que «Les loups marins sont de différentes couleurs et de grosseur d'un veau dont ils ont aussi la tête»[32]. Ao referir os animais muitos autores se voltam para a vegetação.

As árvores que crescem nas terras descobertas são comparadas com as árvores que crescem na Europa. «Certains arbes sont gigantesques d'une taille qui doit dépasser de beaucoup celle de nos arbres de France»[33]. E Gide acrescenta noutra ocasião que as árvores são extraordinariamente mais grandes do que as nossas árvores na Europa.

Na obra já citada, *Voyage en Amérique,* Chateaubriand refere a variedade e a riqueza do reino vegetal na América. A mesma variedade é salientada por Jean de Léry que na sua obra *Histoire d'un voyage faict en terre du Brésil,* capítulo XIII, estuda as árvores, as ervas, as raízes e frutos invulgares que produz a terra do Brasil. Diz a certo momento: «Il y a au surplus, en ce pays-là un arbre qui croist haut eslevé, comme les corniers par de-çà»[34]. As comparações abundam também

29 Daniel J. Boorstin, Os *descobridores,* Lisboa, Gradiva, 1987, p. 234.
30 Ver Fernão Mendes Pinto, *Peregrinação,* cap. CXXI.
31 Antonio Pigafetta, «Primer viaje en torno del globo» in *La primera Vuelta al Mundo,* Madrid, Miraguano, S. A. Ediciones, 2003, p. 231.
32 Jean-Michel Barraut, *Magellan, la Terre est Ronde,* Paris, Gallimard, 1997, p. 159.
33 André Gide, *Voyage au Congo Suivi de Le Retour du Tchad, Carnets de Route,* Paris, Gallimard, 1995, p. 56.
34 Jean de Levy, *op. cit.,* p. 319.

O LUGAR DOMÉSTICO COMO TERMO DE COMPARAÇÃO   269

quando se refere a um fruto que tem um sabor melhor que o sabor dos figos de Marselha.

Na *Relação da Viagem de D. Francisco de Almeida à Índia* o autor depois de se referir ao milho que é abundante e semelhante ao da Guiné atesta que «Árvores há muitas e as palmeiras e as outras são diferentes das de Portugal». Portugal continua a ser referência para falar de lenha queimada que se faz carvão. No *Novo descobrimento do grão-cataio* encontramos serras com arvoredos, árvores «como grandes pinheiros de várias castas e de estranha grandeza, uns como os nossos». E as comparações continuam a propósito de frutos, sendo «as amoras de silva, umas pretas, como as nossas»[35]. Na obra de Hermenegildo Capelo *Expedição portuguesa ao interior da África* deparamos com «árvores de frutas da Europa».

Para Cristóvão Colombo Castela é uma região que serve de termo de comparação para especificar que as ervas e as árvores são semelhantes no mês de Maio. Na narrativa *La primera vuelta ao mundo* já citada encontramos frutos que são apresentados por semelhança. Há um fruto em forma de pinha e quando se corta é parecido com a pêra. As árvores são diferentes das de Castela. «Los arbores todos estan tan disformes de los nuestros como el dia de la noche»[36]. Chama a atenção para o facto de muitas plantas serem boas para tinturas e para remédios.

Não se esquecem os saborosos frutos das regiões tropicais, a propósito dos quais Miguel Torga nota que «os frutos tinham outro gosto»[37]. Na *Carta a El-Rei D. Manuel* nota-se que «alguns traziam uns ouriços verdes, de árvores que na côr queriam parecer de castanheiros, embora mais pequenos»[38]. Por vezes é o gosto que cria relações com outros produtos. Gonçalo Oviedo assemelha na sua grandeza o milho ao grão de bico que se conhecia já. Martin Dugard em *A última viagem de Colombo* refere que «os índios também comem muito milho que é um grão parecido com painço que cresce numa barba ou espiga» e continua informando que «com ele fazem um vinho branco

35 Luís de Albuquerque, (dir.), *op. cit.*, p. 236.
36 António Pigafetta, *op. cit.*, p. 69.
37 Miguel Torga, *A Criação do Mundo* I, Lisboa, Planeta de Agostini, 2000, p. 82.
38 Pêro Vaz de Caminha, *op. cit.*, p. 83.

e tinto da mesma maneira que se faz cerveja em Inglaterra, acrescentando especiarias a gosto»[39]. As especiarias aparecem frequentemente, pois segundo Dugard os europeus não podiam conceber a vida sem especiarias. Duarte Barbosa escreve que os manjares «são feitos com tanta soma de pimenta que não haverá homem em nossas partes que o possa comer». Mais uma vez a comparação para determinar certas caraterísticas mais específicas. No livro *La primera vuelta al mundo* deparamos com pormenores curiosos. As gentes do país comem arroz com colheres de ouro parecidas com as nossas. Para André Gide as castanhas de França são menos belas do que algumas sementes parecidas na sua forma. Ao sabor das castanhas compara Cristóvão Colombo o sabor de um pão cozido e assado e que é feito de raízes.

Mas não é preciso sair da Europa para comparar os locais visitados com os locais donde se partiu. Humbolt, viajando por terras de Espanha, descobre carvalhos muito belos e altos, como nunca viu em qualquer parte desde que saiu da Alemanha. Por vezes as referências a outros lugares são feitas de forma indireta. Eça de Queiroz, ao passar pelo Cairo, impressiona-se com um vendedor de laranjas que grita: «Portucali! Portucali! Atirando as laranjas ao ar e aparando-as na mão»[40]. Na obra *La primera vuelta al mundo* encontramos indígenas que mascam um fruto chamado areca parecido com uma pêra. *No Roteiro da Primeira Viagem de Vasco da Gama* «as palmeiras desta terra dão um fruto tão grande como melões». Mais à frente refere que há «fruta que é feita como melões». Há árvores que parecem ulmeiros. Houve pessoas que «trouxeram muitas laranjas, muito doces e muito boas, melhores do que as de Portugal»[41].

Mas para além de vários elementos da natureza como animais, plantas, e frutos vamos encontrar pessoas postas em paralelo com as gentes da Europa.

---

39 Martin Dugard, *A Última Viagem de Colombo*, Lisboa, Casa das Letras, 2005, p. 213.
40 Eça de Queiroz, *O Egypto – Notas de Viagem*, Lisboa, Aillaud Bertrand, 1926, p. 119.
41 *Roteiro da Primeira Viagem de Vasco da Gama, op. cit.*, p. 32.

Os descobridores e os outros

Os marinheiros que descobrem novas terras vão encontrar-se com outras pessoas bem diferentes. Mas quem é esse homem que descobre? Como chega a conhecer o outro? Haverá nele imagens antigas formadas em tempo de criança? E ao escrever será o mesmo homem dos encontros? E não haverá muita ficção em tudo o que se diz? Até que ponto poderemos nós conhecer a pessoa humana? E ao descobrir o outro em que medida é que se descobre a si? É isso que vamos ver. Antes de precisar as imagens que o europeu tem das gentes encontradas, façamos algumas considerações.

Todo o homem é esse viajante dentro e fora de si, a sonhar com a felicidade que nunca tem, tentando descobrir-se continuamente. Falar dos outros é falar de si, até porque os outros são também pessoas em contínua renovação. Paradoxalmente o homem vive permanentemente à procura do espaço e do tempo, mas sempre a recusar esse mesmo espaço e esse mesmo tempo. O espaço conhecido não lhe basta. A terra é um limite. O mar é atração e mistério sem limites. Por isso procura outra morada desejada pela imaginação, sustentada pela esperança e motivada pela novidade. Tudo isto faz com que tente descobrir outras realidades.

Mas o tempo é vivido como um limite, mudança e passagem. Tudo é transitório, mas é no tempo que nos realizamos à procura da imortalidade. Por esse motivo tenta viver outras situações, saborear novas experiências que o levem a viver à beira da imortalidade. A cada instante procura ultrapassar a sua intencionalidade objetiva, caindo por vezes no deslumbramento e na idealização. Por esse motivo é bom interrogar-nos sobre o tempo de partida. Talvez as melhores viagens tenham começado na infância quando o real se confundia com o imaginário. Talvez tudo tenha começado nesse lugar em que demos o primeiro passo.

Muitos escritores confessam a importância das imagens criadas nos tempos iniciais da vida. Proust evoca o sabor do bolo, a madalena, que comia em casa da tia, quando era pequeno e cuja lembrança vai orientar indiretamente o seu processo literário em *A la recherche du temps perdu*. Vincenzo Cardarelli em *Voyages dans le temps* fala desse tempo de infância dessa idade inicial composta de sensações quase intraduzíveis.

Tendo em conta estas imagens, devemos notar que o escritor faz forçosamente uma escolha do que quer dizer. Chateaubriand, quando fala das suas viagens oculta tudo que diz respeito à sua carreira, às suas relações com a família Bonaparte. Prefere valorizar o aspeto estético e cultivar um pouco a arqueologia. Muitos cronistas e autores de narrativas de viagem tinham grande cuidado em ocultar tudo o que pudesse ser útil a outros marinheiros da Europa. «Autre dimension du voyage: celle du secret»[42]. Mas se há segredos de viagem há também viagens que são secretas.

Para além dessas primeiras imagens não podemos esquecer que o desejo interior também pode ajudar a formular visões e conceitos. Pero Vaz de Caminha diz que «isto tomávamos nós assim por assim o desejarmos»[43]. Uma coisa é certa. Todo o texto é feito de memória tentando descobrir o desconhecido. Importa salientar que muitas viagens só foram escritas alguns anos depois de terem acontecido realmente. Basta recordar algumas narrativas de naufrágios. Por vezes há viagens que são pura mistificação pois nunca aconteceram. «Je me suis fait un jeu de continuer à mystifier mes contemporains. J'inventai des aventures imaginaires»[44]. Frederick Prokosch escreveu uma viagem à Ásia, sem nunca lá ter ido.

Cada escritor escreve segundo as suas finalidades e o seu modo de ser. Basta lembrar a atitude dos quatro evangelistas perante a viagem de Cristo até ao Calvário. Nas narrativas de viagens, sobretudo na época do Renascimento temos autores muito diferentes na sua formação e interesses como clérigos, economistas, guerreiros, historiadores, arqueólogos, ou simples viajantes.

Chateaubriand na sua viagem à América que escreve 23 anos depois de lá ter ido, diz que a primeira terra estrangeira onde põe o pé é a ilha Graciosa nos Açores. Embora esta viagem seja realizada em tempos e espaços reais, o autor confessa que «presque toujours notre manière de voir et de sentir tient aux réminiscences de notre jeunesse» e acrescenta que «après les détails de l'enfance viennent ceux de mes études»[45]. A

---

42 Jean- Didier Urbain, *Secrets de Voyage*, Paris, Editions Payot & Rivages, 1998, p. 15.

43 Pêro Vaz de Caminha, *op. cit.*, p. 68.

44 A. Laurie, *L'Heritier de Robinson*, Paris, Hachette, 1933, p. 228.

45 François-René de Chateaubriand, *op. cit.*, *Tome I*, Paris, Éditions Gallimard, 1969, p. 668.

infância está muito presente. Na América uma andorinha bastou para lhe traçar cenas dos primeiros dias da sua vida. As mesmas andorinhas surgem na sua viagem a Jerusalém quando passa por Chipre. Recorda então as andorinhas na casa paterna que lhe despertam vivências de infância, horas passadas a ver o voo das avezinhas.

Sendo assim, uma leitura de livros de viagens merece toda a atenção, tentando distinguir entre o real e a ficção o antigo e o atual, na certeza de que muitas vezes a ficção é o supra-real.

André Gide começa a narrativa da sua viagem ao Congo recordando o seu berço de pequenino. Diz que foi embalado segundo os métodos tradicionais e que nunca conheceu senão leitos fixos, «grace à quoi je suis aujourd'hui particulièrement sujet au mal de mer»[46].

A viagem tem essa capacidade de fazer com que o homem se reinvente sobretudo no encontro com outras mulheres e outros homens. Esses encontros contribuem para que o europeu se console com a sua pequenez e os seus limites. O encontro enriquece e faz com que cada um se multiplique nas suas procuras e nas suas visões que passam a ter um horizonte mais largo, sem nunca estar ao seu alcance. Sendo diferente o outro em vez de prejudicar, enriquece. O outro nos interroga e faz com que o homem seja «un être des lointains», como afirma Heidegger. Com a diferença adquirimos espaços longínquos, sentimentos aprofundados, procuras sem limites.

Comecemos por recordar algumas análises das mulheres e depois algumas considerações sobre os homens. Notemos que muitas vezes o discurso que normalmente é feito por um homem se sexualiza em relação às mulheres. Há em tudo uma forte empatia com as mulheres indígenas. É um discurso elaborado entre a esperança e a desilusão, posse desejada e o que falta.

Martin Dugard ao referir-se à última viagem de Colombo nota que as mulheres usam «tangas com o mesmo desenho e tecido dos xailes usados pelas mulheres muçulmanas em Granada»[47]. Pêro Vaz de Caminha enaltece a beleza das mulheres que Pedro Álvares Cabral encontra no Brasil. Diz que aparece uma moça tingida, tão bem feita, e tão redonda «e sua vergonha (que ela não tinha) tão graciosa, que a

---

46 André Gide, *op. cit.*, p. 13.
47 Martin Dugar, *op. cit.*, p. 174.

muitas mulheres da nossa terra, vendo-lhe tais feições fizera vergonha, por não terem a sua como ela»[48].

Eça de Queiroz em *O Egyhto – Notas de Viagem* tem um capítulo, o IV sobre «A mulher no Oriente»[49]. Ao longo dessas vinte e quatro páginas compara muitas vezes a mulher árabe com a europeia, Chega mesmo a dizer que o homem árabe se ri da elegância das europeias esclarecendo: «Porém, o sentimento de beleza é no árabe diferente do do europeu». Esta relação com a mulher, a sua beleza corporal, e a sedução são de tal ordem que um grande viajante, Pierre Loti, confessa a propósito de uma mulher que ele pousa o seu olhar sobre ela como se fosse uma irmã e cuja beleza o tornaria orgulhoso. Depois acrescenta: «Elle est moi, je suis elle».

O homem indígena desperta a atenção dos marinheiros europeus, sobretudo por ser diferente, por trazer muitas interrogações.

Ao chegar a terras de Vera Cruz os portugueses relacionam-se com vários índios que encontram dóceis e que são muitas vezes comparados com os marinheiros que acabam de chegar. O narrador nota frequentemente que imitam os portugueses, como é dito a propósito da celebração da primeira missa que teve lugar dia 26 de Abril de 1500. Aparecem frequentes expressões de semelhanças, como «de joelhos, assim como nós», «como nós» e de novo, «como nós» e ainda «assim connosco»[50]. As comparações são por vezes sintéticas, como acontece ao afirmar que os índios não eram fanados, contrapondo-os assim aos judeus e muçulmanos.

Por vezes uma pessoa conhecida serve de termo de comparação para significar algum aspecto particular. No *Roteiro da Viagem de Vasco da Gama* se escreve que «Tomámos um homem daqueles, o qual era pequeno de corpo e se parecia com Sancho Mexia». Por vezes o outro é apresentado como ingénuo, amistoso pois sabe conviver e é sincero. Muitas vezes se estabelecem comparações entre os descobridores e as pessoas encontradas. «Andavam já mais mansos e seguros entre nós do que nós andávamos entre eles». Por sua vez o português é caraterizado como eleito, superior, ambicioso, curioso, possuidor de uma determinada civilização.

---

48 Pêro Vaz de Caminha, *op. cit.*, p. 72.
49 Eça de Queiroz, *op. cit.*, pp. 147-171.
50 Pêro Vaz de Caminha, *op. cit.*, p. 93.

O LUGAR DOMÉSTICO COMO TERMO DE COMPARAÇÃO

No *Relato da viagem de Fernão de Magalhães*, se diz que «as gentes desta terra são grandes de corpo como as de Alemanha»[51]. Na mesma obra o outro é apresentado pela sua profissão, relacionando-a com uma profissão existente na Europa. «Há um homem que se chama bale, o qual é como alcaide». Se fixarmos a nossa atenção na obra de Chateaubriand havemos de notar que os índios são muitas vezes comparados com os gregos e os romanos. Ao entrar numa cabana de índio vai sentar-se sobre a cinza do lar, como faziam os gregos. Ao sair tem a sensação que deixa o palácio de Versailles e que acabava de estar sentado à mesa de Washington. Podemos ainda ler: «Alors on ne verra que des Grecs et des Romains; car les lois des Indiens sont graves et les moeurs souvent charmantes»[52]. O autor acrescenta que os selvagens são todos heróis, como os heróis de Homero que são médicos, cozinheiros e carpinteiros.

Mas o homem é um animal gregário, seja ele europeu ou oriundo das terras descobertas. Por esse motivo é bom estudar a relação que existe entre as cidades e os países, sem esquecer o continente europeu, donde tinham partido os navios para a grande aventura de reduzir a distância entre os povos e valorizar culturas e civilizações.

As cidades e os países

O homem europeu cedo começou a descobrir outras latitudes, tendo logo utilizado a sua terra, a sua cidade, a sua região, o seu país, para falar do que descobria. Não há ainda muito tempo Jean-Luc Coatalem, oriundo da Bretanha francesa, escreveu que quanto mais longe ia, mais forte se tornava a presença da sua terra natal. Tudo para ele era «mélange de réel et d'imaginaire, toujours provisoire et mobile»[53]. A cidade de Brest é vista como uma síntese do Oriente. «Brest ne montrait-elle pas de similitudes avec la belle impériale», escreve o mesmo autor. É semelhante a uma cidade do Oriente, no seu desenho, nas suas castas, nos seus dignatários, nas suas línguas e

---

51 Luís de Albuquerque, (dir.), *op. cit.*, p. 105.
52 François-René de Chateaubriand, *op. cit*, Tome I, p. 749.
53 Jean-Juc Coatalem, *La Consolation des Voyages*, Paris, Grasset, 2004, p. 131.

códigos, nos seus mistérios. Mas se tal relação acontece hoje também encontramos esta identificação no tempo das descobertas.

Gonçalo Oviedo compara uma ilha descoberta por Colombo com a Inglaterra e a Sicília. As coisas que se semeiam são melhores do que na Europa. Melhor é a hortaliça, as laranjas, os limões. O gado é melhor. As casas de santo Domingo são de pedra e cal como as casas de Barcelona e recorda Monjuich. Até as pessoas são comparadas com as de Espanha. Outros países da Europa estão presentes[54].

Miguel Torga em *A Criação do mundo* recorda por vezes a aldeia de Agarez. No *Roteiro da Viagem de Vasco da Gama* Melinde é comparada com Alcochete. André Gide sente em África um tempo quente, húmido e tempestuoso como o que ele já conheceu em Paris que lhe parece muito pior. Na sua viagem a Roma em que aprendeu mais do que em muitos anos de estudos, segundo confessa, Teresa Martin, ao caminhar apoiada no braço do pai, lembra-se da sua cidade de Lisieux. Eça de Queiroz diz que Constantinopla é quase europeia e imita Viena d'Áustria. Por sua vez Alepo lembra a Suíça.

Ao olhar para novos povoados, Cristóvão Colombo refere frequentemente cidades espanholas. Encontramos Sevilha, ao dizer que os ares são suaves e doces como os ares de Sevilha no mês de Abril e Maio em Cádis. Uma cidade que surge com mais frequência é a cidade de Córdova, por vezes em páginas seguidas[55]. A essas cidades estão muitas vezes associadas regiões.

É evidente que o país mais vezes citado é a Espanha. Da Espanha partem e a Espanha voltam. As referências são múltiplas sobretudo a propósito do clima. Os ares são temperados como os de Castela durante o mês de Abril. Há noites temperadas como em Maio em Espanha e os ares são temperados como na Andaluzia. Na viagem de Fernão de Magalhães um marinheiro vê caírem do céu flocos de neve como em Bretanha.

Na Carta de Pêro Vaz de Caminha a região de Entre o Douro e Minho aparece ao menos duas vezes. Nota que viram umas «choupaninhas de rama verde e de fetos muito grandes, como os de Entre

---

54 Gonçalo Fernández de Oviedo, *op. cit.*, pp. 16,18,32.
55 Ver na obra citada de Cristóbal Colón as páginas 124,125,126,127. E ainda 159, 161.

O LUGAR DOMÉSTICO COMO TERMO DE COMPARAÇÃO   277

Douro e Minho. Em outro momento observa: «Porém a terra em si é de muito bons ares, assim frios e temperados como os de Entre Douro e Minho, porque neste tempo de agora os achámos como os de lá»[56].

Para além das cidades há muitas referências a países. Colombo descobre uma ilha maior que Portugal e outra ilha é maior que a Inglaterra.

Ao ir de Paris a Jerusalém e passando pela Grécia, Chateaubriand salienta que neste país tudo é suave, tudo é doce, tudo é calmo, como verificamos nos escritos antigos. O céu é puro, as paisagens são graciosas.

André Gide tem muitas referências à sua terra natal, a França. Ao ver uma manhã nevoenta e com céu coberto o companheiro Marc nota que essa manhã não é mais triste do que em França e acrescenta que um tempo semelhante os leva para a meditação e a leitura. Mas aqui leva-os para a recordação. O autor fala ainda da Normandia, de Rouen, de outras cidades, do rio Sena. Encontramos outras referências a países da Europa, como a Suíça a propósito de quedas de água ou a Escócia com a sua luz prateada. O *Le retour du Chade* termina com um diálogo sobre o caráter dos franceses, para concluir : «Oui; c'est très particulier aux Français, ça, de ne pas pouvoir souffrir les autres nations»[57].

Nos livros de ficção há também referências diretas ou indiretas a pessoas e países. Júlio Verne legou-nos obras que são verdadeiros documentos antropológicos de grande utilidade. Há por vezes a transfiguração do viajante atormentado de se ver e de se encontrar. Na sua obra *A ilha misteriosa* fala de um náufrago que sabe de marinha pois dá a latitude e a longitude e «é inglês ou americano, pois o documento está escrito em língua inglesa»[58]. Uma ilha encontrada está arborizada mas não oferece a diversidade de aspeto da ilha de Lincoln.

A velha Europa aparece muitas vezes a propósito da descrição da natureza, das montanhas, dos animais, das plantas, das flores, de certos costumes. Anotemos alguns exemplos.

---

56   Pêro Vaz de Caminha, *op. cit.*, pp. 82 e 97.

57   André Gide, *op. cit.*, p. 501.

58   Júlio Verne, *A Ilha Misteriosa, II*, Lisboa, Livros do Brasil, 1992, p. 5.

JÚLIO PINHEIRO

Na sua descrição da capital do Egipto, Eça nota que «é Paris, é Londres, é Nápoles invadindo o velho Cairo[59]. Na mesquita os «tapetes europeus cobrem o chão». Os criados são franceses. Volta a aparecer Londres e Paris. O autor carateriza as mulheres franques, isto é europeias por várias vezes. A Holanda é apresentada como terra pacífica e serena. Admiramos a paisagem grega, romana, anglo-saxónica. Há pousadas como as de Castela, Baviera e Provença. A Europa surge a propósito de castigos infligidos pela justiça. Mas é sobretudo a França que está mais presente, com os seus costumes e modos de existir. O Pachá educado em França assina o *Fígaro*. Um outro personagem Mehhemet-Alli admira a Europa, admira sobretudo Luiz Filippe. O vinho bebido pelo Pachá é Medoc. Recordam-se cafés de Paris. Muitos hábitos dos nobres são iguais aos costumes franceses. Curiosamente Eça acha que os burros «não são como os jumentos da Europa, graves e monótonos, modestos e sábios». É toda a Europa que é recordada nas terras banhadas pelo Nilo, à beira do qual Eça passeia, filosofando.

Na descrição da América também a Europa está presente e insistentemente. Chateaubriand na sua viagem à América recorda «toutes les élégances de l'Europe». Refere um rancho de perus, que diferem bastante dessas mesmas aves levadas para a Europa. O casamento é vivido de forma diferente pelos jovens europeus e os selvagens. Enquanto os europeus querem fugir do exército, os selvagens só se casam depois de ter combatido pela pátria. Os dançarinos ligam aos pés pequenas campainhas compradas aos europeus. Europa e os europeus surgem ainda a propósito de obras tumulares. Os jogos são os mesmos utilizados pelos europeus. Andre Gide sente que os relâmpagos das tempestades são muito maiores do que os que viu na Europa.

Bernardin de Saint Pierre deslocou-se a algumas regiões, a algumas ilhas, ao Cabo de Boa Esperança. Desta viagem dá conhecimento numa obra publicada em 1773. O autor sente a nostalgia do seu país natal, lastima ter perdido o paraíso da sua infância. Depois de condenar a escravatura sublinha a inferioridade da região tropical face às terras produtivas da Europa. O autor de *Voyage en Amérique* interroga-se se as gerações europeias serão mais virtuosas e mais livres nesta

---

59 Eça de Queiroz, *op. cit.*, p. 131.

O LUGAR DOMÉSTICO COMO TERMO DE COMPARAÇÃO

paragens do que as gerações americanas que entretanto terão sido exterminadas.

Mas a Europa é também objeto de crítica em muitas obras de viagens reais ou imaginárias. Celine com o seu livro *Voyage au bout de la nuit* critica a Europa por causa das suas guerras, dos cidadãos que se aproveitam dessas mesmas guerras.

Afinal podemos afirmar com Descartes que se aprende com a diversidade viajando e que o importante é «étudier ainsi dans le livre du monde»[60]. E Este livro tem também um conteúdo marcado pela fé, pela interpenetração de pessoas crentes, pelo culto nas suas variadas formas e finalmente pelo desejo forte de evangelização.

Os sentimentos e as vivências religiosas

A religiosidade é um modo eminente de relacionamento com outras pessoas, de progresso interior, de sublimação das intenções. Sendo assim, no contacto com os povos primitivos há que ter em consideração as formas de expressão religiosa desses povos, as representações dos sentimentos mais profundos, comparando-as depois com o sentir religioso dos que acabam de chegar. Importa por isso «éclairer par comparaison avec les modes religieux qui l'ont précédé»[61].

Devemos começar por aceitar que o homem é mestre e dominador da natureza, mas esta tem a sua força e magia, a sua organização e comunicação simbólica, a sua extraordinária beleza em que muitos povos contemplam a Deus.

Vejamos pois como é que a fé cristã aparece e quais são as suas principais expressões. Ao ler os livros de viagens deparamos normalmente com a gratidão a Deus, testemunhos de oração, exigências de ordem moral, algumas peregrinações e finalmente a fixação em nomes que perdurem.

O maior sentimento expresso pela fé dos descobridores é a gratidão. O galeão São João afunda-se. Sobrevivem algumas pessoas, entre

---

60 Descartes, *Discours de la Méthode*, Paris, Librairie Larousse, 1969, p. 38.
61 Marcel Gauchet, *Le Désenchantement du Monde*, Paris, Éditions Gallimard, 1985, p. 134.

as quais Dom Manuel de Sousa e sua mulher Dona Leonor. Apesar de tanta tragédia acham que tudo aconteceu «pois Nosso Senhor foi servido» e «deram mesmo graças a Nosso Senhor»[62]. A confiança é tanta que é bom «pôr tudo nas mãos de Deus Nosso Senhor». O mesmo sentimento de gratidão aparece expresso na narrativa da primeira viagem de Cristóvão Colombo. Aí se diz que ao verem terra o almirante deu graças a Deus, de joelhos, enquanto Martin Afonso proclamava a grandeza de Deus entoando o «Gloria in excelsis Deo» com toda a gente[63]. No dia 2 de Outubro, como se pode ler, o mar apresenta-se bom e por isso «siempre a Dios muchas gracias sean dadas». A mesma atitude é manifestada no dia 5.

As orações sobem mais ao alto em momentos difíceis de tempestade ameaçadora e de morte. Na última viagem de Colombo assustados por uma tromba de água rezaram em grupo pela sua salvação. «Os marinheiros entoavam o Evangelho de São João em uníssono» quando Colombo aparece e disse: «erguendo a espada na mão direita e a Bíblia na esquerda: Não temais». O Capitão quer transmitir a confiança que Cristo quis transmitir aos apóstolos em idênticas circunstâncias de angústia e ansiedade. No final proclamam a bondade de Deus, «pois nosso Senhor salvou-nos como sempre»[64]. Jean Favier nota que Colombo ao chegar a salvar-se compara-se aos judeus saídos do Egipto com Moisés[65].

Mas havia também exigências de ordem moral. É célebre a narração feita por Fernão Mendes Pinto no capítulo LX da sua *Peregrinação*. Os portugueses comem uma saborosa carne que não lhes pertence. No fim dão graças a Deus, rezando com os beiços untados. Esta falta de adequação da fé com as normas levou uma criança a estranhar o facto e a fazer algumas perguntas embaraçosas. A este propósito Hernâni Cidade faz o seguinte comentário: «Nada porém mais eloquente-

---

62 Manuel Simões, *A Literatura de Viagens nos Séculos XVI e XVII*, Lisboa, Edição Comunicação, 1985, p. 80. Ver de modo particular a «História da mui notável perda do galeão grande S. João».

63 Ver *Cristóbal Colón*, *op. cit.*, p. 52. Ver também as páginas 54, 58 e 60.

64 Martin Dugard, *op. cit.*, Cruz Quebrada, Casa das Letras/ Editorial Notícias, 2005, p. 209.

65 Ver Jean Favier, *Les Grandes Découvertes*, Paris, Fayard, 1991, p. 520.

O LUGAR DOMÉSTICO COMO TERMO DE COMPARAÇÃO

mente nos mostra o processo do moralista (...) do que o diálogo entre António Faria e a criança»[66].

A expressão da fé cristã é feita por variados modos. Uma das manifestações mais frequentes é a peregrinação. No Itinerário de Paris a Jerusalém e de Jerusalém a Paris Chateaubriand confessa que talvez seja o último francês que saiu do seu país para viajar à Terra Santa com as ideias, a finalidade e os sentimentos de um antigo peregrino.

Uma outra exteriorização do sentimento cristão consistia em colocar padrões em locais determinados. Também tinham o hábito de dar nomes de santos, ou de mistérios às regiões e aos montes que encontravam. Cristóvão Colombo chamou alguns montes Monte Pascoal, Monte do Anjo. A um mar viram-no como mar de S. Tomé. Ora dar o nome é não só identificar, mas possuir. No âmbito desta religiosidade agem determinadas pessoas, utilizam-se lugares específicos que se valorizam com manifesta interpenetração de situações. Os portugueses viam os religiosos através do que sabiam sobre clérigos ou bispos na sua terra natal. Fernão de Magalhães nota que há na ilha Tadore uma espécie de Bispo. *No Roteiro da viagem de Vasco da Gama* aparece «um mouro branco, que era xerife, que quer dizer clérigo». Depois se fala de um homem baixo que era bispo. Também se diz que os guafes vestem uma linha «como trazem os clérigos de evangelhos a estola». Vasco da Gama entra num templo indú sem saber muito bem onde se encontrava[67]. João de Barros fala de um «grande templo de gentio da terra (...) onde estavam algumas imagens da sua adoração (...) e alguns se assentavam de joelhos a fazer oração aquelas imagens, cuidando serem dignas de adoração»[68]. Por vezes as imagens causavam uma estranha impressão e eram interpretadas conforme as visões anteriores. António de Andrade diz que «entre outros vimos um já muito velho, com as unhas e cabelo tão crescido e a catadura tão disforme que parecia o próprio diabo»[69]. Oliveira Martins escreve sobre

---

66 Hernâni Cidade, *Lições de cultura e Literatura Portuguesa*, Coimbra, Coimbra Editora, 1951, p. 244.

67 Ver *Roteiro da Viagem de Vasco da Gama*, *op. cit.*, pp. 57, 58 e 59.

68 João de Barros, *Décadas – Volume* I, Lisboa, Livraria Sá da Costa, 1982, p. 58.

69 António de Andrade, «Novo descobrimento do Grão-Cataio» in *As Grandes Viagens Portuguesas* (sel., pref. e notas de Branquinho da Fonseca), Lisboa, Portugália Editora, s/d, p. 235.

esta ambiguidade nas relações entre crenças: «e na sua ignorância religiosa viam por toda a parte os cristãos do Preste. Os indígenas adoravam a Virgem Maria; e os nossos prostravam-se também diante de Nossa Senhora na pessoa de Gauri, a deusa branca, Sakti de Xiva, o destruidor»[70]. O mesmo autor nota que ao dobrar do Cabo da Boa Esperança os marinheiros se recordavam piamente do seu santo que ficara em Lisboa e de Xabregas onde cada ano o levavam em procissão. Este santo era Frei Pedro Gonçalves. Muito venerado era Santo Elmo, patrono dos navegantes em momentos de tragédia e de que fala Camões em *Os Lusíadas*.

Um sinal muito frequente é a cruz. Atrás dela caminham os sobreviventes do naufrágio do Galeão S. João. Os companheiros de Fernão de Magalhães veneram uma cruz. Na primeira viagem de Vasco da Gama à Índia são deixados alguns Cruzeiros para assinalar a posse cristã das terras por onde passavam.

Nas narrativas das viagens das grandes descobertas aparece por vezes o rosário, objeto de grande devoção propagada por São Domingos e que os marinheiros utilizavam para rezar. A propósito da viagem de Colombo se fala de uma obra do próprio Gorricio, «quizás Las contemplaciones sobre el rosário»[71]. Também Pêro Vaz de Caminha salienta a sedução que provocavam nos indígenas as contas do rosário. «Viu um deles umas contas de rosário, brancas, acenou que lhas dessem, folgou muito com elas e lançou-as ao pescoço»[72]. Logo a seguir o narrador fala de um «rosário de contas brancas de osso». Na narrativa de *La Primera vuelta al mundo* se diz que os marinheiros regalaram «unos paternoster», que supomos serem rosários. O rosário serve a Oliveira Martins de termo de comparação para lastimar o sofrimento dos marinheiros, pois utiliza a metáfora de «um rosário de tragédias fúnebres».

Mas com o rosário se confundem objetos semelhantes utilizados em outras religiões diferentes do cristianismo. Eça de Queirós fala do rosário referindo-se a um conjunto de contas utilizado pelos muçul-

---

70 Oliveira Martins, *História de Portugal*, Lisboa, Guimarães Editores, 1972, p. 205.

71 A.V. *Cristóbal Colón: Los Libros del Almirante*, Zamora, Instituto Castellano y Leonês de Língua, 2006, p. 38.

72 Pêro Vaz de Caminha, *op. cit.*, pp. 67-68.

O LUGAR DOMÉSTICO COMO TERMO DE COMPARAÇÃO   283

manos. «Os burros encontram-se em todas as ruas do Cairo, ora montados por velhos ulemas que passam, desfiando um rosário». Em outro momento o mesmo escritor observa que «Todos penetram na mesquita n'um grande silêncio, desfiando os rosários»[73].

Se considerarmos os atos de culto notamos o valor que se dá à missa e ao baptismo. Ao falar da viagem dos missionários Stephen Neill observa que a primeira e grande realidade cristã era a missa[74]. Na viagem de Fernão de Magalhães se conta que é celebrada uma missa no Domingo de Páscoa, 31 de Março de 1521 e que os indígenas imitavam sempre o que faziam. Foi oficiante da santa missa o capelão Pedro de Valderrama, assistido pelo padre Bernard Colmette. Cantam o *Te Deum Laudamus*, entoam cânticos gregorianos, saboreiam salmos. E rezam aos santos como a Santa Úrsula e às outras onze mil virgens. Pêro Vaz de Caminha narra com muitos pormenores as duas missas que foram celebradas no Brasil. «Domingo de Pascoela, pela manhã, determinou o capitão de ir ouvir missa e pregação naquele ilhéu». E fala do comportamento dos indígenas, da sua capacidade de imitar os gestos e as atitudes dos cristãos. O autor termina enaltecendo as gentes encontradas de tal modo que «não lhes falece outra coisa para ser toda cristã, senão entender-nos»[75].

O batismo também merece grande relevo. No relato da viagem de Fernão de Magalhães é-nos dito o seguinte: Muitos nativos que encontram querem instruir-se, mas o capitão observa que o mais importante é que se batizem, mas não por temor. O rei Zulu é batizado e por isso será mais forte e será obedecido. Numa ocasião foram batizados quinhentos homens e quarenta mulheres. Podemos ler que «bautizamos este dia más de ochocentas personas entre hombres, mujeres y niños»[76]. E assim foi que pela bondade e graça de Deus, logo naquele domingo se converteram e pediram o batismo aquele rei e a rainha sua mulher e alguns principais do reino.

Mas a evangelização vai pôr muitos problemas sobretudo na relação entre o particular e o universal ao longo da peregrinação pelos

---

73 Eça de Queirós, *op. cit.*, pp.126 e 181.
74 Ver Stephen Neill, *História da Igreja*, Lisboa, Editorial Ulisseia Limitada, 1962.
75 Pêro Vaz de Caminha, *op. cit.*, pp. 73 e 95.
76 Ver *La Primera Vuelta al Mundo*, *op. cit.*, p. 250. Ver também as páginas 244 e seguintes.

tempos e espaços diferenciados. É que há tradições muito fortes, difíceis de evangelizar. António José Saraiva recorda a propósito da *Peregrinação* uma tradição relacionada com a morte. As pessoas trazem coisas para os reis comerem pois «cuidam eles que ficam remidos, como por jubileu pleníssimo, de toda a imundície de seus pecados»[77]. Esta referência a jubileu testemunha o conhecimento de uma realidade cristã vivida em outro lugar.

Com os sacramentos vinha o apelo à evangelização que todos os descobridores fazem de forma insistente e confiante. Cristóvão Colombo pede aos reis de Espanha que determinem a conversão dos índios à fé cristã para a qual estão muito inclinados. Pêro Vaz de Caminha termina a sua carta ao Rei Dom Manuel com o mesmo apelo pleno de confiança e certeza nos sucessos desejados. Na primeira volta ao mundo que já temos referido se afirma que os povos contactados são extremamente crédulos e bons e seria muito fácil convertê-los ao cristianismo. Até se salienta que alguns já sabem rezar o Pai-Nosso e a Avé-Maria e chegam a rezar tão bem como os europeus e com voz mais forte.

Se fizermos as viagens que Jean-Yves Lourde realizou em Cabo Verde deparamos com uma atitude religiosa semelhante à vivida em outros lugares. Basta ler a página dezanove da obra citada. A criação do mundo expressa na Bíblia serve para explicar de forma mítica a criação do arquipélago. Faz-se o retrato de um padre que não obedece à imagem tradicional do sacerdote. Recorda-se mesmo um milagre conhecido e operado nas ilhas. Reza-se a Jesus para que as condições climáticas sejam as melhores.

Ao longo desta breve síntese podemos verificar que a expressão das formas da religiosidade está fundamentada nas vivências de piedade originais.

O interessante é verificar que até o próprio lugar textual radica poderosamente em outros lugares escritos.

---

77 António José Saraiva, *Para a História da Cultura em Portugal*, Lisboa, Publicações Europa-América, s/d., p. 127.

O LUGAR DOMÉSTICO COMO TERMO DE COMPARAÇÃO 285

Os textos de viagem e outros textos

Ao ler os livros de viagens temos imediatamente a sensação de que estamos perante uma expressão retórica que se serve da prática pessoal do autor com as suas ideias e valores. Por outro lado temos a sensação de descobrir um intertexto, pois as citações são frequentes ligadas entre si, de tal modo que transformam a escrita, criando uma narrativa específica. Talvez nos sintamos entrar num panteão cultural ocidental, mas que não deixa de ser uma expressão de vida.

Estas citações abundam sobretudo em certas circunstâncias. Quando as viagens são feitas a caminho da Terra Santa deparamos com inúmeras referências à cultura mediterrânica, aos grandes pensadores gregos e latinos. Agem deste modo os escritores da época do Iluminismo que visitaram o berço da civilização europeia. Tal facto amplia o pensamento, transforma a escrita. Quase somos levados a pensar num mosaico feito de saberes diferentes.

Para compreender esta literatura talvez seja oportuno, porque útil, debruçarmo-nos sobre a problemática da memória e da imaginação, da língua utilizada e da beleza estética, como herdeiras do passado.

Antero de Figueiredo fala da memória e interroga-se: «O que é a vida senão uma viagem? Que são as viagens senão temas de recordação?»[78]. Logo a seguir completa o seu pensamento acrescentando que recordar é acordar e que «recordando ressuscitamos. E então vivemos conscientemente a vida inconsciente que por nós correu». Recordar é mesmo poetizar, guardar as imagens belas trazidas connosco desde o tempo inicial.

Todo o homem, todo o escritor «chacun de nous est une incarnation temporaire de la mémoire»[79]. Sendo incarnação é uma ação continuada e sempre a materializar-se conforme os acontecimentos e até os lugares. Mas há que contar com os conhecimentos guardados na memória. Antes de partir para a Índia, os marinheiros que iam com Vasco da Gama já conheciam muito das regiões procuradas, já tinham

---

78 Antero de Figueiredo, *Jornadas em Portugal*, Lisboa, Livraria Aillaud & Bertrand, 1918, p. 1.

79 Shirley Maclaine, *Le voyage intérieur*, Paris, Michel Laffon, 1990, p. 160.

notícias enviadas por Pêro da Covilhã. «Pensavam e debatiam todas as notícias do Covilhã, comentando-as com os conhecimentos anteriores. Examinavam-se os roteiros e cartas»[80]. Pela reminiscência se reforça o sonho.

O mesmo acontece com a imaginação. Eça escreve ao viajar pelo mediterrâneo: «A imaginação, na cidade, é a perpétua repelida. A imaginação só vive da vida dos outros seres» e acrescenta contrapondo outro modo de imaginação: «A imaginação, no campo, na margem de um rio, entre uma floresta, toma um livre caminho»[81]. Sendo assim podemos interrogar-nos sobre a capacidade da reprodução do real, sobretudo quando os narradores viveram entre os mistérios da natureza. José Agostinho fala dos autores de narrativas de viagens como pessoas «mais crédulas e superficiais do que bons observadores, excessivamente propensos à erudição pomposa e até à arte pela arte» e acrescenta que lhes falta «método na exposição»[82]. Leon Daudet acusava Loti de julgar que se descrevem paisagens com «palavras de côr», quando na realidade uma paisagem só deve ser sugerida», lembra Eça, no seu *Egipto*.

Vivendo em espaços concretos e numa realidade objectiva os autores dos livros de viagens não deixam de expressar o seu «eu» fortemente marcado pela memória e pela imaginação construídas nos tempos da infância. Tal facto leva-nos a interrogar-nos sobre a possibilidade de um livro de viagem ser de certo modo uma biografia. Como recorda Miguel Torga, no prefácio a *A criação do mundo*, nós damos «a cada acidente, facto ou comportamento a significação intelectual ou afectiva que a nossa mente ou a nossa sensibilidade consentem. E o certo é que há tantos mundos como criaturas»[83].

Um outro aspecto e de não menor relevância diz respeito à língua utilizada e que é expressão de formação anterior e lugar fundador de realidades profundas. É o que se reconhece perfeitamente em obras sobre os naufrágios. De Colombo se diz que escreveu com muitos

---

80 Oliveira Martins, *op. cit.*, p. 200.
81 Eça de Queiroz, *op. cit.*, pp. 96 e 97.
82 José Agostinho, *História da Literatura Portuguesa*, Porto, Casa editora de A. Figueirinhas, 1927, p. 141.
83 Miguel Torga, *op. cit.*, p. 7.

O LUGAR DOMÉSTICO COMO TERMO DE COMPARAÇÃO

portuguesismos gráficos, vocálicos e léxicos, o que se justifica por ter casado com uma portuguesa e ter vivido algum tempo em Portugal. Este aspecto é assinalado por Boorstin: «Quando Cristóvão Colombo escrevia castelhano, usava ortografia portuguesa, o que dá a impressão de que falou primeiro português»[84]. Com estes portuguesismos somos levados a acreditar que Colombo pensava decerto modo como os portugueses, o que dá uma certa tonalidade ao que nos legou.

Os escritores, embora escrevam sobre o passado não deixam de prestar atenção à atualidade. Muitos deles, sobretudo os iluministas, olham com olhos de patriotas o seu tempo, analisam a política, procuram construir uma identidade nacional. Também o mundo religioso lhes interessa profundamente. Vêem e sentem através de heranças acumuladas que são outros lugares tidos como fundamento.

Muitas vezes os viajantes esforçam-se por transmitir ideias que julgam fundamento de vida. D. Quichote procura convencer o comissário da diligência para que liberte os presos, porque lhe parece ser muito duro transformar em escravos aqueles que Deus e a natureza fez livres. O escritor de viagens vive entre a tradição de valores recebidos e a modernidade que a cada instante se avizinha. Por isso faz o seu périplo aventuroso por caminhos a abrir, numa permanente procura científica, tentando explicar o efémero, a ruína, a morte.

Ao deslocar-se para fora de si, o escritor volta sempre ao lugar de origem ao lugar donde partiu. Mas virá sempre mais rico, embora possa regressar carente de bens materiais. Pela viagem opera-se uma abertura ao outro, aproximam-se povos, modifica-se a visão geográfica, enriquece-se o homem, valoriza-se a humanidade. Toda a viagem provoca e constitui de certo modo uma aventura espiritual através da meditação que leva à harmonia. A luz interior que existe em todo o homem vai transformar-se em brilho divino. Como escreve Montaigne «Il se tire une merveilleuse clarté pour le jugement humain de la fréquentation du monde»[85]. É essa claridade que deve continuar a brilhar nas pessoas, na humanidade.

---

84 Daniel J. Boorstin, *op. cit.*, p. 221.
85 Montaigne, *Essais*, Livre premier, Paris, Librairie Larousse, 1972, p. 63.

Chegado ao fim desta viagem, noto que tentei comparar o que talvez não se pudesse comparar. Apesar disso consolo-me com os sentimentos de Gonçalo Oviedo que no fim da sua conhecida obra diz: «por ser sin comparación esta matéria y tan peregrina tengo por mui bem empleadas mis vigílias»[86]. Houve várias viagens ou talvez uma só viagem, o que me satisfaz, percorrendo livros que apresentam um grande valor humano, documental e literário.

Valor humano porque todos falam do espaço e do tempo, da vida e da morte, dos animais e das plantas, dos modos de vida, dos sentimentos e dos sonhos. Ao caminhar tive ocasião de abrir novas vivências, saborear novas emoções. Mas porque o homem não vive isolado a viagem abarca ao mesmo tempo o imenso e o pequeno, o exterior e o interior, o próximo e o longínquo, o pacífico e o perigoso, o definido e o versátil, o real e o imaginário.

O valor documental está na capacidade de lembrar factores, definir espaços, concretizar percursos, estabelecer limites. Ao realizar qualquer viagem seja interior ou exterior, a pessoa traça o caminho, realiza a acção, vive uma história experimentada entre o partir e o voltar.

Mas a narrativa de viagens tem também um forte valor literário radicado nas lembranças a que se junta a força do imaginário e a capacidade inventiva. A viagem aparece pois como fermento de nova criação, de uma forte fecundidade e de um novo mecanismo expressivo. Estamos a lembrar Rimbaud, Matisse, Malraux para quem a viagem foi determinante para sua obra artística.

Neste momento vem até mim a voz do Petit Prince que dizia: «Chaque jour j'apprenais quelque chose sur la planète, sur le départ, sur le voyage»[87]. É interessante notar que se encontram associados nesta afirmação a partida, a viagem e o mundo, três elementos construtivos da vida. O importante não é tanto o chegar, mas o partir. Beaudelaire escreve que os verdadeiros viajantes são aqueles que partem por partir. Mas será sempre assim? Este mesmo pensamento aparece mas de forma um pouco diferente em Montaigne ao escrever no seu *Essais*, que àqueles que lhe perguntam porque viaja responde que

---

86 Gonçalo Fernández de Oviedo, *op. cit.*, p. 141.
87 Saint-Exupéry, *Le Petit Prince*, Paris, Gallimard, 1999, p. 25.

O LUGAR DOMÉSTICO COMO TERMO DE COMPARAÇÃO

sabe bem o que deixa, mas não sabe o que procura. Talvez cada um só se procure a si mesmo. E esta viagem dentro de si é talvez a mais importante.

Na realidade, pela viagem fugimos de nós, desfazemos distâncias, criamos a união. A mais longa viagem que cada homem faz começa pelo primeiro passo e a mais importante é aquela que se faz no fim. Por causa disso há que saber olhar-se de forma diferente, valorizando sobretudo a relação com as coisas que têm o valor que a nossa atitude lhes dá de forma sempre renovada. Pela viagem temos a possibilidade de nos descobrir, de nos recrear, de nos consolar, de nos enriquecer, de nos multiplicar, enfim de criar um novo ser.

Ao viajar iremos sempre à procura do outro e de nós, com horizontes à vista, mas nunca ao nosso alcance, numa visão sempre incerta, mas melhorada. A propósito do universo, de nós e do mundo, Einstein dizia que o mais incompreensível é que o universo seja compreensível. Mas o certo é que vivemos num mistério que nos envolve, sempre numa esperança ofegante e insatisfeita. No final o importante é regressar ao lugar das origens, que nunca verdadeiramente deixámos. Foi este sentimento que cantou Joachim du Bellay ao escrever: «Heureux qui comme Ulysse a fait un bon voyage», mas que no fim volta para viver o resto da vida no lugar de onde um dia partiu. Afinal na vida de cada um haverá vários lugares ou um só lugar?

Turismo Religioso – Turistas ou Peregrinos

Vitor Ambrósio e *Carlos Santos***

---

* Professor Adjunto da Escola Superior de Hotelaria e Turismo do Estoril
** Professor Catedrático da Universidade dos Açores

Peregrinação versus Turismo

Os estudiosos eclesiásticos e os laicos recorrem, com frequência, às definições de turismo e de peregrinação: os primeiros para marcarem uma fronteira entre os fenómenos; os segundos a sua osmose. Com base nestes pressupostos, objetiva-se neste ponto observar a evolução das análises dos investigadores ao longo das últimas décadas.

Nos anos 70 do século XX, com o desenvolvimento da atividade turística, alguns eclesiásticos despertam para a necessidade de distinguir as duas formas de viajar. Assim, para Gendron[1], o turista procura encontrar-se a ele mesmo, ao libertar-se das pressões impostas pelo quotidiano, enquanto o peregrino parte para estar perto de Deus; nesta divisão, o autor considera que o turista religioso, como qualquer outro, viaja para se libertar do seu dia-a-dia, embora o seu centro de convergência seja o lugar divino, ou seja, ele é atraído pelo santuário, pela proximidade com o divino, mas não se desloca, exclusivamente, para recorrer ao Senhor. Nesta linha de ideias, Roussel[2] verifica que uma visita para ser considerada uma peregrinação, deve ser feita com uma intenção devocional, não bastando uma simples paragem de curiosidade ou uma excursão turística a um lugar sagrado; ela requer uma vontade de veneração, a marca essencial da efusão espiritual[3].

No campo oposto, os teóricos leigos tentam demonstrar que não existem dissemelhanças de fundo entre os dois termos. Cohen[4] sus-

---

1 Hervé Gendron, "Le Tourisme Religieux", in *Le Tourisme: Le Fait, les Virtualités Chrétiennes, Ebauche d'une Pastorale*, La Pastorale du Tourisme de la Conférence Catholique Canadienne (ed.), Montréal, Fides, 1972, pp. 80-82.

2 Romain Roussel, *Les Pèlerinages*, Paris, PUF, 1972.

3 O autor inclui nesta rubrica, por exemplo, o túmulo de Lenine, ou qualquer outra peregrinação, essencialmente laica, mas que contenha uma "intenção devocional".

4 Erik Cohen, "Who is a Tourist? A Conceptual Clarification", in *Sociological Review* 22 (4), 1974, pp. 527-55.

tenta a tese de que o turismo é um género de peregrinação da civilização moderna; nas suas formas mais sérias, os motivos da viagem são mais substanciais do que a recreação e entretenimento, sendo estes análogos aos extáticos da peregrinação; segundo o autor, o turista move-se sempre em direção a um destino como uma espécie de símbolo dos seus desejos e necessidades, tal como o peregrino o faz quando se dirige a um santuário, buscando a satisfação das suas aspirações religiosas e espirituais. Neste sentido, MacCannell[5] define o turismo como um "ritual da sociedade moderna", considerando o turista um peregrino que tem de ver os lugares onde se encarnam os poderes extraordinários nos quais ele crê (na Europa, ele tem de ir a Paris e nesta cidade é obrigatório visitar Notre-Dame, a Torre Eiffel e o Louvre), comparando este fenómeno com o religioso (baseando-se nas manifestações características dos dois), conclui que ambos visam distrair a mente da escravidão do quotidiano laboral[6]. Também Turner e Turner[7] concluem que o turista é um semi-peregrino, se o peregrino for um semi-turista, acrescentando que, quando uma pessoa se mistura numa multidão anónima de uma praia, ou numa aglomeração de crentes, ela busca uma forma simbólica, quase sagrada de companhia, a qual, regra geral, se encontra fora do seu círculo de vida diário.

Na década de 80 do século XX, Cohen[8] reformula a sua opinião, observando que embora as peregrinações e o turismo se relacionem, são fenómenos distintos; os elementos em comum consistem na mudança temporária de residência, na partida para um destino pré-determinado e na busca de outros ideais; contudo diferem nas suas características, ou seja, nas atividades seguidas durante a viagem e/ou na estada.

---

5 Dean Mac Cannel, *The Tourist: a New Theory of Leisure Class*, New York, Schoken, 1976.
6 O autor recorre a Durkheim, *The Elementary Forms of Religious Life*, 1912, para demonstrar a sua tese.
7 Victor Turner e Edith Turner, *Image and Pilgrimage in Christian Culture*, New York, Columbia University, 1978.
8 *Ap.* Tomislav Hitrec, "Religious Tourism: Development-Characteristics-Perspectives", in *Cahiers du Tourisme* Série C N.° 164, 1991; Erik Cohen, "Pilgrimages and Tourism – Similarities and Differences", in *Pilgrimage: The Human Quest* (Universidade de Pittsburgh), Comunicação policopiada, 1981.

TURISMO RELIGIOSO – TURISTAS OU PEREGRINOS   295

No campo eclesiástico, Guerra[9] analisa os visitantes a partir da função evangelizadora do santuário, concedendo o termo mais honroso de peregrino àqueles que conhecem suficientemente a natureza do lugar sagrado e daí retiram o proveito espiritual inerente à sua deslocação[10]; uma segunda categoria poderia receber o nome de romeiros, dirigindo-se estes ao centro de peregrinação, exclusiva ou preponderantemente, para fazer um pedido, ou cumprir um voto, na sequência de uma graça obtida[11]; a terceira categoria será a dos turistas, não costumando ser estes os que maiores dificuldades oferecem ao ambiente do santuário, porque se assumem como estranhos, e não possuem sentimentos de animosidade[12]. Em complemento ao apresentado, Guerra[13] distingue a peregrinação do turismo vulgar, argumentado que a fé é o elemento que os separa; no entanto, e apesar das características qualitativas próprias da peregrinação (suficientes para a classificar à parte das atividades turísticas), admite a sua inclusão na denominação comum de turismo religioso, pelas implicações práticas que acarreta.

Nos anos 90 do século XX, embora alguns autores continuem em insistir na demarcação entre peregrinação e turismo, muitos estudiosos (tanto laicos como religiosos) formulam as suas opiniões, intentando o estabelecimento de pontes entre os dois fenómenos.

No primeiro grupo inclui-se Bauer[14] que persiste na convicção da imagem de turismo estar ligada às noções de banalidade, frivolidade e

---

9 Luciano Guerra, "Peregrinação e Aprofundamento da Fé, Peregrinação e Devoção Popular", in *Peregrinação e Piedade Popular*, Arnaldo Pinto Cardoso (coord.), Lisboa, Secretariado Geral do Episcopado, 1988, pp. 35-69.

10 Segundo o autor, esta é, normalmente, a categoria constituída pelos cristãos católicos que praticam com regularidade (aproximando-se dos sacramentos com assiduidade) e têm em ordem a sua vida privada e social.

11 Segundo o autor, quase sempre batizados na Igreja Católica (com catequese ou sem ela), não mantêm laços de união com a Igreja, reduzindo a um mínimo individual ou familiar, a sua relação com Deus.

12 Dado o progresso das excursões turísticas, particularmente no mundo ocidental, é cada vez mais frequente a presença deste tipo de pessoas nos santuários, mesmo nos de menor frequência.

13 Luciano Guerra, "O Turismo Religioso no Mundo de Amanhã", in *Tourism Education for the Early 21 st Century*, Lisboa, INP, 1989, pp. 275-88.

14 Michel Bauer, "Tourisme Religieux ou Touristes en Millieu Religieux", in *Les Cahiers Espaces* 30, 1993, pp. 24-37.

consumo, contrapondo à do peregrino que associa a seriedade e empenhamento, consubstanciando esta opinião com a de Jan Pach[15] que defende o facto de a peregrinação não ser uma excursão turística, mas um retiro espiritual que exige sacrifício e motivação religiosa, tratando-se, inclusive, de uma experiência transcendental; o autor ainda corrobora Robi Ronza[16] na apologia do termo, em detrimento de turismo religioso, pois turismo e peregrinação são duas concepções opostas do mundo. Nesta linha de ideias, Vukoni'c[17] lembra a posição da Igreja, aquando do encontro internacional sobre turismo, organizado pela conferência cristã da Ásia (Manila, 1981), onde se confirma que o turismo moderno não é uma peregrinação, pois o peregrino pisa suavemente o solo sagrado e o turista atravessa estes lugares e fotografa-os; o primeiro viaja com humildade e paciência, enquanto o segundo o faz com arrogância e pressa[18].

Numa abordagem de transição, Hitrec[19] constata que autores como Hunziker e Krapf[20] já discutiram, ou abordaram, as características de algumas formas de migrações humanas assentes em motivações religiosas, tentando aproximá-las e mesmo integrá-las nas definições de turismo, enquanto um fenómeno moderno; esta postura deu origem à enunciação não académica e frequente, de o turismo ser uma forma de peregrinação, e ainda com maior frequência, da peregrinação ser uma forma de turismo. Referindo-se ao enquadramento espiritual e às concepções religiosas de turismo, o autor consubstancia a sua opinião na de MacCannell[21], o qual advoga que se por um lado os

---

15 Jan Pach, "La Religione al Posto del Turismo", in *Itinera* (Ravena), Comunicação policopiada, 1992.

16 Robi Ronza, "Caporedattore Bell'Italia. Beni Culturali Religiosi: tra testimonianza e valore storico-religioso. Come educare alla fruizione intelligente", in *Itinera* (Ravena), Comunicação policopiada, 1992.

17 Boris Vukoni'c, *Tourism and Religion*, Wiltshire, Pergamon, 1996.

18 Já Nelson Graburn, "Tourism: The Sacred Journey", in *Hosts and Guests: The Anthropology of Tourism*, Valene Smith (ed.), Philadelphia, University of Pennsylvania Press, 1977, pp. 17-32, tinha observado que apesar do desenvolvimento da peregrinação só ser provável e possível, se ela fosse idêntica a uma viagem turística, os teólogos opunham-se, com frequência, a uma turistificação da mesma, por acreditarem que este facto minimizava a sua característica religiosa e o seu significado.

19 Ver nota de rodapé n.° 8.

20 O autor só referencia o ano e o título da obra: 1942, *Grundriss der Allgemeinen Fremdenverkehrslehre*.

21 Ver nota de rodapé n.° 5.

lugares sagrados e objetos estão a perder a sua aura e a adquirir características e funções turísticas, por outro, uma viagem turística é a oportunidade para buscar a realidade autêntica e o significado da existência humana; nesta linha os teólogos declaram que o turismo é um meio de conhecer o mundo orgânico e inorgânico da criação divina (podendo utilizar-se o tempo de lazer para o enriquecimento espiritual, e mesmo para o seu renascimento moral), assumindo também que o peregrino se interessa pelo património natural e construído (usufruindo-os como um turista)[22]. Por seu lado, Smith[23] observa que o turismo e a peregrinação têm sido definidos como atividades baseadas em três elementos operativos – rendimentos, tempo livre e permissão social para viajar; as sanções sociais, ou o que a sociedade pensa ser o comportamento correto, assim como a filosofia prevalecente, baseada em condições socioeconómicas e políticas, influenciam fortemente a maneira de se passar o tempo livre e as férias, privilegiando, numas alturas, as peregrinações, e noutras as viagens de lazer.

No que respeita aos santuários, enquanto sedes de reunião de crentes e turistas religiosos, Vukoni'c[24] defende, tal como Cohen[25], a ideia fundamental de estes centros serem tipicamente *out there*, ou seja, excêntricos aos aglomerados populacionais e aos eixos mundanos sociopolíticos e, por conseguinte, tenderem a ser periféricos e remotos; neste contexto, quando o centro de peregrinação é concêntrico, o peregrino viaja na direção do núcleo sociocultural da sua sociedade, enquanto o turista viaja deste para a periferia; quando ele é excêntrico (localizado na periferia sociocultural e geográfica da sociedade do peregrino), a peregrinação ficará imbuída de aspetos turísticos e, assim, quanto maior a distância entre o santuário e o seu lugar de residência, mais forte será o componente turístico de tais via-

---

22 Em muitos documentos das comunidades religiosas a utilização do termo turismo religioso passa a ser sintomático com peregrinação, como seja o item 24 do *Directório Geral para a Pastoral dos Turistas*.

23 Valene Smith, "Introduction – The Quest in Guest", in *Annals of Tourism Research* 19 (1), 1992, pp. 1-17.

24 Ver nota de rodapé n.º 17.

25 Erik Cohen, "Pilgrimage Centers: Concentric and Excentric", *Annals of Tourism Research* 19 (1), 1992, pp. 33-50. As suas observações baseiam-se no estudo antropológico da peregrinação de Victor e Edith Turner (ver nota de rodapé n.º 7).

gens[26]. Neste sentido, Boisvert[27] ainda acrescenta que ambos, peregrino e turista, criam um afastamento em relação ao seu meio de origem, permitindo-lhes pôr em perspetiva a sua respetiva existência; mas enquanto o peregrino rompe os laços com a sua comunidade, envolvendo-se num périplo, criando novas referências, interpretando a sua experiência em função da nova coletividade na qual participa ativamente, regressando transformado, o turista só rompe com o seu ambiente, não criando necessariamente uma nova comunidade, cujas raízes se perdem na história[28].

Com o alargamento da investigação turística, nomeadamente ao nível da gestão, surgem trabalhos que se distanciam da análise espiritual, optando por uma perspetiva mais pragmática. Um bom exemplo é o estudo de Murray e Graham[29] sobre Santiago de Compostela, onde se verifica que a peregrinação àquela cidade, assenta numa dialéctica complexa de aparentes contradições e tensões, que se interpenetra nos modelos de comportamento dos segmentos de mercado observados (peregrino, turista, viajantes motorizados e caminhantes). De acordo com os autores, os conflitos surgiram porque a atividade turística transfigurou o significado essencial dos ícones religiosos e dos valores tradicionais da religião, associados ao santuário e à sua peregrinação[30] (ver quadro 1).

---

26 Erik Cohen (ver nota de rodapé n.° 25) também considera que quando o peregrino visita os santuários de outras religiões, será tratado só como turista ou viajante.

27 Mathieu Boisvert, "Le Pélèrinage", in *Teoros* 16 (2), 1997, pp. 5-9.

28 Carlos Fortuna e Claudino Ferreira, "Estradas e Santuários", in *Revista Crítica de Ciências Sociais* 36, 1993, pp. 55-79, afirmam, parafraseando Turner e Turner (ver nota de rodapé n.° 7), que o peregrino conclui um rito de passagem quando se afasta da *societas*, para se aproximar da *communitas*, regressando de novo à primeira.

29 Michael Murray e Brian Graham, "Exploring the Dialectics of Route-Based Tourism: The Camino de Santiago", *Tourism Management* 18 (8), 1997, pp. 513-24.

30 No contexto do artigo, os autores sublinham a promoção do Caminho de Santiago como aventura alternativa, não tendo os participantes de sofrer as privações ou partilhar as motivações religiosas. A citação sugerida foi extraída de uma brochura de uma agência de viagens inglesa: *O nosso itinerário recria, tão próximo quanto é possível actualmente, a experiência do viajante medieval (...) caminhamos pelas secções menos degradadas do caminho (um quinto da distância total), incluindo a última parte do trilho para Compostela. Viajaremos durante a parte restante, num mini autocarro Mercedes e visitaremos os mais interessantes monumentos, ficando alojados nos hotéis e estalagens históricas, e, ainda se apreciarão o vinho e a deliciosa cozinha local.*

QUADRO I — *Santiago de Compostela, enquanto Produto Religioso*

Produto Religioso	Significado Religioso	Modificação Turística
a) Santuário e Cerimónias		
Santiago de Compostela	Destino da peregrinação	Cidade de cultura
Catedral de Santiago	Oração, adoração	Atração patrimonial
Dia de Santiago e Bota fumeiro	Ritual	Evento turístico especial
Anos Santos	Oração	Turismo temático
Tocar as Relíquias	Devoção	Boa sorte
b) As estradas		
A Compostela	Expiação	Certificado de proeza
Caminhos de Peregrinos	Penitência, castigo	Renovação pessoal, aventura
Santuários de Peregrinos	Oração, expiação	Herança arquitectural
Hospícios de Peregrinos	Santuário	*Parador*
Vieiras	Peregrino	Logo de produto

Fonte: Murray e Graham[31]

Apesar das alterações, Murray e Graham concordam com Nolan e Nolan[32], quando estes afirmam que turismo e peregrinação não são atividades incompatíveis, não devendo, por conseguinte, as mudanças de significado ser conotadas como negativas, pois foi o turismo que reinventou o Caminho de Santiago, deixando este de ser um trilho obsoleto, para se transformar num recurso da sociedade contemporânea.

Com a entrada no novo milénio, não obstante alguns autores continuarem a cingir-se à divisão entre peregrinação e turismo, a maioria dos estudiosos passa a estabelecer uma categoria intermédia que contemple a aproximação dos dois fenómenos.

Os que optam por esta cisão são, sobretudo, os autores sem ligação à investigação turística, como seja Mattoso[33]. Neste persiste a apologia da viagem/peregrinação em detrimento de um turismo entendido como algo diletante; segundo a sua opinião, o impulso que leva hoje o homem a viajar para fora do seu país, nem que seja uma só vez na vida, não resulta apenas do fenómeno típico da civilização moderna a que se chama turismo, já que este não passa de uma forma curiosa e superficial de responder a um ímpeto profundo; de facto, a

---

31 Ver nota de rodapé n.º 29.
32 Mary Lee Nolan e Sidney Nolan, "Religious Sites as Tourism Attractions", *Annals of Tourism Research* 19 (1), 1992, pp. 68-78.
33 José Mattoso, "Peregrinar", in *Caminho do Tejo*, Helena Vaz da Silva (coord.), Lisboa, Selecções Reader's Digest e Centro Nacional de Cultura, 2000, pp. 4-5.

viagem não resulta apenas de um apetite pelo diferente (ver novas terras, conhecer o outro, sair fora do espaço conhecido ou habitual), tratando-se, antes de mais, de um movimento que implica uma deslocação física e que permite constatar a variedade polimórfica da própria humanidade, proporcionando ao viajante tomar consciência da dimensão do mundo que faz parte.

Já Liszewski[34], ao comparar a peregrinação com o turismo religioso, acaba por integrar a primeira no segundo (embora defenda a manutenção da designação tradicional, consubstanciada por séculos de existência); por outro lado, entende não existir qualquer incorreção, ao incluir este tipo específico de viagem (a peregrinação) num fenómeno social mais alargado (o turismo), uma vez que neste também coexiste a deslocação e a regeneração da condição física e psíquica do ser humano.

Finalmente Santos[35], ciente da complexidade dos fenómenos em questão, recorre a Stoddard[36] para propor um esquema (ver figura 1) que conjuga os tipos de viajantes com as motivações, relacionando ambos com dois géneros de movimentos no espaço. Neste verifica-se uma perspetiva de consenso baseada na criação de três campos: dois opostos (um onde se insere o turista secular e outro o peregrino) e um de permeio que contemple elementos religiosos nas viagens turísticas.

FIGURA I — *Motivações, Tipos de Viajantes e Géneros de Deslocações*

Género	Viajantes	Motivações
		Profano
Lazer	Turista Secular	
	Turista Religioso	
Religioso	Peregrino	
		Sagrado

Fonte: Santos[37]

---

34 Stanislaw Liszewski, "Pilgrimages or Religious Tourism?", in *Peregrinus Cracoviensis* 10, 2000, pp. 47-51.

35 Maria da Graça Santos, "Religious Tourism Contributions towards a Clarification of Concepts", in *Religious Tourism and Pilgrimage*, Atlas: Special Interest Group (1st Expert Meeting), C. Fernandes, F. McGettigan e J. Edwards (eds.), s. l., Tourism Board of Leiria/Fátima, 2003, pp. 27-42.

36 Robert Stoddard, "Tourism and Religious Travel: A Geographic Perspective", in *Tourism, Religions and Peace* (Milão), 1996, Comunicação policopiada.

37 Ver nota de rodapé n.º 35.

Turismo Religioso

Após a análise da peregrinação *versus* turismo, importa definir o conceito de turismo religioso, segundo as perspetivas dos eclesiásticos e dos académicos. Para os primeiros, no desenvolvimento de peregrinações ou de deslocações, cuja principal motivação tenha por base o património da Igreja (material ou espiritual), existem especificidades logísticas inerentes ao turismo, sendo estas subsidiárias em relação ao objetivo primário, que é o da aproximação do homem a Deus. Já a maioria dos laicos realça o inverso, ao considerar que a religiosidade intrínseca a este segmento de mercado, é um fator caraterizador do fenómeno turístico.

Esta diferença de posturas é mais percetível quando se examinam os vários tipos de abordagens, verificando-se que as mais importantes no estudo do turismo religioso são:

- a evolução da designação de peregrinação para turismo religioso (e mais recentemente para espiritual);
- a semântica do termo;
- a motivação primária (do peregrino, do turista e do turista religioso);
- a distinção da imagem (do turista e do peregrino, ou considerando a continuidade das duas posturas);
- os recursos religiosos (observados enquanto produto turístico);

A Evolução da Designação de Peregrinação para Turismo Religioso (e mais recentemente para espiritual)

No que respeita à evolução da designação de peregrinação para turismo e mais propriamente turismo religioso, Castro Fariñas[38] é um dos primeiros a constatar que, ao relacionarem-se os conceitos de turismo e de religião, se encontra o conjunto de deslocações humanas e as atividades resultantes do desejo de evasão que, num grau dife-

---

38 José Castro Fariñas, "El Turismo Religioso", in *Piel de España* 44, 1960, pp. 21-2.

rente, está latente em cada pessoa. Para o autor, interpretar os movimentos de tipo religioso, como turísticos, é novo, não se podendo encarar o fenómeno como um feito individual, ocasional, uma fantasia diletante, um luxo possível e tolerado só em períodos de prosperidade, uma vez que sempre respondeu a uma necessidade profundamente sentida; até à data, aceitavam-se as peregrinações como simples factos, sem ocorrer um estudo metódico, ordenado, científico, da sua natureza e condição, tendo passado a ser claro que este processo e os desenvolvimentos que ocasiona podem ser considerados turísticos.

Embora fosse plausível pensar que, a partir da observação do investigador espanhol, os estudos sobre a temática se sucederiam, três décadas mais tarde, Hitrec[39] verifica que poucos teóricos tinham feito esforços para explicar o turismo religioso, investigado as suas convergências e divergências com o fenómeno turístico em geral, ou indicado os esclarecimentos conceptuais e as suas formas de manifestação; no entanto, estabelecer a relação entre a teoria do turismo e a religião (como fenómeno social), ou seja, comportamento turístico com comportamento religioso, justificava-se por estas serem formas do comportamento social humano. No desenvolvimento das suas ideias, defende que o crescimento do turismo religioso não deriva da necessidade antropológica de fazer peregrinações, ou do turismo como substituição dos vazios religiosos, mas do desamparo do homem moderno, que o impele a estes movimentos; na realidade, para além de outras razões, as condições de vida e trabalho da sociedade atual causam várias formas de alienação, conduzindo a um sentimento de desespero e a uma luta pela sobrevivência, num ambiente hostil, afetado pela febre do consumo, o que tem proporcionado o retorno a valores perdidos, uma viragem para a religião, e mesmo para o misticismo.

Também Din[40] alude ao facto de o turismo religioso ser uma das áreas menos pesquisadas do fenómeno turístico; contudo, sob a

---

39 Ver nota de rodapé n.º 8.
40 Kadir Din "Religious Tourism", in *VNR's Encyclopedia of Hospitality and Tourism*, M. Khan, M. Olsen, T. Var (eds.), New York, Van Nostrand Reinhold, 1993, pp. 822-829.

TURISMO RELIGIOSO – TURISTAS OU PEREGRINOS

forma de peregrinações, contribui cultural e economicamente para os países e comunidades onde se localizam lugares sagrados, sendo uma categoria de viagem motivada pela religião e na qual existem três elementos a considerar: o objetivo, a estrutura e o processo. Sujeito a doutrinas específicas, o objetivo é alcançar pelo menos um dos seguintes fins: um ato de oração ou adoração; pagamento de uma promessa, ação de graças, confessar pecados e fazer pedidos; elevação espiritual e social; comemoração de eventos religiosos; estar em comunhão com os correligionários; espalhar o evangelho; participar em conferências e encontros clericais. Na dimensão estrutural destacam-se dois pontos, um experiencial, relativo a emoções e ao comportamento de viajantes individuais, e outro espácio-temporal, associado às manifestações físicas e geográficas da viagem[41]. O processo refere-se à génese, evolução e institucionalização de viagens religiosas, sendo que todas têm as suas raízes históricas e estão sujeitas a mudança; aliado a este facto, constata-se o desenvolvimento dos movimentos turísticos a nível mundial e, consequentemente, o aumento do turismo religioso, atribuindo-se este ao número crescente de crentes com maior poder de compra e à revitalização de valores, que tem ocorrido nas gerações mais jovens (a tendência geral é a da mudança gradual nas preferências dos consumidores, substituindo-se o hedonismo pelo espiritual).

Para Chaspoul e Lunven[42], existe a tendência para considerar de âmbito turístico tudo o que é viagem; no entanto, o turismo religioso, porquanto seja um género de turismo, tem uma alma, baseada nos seus próprios critérios éticos e espirituais, devendo os profissionais

---

41 Na experiencial, o turismo religioso, tal como qualquer outra forma de turismo, desenvolve-se em três estados: a viagem começa com os preparativos e a despedida de familiares e amigos; numa segunda etapa, o viajante, teoricamente liberto das amarras sociais e obrigações quotidianas, fica imbuído de um sentimento de fraternidade para com os outros; na última fase, o viajante regressa a casa, para se reagrupar na sua comunidade de origem. Na espácio-temporal (elementos essenciais a todas as atividades humanas) incluem-se os itinerários religiosos (os peregrinos de Meca, por exemplo, devem seguir uma sequência rígida de procedimentos, durante um período de 6 dias, que prevêem ritos e paragens, ao longo de 25 milhas de rota circular).

42 Claudine Chaspoul e Martin Lunven, "Tourisme Spirituel et Tourisme Culturel", in *Les Cahiers Espaces* 30, 1993, pp. 5-7.

desta área de atividades, agir em simbiose com estas determinantes (diferindo as mesmas de religião para religião). Neste sentido Montaner Montejano[43] define-o, apontando as idiossincrasias das principais doutrinas:

- no catolicismo, a busca de lugares sagrados passa pelo plano espiritual (um meio de se aproximar do seu Deus), sociológico (uma forma de conhecer melhor a história do grupo religioso ao qual se pertence) e cultural (compreender as religiões que influenciaram e continuam a influenciar as sociedades)[44], caraterizando-se o turismo religioso contemporâneo por estar inserido na civilização do ócio (o peregrino é um turista a nível material) e estar estruturado pelas autoridades da Igreja, através da Pastoral do Turismo, que tenta conciliar este com a religião;
- os protestantes negam a noção de espaços sagrados; no entanto, fazem referência aos lugares de memória, criados a partir de algum acontecimento histórico, relacionado com a sua religião e que se inscrevem na memória coletiva, como ponto de encontro, mas não como locais de culto;
- na religião judia não há o conceito de peregrinação; contudo, a busca da história do povo, o regresso à terra prometida, etc., criou, o que se pode designar, por turismo judaico;
- na religião muçulmana, a prática da peregrinação atinge o seu extremo, pois é considerada como um preceito corânico, devendo o crente ir a Meca, pelo menos uma vez durante a sua vida;
- a doutrina budista baseia-se no reconhecimento do sofrimento e no seu combate, através da busca da felicidade, da lucidez e da liberdade interior, fazendo parte do processo o culto das relíquias e as peregrinações aos lugares santos;

---

43 Jordi Montaner Montejano, *Psicosociología del Turismo*, Madrid, Síntesis, 1996.
44 Segundo Chaspoul e Lunven (ver nota de rodapé n.° 42), o acréscimo de frequência dos lugares religiosos está, em parte, ligado à última motivação, e os projetos de valorização cultural e turística, deste tipo de património, procuram responder a esta procura; perguntando-se, no final, se ainda se trata de turismo religioso.

TURISMO RELIGIOSO – TURISTAS OU PEREGRINOS

- o mundo panteísta do hinduísmo e as suas práticas religiosas, com a crença na reencarnação e a cremação dos mortos, encaminha os peregrinos para os lugares sagrados.

Já para Vukoni'c[45], põe-se a questão sobre o que é que deve ser considerado no âmbito de turismo religioso, adiantando que a definição secular e a religiosa divergem. Na primeira, a resposta é clara, devendo o conceito e o termo utilizado para o descrever serem entendidos como a forma de movimento turístico, que apareceu como consequência da motivação religiosa[46]; na segunda, muitos teólogos advogam que a adoção do conceito de turismo religioso, significa aceitar que a religião pode ter outro sentido e objetivo, para além do da fé, e recusam a ideia que as viagens de peregrinação e de motivos religiosos possam ser chamadas turísticas, mesmo tendo em conta o facto de os crentes, na sua deslocação, terem de satisfazer as suas necessidades básicas, ou seja, comer e dormir.

Numa perspetiva mais institucionalizada, ICEP[47] considera que o conceito de turismo religioso resulta da identificação das viagens, cuja principal motivação é a religião, sendo que com a evolução do mercado, se formaram dois segmentos distintos: o dos peregrinos e o cultural/religioso. Enquanto o primeiro se encontra, em grande medida, sob a esfera de influência da Igreja, o segundo tem uma vertente mais comercial.

No final do século XX, Ambrósio[48] constata que a Igreja Católica, ao longo da sua história, desenvolveu a peregrinação; no entanto, embora se tenha mantido a intenção de fundo, o fenómeno passou a ser mais conhecido por turismo religioso. Na realidade, as peregrinações extravasam, com alguma frequência, o local/nacional, ultrapas-

---

45 Ver nota de rodapé n.º 17.

46 Na realidade, quando o crente viaja para fora do seu lugar de residência habitual, ao mesmo tempo que preenche as suas necessidades religiosas, também se comporta como um turista, a nível do alojamento, refeições, compra de lembranças, visitas, etc.

47 ICEP (Investimentos, Comércio e Turismo de Portugal), "Turismo Religioso", in *Turismo – Mercados Emissores* 12 (4), 1997, pp. 30-3.

48 Vítor Ambrósio, *Fátima: Território Especializado na Receção de Turismo Religioso*, Lisboa, Instituto Nacional de Formação Turística, 2000.

sam fronteiras, constituindo-se então, pela deslocação inerente, numa ação turística[49]; quando tal acontece, os encarregados da sua organização têm de trabalhar, ou com diferentes prestadores de serviços (autocarristas, companhias aéreas, caminhos-de-ferro, hotéis, etc.), ou com agências de viagens.

Jackowski[50] recua no tempo para explicar, de forma lógica, a mudança do termo peregrinação para turismo religioso; segundo o autor, a expressão grega *per-epi-de-mos* (literalmente, um estrangeiro não residente) era utilizada para denominar um peregrino ou um viajante casual, significando a primeira palavra latina *peregrinus*, uma pessoa viajando, ou através de países estrangeiros ou não possuindo os direitos de cidadania, sendo que a noção de *peregrinatio* implicava uma saída para fora do local de residência, uma caminhada, uma viagem e visita a um país estrangeiro, embora Cícero a utilizasse na aceção de exílio permanente. Provavelmente desde o século XI, a noção de peregrino já abarcava a pessoa que viajava por razões religiosas, aparecendo mais tarde locuções como *itinerarium* e *peregrinatio sacra* ligadas a viagens religiosas feitas de livre vontade, enquanto a palavra *peregrinatio* sozinha, era aplicada a uma viagem de penitência, também podendo ser uma forma de vida ascética (*peregrinatio ascetica*), tendo sido só no século XII que *peregrinatio* passou a ser entendida como a prática religiosa de visita de lugares sagrados, sendo, com frequência, chamado de *homo viator*[51], um participante em tais viagens. Depois da Segunda Grande Guerra, as práticas religiosas e as celebrações começaram a diminuir, acontecendo o mesmo com as formas tradicionais

---

49 Para poder explicar melhor a movimentação de crentes, seria necessário recorrer a estudos específicos; todavia, eles são quase inexistentes, uma vez que há grandes dificuldades em separar o turismo religioso dos outros segmentos, isto porque os peregrinos dos anos 90 (na sua maioria), usam os mesmos meios de transporte e as mesmas infra-estruturas que os outros turistas.

50 Antoni Jackowski, "Religious Tourism – Problems with Terminology", in *Peregrinus Cracoviensis* 10, 2000, pp. 63-74.

51 A palavra latina *via* significa caminho, estrada, rua, e, por vezes, também viagem, uma marcha ou cortejo; *viator* é uma palavra cognitiva, apontando para viajante, caminhante, mensageiro, e, no sentido religioso, também peregrino; recentemente, esta expressão tornou-se muito popular, como sinónimo usado para designar todos os participantes das migrações turísticas.

de peregrinação; a maioria das viagens começou a ser feita de carro ou autocarro, e os programas a incluirem elementos "não religiosos"; com o aumento da popularidade do turismo, impôs-se o termo turismo religioso às viagens que combinam elementos espirituais com seculares.

Por fim, Vieira[52] observa que a grande importância do turismo religioso lhe advém do facto de se situar na confluência de dois dos fenómenos socioculturais mais significativos do atual estádio da civilização humana – a religião e o turismo; por estes dois mundos manterem alguma distância (assente numa desconfiança mútua), os seus representantes devem envidar esforços para que se proceda à aproximação de pontos de vista.

No que concerne à perspetiva eclesiástica da evolução da designação de peregrinação para turismo, e mais propriamente turismo religioso, Arrillaga[53], sem utilizar esta última designação, verifica que, porquanto as justificações de ordem material (as que proporcionam o desenvolvimento de todos os tipos de viagens turísticas) e de ordem espiritual (a busca crescente de orientação pessoal), se apliquem tanto aos turistas como aos peregrinos, as razões subjacentes a cada uma das categorias permitem estabelecer diferenças substanciais (ver quadro 2).

52 João Vieira, "Turismo Religioso", in *Gente e Viagens* (Fevereiro), 2001, pp. 56-57.
53 José Arrillaga, "Turismo con Motivación Religiosa", in *Informa* 3/89, 1989, pp. 19--28.

308 VITOR AMBRÓSIO – CARLOS SANTOS

QUADRO 2 — *Elementos de Ordem Material e Espiritual constitutivos do Turismo e segundo a Perspectiva da Peregrinação*

Elementos de Ordem Material	Serviços	Segundo a Perspetiva da Peregrinação
	Modernos meios de transporte, aéreos ou de superfície, nomeadamente os ferroviários ou rodoviários	Quando são fretados para o uso exclusivo de peregrinações, os que os usufruem compartilham, para além do destino, os motivos da viagem.
	Alojamentos públicos, hotéis ou pensões	Nas peregrinações é frequente, não só por razões económicas mas também de austeridade, os viajantes alojarem-se na hotelaria paralela (conventos, residências religiosas, seminários, etc.).
	Ações de promoção feitas por organismos oficiais e privados	A publicidade das centrais de peregrinações e das agências de viagens especializadas (nas mesmas), em revistas de caráter religioso, é uma boa forma de suscitar nos leitores o desejo de participarem em viagens ou peregrinações.
Elementos de Ordem Espiritual	Pressupostos	Segundo a Perspetiva da Peregrinação
	Reação contra o materialismo e consumo que dominam as sociedades pós-industriais	O homem é um ser espiritual e, não podendo o seu coração encher-se só com bens perecíveis, busca o superior, o espiritual, o eterno, o divino.
	Desafios pessoais	O peregrino procura consolidar a sua conversão interior, tentando superar-se.
	Busca de lugares que esclareçam dúvidas pessoais	Os lugares de peregrinação animaram sempre os peregrinos a avançar no caminho da perfeição cristã e na entrega aos demais.
	Isolamento social (convivência diária com ateus, agnósticos e até inimigos declarados contra tudo o que é religioso)	As peregrinações são uma boa ocasião para a união com os que têm a mesma fé, para viajar com quem tem os seus critérios, desejos e aspirações, encontrando-se, desta forma, entre os seus.
	Público que não se sente atraído pelos centros turísticos, que não deseja isolar-se, ou que não se satisfaz com a oferta das agências de viagens	Desejo de algo diferente, algo que se baseie na reflexão, na oração, na adoração, optando-se por viagens de conteúdo religioso, como são as peregrinações.
	Atração que muitos lugares religiosos exercem devido aos valores culturais, históricos e artísticos	Tratando-se de crentes, emocionam-se com a obra assente na devoção e piedade dos seus antepassados. A Deus adora-se em qualquer lugar, mas fazê-lo em determinados lugares, tem um significado especial, razão pela qual as peregrinações os elegem como destinos.
	Eventos religiosos, como a Semana Santa, as procissões do Corpo de Deus ou as romarias	Nas manifestações de fé, os que vão por devoção participam, imbuídos do sentimento de fazer parte de uma comunidade religiosa.

Fonte: Transposição para quadro de elementos incluídos em Arrillaga[54]

54 Ver nota de rodapé n.º 53.

TURISMO RELIGIOSO – TURISTAS OU PEREGRINOS

Numa ótica mais pragmática, Guerra[55] considera que o componente turístico na peregrinação é menor que o religioso, admitindo, por questão de clareza lógica, que, no turismo religioso, ele rondará os 50%, não admirando pois, que umas vezes esta atividade sejam considerada como turística e outras como religiosa; segundo o autor, seja como for, este género de turismo é importante, tanto a nível quantitativo como qualitativo: quantitativamente, será difícil que qualquer outro campo humano apresente tantos e tão atrativos recursos; qualitativamente, não será exagerado dizer que a religião é o objeto mais nobre do turismo[56].

Nesta linha de ideias, Office des Nouvelles Internationales[57] constata que, em termos práticos, o turismo religioso está inserido na civilização do lazer, pois o peregrino é antes de tudo, sob o ponto de vista logístico, um turista que utiliza transporte, alojamento, restauração, que compra lembranças, podendo afirmar-se que este segmento turístico é tributário da economia de mercado, sendo um produto gerado pelos agentes, em função de um segmento alvo. Na realidade, para os atores da atividade turística, esta é uma nova denominação das peregrinações e dos lugares religiosos, mas a religião, enquanto ligação com Deus ou vontade de veneração, não é turismo, sendo, por conseguinte, a expressão "turistas em meio religioso" mais apropriada para os que buscam o pitoresco e a cultura.

Para Ostrowski[58], um geógrafo (investigador secular) tem o direito de usar o termo turismo religioso, pois examina e descreve várias formas de viagens, observando a sua motivação e os seus objetivos, estando impedido, sob o ponto de vista das ciências exatas, de

---

55 Ver nota de rodapé n.° 13.

56 "Independentemente do que cada um possa pensar acerca da realidade dos entes divinos, algo se impõe a todos: é que o homem de todos os tempos acredita nos seus deuses, ou no seu Deus, como a realidade das realidades, suporte da própria existência humana e razão suprema da sua dignidade. Só nesta convicção sincera é que se explica que o homem tenha dado à religião o melhor que possui." Luciano Guerra, 1989, "O Turismo Religioso no Mundo de Amanhã", *Tourism Education for the Early 21 st Century*, Lisboa, INP, p. 280.

57 Office des Nouvelles Internationales, "Le Tourisme Religieux en France", in *La Gazette Officielle du Tourisme* 1204/5, 1994, pp. 2-6.

58 Maciej Ostrowski, "Pilgrimages or Religious Tourism?", in *Peregrinus Cracoviensis* 10, 2000, pp. 53-61.

entrar no reino do extraterrestre, do sobrenatural, definindo-o, então, com a linguagem do seu domínio da ciência; em contrapartida, em certos círculos da Igreja, questiona-se se a designação não deveria ser deixada só aos laicos, pondo-a de parte na área das atividades eclesiásticas, revalorizando, assim, a palavra peregrinação. O autor argumenta não existirem razões para abandonar a nova expressão, pois esta reflete a criação contemporânea de uma nova forma de turismo, na fronteira entre o sagrado e o profano; a proposta de solução aponta mais no sentido de compreender que o enobrecimento das viagens religiosas ou das peregrinações passa, sobretudo, pelo papel desempenhado pelos animadores, pelos organizadores seculares ou eclesiásticos e pelos responsáveis pela construção dos itinerários[59].

No que respeita à evolução da designação e da classificação do turismo religioso, ainda se devem ter em consideração os autores que o incluem no turismo cultural e, mais recentemente, a extensão do termo para turismo espiritual. No âmbito do primeiro grupo, Rinschede[60] observa que o turismo religioso se distingue, tal como todas as outras formas de turismo, por um movimento dinâmico (uma viagem) e por um elemento estático (uma estada temporária num local que não o da residência habitual), sendo a mudança de ambiente de interesse pessoal e não profissional, estando os seus participantes motivados por razões religiosas; embora o investigador classifique o turismo religioso em separado, integra-o na dependência do turismo cultural, pois as peregrinações e as viagens religiosas, pela sua multifuncionalidade, estão ligadas a outros tipos de turismo, inclusive, quando o fator religioso domina[61].

---

59 Nestes aspetos, o autor constata que, no setor secular (agências de viagens, guias, anfitriões em destinos de peregrinação, etc.), as noções de peregrinação e turismo religioso são vistas de forma praticamente idêntica, integrando-as na categoria de produto turístico, devendo, no entanto, assumir-se que os serviços fornecidos, para além de serem uma forma honesta de ganhar dinheiro, devem estar imbuídos do "espírito", pois de contrário, significará o fim não só da peregrinação, mas também do próprio turismo e dos seus valores educacionais.

60 Gisbert Rinschede, "Forms of Religious Tourism", in *Annals of Tourism Research* 19 (1), 1992, pp. 51-67.

61 Na prossecução desta postura, o autor considera que, no presente, o turismo religioso está intimamente ligado às férias e ao turismo cultural, incluindo os programas de viagem, com frequência, um dia livre para conhecer a área adjacente; excursões a partir de Lourdes a Andorra, Biarritz e aos Pirinéus Espanhóis, ou de Fátima à Costa

Segundo Talec[62], embora o turismo religioso, pela sua estrutura comercial, faça parte integrante da atividade turística, pela sua dimensão espiritual não é classificável no âmbito das nomenclaturas habituais (turismo de negócios, de congressos, sol e praia, etc.). Assim, numa primeira abordagem, pode ser definido como uma maneira moderna de estar ciente de Deus e da Sua criação, uma vez que permite descobrir e gozar as riquezas, não só do património cristão, mas de todas as religiões, num espírito de ação de graças; numa segunda abordagem, sob a perspetiva sociológica, ele é uma forma de aceder à cultura imanente das grandes religiões, caracterizando-se pela atração que exerce a arte do sagrado ou sacra, sendo um fenómeno da sociedade, cuja amplitude ultrapassa a ligação dos crentes à sua própria religião[63]; numa terceira abordagem, pode ser considerado como uma complementaridade do cultural e do espiritual, dando lugar a uma interação de valor para o homem, pois cultural e espiritual relevam valores que, longe de serem heterogéneos, procedem um do outro. De acordo com o autor, cultural, conquanto seja um termo vago, evoca a importância que representam as artes, as ciências, a literatura e a história, a técnica, e as profissões que implicam a noção de progresso, em resumo, é próprio da inteligência humana; espiritual é um termo ainda mais delicado que o anterior, empregando-se para evocar a vida interior das pessoas e é próprio da natureza humana[64] – neste sentido, o espiritual aplica-se, mais especificamente que o cultural, ao turismo religioso, na medida em que favorece o encontro com Deus.

Em *Office des Nouvelles Internationales*[65], propõe-se subdividir o turismo religioso em turismo de curiosidade religiosa e em turismo

---

Atlântica e a cidades de interesse cultural, situadas nos arredores, são comuns nos itinerários dos peregrinos.

62 Pierre Talec, "Définition du Tourisme Religieux", in *Les Cahiers Espaces* 30, 1993, pp. 19-23.

63 A título de exemplo apontam-se Notre-Dame de Paris (França) ou a Catedral de Colónia (Alemanha), ou qualquer dos tesouros produzidos pela civilização cristã, que deixaram de ser considerados como propriedade privada da Igreja, para passarem a ser património da humanidade.

64 Para os cristãos, em particular, o termo espiritual traduz o mistério que São Paulo revela na epístola aos romanos – "o Espírito de Deus junta-se ao espírito humano: ele habita nos nossos corações".

65 Ver nota de rodapé n.º 57.

de conotação espiritual, em paralelo com turismo de vocação religiosa: o primeiro permite descobrir o património sob o ponto de vista cultural e histórico[66]; os segundos saciam a sede do absoluto e a falta de sentido que impera na sociedade atual.

Nesta linha de ideias, Capitán[67] defende a prática do "turismo interior" e o devido apoio espiritual, antes, durante e depois das deslocações aos lugares onde o divino se manifesta, constatando que há sacerdotes, entidades ou departamentos que organizam peregrinações e excursões com esmero e carinho, verificando-se um número crescente dos que desejam inscrever-se nos seus programas, (já para não falar dos que, no final da viagem, perguntam quando será a próxima); a justificação para que tal aconteça é oferecer-se um itinerário com conteúdo e com objetivos específicos (orientados para o serviço ao crente), animando-o com elementos que não constam dos pacotes turísticos. Segundo o autor, a peregrinação ou viagem converte-se, então, na experiência de encontro com Deus e com os irmãos, e por não constituir um parêntesis na vida do viajante ou peregrino, transforma-se numa alternativa ao turismo (enquanto mero consumo ou evasão), possibilitando, por conseguinte, a designação de "turismo interior".

Em termos prospectivos, Chaspoul e Lunven[68] verificam que o novo milénio parece anunciar uma busca espiritual e identitária; assim, o turismo e religião serão obrigados a conviver cada vez mais, pois, tendencialmente, um maior número de turistas procurará a religião, e um maior quantitativo de peregrinos o turismo. McGettigan[69] afirma haver um interesse crescente, num turismo orientado para a religião e que satisfaça emocionalmente, quer envolva a visita de san-

---

66 Embora a maioria dos visitantes já não possua uma cultura religiosa, constata-se que o património religioso, ao associar cultual e cultural, lhes continua a proporcionar um sentimento de elevação.

67 Rafael Capitán, "Mesa redonda: El Secretariado o delegación de Peregrinaciones, Qué Servicio puede oferecer al Pueblo de Dios?", in *Departamento de Pastoral de Turismo, Santuários y Peregrinaciones* IV Etapa 36, 2003, pp. 6-13.

68 Ver nota de rodapé n.º 42.

69 Frances McGettigan, "An Analysis of Cultural Tourism and its Relationship with Religious Sites", in *Religious Tourism and Pilgrimage*, Atlas: Special Interest Group (1st Expert Meeting), C. Fernandes, F. McGettigan e J. Edwards (eds.), s. l., Tourism Board of Leiria/Fátima, 2003, pp. 13-26.

TURISMO RELIGIOSO – TURISTAS OU PEREGRINOS

tuários importantes pela sua arquitetura, a participação em retiros, ou percorrer as rotas medievais de peregrinação, podendo designar-se por turismo espiritual[70]; de acordo com a investigadora, no contexto do materialismo das economias desenvolvidas e secularizantes, este tipo de turismo permite percecionar o interesse na renovação mental/espiritual e evoca um sentido de redescoberta da própria pessoa no caos do quotidiano. Também no segundo encontro do ATLAS[71] (Nápoles, 2004) esta linha de ideias foi reforçada, concluindo-se que, para melhor compreender o turismo religioso, se devem centrar as atenções na busca espiritual, na motivação da visita e na liberdade dos peregrinos e turistas para fazerem as suas próprias interpretações sobre a peregrinação ou o significado do lugar sagrado.

A Semântica do termo

Uma outra forma de abordar o turismo religioso é considerá-lo a partir da sua semântica. De acordo com Aucourt[72], a junção dos dois vocábulos poderá parecer, à partida, uma antinomia, sendo certo que o peregrino que atravessa a França, tendo por destino Santiago de Compostela, não mantém o rigor ascético que caraterizava a caminhada, preferindo aproveitar as facilidades proporcionadas pela civilização moderna[73].

Para Cheli[74], o termo turismo religioso, em sentido lato, pode provocar um encobrimento do religioso, uma redução do transcen-

---

70 O estudo da World Tourism Organization (WTO), *Spiritual Values of Tourism*, Madrid, WTO, 1979, refere produtos, tais como turismo ecuménico, trocas internacionais, temas específicos de turismo cultural ou espiritual, baseados na arqueologia, artesanato ou temas educacionais, que poderiam ser desenvolvidos com o objetivo de trocas de valores, assegurando uma melhor compreensão entre as pessoas.

71 Association for Tourism and Leisure Education.

72 René Aucourt, "L'Église Catholique et le Tourisme", in *Les Cahiers Espaces* 30, 1993, pp. 12-18 e René Aucourt, "Pélèrins, Touristes ou Touristes Religieux", in *Espaces* 102, 1990, pp. 19-21.

73 O turista que percorre as rotas de vinho da Borgonha, também não visita com o mesmo espírito umas caves ou uma capela românica, ou seja, é a motivação de origem que diferencia os dois protagonistas.

74 Giovanni Cheli, "Impegno Spirituale e Turismo Religioso", in *Turismo Religioso: Fede, Cultura, Istituzioni e Vita Quotidiana*, Carlo Mazza (ed.), Ravena, Longo, 1992, pp. 23-26.

dente e uma banalização do essencial, devendo esta ou outra designação, servir para cobrir a prática exclusivamente religiosa; a expressão é, com frequência, abusivamente utilizada, sobretudo a nível comercial, sendo as viagens vendidas como peregrinação e não se prevendo, no entanto, um acompanhamento competente; ora, este deve ser feito por um guia profissional, capaz de combinar o estético com o religioso, e que consiga explicar o conteúdo da obra e o seu sentido espiritual[75].

De acordo com Vukoni'c[76], turismo religioso é um conceito que tem aparecido tanto na literatura secular como na teológica, nunca tendo a sua verdadeira matéria e o seu significado sido definidos ou determinados com precisão; segundo a perspetiva académica, um entendimento correcto de religioso exclui a sua aplicação como atributo de turismo; assim, a junção dos dois termos cria a impressão de que o turismo, ou parte dele, é religioso, fomentando-se algo de absurdo e sem significado.

Ainda nesta linha de ideias, Santos[77] também verifica que a designação de turismo religioso é usada pelos operadores turísticos e por muitos religiosos, para descrever todas as situações que combinem a religião com o turismo; o uso indiscriminado do termo, sem o discernimento de rigor, tem a vantagem prática de permitir que muitas formas de movimento motivados religiosamente possam ser cobertas por uma única expressão; contudo, pode conduzir à assimilação de conceitos que são, de facto, diferentes, implicando a renúncia de definições mais específicas, das quais, o óbvio exemplo é a peregrinação; assim, embora turismo religioso seja a expressão mais utilizada, alguns autores, na tentativa de enfatizarem diferentes processos de raciocínio e peculiaridades linguísticas, têm proposto outros termos, como sagrado e espiritual, ou mantêm o de peregrinação.

---

75 A arte, principalmente na Europa, tem sido a expressão do génio humano, podendo transformar-se, para o homem de hoje, numa via de descoberta da fé e do mistério cristão, sempre que se saiba utilizar os meios necessários.

76 Ver nota de rodapé n.° 17.

77 Ver nota de rodapé n.° 35.

TURISMO RELIGIOSO – TURISTAS OU PEREGRINOS

A Motivação Primária (do peregrino, do turista e do turista religioso)

Para Andreatta[78], ir a um santuário ou assistir a uma missa não transformam um passeio turístico em peregrinação, uma vez que esta deve ser uma ocasião de evangelização, um momento de catequese, um caminho de conversão, uma celebração das maravilhas de Deus. A Opera Romana[79] propõe itinerários onde estes objetivos são atingidos, como as viagens à Terra Santa (Israel e Palestina), a Lourdes (França), a Fátima (Portugal) e a Czestochowa (Polónia); nos programas deste operador turístico existe a preocupação de conjugar os aspectos culturais, ecuménicos, sociais e ecológicos com o espírito religioso.

Também Bo[80], ao citar Mazza[81], constata que a peregrinação nasce de uma decisão essencialmente de ordem espiritual, orientada para o reforço da fé e da sua prática, privilegiando a conversão pessoal, a vida da graça divina, a prossecução de gestos concretos de solidariedade e partilha, enquanto o turismo religioso faz prevalecer os aspectos culturais, sociais, lúdicos e de grupo.

Já Bywater[82] pondera duas categorias principais neste mercado: o turismo religioso e o turismo de herança religiosa. No primeiro, parte-se para visitar um destino religioso ou para participar num programa com múltiplos propósitos (parte peregrinação, parte férias)[83]; no segundo, cumpre-se um itinerário de base religiosa, mas encarando-o como uma viagem de lazer. Para Russel[84], embora optando

---

78 Liberio Andreatta, "Turismo Religioso: Un Approcio Interdisciplinare", in *Turismo Religioso: Fede, Cultura, Istituzioni e Vita Quotidiana*, Carlo Mazza (ed.), Ravenna, Longo, 1992, pp. 117-125.

79 Operador turístico que pertence à Igreja Católica.

80 Vincenzo Bo, 1992, "Per una Definizione del Turismo Religioso", in *Turismo Religioso: Fede, Cultura, Istituzioni e Vita Quotidiana*, Carlo Mazza (ed.), Ravenna, Longo, 1992, pp. 37-46.

81 Segundo referência do autor C. Mazza, *Luoghi dell'infinito*, Julho/Agosto, 1989, p. 6.

82 Marion Bywater, "Market Segments: Religious Travel in Europe", in *Travel & Tourism Analyst* 2, 1994, pp. 29-52.

83 Quanto mais longa for a viagem, mais diluído se torna o elemento da peregrinação. Este pressuposto, aplica-se por exemplo, aos americanos que visitam Roma; em tais casos será previsto tempo livre para as actividades de lazer ou o pacote estará estruturado em módulos a combinar.

84 Paul Russell, "Religious Travel in the New Millenium", in *Travel & Tourism Analyst* 5, 1999, pp. 39-68.

por esta divisão, estas definições não são completamente satisfatórias, dado existir um campo de sobreposição, pois a visita a um sítio religioso pode ser motivado pelo conjunto de uma crença religiosa, da atração pela sua arquitetura e do interesse na sua história, não sendo fácil separar e quantificar uma viagem estritamente religiosa[85]. Segundo Cunha[86], porquanto seja difícil distinguir, entre os visitantes do património religioso, aqueles que aí se dirigem por mera curiosidade ou por razões culturais, daqueles que o fazem movidos pela fé (podendo coincidir este conjunto de motivações na mesma pessoa), nos centros religiosos que não oferecem outro tipo de atrativos, é fundamentalmente a crença, que impele os visitantes.

A Distinção da Imagem (do turista e do peregrino, ou considerando a continuidade das duas posturas)

Uma outra forma de caraterizar o turismo religioso é fazê-lo a partir da imagem distinta do turista e do peregrino, ou considerando a continuidade destas posturas. Smith[87] esquematiza com clareza qualquer das três situações, assim como as inúmeras possibilidades intermédias, estabelecendo que o turismo e a peregrinação se situam em campos opostos (num extremo, o sagrado e no outro o secular ou profano), sendo o ponto central ocupado pelo turismo religioso (ver figura 2). Segundo Pearce[88], qualquer posição reflete as múltiplas motivações do viajante (cujos interesses e atividades podem alterar de turista para peregrino e vice-versa), compreendendo este processo a falta de consciência do indivíduo, aquando da mudança.

---

85 Uma classificação rígida de turismo religioso, excluiria dos 12 milhões de pessoas que visitaram Notre-Dame em Paris, em 1997, aqueles que não tivessem tido por objectivo primário, a fé ou a oração.
86 Licínio Cunha, *Economia e Política do Turismo*, Alfragide, Mc Graw-Hill, 1997.
87 Ver nota de rodapé n.º 23.
88 *Ap.* Smith (ver nota de rodapé n.º 23); P. Pearce, "Fundamentals of Tourist Motivation", *International Academy for the Study of Tourism* (Universidade de Calgary), Comunicação policopiada, 1991.

TURISMO RELIGIOSO – TURISTAS OU PEREGRINOS

FIGURA 2 — *Da Peregrinação ao Turismo*

Peregrinação		Turismo Religioso	Turismo	
A	B	C	D	E
Sagrado		Misto de Fé e Profano	Secular	

Legenda: A) devoto; B) peregrino > turista; C) peregrino = turista; D) peregrino < turista; E) turista secular.

Fonte: Smith[89]

Nesta linha de ideias, Santos[90] alerta que se deve evitar uma visão radical, que posicione o peregrino e o turista como protagonistas de realidades opostas e incompatíveis, aparecendo o primeiro como um fundamentalista religioso e o segundo como um hedonista sem restrições.

Os Recursos Religiosos (observados enquanto produto turístico)

Na tentativa de diferenciar turismo e religião, muitos investigadores optam por centrar as suas análise nos recursos religiosos, observando a postura de quem os visita e/ou de quem organiza os programas, sendo estes últimos, frequentemente criticados (sobretudo pelos eclesiásticos), por olvidarem o componente espiritual na construção de itinerários de viagem.

Segundo Chélini e Branthomme[91], alguns vêem no turismo uma nova oportunidade para a peregrinação. O seu desenvolvimento põe à disposição de todos meios de transporte, de alojamento, de restauração, de informação; graças a eles e à melhoria das condições de vida[92], o número de peregrinos multiplica-se e os santuários mais distantes tornam-se acessíveis. Mas estas vantagens comportam inconvenientes para quem deseja fazer uma verdadeira peregrinação; o agente de viagens que se esforça por fornecer o máximo de conforto

---

89 Ver nota de rodapé n.º 23.

90 Ver nota de rodapé n.º 35.

91 Jean Chélini e Henry Branthomme, "Conclusions", *Les Chemins de Dieu: Histoire des Pèlerinages Chrétiens des Origines à nos Jours*, Jean Chélini e Henry Branthomme (coords.), Paris, Hachette, 1982, pp. 413-29.

92 Aquando do jubileu de 1450, um capelão alemão benzeu, em Roma, a sepultura de 3.500 compatriotas seus! Actualmente é excepcional morrer alguém em peregrinação.

aos seus clientes, não pode ter em conta o espírito de sacrifício inerente à peregrinação, não ousando, por exemplo, impor caminhadas a pé, incluindo, em contrapartida, a visita ao maior número possível de sítios; a sua preocupação não é forçosamente religiosa e, com frequência, omite os tempos e os lugares sagrados. Para Arrillaga[93], os pontos de turismo religioso são lugares aos quais os fiéis se deslocam, por vezes durante séculos, ressalvando-se que, em certas ocasiões, as viagens de tal caráter não são determinadas ou condicionadas por um lugar, mas por um acontecimento, como os grandes movimentos de crentes que se concentravam para ver e escutar o Papa João Paulo II, nas suas inúmeras viagens missionárias[94]. Sobre a operacionalização dos itinerários, o autor realça o fato de as agências de viagens providenciarem guias especializados na maioria dos programas, embora não contemplem a assistência espiritual aos peregrinos, ou seja, o acompanhamento por pessoas com formação religiosa.

No que respeita à opinião dos académicos, Nolan e Nolan[95] observam que os clérigos europeus utilizam, com frequência, a designação de turismo religioso, para analisar e prospetar os problemas inerentes às visitas de tantas pessoas aos santuários e às atrações religiosas; o termo tem menos implicações teológicas que a palavra peregrinação, e abrange um vasto leque de motivações para a visita de locais associados com a história religiosa, arte e devoção, assumindo a sua utilização uma certa neutralidade e evitando que se considerem os peregrinos melhores que os turistas. Os autores ainda constatam que os lugares sagrados e eventos cerimoniais se contam entre os mais antigos destinos de viagens, tratando-se de recursos complexos por causa do seu vasto poder de sedução; os peregrinos na busca de uma experiência religiosa, podem cruzar-se com turistas seculares, que procuram satisfazer a sua curiosidade, tanto em relação aos locais, como aos crentes que os frequentam[96].

---

93 Ver nota de rodapé n.º 53.

94 Muitas vezes, as concentrações dão-se em estádios desportivos, lugares sem qualquer significado religioso, sendo a finalidade dos que aí acorrem eminentemente espiritual.

95 Mary Lee Nolan e Sidney Nolan, *Christian Pilgrimage in Modern Western Europe*, Chapel Hill, Uni. of North Carolina, 1989.

96 Neste aspecto, os autores fazem uma divisão interessante dos diferentes santuários e suas respectivas atracções; por um lado, apontam, entre muitos outros, a Catedral

TURISMO RELIGIOSO – TURISTAS OU PEREGRINOS

Ao analisar o turismo religioso sob a perspectiva dos turistas em meio religioso, Bauer[97] recorre a Riegl[98], observando que, na presença de um edifício sagrado, para uns, o culto mantém o seu sentido original de respeito religioso, adoração do divino, para outros, a veneração é feita aos monumentos físicos de memória coletiva, podendo num mesmo lugar, uma igreja por exemplo, sectários de dois cultos adorar dois deuses diferentes: uns a beleza, o equilíbrio, as formas de construção e a sua relação com a vida social da época; os outros Deus, em Sua casa[99]. Ora, a este conjunto pode acrescentar-se um terceiro elemento, o turista/curioso, que não tem obrigatoriamente a paixão do culto, mas que entra no templo, por disponibilidade de tempo e de espírito, inerentes ao período de férias; o autor explana a conjugação apresentada, classificando os diferentes tipos de turismo e fazendo-lhe corresponder a atitude de cada um perante o património religioso (ver quadro 3).

QUADRO 3 — *Da Peregrinação ao Turismo*

Peregrinação ou Turismo Religioso	Turismo Cultural	Turismo de Massas
Experiência do Sagrado		Banalidade, Frivolidade, Esquecimento
Autenticidade do Lugar ou da Experiência Humana		
Implicação		Consumo
	Ritos "Must"	

Fonte: Bauer[100]

de Chartres (França) ou as Basílicas Maiores de Roma (Itália), onde a proporção de peregrinos, em relação aos visitantes que se interessam por arte, arquitectura ou história é difícil de determinar; por outro, destacam os santuários que têm poucas atracções turísticas convencionais, como Banneux (Bélgica), Fátima (Portugal), Knock (Irlanda) e Lourdes (França), onde os quantitativos de peregrinos superam largamente os dos turistas.

97 Ver nota de rodapé n.º 14.

98 Alois Riegl, *Le Culte Moderne des Monuments: son Essence et sa Genèse*, Paris, Le Seuil, 1984.

99 Se nenhuma das partes apresentar uma atitude de proselitismo, pode inclusive classificar-se de ecumenismo.

100 Ver nota de rodapé n.º 14.

Na continuação da sua análise, Bauer verifica que, para além da interação entre os três elementos (já por si difícil), impõe-se ainda um quarto, os comerciantes do templo (os profissionais do turismo), considerando estes, o património religioso sob a ótica dos fluxos económicos; quanto a soluções, propõe que, por um lado, se transforme o turista numa pessoa dotada de um mínimo de cultura, de atenção respeitadora e de gozo espiritual[101], e por outro, que se giram os locais de forma a maximizar a satisfação de cada um, minimizando os possíveis atritos[102].

De acordo com Page[103], o conceito de turismo religioso definido pela Igreja Católica na Europa inclui um vasto leque de lugares sagrados, desde grandes catedrais a pequenas capelas, atraindo tanto devotos como visitantes seculares, e concorre para o desenvolvimento do turismo urbano[104]. Nesta linha, Vukoni'c[105] também defende que a relação mais visível entre turismo e religião são os edifícios religiosos, observando-os segundo a sua função original (onde os crentes podem satisfazer as suas necessidades religiosas) ou por serem locais de valor cultural e histórico ou artístico (onde os turistas, religiosos ou não, procuram tais valores, da mesma maneira que o fariam numa galeria ou num museu)[106]; quando a parte artística se sobrepõe à religiosa,

---

101 Na defesa do seu ponto de vista, o autor escreve que é necessário dar importância espiritual às igrejas, reduzidas a templos de arte, inexpressivas e laicas, vazias de conteúdo ligado à fé, actualmente simples lugares de visita e de atropelo para as multidões de turistas, que se comportam, como se estivessem num hipódromo, numa estação balnear, ou, quando no seu melhor, num museu.

102 Pela grande variedade de segmentos, esta tarefa é difícil. No entanto, e segundo o autor, um marketing melhorado poderá repartir o consumo turístico no espaço e no tempo; nalguns locais mais procurados, aconselha-se, inclusive, o *dé-marketing* (como no consumo do álcool e tabaco), preconizando-se, assim, canalizar uma parte dos visitantes para sítios que também possam corresponder às suas expectativas.

103 Stephen Page, *Urban Tourism*, London, Routledge, 1995.

104 Ao recorrer a Antoni Jackowski e Valene Smith, "Polish Pilgrim – Tourists", in *Annals of Tourism Research* 19 (1), 1992, pp. 92-106, o autor enfatiza, tendo por base as cidades-santuário, que este tipo de turistas fica pelo menos dois dias, gerando a sua estada oportunidades de âmbito económico a empresários locais, providenciando alojamento, refeições e múltiplos serviços, tais como manufacturas e venda de artigos religiosos e seculares.

105 Ver nota de rodapé n.° 17.

106 A segunda função dos edifícios, a profana, ultrapassa largamente a religiosa, uma vez que esta se restringe a um único segmento da procura turística.

TURISMO RELIGIOSO – TURISTAS OU PEREGRINOS

esta é secundarizada, podendo inclusive desaparecer, considerando-se como sendo uma concessão da Igreja ao turismo; no entanto, permanecendo a função religiosa, esta tem a primazia aquando da ocorrência das suas cerimónias, sendo, então, limitadas ou banidas as atividades turísticas.

Para Jackowski[107], é erróneo designar por turismo religioso as viagens feitas por motivos religiosos e cognitivos, quando a deslocação a um lugar sagrado não é o destino principal (só constituindo parte do itinerário); neste sentido, também é incorreto classificar como turismo religioso as viagens a centros de oração, por motivos recreativos, terapêuticos, relacionados com desportos e outros, pois os seus participantes não passam de turistas[108]; por outras palavras, uma viagem realizada por motivos cognitivos (ou outros), está condicionada às intenções seculares, e uma viagem inserida no âmbito do turismo religioso, tem de estar estritamente ligada ao aspecto religioso e espiritual.

Já no primeiro encontro de especialistas do ATLAS[109], entendeu-se que o turismo religioso abrange o espaço sagrado (como um santuário ou uma catedral) e o campo percorrido pelo crente durante a sua peregrinação. Neste sentido, Santos[110] propõe que a referida designação contemple a convergência entre a motivação religiosa, o destino e os pressupostos para o turismo, excluindo deste âmbito as viagens que constituem práticas religiosas.

Quanto à perspetiva mais pragmática de encarar os recursos religiosos como o componente fulcral de um produto turístico específico, Castellanos[111] observa que é definido como turismo religioso, o que tem por meta uma das seguintes características: lugar onde se deram aparições ou milagres, local estritamente vinculado à história da Igreja, sítio ligado à vida de um santo, onde se situe um monu-

---

107 Ver nota de rodapé n.º 50.
108 Os que participam em itinerários temáticos, como igrejas barrocas, igrejas de madeira ou a rota cisterciense, deveriam ser tratados de maneira análoga.
109 Atlas – Religious Tourism and Pilgrimage Special Interest Group (Conclusions of the 1st Expert Meeting), *Religious Tourism and Pilgrimage*, C. Fernandes, F. McGettigan e J. Edwards (eds.), s. l., Tourism Board of Leiria/Fátima, 2003, pp. 175-176.
110 Ver nota de rodapé n.º 35.
111 Paloma Castellanos, *El Turismo Religioso*, Milán, Ed. Autor, 1996.

mento religioso, onde se celebrem acontecimentos de natureza religiosa, sítio que custodie uma relíquia, espaço que remeta para recordações bíblicas. Partindo deste conceito global, e tendo em conta outras variáveis, tais como a motivação do viajante, a autora estabelece a divisão entre turismo devocional (aquele em que tanto o destino, como a motivação principal do turista são religiosos) e turismo não devocional (aquele em que só o destino é religioso): o primeiro é o considerado, tradicionalmente, como turismo religioso, na sua aceção mais estrita, e cujos destinos não possuem outros valores, para além do religioso, como é, por exemplo, o caso de Lourdes; o segundo conta com outros valores que podem ser de caráter histórico, artístico, cultural, paisagístico, etc., constituindo qualquer deles, ou o seu conjunto, o motivo para que aí se acorra[112].

De acordo com Voyé[113], o turismo revolucionou os ciclos de peregrinação, passando a impor os seus ritmos e transformando os lugares sagrados em produtos que, enquanto tais, se vendem isolados ou em conjunto com outros; neste processo, a atividade turística contribui para tornar conhecidos santuários longínquos (por vezes desconhecidos) e desenvolver atividades paralelas de serviços.

Segundo Cunha[114], na designação de turismo religioso podem incluir-se, não só as grandes manifestações religiosas e as peregrinações aos lugares santos mas também as festas e romarias, que abrangem importantes aspetos etnográficos, associados à animação popular; no primeiro caso, é possível estruturar correntes turísticas direcionadas e com objetivos concretos, no segundo, está-se na presença de um turismo disperso, constituído por atrações pontuais.

Por fim, para López Álvarez[115], o turismo religioso é um segmento de mercado muito especializado, tanto no que concerne à

---

112 Segundo a autora, no que respeita à comercialização destes produtos turísticos, deve ter-se em conta, a diferenciação em três tipos de casos, requerendo cada um estratégias distintas: destinos cujo significado é pouco conhecido; destinos de turismo religioso, próximos de outros de idêntica natureza, e destinos de turismo religioso com valores acrescentados.

113 Liliana Voyé, "Les Pèlerinages Aujourd'hui en Europe Occidentale: Une Quête des Sens et d'Identité", in *1st International Meeting of the Sanctuary and Pilgrimage Towns*, Azienda Promozione Turistica di Loreto (coord.), Loreto, ATTI, 1996, pp. 41-57.

114 Ver nota de rodapé n.º 56.

115 Eva López Álvarez, "Turismo Religioso, el Valor de la Especialización", *Editur* 2153, 2001, pp. 24-27.

TURISMO RELIGIOSO – TURISTAS OU PEREGRINOS

comercialização, como à gestão dos destinos, tendo por fio condutor a motivação religiosa. Enquanto produto turístico, as viagens (peregrinações de vários dias ou excursões) ocorrem de maio a outubro, evitando os momentos de maior intensidade turística, sendo, normalmente, constituídas por grupos fechados liderados por um religioso (em geral, o padre e alguns membros da sua paróquia). A tendência é para utilizar cada vez mais o avião nas deslocações de longo curso, e o autocarro nas distâncias curtas; o alojamento é de duas ou três estrelas, em regime de pensão completa; o método mais utilizado pelos retalhistas para vender os pacotes é dá-los a conhecer em revistas religiosas.

Tendo por base as abordagens feitas, constata-se que a peregrinação compreende sempre uma perspetiva de ordem espiritual e outra de ordem prática, designando-se a sua interligação por turismo religioso. Este reconhecimento consubstanciou-se no levantamento e na sistematização dos estudos sobre a temática, observando-se que estes têm enfoques vários e se balizam entre a religião e o hedonismo.

Os que se centram na ida a um lugar onde se manifestou o divino, como uma exteriorização duma necessidade de proteção contra a hostilidade do quotidiano, destacam a ligação com Deus e a disponibilidade do crente (em particular a espiritual) para peregrinar. Os que encaram a deslocação a um santuário sob o ponto de vista teológico, sublinham a institucionalização dos atos religiosos e a evangelização inerente aos mesmos, reforçando o papel mediador e inclusive de controlo que a Igreja desempenha em todo o processo. Os que enfatizam os aspectos culturais e espirituais, demarcam o indivíduo do peso excessivo da religião e promovem o seu humanismo, a nível do conhecimento, da estética e da busca do seu próprio ser. Os que salientam a organização social, sublinham, por um lado, a renúncia do sujeito à dimensão estrutural da vida, acompanhada por um momento de liberdade, e por outro, as actividades em grupo, nomeadamente, as de solidariedade e as de interação com os irmãos. Os que realçam os componentes geográficos, determinam as rotas migratórias das peregrinações, e como não podia deixar de ser, registam as alterações territoriais, em particular, a mudança da paisagem natural em construída. Os que discutem o desenvolvimento económico, visionam, tanto o incremento das actividades ligadas ao turismo (mormente as relacionadas com a deslocação e a estada dos turistas/peregrinos), como a melhoria das condições de vida da população local/regional. Por fim, os que relevam o hedonismo, acentuam o lazer intrínseco à viagem, podendo apresentá-lo, segundo uma ótica positiva ou negativa.

O Diário de Nicolae Milescu Spătaru à China

*Simion Doru Cristea**

---

* Professor doutorado em Linguística Geral, Universidade Cluj – Napoca (Roménia).

Na história dos principados romenos encontramos poucas personalidades formadas no estrangeiro, especialmente em Constantinopla. Uma delas foi a figura do notável intelectual Nicolae Milescu[1] que frequentou a Grande Escola do Patriarcado de Istambul, tendo como professores, entre outros, Gabriel Vlasios e João Cariofilis. Ainda jovem, vemo-lo como secretário da Corte de Gheorghe tefan, da Moldávia (1653-1658), homem de confiança do rei Gheorghe Ghica (1658-1659), servindo-o em Valachia, (1658-1660). Regressou à Moldávia no período de tefăniţă Lupu (1660) e encontrá-lo-emos uma vez mais em Valachia (1661) ao serviço do rei Gheorghe Ghica, nomeado seu representante na Alta Porta de Istambul. Viajará pela Europa com diversas funções diplomáticas: em Berlim, em Estolcomo como representante do rei Gheorghe tefan (1666), em Paris (1667), Moldávia (1668) e Istambul (1669). No ano de 1671 chega a Moscovo com uma recomendação da parte do Patriarca Dositei de Jerusalém para o Czar, servindo assim no Departamento dos assuntos diplomáticos do Ministério Russo das Relações Externas, como intérprete para as línguas latina, grega e romena. Aí, trabalhará até ao final da sua vida, servindo três Czares: Alexei Mihailovici, Feodor e Pedro I. Nicolae Milescu era conhecido como um poliglota, falava fluentemente e escrevia em grego antigo e moderno, turco, latim, eslavo, russo, francês, holandês e romeno.

Sendo um sábio no seu tempo, traduziu para a língua romena a obra *A salvação dos pecadores* do teólogo grego Agapie Landos, no período de 1656-1660. Em 1661 finaliza a tradução da obra de Santo Atanásio o Grande de Alexandria, a primeira obra de patrística conhe-

---

1 Nicolae Milescu Spătaru viveu entre os anos 1636-1708. Estudou na escola acima mencionada, mas, de fato, a verdadeira escola de vida foi a sua vivência na Europa Ocidental no período entre1664 e1667.

cida na cultura romena e traduzida diretamente do original grego. O seu trabalho de tradução está intimamente ligado à publicação da *Bíblia de Bucareste* em 1688, traduzindo no período de 1661 a 1664 o *Antigo Testamento*, segundo a versão de *Septuaginta* impressa pelos protestantes de Frankfurt em 1597, comparada com a edição eslava de Ostrog e com algumas edições da Vulgata, tradução revista pelo Metropolita Dosoftei da Moldávia[2]. Neste período, traduziu igualmente a obra atribuída a Josephus Flaviu *Sobre a razão soberana*. Enquanto residia em Estocolmo, a pedido do embaixador de França na Suécia, o Marquês Arnauld de Pomponne, redigiu em grego e em latim um breve tratado dogmático apologético sobre a fé cristã ortodoxa centrada no momento litúrgico eucarístico, o *Enchiridion sive Stella Orientalis Occidentali splendens, id est sensus Ecclesiae Orientalis, scilicet graece de transsubstantione Corporis Domini, allisque controvérsial[3]*, publicado em Paris na versão latina por Antoine Arnauld e Pierre Nicole no volume intitulado *La perpetuite de la foi de l'Eglise catholique touchant l'Eucharistie* (1669, segunda edição em 1704). A mesma obra foi publicada como resposta ao pastor calvino Jean Claude sob o título: *Écrit d'un seigneur moldave sur la croyance des grecs*, sendo a segunda obra apologética escrita por um romeno e publicada na Europa Ocidental segundo a *Confissão de fé ortodoxa* do Metropolita Petru Movilă.

No seu último período de vida na Rússia, traduziu algumas obras consideradas importantes: *Aritmologhia* (1672), uma obra filosófica com preceitos morais e diversos factos classificados através dos números, *Kristologhion* (1673), *Ética, Conto sobre as Sibilas* (1673), a *História sobre a construção da grande Catedral de Santa Sofia de Constantinopla* (1674), diversas obras históricas e um dicionário russo-grego-latino.

Em 1675 recebeu da parte do Czar Alexei Mihailovici a missão diplomática de conduzir uma importante expedição à China com o objetivo de estabelecer contactos diplomáticos pela primeira vez na história destes dois grandes impérios, uma vez que todas as outras tentativas não tiveram êxito. Nicolae Milescu assumiu toda esta res-

---

2 Mircea Păcurariu "Nicolae Milescu-Spătaru. Diplomat, filosof, teolog" in *Dicţionarul Teologilor Români*, Bucureşti, Univers Enciclopedic, 1996.

3 Virgil Cândea, *Mărturii româneşti peste hotare: Mică enciclopedie de creaţii româneşti şi izvoare despre români în colecţii din străinătate*, Bucureşti, Editura Enciclopedică, 1991, vol. I: Albania-Grecia, p. 287 Franţa foto 327, p. 310, Franţa, foto 612.

O DIÁRIO DE NICOLAE MILESCU SPĂTARU À CHINA

ponsabilidade, preparando minuciosamente todos os pormenores militares, administrativos e especialmente informativos, levando consigo três obras importantes: John Nieuhoff, *Het Gezantschap der Neerlandsche Oost – Indische Compagnie aan den Grooten Tartarischen Cham, Den Tegenwordigen Keizer van China*, Amsterdam, 1665; tradução inglesa *An Embassy from East India Company of the United Provinces to the Grand Tartar Cham, Emperor of China* (tradução de John Ogilby), Londres, 1669, *Atlas Extremæ Asiæ sive Sinarvm Imperii Geographica Descriptio* (1655) e *De Bello Tartarico Historia* (um pequeno tratado dos conflitos da transição da dinastia Ming para a dinastia Ch'ing) publicado em Antuérpia em 1654, as últimas duas incluídas na *Obra Major* de Martino Martini[4]. Utilizou as informações destas obras nos encontros com diversas autoridades da Manchúria. A sua viagem foi igualmente intelectual, já que, por um lado, traduziu os volumes de Martino Martini e, por outro, ele próprio escreveu um diário de bordo. O resultado cultural desta missão foi a redação e a publicação de três obras: *Livro onde está descrita a viagem que atravessou a Sibéria, da cidade Tobolsc até à fronteira da China*[5], *O relatório da missão na China*[6] e *A descrição da China*[7]. Milescu é referenciado como um dos iniciadores da sinologia.

---

4 Martin Martini, Jesuíta, *Atlas nuevo de la Extrema Asia, o descripcion geographica del Imperio de los Chinas/* por el R. P. Martino Martinio, de la Compañia de Iesu, Amsterdão, En costa y en casa de Jvan Blaev, 1659. [2], 211, [20] p., [17] map.; 57 cm. Na mesma encadernação as obras "Historia de la guerra de los tartares" e "Addiciones sobre el reyno de catay...", BPNM 2-42-14-14. *Idem, Description geographique de l'empire de la Chine : preface au lecteur où est contenue la description generale de toute la Haute Asie / par le Pere Martin Martinius. – [S.l. : s.d.]. – 216 p.; 36 cm.* Esta obra é constituída por 2 volumes divididos em quatro partes, cada uma delas constituída por várias peças, nem todas completas. O rosto comum aos dois volumes é " Et qu'on a traduit ou tiré des Originaux *Relations de divers voyages curieux qui n'ont point este publiées, Et qu'on a traduit ou tiré des Originaux des Voyageurs François, Espagnols, Allemands, Portugais, Anglois données au public par les soins de feu M. Melchisedec Thevenot*", BPNM 1 – 32-12-6 (3.°), exemplares encontrados na Biblioteca do Palácio Nacional de Mafra. Daniela Dumbravă, "Nicolae Milescu nu a plagiat", in *România Literară*, n.° 41, 19 octombrie 2007, p. 20-21. Um estudo muito documentado sobre o contributo cultural de Nicolae Milescu Spataru, com uma rica bibliografia crítica.
5 Putesestvie eres Sibir' ot Tobol'ska do Ner inska i granits Kitaja russkogo poslannika Nikolaja Spafarija v 1675 godu. Doroznyj dnevnik Spafarija s vvdeniem i prime anijami Yu. V. Arsen'eva, ["Călătorie de la Tobol'sk la Ner insk şi către frontierele Chinei, a trimisului rus Nikolai Spafarij în 1675"], editada por Yuri Arsen'ev la Sankt Petersburg, no ano 1882 (224 p.) apud Daniela Dumbravă, art. Cit. p. 20.

SIMION DORU CRISTEA

O *Diário na China* é, como entre tantos outros textos de literatura de viagens, um diário escrito por um intelectual formado no meio teológico, que por esta razão empresta o tom bíblico à sua escrita[8]: *"Escreveu-se este livro na altura em que por ordem do Grandíssimo Imperador, Czar e Grande Príncipe, Aleksei Mihailovici, único dono de toda a Rússia, a Grande, a Pequena, a Branca e foi enviado de Moscovo para o Império Chinês Nicolae Spătaru, no ano 7183, no dia 3 de Maio"[9]*. O autor entra na dimensão textual como uma personagem e a obra dá a impressão que se autoescreve. O segundo parágrafo está escrito na primeira pessoa: *"Ano 7183, mês de Maio, terceiro dia. Saí com três barcos rápidos no rio Irtesh de Tobolsk, domingo à noite e chegámos às iurtas[10] dos tártaros da aldeia Cucun, a uma distância de 5 verste[11], longe de Tobolks de onde partimos no segundo dia de manhã pelas 3 horas"[12]*. As informações seguintes retomam o registo impessoal, frio, científico, exato, ao mencionar os nomes das localidades, o valor demográfico, o número estimativo dos habitantes, a sua origem, as línguas que falavam, a religião: *"a aldeia de Verbuxca Ticinsk tal como de Arbukov, aquela que se tornou cristã há pouco tempo"[13]*; a situação do terreno, vales, colinas, dados geográficos úteis para corrigir os mapas existentes, uma vez que desenhava frequentemente mapas do seu trajeto e corrigia outros que tinha com ele. E as

---

6 Statejnyj spisok posol'stva N. Spafarija v Kitae, 1675-1678 vv. ["Raportul oficial al misiunii în China a lui N. Spafarii, 1675-1678"], publicada em Sankt Petersburg, 1906 (172 p.), apud Daniela Dumbravă, art. Cit, p. 20.

7 Putevoi dnevnik ot Nerchinskogo ostroga do Pekina russkogo poslannika v Kitae Nikolaia Gavrilovicha Spafariia 1676 /"Jurnal de călătorie a lui Nicolae Gavrilovi? Spafarii de la portul Ner insk la Pekin, în perioada 1676"/ editada por o mesmo Yuri Arsen'ev la Orenburg, no ano 1896 (71 p.) apud Daniela Dumbravă, art. cit., p. 20.

8 Utilizamos a tradução romena: Nicolae Spătarul-Milescu, *Jurnal de călătorie în China*, traducere, cuvânt înainte, indicaţii bibliografice de Corneliu Bărbulescu, Bucureşti, Editura Eminescu, 1974, que contém o diário *Cartea în care este descriş călătoria prin ţinutul Siberiei de la Oraşul Tobolsk până la hotarul Împărăţiei Kitaiei*, anul 7183, luna mai, ziua 3. – (O livro onde está descrita a viagem na terra da Sibéria da cidade Tobolsk até à fronteira com o império Chinês) (p. 1-124) e *Documentul de Stat al soliei lui Nicolae Spătaru în China (1675-1676)* (O documento de Estado da missão de Nicolae Spătaru na China (1675-1676) (p.127-331).

9 *Ibidem*, p. 3.

10 Iurtas = tendas tártaras.

11 5 x 1,067 km = 5,335 km

12 Nicolae Spătarul-Milescu, *Jurnal de călătorie în China, op. cit.*, p. 3.

13 *Ibidem*, p. 4.

O DIÁRIO DE NICOLAE MILESCU SPĂTARU À CHINA

informações correm páginas e páginas com nomes, dados, distâncias. Não faltam também as histórias das localidades, ligadas à expansão do império russo, etimologias dos nomes ou diversos nomes da mesma localidade. Encontramos a sua formação teológica na explicação bíblica da origem dos povos, como por exemplo: *"Os mongóis são aqueles sobre os quais se escreve na Bíblia, Gog e Magog, porque eles próprios se chamam mongóis"*[14], ou *"o povo ostácio é antigo e vem dos citos que, segundo o dilúvio, vem do povo de Iafet, filho de Noé"*[15].

O viajante tem a consciência da importância da religião na vida pessoal e coletiva do homem, sempre atento ao descrever as religiões dos povos que vai encontrando: *"diz-se sobre a fé do povo ostácio que têm mesquitas e que dentro delas existem muitos tipos de deuses esculpidos em prata, arame e madeira. Rezam de pé, em grande êxtase. Quando matam um urso na floresta, colocam-no sobre as casas de madeira, nas lanças e nos arcos, cantam e dançam"*[16]. Numa outra passagem, descreve a fé dos tártaros: *"Ainda hoje, a sua fé a uma religião não-verdadeiramente maometana expande-se não somente no Império da Sibéria, mas abarca os domínios dos buhários e a Índia"*[17]. Escreve igualmente sobre os samoiezos: *"Perto de Berzov fica o templo dos ídolos do povo ostácio, sobre o qual, se diz, guarda o ídolo de ouro Babu, mas não podemos afirmar que os ídolos são de ouro, mas sim de prata, de madeira pintada de muitas e variadas cores e algumas vezes fundidos em arame. Quando caçam qualquer animal selvagem, fazem um sacrifício aos deuses"*[18]. Nos seus escritos, menciona também vários mosteiros: *"Na parte direita do rio Angara, fica a aldeia Monastirsk, e mais acima daquela aldeia existe um mosteiro dedicado à Assumpção de Nosso Senhor, com dois monges velhos e um padre monge"*[19]. A fé e a religião explicam os nomes das localidades: *"No dia 25 de Setembro chegámos a Ilimsk onde fica uma aldeia assim chamada porque os habitantes querem aí construir uma igreja cujo patrono será o Profeta Elias"*[20].

14 *Ibidem*, p. 102.
15 *Ibidem*, p. 56.
16 *Ibidem*, p. 8.
17 *Ibidem*, p. 20.
18 *Ibidem*, pp. 41-42.
19 *Ibidem*, p. 88.
20 *Ibidem*, p. 99.

O encontro com a religião tibetana é igualmente mencionado: "*na língua deles Dalai significa «grande»*"[21]. Apresenta o povo conduzido por Ociroi Sain-Han que tem como chefe espiritual o "*Kutuhta-Lama que se chama assim porque é o condutor de todos os padres da sua fé, como o nosso Metropolita [...] À volta de Kutuhta vivem muitos lami que não têm esposas e todos os taises mongóis os veneram e a eles obedecem*"[22]. Quando sabe o nome do patrono duma igreja não passa sem mencioná-lo: "*Na cidade do rio Nercea fica uma igreja com o patrono da Ressurreição de Nosso Senhor*"[23]. Para os cristãos ortodoxos, como são os russos, a festa mais importante é a Ressurreição e, por esta razão, muitas igrejas lhe são dedicadas. A palavra Domingo na língua Russa, ВосКресенье [Vóscresenhe], significa Ressurreição.

A narrativa deste diário, após uma introdução, conta com quatro capítulos que sintetizam o percurso do trajeto mencionado: "*A descrição do maravilhoso rio Irtis*"[24], "*A descrição do grande rio Obi mesmo da sua nascente até à foz no mar*"[25], "*A descrição do Mar Baikal e a foz do rio Angara*"[26], "*A descrição do lago Dalai e do rio Argun*"[27]. O termo "descrição" não tem um valor técnico usual de apresentação literária; o autor do diário apresenta várias vertentes: religiosa, histórica ligada à história do Império Russo, etnográfica, linguística e diplomática, chamando a atenção para as relações dos pequenos povos e as tendências imperialistas russas e chinesas.

Sendo o império russo muito extenso, a viagem é pensada seguindo uma estratégia determinada, já que a delegação tinha uma responsabilidade imperial. Dela faziam parte nobres acompanhados de seus servos e o embaixador tinha com ele presentes e cartas para o Grande Imperador Chinês. Nicolae Milescu enviava sempre mensageiros para preparar a sua chegada, no sentido de serem bem acolhidos, com as melhores condições relativamente à comida e dormida, trocas

---

21 *Ibidem*, p. 94.
22 *Ibidem*, p. 103.
23 *Ibidem*, p. 114.
24 *Ibidem*, p. 13.
25 *Ibidem*, p. 40.
26 *Ibidem*, p. 92.
27 *Ibidem*, p. 116.

O DIÁRIO DE NICOLAE MILESCU SPĂTARU À CHINA

de cavalos, etc. A sua delegação tinha todas as insígnias do Czar e era recebida com grande honra, como seria a do imperador.

As suas descrições geográficas são rigorosas, cientificamente falando. A unidade de medida é a usada na Rússia do seu tempo, "a versta", cujo valor é de 1,067 km, e todo o seu percurso está calculado através desta unidade.

Relativamente ao rio Irtis, o autor relata que era desconhecido pelos geógrafos gregos e latinos, os quais nada tinham mencionado acerca dos povos que ali viviam. Considera este facto uma grande falta de informação sobre esta parte de terra tão extensa, do Mar Hvalinsk e das terras de Astracã situadas no rio Volga, o Mar do Oceano Norte e Gelado, entre os rios Irtes e Obi, e Eniseisk e Tungusk e Lena e Amur até ao Império Chinês onde se situa a grande muralha da China. Na sua opinião, tudo o que foi escrito até então tê-lo-ia sido através de informações indiretas, ouvidas ocasionalmente, sem uma presença de um especialista no terreno. Tudo o que escreveram os grandes geógrafos sobre o rio Obi foi que divide duas partes do mundo: a Ásia e a Europa, sendo as terras do lado esquerdo do Obi consideradas Europa e as do direito pertencentes à Ásia. Segundo ele, esta afirmação é totalmente errada, pois é ignorada uma enorme porção de terra entre o rio Obi e o Don, tão grande como metade da Europa[28]. Assim, por exemplo, o rio Irtes foi chamado Kucium pelos tártaros, nome dado segundo um seu grande "han". O povo ostiácio chama a este rio Sagasudj que significa água negra[29]. Atentemos no seu rigor: "*da ribeira Beska até aos terrenos dos buharanos de Ablai, viaja-se 12 dias ao longo do rio Irtes. E no terreno Ablai cultivam-se muitos legumes e celeiros irrigados: trigo, cevada, milho zaburro, ervilha e outros e têm muitos animais*"[30]. "*Relativamente à caça, há muitos animais selvagens: muitas zibelinas e raposas e outros animais*"[31]. "*No Irtes há muitos tipos de peixes, especialmente esturjões, cegas, e muitos outros peixes*"[32].

A localização do grande rio Obi é conhecida por todos os geógrafos antigos como uma fronteira natural entre a Europa e a Ásia, mas,

28 *Ibidem*, pp. 14, 42-43.
29 *Ibidem*, p. 20.
30 *Ibidem*, p. 15.
31 *Ibidem*, p. 19.
32 *Ibidem*, p. 21.

de facto, desconhecem os povos que ali vivem nas suas margens e as cidades são mencionadas com outros nomes. "*As águas do rio Obi começam do grande lago Telej nomeado pelos buhranos de Alten, à volta do qual vivem muitos saiantes, kamantes, tautelutes e iaumaudjos, uciughes, karagantes e todos estes não pagam taxas ao Czar. Aqueles terrenos são muito bons para a agricultura. As outras nascentes do Obi são dois rios: o Biia e o Katunia*"[33].

O autor do diário menciona diversos factos históricos da Rússia, ligados aos grandes rios: "*Quando Nerguei roubou o tesouro imperial do Czar, matou os servos e escondeu-o perto da foz do braço do rio*"[34].

Numa outra descrição do povo ostácio, o autor menciona a sua descendência e ligação aos peixes e por isso os gregos os apelidaram de ictiófagos – que significa comedores de peixe, que não conhecem o sal e o pão, os que fazem roupas de pele de peixe e utilizam os ossos de peixe para coser. Fabricam barcos de madeira rápidos e leves, têm sempre com eles arcos e setas, sendo prontos para a luta, e com quantas mulheres possam ter[35].

Sobre Enisei afirma "*mas como se chama esta ilha e o povo não sei*"[36]. Assim: "*Não escrevemos sobre Enisei porque as suas fontes são desconhecidas*"[37], mencionando somente o que os homens falam sobre ele.

Nicolae Milescu prefere denominar o lago Baikal, desconhecido pelos geógrafos, como Mar Baikal de onde nasce o grande rio Angara. Mar na sua dimensão, embora a sua água seja doce[38]. Para se entender melhor a sua dimensão, menciona que no comprimento pode navegar-se com barcos à vela pelo menos durante 10 dias ou mais e, onde é mais apertado, navega-se um dia e uma noite. Descreve este lago como muito profundo, rodeado de montanhas. Durante o Inverno, gela desde o mês de Janeiro, a começar pela Epifania, até ao mês de Maio, o São Nicolau do Verão[39]. Um outro facto que regista é que "*durante o inverno, por vezes sob o gelo ouvem-se barulhos e trovões muito for-*

---

33 *Ibidem*, pp. 40-41.
34 *Ibidem*, p. 45.
35 *Ibidem*, p. 56.
36 *Ibidem*, p. 26.
37 *Ibidem*, p. 57.
38 *Ibidem*, p. 92.
39 *Ibidem*, p. 93. 9 de Maio comemora-se a chegada das relíquias de São Nicolau a Bari, em 1087.

O DIÁRIO DE NICOLAE MILESCU SPĂTARU À CHINA

tes, parecidos aos disparos de canhões[40]. Compara o Mar de Baikal com o Mar Cáspio e com o Mar Negro.

Para dar um relevo especial a estes territórios, o viajante menciona as suas riquezas: o ouro do Monte Kutuhta[41], o peixe muito saboroso, as zibelinas dos rios Lena, Dauria e Sobacia, descritas como *"um ser vivo muito agradável e fofo, os mais bonitos vivem nos territórios nórdicos da Sibéria, perto do mar. Uma vez, anualmente, tem 5 ou 6 crias animadas e bonitas"*[42].

No relatório oficial intitulado *O relatório da missão na China* menciona as missões portuguesas e holandesas que foram à China. Anota a grandeza do Império Chinês e adiciona todos os países conhecidos pelos chineses[43]. Chegado à capital da China, Pequim, Nicolae Milescu encontra o jesuíta alemão Ferdinand Verbiest, que substitui Adam Schall após a sua morte. Quer um, quer outro, tinham uma importante função junto do imperador chinês, escrevendo os calendários e adivinhando o futuro. Conversavam sempre em latim[44]. Os portugueses e os holandeses enviaram muitas delegações[45], como podemos constatar em alguns documentos depositados na Biblioteca de Mafra[46].

---

40 *Ibidem*, p. 94.

41 *Ibidem*, p. 104.

42 *Ibidem*, p. 108.

43 *Ibidem*, p. 194.

44 *Ibidem*, pp. 198-199.

45 *Ibidem*, p. 250.

46 Jean-Baptiste du Halde, *Description geographique, historique, chronologique, politique et physique de l' empire de la Chine et de la Tartarie Chinoise : enrichie des cartes générales et particulières de ces pays... / Par le P. J. B. du Halde de la Compagnie de Jesus*, Paris, Chez P. G. Le Mercier, 1735, 4 vol. (LII, [4], 592 p., [5] map. desdobr., [20] map.; IV, 725 p., [10] grav.; IV, 564, [4] p., [5] grav.; II, 520 p., [18] map., [8] map. desdobr.); 45 cm., BPNM 1-32-3-1/4; Athanasio Kircher, *Athanasii Kircheri e Soc. Jesu China Monumentis, qua Sacris qua Profanis, nec non variis naturae & artis spectaculis, aliarumque rerum memorabilium argumentis illustrata auspiciis Leopoldi Primi, Roman. Imper. Augusti, Munificentissimi Meceanatis*, Amstelodami, Apud Jacobum à Meurs, in fossa vulgò de Keysersgracht, 1667. – [14], 237, [11] p., [2] map. desdobr., [7] f., [1] f. desdobr., [13] grav., [2] grav. desdobr. : il.; 32 cm. – Contém uma gravura do autor. – Erro de paginação, BPNM 1-36-8-8, BPNM 1-32-4-10; Michel Boym, *Briefve relation de la chine, et de la notable conversion des personnes royales de cet estat / faicte par le tres R. P. Michel Boym de la Compagnie de Iesvs; Melchisedec Thevenot*. – [S.l. : s.n., 1696?]. – 30 p., [5] f.; 37 cm. – Esta obra é constituída por 2 volumes divididos em quatro partes, cada

O diário de viagem de Nicolae Milescu Spataru é para as culturas eslava e romena como uma expedição para um mundo desconhecido de lugares, povos e costumes. A sua escrita apresenta raras efusões líricas, é fria, exata, com determinações rigorosamente escolhidas para ser o mais exato possível. A escrita está mais perto do estilo dos textos sagrados, sobretudo da Bíblia e do texto científico. As suas apreciações subjetivas relativamente aos povos que encontrou e sobretudo às crenças religiosas, têm como ponto de referência a sua própria religião, embora ofereça informações exatas. Este tipo de obra inaugura a escrita de viagens neste espaço europeu, cultivado especialmente pelos escritores românticos na literatura.

uma delas constituída por várias peças, nem todas completas. O rosto comum aos dois volumes é «*Relations de divers voyages curieux qui n'ont point este publiées Et qu'on a traduit ou tiré des Originaux des Voyageurs François, Espagnols, Allemands, Portugais, Anglois données au public par les soins de feu M. Melchisedec Thevenot*», BPNM 1-32-6-5 (27.°); *La Galerie Agreable du Monde... : Cette Partie comprend le Tome Premier de Chine & Grande Tartarie.* – Leide : Par Pierre Vander Aa, Marchand Libraire, [1690?]. – 14 p., [39] grav., [1] grav. desdobr., [1] map., [1] map. desdobr., [1] planta : toda il.; 38 cm. – Apresenta gravuras de todo o mundo conhecido na época. – Esta colecção é composta por 33 volumes em 66 tomos, BPNM 1-32-6-6 (2.°), BPNM 1-32-6-7 (2.°), BPNM 1-32-6-7 (1.°).
I. Grueber, *Voyage a la Chine* / des PP. I. Grueber et D'Orville. – [S.l. : s.d., s.d.]. – 23 p.; 36 cm. – Esta obra é constituída por 2 volumes divididos em quatro partes, cada uma delas constituídas por várias peças nem todas completas. O rosto comum aos dois volumes é "*Relations de divers voyages curieux qui n'ont point este publie'es, Et qu'on a traduit ou tiré des Originaux des Voyageurs François, Espagnols, Allemands, Portugais, Anglois données au public par les soins de feu M. Melchisedec Thevenot*", BPNM 1-32-12-6 (7.°), na língua italiana : Giovanni Grueber, *Viaggio : tornando per terra da China in Europa* / del P. Giovanni Grueber. – [S.l. : s.d., s.d.]. – 23 p.; 36 cm. – Esta obra é constituída por 2 volumes divididos em quatro partes, cada uma delas constituídas por várias peças, nem todas completas. O rosto comum aos dois volumes é "*Relations de divers voyages curieux qui n'ont point este publie'es, Et qu'on a traduit ou tiré des Originaux des Voyageurs François, Espagnols, Allemands, Portugais, Anglois données au public par les soins de feu M. Melchisedec Thevenot*", BPNM 1-32-12-6 (8.°). Exemplares existentes na Biblioteca do Palácio Nacional de Mafra.

Da Viagem Metaficcional em Milton Hatoum e Maria Gabriela Llansol — A Busca de Sentido

Celina Martins*

* Professora doutorada em Literatura Comparada, Universidade da Madeira.

Se considerarmos o experimentalismo em busca de modos inusitados de escrever o diverso, a dissolução do sujeito, a instabilidade do mundo e das coisas, a coexistência de poéticas da diferença, que se ajustam ao hibridismo cultural, repensar a viagem hoje é indagar a premência de novas formulações de escrita e protocolos de leitura. O romance contemporâneo apresenta uma nova dinâmica de viagem que não se rege por uma lógica nem temporal, nem espacial: é a errância dos narradores que molda a tessitura da trama. Os romances *Relato de um certo Oriente* de Milton Hatoum e *Um Beijo Dado Mais Tarde* de Maria Gabriela Llansol[1] descortinam o avesso da viagem porque lhe atribuem a visão intersticial e filosófica e redimensionam o subgénero da literatura de viagem como resposta alternativa ao colapso das metanarrativas legitimadoras, segundo Lyotard[2].

As escritas de Hatoum e Llansol constituem dois modelos diferenciados de metaficção no sentido em que se autoreferem direta ou indiretamente como construção em processo, sublinhando a matéria-prima de que se tecem (metáforas metalinguísticas, registos diversos, intertextos, efeitos de espelhamento). Segundo Patricia Waugh, a metaficção contemporânea surge num contexto em que a verdade absoluta foi denegada a favor de estruturas mutáveis que desconstroem as categorias tradicionais de intriga, sequência cronológica, a autoridade da voz omnisciente e a conexão racional entre a ação das personagens e os seus modos de ser[3]. Em consequência, esta nova

---

1 Edições consultadas: Milton Hatoum, *Relato de um certo Oriente*, Lisboa, Edições Cotovia, 1999 e Maria Gabriela Llansol, *Um Beijo Dado Mais Tarde*, Lisboa, Edições Rolim, 1990.

2 Jean-François Lyotard, *Le Post-moderne Expliqué aux Enfants*, 1.ª edição, Paris, Editions Galilée, 1988, p. 35.

3 «What is metafiction and why are they saying such awful things about it?», *in Metafiction*, Mark Currie (ed), New York, Longman Publishing Edition, 1995, p. 44.

narrativa de viagens estabelece a ligação entre o subgénero literário e a mundividência de personagens, envolvidas noutro tipo de itinerários que se distanciam do arquétipo da viagem épica sob o signo de uma orgânica unívoca: partida, trânsito/peripécia e retorno.

As escritas de Hatoum e Llansol referem-se a seres cindidos que deslizam entre a incomunicabilidade – a permanência de sussurros de segredo – e a clorofila da linguagem geradora de olhares, sensações e sentidos em incessante irradiação. Os textos captam a fragilidade do sujeito enunciador que se torna um viandante porque toda a sua travessia consiste em explorar o labirinto de memórias estilhaçadas.

Veredas da anagnose

Relato de um certo Oriente é o primeiro romance de Milton Hatoum que se propõe revisitar ficcionalmente a Amazónia ao examinar o fenómeno da imigração desde uma perspetiva universal. O escritor investiga os dilemas existenciais do sujeito inscrito num *entre-lugar* indefinido e mutável em busca de tentativas de diálogo com culturas diversas. Para destrinçar a meada da sua identidade, o sujeito enfrenta dois entraves: a origem desconhecida e a incerteza de um presente que se figura como deriva e o impede de consciencializar o seu lugar de pertença.

O romance procura quebrar a incomunicação provocada pelo fardo do desencontro entre uma filha e a sua mãe legítima que a interna numa clínica psiquiátrica em São Paulo, sem nunca instaurar laços de afetividade nem pronunciar o seu nome. Este ser insulado enceta uma viagem de regresso a Manaus que fora o lar da sua infância no seio de uma família de imigrantes libaneses, que ali se estabeleceram no início do século XX, era de prosperidade do ciclo da borracha. Após uma longa ausência, a viajante busca reavivar a flama do seu passado ao restabelecer o diálogo com Emilie: a matriarca católica que a adotou, assim como ao irmão. Trata-se de uma viagem de retorno que revela o desejo de reencontrar a mátria autêntica. Voltar à casa de Emilie é tocar «a esfera da infância»[4], ressuscitar laivos de um paraíso

---

4 Hatoum, *Relato de um certo Oriente, op. cit.*, p. 217.

perdido e revitalizar-se com o magnetismo de uma mulher que constitui a força unificante de uma família de seres em trânsito entre dois espaços geograficamente e culturalmente distintos: o Oriente do Líbano distante e o Ocidente do Brasil, vivido no norte do Amazonas. Os descendentes da primeira geração tentam articular o catolicismo da mãe e o islamismo do pai com a apropriação da mundividência brasileira. Neste jogo de influências entre a tradição e a adoção de certas crenças e costumes da nova cultura mestiça, o texto insiste no choque de alteridades, nos dramas e contradições que provocam a paulatina cisão familiar.

Inicialmente, *Relato de um certo Oriente* impregna-se da errância da deceção, porque a protagonista toma conhecimento da súbita morte de Emilie. Situada numa zona de fronteira, oscilando entre o olhar de fora e o olhar de dentro, a viajante tem de reavaliar as noções de casa e de cidade natal. A frágil heroína carece de nome em todo o romance, indiciando que perdeu o rumo do seu espaço vital. O romance constitui uma indagação sobre a perda da mãe e o perscrutar de uma identidade em crise que busca conferir significado à sua existência passada. É também um percurso hermenêutico que desconstrói linhas de demarcação rígidas. Embora o coração da família – Emilie – se tenha esvaído para sempre, persiste a possibilidade de impedir que o passado permaneça irremediavelmente dobrado sobre si mesmo. A ausência do ser que poderia conferir-lhe um possível enraizamento engendra paradoxalmente o discurso. A protagonista tenta desfazer a máscara da incompletude, movida pelo desejo de restituir o ventre da sua história mediante uma carta dirigida ao irmão, radicado em Barcelona. *Relato de um certo Oriente* é a escrita dos espelhamentos, dado que a trama é uma longa carta «a compilação abreviada de uma vida»[5] que a narradora escreve para si no sentido de se debruçar sobre os seus distúrbios, a instabilidade da sua identidade como descendente da segunda geração de imigrantes, os meandros de certos vazios e as ruínas da casa da infância.

Traçar os contornos do lar dissolvido implica, contudo, avançar e recuar por caminhos tortuosos de deambulação. A narradora não é o centro detentor da verdade, pelo contrário, o seu trabalho de anam-

---

5 *Ibidem*, p. 218.

nese tem a marca do estranhamento freudiano (*unheimliche*)[6]. No primeiro dia, em Manaus, envolta na claridade difusa da manhã, a mulher avança em ziguezague entre o oculto e as ténues luzes de reconhecimento. No interior da casa, consegue recuperar certos aromas e cenas da sua infância por meio de evocações sinestésicas. O seu olhar minucioso procura recuperar o âmago de cada recanto. No entanto, predomina a metáfora da gruta escura que a imobiliza num estado de desnorteamento. Debate-se com uma estranheza profundamente familiar e angustiante que a impede de articular respostas e tecer conexões entre os seres que povoam as suas recordações. Ao olhar a empregada desconhecida, ela capta a dificuldade em dissipar a bruma da incerteza: «Na fala da mulher que permanecera diante de mim, havia uma parte de vida passada, um inferno de lembranças, um mundo paralisado à espera de movimento»[7]. Para recompor o mosaico do mundo esvaído, a narradora assume-se como investigadora preparada para examinar cada indício. Ela escava o inelutável ao encetar a travessia de regaste da energia de Emilie mediante a chave da memória: «A vida começa verdadeiramente com a memória»[8].

O percurso rememorativo esbarra em traços de opacidade de Emilie que incentivam a narradora e o leitor a decifrar a teia de mistérios como se fosse um *puzzle* que precisa do contributo e da interação com a subjetividade do Outro para ser resolvido. Embora tudo seja fluxo em redemoinhos de devir e não haja um fio condutor, a construção ficcional instiga a conciliar o inconciliável, pois é regida pelo impulso da narratividade, que se espraia em sinestesias, divagações e vários ângulos de leitura sobre uma mesma névoa de sentido. Numa primeira etapa, a narradora grava as versões fragmentárias de várias vozes: o tio Hakim, o fotógrafo alemão Dorner, o marido de Emilie e Hindié Conceição, a fiel amiga da matriarca que a acompanhou nos seus derradeiros dias. Cada confidente é um contador de histórias, um coleitor e narrador adjuvante, que percorre os rumos incertos do passado e assume o entusiasmo de contar os reta-

---

6 Cf. Sigmund Freud, *L'inquiétante étrangeté et autres essais*, Paris, Folio Essais, 1985, pp. 221-223.

7 Hatoum, *Relato de um certo Oriente, op. cit.*, p. 14.

8 *Ibidem*, p. 28.

VIAGEM METAFICCIONAL EM MILTON HATOUM E M. GABRIELA LLANSOL 343

lhos descosidos da trama familiar, fazendo emergir a fala recôndita das coisas perdidas.

Escrita com o lápis da elegia, a viagem evocativa insiste nos signos de exílio impressos nos destinos sob o signo da fatalidade cíclica. Na sua caminhada pela cidade invadida pela decadência, a narradora sente o choque de ser uma forasteira: «Eu não queria ser uma estranha, tendo nascido e vivido aqui»[9]. A vocação religiosa de Emilie é interrompida pela violência do irmão Emir. Ao abandonar o convento, a jovem é forçada a emigrar. De igual modo, Emilie reprova o amor que Emir nutre por uma prostituta, arrancando-o de Marselha. Em Manaus, o irmão sucumbe ao alheamento radical quando comete suicídio. O marido muçulmano de Emilie e dois dos seus filhos impõem uma gravidez enclausurada à irmã Samara Délia por ter contrariado os preceitos do Islão ao ser mãe solteira. A sua filha surda e muda é alvo da repulsa dos dois irmãos intolerantes. Como resposta à exclusão, a irmã refugia-se no mutismo e, sem prevenir, foge da cidade. As empregadas brasileiras sofrem o abuso sexual dos dois irmãos inomináveis que se regem por preconceitos de discriminação. Perante este clima de desavença, Hakim, o filho sensível em quem Emilie deposita toda a sua confiança, decide exilar-se para o sul do país. Com o escoar do tempo, o marido de Emilie procura que os irmãos cessem de martirizar a irmã, mas fracassa. Evade-se nas leituras do *Alcorão* e das *Mil e uma Noites* por ter criado filhos desconhecidos. Pouco a pouco, a firmeza de Emilie abala-se, enfrentando a dificuldade em aceitar o suicídio enigmático do irmão Emir, a persistência do ódio fraternal e as tentativas goradas de reconciliação. Aferrada aos vestígios do passado, examina as fotos de Emir e Hakim, sonda as semelhanças físicas com a cor da saudade e refugia-se num sonho sublimador em que desceria o rio em busca do mar numa fuga terapêutica que pudesse atenuar as agruras da solidão. Nos seus últimos dias, na casa deserta, apesar do seu espírito empreendedor, cede a uma morte súbita que permanece uma incógnita por resolver. *Relato de um certo Oriente* reflete sobre os desfasamentos entre a primeira geração de imigrantes e os seus descendentes que não estruturam um projeto comum de vida. O facto de o patronímico da família nunca ser revelado é o indício de uma

9 *Ibidem*, p. 163.

identidade hesitante que não criou um ponto de ancoragem na terra de acolhimento.

Regressar ao passado pressupõe indagar a enigmaticidade do ser e a frustração diante do eterno indizível, dado que permanecem lacunas que precisam ser supridas pela mediação de um novo narrador que desencadeia o encaixe de uma nova narrativa, como sublinha Todorov:

«Toda a narrativa parece ter uma coisa *a mais*, um excedente, um suplemento que fica afastado da forma fechada produzida pelo desenvolvimento da intriga. Ao mesmo tempo, e por isso mesmo, essa qualquer coisa a mais, inerente à narrativa, é também algo "de menos"; o suplemento também é uma falha; para suprir essa falha criada pelo suplemento, é necessária uma outra narrativa. [...] A tentativa de completar é vã : haverá sempre um suplemento que espera a narrativa futura»[10].

O desencontro com Emilie deixa inconclusa a origem da narradora e as razões que poderiam explicar o abandono da mãe legítima, o seu simbolismo como «uma presença impossível, [...] o desconhecido incrustado no outro lado do espelho»[11]. Como a falta do amor maternal não se desvenda na mera evocação de acontecimentos, é através da metáfora do remador, de rosto informe, suspenso no meio de um rio, que a narradora se problematiza[12] como se derivasse na margem do exílio interior e tateasse a indefinida e deferida revelação. O que a estrutura romanesca insinua é a releitura dialéctica de Heráclito: nada permanece estático, nem a narradora nem familiares e amigos de Emilie podem mergulhar duas vezes na mesma água que deslizou pelo rosto, sotaque híbrido e sangue da autêntica Mãe. Entranhas que ocultam recônditos veios de indeterminação.

No intuito de impedir que a travessia no mar da memória seja um ato infrutífero, a narradora começa a ordenar a torrente de vozes entrecruzadas e disseminadas no tempo e espaço, adotando o processo

---

10 Tzvetan Todorov, *Poética da Prosa*, Lisboa, Edições 70, pp. 91-92.

11 Hatoum, *Relato de um certo Oriente, ibidem*, p. 213.

12 *Ibidem*, pp. 13, 163, 164 e 218. Hatoum dialoga com o conto «A Terceira margem do rio» de Guimarães Rosa ao evocar o mistério do pai que rema incansavelmente uma canoa no meio do rio. Cf. João Guimarães Rosa, *Primeiras Estórias*, Rio de Janeiro, Nova Fronteira, pp. 32-37.

da tradução. O romance expõe os fios problemáticos da sua feitura mediante a metáfora do trajeto de um cometa:

«É uma imagem possível para evocar uma tradução: a cauda do cometa seguindo de perto o cometa, e num ponto impreciso da cauda, esta parece querer gravitar sozinha, desmembrar-se para ser atraída por outro astro, mas sempre imantada ao corpo a que pertence, a cauda e o cometa, o original e a tradução, a extremidade que toca a cabeça do corpo, início e fim de um mesmo percurso ... [...] ou de mesmo dilema»[13].

Este fragmento metaficcional insinua que a narradora fez o percurso do cometa, quando apontou os vazios e as revelações que lhe foram transmitidos oralmente. Dada a breve permanência em Manaus, a narradora depara-se com a dificuldade em reconstruir o passado que se lhe apresenta como uma trama vasta e densa, constituída pela vertigem de narrativas e vozes imbricadas e a existência de elos desconexos. Na segunda etapa de reordenação dos dados, sem se desvincular completamente do original gravado, a narradora procede a ajustes discursivos que lhe permitam comunicar, por escrito, ao irmão as falas engroladas, imbuídas de outros sotaques e cosmovisões. *Relato de um certo Oriente* questiona, de modo figurado, os obstáculos que deve superar todo o escritor para dar coerência e unidade ao seu discurso romanesco.

Ciente do emaranhado de informações recolhidas, a narradora assume-se como um pássaro gigantesco e frágil que analisa com lucidez, situada num lugar cimeiro e estratégico, o entrelaçar de vozes de forma a transfigurá-las ao guiar-se pela bússola da sua própria memória revitalizada. O seu exercício de reescrita deriva da inter-relação de reminiscências dos confidentes e da sutura de alguns não-ditos que permitem elucidar os motivos da sua identidade dilacerada. É na reescrita do imaginário que a narradora encontra a modulação plena da sua voz, após ter atravessado o «coral de vozes dispersas»[14] dos familiares e amigos de Emilie que a ajudaram a ultrapassar a fronteira do não-lugar. Proustianamente, a narradora persiste em redimir o passado que se filtra e se transforma pelo prisma das reflexões do pre-

13 *Ibidem*, p. 176.
14 *Ibidem*, p. 218.

sente. O leitor assiste à montagem de um relato polifónico a partir do qual se atenua o peso do recalcado e do estranhamento. O passado – a casa revisitada – ganha novos acordes modulados por um sujeito enunciador que atravessou o espelho de Emilie e dos familiares para atingir a sua afirmação através da experiência da escrita auto-reflexiva. No termo da errância catártica e iniciática, a protagonista torna-se Sherazade híbrida, que paira sobre a trama da plurivocidade para permanecer viva graças à sutura do relato.

A autognose é metaviagem explícita, porque o romance exibe os alinhavos da travessia especular, uma vez que a clausura textual reenvia ao *incipit*. É na circularidade ficcional que se dá o roçar da memória redentora. À semelhança do irmão da narradora, o leitor lê a longa carta que percorre os sinais de perda, transfigurados em elos de sentido pelo ato da escrita. A narradora experiencia o *kairos* e o *aion*, quando a sua releitura/tradução aviva o olhar fecundante da reminiscência e confere uma certa coesão à casa em farrapos: «Comecei a imaginar com os olhos da memória as passagens da infância, as cantigas, os convívios, a fala dos outros, a nossa gargalhada ao escutar o idioma híbrido que Emilie inventava todos os dias»[15]. A narradora e o irmão anulam o tempo do esfacelamento familiar para moldarem a terra da infância que se revivifica: ambos entranham o inefável e procuram captar a eternidade do instante.

O Oriente de Hatoum é a exploração do sujeito em trânsito de identidades que se autoquestiona e escreve sobre um «certo Oriente» miscigenado e ficcionalizado que integra a viagem reinteriorizada, poro a poro. O texto-amálgama da remadora perseverante faz emergir o canto da atemporalidade: «Era como se eu tentasse sussurrar no teu ouvido a melodia de uma canção sequestrada, e que, pouco a pouco, notas esparsas e frases sincopadas moldavam e modulavam a melodia perdida»[16].

---

15 *Ibidem*, p. 219.
16 *Ibidem*.

Percursos da casa da escrita

Curvou-se para reunir os textos que voavam em todas as direcções, e formar um livro, ou destino.
Maria Gabriela Llansol, *Um Beijo Dado Mais Tarde*, p. 95.

O texto-cifra de Llansol é a tentativa crítica de subversão da feitura do romance, antevendo um futuro de escrita que se auto-questiona. Dada a sua ex-centricidade no sistema literário português, a crítica enfrenta o impasse de inscrever Llansol num determinado movimento literário, já que o seu projeto escritural se emancipa das convenções canónicas num assumido distanciamento ante a estética realista[17]. No avesso da cultura instituída, Llansol rendilha a depuração do discurso em cada novo livro, forjando a miscigenação de registos e géneros heterogéneos, que atenuam as fronteiras entre o romance e o anti-romance, o diário e a autobiografia, imbuídos de transversalidade polifónica.

De que modos se institui «a viagem» em Llansol? A resposta requer a articulação crítico-teórica em consonância com o fluir reflexivo da textuante[18]. Ironizando a institucionalização da tradição literária, «segundo o espírito que muda onde sopra»[19], não é, pois, de estranhar que o texto llansoniano abale a narrativa de viagem de configuração cristalizada, que se alicerça na intriga pautada por um princípio, a progressão semântica e fechamento discursivo, apoiada em personagens substancialmente traçadas e inscritas num cronótopo estável: «Não há literatura. Quando se escreve só importa saber em que real se entra, e se há técnica adequada para abrir caminhos a outros»[20]. Trata-se de uma escrita que se inscreve no processo de renovação do sistema literário e sugere a reavaliação profunda da teoria do romance enquanto força de resistência às classificações tipológicas e estético-formais. O projeto llansoniano se constrói a si próprio em fluxo e refluxo. É um estuário de palavras a convergirem em

---

17 Llansol, *Um Falcão no Punho*, 2.ª edição, Lisboa, Relógio d'Água, 1998, p. 130.
18 Neologismo de Llansol.
19 Llansol, *O Livro das Comunidades*, 2.ª edição, Lisboa, Relógio d'Água, 1999, p. 7.
20 Llansol, *Um Falcão no Punho*, *op. cit.*, p. 55.

direção à metatextualidade com o júbilo da consciência de que pode ser reelaborada ao ritmo da partitura do vento e na lenta cadência de um tempo interior. Em Llansol, a desfiguração do rosto da representatividade a favor da textualidade fragmentária decorre do dispositivo nuclear da metamorfose. Escrever é um processo perene de gestação, o devir que pulsa em cada letra: «Metamorfosear (mais tarde direi fulgurizar) é um acto de criação»[21].

Cabe agora focalizar a prática escritural de Llansol sob o ângulo do fragmento. Se a fragmentaridade é o processo compositivo da sua poética, como dar à luz às experiências espaciais sem ruir a unidade nem abalar a dinâmica interna da trama simultaneamente ambígua, estruturante e centrífuga? Se admitirmos a fenda semântica como marca da poética da precariedade do sentido em Llansol, como inventariar critérios lógicos e definir traços em torno de uma nova literatura de viagem? E de que mecanismos estilísticos-formais se apropria a textualidade de Llansol, que se contrai em estilhaços e frestas de vida semi-ficcionada?[22] Como textualizar «o lugar compósito de funções»[23] se todo o impulso da mão molda a metamorfose de espaços, tempos e seres em errância, que se furtam à decifração e acarretam, por consequência, o protelar do sentido?

Todavia, a sintaxe da incompletude – as desarticulações da diegese, o inacabamento, os mecanismos gráficos de suspensão semântica – os riscos e brancos – que desencadeiam a descontinuidade e a aparente encenação do caótico não determinam *a priori* a inexistência de uma orgânica viva, embora velada, segundo Blanchot: «La discontinuité ou l'arrêt de l'intermittence n'arrête pas le devenir, mais au contraire le provoque ou l'appelle dans l'énigme qui lui est propre»[24]. De facto, toda a obra de Llansol é a manifestação do projeto ucrónico[25] que se ramifica em arquipélagos interpenetrados desde *O Livro das Comunidades*, publicado em 1977. Desde este ponto de

---

21 Llansol, *O Senhor de Herbais*, 2.ª edição, Lisboa, Relógio d'Água, 2002, p. 191.
22 João Barrento, «A Origem de ler sobre *Um Beijo Dado Mais Tarde*, de Maria Gabriela Llansol» in Petar Pedrov (org.) *O Romance Português pós-25 de Abril*, Lisboa, Roma Editora, 2005, p. 137.
23 Llansol, *O Senhor de Herbais*, *op. cit.*, p. 24.
24 Maurice Blanchot, *L'entretien infini*, Paris, Gallimard, 1969, p. 229.
25 Barrento, *op. cit.*, p. 136.

viragem, nasce um universo fundacional raro, prenunciador de uma poética do hermetismo sob o prisma do jogo crítico e irónico e o fruir da palavra em todas as suas potencialidades semânticas e gráficas.

Llansol propõe as três directrizes do seu projeto escritural concebido como um lugar de abrigo que circula, isento de hierarquias, permitindo elos de complementaridade entre a corporalidade, prenhe de energia e espírito[26]. Atravessada por luzes de opacidade, o ato de escrita de Llansol materializa-se nas margens da textualidade nómada[27] que sulca novos delineamentos dentro da miscigenação insuspeitada. Todos os textos de Llansol têm como denominador comum a irrupção de uma comunidade que comunica por fios ténues de intra-textualidade. Nomear a comunidade dos rebeldes desvenda o utopismo inerente ao trabalho de Llansol que concilia figuras da História, regida pela lei da simultaneidade. A sua comunidade representa um espaço aberto, ora habitado por vultos de estratos culturais e épocas distintas da cultura europeia (Camões, Copérnico, São João da Cruz, Bach, Nietzsche, Pessoa), ora irradiado por figuras do imaginário, na envolvência de sonhos acordados (Témia, a estátua de Sant'Ana, a Avó Azul, o companheiro filosófico de jogos, a árvore dialogante). Com pálpebras de epifania, todos se transformam ao adquirir funcionalidades e estatutos insuspeitados.

Em Llansol, a poética da errância centra-se na captação da casa constantemente revistada e reavaliada, porque é fecundada pelas potencialidades da metaficção, esvaziando-a de psicologismo[28]. Ao recusar, consequentemente, a noção redutora de «personagem», Llansol elabora o seu mundo a partir de figuras, encarnadas como «nós construtivos»[29] do diverso. A nossa leitura seguirá os passos da figura da rapariga que resiste ao sistema dogmático do discurso em *Um Beijo Dado Mais Tarde* de forma a traçar os contornos fugidios do seu imaginário expansivo, sublinhando dois *leitmotive* interconectados ao longo da trama: a deambulação pelas casas e a travessia da língua.

---

26 Llansol, *Um Falcão no Punho*, *op. cit.*, pp. 132-135.

27 António Guerreiro «O texto nómada de Maria Gabriela Llansol», *in Colóquio/Letras*, n.° 91, 1996, pp. 66-69.

28 Barrento, *op. cit.*, p. 137.

29 Llansol, *Um Falcão no Punho*, *op. cit.*, p. 16.

À primeira leitura, o que ressalta é o estilhaçar do ponto de vista narrativo. *Um Beijo Dado Mais Tarde* textualiza a viagem por vários *axe mundi* contextualizáveis e simbólicos a partir de uma instância narradora multívoca que desnorteia e lança o repto: percorre-me na minha mutabilidade. Entre prolepses, analepses, elipses e anacronismos, *Um Beijo Dado Mais Tarde* desconstrói os processos de verosimilhança, quando a paródia da narrativa realista mais oculta do que revela, porque assenta em vestígios de uma intriga em torno do triângulo amoroso inominado, cuja origem e conflito apenas se pressentem:

«Esta é a história de uma família ambiciosa e fechada, vinda da Beira para um andar mítico na cidade, onde se propôs subir a um alto ramo de árvore. Um divórcio. Uma noite de chuva em que se fez a correr, uma mudança de domicílio. Um filho que protegia do Pai a mãe, e que era a parte mais enigmática do vermelho adamascado que se usava na sala [...] uma criada com um filho próprio, desaparecido nas masmorras da casa [...]»[30].

O texto impele a percorrer o interior desse enigma que se desdobra e se opacifica sob novos nevoeiros semânticos. No vendaval de descontinuidades que implicam reler, religar, reescrever e reinterpretar o inferido que, de súbito, se dissipa, o leitor também divaga por linhas de fuga, segundo o fremir do informulado. É necessário viajar por dentro do nome Témia: temor e fuga ao temor, figura da revolta que percorre o mistério familiar apenas delineado. Como Témia se torna figura temível ao passar por detrás das palavras do sistema de Poder, contornando-as?

Após a morte da tia, Témia, amnésica, inicia um itinerário de despojamento do fardo de várias heranças, que a aviltaram na infância. Rejeita o patriarcado de Filipe, filho de Maria das Dores, portador da injustiça e do silenciamento opressor da casa de Alpedrinha, dado que comete adultério com a doméstica Maria Adélia, forçando-a a abortar o filho por ser indício de desqualificação social. É em torno deste preconceito e conflito familiar oculto que a trama se fissura de forma sibilina. Como consequência do recalcamento, a mulher indagadora depara-se com a incomunicabilidade: «vi o meu

---

30 Llansol, *Um Beijo Dado Mais Tarde*, p. 35.

irmão pendurado, palavra indizível que eu não podia sequer olhar e muito menos pronunciar»[31].

Todo o processo de busca de reestruturação da sua identidade é associado à demanda de formas poéticas de escrever a censura, exprimir a densidade do mistério e encontrar a língua fértil, ainda encoberta dentro da casa, mediante «sonhos, intraduzíveis em termos de voz»[32]. Sessenta anos mais tarde, longe da Beira, Témia avança por caminhos de transformação em busca da língua silenciada do meio-irmão:

> «e sobre esta casa pairou um mistério, um não-dito, que alisou, numa pequena pedra, uma irreprimível vontade de dizer. Deste mistério, e no fim de um trabalho executado a som e a cinzel, fez-se *a rapariga que temia a impostura da língua* [...]»[33].

Ao mudar-se para a casa da rua Domingos Sequeira, Témia transfigura-se graças ao laço de reciprocidade preservado com a serva analfabeta Maria Adélia/Mélito: a mãe do futuro que lhe dá a chave de ler de um amor carregado de frustrações e sensualidades goradas, pleno de interditos linguísticos. A narradora refaz o percurso dos amantes e penetra na sala onde Amélia foi amada pela primeira vez. Examina o quadro escondido do pintor Artur Loureiro, que representa uma jovem a passear num jardim. No entanto, o peso da moldura parece sufocar a figura do óleo. Témia associa a madeira à atmosfera alienante da casa e supera esta negatividade quando reinterpreta o óleo em consonância com os jardins do filósofo Espinosa. Neste sentido, Témia desfaz-se do clima de sufoco e impregna-se da potência do agir, o deleite que implica liberdade de consciência[34].

---

31 *Ibidem*, pp. 21-23.
32 *Ibidem*, p. 23.
33 *Ibidem*, p. 12. Itálicos da autora.
34 Na recusa do dualismo cartesiano, Espinosa distingue os termos latinos *affectus* e *affectio* para postular que o acontecimento afectivo é a consciência que se produz no corpo: «Além disso, *à afecção da alegria referida simultaneamente à Alma e ao Corpo,* chamo *deleite ou hilaridade e à afecção de tristeza referida simultaneamente à Alma e ao Corpo* chamo *dor ou melancolia*», Bento de Espinosa, *Ética*, Lisboa, Relógio d'Água, 1992, p. 279.

Afastada das casas da repressão – a casa beirã da tia Assafora e a casa da herança impositiva de Lisboa – Témia recria um terceiro *locus* edénico que contém em germe a epifania, configuradora do poético da resistente, configuradora da graça libidinal, que lhe permite indagar a sua pluralidade problematizante, a sua fragmentação em chamas: «há trinta anos dali sai correndo, não só para fugir mas para encontrar *quem sou em Témia* que crescia debaixo da minha própria pele»[35]. É no confronto iterativo com duas etapas vivenciais complementares – a infância e a maturidade – que se produz a mutação da casa física na morada dos afectos: "Eu, viva, quero transformar os seus actos, e darlhes o último sentido. Fiz interpenetrar as duas casas, a que vivia comigo e a que jazia na Domingos Sequeira, com os seus restos, e cinzas de melancolia»[36].

Alentada por Bach que desce da estética barroca para se tornar Johann hóspede, voz contemplativa a ressoar na futura casa utópica, Témia instaura uma relação singular com os objetos; despoja-os da inibição de posse pequeno-burguesa, atribuindo-lhes a força vital de «aparições fosfóricas»[37] imprescindíveis à transformação da casa do medo em casa propícia ao devir criativo: a casa da leitura e da escrita. Será possível passar "de uma vida humana a um livro que se leia por **entre nós?**"[38] O enunciado sublinha a intercomunicação entre Témia e os objetos da sua eleição visceral dentre os quais sobressai a estátua em madeira do século XVIII, que pertenceu ao oratório da avó da escritora Maria Gabriela Llansol, nomeada "Ana ensinando a ler a Myriam". Além da piscadela irónica ao biografismo, a intercessão da estátua da mãe da Virgem Maria/Myriam anuncia o metatexto dentro do metatexto. Témia entra «no labirinto»[39] do livro aberto de Sant'Ana e Myriam, que constitui uma via de exploração do interdito familiar. Nas traseiras da casa herdada – a casa da sujeição discursiva – a rapariga instaura o rito inaugurador da comunidade das mulheres legentes[40] que convivem com os outros objetos escolhidos pelo livre

---

35 Llansol, *Um Beijo Dado Mais Tarde*, op. cit., p. 32. Itálico da autora.
36 *Ibidem*, p. 35.
37 *Ibidem*, p. 98.
38 *Ibidem*, p. 26. Sublinhado da autora.
39 *Ibidem*, p. 59.
40 Em *Onde vais, drama-poesia?*, Llansol elucida: «legente, que diz o texto? Que ler é ser chamado a um combate, a um drama», 2.ª edição, Lisboa, Relógio d'Água, 2000, p. 18.

VIAGEM METAFICCIONAL EM MILTON HATOUM E M. GABRIELA LLANSOL

arbítrio. Representante da sageza, Sant'Ana convida todos os objectos a participarem de uma cena de aprendizagem iniciática durante a qual se celebram os esponsais de Témia/Myriam com a leitura.

> «A jovem volta ao seu lugar, na estátua, e quebra o que lê em mil pedaços, sem quebrar o livro onde o ler circula. O testamento que leu foi-lhes lido; todos os objectos são agora – imagina – móveis por si mesmos _____herdados _____ e estão presentes no acto permanente de ler»[41].

Fragmentar o livro em mil pedaços sem «quebrar o livro onde o ler circula» é um espelhamento da estrutura estilhaçada e descontínua do texto que estamos a ler, uma vez que a cena de aprendizagem da leitura se encontra disseminada em múltiplas sequências ao longo da trama. Esta cena é crucial porque significa a fonte de elucidação da origem intricada de Témia e o seu nascimento como escritora. Na confluência de tempos heterogéneos, num vaivém de espirais, Témia desdobra-se, corporizando várias entidades interpenetradas: um «eu» indefinível, Témia criança e adulta, Témia que absorve a força de Sant'Ana e Myriam e, enfim, adquire um sexo nómada. A partir dos ensinamentos de Sant'Ana, Témia recria um lugar de ressuscitação do irmão abortado dentro do corpo do livro. A aprendizagem da leitura traça caminhos de disponibilidade para a transmutação da língua: Témia estabelece uma relação erótica com a textura e o fulgor das sílabas que escreve de modo a captar «o fogo indestrutível da linguagem»[42] como se fosse a salamandra da morada aberta à meditação.

Ao testamento do pai como representante da Lei substitui-se o Livro-casa, que ultrapassa os condicionalismos da narrativa tradicional: «Eu sei que pouco a pouco, passaremos a viver noutro fundo do livro e de linguagem e teremos, então, uma inquietação mais simples»[43]. Gerada nas entrelinhas do mistério, a trama transcende a univalência das mortes de Assafora, do meio-irmão e do pai que imprimiram, inicialmente, a impostura no espírito de Témia. Ela ganha voz, porque dialetiza o sema da morte, de transmutação em transmutação, em que se intersectam duas línguas antitéticas, segundo o rito

---

41 *Ibidem*, p. 25.
42 *Ibidem*, p. 75.
43 *Ibidem*, p. 112.

sacrificial do prólogo: a língua da cabra da aldeia arrrancada por um representante do Portugal conservador e uma segunda língua que, surpreendentemente, nasce do céu-da-boca da cabra. A irrupção desta segunda língua traça a busca de expressão de Témia em rumo aos laços de sangue rasgados. Após a extinção da língua da injustiça, *Um Beijo Dado Mais Tarde* é atravessado pelos *leitmotive* do voo do falcão de Aossê (anagrama de Pessoa), sangue metamorfoseado em pássaro «peregrino»[44] e, enfim, objeto de porcelana, assim como o navio de Assafora deriva do ontem do olvido em direção ao espaço silábico da escrita em incessante processo de autoreflexividade.

A narradora inscreve-se na vida fulgorizada em que a devoção à leitura-escrita é fundar a liberdade criadora na demanda de uma prática de linguagem que favoreça a inteireza do ser: «Na parte frontal da casa, está a sequência, escrita na língua deles; na parte das traseiras, está o texto, escrito na minha língua»[45]. Por um jogo de *mise en abyme*, a escrita da liberdade é *Um Beijo Dado Mais Tarde*: Témia pode oferecer o beijo diferido ao meio-irmão, após ter atravessado com Sant'Ana e Myriam as etapas do desprendimento e ter recriado a aura do meio-irmão que divaga no seu imaginário como figura textual. A travessia em busca da origem não tem fim conclusivo. A confraria de legentes prossegue a leitura e a escrita para re-existirem e resistirem contra toda a tentativa de fixação da sua essência. O texto das legentes sonda a plurissignificação do enigma e o eterno intraduzível do ser humano sob múltiplas perspetivas. Ler é divagar pela arte do «entresser»[46] em que cada figura feminina funciona como um jogo de forças permutáveis num pacto de cooperação. Témia, Mária Adélia, Sant'Ana e Maria transformam-se ao assumirem o corpo e as palavras umas das outras numa «relação de *alma crescendo*»[47]. Ler Llansol é compreender que o ser textual é uma construção plural aberta a constantes possibilidades de significação e transgressão. Neste sentido, Témia integra um espaço romanesco alternativo em que os estilhaços de um drama

---

44 *Ibidem*, p. 37. Para Llansol, moldar o texto é aprender a linguagem dos pássaros. Cf. *Finita*, Lisboa, Assírio & Alvim, 2005, p. 108.

45 *Ibidem*, p. 53.

46 *Ibidem*, p. 100.

47 Llansol, *Amar um Cão in Cantileno*, Lisboa, Relógio d'Água, 2000, p. 46. Itálicos da autora.

familiar se transformam em prosa poética, sublimando o valor encantatório da estátua de leitura. No fim do texto, o imprevisível surgir da voz da autora dinamita a assunção da verdade em prol da metatextualidade. O sentido assume-se como constante deriva, porque o texto é a sobreimpressão de cenas de fulgor imprevistas que não se reduzem a uma narrativa estanque e una: «O meu texto não avança por desenvolvimentos temáticos, nem por enredo, mas segue o fio que liga as diferentes cenas fulgor»[48]. A viagem metaficcional reitera-se, dado que o nome afetivo da autora «Gabi» indicia a porosidade entre o ficcional e o biográfico. O leitor é desafiado a buscar novos trilhos de leitura que implicam a viagem pela poética do enigma:

«Nunca olhes os bordos de um texto. Tens que começar numa palavra. Numa palavra qualquer se conta. Mas, no ponto voraz, surgem fugazes as imagens. Também lhes chamo figuras. Não ligues excessivamente ao sentido. A maior parte das vezes, é impostura da língua. Vou, finalmente, soletrar-te as imagens deste texto, antes que meus olhos se fatiguem [...] O indizível é feito de mim mesma, Gabi, agarrada ao silêncio que elas representam»[49].

Os textos em análise mostram que a narradora anónima e Témia divagam em perseguição de si mesmas e dos outros que as habitam. Ambas as narradoras navegam pelas águas da infância conflituante, pois não detinham a faculdade da fala primordial: eram órfãs de linguagem autêntica. Deambular é uma trégua na busca de respostas, talvez a impossibilidade de percorrer o sentido precário. Hatoum constrói um modelo de viagem que se ancora na reescrita do romance introspetivo entre derrames de poema em prosa, narrativa epistolar, contos orais encaixados e a revisitação desrealizante do regionalismo, sem os pulverizar plenamente, enquanto a fragmentaridade de Llansol desconstrói os alicerces narrativos do romanesco para os transformar na escrita da inquietação e do perene devir, que complexifica a viagem, desde o seu interior, por caminhos de aurora em aurora.

---

48 Llansol, *Um Falcão no Punho, op. cit.*, p. 130.
49 Llansol, *Um Beijo Dado Mais Tarde, op. cit.*, pp. 112-113.

Viagens – Um Testemunho Pessoal

*Eugénio Lisboa**

* Crítico Literário e Professor de Literatura Portuguesa, da Universidade de Aveiro.

Como muita gente da minha geração, comecei por não viajar. Nascido na pequena mas bela cidade de Lourenço Marques, à beira de um Índico majestoso, dir-se-ia que tudo convidava à viagem. Mas o Índico, até pela sua dimensão e pelo que continha de *ameaça*, ao mesmo tempo que convidava, *afastava*. E, de qualquer modo, para os ali nascidos em 1930 ou por aí, o avião ainda existia pouco – e não existia de todo, intercontinentalmente falando –, restando-nos o navio, o comboio e o automóvel.

Ao contrário do que vulgarmente se pensa – até porque se pensa, quase sempre, *sem fundamento* – grande parte da população que vivia no Ultramar português pertencia a uma classe média relativamente desprovida de meios financeiros. Grande parte dos meus colegas, estudantes como eu, não viajava ou viajava pouco. Johannesburg ou Pretoria, na África do Sul, eram a Meca, para muitos de nós. Mas os recursos financeiros de meu pai, por exemplo, funcionário dos CTT, não lhe permitiam custear, nem a mim, nem a meus irmãos, uma viagem à África do Sul. O mesmo se passava com a maioria dos meus colegas. O mais que me foi concedido foi uma visita épica, num velho *Fiat*, de capota de lona, do Sr. Almeida, cantineiro remediado e amigo de meus pais, que guiava esforçadamente o calhambeque, derreado com o peso excessivo da bagagem e da gente que nele se comprimia, até à Serra da Namaacha, a 70 Kms de Lourenço Marques. Ir à Namaacha e acampar num vasto piquenique, à beira da "cascata", foi o máximo que fruí, em termos do que se poderá, com generosidade, apelidar de "viagem". Deu para sonhar, durante os vários dias que a antecederam, na viagem-a-haver. No dia aprazado, levantámo-nos de madrugada, excitados, como se fôssemos embarcar nas caravelas para a Índia. Chegados à íngreme "ascensão" final da serra, saímos todos do carro, para que ele, mais leve, bufasse o caminho final, asmático, trôpego e ameaçando cair pelo declive abaixo, por falta do vigor necessário... O dia, piquenicando à beira da "cascata", dava para pensar em termos de "odisseia".

Pouca gente tinha carro e, entre os "funcionários", apenas aqueles cujas mulheres também estavam empregadas se davam a esse luxo. Poucos. O restante andava a pé ou de "machimbombo", como nós chamávamos aos autocarros municipais. Era o meu caso, como estudante, vivendo num extremo da longa Avenida 24 de Julho – o Alto-Mahé, junto à fronteira com a cidade do caniço – e tendo que ir diariamente para o liceu, no outro extremo da 24 de Julho, já na Polana. Quando começou a 2.ª Guerra Mundial, o regresso do liceu, se havia tempo livre, dava para dilatar um bocadinho a "viagem", com uma descida até à Praça Mac-Mahon onde, antes de fazer a ligação com o autocarro para o Alto-Mahé, ia, de um saltinho, à Parry Leon e à Manica Trading, em busca das "revistas de guerra" (a *Neptuno* e *A Guerra Ilustrada*). Por elas, ficávamos a saber tudo o que havia de bom no Churchill e no Rei George VI e tudo o que havia de repugnante no Hitler, no Goebbels e no Mussolini. Incitavam-nos a alinhar de caras com os Aliados e a ir partir, à fisgada, as montras do Sr. Bonk, pretenso fotógrafo e óbvio espião alemão!

No extremo pobre da 24 de Julho, perpendicular a ela, ficava a Mendonça Barreto, onde, na parte ainda não alcatroada, se erguia a casa em que vivi, entre o 4.º e o 7.º ano do liceu. Antes disso, vivera, primeiro, no Largo João Albasini, depois, na Estrada do Zixaxa, a caminho do Xipamanine. Como se pode ver, ao mudar-me, com a minha família, para a Mendonça Barreto, estava já a "sair" da Lourenço Marques "profunda" e a ser beneficiado por uma ligeira "promoção". Ainda não era nada que se parecesse com uma zona "chique" – bons deuses, não! – mas era um bocado menos "profundo". E tinha a vantagem de, nas férias, me permitir viajar, a pé, de um extremo da 24 de Julho, com o meu cão, o Nero, até ao outro extremo: aqui chegados, eu e o Nero avistávamos, do alto, a praia, lá em baixo, o que nos excitava de modo indescritível: ao Nero, ainda mais do que a mim. Descíamos a rampa até ao Pavilhão, em frente do qual ficava aquele nico de praia protegida dos tubarões pela "rede". Enquanto me despia, no "caramanchão", e vestia o fato de banho, o Nero não aguentava mais e atirava-se, com desespero, às ondas. Eu ia logo atrás dele, deixando a roupa, os sapatos e o relógio, numa trouxa, no "caramanchão". Ninguém roubava, era tudo malta fixe. O regresso era outra "viagem", com o calor já a apertar e o Nero a largar a praia com relutância. A 24 de Julho, de uma ponta à outra, perto do meio dia, no verão – dava para se falar em "odisseia", quanto mais em viagem.

Até aos 17 anos, em termos de viagem, portanto, apenas o que acabo de relatar ou pouco mais: umas visitas a Marracuene (a que o poder colonial dava o nome de Vila Luísa), a trinta quilómetros de Lourenço Marques, para espreitar os crocodilos e os hipopótamos do rio Incomáti e uma ou outra incursão ao Infulene (entre Lourenço Marques e Marracuene), para um almoço na cantina do Sr. Cruz. Antes do almoço, íamos espanejar-nos no mato em volta, enquanto nos chegava o cheiro dos frangos a grelhar e do molho com piripiri. Apanhávamos, do chão, umas sementes pretas e luzidias a que chamávamos "escarumbas" e eu tinha a sensação de estar mais em África, ali, do que no remanso da casa do Alto-Mahé: nesta, o mundo era outro, porque "saía" mentalmente do calor húmido que me envolvia e mergulhava, por cortesia do Balzac, do Stendhal ou da Charlotte Brontë (mais tarde, do Thomas Mann, do Hemingway ou do Pirandello), noutros mundos mais europeus ou americanos (ou indianos, porque descobrira, por essa altura, o Tagore, que li com um prazer que hoje, se calhar, não saberia reencontrar). A África do Sul, a Suazilândia e a Rodésia ficavam ali ao lado mas, para mim e outros muitos como eu — já o disse — o comboio ou o automóvel que ali levavam eram entidades míticas e de todo inacessíveis. Nos dezassete anos que vivi em Lourenço Marques, antes de partir para Lisboa, para me matricular no Instituto Superior Técnico, nunca propriamente *viajei* — isto é, fi-lo, mentalmente, saturando-me de Paris, com a leitura de *Les Thibault* ou de Florença, com a de *Le Lys Rouge*, de Anatole France, da Itália, em geral, com Pirandello e D'Annunzio e, em especial, da Roma antiga que enche as páginas cruéis e emocionantes do *Quo Vadis?*

Em 1947, terminado o sétimo ano do liceu, e dois meses antes do embarque previsto, para Lisboa, o meu Pai ofereceu-me, por cortesia de um comandante de navio costeiro, uma viagem "de borla" até ao norte de Moçambique e volta. Estive ligeiramente tentado, mas *perder* um dos dois últimos meses do meu mundo laurentino — a casa, com a minha pequena biblioteca, o Nero, os amigos, as matinés do Scala e do Varietá e, às vezes, do Gil Vicente — perder tudo isso a que me agarrava, quase com desespero, antes do salto final para o desconhecido (Lisboa, o Instituto Superior Técnico, a Europa, talvez…) — confesso que me não apetecia assim tanto. Acabei por recusar. Queria levar bem ancorados dentro de mim, quase um a um, aqueles dias que me restavam de um paraíso que ia perder. Lia o Saroyan, o Voltaire, o

Stendhal, o Hemingway, a Sally Salminen (sueca, autora de *A Vida Inteira*, que me deslumbrou), o Plutarco e *Os Grandes Pensadores*, do Will Durant, que me abria o apetite para tantas aventuras que me esperavam, lá do outro lado, para onde eu iria, na viagem que se ia iniciar no dia 10 de Setembro... Assim, recusava uma viagem preliminar, de Lourenço Marques a Porto Amélia (ida e volta), para melhor me preparar para "a outra viagem", que me estava há muito prometida, a grande aventura entre Lourenço Marques e Lisboa. Afirmava o grande viajante, Sir Richard Burton, que os viajantes, à semelhança dos poetas, são uma raça zangada. Nas vésperas de me tornar viajante, eu não estava propriamente "zangado", antes me encontrava estranhamente desassossegado: ia fazer uma longa viagem, que há muito antecipava (ia talvez conhecer aqueles sítios sagrados que encontrara nas minhas leituras), havia uma expectativa, quase um desejo, mas tudo isso se turvava de modo inquietante porque ia também – por causa dessa viagem – abandonar para sempre – e para nunca mais o reencontrar – o mundo que fora o meu e onde tanto aprendera e tanto descobrira. Eu sonhara com Lisboa, com o Porto, com Coimbra, com a Serra da Estrela, com Paris, com Londres, com o Yorkshire das irmãs Brontë, mas tudo isso me era bom, *visto dali*, daquele meu quarto, daquela minha casa do Alto Mahé, com o Plutarco e o Nero à mão de semear, com as excursões à praia, com o Scala, onde vira o *Casablanca*, ou o Gil Vicente, onde vira o *Dorian Gray* e a *Jane Eyre*. Viajar era bom, sim, talvez, mas o preço a pagar era ficar com todas as raízes arrancadas e a sangrarem... Angústia das partidas, tinha dito o Gide, que só iria descobrir um ou dois anos mais tarde, já em Lisboa. Desejo e angústia, vontade de ir e vontade igual de ficar. Para quem nunca tinha realmente viajado, seriam talvez estranhas tantas reticências. Mas ia mudar totalmente de universo, ia para uma Lisboa desconhecida, abandonando, por seis anos, toda a família (incluindo o Nero), sem a mais pequena perspetiva de os voltar a ver, a não ser quando terminasse o curso: as viagens duravam (ida e volta) quase dois meses, eram caras, não havia, portanto, no horizonte, a mais pequena probabilidade de interromper a longa ausência com uma ou duas visitas pelo meio... Ir tirar um curso superior significava assim, para os nascidos em Moçambique, uma ausência total e brutal do mundo familiar onde as raízes se tinham plantado tão fundo.

O mês de agosto foi o tempo da aproximação do fim de uma era e do início de outra. Houve um almoço do meu curso, na Costa do Sol, e já tudo sabia a partida. Alguns, poucos, dos presentes ao almoço iam comigo na viagem, em setembro. Mas nem todos iam para Lisboa e os que iam era para cursos diferentes do meu, o que, para todos os efeitos, significava um afastamento: eu era o único candidato ao Instituto Superior Técnico. O meu presente, no almoço (escolha do Alberto Parente, que ia para Medicina), foi um exemplar dos *Filhos e Amantes*, do D. H. Lawrence, numa bonita edição da Portugália, e um urso alusivo ao facto de ter sido o melhor aluno do curso, com a classificação de 18 valores. A praia, os coqueiros, o mar, mesmo em frente à esplanada do restaurante – tudo tinha uma aura de paraíso que ia acabar. O que estava para vir – a viagem, a descoberta, algum eventual triunfo... – não tinha força para apagar o sentido de "perda" que em tudo penetrava.

O dia 10 de setembro desse ano de 1947 aproximava-se. No domingo que o precedeu – 7 – ainda fui ao Scala ver um filme de Robert Siodmak, baseado no famoso conto de Hemingway, "The Killers", que eu lera, três anos antes, numa tradução publicada numa antologia da Portugália. Tenho ainda bem vivas, na memória visual, as cenas com Burt Lancaster e Edmond O'Brien – talvez porque a intensa emoção da partida, mas fixou para sempre, a fogo, no imaginário. Sair do Scala, ao fim da *matinée*, foi um pouco como perceber que tudo tinha acabado. A segunda e terça-feira varreram-se-me da memória. Lembro-me apenas do grande contentor de madeira que me entrou em casa para recolher todos os meus livros – os de estudo (só alguns) e os outros. Era já uma boa coleção, que levava comigo, como parte importante do meu "mundo". Na quarta-feira, a meio da manhã, embarcamos: despedira-me do Nero, da minha tia Maria (minha segunda mãe), do meu pai, que ficava, e embarquei no *Nova Lisboa*, com a minha mãe, que me acompanhava e iria ficar comigo, em Lisboa, alguns meses. Uma ou outra pessoa amiga viera despedir-se e ficaram todos no cais a acenar lenços, enquanto o navio se afastava. É quase inconcebível a velocidade com que os barcos descolam e se afastam do "cais de pedra", de que falava o Álvaro de Campos. Em poucos minutos, víamos, com angústia, lá muito ao longe, lenços a serem acenados por seres que já não identificávamos. Respondíamos, numa tentativa tão fútil como desesperada de nos agarrarmos a eles um pouco mais... A separação estava consumada. Não me parecia nem real nem possível o que me estava a acontecer. Enquanto o barco deslizava, a uma velocidade odiosa, eu ia vendo aquele bocado de costa – a "Ponta Vermelha", o "Pavilhão", o "Palmar", a "Costa do Sol" – *de fora*. Eu *já não estava lá*, tornara-me o estrangeiro que olha para aquilo *onde já não reside*. Tudo aquilo ia continuar, mas sem mim: a Minerva, a Progresso, o Scala, o Varietá, a 24 de Julho, a baixa iam deixar de *ver-me*. Eu continuaria a *vê-las*, mas não haveria reciprocidade. O liceu, sem mim. A praia, sem mim. O Nero, sem mim. A casa, o meu quarto, a minha secretária e a minha estante, sem mim. O "deck" do *Nova Lisboa* era território estranho, quase hostil. E, em breve, logo ao começo da tarde, começava a horrível agonia do enjoo. Minha mãe ficara instalada num camarote de 1.ª classe, ao qual tinha direito por ir com bilhete atribuido a meu Pai, por essa altura, 1.º oficial dos CTT. Eu, como bolseiro, ia em 3.ª – mas com a promessa do comissário, de me transferir para o camarote da minha mãe, assim que estivéssemos no alto-mar. Mas ainda, por um dia ou dois, experimentei "a taste of hell". Foi o tempo de saborear a nossa insignificância de seres huma-nos e a vulnerabilidade patética do *Nova Lisboa*, perante as ondas por-tentosas e ameaçadoras do Índico grandioso e quase sinistro. A agonia do enjoo durou, para mim, um dia ou dia e meio. De aí em diante, ficou-me só o deslumbramento da viagem: não cessava de me deixar ficar a contemplar o oceano, numa espécie de conivência quase mís-tica. Cape Town, onde chegámos, ao fim de quatro dias, deu-me ideia de uma grandeza e poder com que a quase provinciana Lourenço Marques não poderia competir. Um madeirense, Sr. Nóbrega, que ali prosperara e criara raízes, viera, a pedido de uma amiga de minha mãe, esperar-nos, para nos mostrar a cidade e nos dar de jantar. Falava já um português de trapos e não pude avaliar, nessa altura, o seu inglês, que não devia ser melhor que o português. A casa deles indi-cava uma prosperidade a que eu não estava habituado. Cape Town inculcava uma afluência, uma dimensão e uma força, a que eu não estava habituado. O mundo começava *mesmo* a ser diferente: não era preciso esperar por Paris ou Londres ou mesmo Lisboa, para tudo começar a tomar outro aspeto. Já ali, eu começava a sair do meu casulo confortável, onde se me tinham aberto perspetivas, mas só mentalmente: não as experimentara, *à vista*, fisicamente, palpando-as com quase incredulidade. Comecei, em suma, a sentir-me pequeno, quase amedrontado. Vimos Cape Town de carro, saindo aqui ou ali, para visitar um "shop", os correios, um parque. Vimos a cidade, do alto, o tráfego intenso, as ruas e avenidas, cuja grandeza me dava desejos de fugir para o abrigo paroquial das ruas arborizadas de Lourenço Marques. Senti-me exaltado mas também um pouco apavorado. O Sr. Nóbrega era um homem "despachado", a sua conversa rápida, material e pragmática, o êxito comercial dava-lhe segurança e afoiteza. Portugal e a Madeira eram para férias e um pouco para esquecer, para não levar muito a sério. O futuro, a prosperidade, uma vida cheia e segura – estavam ali. Quando regressámos ao navio (que já era um pouco a minha nova casa), senti-me, ao mesmo tempo, feliz, por "estar de novo em casa" e com pena de deixar aquela cidade bela (com a Montanha da Mesa em assombroso pano de fundo), rica, capaz de garantir uma vida de "lord", que eu nunca tivera... A mulher do Sr. Nóbrega era simpática e tinham uma filha loira, bonita e conversadora. Cape Town só tinha coisas boas, e surpreendentes, mas a viagem tinha que continuar. Não iríamos tocar em Angola: era uma direta até ao Funchal, cerca de 18 dias no alto mar. Ao todo iam ser cerca de 25 dias – chegaríamos a Lisboa, num domingo, 5 de outubro (feriado perdido para os tristes lusíadas de então).

A bordo ia-se, aos poucos, construindo um mundo à nossa medida: havia colegas do liceu que iam também à vida – O Alberto Parente, que poetava e ia, como disse, para Medicina, o Mário Mousaco que ia, também, com a mãe e a irmã, ele, para engenharia, mas para Coimbra, onde faria os "preparatórios", a Filomena, também para Medicina, e outros colegas. Eu passava muito tempo a ler, no "deck", mas também a jogar cartas no "bar". Lembro-me, em particular, de ter lido uma deliciosa coletânea de contos, do americano O. Henry (*O Ladrão Escrupuloso e Outros Contos*) e, em tradução brasileira, o *The Have and Have Not,* de Hemingway (com uma sobrecapa em que aparecia o Humphrey Bogart, da estapafúrdia adaptação cinematográfica, em que ele, de companhia com a Laureen Bacall davam cabo do romance do Hemingway). Vinha também a bordo, para gozar a sua licença graciosa (que chegava a durar quase um ano), o meu ex-professor de História e de Organização Política e Administrativa da Nação. Tinha casado com uma professora (de português e francês), Margarida Silva, bonita mas um tanto abonecada e cosmetizada em excesso, a quem chamávamos, com alguma crueldade, a Branca de Neve. Ele era o António Jardim, situacionista convicto, pomposo e algo acaciano. Dizia coisas solenes, deste gosto: "Ó rapazes, no

México, os revolucionários fizeram uma revolução de caráter revolucionário". Quando, um dia, passeando-se com vagar e solenidade, pelo "deck", deu comigo a ler o Hemingway, parou, tomou-me, com familiaridade, o livro das mãos, franziu o sobrolho e comentou: "Que porcarias são estas que andas a ler?" Ele, claro, só lia coisas de História que, pelo aspeto, me pareciam bastante chatas e sem interesse. A viagem, a ele, em nada o desconstruía: o amplo e infindável oceano, onde, ocasionalmente, os golfinhos brincavam afincadamente, deixava-o empertigado e sem um sorriso. Não eram coisas sérias... Vivia num mundo de certezas pouco complicadas mas inabaláveis. Não chegou a ver-me com o *Garden-Party*, da Katherine Mansfield, que também estava sempre comigo no camarote e que eu trazia para o "deck", mergulhando no mundo vibrátil e agridoce da escritora neozelandesa. Não teve assim que escarnecer: "Lá está aquele a ler porcarias!"

O mundo dos paquetes é um mundo especial: um universo relativamente circunscrito, muita gente apertada num espaço reduzido, olhares que constantemente se cruzam, intrigas que se tecem (atoardas que se inventam, às vezes), maledicências que cedo envenenam o ambiente, namoros que se atam e aspirações que se desatam, parzinhos que se escondem dentro das baleeiras para darem bom curso à queda dos tabus e... dos corpos. Aparece de tudo: o casal com prosápias, o galaroz profissional, a solteirona desesperada, a estudante ansiosa por perder a virgindade, o extrovertido sanguíneo, o Senhor-Sabe-Tudo, o jogador (o sério e o batoteiro), o eterno médico de bordo, o telegrafista, o comissário e, claro, o comandante, estes quatro últimos, com o brilhante branco das fardas emanando autoridade e presunções de conquista. Um microcosmo de que saíam, em catadupa, os boatos, as insinuações, os dramas. Ship of Fools... A minha iniciação nos "desvios" humanos começou aqui – pelo menos, em concentrado... – quando soube de alguns casos, em especial, o de uma colega minha, do Liceu, que fora vista a escapulir-se para uma baleeira, com um sujeito qualquer. Eu, não sei porquê, teria posto as mãos no fogo por ela – até porque, em termos de atração, ela deixava muito a desejar. Mas o espaço, a exaltação da viagem, o mar infinito desassossegam os corações e queimam os fusíveis da inibição. Os casos inesperados, às vezes absurdos, chocantes – iam minando a minha "inocência" – uma inocência relativa mas pouco preparada para revelações com gente muito próxima.

À mesa – por essa altura, já eu me instalara na 1.ª classe – os oficiais oficiavam: era ouvi-los falar de terras estranhas, de portos, de aventuras, de desencontros mas também de encontros.

Aparte um apocalíptico desarranjo intestinal, a viagem foi-me aprazível e enriquecedora. Estava em terra de ninguém: Lourenço Marques ficara para trás – cada vez mais para trás – e Lisboa era ainda só uma vaga promessa. Entretanto, estirado no "deck", lia *O Garden-Party*, da Katherine Mansfield, o Hemingway e "revia" alguma matemática. Mas, sobretudo, passava horas esquecidas a ver a quilha do barco cortar o oceano. Em viagens assim, o tempo "dura" mais. O ruído contínuo que fazia o oceano, "cortado" pelo ferro do navio tornava-se estranho e mágico. A promessa começava ali. Tinha a impressão vaga de que o meu sossego, o meu interregno iam acabar com a chegada a Lisboa. Ia comigo a minha mãe, iam os livros, mas havia tanta coisa que não ia! Ao fim de quinze dias, aquilo já não era uma viagem "que dura". Era algo em que me instalara, como se aquele fosse o meu mundo de sempre e para sempre. Eu era a viagem e a viagem era eu. A viagem separara brutalmente mas, agora, só porque durava, absorvia intensamente. Aquele mundo de todos os dias e todas as horas, eis que se reconstruía como outro "meu mundo", que me salvava, de modo estranho, da dor de ter perdido o outro. E do vago receio de ir conhecer um terceiro... As viagens longas eram assim: desarrumavam intensamente e voltavam a arrumar prodigiosamente. Ir com frequência à cabine do navio procurar um livro começava a ser capaz de substituir o ir à estante do meu quarto, em Lourenço Marques, escolher outro livro. A rotina do barco curava-me de ter perdido a rotina da casa. Numa viagem longa, a bordo de um paquete, viajar é estar.

Chegar ao Funchal foi outra aprendizagem. Eu, como todos os rapazes e raparigas de Lourenço Marques, vivendo à beira do Índico, éramos animais marinhos. Saltar da prancha, no recinto cercado pela "rede", na Polana, mergulhar no meio de cações e outros peixes, alguns de bom porte, era, para nós, "canja". Mas não estava preparado para o profissionalismo estonteante das crianças madeirenses, a quem se atiravam moedas, que caíam na água, indo eles apanhá-las nos abismos do fundo. Isto, no começo de Outubro, com a temperatura da água pouco convidativa. Vencer o frio e o fundo do mar com uma agilidade fácil de artistas de circo – era proeza que nos deixava vexados.

Outra aprendizagem: chegados ao Funchal, eu saíra com a minha mãe, porque havia ali gente amiga de uma amiga de minha mãe: vieram buscar-nos, para nos mostrarem um pouco da Madeira. Eu fiquei atraído pela paisagem, pela cidade, pela vista à noite, do alto, com as luzes a brilharem e a recortarem figuras inesperadas, pelo "sotaque" que achei "carinhoso", por tudo quanto era tão diferente da minha África. Estas foram as boas notícias. As más notícias vieram com o regresso ao barco e a partida para Lisboa. Fui logo procurar os meus amigos do Liceu, que tinham saído, independentes, em grupo, e tiveram revela-ções de uma natureza menos pacífica. Logo à saída do navio, para se dirigirem ao centro da cidade, contaram-me, divertidos, foram aborda-dos por um rapazote de uns dez, onze anos, que lhes perguntou se eles queriam "ir às meninas". Riram-se e não o levaram muito a sério. Ele insistiu: que conhecia "uma" que era de estalo, boa, boasíssima, haviam de ver. Aqui, um dos meus colegas interpelou-o: "Como é que sabes isso? Que sabes tu disso?" E logo ele, colorindo a cena com o inconfun-dível "sotaque" da terra: "Então não havia de saber? Ela é minha irmã!"

A pobreza, a miséria, a exploração das pessoas saltava aos olhos. Eu já assistira a brancos a explorarem negros. Era a primeira vez que via brancos a explorarem brancos. Outra cortesia das viagens: ensina-rem-nos a boa distribuição da baixeza humana.

Do Funchal a Lisboa foram dois dias de viagem, em mar um pouco mais encapelado. Acabava-se a viagem e a nova rotina que nela se instalara. Lisboa ia ser um susto, uma decepção profunda e algo prolongada, que só com dificuldade venceria. Fomos ficar uns dias no Alto Pina (ao topo da Morais Soares), em casa de um antigo oficial de porto, do norte de Moçambique. Casa modestíssima, em bairro modestíssimo, sem casa de banho e sem um mínimo de outros confor-tos. O contraste com a largueza africana, embora modesta, era pro-fundo. O casal era simpático e prestável, o filho acabara o curso da antiga Escola Colonial e ia embarcar, em breve, para Angola. Parti-lhava com ele – foram apenas três ou quatro dias – um pequeníssimo quarto e uma cama estreita e mais ou menos inconfortável. Não havia espaço para um retiro mínimo, para uma leitura sossegada ou mesmo para uma leitura tout-court. Saí com ele, de manhã, até ao Chiado, onde, na Brasileira, encontrando-se com amigos e colegas, discutia e comentava os factos do dia (que me eram desconhecidos), numa lin-guagem e com um glossário de que me sentia completamente excluído. Enfim, aprendi a gostar de café, mas olhava, à minha volta, para um universo *incompreensível*. A tão prometida viagem, afinal, desembocara nisto: nesta pelintrice, nesta gente pobretona e de vistas estreitas, quase toda acomodatícia e sem grandes horizontes. O meu sonho, afinal, estatelara-se. O contraste entre a realidade e o sonho fazia doer de modo insuportável. Os elétricos pareciam-me uma coisa pré-histórica e chamarem às refeições "o comer" deixava-me de rastos. Era tudo pequenino, pobre e redutor nas conversas que ouvia: de um filme, dizia-se, com ar pimpão e superior, que "se safava" ou que "não se safava". E era tudo, em matéria de análise e de crítica. Ao fim de poucos dias só me apetecia regressar.

A imersão no "meio" do IST também não ajudou muito: eram 400 alunos, no primeiro ano, uma vasta massa, quase aterradora, que nos reduzia a números – ia ser necessário "provar", de novo, a nossa excelência, a um conjunto de professores que nada sabia de nós e só sabia que era preciso eliminar para cima de 300 alunos, logo no primeiro ano do curso. As leis eram um pouco as leis da selva, da cotovelada, do "com licença, com licença". Senti que ia ao fundo, embora me seduzissem as magníficas aulas de Matemáticas Gerais, dadas pelo assistente Cândido da Silva, excelente pedagogo, mas pessoa arisca, pouco simpática e gostando de reinar pelo terror... Ótimo expositor da matéria, repito. E com um grande sentido de justiça: o seu a seu dono. O professor de Geometria Descritiva era um pedagogo consumado e um grande comunicador, dotado de um finíssimo sentido de humor. A Química Geral, com o Professor Ilharco, era um circo colorido, interessante e galhardamente imprevisível. O Desenho de Máquinas confesso que era, para mim, uma refinada chatice necessária. Nunca tive, para essa cadeira, os "green fingers" desejados, mas lá fui levando, cheio de tédio, a cruz ao calvário. Apesar do choque inicial, fui-me habituando à "selva" e lá concluí o primeiro ano (um dos mais difíceis) com honra e alguma distinção, ficando dispensado do exame final. Pelo caminho, iam continuando as minhas leituras, sobretudo em férias, mas não só – descobria o Gide, o Proust e, terminada a última frequência, já no verão, mergulhei na *Chartreuse de Parme*, do Stendhal. Comecei a achar Lisboa tolerável, com possibilidades culturais e bom e abundante cinema, alguma música, no meio da pelintragem que o Estado Novo promovia e abençoava: pobretes mas alegretes, obedientes e contentes...

Em matéria de viagens, posso dizer que fiquei "encravado" em Lisboa, até 1952. Uma visita "manquée" à Serra da Estrela, onde iria passar um mês, acabando por me vir embora ao fim de um dia, uma estadia de um mês nas Caldas da Rainha e duas semanas em Alcobaça – e foi tudo. A partir do segundo ano, ninguém me tirava de Lisboa. Lia, estudava, ia ao cinema, amargava natais solitários e angustiados, descobria Goethe, Montaigne, Ortega, Régio, Valéry, Laclos, Baudelaire, Pascal, Maupassant...

Em 1952, uma devastadora crise emocional, cujos contornos não vou aqui delinear, levou-me, quando já frequentava o 5.° ano do curso, a interrompê-lo e regressar a Moçambique, com meus pais, que tinham vindo a Portugal, de férias. A minha intenção era não voltar a Lisboa. Ia fazer, ao contrário, a "odisseia" de 1947 mas, desta vez, de asa caída, seriamente ferido, mais sabido, mais conhecedor, menos aberto a alguma esperança... Rever Lourenço Marques, mas não como um triunfador. Emocionalmente destroçado, com a auto-estima atingindo um nadir, sem diploma (quando o fim do curso estava à vista e só me faltava fazer aquela parte dele que já não oferecia surpresas desagradáveis), antevia um futuro cinzento, quase anónimo – era isso, aliás, o que procurava, embora soubesse também quanto isso me iria desmerecer aos olhos de pais, amigos, antigos professores...

A longa viagem de regresso, com paragem em S. Tomé, Luanda e Lobito, já não correspondia a qualquer promessa de futuro radioso – era uma viagem de 20 dias, sem horizonte ao fundo. Pouco me ficou na memória, do rápido passeio a uma roça em S. Tomé, de um horroroso whisky (a minha estreia...) bebido em Luanda, com um colega de meu pai, de um exemplar da 2.ª edição dos *Poemas de Deus e do Diabo* e de uma edição brasileira do apavorante romance de Hermann Hesse, *O Lobo da Estepe,* comprados ambos numa livraria do Lobito... A bordo, no "deck", numa manhã perdida, espantei um padre novato, que andava a distribuir santinhos, mostrando-lhe, ostensivamente, o *Journal* de André Gide, que o Vaticano acabara de meter no *Index.*

Estávamos, em todo o caso, a mudar de paradigma: viagens mais curtas, isto é, mais rápidas, com as de avião já no horizonte. A chegada à cidade da minha infância e adolescência foi a prova de que eu viajara também *por dentro*: tudo era como fora e nada era já como antes. Os lugares estavam lá e, ao mesmo tempo, não estavam. Algumas das pessoas continuavam lá mas já não eram bem as mesmas pessoas. A 24 de Julho, que eu percorria a pé (agora a partir de uma casa na Rua Fernandes da Piedade e não da que ficava na Mendonça Barreto), parecia-me estranhamente diferente, *quase vazia*. Dei explicações de Matemática e de Filosofia e descobri que, no meio da profunda crise emocional que me devastava, Fernando Pessoa se tornava uma leitura intolerável: nos seus textos o vazio é rei, as emoções *mais humanas* não têm curso, não há sequer lugar para o afeto mais moderado. Fernando Pessoa provoca intelectualmente (embora viva muito de sofismas) mas seca, emocionalmente, a paisagem em volta. No autor da *Mensagem* não há nunca a vitalidade da *Guerra e Paz,* da *Cartuxa de Parma* ou das *Leaves of Grass.* Campos pode derivar de Whitman, mas enquanto o americano é saudável e forte, mesmo na sua homossexualidade, o engenheiro português é frágil, histérico e neurótico, mesmo no seu ridículo amor à força das máquinas e à sedução do "moderno". A minha depressão ensinou-me a desconfiar de Pessoa, como mestre procurável, nas horas de desespero. Pessoa é assexuado e Campos é um pederasta meio inibido, meio desgovernado. A leitura de Montaigne, de Goethe (*Poesia e Verdade*), de Agostinho da Silva (as biografias) conseguiram "segurar-me", mas vi-me obrigado a deixar de lado o *Fausto* de Pessoa, que só servia para me fazer mal. Como se vê, viajara também *por dentro.* Sentia que podia fazer estas reservas ao mago da palavra poética do modernismo, num momento em que a sua presença se agigantava no meio cultural português e europeu. Começava (começava?) a ser dono do meu próprio pensar, não me deixando subjugar pelas pressões do "milieu".

Aos poucos, a ferida ia cicatrizando e começava a admitir a hipótese de regressar a Lisboa, de um salto, acabar o curso e voltar a Lourenço Marques. Numa tentativa de me libertar do compromisso militar, para sempre, fiz-me admitir em Boane, tentando uma junta médica que, no passado, em casos idênticos, "libertara" colegas meus, a estudar em Portugal: não havia, nessa altura, grande necessidade de oficiais milicianos em Moçambique. Tive pouca sorte: o médico militar que me enviaria à Junta (tinha, desde logo, a bênção do comandante militar da colónia), acabara de chegar de Nampula e vinha "humilhado e ofendido" e pouco disposto a "ser gentil". Fui incorporado e amochei três meses (recruta e 1.° ciclo de cadete miliciano), só ficando livre, em setembro. O resto do serviço fá-lo-ia em Portugal, terminado que fosse o 5.° ano do curso, em acumulação com o último ano deste. Parti, então, para Lisboa: desta vez, via Johannesburg, num avião da KLM. Mudara de "veículo" e foi uma viagem que me abriu perspetivas novas: em Roma, devido à ligação aérea para Lisboa, fiquei dois dias, que aproveitei para ver, com deslumbramento provinciano, a Cidade Eterna. Fiz duas grandes excursões e vi "tudo", isto é, tudo quanto se pode ver em dois dias. Um dos guias, lembro-me, falava com certa pompa e olhava para nós com uma sugestão de desprezo, como se a sua imensa ciência fosse demasiado boa para aquilo... Foi aqui, em Roma, que se me abriu o gosto. Naquela altura, ainda se podia ver e *tocar* no *Moisés* e na *Pietá*, sem obstruções e sem distância! Em Madrid, o avião ficou também um dia e meio, devido a uma "pequena avaria" no motor: cortesia dos deuses. Fazendo como Pascal, tornei produtiva a "doença" do motor e andei a ver museus e livrarias: comprei *A Montanha Mágica*, numa edição espanhola, que conservo (da editora José Janés, de Barcelona) e não sei que mais.

Em Madrid nevava e o frio era agudo. De repente, o universo alargava-se-me, por acidentes felizes: uma demora na "ligação" em Roma, uma avaria não muito grave, em Madrid... vantagens das pequenas desvantagens!

Em Lisboa, despachei o 5.º ano e, estimulado pela viagem antecedente, aceitei a oferta de um colega do Técnico que, com um amigo, ia, num Volkswagen, a Paris e Clermont-Ferrand. Deixar-nos-iam em Paris. Partilhávamos o custo da gasolina e ficaríamos, eu, o Graça Baptista (meu colega do Técnico) e o Nuno Ribeiro (meu colega do Liceu, em Lourenço Marques e, agora, a estudar medicina, em Lisboa), na capital francesa, enquanto o outro colega, que me convidara, o Pinheiro, e o dono do carro, cujo nome esqueci, seguiam viagem para Clermont, regressando de aí a um mês. Ficámos com agosto (e Paris) por nossa conta. Eu e o Graça Baptista partilhamos um quarto miserável e minúsculo num hotel pelintroso do Quartier Latin. Tomávamos o pequeno almoço frugal (café com leite e um croissant) com uma alegria de descoberta auroral, almoçávamos mal e barato nas cantinas e "foyers" que íamos descobrindo, e andávamos por Paris. Os deuses tinham-se tornado definitivamente meus amigos: em Roma e Madrid, tinham recorrido a truques que me permitiram abrir horizontes novos, ao mesmo tempo que me atiçaram o apetite para novas viagens. Agora, em Paris, uma abençoada greve geral (era o ano de 1953) permitia-nos andar gratuitamente de metropolitano: inteligentes, os "cheminots" atacavam os patrões e não os utentes – os comboios circulavam, mas não se cobravam bilhetes. De resto, utilizava o metropolitano só quando o cansaço apertava. Bom era descobrir Paris em espaço aberto, calcorrear os belos "boulevards", descobrir a Rue Vaneau do Gide ou o Boulevard Haussman do Proust, ou os "sítios" se Stendhal, os "bouquinistes" do Sena, o Louvre (nessa altura muito menos frequentado), a Cinemateca... Com pouquíssimo dinheiro, abasteci-me, ainda assim, de vários livros, e era curioso ver como as minhas "escolhas" (Gide, Valéry, Stendhal – *Lucien Leuwen*, que ainda não lera –, Constant) diferiam das escolhas do Graça Baptista. Ele andava pelos marxizantes, eu mergulhava nos "bizantinos" que eram o alvo favorito do Julien Benda. Rapamos alguma fome, sempre que convertíamos alimentos em livros. Mas isso fi-lo durante toda a minha vida de estudante, não só durante a estada em Paris. De qualquer modo, enchi o papinho de Paris, que passou a ser, de aí em diante, sítio obrigatório de peregrinação. Nessa altura, ainda não descobrira o Montherlant *todo*, mas comprei uma antologia de textos seus, que cedo me levaria à leitura de *Les Jeunes Filles* e de *La Reine Morte*.

Creio que foi por esta altura, entre 1952 e 1953, que se me abriu, finalmente, o mundo das viagens, que é como quem diz: o prazer das viagens. Paris é uma sedução. Mas, se tivesse que escolher dois únicos factores de deslumbramento que, a partir dessa primeira visita, para sempre, me dominaram o imaginário, indicaria estes: o quadro de Leonardo, "A Virgem, Santa Ana e o Menino", e o Museu Rodin. Este último encontrava-se um pouco escalavrado e abandonado, mas a força espantosa do artista dominou-me por completo. Seja como for, eu tinha, finalmente, a meus pés, a Paris de *Les Thibault*, os "bouquinistes" de Anatole France, a Sorbonne, as Presses Universitaires, os cafés, o Jardim do Luxemburgo, a melhor pintura do mundo, a liberdade (que em Portugal não havia), as Tulherias, o Jeu de Paume, a Orangerie, os Campos Elíseos, o Boul'mich, Saint Germain, as livrarias, a terra de Voltaire... Estava aceso o apetite. De aqui em diante, não iria parar.

Voltei a Portugal, acabei o serviço militar, em Mafra e, depois, em Portalegre, ao mesmo tempo que concluía o curso. Na cidade do Alto Alentejo, conheci o Régio, mas isso é outra história. Com ele, fiz outro tipo de viagens. Regressado a Lisboa, em fim de fevereiro de 1955, aí fiz os estágios de engenharia e organizei, sob pressão, uma antologia da poesia de Régio, para a Livraria Tavares Martins, no

Porto. Em Agosto, farto de Lisboa, de Portugal e de muitas coisas mais, recusei um bom emprego em Alverca, meti-me num avião sueco e parti, arrasado, para Lourenço Marques. Apesar de mal recebido pela PIDE, que me perguntou, à chegada, o que ia eu ali fazer ("Isso pergunto-lhe eu a si. Eu nasci cá", foi a minha resposta), estava finalmente "em casa", depois de uma longa e acidentada viagem. A partir deste momento, as viagens nunca mais cessariam. Durante os 21 anos que passei em Moçambique, entre agosto de 1955 e março de 1976, viajei intensamente pela África do Sul, pelas Rodésias, pela Suazilândia, por Moçambique e pela Europa (França, Espanha, Itália, Inglaterra, Bélgica, Holanda). Em todas as viagens que fiz, de visita à Europa, duas cidades se tornaram "obrigatórias": Paris e Londres. Roma e, sobretudo, Veneza tiveram também um fortíssimo impacte. Veneza levou-me a, pela primeira vez, escrever poesia. Era janeiro, toda a gente nos aconselhara a não irmos lá. Os deuses, mais uma vez estavam a favor: tivemos três lindíssimos dias de sol, a cidade estava seca e ficamos com a Praça de S. Marcos por nossa conta: quase não havia turistas.

O que se passou comigo passou-se um pouco com muita gente da minha geração. Desde um não-viajar-de-todo inicial até um quase excesso de viagens, tudo isto se deu num espaço de menos de vinte anos.

Em 1976, saí de Moçambique, para uma estadia de um ano em Johanesburg (durante o qual, estive dois meses e meio em Paris, com um salto a Atenas) e de outro ano em Estocolmo. Depois, foram dezassete abençoados anos em Londres, de onde parti, com frequência, para os mais desvairados destinos da Europa, de África, das Américas. Mas a abertura para o mundo das viagens dera-se, de facto, em força, com a descoberta de Roma e Madrid, em 1952, e, sobretudo, com o mês de agosto, de 1953, em Paris. A grande viagem de 1947, entre Lourenço Marques e Lisboa, por muito que me tivesse "desassossegado", foi uma viagem de "recolocação" e não de inspiração, isto é, não foi, de modo nenhum, uma viagem de abertura a outras viagens. Isso ficaria reservado à Roma que Stendhal tanto amou e à Paris que tanto detestou...

A Novíssima Literatura de Viagens / Ciberliteratura de Viagens a Modo de Introdução: Ver, Ouvir, Pensar e Sentir

*Joviana Benedito**

---

* Professora do Ensino Secundário e Colaboradora do *Expresso Online* na coluna "Opinião".

Quando falamos em viagens lembramos sempre o que diz A. Garrett. Em poucas frases revela a importância de viajar. Nada melhor do que citá-lo:

"Vou nada menos que a Santarém; e protesto que de quanto vir e ouvir, de quanto eu pensar e sentir se há-de fazer crónica"[1].

"Se não viajam, se não saem, se não vêem mundo esta gente de Lisboa! E passam a sua vida entre o Chiado, a Rua do Ouro e o Teatro de S. Carlos, como hão-de alargar a esfera dos seus conhecimentos, desenvolver o espírito, chegar à altura do século?

....

Viajar?... Qual viajar? Até à Cova da Piedade, quando muito, em dia que lá haja cavalinhos. Pois ficareis Alfacinhas para sempre, cuidando que todas as praças deste mundo são como a do Terreiro do Paço, todas as ruas como a Rua Augusta, todos os cafés como o do Marrare"[2].

A viagem é, pois, reconhecidamente, necessária para o conhecimento do outro, do seu espaço geográfico, das realizações dos seus antepassados, do azul do seu céu, das estrelas e luar das suas noites, dos mares, lagos ou rios em que se banha, das areias em que se estende, dos campos em que o seu olhar se espraia, das festas em que se diverte, dos sons que o encantam, dos pensadores que o enformaram para o seu estar na vida consigo e com o mundo.

O viajante quando se desloca a um lugar diferente quer captar tudo isto, faz uma devassa do território do outro, visitando igrejas, conventos, mosteiros, museus, falando com alguns habitantes locais,

---

1 A. Garrett, *Viagens na minha Terra,* Lisboa, Biblioteca Ulisseia de Autores Portugueses, s/d, cap. I.
2 *Ibidem*, cap. VII.

lendo os folhetos informativos, consultando mapas, saboreando os seus pratos típicos, assistindo aos seus espetáculos, enfim tudo o que o tempo e o dinheiro lhe proporcionam, sobretudo quando se desloca para paragens longínquas onde pensa que não lhe será possível voltar. Para guardar a memória desses momentos de visita tira fotografias, memórias fixas, que armazena em álbuns e revê sempre que lhe apetece. Geralmente faz parte das fotos para marcar a sua passagem por aquele lugar. Também compra postais que arquiva para recordar mais tarde os momentos felizes que ali passou. Também traz pedrinhas, ramos, folhas ou pequenos objectos de compra. O viajante ao adquirir estas recordações prende-se àquele lugar, naquele espaço e tempo. Por outro lado quer também trazer as provas dessa passagem à família e aos amigos. À medida que vai exibindo as provas vai exteriorizando o percurso do "ver, ouvir, pensar e sentir" que a viagem lhe proporcionou.

Mas... este "ver, ouvir, pensar e sentir" expressam-se hoje como ontem?

1. *A viagem dos ficheiros (textos, imagens, fotos, música, etc.)*
   As viagens pelos e com os ficheiros

No final do século XX surgiu mais um modo de viajar que está a massificar-se muito rapidamente com o passar do tempo e a evolução dos sistemas tecnológicos que são cada dia mais rápidos, perfeitos e baratos. Navega-se na grande rede planetária que é a *Web*, fazem-se viagens virtuais.

Este modo transfere a ação da deslocação do viajante que a viagem tradicional pressupunha. Deslocava-se para fora da sua região ou país usando um meio de transporte terrestre, marítimo ou aéreo. Ou então optava por um passeio curto, uma caminhada, uma digressão feita calma e despreocupadamente.

A viagem virtual confunde e mistura os conceitos de viagem e passeio porque o ciberviajante, em qualquer deles, qual Xavier de Maistre na viagem à volta do seu quarto, não se desloca fisicamente, nem para longe nem para perto, fica na sua sala em frente ao ecrã do seu computador, só ou acompanhado, no conforto da sua cadeira ergonómica e os ficheiros (as imagens, os textos, os sons, as cores) é que viajam, deslocando-se, até ele, em vários formatos. Não tem que fazer mala nem que apanhar o avião. Fica ligado à rede da Internet à hora que lhe seja mais conveniente e pelo tempo que entender. Tudo aí está à distância de um clique. São as viagens mediadas por computador (VMC). A ação da viagem é a circulação dos dados que o ciberviajante comanda.

O ciberviajante é o ator do processo de fazer circular estes ficheiros ou para si, clicando para ver as imagens ou reenviando depois aos seus amigos.

No quotidiano actual já podem ser realizadas muitas tarefas mediadas por computador, de trabalho ou de lazer, como estabelecer a relação com o banco, fazer levantamentos de informações sobre o tempo ou outras, ler os jornais *online* (na Internet), encontrar-se com membros da família ou amigos, reais ou virtuais, que estão numa qualquer parte do planeta. Os tempos de lazer também podem ser mediados por computador como jogar só ou acompanhado pelos amigos virtuais ou até confrontando-se com o sistema do computador, dependendo do tipo de jogo. Pode também conviver com os seus grupos sociais, conversar, debater temas, *flirtar*, namorar, etc.

E também pode viajar.

Viajar pela *Web* percorrendo as suas estradas de informação e viajar dentro das viagens dos ficheiros.

As viagens mediadas por computador são o que e como cada um quer que sejam, tanto em relação ao tempo como em relação à escolha do itinerário, quer seja linear ou "aos saltos" seguindo os *links* (ligações, hiperligações) que vão aparecendo no hipertexto. O seu clique comandará tudo. Também pode acontecer o ciberviajante partir em determinada direção e "perder-se" pelo caminho. Vai abrindo os *links* que lhe são sugeridos para a informação ficar mais completa e quando dá por si já está perdido e sem saber o que queria inicialmente. Foi uma busca caótica que realizou levado pela curiosidade ou interesse suscitado à medida que avançava na pesquisa.

O ciberviajante tem também a possibilidade de fazer viagens na Internet para preparar ou complementar viagens reais. Antes podia informar-se junto da agência de viagens, procurava em mapas ou livros e outros materiais, mas tudo isso consumia muito esforço e tempo. Hoje tudo é veloz e tudo está à mão.

Este conceito de viagem é absolutamente novo. Não se compara àquelas sessões de amigos em que cada um mostra as fotos ou vídeos que fez na sua viagem. O virtual é mais perfeito e completo nas vistas gerais e na apresentação de pormenores.

A viagem virtual pode ser programada, isto é, ter um plano para visitar determinado país ou região ou pode acontecer imprevistamente ao abrir um *e-mail* que lhe propõe a visualização de lugares nunca vistos.

Para elaborar um itinerário pode optar por uma pesquisa própria em sítios, em páginas de câmaras municipais, de ciberagências de viagens, etc., que sugerem roteiros, com textos apelativos e imagens do melhor que cada local tem para visitar ou vai aos sítios das cidades virtuais onde estão selecionados os lugares turísticos e ver as imagens dos seus monumentos e dos seus lugares mais típicos, os hotéis, os restaurantes, os *resorts,* os eventos culturais, os seus espetáculos de música, teatro, de circo ou outros.

Todas estas páginas têm informações e ligações para outras páginas (*links*) e estas para outras num processo de *linkagem* (ligações) que faz o viajante não seguir as ondas em que o barco o leva mas sim uma rota de navegação Web traçada por cada um ou deixando-se embalar de *link* em *link.*

Também podem ser seguidas as sugestões de amigos com quem se conversa no *chat* ou no Messenger ou de quem se recebem *e-mails* com o envio de endereços de páginas para visitar lugares paradisíacos ou com ficheiros *pps* (*power point slides*) em que só é preciso clicar para aparecerem as imagens com som de locais mais ou menos famosos, que tanto pode ser das antigas ou modernas maravilhas do mundo como apenas aqueles lugarejos típicos num qualquer país do planeta.

É um *self-service* no momento que cada um escolhe para o efeito dependendo das informações que deseja adquirir.

A memória das viagens virtuais guarda-se em pastas virtuais no computador, em CD's, em *pen's* (objecto de armazenamento de dados) ou outros acessórios próprios, apenas aí faltam as marcas físicas da presença e passagem por esse lugar que foi visitado como por exemplo fotos em que esteja a sua imagem associada ao lugar. Pode sempre fazer arquivos personalizados introduzindo-lhes comentários. E também pode escrever relatos ou qualquer tipo de textos, literários ou não, a partir de viagens virtuais. Ainda não conheço autores de textos desta natureza mas acredito que eles surgirão assente na ideia de que se o nosso quotidiano mudou com a introdução das novas tecnologias também a nova escrita que já surgiu se vá desenvolver e caminhar num sentido diferente da literatura de viagens tradicional.

O ciberespaço / espaço virtual / rede global

Que lugar é esse em que se fazem as viagens virtuais? Como se pode caracterizar e como se vai para lá?

O ciberespaço é um novo meio de comunicação que põe em contacto a rede de computadores interconectados. É um oceano universal de informações em que navegam os cibernautas para colherem informações e, ao mesmo tempo, o alimentam.

Espaço desterritorializado, difícil de definir, que só existe pela sua negação, um não-lugar. Vários autores o definem.

Escreve Lemos "O ciberespaço é, enquanto forma técnica, ao mesmo tempo, limite e potência dessa estrutura social de conexões tácteis que são as comunidades virtuais (chats, muds e outras agregações eletrónicas). Em um mundo saturado de objetos técnicos será nessa forma técnica que a vida social vai impor o seu vitalismo e reestruturá-la. As diversas manifestações contemporâneas da cibercultura podem ser vistas como a expressão quotidiana dessa vida "tecnicizada" que se rebela contra as formas instituídas e cristalizadas (lembramos que o ciberespaço é fruto de pesquisa militares). A forma técnica molda-se ao conteúdo social, não sem conflitos"[3].

Afirma Cardoso "Ao mergulhar no ambiente do ciberespaço o usuário vai experimentar uma espécie de "abolição do espaço" e circular num território transnacional onde as referências de lugar e de caminho que se percorre para se deslocar de um ponto a outro, modificam-se substancialmente, para não dizer, desaparecem.

O ciberespaço é, então, um ambiente que permite inúmeras possibilidades do mundo real. O mundo virtual caracteriza-se não propriamente pela representação, mas pela simulação. Esta simulação é, na verdade, apenas uma das possibilidades do exercício do real.

---

3 André Lemos, "*Cibercultura, tecnologia e vida social na cultura contemporânea*", in http://www.facom.ufba.br/pesq/cyber/lemos/cibersoc.html.

Desse modo, podemos afirmar que o ciberespaço não está desconectado da realidade"[4].

O ciberespaço, rede global da informação, um espaço virtual, ou melhor ainda um meio operativo, não tem um centro nem confrontações a norte ou a sul e por isso o conceito de localização geográfica não se aplica. As paragens fazem-se nos sítios de interesse e depois continua-se o caminho virtual através de outro e outro endereço digital.

O ciberviajante faz deslocar ficheiros (imagens, textos, cor e sons) a seu bel-prazer. Parece não ter centro mas tem pontos onde as comunidades virtuais se encontram e interagem reproduzindo as relações sociais que vivem no mundo real. Elas reconhecem o território dos seus grupos, um território virtualizado e demarcado por um endereço digital.

Nesse local digital podem visualizar-se todos os lugares geográficos do planeta com tudo o que esses lugares comportam. As suas gentes, a sua arte, os seus costumes, os seus monumentos, etc. O ciberviajante vê a virtualização da realidade que é, por vezes, mais perfeita que a própria realidade.

Para chegar lá basta ter um computador com acesso à Internet onde todos podem dividir um colossal hipertexto formado por interconexões generalizadas que os levam a pequenas ou grandes viagens virtuais.

O ciberespaço é um outro mundo paralelo ao nosso, aparentemente desorganizado, onde se vai buscar a informação que é necessária ao trabalho e ao lazer e onde o ciberviajante projeta as experiências, positivas ou negativas, deste mundo em que vive.

O tempo tecnológico

Há vários tempos nas viagens virtuais: o tempo do ciberviajante, o tempo dos e nos ficheiros (imagens, fotos, textos e outros).

---

4 Cardoso, http://www.gente.adm.ufba.br/artigos/Notas%20Sobre%20a%20Geografia%20do%20Ciberespaco.pdf.

O tempo do ciberviajante é presente e rápido, é o tempo que demora a ver um anexo de *e-mail* que contém uma visualização de um lugar, por exemplo, ou o tempo de que dispõe para fazer uma grande viagem virtual.

Nunca será uma viagem demorada porque o meio é tão veloz que pode percorrer o mundo em minutos.

Se alguém escrevesse um relato de uma viagem virtual (ainda não sei se há relatos desses) teria que ter muita imaginação para definir o tempo dessa viagem. Garrett escreveu o seu livro de quarenta e nove capítulos com a narrativa da viagem de um só dia por isso carregou as ações, os espaços, os tempos e as personagens de descrições, reflexões e digressões.

O tempo dos ficheiros, tempo tecnológico, é ultra-rápido e, por vezes, fora de controlo, depende do formato do ficheiro. Nalguns casos está pré-definido, as imagens mudam sem clique, outras vezes fica ao critério do ciberviajante que pode avançar, deter-se ou voltar atrás as vezes que quiser. O tempo da viagem dos ficheiros é presente.

O tempo que faz nas imagens mostradas é variado, dá um ângulo de visualização do lugar como em qualquer postal ilustrado, devido à sua origem ser imagem fixa. Tanto se podem ver lugares em pleno esplendor do sol como se podem ver belezas noturnas, paisagens geladas ou vulcões em plena atividade, monumentos antigos ou espaços modernos.

O ciberviajante / viajante só sentado numa cadeira

O ciberviajante comum tem um computador com Internet, em casa ou no emprego, e navega por todos os sítios que quer de acordo com o tempo disponível, mas gasta uma boa parte do tempo vendo os seus *e-mails* porque eles trazem sempre algo que os amigos querem partilhar com ele incluindo sugestões de viagens virtuais. Assim o ciberviajante viaja só, sentado, não desloca o seu corpo físico, apenas a sua mente viaja com o conteúdo dos ficheiros.

Está só no momento de visualizar a sugestão da viagem que recebeu mas este ato pressupõe uma sociabilização com os amigos e comunidades virtuais que interagem diretamente ou em diferido.

Há anos atrás, as caixas de correio virtual não suportavam ficheiros com muitos *bits* (unidade básica de informação), o que não permitia a sua entrada de ficheiros com imagens e fotos que são muito "pesados". Depois que as caixas se tornaram grandes passaram a circular com facilidade. Os cibernautas, numa ânsia de partilharem o que têm e o que sabem, passaram a enviar uns aos outros todo o tipo de visualizações, turísticas ou não.

Viajar na rede da *Web* dá a possibilidade de ver e ouvir mas pouco tempo para pensar e sentir porque as viagens se sucedem com muita frequência, cada dia se recebem mais ficheiros a convidar para mais uma, e cada dia é possível visitar os lugares mais exóticos e imprevisíveis. O fluxo de imagens é tão grande que não resta disponibilidade de espírito para refletir e empreender qualquer tipo de escrita pensada, romanceada, sobre uma pequena parte, e a fome de mundo é tão grande que ninguém abdica de ver tudo o que chega. Mas pensa e sente, emociona-se, deslumbra-se. Tudo em velocidade.

O ciberviajante comum não é um escritor de relatos de viagem, apenas faz acompanhar os ficheiros de pequenos textos informativos e, a maior parte das vezes, só frases curtas como "vamos passear sem sair da casa", ou simples palavras como "Lindooooo!!!!", "deliciem-se...!"

Não podemos dizer o mesmo quando se trata de textos sobre amizade ou amor virtuais, sentimentos encantatórios, e mais ainda quando são virtuais, que enchem certos sítios. Mas mesmo sendo virtuais e tendo consciência disso os cibernautas agarram este virtual porque o seu real não é compensador. Um exemplo: "... É uma tela, eu bem sei/não passa de virtual/porém é muito maior/que o meu mundo real..."

Neste sentido as viagens virtuais dão um mundo maior aos que não podem deslocar-se na realidade: não gastam dinheiro, não têm incómodos de malas e aeroportos, não correm riscos de acidentes, roubos ou crimes, viajam sempre que o desejem em novas ou repetidas viagens e, se se esforçarem um pouco, adquirem tantos ou mais conhecimentos do que nas viagens reais.

A nova escrita dos textos que viajam e as suas marcas

A Ciberliteratura de viagens é constituída mais por imagens que por textos.

As imagens com cor, som e movimento substituem as descrições, que esta geração acha fastidiosas de ler. Por exemplo, Garrett para apresentar a personagem Joaninha gasta um capítulo, começa nos olhos, a cor que têm e a que deviam ter nas heroínas românticas, a cor da tez do rosto, os cabelos, as mãos, a figura, o vestido, num nunca mais acabar de precisões para que a personagem fique bem definida. Apresentando a imagem, basta apenas uma, fica definida a categoria que se pretende. ("uma imagem vale por mil palavras").

As imagens são coloridas, perfeitas, pormenorizadas em contextos diurnos ou noturnos, vistas terrestres ou aéreas, etc., o melhor que possamos imaginar até porque os materiais de fotografia estão cada vez mais sofisticados de modo a responderem aos mais exigentes.

Os textos, quando os há, são curtos com frases declarativas, imperativas e exclamativas.

As informativas servem para colocar o ciberviajante no contexto da viagem. Ex: "Túnel...Esta ponte-túnel situa-se entre a Suécia e a Dinamarca, foi tirada do lado da Suécia. A ponte-túnel segue debaixo para não atrapalhar o tráfego marítimo" .

As apelativas são um convite à viagem e ao deleite perante as imagens. Ex: "Natureza...para uns momentos do fim de semana..."

As exclamativas para mostrar e partilhar o deslumbramento. Ex: "No fundo do mar... espectacular, vale a pena ver!".

A pontuação é abundante para acompanhar, seduzir e dar ênfase às frases apelativas e exclamativas.

É uma escrita sem figuras de retórica e sem divagações que se enquadra nas exigências de rapidez da Internet.

2. *Os comunicadores instantâneos: o chat e o messenger e o SMS*
   O chat

O *chat* é um sistema de comunicação em tempo real que engloba pessoas de todo o mundo desde que saibam falar/escrever a língua.

O sistema apresenta uma "sala" coletiva onde as conversas decorrem, (também pode haver conversas privadas) uma conversa escrita

---

5 Pierre Lévy, http://pt.wikipedia.org/wiki/Pierre_L%C3%A9vy.

com um ou vários amigos virtuais. Estes contactos em comunicação interativa e coletiva são a principal atração do ciberespaço, como afirma Lévy[5], porque possibilitam a partilha que resulta em aprendizagem coletiva e troca de conhecimentos.

Amigos, é uma forma de tratar os frequentadores do *chat* porque se convive com eles muitas vezes. Na verdade, entra lá quem quer e alguns não têm nada de amigos, pelo contrário podem ser potenciais perigos.

No *chat* as pessoas sentem-se como na sua sala de visitas a conversar com os amigos falando de tudo e de nada. Os portugueses têm a vantagem de encontrar conterrâneos nos chats, em qualquer parte do mundo desde Timor à Califórnia, passando pelos países europeus e por África onde se encontram os lusofonodescendentes.

As conversas no *chat* são variadas e passam também pelo tema de viagens e conhecimento de lugares. Há quem conheça e partilhe endereços de sítios, páginas e blogues que podem ser visitados.

A linguagem do *chat* é escrita com caraterísticas de oralidade (escritoral), reduzida ao essencial para que haja comunicação. É uma forma de escrever como quem está a conversar. Usam-se todas as potencialidades do teclado que dão forma a palavras e a símbolos (*smileys e emoticons*), para aumentar a expressividade da conversação[6].

O custo da Internet levou a esta redução de carateres na escrita de modo a economizar tempo e dinheiro. Atualmente o custo da Internet já é acessível mas o hábito de escrever com abreviações ficou sobretudo nos jovens que o utilizam também nas mensagens de telemóvel. Pensamos que este tipo de escrita reduzida com bastante economia de carateres vai deixar algumas marcas como é inevitável, por causa da dinâmica da língua e dos contactos entre os falantes que escrevem este tipo de linguagem, mas não vai desestruturar a língua portuguesa. Rodrigues de Almeida prevê longa vida aos *emoticons* e vida longa à escrita reduzida "Vaticinamos para os emoticons uma duração perene, bem diferente do destino que julgamos vir a ter a linguagem escrita"[7].

---

6 Joviana Benedito, *Que língua Portuguesa no Chat da Internet?* Lisboa, ed. Colibri, 2002, p. 9-10.

7 Reginaldo Rodrigues de Almeida, *Sociedade Bit*, Lisboa, 2.ª ed. Quid Júris, 2004, p. 62.

CIBERLITERATURA DE VIAGENS A MODO DE INTRODUÇÃO   387.

Exemplos de escrita reduzida usada nas conversas de chat:
— alg ktc cmg? (alguém quer teclar comigo?)
— és h/m? (és homem ou mulher?)
— dd teclas? (donde teclas?)
— td bem cntg? (tudo bem contigo?)
— bjs, jocas, jitos, jitux (beijos)
— Ke koisa! (que coisa)

O messenger

O *messenger* é um sistema de comunicação em tempo real geralmente entre duas pessoas, tem a possibilidade de juntar mais, mas em qualquer das duas situações o utilizador tem que dar autorização. Como no *chat* as conversas podem ser sobre variados temas e sobre viagens também. Como os amigos virtuais formam comunidades de interesses mantêm relações de amizade próximas, de entreajuda e partilha de conhecimentos que pouco acontece nas comunidades de vizinhos reais.

Por vezes são comunidades com interesses culturais bem estruturados em que todos os seus membros beneficiam da interação que se gera no seu seio. Não há dúvida que o aparecimento da Internet gerou novos modos de as pessoas se relacionarem como constata Castells "... a formação de comunidades virtuais baseadas principalmente na comunicação online, foi interpretada como o culminar de um processo histórico de dissociação entre localidades e sociabilidade na formação das comunidades: novos e selectivos modelos de relações sociais substituem formas de interacção humana limitadas territorialmente"[8].

Pode ser de forma escrita ou uma conversa oral com som e imagem se os dois intervenientes tiverem som instalado e *webcam* (câmara de vídeo *web*). Quando se escreve usa-se também a escrita reduzida, frases sincopadas, muita pontuação e muitos *emoticons* e carinhas.

---

8 M. Castells, *A Galáxia Internet*, 2.ª ed. Lisboa, Fundação Calouste Gulbenkian, 2007, p. 145.

SMS (short message service / serviço de mensagens curtas)

Não poderíamos deixar de falar no SMS dos telemóveis, sistema de mensagens curtas, e na sua escrita que seguiu a escrita dos chats. Escrita reduzida e cada vez mais com mais ilustrações, para que a mensagem caiba nos 160 carateres permitidos pelo sistema. Atualmente os telemóveis têm cada vez mais funções de intercomunicação com a Internet pela importância que tem o facto de a informação ser o mais importante na economia de hoje.

O telemóvel ganhou a confiança de todos pela necessidade de contactos na vida moderna. Todos querem contactar e estar contactáveis. Os jovens fazem do telemóvel um objecto de afirmação no grupo e são os maiores utilizadores das mensagens do SMS. E são eles também os mais criativos na invenção desta escrita que não pára de evoluir com novas criações. Também é bom lembrar que as operadoras seguiram este desejo levadas pela mira do lucro e criaram "pacotes" de mensagens ilustradas alusivas a cada época do ano e a eventos especiais. Da escrita reduzida neste tipo de mensagens fala-nos Benedito num dos seus livros[9].

O blogue

O blogue é uma página da *Web*, cuja estrutura permite a atualização rápida a partir de acréscimos de tamanho variável, chamados *posts* ou artigos. Estes são organizadas cronologicamente de forma inversa (como um diário), costumam abordar a temática do blogue, e podem ser escritos por um número variável de pessoas, de acordo com a política do blogue e pode ser aberto a comentários porque há quem escreva e goste de ter o retorno imediato daquilo que escreveu. Na plataforma do blogue podem criar-se, em inteira liberdade, textos de qualquer tipo ou tamanho. A narrativa é diária, quase sempre, individualista, opinativa, pensada, escrita, semelhante em tudo à escrita tradicional, exceto na sua edição e publicação que são feitas após a escrita. Há blogues de características confessional, intimista e cujo

---

9 Joviana Benedito, *Dicionário da Internet e do Telemóvel*, V. N. Famalicão, Centro Atlântico, 2003, p. 7-9.

autor mostra gostar que um grupo de pessoas se interesse por este tipo de tema. Imitam em tudo o diário íntimo que no século passado as meninas escreviam e guardavam fechado.

Os blogues foram-se modificando ao longo da sua curta existência. De diário íntimo passaram a diário de actividades, tribuna e arena onde o combate de ideias é, por vezes, aceso.

Os blogues atingiram uma importância tal que hoje interferem em todas as áreas da vida. Os que têm como tema a política ou o futebol são os mais lidos, mais participados e que desencadeiam comentários mais inflamados.

Há blogues que já passaram do virtual ao real em livro, novela ou filme. Em Portugal há dois exemplos de sucesso comercial: os livros *O meu pipi* que vendeu muitos milhares e *O diário de Sofia*, real ou ficcionado não sabemos, que já vai no 12.º volume (é o diário de uma adolescente), já tem série juvenil na TV e já saiu das fronteiras portuguesas.

O escritor do blogue é ao mesmo tempo editor, ou seja publica e divulga. Não é o escritor que tem de andar de livro debaixo do braço a oferecê-lo às editoras, mas sim alguém da editora que busca os autores na Net, lê os blogues e quando verifica que tem muitos leitores, antevê o sucesso comercial e por isso procura o escritor.

Há blogues que relatam viagens, reais ou apenas virtuais não sabemos. Há também quem abra um blogue antes de ir viajar para dar conta da viagem aos seus amigos, a preparação, a realização e depois a "digestão". Em cada dia vai postando o seu relatório das atividades acompanhado de fotos, por vezes textos dando conta da emoção ou entusiasmo que o acompanham.

O e-mail

O *e-mail* é um sistema de comunicação através do computador que tem a função de uma carta vulgar. Pode conter todos os assuntos que o seu autor quiser. Os amigos reais e virtuais aconselham-se mutuamente, por *e-mail*, a ver lugares, monumentos, praias, ambientes, etc., a que anexam os respectivos endereços que abrem com um simples clique. Muitas vezes trazem comentários, convites e opiniões.

O *e-mail* pode vir acompanhado de ficheiros de vários formatos, ou fotografias. O formato mais usual é o *"pps"*(*power point slides*) que abre com um simples clique. Abrir significa mostrar as imagens que a maior parte das vezes vêm acompanhadas de som e cor, muita cor, que tornam as paisagens ou outros elementos tão naturais que parecem reais. Em ficheiros de outros formatos, as imagens também são acompanhadas de movimento.

Os *e-mails* podem chegar sem comentários, com um ou mais comentários, mas sempre curtos. Os textos que os acompanham são de caráter informativo, por vezes a informação é copiada da Wikipédia ou outra origem, e comentários de apreço e desejo de conhecer e disfrutar a beleza e conforto desses lugares, com uso frequente de frases apelativas e exclamativas que poderão verificar nos exemplos adiante.

Exemplos de e-mails...
— com comentário / informação longo:

(anexo: Alexandria Liabrary.pps)
Meus amigos, Vejam esta maravilha!
A maior coleção de escritos da antiguidade — a Biblioteca de Alexandria- Foi incendiada pela primeira vez no ano 43 a.C. e finalmente, mesmo empobrecida, destruída no século IV, pelo bispo Teófilo, Patriarca de Alexandria, um cristão fundamentalista dos tempos de Teodósio o Grande, que viu naquele prédio um depósito das maldades do paganismo e do ateísmo, mobilizando a multidão cristã para a sua demolição, ocorrida provavelmente no ano de 391. Portanto, hoje encontra-se em total descrédito a narrativa que responsabilizara os muçulmanos, especialmente o califa Omar de Damasco, de ter mandado o general Amrou incendiar a grande biblioteca no ano de 642, depois que as tropas árabes ocuparam a cidade. Ao desaparecimento definitivo dela deve-se ainda associar ao encerramento das academias de filosofia, entre elas a de Platão, ocorrida em 526 (que funcionara novecentos anos), determinada pelo imperador Justiniano, encerrando-se assim (devido à maneira lamentável e intolerante de agir do cristianismo daqueles primeiros tempos), as grandes contribuições que o mundo antigo deu para a humanidade e perdeu-se para sempre um vasto tesouro da antiga sabedoria.

CIBERLITERATURA DE VIAGENS A MODO DE INTRODUÇÃO 391

Em 1989, o Estado Egípcio anunciou um concurso para a construção de uma NOVA BIBLIOTECA DE ALEXANDRIA, e, surpreendentemente, quem venceu o concurso, disputado por 650 empresas, foi uma pequena firma norueguesa "Snoehetta" cujo maravilhoso projecto, inaugurado em 2002, vai em anexo.

O culto à sabedoria sempre comove, que os espíritos dos grandes do passado inspirem os que virão no futuro nesta grandiosa tarefa.

— *sem comentários:*

— Assunto: Viagem virtual ao Alaska
— Assunto: Prague_eng.pps.
— Assunto: Machupichu.pps
— Assunto: linha do Estoril nos princípios do século XX (fotos)
— Assunto: Lisboa.pps, uma viagem ao passado.

— *com um comentário:*

(Anexo: tulipas.pps)
— Partilho com meus amigos esta linda mensagem sob a forma de pps cujo conteúdo se refere à história das tulipas e nos deslumbra com imagens maravilhosas dessa linda flor que muitas vezes os amantes se oferecem como prova do seu acrisolado amor… deliciem-se e apreciem!!!

(anexo: Tirar f_rias.pps)
Vá / Vai de férias cá dentro (em casa… no PC!)

(anexo: pamukkale, 3 fotos)
Estas fotos foram tiradas em Pamukkale- Turquia. Pamukkale significa em português "castelo de algodão", porque é essa a visão que nós temos quando avistamos este local ao longe. Pamukkale são piscinas termais de origem calcária que com o passar dos séculos formaram bacias gigantescas de água que desce em cascata numa colina.

(anexo: Tibete.pps)

— Não fui. Mas tenho muita atração por esta parte da Ásia. Reparem nas imagens, a paz que delas emana! Não é por acaso que ali se encontram grandes pensadores. A natureza não permite uma vida como aquela a que estamos habituados no Ocidente, de comodidade, luxo e ostentação. Num ambiente destes sabe-se dar valor às pequenas coisas que dão saúde espiritual, felicidade.

No mesmo *e-mail* três sugestões de um amigo francês:
(BeautifulRoads.pps),
(africa.pps),
(Andalusia_Spain_anditscultureheritage.pps)
— Bon voyage virtuel!

(Anexo: Wien- Maravilhosa. pps)

— Partilho com meus amigos estas maravilhosas imagens de Wien-Maravilhosa. Deliciem-se...

(Anexo: foto da Birmânia)

— Esta é uma formação rochosa na beira de um lago na Birmânia. E esta foto só é possível em um determinado período do ano, devido à inclinação do sol. Para conseguir melhor efeito maximize o *e-mail* e incline a cabeça para a esquerda até ver o reflexo da imagem no lago juntar-se à imagem da margem.

(Anexo: africa.pps)

— Imagens de um continente que tão abandonado tem estado. Mas que agora está a captar as atenções dos capitalistas, por causa do petróleo e outras matérias-primas que estão a ser difíceis noutras paragens, como o Irão e o Iraque!!! A humanidade ainda não aprendeu a ser solidária sem ser interesseira!!!

(Anexo: Qual é a sua praia... pps)
— A minha praia... Ligar o som e deixar correr a brisa.

(Anexo: Jardins com arte e paciência.pps)
— amigos, aqui vão os jardins coreanos... parecidos aos nossos!!!

CIBERLITERATURA DE VIAGENS A MODO DE INTRODUÇÃO

(Anexo: Croácia.pps)
— ver estas imagens é quase tão bom como viajar... e com a comodidade de não sair da nossa casa. Mas também serve de chamariz para o planeamento de futuras férias.

(Anexo: BoraBora.pps)
— Para nos fazer viajar sem sairmos de casa...

(Anexo: Dubai. pps)
— Modelo de desenvolvimento. Próximas férias lá me encontrarei consigo...

— *com mais de um comentário feitos pelas pessoas por quem vai passando:*

(Anexo: Tirol. pps)
— Venham comigo até ao Tirol e aposto que não se arrependerão...
— Um amável convite de passeio agradável desta minha amiga que, como sempre, evidencia o seu bom gosto. Mas não vão agora. Esperem para o Verão para não terem o acidente na neve como aconteceu ao nosso primeiro Sócrates.

(Anexo: Polo Norte-Sol e Lua)
— Uma cena que provavelmente nunca poderás ter a oportunidade de ver. Este é um pôr-do-sol com a lua no seu ponto mais próximo. Uma foto surpreendente.
— A Lua Nova e o Sol. Imagem linda. A natureza oferece imagens lindíssimas e exóticas. Felizes os que têm o dom e a sensibilidade de não as perder. Graças a eles, temos imagens como esta que é extraordinária.

(anexo: Biblioteca)
De uma amiga do Brasil chegou- me este *e-mail*:
Subject: Biblioteca Digital, Divulguem!!! DIVULGUEM !!!
— Uma bela biblioteca digital, desenvolvida em software livre :)
mas que está prestes a ser desativada por falta de acessos.
Imaginem um lugar onde você pode gratuitamente:
Ver as grandes pinturas de Leonardo Da Vinci;

escutar músicas em MP3 de alta qualidade;

Ler obras de Machado de Assis Ou a Divina Comédia;

ter acesso às melhores historinhas infantis e vídeos da TV ESCOLA e muito mais.

Esse lugar existe! O Ministério da Educação disponibiliza tudo isso, basta acessar o site: www.dominiopublico.gov.br

Só de literatura portuguesa são 732 obras!

E-mail de um amigo com muitas sugestões:

Hoje deu-me para isto... Divirtam-se:

Museu do Oriente Lisboa http://www.museudooriente.pt/
Fundação Calouste Gulbenkian http://www.gulbenkian.pt/
Museu Colecção Berardo http://www.museuberardo.pt/
Museu dos Coches http://www.museudoscoches-ipmuseus.pt/
Oceanário de Lisboa http://www.oceanario.pt/site/ol_home_00.asp?popup=1
Planetário de Lisboa http://planetario.online.pt/ ou http://planetario.online.pt/entrada.asp
Centro Cultural de Belém http://www.ccb.pt/sites/ccb/pt-PT/Pages/default.aspx
Palácio Nacional da Ajuda http://www.ippar.pt/monumentos/palacio_ajuda.html
Culturgest http://www.culturgest.pt/
Palácio Nacional de Queluz http://www.ippar.pt/monumentos/palacio_queluz.html
Palácio Nacional de Mafra http://www.ippar.pt/monumentos/palacio_mafra.html
Palácio da Pena – Sintra http://www.ippar.pt/monumentos/palacio_pena.html
Vila de Sintra http://www.cm-sintra.pt/
Jardim Zoológico de Lisboa http://www.zoolisboa.pt/main.aspx
Vila de Sintra http://www.cm-sintra.pt/Artigo.aspx?ID=3337
Palácio dos Condes de Castro Guimarães – Cascais http://flickr.com/photos/vitor107/2825411859/in/pool-building-construction

CIBERLITERATURA DE VIAGENS A MODO DE INTRODUÇÃO 395

Palácio Marquês de Fronteira – Lisboa http://www.rotas.xl.pt/0404/1400.shtml

Mosteiro dos Jerónimos Lisboa http://www.mosteirojeronimos.pt/index_mosteiro.html

Museu da Marinha – Lisboa http://museu.marinha.pt/museu/site/pt

Museu Nacional de Arqueologia – Lisboa http://www.mnarqueologia-ipmuseus.pt/ ou http://www.mnarqueologia-ipmuseus.pt/?a=0&x=3

Teatro Nacional de Ópera de São Carlos – Lisnoa http://www.saocarlos.pt/

Teatro Nacional de Dona Maria II – Lisboa http://www.teatrodmaria.pt/Temporada/emCena.aspx

Palácio da Independência – Lisboa http://www.ship.pt/palacio.php

Palácio Foz – Restauradores – Lisboa http://www.gmcs.pt/palaciofoz/P_Foz/p_f.pdf

Estação do Rossio http://www.guiadacidade.pt/portugal/?G=monumentos.ver&artid=16421&distritoid=11

Casa dos Bicos Lisboa – http://www.guiadacidade.pt/portugal/?G=monumentos.ver&artid=15433&distritoid=11

Torre de Belém Lisboa http://www.mosteirojeronimos.pt/index_torre.html

Cinema Eden Lisboa – Património Nacional http://jsillvaa.fotosblogue.com/7401/Antigo-Cinema-Eden-na-Praca-dos-Restauradores/

Cinema São Jorge – Património de Lisboa http://www.egeac.pt/DesktopDefault.aspx?tabindex=0&tabid=15

Parque Florestal de Monsanto Lisboa (e tudo o que lá existe – clicar nos diversos links http://www.cm-lisboa.pt/pmonsanto/?id_categoria=13

Câmara Municipal de Lisboa (Prefeitura) http://www.cm-lisboa.pt/

Jardim da Estrela – Lisboa http://jardimdaestrela.no.sapo.pt/

Palácio das Galveias – Lisboa http://www.jf-nsfatima.pt/boletins/bol08/page09.asp

Património Mundial em Portugal – Documento da UNESCO http://www.unesco.pt/pdfs/docs/patm_pt.doc

Convento de Cristo – Tomar http://www.360portugal.com/Distritos.QTVR/Santarem.VR/Patrimonio/Tomar/
Palácio Ducal de Vila Viçosa http://www.360portugal.com/Distritos.QTVR/Evora.VR/vilas.cidades/VilaVicosa/PalacioDucal/index.html
Mosteiro de Alcobaça http://www.360portugal.com/Distritos.QTVR/Leiria.VR/Patrimonio/Alcobaca/MosteiroAlcobaca.html e também
http://www.guiadacidade.pt/portugal/index.php?G=monumentos.ver&artid=13791&distritoid=10
Centro Nacional de Cultura – Lisboa http://www.cnc.pt/
Jardim Botânico Tropical – Lisboa http://www2.iict.pt/jbt/
Museu da Cidade de Lisboa http://www.guiadacidade.pt/portugal/?G=monumentos.ver&artid=17905&distritoid=11
Padrão dos Descobrimentos http://www.apm.pt/gt/gthem/PedroNunes/Estatuas-Lisboa.htm
Ponte 25 de Abril – Lisboa http://joaofarinha.com.pt/fotos/photoblog/index.php?showimage=27
Ponte Vasco da Gama – Lisboa http://olhares.aeiou.pt/ponte_vasco_da_gama/foto11112.html
Palácio do Buçaco http://www.guiadacidade.pt/portugal/?G=monumentos.ver&artid=14593&distritoid=01
Praça do Marquês de Pombal – Lisboa http://www.instituto-camoes.pt/revista/revista15q.htm
Parque Eduardo VII – Lisboa http://www.guiadacidade.pt/portugal/?G=monumentos.ver&artid=16409&distritoid=11
Basílica da Estrela – Lisboa http://www.guiadacidade.pt/portugal/?G=monumentos.ver&artid=14016&distritoid=11
Jardim do Campo Grande – Lisboa http://olhares.aeiou.pt/jardim_do_campo_grande_iv/foto1169317.html
Lisboa em 3 dimensões http://www.3dlisboa.com/viewer/viewer.htm?l=pt (Para entrar depois da página inicial é necessário instalar o programa que recomendam)
De Aveiro à Costa Nova http://www.instituto-camoes.pt/cvc/excvirt/aveiro/percurso.html
Cidade do Porto – http://pt.wikipedia.org/wiki/Porto Wikipedia
Câmara Municipal do Porto (Prefeitura) http://www.cm-porto.pt/

CIBERLITERATURA DE VIAGENS A MODO DE INTRODUÇÃO 397

Album de fotografias da Cidade do Porto http://www.por-toxxi.com/album/index.php?pag=3&categoria=
Casa da Música – Porto http://www.casadamusica.com/CDM House/default.aspx?channelID=8CADCB69-FD0E-4194-AC50-569CAF033DC6&id=74FA3DE2-1D4F-4F90-97B6-745DBEE35CC5&l=8CADCB69-FD0E-4194-AC50-569CAF033DC6
Fundação de Serralves – Porto http://www.serralves.pt/
Ponte da Arrábida – Porto http://paginas.fe.up.pt/porto-ol/lfp/arrabida.html
e também http://pt.wikipedia.org/wiki/Ponte_da_Arr%C3%A1bida (Wikipedia)
Cidade de Braga http://pt.wikipedia.org/wiki/Braga
Cidade de Guimarães, a cidade berço de Portugal http://pt.wiki-pedia.org/wiki/Guimar%C3%A3es (Wikipedia)
Serra da Estrela http://pt.wikipedia.org/wiki/Serra_da_Estrela (Wikipedia)
Figueira da Foz http://www.regiaocentro.net/lugares/figueira-dafoz/index.html

E por hoje chega.... Agora vou espairecer.

3. *Alguns exemplos e sugestões de sítios electrónicos:*

Os sítios são espaços virtuais em que estão alojadas informações e ficheiros facultados por instituições como as câmaras municipais virtuais ou particulares que os põem à disposição dos ciberviajantes. Muitas vezes estão aliados a publicidade. Exemplos:

http://www.teiaportuguesa.com/lisboa/index4.htm
Propomos-lhe uma viagem virtual pela multifacetada e poética cidade de Lisboa (moura, cristã, plural, múltipla, rica, variada, diversa), onde o antigo convive com o novo, os contrastes se complementam, a história, a poesia e o fado estão presentes em cada esquina. Lisboa inesquecível. O texto tem *linkagens* (ligações) para tudo o que sugere que se visite. Lisboa, certamente, comporta milhentas excursões virtuais como esta. Propomos-lhe uma deriva pelas duas excursões virtuais do Centro Virtual Lisboa Medieval

Lisboa dos Descobrimentos

Nota: Tem este texto informativo introdutório e seguem depois outros textos informativos e fotos.

(http://www.riodejaneirovirtual.com)
— Vale a pena dar uma olhadela por este site deveras interessante... vá ao Rio sem sair de casa, basta clicar no olho amarelo... em qualquer ponto a visão é de 360.°. Aproveite o passeio.

(http://framboisen781.free.fr/Paris.htm)
— Um passeio nocturno em Paris e com música ambiente. Vale a pena.

(http://www.alovelyworld.com/index2.html)
— Viaje neste endereço. Espere todas as bandeiras abrirem. Quase todos os países do mundo estarão à sua disposição. Você poderá distrair-se horas seguidas... Clique no país da sua preferência e aparecerá com luzes piscando. Clique numa das luzes e o lugar escolhido abrirá com várias fotos.

(www.earth.google.com)
— Para ver todo o mundo em fotos aéreas. Faz o *download*[10] (transferência de informações) do programa.

(Anexo: NationalGeographic.pps)
Deliciem-se...paisagens, animais, gentes.

Metro Maps

http://www.amadeus.net/home/new/subwaymaps/en/index.htm# http://www.amadeus.net/home/new/subwaymaps/en/index.htm
— Este link é fabuloso porque nele tem acesso aos mapas do metro de todas as cidades do mundo. E dá para imprimir... fabuloso!!! Indispensável! BOAS VIAGENS

---

10 Manuel de Sousa (coord.), *Dicionário de termos informáticos*, Mem Martins, Sporpress, 2001, p. 89.

CIBERLITERATURA DE VIAGENS A MODO DE INTRODUÇÃO   399

— *Viagens pela música, pintura, museus, espectáculos e tudo o que se possa imaginar.*

(Anexo: Música clássica)
viaja muito? Se calhar dá resultado. Imperdível!! Para guardar na caixa dos tesouros, e ouvir sempre que apetecer http://manneli.com/GoodClips/Classic.htm

Polonia_c...pps
Tchaikovs...pps
MOZART.pps Som de Mozart e belas imagens da cidade onde nasceu. DIGNO DE VER E OUVIR
IMSTP22.gif, fadocoimb...pps
VIENA.pps A Bela Áustria com valsa
FW: Cirque_du_soleil.pps
IMSTP22.gif, SalvadorD...pps
Louvre1.pps
Museu Madame Tussaud-Londres (Som)... interessante.
Vida de Cristo-Museu.pps
(Anexo: Arte)
Abóbadaseinterioresartísticos.ppt (1321 KB), ACIDADEPROIBIDA.pps (4717 KB), ADançaAtravésDaPintura.pps (740 KB)
(Anexo: tourada açoreana, não percam)
Parte 1: http://www.youtube.com/watch?v=d1bIqSBeUiM
Parte 2: http://www.youtube.com/watch?v=uXa_Ofzw7tI

Um passeio virtual pelas maravilhas da natureza

A mais famosa e reputada fonte de informação sobre as belezas naturais não podia deixar de estar presente na Web para benefício de todos os fãs. Em www.nationalgeographic.com está não só a famosa revista National Geographic mas também outra revista do mesmo grupo dedicada às viagens, desafios para expedições virtuais. Encontrará ainda uma área sobre livros, informações sobre os documentários televisivos, bem como sobre o concurso de fotografia organizado pela revista National Geographic.

Outra área interessante é uma página de cartografia dedicada aos mapas editados pela National Geographic que podem ser visualizados em diversas dimensões. Se, no entanto, não encontrar o mapa que procura não desista, pois eles prometem desenvolver a Máquina dos Mapas nos próximos meses. O National Geographic Picture Atlas of The World, que inclui informações geográficas, políticas e económicas sobre todos os países do planeta, está também disponível em CD-ROM.

Navegar pelo mundo

Aqui poderá escolher a forma de navegação que melhor se adeque aos seus objetivos. Se consegue apontar no mapa a localização que pretende, então a "Navegação Geográfica" deverá ser a melhor escolha.

Alternativamente poderá escolher a "Navegação por Índice" que lhe dá hipótese de procurar o nome da localização pretendida, com uma ordenação alfabética.

Navegação por índice (Regiões): escolha um destino pelo seu nome

Navegação por índice (todos os países) escolha um destino pelo seu nome

Navegação geográfica – escolha um destino pela sua localização no mapa

"Pelo Globo" pretende disponibilizar uma plataforma sólida e intuitiva, que permita ao viajante chegar à informação sobre o destino objecto do seu interesse, por múltiplas vias. Neste momento pode já passear pelo globo em três Continentes. Por navegação geográfica ou por índice, pode viajar pela Europa, África e América. Os restantes continentes serão disponibilizados oportunamente.

As webcams (câmaras digitais)

Exemplos:

Arrume as malas pois vamos viajar pela Internet Através da Internet navegamos por muitos lugares virtuais, mas que tal se pudéssemos ver a imagem em tempo real de vários pontos turísticos ao redor do globo. Pois no artigo de hoje vamos conhecer uma forma de viajar, ou pelo menos ver, novas paisagens. É a Internet abrindo uma janela para você ver o mundo.

CIBERLITERATURA DE VIAGENS A MODO DE INTRODUÇÃO 401

Esta forma de viajar pelas paisagens é possível através de câmaras conectadas diretamente à Internet, as chamadas WebCams. Normalmente o acesso às imagens destas câmaras é gratuito pois elas são mantidas por empresas ou particulares que desejam fazer algum tipo de propaganda associada.

Agora que sabemos que isto é possível você deve estar se perguntando, como encontrar o endereço destas câmeras? Simples, através de vários sites com o diretório das *Webcams* espalhadas pela rede.

Vamos começar pelo site da Axis (http://www.axis.com/solutions/video/gallery.htm).

Não é coincidência que esta empresa é uma das maiores fornecedoras de câmaras para a Internet. Neste site vamos poder acompanhar as imagens de uma praia de Broome na Austrália (será que está fazendo sol por lá?) ou quem sabe dar uma olhada na Torre Eiffel, a partir de uma câmara instalada no topo do Centro George Pompidou. Uma vista privilegiada de Paris.

Outro diretório de câmeras bem interessante é o *Webcam* Index (http://www.webcam-index.com/). Neste site você tem, logo na página principal, o desenho de um mapa mundi por onde começa a escolha de local no globo você deseja passear. Veja também o site Online Câmara (http://www.onlinecamera.com/).

Você pode até viajar de navio. Como? Através das câmaras instaladas na proa dos navios da linha Costa Vitória. Ficou curioso? Então visite o site http://www.mediacons.it/infocruisesite/Global_Info.asp.

A viagem virtual no projeto escolar

Há páginas na *Web* de escolas que mostram como se podem estudar várias disciplinas, da história à geografia passando pela arte, música, etc, fazendo passeios virtuais preparados e participados por professores e alunos.

A Internet é o meio mais atraente para motivar os alunos de hoje e para os levar a trabalhar com entusiasmo. Saber usar as novas tecnologias é uma exigência deste tempo por isso é necessário que os alunos comecem cedo a manusear todos os meios disponíveis. A propósito da importância da tecnologia da informação afirma Castells "A tecnologia da informação e a capacidade de utilizá-la e adaptá-la

402 JOVIANA BENEDITO

representa, nos nossos tempos, o fator crítico para a geração da riqueza, poder e conhecimento, bem como para o acesso a esses atributos"[11].

Exemplos de endereços úteis para trabalho com alunos:

http://historia-interactiva.blogspot.com/2007/04/viagem-virtual.html
http://www.uarte.mct.pt/sugestoes/pv.asp
http://www.aege.pt/site_semana.aspx
http://www.ltnet-brasil.org.br/projetos/RiverWalk.pdf
http://alvarovelho.net/index.php?option=com_content&task=view&id=322&Itemid=248

Conclusão

A novíssima ciberliteratura de viagens está a emergir na rede resultante de ligações comunicacionais que facilitam o intercâmbio rápido e fácil de mensagens entre emissores-produtores e recetores--consumidores. Na literatura tradicional essas mensagens eram narrativas extensas e ponderadas, verdadeiros "Tratados de Relações". Na literatura de viagens moderna são tão rápidas como os novos meios de locomoção, o comboio ou o avião, normalmente do tipo jornalístico, em crónicas e notícias. Na novíssima literatura de viagens em que a comunicação se faz por via electrónica através dos computadores e telemóveis os textos são curtíssimos e sincopados, por vezes substituídos por símbolos entrecortados de imagens que chegam a superá-los.

Não será uma literatura de viagens com as mesmas caraterísticas que conhecemos porque o meio que é a Internet muda o modo de ver e conhecer o mundo.

Deixará de ser um relato individual para ser uma literatura coletiva construída aos poucos por todos os que recebem e enviam *e-mails* sobre temas relacionados com viagens. Será também uma literatura anónima porque à medida que são reenviados os *e-mails* vão perdendo

---

11 M. Castells, *O fim do milénio*, 3.º vol., 2.ª ed., Lisboa, Fundação Calouste Gulbenkian, 2007, p. 109.

os nomes dos autores desses escritos de caráter informativo, com sugestões e comentários. Este modo evoluirá certamente para um género mais definido e perfeito.

Não serão relatos de aventuras de viagem mas, cada vez mais, roteiros culturais de viagens.

Irá esta forma de comunicação constituir-se como literatura de viagens? Foi sobre esta questão que reflectimos apesar do ritmo de mudança ser tal que, muitas vezes, a mensagem não parece ou não é texto. É por este caminho que continuará a novíssima literatura?

Nota: Como os textos da previsível Novíssima Literatura de Viagens recorrem, com alguma frequência, às novas linguagens abreviadas e simbólicas, ou utilizam uma nomenclatura jovem, pedimos a uma investigadora do "Centro Tradições Populares Portuguesas 'Professor Manuel Viegas Guerreiro" que nos apresentasse um pequeno estudo sobre este tipo de linguagem, independentemente de os textos se situarem no âmbito da Literatura de Viagens.

F.C.

Língua Portuguesa "Kota"
e Língua Portuguesa "Jovem"

Maria Teresa Amaral*

---

* Investigadora do Centro de Tradições Populares Portuguesas 'Professor Manuel Viegas Guerreiro'.

Este texto é um breve testemunho que resulta da minha experiência de longos anos como formadora de *Viver em Português* e, por inerência, do contacto diário com jovens e jovens adultos. Foi por mim anteriormente apresentado, em Dezembro de 2006, na 5.ª Jornada do Centro de Tradições Populares Portuguesas, Unidade de Investigação da FCT a que pertenço.

As fontes para este trabalho foram, essencialmente, diretas: 44 jovens entre os 17 e os 26 anos, dos quais 42 formandos, todos rapazes, do 3.º ano de cursos de Nível III de Aprendizagem em Alternância, equivalente ao 12.º ano do Ensino Secundário; e os dois restantes, a minha filha e sua coleguinha, Filipa, ambas, ao tempo, com 20 anos e alunas do 2.º ano da Faculdade de Letras de Lisboa. Também naveguei na Internet e entrei em alguns *blogs* de jovens e de não-jovens.

Comecemos pelo título da comunicação:

Língua portuguesa "kota" e língua portuguesa "jovem".

Nele se apontam duas realizações distintas da mesma língua, que identificamos, a primeira, a dos "kotas", com a norma padrão, e a outra, a dos jovens, com o desvio à norma. Neste sentido, parece descabido que tenhamos escrito *cota* com "k", uma letra que não fazia parte – ainda – do abecedário português, logo que fugia à norma; mas, já que fomos buscar o vocábulo à língua portuguesa "jovem", guardemos-lhe a grafia que esta lhe atribui.

Duas realizações distintas da mesma língua. Nas vertentes escrita e falada. Em termos muito gerais, diria que estamos perante duas variedades sociais em que as variáveis extralinguísticas que ditam os socioletos dos jovens estão além das commumente apontadas para os dos "kotas", como a classe social, o nível de educação, a idade, a raça ou o sexo. Essas variáveis são, também, a irreverência da juventude que se faz sentir no quebrar consciente e voluntário da norma; e a necessidade – presente em ambos, mas aqui mais sofrida – de se ser recebido no seio de um grupo.

Disse 'o quebrar consciente da norma', o que significa que os jovens sabem que existe norma. Mas será que também a dominam, será que possuem competência comunicativa? Já lá iremos.

Referi-me, também, a socioletos, utilizando o plural, porque plurais são as tribos urbanas, como agora se designam os grupos de jovens: *freaks*, metálicos, góticos, "chungas", betos, os verdadeiros isto e os falso aquilo, etc.

Maria Helena Mira Mateus, no artigo "A mudança da língua no tempo e no espaço"[1], afirma:

> Um dos aspectos mais evidentes da diferença sociolectal reside no vocabulário utilizado pelos falantes.

De fato, constata-se que cada grupo utiliza uma terminologia integradora, mas não só.

Ao escrever a comunicação, lembrei-me de um exemplo apresentado numa aula de Sociolinguística, já lá vão 30 anos: numa dado tribo (creio que de África, já não me recordo, mas para o caso não é importante), não bastava conhecer-lhe a Língua para beber água. Havia que fazer o pedido a quem guardava esse bem tão escasso, cumprindo um ritual feito de gestos, palavras e posturas corporais. Quem não estivesse na posse deste conhecimento, morreria de sede.

Mudando o tempo e o lugar, algo de muito semelhante se passa nas nossas tribos juvenis: um jovem que não queira morrer à sede, isto é, que não queira ficar fora do grupo com o qual se identifica, tem de estar por dentro da cultura tribal respetiva – a música ouvida (do *metal* ao *hip-hop*), o vestuário (das longas vestes negras às calças no fundo da barriga com os *boxers* à mostra), o corte de cabelo (do *rasta* e *tererés* à cabeça rapada), os adereços (das cruzes invertidas às tatuagens, *piercings*, túneis, isto é, um buraco da grossura do dedo mindi-

---

1 *A Língua Portuguesa em Mudança*, Lisboa, Editorial Caminho, 2005.

nho no lóbulo da orelha), etc. E claro, o jovem tem de dominar a variante linguística adotada pelo grupo.

Mas a língua portuguesa jovem não se confina às terminologias tribais. Existe um socioleto, digamos, geral, que reconhecem como seu e que os identifica enquanto jovens; ouvimo-lo na rua, nos autocarros, no pátio e corredores das nossas escolas e Faculdades. Na nossa também, e aqui se forma grande parte dos futuros professores de Português. Já lá iremos.

É uma linguagem simplificada, de frases curtas, entrecortadas, e que recorre fácil e reiteradamente ao calão.

Pondo de lado o calão, usado quer por rapazes, quer por raparigas, e que serve para acentuar o pretendido desvio à norma socialmente aceite, passo a apresentar alguns exemplos deste falar jovem.

Atente-se neste diálogo, que transcrevo com a grafia que lhe é própria:

— Com' é k é, meu?
— Tá-se bem, chaval'!
— Xé! Akela cena do movie, meu…Curti bué!
— Ya, é-se bem. Ganda cena!
— Ya, k cena! Epa!…tipo…eu sei lá!
[E assim se comenta um filme!]

Alguém que chega: "Como é que é?" Resposta: "Tá-se bem!"

A propósito de saudações, o aperto de mão ou o beijo na face está totalmente fora de moda, é "bué kota". Bate-se com o lado de dentro da palma da mão na palma da mão do amigo, ou nós dos dedos nos nós dos dedos, ou, no caso de amigos mais chegados, ombro com ombro.

A palavra "cena" tem um campo semântico alargado: serve para designar um acontecimento ou um objeto. É o substituto de "coisa" da minha geração.

"Tipo" é o bordão da moda: veio substituir ou, em alguns casos, fazer companhia ao "pronto"/ "prontch".

"É-se bem", está próximo de "concordo".

O verbo "curtir" é dos mais utilizados: "curte-se uma cena", "curte-se uma bezana", e não no sentido de curar a bebedeira, mas de gostar de estar bêbedo, "curte-se uma gaja".

Para os nossos jovens, namorar é um termo muito sério: primeiro, "curtem", depois "andam", e por fim, namoram. Raros são aqueles que dizem ter namorado ou namorada: estes termos são substituídos por "damo/dama", "gajo/gaja", "chavalo/chavala", "bacano/ /bacana", "puto/miúda". E também não usam uma aliança no dedo, mas sim uma "coleira", ou "anilha".

Os jovens não almoçam, "morfam" ou "pitam"; não se vão embora, "basam", "dão de frosques" ou "de fuga" – "Buga lá!"; não vão ao cinema, vão "ver um *movie*"; não dormem, "partem choco", "arrocham" ou "chilam"; os jovens não descansam, "tão a anhar"; quando não percebem, "atrofiam"; quando se sentem bem, "tão numa nice"; dizem "ya" e "yup" em vez de sim e "népia" por não; e nunca tiram um pedaço a qualquer coisa, "tiram uma beca", ou um "coche"; nada custa caro, tudo "custa bué".

Alguns destes exemplos são de origem africana, como "bué", "pitar", "dama", "kota", outros afro-americana, como "ya", "nice".

Em relação ao uso de africanismos na língua jovem, transcrevo duas pequenas passagens de um texto de Lídia Jorge, "Sistema Impuro", inserido no *site*, sítio em português, *Ciberdúvidas da Língua Portuguesa* (www.ciberduvidas.com). Embora o texto não se refira especificamente a africanismos, mas aos estrangeirismos importados, sobretudo após a revolução industrial, porque "no campo da Civilização (...), a nossa língua falha", nele se inserem afirmações que considero pertinentes e que se ajustam ao nosso tema. Cito:

> As línguas são sistemas abertos, e as palavras e as frases, e os sons que vêm dentro delas viajam quando têm combustível para viajar e implantam-se lá onde encontram um lugar carente duma nova realidade.

Sem dúvida, esta língua jovem que nos escapa e, por vezes, nos choca é reflexo de uma nova realidade, não a realidade de objetos e invenções de que trata o texto de Lídia Jorge, mas a realidade social vivida nas últimas três décadas em Portugal. A descolonização, a emigração vinda dos PALOP, trouxe às escolas portuguesas, sobretudo da Grande Lisboa, milhares de jovens falantes de crioulo e de variedades africanas do português que sofreram influências do contacto com o quimbundo e o banto. Estranho seria que o organismo vivo que é a Língua se fechasse à influência do meio ambiente. A língua falada pelos nossos jovens é, também neste aspeto, uma forma de socialização.

Regresso, agora, à questão que ficou em aberto. Será que os jovens possuem competência comunicativa? Será que eles sabem fazer uso da faculdade da linguagem, adaptando-a a situações sociais distintas? A minha resposta é, infelizmente, em mais casos do que seria de desejar, não. A terminação em "s" da segunda pessoa do pretérito perfeito dos verbos (saístes, fizestes), as formas verbais "hádes", "farão-lhe", "suponhamos" são problemas de somenos (e recorrentes não só nos jovens). Há outros mais graves e mais difíceis de colmatar: o uso e abuso da palavra "cena", que tudo substitui, reduz-lhes o vocabulário; o recurso reiterado às frases simples impede-os de construir frases complexas, quando necessário; e os articuladores de discurso caíram em desuso.

Quando comunicamos dizemos muito de nós, e somos avaliados pelo modo como usamos a língua. Muitos dos jovens de hoje, pelas suas produções orais e escritas, poderão vir a ser socialmente penalizados.

Em termos de escrita, a língua portuguesa "jovem" é também conhecida como a linguagem dos "k" e dos "x"s. Uma escrita que tomou forma com o uso das mensagens por telemóvel e nos *chats*, hoje *MSN Messenger*. É uma escrita simplificada e codificada, adaptada ao meio de comunicação. Veja-se este exemplo, que tirei de um *blog*, quando introduzi no motor de busca a palavra "tótil", isto é, "muitíssimo":

> http://anaquilina.blogs.sapo.pt/arquivo/2006_03.html
> março 30, 2006
> n konsiguh, parece-m impussibel!
> a mim parece-m impussibe xkecer u edgar! cd vez k venhu pa xkola to semp a *seguiluh*, i a pensar nel, i a tentar perceber s el ta a olhar pa mim.... ta a ser totil dificil.... mas pontuh, tenhu k tentar, ne? apesar d tar axim 1 poku + komplikaduh! bou fazer um fotolog! u prublema e k eu n sei *komu* u *fazer*!!! lol! tenhu taduh a tentar fazer, mas kalha-m semp mal!!! diz k xa tem u meu nick name i exas cenas! k xtupidices! LOL;-D
>
> fikem bem
> s konseguir fazer u fotolog dpois dou u enderexuh!

Muito havia a dizer sobre este pequeno texto. Apenas algumas considerações.

1. As terminações em "**u**" e "**uh**" são uma marca de estilo. É preciso dizer que a escrita no computador não é uniforme: cada utilizador dá-lhe um toque pessoal – pode acrescentar letras, suprimi-las, ou usar apenas consoantes.
2. Os "**bês**" pelos "**vês**" são, também, uma marca de estilo.
3. O "**k**" substitui o dígrafo "**qu**" e a letra "**c**": vejam-se as palavras sublinhadas.
4. O "**x**", assinalado a negrito, surge no lugar de "**es**" como em "xkcer", "xkola"; no lugar de "**j**", como em "xá"; em vez dos dois "**ss**", em "axim" e "exas"; e substituindo o "**ç**" cedilhado, em "enderexo".
5. Há supressão do "e", como vogal alta, no fim ou no interior de palavra: "m", "el", "nel", "dpois".
6. Faz-se convergir a grafia com o som da fala na copulativa "e" e no artigo "o": "i", "u".
7. O novo verbo "**tar**" (!) transitou da oralidade para a escrita: "to", "ta", "tado".
8. A itálico no texto, estão assinalados dois casos representativos de uma área crítica da língua portuguesa: o uso dos **pronomes pessoais complemento**, utilizando a terminologia que todos nós aprendemos.
   No primeiro caso, "seguiluh", o clítico liga-se à forma verbal, sem hífen; e no segundo, "komu u fazer", faz-se a subida do clítico numa construção que não a exige.

Se os jovens não interiorizarem a grafia padrão – o que se mostra difícil porque, pese embora o Plano Nacional de Leitura, tem havido, na prática, poucos incentivos à leitura, e o ditado, com a respetiva correcção de erros, nos primeiros tempos de escola, é visto como uma atividade traumatizante –, a escrita simplificada da Internet e dos telemóveis transitará para os textos em que ainda se exige correção ortográfica. O que, infelizmente, já está a acontecer.

Para terminar, e descodificando as abreviaturas que surgem no final do texto e que, provavelmente, alguns "kotas" desconhecem:

LOL – significa "laughing out loud"
[Veja-se a sequência: LOL – ROTFL – COFLEM.
A primeira sigla já sabemos que significa "laughing out loud", a segunda, "rolling on the floor laughing" e COFLEM traduz-se por "Criying on (the) floor laughing even more.]
:-D – é uma boca aberta de contentamento.

No *MSN Messenger*, surgem também algumas figurinhas, que para além de animarem e colorirem a página, são portadoras de mensagem, podendo substituir algumas frases, num diálogo escrito que se pretende próximo do tempo real. Exemplificando, com recurso aos vocábulos e grafia dos nossos jovens:

Concluindo:

A variação é uma propriedade inerente ao organismo vivo que é a língua. Todas as palavras que vêm de fora e de dentro – o vocabulário dos socioletos – não atingem, e cito de novo o texto de Lídia Jorge, "o coração da língua, o sistema duro, a sua parte mais estável, aquela sobre a qual se pode descansar".

Mas não atingem, se – e, aqui, os pais, a escola e os professores de Português, em especial, têm um papel importante a desempenhar – se os jovens conhecerem a norma padrão, com a compreensão da dinâmica evolutiva que lhe é própria, e adquirirem a competência da escrita e da oralidade em múltiplos registos. A fluência numa língua prende-se com o saber estar envolvido em diferentes práticas culturais e sociais, fazendo em cada uma delas o uso respectivo da língua.

ÍNDICE ONOMÁSTICO E TEMÁTICO

A

Afeganistão 117, 124
Afonso X 4
África 7, 8, 13, 88, 91, 104, 114, 115, 134, 135, 194, 223, 230, 302, 303, 310, 315, 316, 327, 343, 348
África do Sul 302, 304
Aimorés...36
Alcochete 230
Alemanha...54, 220, 224, 229
Alepo 77, 188, 191, 192, 195, 196, 197, 201, 202, 203, 204, 207, 213, 230
Alexandria 188, 198, 271, 331
Aliguieri, Dante 133, 146
Amazonas 16, 283
Amazónia 282
América........8, 13, 19, 43, 44, 46, 56, 57, 151, 215, 217, 221, 222, 223, 226, 232, 343
Anchieta, Padre José de...26, 34, 35, 36
Angola 104, 110, 111, 112, 113, 117, 121, 307, 310
Antonil, André João 16
Arábia 74, 77, 78, 80, 81
Arábia Feliz...74, 78
Aristóteles...190, 192
Arquiduque Maximiliano de Áustria 220
Ásia..13, 23, 74, 198, 226, 245, 276, 332
Aveiro, Frei Pantaleão de 192, 194, 201
Avé-Lallemant, Robert 42, 50, 51, 60

B

Baalbek...212, 213
Babilónia..8, 14, 190, 192, 207, 208, 209
Baçaim 82
Bach, João Sebastião 292, 296
Bachelard, Gason 134
Bacon, Francis..6
Baçorá 188, 192, 201, 204

ÍNDICE ONOMÁSTICO E TEMÁTICO

Bagdade 190, 191, 192, 203, 205, 207, 208, 213
Baía da Guanabara..30
Barcelona...230, 283, 314
Barraut, Jean-Michel..223
Baviera..231
Beauvais, Pierre de 4
Belém...194, 208, 335, 336
Benguela...88
Bíblia......................................4, 207, 218, 233, 237, 271, 274, 279
blogue...329, 330
Bombaim 77
Brandão, Amrósio Fernandes 5, 15
Brandão, João 14
Brasil 12, 13, 14, 15, 16, 18, 19, 20, 22, 23, 24, 25, 26, 27, 31, 33, 34, 35,
...........................36, 37, 41, 45, 46, 48, 49, 52, 54, 60, 63, 84, 131, 134, 135, 151,
...........................153, 155, 217, 222, 223, 227, 236, 283, 334
Brest...229
Bry, Theodor de..14, 27, 37, 38, 39, 40, 41
Bucher, Bernadette..37, 40
Bury, Mariane 141

C

Cabo Bojador...134
Cabo de Boa Esperança 80
Cabral, Pedro Álvares...41, 135, 227
Cadilhe, Gonçalo 131, 132, 133, 138, 144, 145, 147
Cádis...230
Cairo 201, 206, 224, 231, 235
Calaari..88
Calderon, Gabriel...14
Calvino, João..30
Caminha, Pêro Vaz de 4, 23, 26, 36, 106, 131, 221, 226, 227, 230, 235, 236
Camões, Luís Vaz de 70, 219, 235, 292
Capelo, Hermenegildo Carlos de Brito...........................88, 110, 223
Caraíbas..132, 144
Cardarelli, Vincenzo...226
Cardim, Fernão...18
Cariofilis, João 271
Carlos II de Inglaterra 77
Carpino, Piano 2, 4
Castela..219, 224, 230, 231
Castro, António de Melo e...77
Céard, Jean..13
Celso, Conde Afonso 12, 24
chat 322, 327, 328
Chateaubriand, François-René de...........8, 217, 219, 220, 223, 226, 229, 230, 232, 234

ÍNDICE ONOMÁSTICO E TEMÁTICO

China 13, 17, 18, 73, 270, 272, 273, 276, 278
Chipre 227
ciberespaço 322, 323, 324, 327
cinema...102, 311, 312, 349
Coatalem, Jean-Luc 229
Cochim 82
Coelho, Jorge de Albuquerque..72
Coimbra 305, 307
Colombo, Cristóvão..........4, 23, 68, 132, 217, 219, 220, 221, 222, 224, 227, 229, 230,
....233, 234, 235, 236, 239
computadores...2, 322, 345
Constantinopla..195, 201, 230, 271, 272
Conti, Ugo 131, 133, 136, 137, 138, 139, 142, 144, 146, 147, 149
Copérnico, Nicolau 292
Córdova...230
Cruz, São João da..292
Czar Alexei Mihailovici 271
Czar Feodor 271
Czar Pedro I 271

D

D. Catarina de Bragança...77
D. João III..26
D. João IV 77
D. João V..151, 152
D. Manuel 26, 221, 233, 236
Daguerre, Jacques 7
Damão..77, 78
Damasco 191, 192, 193, 194, 331
Darwin, Charles 6
Dias, Bartolomeu...134, 135
Diu 78
Durban...88

E

Eanes, Gil 134
Egéria...2
Egipto..8, 205, 206, 213, 231, 233, 238
e-mail...321, 324, 330, 332, 333, 334
Entre o Douro e Minho 230
espaço virtual 322, 323
Espanha 23, 26, 200, 216, 220, 221, 222, 224, 230, 236, 315
Espinosa, Bento...184, 295
Estados Unidos...46, 136, 219

ÍNDICE ONOMÁSTICO E TEMÁTICO

Etiópia 74
Europa 6, 17, 18, 23, 33, 43, 45, 46, 48, 49, 55, 56, 138, 162, 212, 221, 223, 224,
.......................225, 226, 229, 231, 232, 244, 266, 271, 272, 276, 304, 315, 316, 343
Évora 14

F

Faria, Severim de 14, 75, 76, 234
Fasano, Pino 130, 131, 146
Fátima..208, 260, 261
Fernandes, Valentim 68
Fernandes, Vasco 41
Fogo de Santelmo..100
Fort Coligny 30
França.......................23, 30, 31, 32, 34, 43, 53, 57, 87, 224, 231, 260, 261, 271, 315
Frankfurt..27, 182, 271
Funchal 307, 309, 310

G

Gama, Vasco da...........134, 135, 216, 217, 219, 222, 225, 228, 230, 234, 235, 238, 338
Gândavo, Pêro de Magalhães 4, 18, 23, 36
Garrett, João Baptista de Almeida 7
Genette, Gérard 133
Ghica, Gheorghe..271
Gide, André 222, 223, 224, 227, 230, 231, 232, 305, 311, 312, 314
Goa 77, 82
Godinho, Padre Manuel......................................70, 77, 97, 187, 192, 196, 201, 204
Goethe, Johann Wolfgang von 161, 162, 163, 164, 165, 167, 168, 169, 170, 171,
.........172, 173, 174, 175, 176, 177, 178, 179, 180, 181, 182, 183, 184, 185, 312, 313
Góis, Damião de 13
Gonzaga, Tomás António 19
grand tour 6, 43, 63, 146
Grão Vasco ....*v.* Fernandes, Vasco
Guiné..117, 223

H

Hamon, Philippe..141
Henrique II 29, 30
Herder 170, 171
Heródoto 190, 206
Hoek, Leo 133
Holanda 23, 231, 315
Homem, Diogo..36
Humboldt, Wilhelm von 216

ÍNDICE ONOMÁSTICO E TEMÁTICO

I

Índia ....13, 17, 37, 70, 73, 74, 77, 148, 151, 155, 187, 191, 192, 200, 207, 213, 217, ...223, 235, 238, 274, 302
Iraque 8, 105, 116, 117, 118, 119, 120, 124, 125, 188, 207, 333
Israel...122, 123, 124, 209, 261
Istambul 271
Itália ....8, 351, 23, 34, 43, 136, 161, 162, 163, 165, 169, 170, 171, 172, 173, 175, ... 177, 178, 180, 182, 183, 185, 304, 315
Itaparica, Frei Manuel de Santa Maria..19, 20, 22, 24
Ivens, Roberto 88, 110

J

Jerusalém 191, 192, 194, 195, 208, 213, 218, 227, 230, 234, 271
Johannesburg...302, 313
Jourdain, Robert...166

K

Kapuscinski 8
Karlsbad 170, 171
Kidder, Daniel Parish 49, 50, 56, 57, 59, 60, 62
Klink, Amyr 131, 133, 134, 135, 136, 138, 139, 140, 141, 142, 143, 145, 146, 148
Kniep, Christoph Heinrich...179
Kuweit..120

L

La Rochelle 77
Lacerda, Francisco Prado de 8
Lafitau, Joseph-François...13
Lara..187, 189, 197, 200, 204
Léry, Jean de....................................17, 32, 33, 34, 35, 36, 37, 38, 39, 40, 222, 223
Lestringant, Frank 30
Lexuma 88
Líbano..212, 283
Lisboa 77, 84, 305
Lisboa, José João 19
Löfgren, Alberto 28
Londres..47, 231, 272, 305, 307, 315, 316, 342
Lourdes 261, 267
Lourenço Marques 302, 303, 304, 306, 309, 312, 313, 314, 315, 316
Louvre 244, 314
Lupu, Ştefăniţă..271
Lyotard, Jean-François...281

M

Macáçar 74
Maçandão..80
Madeira (Ilha da) 307
Magalhães, Fernão de 138, 229, 230, 235
Magalhães, Gabriel de 18, 234, 236
Manapar 82
Manaus 282, 284, 285, 288
Marbode..4
Marburgo, Drylander de 27, 28
Marco Pólo ....v. Pólo, Marco
Marselha 77, 223, 285
Martius, Karl Friederich Philippe von 48, 64
Mascate 80, 81
Massari, José Manuel Herrero 68, 69
Mawe, John 46, 47, 49, 50, 52, 57, 62, 63
Maximiliano de Áustria 216, 218
Mediterrâneo 77
Melinde 216, 230
Melville, Herman 132, 133
Merrien, Jean...151, 154, 159
messenger..327, 328
Mestre Afonso...187, 189, 195, 198, 202, 205, 210
México..13, 308
Mihailovici, Alexei..272
Milescu, Nicolae 271, 272, 275, 277, 278, 279
Minas Gerais 19, 20
Moçambique 110, 114, 304, 310, 312, 313, 315, 316
Moitissier, Bernard..137
Moldávia 271
Moliné, Georges 16
Montaigne, Michel de 32, 34, 35, 36, 216, 239, 240, 312, 313
Moscovo 271, 273
Mullaney, Steven..29, 30
Muria..78

N

Nápoles 14, 166, 167, 170, 171, 172, 173, 174, 175, 179, 180, 181, 182, 231, 260
Nietzsche, Friederich 134, 292
Nóbrega, Padre Manuel da..26, 36
Notre-Dame..244

ÍNDICE ONOMÁSTICO E TEMÁTICO

O

Ocidente 13, 69, 155, 283, 332
Oldenberg, Feliciano Velho 153
Oliveira, Botelho de...15, 19, 23
Oliveira, Frei Nicolau de 14, 234
Oriente 12, 13, 18, 23, 43, 74, 155, 187, 192, 194, 199, 213, 218, 228, 229, 281,
....282, 283, 286, 289, 335
Ormuz 199, 202
Oviedo, Gonzalo Fernandez de 5, 221, 224, 229, 240

P

Palermo 177, 182, 185
Paraguai..53
Paris 31, 218, 223, 230, 231, 234, 244, 271, 272, 304, 305, 307, 314, 315, 316,
....340, 343
Patriarca Dositei 271
pau brasil..26, 29, 30
Pequim..17
Pereira, Duate Pacheco 3, 13
Persépolis 210, 212, 213
Pérsia...77, 80, 81, 189, 195, 199, 201, 210, 212, 213
Perugia 169
Pessoa, Fernando..134, 147, 292, 298, 312, 313
Pico do Jaraguá 49
Pigafetta, António 223
Pinto, Alexandre de Serpa..7, 31, 72, 88, 96, 97, 98, 233
Pinto, Fernão Mendes....................................17, 68, 73, 95, 106, 215, 223
Pita, Sebastião da Rocha...16, 19
Plínio 190
Pólo, Marco 2, 4
Polónia..220, 261
Pomponne, Marquês Arnauld de...271
Porto...305
Portugal 13, 15, 22, 23, 26, 60, 77, 199, 217, 219, 221, 222, 223, 225, 230, 239,
....261, 298, 307, 312, 313, 315, 330, 337, 339, 350
Pretória 88
Prévost, Abbé 13
Priego, Miguel 218
Proust, Marcel 226
Provença 231
Ptolomeu 80

R

Raminelli, Ronald 40
Rebelo, Nicolau de Orta 187, 191, 192, 196, 199, 200, 202, 205, 206, 207, 208, 213
rede global...322, 323
Ricardo, Cassiano 24
Ricoeur, Paul 140
Rio de Janeiro...45, 46, 47, 50, 52, 54, 84, 155
Rio Grande 51, 160
Roma6, 8, 14, 147, 162, 163, 166, 171, 174, 175, 177, 178, 179, 180, 182, 183, 230, 304, 313, 314, 315, 316
Rozalgate 78
Ruão...29
Ruibruck 4

S

S. Bernardino, Frei Gaspar de.................................187, 196, 197, 205, 207
S. Jerónimo...190, 192
Saint-Hilaire, Auguste de 47, 53, 58
Salcete 82, 211
Salvador, Frei Vicente do...14
Samatra 74
Sampaio, Albino Forjaz...12
Santiago de Compostela 6, 247, 260
Santo Agostinho...190
Santo Amaro...50, 59
Santo Atanásio...271
Santo Isidoro de Sevilha 4
Santos 45, 51, 248, 263, 267
São Paulo 42, 45, 46, 47, 48, 49, 50, 51, 52, 54, 56, 58, 59, 60, 61, 63, 282
São Tomé e Príncipe...8
Sevilha 218, 220, 230
Sicília 171, 172, 173, 179, 180, 182, 229
Síria 8
SMS...327, 329
Solino 13, 190
Soshong...88
Souza, Manuel Escudeiro de 154
Spix, Johann Baptiste...48, 52, 62, 64
Staden, Hans 27, 28, 31, 33, 37, 39, 40
Ștefan, Gheorge 271
Stein, Charlotte von 164, 170, 171
Suécia 271, 326
Swift, Jonathan...130

ÍNDICE ONOMÁSTICO E TEMÁTICO

T

Taibe 84
Taine, Hippolyte Adolphe 8
Tapuias 36
Tartária 74
Tavares, Miguel de Sousa 8, 91, 96
Tçussu, João Rodrigues 18
telemóvel 2, 9, 327, 329, 345, 351, 352
televisão 102, 104, 116
tempestade 100, 140
Tenreiro, António 187, 188, 189, 195, 197, 202, 204, 206, 210, 212
Terra Nova 86
Terra Santa 6, 234, 237, 261
Thaon, Philipe de 4
Thevet, André 31, 32, 33, 34, 35, 40
Timor 104, 117, 120, 124, 327
Todorov, Tzvetan 132, 286
Torga, Miguel 222, 224, 230, 238
Torre Eiffel 244, 343
Tripoli 188
Tromba Marítima 100
Tupinambá 27, 32, 33, 41
Tupiniquins 33
turismo 2, 5, 6, 7, 8, 43, 102, 122, 127, 242, 243, 244, 245, 246, 248, 249, 250, 251, 252, 253, 254, 255, 256, 257, 258, 259, 260, 261, 262, 263, 264, 265, 266, 267, 268, 269

V

Vale do Paraíba 45
Vasconcelos, Simão de 15
Veneza 169, 172, 175, 180, 181, 182, 202, 315
Versailles 229
Vespúcio, Américo 33, 222
Victoria Falls 88
Vietname 8
Villegaignon, Nicolas Durand de 30, 31, 32, 34
Virgílio 133
Vlasios, Gabriel 271
Von Tschudi, Barão 53, 54, 55, 56

W

Weimar 165, 170, 171, 172, 182, 185
Winckelmann, Joachim 162, 172

X

Xavier, São Francisco 74
Xenofonte...........190
Xiraz 187, 189, 197, 200, 203, 210, 213

Z

Zaluar, Emílio 52, 54
Zeilerus, Martinus 14
Zumbo 88